# सपनप्रिया

कहानी-संग्रह

# सपनप्रिया

विजयदान देथा

भारतीय ज्ञानपीठ

लोकोदय ग्रन्थमाला : ग्रन्थांक 621

ISBN 81-263-0895-8

**सपनप्रिया**

(कहानी-संग्रह)

**विजयदान देथा**

**पाँचवाँ संस्करण : 2016**

**मूल्य : 160 रुपये**

प्रकाशक : **भारतीय ज्ञानपीठ**

18, इन्स्टीट्यूशनल एरिया, लोदी रोड, नयी दिल्ली-110 003

मुद्रक : चार दिशाएँ प्रिंटर्स, नोएडा

आवरण-चित्र : विजय जैन

आवरण-सज्जा : ज्ञानपीठ कला प्रभाग



SAPANPRIYA

(Short-stories)

by Vijaydan Detha

Published by

**Bharatiya Jnanpith**

18, Institutional Area, Lodi Road, New Delhi-110 003

Ph. : 011-24698417, 24626467; 23241619 (Daryaganj)

Mob. : 9350536020; e-mail : bjnanpith@gmail.com

sales@jnanpith.net; website : www.jnanpith.net

**Fifth Edition : 2016**

**Price : Rs. 160**

*अपने वजूद को कण के रूप में बदलनेवाली*
*अरुणा राय के नाम—*
*जिसने पहली बार अपनी डबडबायी आँखों से*
*स्मृति-पुरुष संजय घोष का*
*असाधारण परिचय मुझे दिया था।*

# अनुक्रम

# इधर-उधर

10 जनवरी, 1998
शनिवार, बोरुन्दा

प्रिय अनिल,

लोक जुम्बिश की वह कार्यशाला न केवल अविस्मरणीय थी, मेरे जीवन के ऐसे उत्फुल्ल एवं उल्लसित क्षण थे, जिसकी घनघोर अनुभूति मुझे पहले कभी नहीं हुई। पूरी यात्रा के दौरान घनघोर ही बादल छाये हुए थे। पाली के बाद इस वर्ष की पहली घनघोर बारिश हुई थी। आबू रोड उतरते ही पाँच-सात कार्यकर्ताओं ने प्रतिभागियों को तत्काल घेर लिया। झटपट सामान उतारा। जैसे कोई आत्मीय मेहमान आये हों। शामियाना तना था। सुयोग ऐसा घटित हुआ कि रात के अँधियारे को बरसात की फुहारें भिगो रही थीं। बिजली के तेज लट्टू उसे आलोकित कर रहे थे। रोशनी में स्फुलिंग की नाईं चमकती फुहारों का नजारा भी अद्वितीय था! पहले के प्रतिभागियों को छोड़कर एम्बेसेडर कार आयी तो स्वयंसेवकों ने तन्मयतापूर्वक सामान गाड़ी में रखा। जब मैं शिखर होटल पहुँचा तब रात के ग्यारह बज चुके थे। उस वक्त भी खाना गरम रखा था। सारी व्यवस्था माकूल थी। इसाक वेशेविस सिंगर के कहानी-संग्रह 'काफ्का का दोस्त और अन्य कहानियाँ' से 'कबूतर' कहानी पढ़ते-पढ़ते सो गया। लाजवाब कहानी है। ऐसा लगा कि इस कहानी का लेखक मैं ही हूँ। जाने क्यों श्रेष्ठतम रचनाएँ पढ़कर मुझे ऐसा अपूर्व आनन्द आता है, मानो वे रचनाएँ मेरे भीतर से ही खिली हों। महकी हों। बरसात की वजह से गुलाबी ठण्डक बड़ी सुहानी लग रही थी। तिसपर आबू पर्वत की ऊँचाई! परन्तु जब सिंगर की कहानी से बाहर निकलकर, एक साथ कई कबूतर पाँखें फड़फड़ाते हुए मुझे बयार करने लगे तो तनिक सिहरन महसूस हुई। झिझककर उठ बैठा। रोशनी जगमगा रही

थी। पर कबूतर एक भी नजर नहीं आया। बन्द कमरे से जाने कहाँ उड़ गये? क्योंकर उड़ गये? सोने में देर हो गयी थी। इसलिए सवेरे चार बजे उठकर 'राजस्थान-पत्रिका' के लिए कहानी लिखना चाहता था। इसाक वेशेविस के कबूतरों ने पौने तीन बजे ही जगा दिया तो वापस सोने की इच्छा नहीं हुई। तुम्हें पता है अनिल, कि कोमल बिना पढ़े सो नहीं पाता। उसकी यह अच्छी आदत मैंने भी अपना ली। करीब आधी शताब्दी से यह आदत जस-तस निभ रही है। किसी भी कारण से एक बार नींद उचट जाय तो पाँच-सात पृष्ठ पढ़े बिना निगोड़ी नींद पलकों के आस-पास ही नहीं फटकती।

'हड़कम्प' शीर्षक लिखते समय सहसा तुम्हारी एक बात कलेजे को छू गयी। जब सन् 1958 के किसी शुभ दिन मैंने पुख्ता सोच-समझकर निर्णय लिया कि हिन्दी की बजाय राजस्थानी में लिखे बिना मेरी कहानियाँ आकांक्षित ऊँचाइयों तक नहीं उड़ सकतीं, तब से अट्ठाईस वर्ष तक विभिन्न फूलों की 'फुलवाड़ी' सींचता रहा। सँवारता रहा। पर तुम कई बार मुझे मीठे ढंग से समझाते रहे कि हिन्दी की बजाय राजस्थानी में लिखने का निर्णय अव्यावहारिक, असंगत और आत्मघाती है। हिन्दी का दायरा राष्ट्रव्यापी है और राजस्थानी का एकदम सीमित। प्रान्तीय मान्यता और शिक्षा के अभाव में प्रशिक्षित वर्ग बड़ी मुश्किल से तैयार हो पाएगा। तब तुम्हारा सोचना था कि मेरा संकल्प अनुचित है। समय-सापेक्ष नहीं है। और जब 'रूँख' की सघनता के बाद हिन्दी में फिर से लिखना शुरू किया तो तुम्हारा पुरजोर आग्रह है कि मुझे केवल राजस्थानी में ही लिखना चाहिए। अनुवाद का काम तो कोई भी कर लेगा। पर मैं फकत अनुवाद ही तो नहीं करता, अनिल। हिन्दी में फुलवाड़ी की कथाओं को पुनःसृजित करता हूँ। राजस्थानी 'बात' का वजन, उसकी ध्वनि, उसके छिपे अर्थ जो व्यक्त के द्वारा अव्यक्त की ओर संकेत करते हैं, प्रच्छन्न मौन को मुखरित करते हैं—यह सब प्रखर हो जाता है। बहुत-कुछ बदल जाता है। कथानक वे ही हैं, पर हिन्दी कहानी के आयाम बदल जाते हैं। इसलिए कि मैं निरन्तर बदलता रहता हूँ। कहूँ कि परिष्कृत और संशोधित होता रहता हूँ। जीवित गाछ-बिरछों के उनमान प्रस्फुटित होता रहता हूँ। सघन होता रहता हूँ।

खुलासा करने के लिए और अधिक पीछे जाना पड़ेगा अनिल, जब मैं सन् 1948 से 1950 तक 'ज्वाला' साप्ताहिक में काम करता था। 'ब्लिट्ज' की साइज के सोलह पृष्ठ निकलते थे। नियमित रूप से तीन स्तम्भ लिखता था। 'हम सभी मानव हैं', 'दोजख की सैर' और 'घनश्याम, परदा गिराओ'। तीनों स्तम्भों में कथा की बुनावट रहती थी। मानववाले स्तम्भ में मानवता के तहत ही हर व्यक्ति की जाति, सम्प्रदाय, धर्म या मजहब का दायरा अविच्छिन्न रहता था। आज के मुहावरे में साम्प्रदायिकता के खिलाफ 'एक मानव' के नाम से मेरी कलम अबाध चलती रहती थी। 'दोजख की सैर' में विभागीय भ्रष्टाचार पर कटाक्ष का स्वरूप रहता था।

वह भी कथा के माध्यम से। 'घनश्याम, पर्दा गिराओ' में राजनेताओं का पाखण्ड उजागर होता था। जब दर्शकों के सामने भ्रष्टाचार की पराकाष्ठा आने लगती तब नेताजी जोर से चिल्लाते—घनश्याम, परदा गिराओ। ये तीनों स्तम्भ तो लिखता ही था, पर पूरे के पूरे सोलह पृष्ठ अपने हाथ से फेयर करके प्रेस में देता था। कलम मँजती रही। धार लगती रही।

तब एक शिफ्त मुझमें और भी थी अनिल, कि लिखने के पूर्व—चाहे किसी विधा में लिखूँ—कविता, कहानी, गद्यगीत, निबन्ध या आलोचना—न कुछ सोचता था, लिखना शुरू करने के बाद न रुकता था, न काट-छाँट करता था और न लिखे हुए को फिर से पढ़ता था। प्रारम्भ से ही पत्र-पत्रिकाएँ गले पड़ती गयीं, सो ये सब नखरे वहाँ चलते नहीं थे। हर रोज समय पर काम निपटाना पड़ता था। पर मैंने बेगार कभी नहीं टाली। आधे-अधूरे मन से कभी काम नहीं किया। मैं काम को बेगार समझता ही नहीं; चाहे अपना हो, चाहे दूसरों का। सम्पूर्ण निष्ठा से करता हूँ। काया के साँचे में मन और आत्मा उड़ेल कर। तुमने भी कई बार ठोक-बजाकर मेरे इस स्वभाव को जाँचा-परखा है। इसे तुम मेरी बेवकूफी समझो या नादानी कि...परिश्रम के साथ पारिश्रमिक को मैंने कभी जोड़कर देखने की चेष्टा ही नहीं की। हाथ लग जाय तो कोई एतराज नहीं, न लगे तो कोई आग्रह नहीं। बस, चाकू की धार तेज व टिकाऊ होनी चाहिए। फिर उससे प्याज काटो, चाहे आलू, लौकी या बैंगन। आसानी से कट जाते हैं। शुरुआत में हिन्दी के रियाज से जो धार लगी, वह राजस्थानी में उसी कौशल से काम आयी। दृष्टि हमेशा ऊपर की ओर ही रखी कि शरीर से न भी हो, पर मन और आत्मा से बादलों पर चलूँ। लहराती बिजलियों को बाहुपाश में भरूँ और बादलों के बीच ही नहाऊँ। धोऊँ। चाँदनी से प्यास बुझाऊँ!

उन दिनों हाथ से लिखी पाण्डुलिपि और छपी कहानियों की फाइल रखने की तमीज ही कहाँ थी! बाद में बहुत कोशिश करने पर मुश्किल से 'ज्वाला' के बीसेक अंक हाथ लगे। वह फटी जर्जरित फाइल आज तो मेरे पास अमूल्य खजाने के बतौर सुरक्षित है। उसकी अधिकांश हिन्दी कहानियों को राजस्थानी में पुनःसृजित किया। वे 'अलेखूं हिटलर' में छपी हैं। जब सद्यजात सन्तान बढ़ते-बढ़ते शिशु होती है, किशोर होती है, युवा होती है, वृद्ध होती है तो शरीर का ढाँचा भिन्न नहीं होता। उसी एक काया के भीतर और बाहर परिवर्द्धन होता रहता है। पहिचान भले ही बदल जाय, पर मूल ढाँचा वही रहता है। कुछ ऐसा ही परिवर्द्धन मेरी कहानियों में सम्भव हुआ। हिन्दी से राजस्थानी में परिवर्द्धन, तत्पश्चात् 'फुलवाड़ी' की राजस्थानी कथाओं का हिन्दी में पुनःसृजन। ...मेरी रचनाओं में गहरी रुचि रखनेवाले परमहितैषी मुझे टोकते रहते हैं कि मैं नये सृजन की कीमत पर राजस्थानी या हिन्दी में पुनर्लेखन न करूँ। पर मुझे इसमें प्रजापति-सा आनन्द आता है। अपने ही हाथों रची सृष्टि

को नया रूप प्रदान करना! यह तो अदम्य हौसले का काम है। मानो अपनी ही सन्तान को काट-कूटकर फिर से जीवित करने जैसा। जिस तरह मेरे भीतर सृष्टा का स्वरूप नित्य-प्रति बदलता रहता है, तदनुरूप अपनी रचनाओं का रूप बदलते रहने की खातिर मेरी उत्कट अभिलाषा बनी रहती है।

क्यों रे अनिल, यदि कोई तथाकथित बुद्धिजीवी ताल ठोककर यह चुनौती दे, 'इस दुनिया में है कोई ऐसा दिग्गज जो मुझे समझा सके!' उसे कोई नहीं समझा सकता—ऐसा मेरा विनम्र खयाल है। दरअसल वह समझना ही नहीं चाहता। इसी तरह राजस्थानी के कुछ 'उद्‌भट' लेखक मेरी 'फुलवाड़ी' को मौलिक सृजन मानने के लिए तैयार ही नहीं हैं। मैं उन्हें लाख चेष्टा करने पर भी समझा नहीं सकूँगा कि 'फुलवाड़ी' की लोककथाएँ मौलिक सृजन के आगे की रचनाएँ हैं, जिनकी सृष्टि मौलिक रचनाओं की अपेक्षा ज्यादा कठिन है। हिन्दी के विख्यात आलोचक श्री विजय मोहन सिंह जी की दृष्टि में 'द्रविड़ प्राणायाम' करने पर भी उन्हें लिखा नहीं जा सकता। दूसरी ओर हिन्दी के सामान्य पाठक, लेखक और समालोचक यह कहते हुए भी नहीं हिचकते कि मुझ अकेले को हिन्दी में सम्मिलित करने पर हिन्दी का आधुनिक गतिरोध मिट जाएगा। सम्भवतया वे इसीलिए अकृत्रिम भाव से अपनी भावना प्रकट कर सके, क्योंकि वे 'उद्‌भट' नहीं हैं। सामान्य हैं। सहज हैं। ग्रन्थिरहित हैं। हीन भावना से पीड़ित नहीं हैं। मिथ्या अहंकार के रोगी नहीं हैं। हिन्दी के सहज सामान्य लेखकों की अप्रत्याशित प्रशंसा से मुझे खुशी तो अवश्य हुई, लेकिन मेरा माथा खराब नहीं हुआ। उनकी सुरुचि को मेरी रचनाएँ पढ़ कर जाने-अजाने कोई ठेस न लगे, उनका मोहभंग न हो, मेरे चेतन-अवचेतन में यह सावचेती हमेशा बनी रहती है। बेइन्तहा कृतज्ञ हूँ हिन्दी के सुविज्ञ साहित्यकारों का जिन्होंने मुझे असीम प्यार-सम्मान दिया और आशा बँधाई कि मेरी कलम में दम है, मेरी कल्पना सक्षम है। 'फुलवाड़ी' की बगिया से अब तक पचासेक फूलों की महक उन्हें मिल पायी है। 'सपनप्रिया' के 'फूलों' की उन्हें सर्वथा दूसरी ही सौरभ मिलेगी।

तुम्हें जानकर खुशी होगी अनिल, कि अँग्रेजी के सहृदय पाठकों ने भी मुझे उसी रूप में अपनाया। 'मानुषी' द्वारा प्रकाशित 'द डिलेमा' (दुविधा) में मेरी छह लम्बी प्रेमकथाओं का अँग्रेजी अनुवाद है। सारी समीक्षाएँ तो मेरे हाथ नहीं लगीं, पर चार-पाँच जो भी उपलब्ध हुईं या मित्रों ने उपलब्ध करायीं, उन्हें पढ़कर तो आश्चर्य-चकित हुए बिना रहा नहीं गया। क्योंकि अँग्रेजी-परस्त विद्वान तो अन्य भारतीय भाषाओं को कुछ समझते ही नहीं। किन्तु संविधान की आठवीं सूची से बहिष्कृत राजस्थानी लेखक को उन्होंने घास की बजाय स्वादिष्ट व्यंजन का थाल परोसा है। 'दुविधा' और 'उलझन' की समीक्षाएँ पढ़कर साहित्यिक पत्रिकाओं से मेरी कहानियों की पुरजोर माँग निरन्तर बनी रहती है, जिसकी मैं पूर्ति कर नहीं पाता।

किन्तु किसी अनुवादक या प्रकाशक की चिट्ठी कभी नहीं आयी कि वे अपनी मातृभाषा में उसका अनुवाद या पुस्तक रूप में उसे प्रकाशित करना चाहते हैं। परन्तु 'द डिलेमा' की समीक्षाएँ छपते ही महाराष्ट्र के मालवण शहर से वनिता सामन्त की चिट्ठी आयी कि वे मराठी में उसका अनुवाद करना चाहती हैं। पुणे से 'मेहता पब्लिशिंग हाउस' के सुनील मेहता का पत्र आया कि वे मराठी में 'द डिलेमा' का अनुवाद छापना चाहते हैं। 'महाराष्ट्र टाइम्स' में आधे पृष्ठ की समीक्षा छपी है।

तुम मन-ही-मन सोच रहे होगे अनिल, कि अपने बारे में ऐसी प्रशंसात्मक जानकारी मैं कभी छपवाता नहीं हूँ। फिर तुम्हारे पत्र में यह अपवाद क्यों? इस पहेली का अर्थ मेरे समझाने पर भी तुम समझना नहीं चाहोगे कि इसमें मेरी प्रशंसा के बहाने मुझे गढ़नेवाली हाथों की भी अप्रत्यक्ष प्रशंसा है। सम्भवतया तुम बुरा भी मानोगे। मानो। पर उम्र की ढलान पर मुझे धीरे-धीरे कई आत्मस्वीकृतियाँ अपने पाठकों के सामने प्रस्तुत करनी ही होंगी वरना मुझे अपराध-बोध से मुक्ति नहीं मिलेगी। यों व्यक्तिगत रूप से जहाँ-कहीं भी प्रासंगिक हो मैं उन्मुक्त भाव से कबूल करता हूँ कि राजनेता के रूप में स्वर्गीय निरंजननाथ जी आचार्य जो राजस्थान विधान-सभा के अध्यक्ष रह चुके हैं, राज्य के मन्त्रिमण्डल में भी जिनकी भागीदारी रही है—मेरे सृजन के 'रूँख' को गहर-घुमेर बनाने में उनका काफी योगदान रहा है। और अधिकारी वर्ग में तुम्हारा। मैं आज जो कुछ भी हूँ, उसे गढ़ने में तुम्हारा और स्वर्गीय निरंजननाथ जी आचार्य का सशक्त हाथ रहा है। और भी बहुतेरे हाथ हैं। जिनका मेरे निर्माण में परोक्ष-अपरोक्ष श्रेय रहा है। अब समय-समय पर उन्हीं का जिक्र करूँगा। [...हवाई शब्दजाल व विदेशी लेखकों के अपच उच्छिष्ट का वमन करने में मुझे कोई सार नजर नहीं आता। आकाश-गंगा से कोई अजूबा खोजने की बजाय पाँवों के नीचे की धरती से कुछ कण बटोरना ज्यादा महत्त्वपूर्ण लगता है। अन्यथा इन कहानियों को गढ़नेवाले लेखक की कहानी तो अनकही रह जाएगी। तो अनिल यह भी एक कहानी है। मेरी अपनी कहानी जो मैंने नहीं, मेरे मित्रों ने लिखी है। मेरे शुभचिन्तकों ने लिखी है। सँवारी है। कुछ दिन पहले ही मुझे यह आत्मबोध हुआ कि मैं कोई आकाश से टपका हुआ लेखक नहीं हूँ, बल्कि चतुर्दिक् परिवेश के बीच हमेशा पलता रहा हूँ।] यह उस परिवेश की आंशिक कहानी है। शायद अब तो सही परिप्रेक्ष्य में समझ रहे हो न कि यह कहानी प्रस्तुत संग्रह की अतल गहराइयों में डूबी हुई दास्तान है।

तो 'हड़कम्प' कहानी के साढ़े तीन पृष्ठ लिखकर दैनिकचर्या से निवृत्त हुआ तो नीचे कार का हॉर्न सुनाई पड़ा। यह तुम्हारी ही खूबी है कि बिना कुछ कहे-सुने, मात्र तुम्हारी मौजूदगी से सारे काम समय पर सम्पन्न हो जाते हैं। कहने को कहीं भी तुम्हारा हस्तक्षेप नहीं है, फिर भी तुम्हारा अदीठ हाथ सर्वत्र है। समय पर सादा नाश्ता करके कार्यशाला में तुम्हारे पास ही बैठा। उदयपुर में घूमते समय ट्रैक्टर की

दुर्घटना से तुम्हारे पाँव में काफी चोट लगी थी। भूल गया कि वह दाहिना पाँव था या बायाँ। इस तथ्य में धरा ही क्या है! बस, एक पाँव था और उसमें दर्द व जकड़न थी। पर अधिकांश इतिहासकार तो ऐसे ही तथ्यों में उलझे रहते हैं। खैर! अपनी छोटी अटैची पर तुम पाँव सीधा करके बैठ गये। और मैं एक वार्षिक डायरी में 'हड़कम्प' का पुनर्लेखन करने लगा। 'बातां री फुलवाड़ी' खोलकर सामने रख दी। तुमने आश्चर्य से पूछा, 'अरे! यह क्या कर रहे हो? सुनोगे नहीं?' मैंने धीमे से कहा, 'सुनना तो कानों से है, आँखों से नहीं।'

लिखावट एकदम नफीस तो नहीं चल रही थी। फिर भी लिखना और सुनना चालू था। 'राजस्थान-पत्रिका' के लिए समय पर कहानियाँ जो देनी थीं। तुम्हारे पास बैठकर लिखने का आत्मविश्वास भी तो कम नहीं था। इस लेखनी में तुमने बुनियादी प्राण भरे हैं। और तुम्हारी कार्यशाला भी तो बुनियादी शिक्षा पर आधारित थी। एक नैसर्गिक खासियत की बात बताऊँ कि तिहत्तर बरस की उम्र में बुढ़ापे का असर देह और मन-प्राण पर तो अवश्य पड़ा है, पर सृजन व अध्ययन के सीगे अब भी सोलह बरस का किशोर हूँ। प्रतिभा, कल्पनाशक्ति और मेधा अधिक उर्वर होती जा रही हैं। यों परिचितों के नाम व चेहरे तक विस्मृत होने लगे हैं। और तो और अपने प्रिय लेखकों के नाम व उनकी कृतियों के शीर्षक भी स्मृति में कहीं गहरे-ही-गहरे दबते जा रहे हैं। बहुत मगजमारी करने के बाद भी उछलकर याद नहीं आते। एक बार प्रसंगवश गस्तोव फ्लेबेयर की मादाम बॉवेरी का नाम आसन्न समृति से हट गया। ललाट में सलवटें डालकर खूब माथाफोड़ी की पर याद नहीं आया। मादाम बावेरी को कई बार पढ़ा है। सीता-सावित्री से भी कहीं उच्च स्थान पर मेरे मन में वह प्रतिष्ठित है। अन्तोन चेखॅव की 'डार्लिंग' से उदात्त और आदर्श नायिका मुझे कहीं भी देश-विदेश में नजर नहीं आती। कई बार उसका नाम तक भूल जाता हूँ। अब भी याद नहीं आ रहा—जिसका सौ बार से अधिक पाठ कर चुका हूँ। जब भी उत्कण्ठा जाग उठती है—गंगोत्री से भी कहीं ज्यादा निर्मल व पारदर्शी डार्लिंग को गले लगाता हूँ। शिथिल उम्र में अब यही तो आनन्द शेष रह गया है!

'हड़कम्प' को हिन्दी में ढालते समय नयी-नयी उक्तियाँ व संवाद उपज रहे थे। कान वक्ता की ओर लगे हुए थे। कौन बोल रहा था, अब बिलकुल याद नहीं है। नाम टीप लेता तो मेरे जीवन के इतिहास में सही तथ्य दर्ज हो जाते। दोपहर के खाने तक 'हड़कम्प' समाप्त करके 'पुरखों की पुण्याई' शुरू कर दी। राजस्थानी में ये कहानियाँ बीस-बाईस वर्ष पहिले लिखी थीं। तब प्रतिभा का बिरछ, जितना प्रस्फुटित हुआ था उतनी ही छाँह का आश्रय उन्हें दे सका था। आज लेखक के रूप में काफी-कुछ बदल गया हूँ तो हिन्दी के साँचे में ढली ये कहानियाँ स्वतः परिमार्जित व संशोधित हो रही हैं। सनक तो ऐसी जँच रही है अनिल कि 'फुलवाड़ी' की सभी कहानियों का हिन्दी में पुनःसृजन करूँ और फिर...फिर...उन्हें राजस्थानी में पुनः

ढालूँ। मृत्यु की शुभ नजर रहे तो यह संकल्प भी मेरे लिए कठिन नहीं है। मेरी सृजन-प्रक्रिया का यह विचित्र आयाम होगा। शायद शारदा जी और तुम इसे नहीं मानना चाहोगे। नया लिखने का आग्रह करते रहोगे। मेरे वश रहते इस आग्रह की मर्यादा भी रखूँगा। पर इसकी जितनी हवस, पीड़ा मुझे है, किसी और को क्योंकर हो सकती है? यह तो पैदा किये बच्चों को वापस कोख में डालकर उसे पुनर्जन्म देना है। मेरी कशमकश को तनिक सहानुभूति से जाँचो-परखो, अनिल! (*अकस्मात् बिजली गुल हो गयी। तीन बजे लिखने बैठा था। अब शायद पाँच बजे हैं। विद्युत-मण्डल की कटौती चल रही है। आजीवन चलती रहेगी। सोचा, मिट्टी का दीया जलाकर मंजन ही कर लूँ। एक काम तो निपटेगा। नन्ही-मुन्नी लौ की अपनी खूबसूरती है। बिजली के भौंड़ेपन की अपनी उपयोगिता है। टॉस का पेस्ट निकालकर मंजन करने बैठा ही था कि चपला रानी फिर प्रकट हो गयी। कुरसी की ओर लपका तो फिर अन्तर्धान। आधा मंजन करने पर फिर हाजिर।*) लगता है अब तो बैटरी से चालित दो छोटी ट्यूब लाइटों वाला चिराग खरीदना ही होगा। वरना यह कटौती तो मेरे पढ़ने-लिखने को काटती रहेगी। 'जनसत्ता' के वार्षिक विशेषांक में छपी 'सपनप्रिया' अथवा 'राजस्थान-पत्रिका' के पारिश्रमिक से यह आधुनिक चिराग तो खरीदना ही पड़ेगा। लेकिन...परन्तु...कर्ज भी तो उतारना है। बोहरे का नहीं, मित्रों का ही। वे कभी तकाजा नहीं करते। करेंगे भी नहीं। इसीलिए तो चिन्ता है। तपने पर सोने में निखार आता है। अतएव जीवनभर परेशानियों की भरमार रही है। चलो, आर्थिक-संकट का यह परोक्ष वरदान ही सही। दिन के चौबीस घण्टों की अल्पावधि को सुनियोजित करके इसी तरह बढ़ाया जा सकता है। तभी तो चालीस-बयालीस वर्षों से साढ़े तीन या पौने चार घण्टे ही सोता हूँ। इससे कम सोने पर झपकियाँ आने लगती हैं। खैर, यह शिकवा-शिकायत तो हर जिन्दगी के साथ जुड़ी रहती है। सार्वजनिक रूप से रोने-धोने की बात शोभनीय नहीं लगती। मुसकराने की चर्चा हो तो ठीक है। लिखते-पढ़ते समय सारे कष्ट सन्ताप बिसर जाता हूँ। तीस दाँत और अधरों के अलावा भीतर के हाड़-माँस, मज्जा, लहू और अँतड़ियों से मुसकराता रहता हूँ। (*फिर प्रकाश ओझल*) भयंकर खीज व झुँझलाहट हुई। छोटी-सी मोमबत्ती जलाकर लिखने बैठा। सचमुच काम चल गया, अनिल! तब तो दो मोटी मोमबत्तियों से बिजली की गरज पूरी हो सकती है। विश्वास रखो 'फुलवाड़ी' के अगले भागों में राजस्थान के प्रेमाख्यानों की सौरभ बिखेरूँगा। प्रेम के नये-नये फूल खिलाऊँगा। इसमें मेरी कलम काफी निष्णात है। वह तितली की नाईं थिरकने लगती है। इसलिए कि प्रेम के सिलसिले में असफल जो रहा हूँ। उफ्फ...तिरेपन बरसों का सुदीर्घ इकतरफा यातायात! तुम तो जानते ही हो। छोड़ूँ इस रामायण को...अन्यथा राह भटक जाऊँगा। मोमबत्ती थोड़ी ही शेष रही है! सूर्योदय में मामूली वक्त बाकी है। काश! अर्जुन के सखा कृष्ण मेरे लिए दो घड़ी पहले सूरज उदय कर दें तो जयद्रथ

के वध की बजाय, शब्दों में प्राण फूँकने के निमित्त ही गाण्डीव के बदले अपनी कलम चलाता रहूँगा। तब तक मोमबत्ती से सूरज की कमी पूरी हो रही है। मेरी कहानियों की तह में छिपे हुए ये अकिंचन आख्यान ही मेरे शब्दों की संजीवनी बूटी हैं!

दूसरे दिन लोक-जुम्बिश की एक महिला—नाम और सूरत दोनों भूल रहा हूँ—'राजस्थान-पत्रिका' लेकर आयीं, जिसमें मेरी 'सपना' कहानी छपी थी। तो बुधवार के परिवार परिशिष्ट में 'बिज्जी की कहानियाँ' के तहत पहली कहानी शुरू हो गयी है! यों 'पत्रिका' में पहले भी मेरी कहानियाँ छपती रही हैं। सचित्र भी निकलती रही हैं। 'प्रतिशोध' उपन्यास साल सवा-साल तक धारावाहिक चलता रहा। 'फुलवाड़ी' की अपेक्षा 'पत्रिका' के माध्यम से मुझे अनगिनत पाठक जानने लगे हैं। अब तो नियमित रूप से कहानियाँ छपने लगी हैं। यह बन्धन नहीं होता तो 'सपनप्रिया' की कहानियाँ आर्थिक व घरेलू परेशानियों के कारण फिलहाल टलती रहतीं। किन्तु प्रेस का तकाजा और उसका बन्धन ही मेरे लिए स्वतन्त्रता का परिचायक है। प्रेरणा की अदम्य शक्ति है। रोज तो नहीं, बाकी सब कामों के बीच कम-से-कम दो कहानियाँ तो पत्रिका के लिए लिख सकता हूँ। अब शायद तुम भी विश्वास करने लगे हो कि स्तर का ग्राफ कभी नीचे नहीं उतरने दूँगा। इस तरह की जरूरत के समय मेरे भीतर बिखरी हुई ऊर्जा स्वतः एकाग्र हो जाती है। जिस तरह भेड़िये की बू से भेड़ें और मेमने आपस में सटकर एकजुट हो जाते हैं।

साथ-साथ मिलान करना तो दरकिनार, कौन अलग-अलग पढ़ना चाहेगा कि मूल राजस्थानी के 'सपनौ' और हिन्दी के 'सपना' शीर्षक की समानता के अतिरिक्त ठौर-ठौर परिष्कार या संशोधन से कहानी में कितनी गहराई उजागर हुई है! और अन्त के परिवर्तन से तो उसकी काया ही पलट गयी। (*बिजली का पुनः पदार्पण हुआ, गनीमत है!*) मेरे खयाल से बहुत कम पाठकों को पता है कि डी.एच. लॉरेन्स के बेहद चर्चित उपन्यास 'लेडी चटरलीज लवर' के तीन विभिन्न मसविदे स्वतन्त्र रूप से प्रकाशित हुए हैं। पता चलने पर मैंने अत्यधिक उत्सुकता के वशीभूत तीनों मसविदे खरीदे। एक-एक पंक्ति का मिलान करके उन्हें पढ़ा। बहुत-कुछ सीखा। चयनप्रक्रिया की बारीकियों को समझा। सारे प्रान्तों की मुझे जानकारी नहीं है, बिहार, मध्य प्रदेश के पाठक-समुदाय को राजस्थानी कथाओं का हूबहू अनुवाद उपलब्ध कराया जाय तो वे पुरानी और नयी कहानियों की तुलना कर सकेंगे, ऐसा मेरा पुख्ता विश्वास है। क्योंकि उन्होंने गीता और रामायण की नाईं 'दुविधा' और 'उलझन' का पारायण किया है। सोच रहे होगे कि 'सपना' के अन्त का मसला छोड़कर मैं किधर बहक गया! न बहका हूँ और न भूला हूँ, सब ध्यान है मुझे। 'फुलवाड़ी' के 'सपनौ' का अन्त है :

*"कावड़ के उनमान सपना बार-बार बादशाह की आँखों के सामने घूमर ले रहा था। अकस्मात् बादशाह झिझककर उठ बैठा और उसी क्षण जागने के साथ*

*ही हँसने लगा सो हँसता ही गया। हँसी की भनक सुनते ही शाहजादी झटपट खड़ी हुई। अबोध बच्चे की नाईं पूछा, 'फिर कोई सपना आया क्या?*

*बादशाह ने हँसते-हँसते ही जवाब दिया, 'हाँ...।'*

*शाहजादी ने उसके गले में बाँहें डालकर हठ करते हुए कहा, 'मुझे भी बताओ।'*

*तब बादशाह हँसते-हँसते ही कहने लगा, 'आज तो मेरा मुँह कहने के काबिल है, लेकिन तुम्हारे कान सुनने के काबिल नहीं हैं। समय आने पर सब पता चल जाएगा। थोड़ा धीरज रखो।'*

पहले लकड़हारे को बादशाह बनने का सपना आया था। तब भी वह निर्बाध हँसता रहा। अब बादशाह बनने के बाद उसे सपेरे का सपना आया कि वह जगह-जगह जंगल में साँप पकड़ रहा है। और जोगन का वेश धारे शाहजादी पूँगी पर नाच रही है। गा रही है। पहला सपना भी जव सच हो गया तो दूसरा सपना सच क्यों नहीं होगा? पर शाही महल में यह सच्चाई सुनकर शाहजादी डर जाएगी। साँपों की दहशत के मारे वह काँप-काँप उठेगी। इसी कारण शाहजादी के कान फिलहाल अपरिपक्व हैं। समय पर पता चलेगा तो अपने-आप ही बदली हुई परिस्थिति से सामना करने का हौसला जुटा लेगी।

हिन्दी की 'सपना' कहानी का मर्म समझने में तुम मुझसे अधिक माहिर हो। नारी मुक्ति के परिप्रेक्ष्य में कई अर्थ समझ लोगे। 'फुलवाड़ी' की कथा तो शाहजादी के धीरज की असन्दिग्ध थाह का संकेत देकर ही समाप्त हो गयी। पर हिन्दी में पुनर्लेखन करते समय सब उलट-पुलट गया :

*"बेगम ने साफ मना करते कहा, 'नहीं, अब एक पल भी मैं धीरज नहीं रख सकती। तुम सोचते हो कि जोगन की बात सुनकर मैं डर जाऊँगी?'*

*बादशाह पहले तो कुछ चौंका फिर उसी तरह हँसते-हँसते उसने पूछा, 'तुम्हें क्योंकर पता चला?'*

*'मैं भी वही सपना देख रही थी।' सिर्फ इतना ही भेद बताकर वह बेसाख्ता हँसने लगी सो हँसती ही रही।*

*अगले ही क्षण बेगम को यह महसूस हुआ कि वह बादशाह के मुँह से हँस रही है और बादशाह को यह महसूस हुआ कि वह बेगम के मुँह से हँस रहा है।"*

तुम्हारी कार्यशाला से तेरह दिन पहले यह कहानी लिखी थी। सोचा कि शारदा जी और तुमसे इस बाबत खूब चर्चा करूँगा। पर बँधे-बँधाये कार्यक्रम में ऐसा मौका ही नहीं निकल पाया। कहानी के बीच ठौर-ठौर ऐसे कई संशोधन हैं। पर अन्त की कुछेक पंक्तियों के द्वारा कहानी का वजन ही बदल गया। मानव-समाज में पुरुष का प्रभुत्व सुनिश्चित है। पर आधुनिक नारी अपने अधिकारों के प्रति पूर्णतया

जागरूक है। सदियों से दबाकर रखी हुई अपनी शक्ति को अब वह खूब पहचानने लगी है। बुद्धि, कौशल, शिक्षा और प्रशासन के हर क्षेत्र में वह बराबरी का दावा करने लगी है। पुरुष नारी के बिना अधूरा है तो नारी पुरुष के बिना अधूरी है। दोनों मिलकर ही एक सम्पूर्ण इकाई का प्रतिनिधित्व करते हैं। दोनों ही एक-दूसरे के पूरक हैं। दोनों ही एक-दूसरे पर निर्भर हैं। अब वह पुरुष की मोहताज बनकर नहीं, अपनी शक्ति के बूते पर मुक्ति का वरण करना चाहती है। दोनों के कदम एक साथ लय-बद्ध चलने पर ही स्वस्थ मानवीय विकास की मंजिल तय होगी। पितृसत्ता के परम्परागत दबदबे को अब पूर्णतया परखे बिना वह उसे अंगीकार नहीं करेगी। दूसरे अन्त में यह मर्म हर शब्द की तह से झाँक रहा है। इस कहानी को पढ़कर तुम और गहराई में उतर सको तो मुझे बताना। एक बार जयपुर से दिल्ली कार में जाते हुए तुमने रविबाबू की बाँग्ला कविताओं के गूढ़ मर्म की जो व्याख्या की थी, तभी से साहित्य के प्रति तुम्हारी समझ का रुतबा मानने लगा हूँ।

सुखद सपने की तरह कार्यशाला का माहौल चल रहा था कि अचानक एक दुःस्वप्न की काली छाया ने समूचे आनन्द-उल्लास को शोक में बदल दिया। स्टार टी.वी. से एक हृदय-विदारक सूचना प्रसारित हुई कि संजय घोष को उल्फा के आतंकवादियों ने नाव में डुबोकर मार डाला। कोई दस-ग्यारह दिन पहले जब अरुणा राय सूचना का अधिकार प्राप्त करने के लिए अपने साथियों के साथ जयपुर धरने पर बैठी थी, तब कुछ देर के लिए मैं भी उनसे मिला था। अरुणा ने डबडबायी आँखों से होठ फरफराते हुए बताया कि संजय घोष को उल्फावालों ने पकड़ लिया है। फिर काँपते हाथ से उसने मुझे एक परचा दिया, जिसमें संजय घोष को बचाने की अपील थी। मैंने पहली बार उसका नाम और उसकी सामाजिक गतिविधियों के बारे में सुना था। पर तुम्हारी कार्यशाला का प्रत्येक प्रतिभागी उस सदमे से आहत हो गया! मानो हर किसी के परिवार का कोई युवा सदस्य मर गया हो। हर पुतली आँसुओं से भीगी थी। किसी ने खाना नहीं खाया। शोक के काले-स्याह पोखर में सभी आकण्ठ डूब गये थे। शिवरतन थानवी ने विगलित स्वर में उसके बारे में कई अपूर्व जानकारियाँ बताकर अन्त में कहा, 'अब क्या-क्या बताऊँ बिज्जी कि वह आजाद भारत का छोटा-मोटा गाँधी ही था। लगा कि किसी बहन का भाई मर गया है। किसी माँ का बेटा मर गया है। किसी भाभी का देवर मर गया है। आबू पर्वत की प्राकृतिक छटा विवर्ण हो गयी। जैसे वह भी संजय घोष के शोक में भाँय-भाँय बिसुर रही हो। शाम को उस राष्ट्रीय त्रासदी का खण्डन आया कि संजय घोष के डूबने की खबर झूठी है। उल्फावाले उससे पूछताछ कर रहे हैं। कार्यशाला में आनन्द-उछाह का ज्वार-सा उमड़ पड़ा। मानो प्रत्येक व्यक्ति का मृत आत्मीय फिर से जीवित हो उठा है। सबके चेहरों पर एक जैसी खुशी और होठों पर एक जैसा उल्लास! जैसे लकी झील पर एक जैसी लहरें थिरक रही हों। तुम शोक की वेला

भीतर से क्षत-विक्षत होते हुए भी बाहर से तटस्थ दिखने की चेष्टा कर रहे थे। और खण्डन की शुभ-सूचना मिलने पर भी तटस्थ रहे। बड़ी थिरता के साथ तुम बोले, 'भगवान करे संजय की लम्बी उम्र हो, पर उल्फावालों की बात पर मुझे किंचित भी एतबार नहीं है। वे प्रतिक्रिया की नब्ज टटोल रहे हैं।' आखिर वही हुआ जो ईश्वर को नहीं, उल्फावालों को मंजूर था।

उस दुखद समाचार से कार्यशाला का माहौल रुग्ण-सा हो गया। मैं भी दो दिन कहानियाँ नहीं लिख सका। पर रविबाबू की लेखनी तो अपने पुत्र रतीन्द्रनाथ की मृत्यु के त्रासद क्षणों में भी अवरुद्ध नहीं हुई। वे सबके गुरुदेव जो हैं। भला गोखुर के पानी का मानसरोवर से क्या मुकाबला! उनके लिए कविता आराध्य थी। पुत्र-शोक से उनके सृजन की पीड़ा बड़ी थी।

अन्तस् की ठेठ गहराइयों में स्मृति-पुरुष संजय घोष का उदात्त व्यक्तित्व गूँजता रहा। प्रत्येक कहानी पर तारीख, वार और समय लिखा है, इसलिए उनका हवाला देने में कोई हर्ज नहीं। 20 जुलाई से 26 जुलाई तक चार कहानियाँ लिखीं। हड़कम्प, पुरखों की पुण्याई, मूजी अवतार और आसीस। 26 जुलाई को प्रतिभागियों की माँग पर शारदा जी और तुमने मेरा कहानी-पाठ रखा। मैंने सोचा कि कुछेक प्रतिभागी मेरी खाँटी राजस्थानी ठीक तरह समझेंगे नहीं, इसलिए 'राजस्थान पत्रिका' को भेजी गयी सभी कथाओं की फोटो-स्टेट प्रतियाँ लाया था। जब तुम्हें पता चला कि मैं हिन्दी-कथाएँ सुना रहा हूँ तो तुमने झिड़कते कहा, 'यह क्या बेवकूफी कर रहे हो! राजस्थानी में सुनाओ।'

मैंने डरते-डरते तीन कथाएँ सुनायीं। गाँव, जोधपुर, जयपुर और दिल्ली सुनाता रहता हूँ। पर ऐसा अगाध आनन्द मुझे कभी नहीं आया। जैसे सभी श्रोताओं ने मिलकर एक विराट् व्यक्ति का रूप धारण कर लिया हो जिसके अनेक चेहरे, अनेक आँखें, अनेक कान और अनेक हाथ-पाँव हों। काया, मन और आत्मा एक हो। मगर मस्तिष्क अनेक हों। मुसकराने की बात पर सभी होठों पर मुसकराहट। हँसी की बात पर हँसी। व्यंग्य या कटाक्ष की बात सुनकर खीज और बौखलाहट। तालियों की ठौर एक साथ तालियाँ और ठहाकों की जगह कनफोड़ ठहाके। नयी ऊर्जा, और नया उत्साह लेकर आबू पर्वत से विदा ली। नयी प्रेरणा से सराबोर। नये जन्म की खुशी से छलकता हुआ आप्लावित मन।

गाँव पहुँचा तब तक संजय घोष की शहादत मुझे विचलित करती रही। जैसे मेरी छाया अपनी न होकर संजय घोष की छाया हो। अरुणा की डबडबायी आँखें मुझे भिगोती रहीं। जिसका परोक्ष-अपरोक्ष प्रभाव 'सपनप्रिया' कहानी में परिलक्षित हुआ। कुंकुम के पदचिह्नों वाली राजकुँअरी में अजाने ही अरुणा राय का व्यक्तित्व चित्रित हो उठा। और बार-बार सपने में दिखी उस राजकुँअरी की खोज में निकले बावरे राजकुँअर के रूप में संजय घोष का वजूद उभर आया। संयोग की लीला ही

समझो अनिल की यही कोई सात-आठ या दस बरस पहले 'बातां री फुलवाड़ी' के आठवें भाग की एक कथा 'सपना री राजकंवरी' का एकाग्र भाव से हिन्दी में कायाकल्प कर रहा था—रूपायन संस्थान की सीढ़ियों पर बैठा हुआ। सहसा फाटक में घुसती जीप की घरघराहट सुनकर ध्यान भंग हुआ। जब जीप पास आकर रुकी और उस विमान से अप्सरा की नाईं अरुणा राय उतरी। मुसकराते बोली, 'क्या हो रहा है, बिज्जी? नयी कहानी लिख रहे हो?'

मैंने भी सविस्मय मुसकराते हुए हामी भरी। मानो वह सपने में प्रकट हुई हो। न कोई सूचना। न कोई खबर! पास बैठते ही बाल-सुलभ जिज्ञासा के स्वर में आग्रह किया, 'सुनाओ!' जैसे कहानी सुनने के लिए ही तिलोनिया से आयी हो। मैंने सफाई देने के आशय से कहा, 'अभी अधूरी है। पूरी होते ही तिलोनिया आकर सुना दूँगा।' उसने हठ करते हुए कहा, 'अधूरी है तो यार अधूरी ही सुना दो। पूरी फिर कभी सुन लेंगे।' मेरे लिए उस आग्रह से बढ़कर और क्या अमूल्य पुरस्कार हो सकता था! सो उन्मुक्त भाव से सुनाने लगा। वह एक-एक शब्द को निगल रही थी। बेहद पसन्द आयी, उसे वह अधूरी कहानी। मेरी पीठ थपथपाते बोली, 'यार बिज्जी, इसे तो जल्दी लिख मारो। शानदार कहानी बनेगी।'

और उसे जल्दी लिखने की हड़बड़ाहट में शाम को कहीं ऐसी हिफाजत से रखी कि लाख खोजने पर भी वह मिली नहीं। आबू पर्वत की कार्यशाला से लौटने के बाद ऐसी धुन सवार हुई कि तीन दिन तक सारी अलमारियाँ और दराजें खोज मारीं। आखिर तॉलस्तॉय की अन्ना कारेनिना के नीचे दबी हुई मिली। जी में जी आया। और साथ ही साथ ऐसी सनक दिमाग में सूझी कि इतने समय तक साथ रहने से कहीं अन्ना, सपने की राजकुँअरी और दीवान की बेटी में परस्पर गाढ़ी मित्रता तो नहीं हो गयी? होने दो। इससे अच्छी बात और क्या हो सकती है! सो पाँच दिन लगातार 'राजस्थान-पत्रिका' के लिए सात कहानियाँ लिखकर 'सपनप्रिया' के निमित्त आसन जमाकर बैठ गया। जब एक सितम्बर 1997, मंगलवार को यह कहानी सम्पूर्ण हुई तो कुछ ऐसा महसूस हुआ कि जैसे आठ बरस से मैं इसकी प्रसव-वेदना झेल रहा हूँ। जब उसका जन्म हुआ तो स्पष्ट चेतना कौंधी कि 'सपने की राजकुँअरी' और 'सपनप्रिया' में मूलभूत कथानक की समानता के बावजूद फूल और इत्र-सा वैविध्य है! अब यह जिम्मेवारी तुम्हें ही सौंपता हूँ कि दोनों कहानियाँ पढ़कर इनके विविध बिन्दुओं की व्याख्या मुझे अच्छी तरह समझाना। हिन्दी के प्रबुद्ध पाठकों के उनमान यह कुव्वत तुममें है। फिर मैं क्यों माथा लड़ाऊँ? यह तो सही व्यक्ति के हाथ में सही काम सौंपना है। लोक-जुम्बिश के व्यस्त कार्यक्रम से इतना समय तो तुम्हें निकालना ही होगा। और मेरे भीतर कुलबुलाते इस प्रश्न के न्याय-संगत उत्तर की भी तुमसे आशा करूँगा कि—क्या 'सपने की राजकुँअरी' में दीवान की बेटी का हत्या से परम्परागत अन्त करके 'सपनप्रिया' में उसके प्राण

बचाने की अनधिकार चेष्टा तो नहीं की है मैंने? कोई अपराध तो नहीं किया है? परिशिष्ट में नमूने के बतौर सिर्फ एक ही कहानी दे रहा हूँ—सपने की राजकुँअरी। 'परकमा' और 'परिक्रमा में', 'मरम रौ घाव' और 'मरीचिका' में, 'माया रौ दाळद' और 'मोह भंग' में, 'मोत्यां री खेती' और 'नगीनों की खेती' में ठीक उतना ही वैविध्य है जितना कपास और वस्त्र में होता है। 'फुलवाड़ी' में कदीमी अभिप्राय या लोककथा के बिनौले बोकर उनसे कपास मैंने ही उत्पन्न किया है और हिन्दी में उस कपास को बुनकर उससे विभिन्न वस्त्रों का निर्माण किया है। पर कुछेक कहानियाँ जैसे आसीस, गिरवी जोबन, मनुष्यों का गड़रिया, भूल-चूक, लेन-देन और खीरवाला राज्य इत्यादि में फकत बिन्दी, काजल और मामूली शृंगार करने से ही उनका रूप निखर आया। मात्र अनुवाद से ऐसा सम्भव नहीं होता। उनमें अधिक परिमार्जन की गुंजाइश फिलहाल नजर नहीं आयी।

'पानी की बात', 'सिकन्दर और कौआ'—संग्रह की इन दो कथाओं को हिन्दी में लिखने का एक खास औचित्य था। 'राजस्थानी-हिन्दी कहावत-कोश' के वृहत् कार्य का प्रोजेक्ट तुम्हीं ने मुझे दिलवाया था, जब तुम मानव संसाधन विकास मन्त्रालय में शिक्षा सचिव थे। तुम्हें जानकर केवल खुशी ही नहीं, बेहद गर्व होगा कि साढ़े सोलह हजार राजस्थानी कहावतों का विशाल कोश लगभग तैयार है। हिन्दी की साँगोपाँग अर्थ-छटाओं के साथ। उसी के अन्तर्गत सन्दर्भ-कथा के रूप में 'पानी की बात' लिखी है। यह अमूल्य रत्न मुझे अपने ही गाँव के जगरामसिंह के द्वारा हाथ लगा जब 'जै' अक्षर चल रहा था—जैड़ौ पीवै पांणी, वैड़ी बोलै वांणी (जैसा पीये पानी, वैसी बोले बानी) कहावतों का अर्थ करने में जगरामसिंह जी और मेरे चचेरे भाई शुभकरण का जब-तब सहयोग मुझे मिलता रहा है। इसी कहावत पर जगरामसिंह जी ने एक छोटी-सी कथा सुनायी। सुनते ही मुझे उसके सम्भावित आयामों का अनुमान हो गया। कहावत-कोश में भी इन सन्दर्भ-कथाओं को मैं काफी कलात्मक ढंग से प्रस्तुत करता हूँ। कहानी-लेखक हूँ न! सामान्य आकार से कुछ ज्यादा ही बड़ी हो गयी। फिर भी 'सपनप्रिया' जितनी लम्बी कहानी तो कोश के लिए उपयुक्त नहीं है। उसकी एक सीमा है। पर मैं सीमा के बन्धन तोड़ता भी रहा हूँ। कहावत-कोश के निमित्त तो इस सन्दर्भ-कथा से सन्तोष हो गया। पर मन-ही-मन दृढ़ इच्छा भी रही कि मौका मिलने पर इसे दुबारा लिखूँगा। 'राजस्थान पत्रिका' की वजह से यह मौका जल्दी ही मिल गया। कहावत-कोश की सन्दर्भ-कथा के मुकाबले नई कथा का आकार करीब दुगुना हो गया और कलात्मक सौन्दर्य तो कई गुना बढ़ गया। इसका तखमीना भी तुम्हें करना है। वाशिंगटन टाइम्स फाउण्डेशन द्वारा आयोजित एशियन राइटर्स कॉन्फ्रेंस का आमन्त्रण मिला तब समयाभाव के कारण मैं चाहने पर भी उसे दुबारा नहीं लिख सका। इण्डियन लिटरेचर के सम्पादक शिवप्रकाश से हड़बड़ी में पच्चीस पृष्ठों के लम्बे आलेख का अनुवाद

कराया। उसमें यह कथा भी सम्मिलित थी। अँग्रेजी पर उसका जबरदस्त ही कमाण्ड है। अनुवाद बड़ा सुन्दर बन पड़ा। 1 अप्रैल 1997 को आमन्त्रण मिला और 22 अप्रैल को वाशिंगटन पहुँचना था। फोटो-कम्पोज से आलेख की पच्चीस प्रतियाँ तैयार करवायीं। वाशिंगटन आये विद्वज्जनों ने उस आलेख व 'द डिलेमा' को बहुत पसन्द किया। यदि मैं अँग्रेजी में सामान्य वार्तालाप भी कर सकता तो बहुत बड़ी उछाल मिलती। पर अँग्रेजी न बोलने के कारण देखते-देखते वह मौका हाथ से निकल गया तो निकल ही गया। दो-तीन बार जयपुर प्रवास के दौरान तुम्हें यह कहानी सुनाने की बेहद इच्छा थी, पर मिलना ही नहीं हुआ।

करीब तीन-चार बरस पहले मेरे अभिन्न आत्मीय शिवप्रसाद पालीवाल ने खासतौर से सिकन्दर और कौए वाली कहानी सुनायी। उसे भी लिखने-पढ़ने का शौक है। मैं बार-बार उससे पुरजोर आग्रह करता रहा कि वह इस कथा को कहानी का रूप दे। कैलाश कबीर को भी कहा। किन्तु वे लिख नहीं सके। अपना-अपना दायरा है। जब तक 'राजस्थान पत्रिका' में कहानी लिखने का अवसर नहीं मिला, मैं भी तो टालता रहा। जब दीगर व्यस्तताओं के चक्कर में मेरा लेखन टलता रहा तो एक दिन हिम्मत करके कुलिशजी के सामने प्रस्ताव रखा। वे तुरन्त मान गये। अब तक सत्रह कहानियाँ छप चुकी हैं, जिनकी बदौलत इस संग्रह की पाण्डुलिपि तैयार हो गयी। यह संयोग की लीला ही समझो अनिल की उसी दौरान भारतीय ज्ञानपीठ से पद्मधर त्रिपाठी का पत्र आया कि एक सौ साठ पृष्ठ का संग्रह तैयार करना है। दिल्ली आयें तो कृपया सम्पर्क करें। जब महीने भर बाद दिल्ली आया तो ज्ञानपीठ के कार्यालय में पद्मधर से मिला। अभिवादन के पहले ही उसका गरमागरम उलाहना कि उसके पत्र का जवाब तक नहीं दिया! तब मैंने प्रतिवाद स्वरूप पाण्डुलिपि की फाइल उसके सामने धरते हुए कहा, 'तुम्हें जवाब चाहिए या कहानियाँ?' यकायक उसे विश्वास नहीं हुआ। हैरतअंगेज हाव-भाव से कहानियों का निरीक्षण किया। बाकायदा तारीख, वार, स्थान और समय का ब्योरा दर्ज था। सब तारीखें उसकी चिट्ठी के बाद की थीं। उसने तपाक से हाथ मिलाया तो मैंने अपनी इच्छा जाहिर की, 'मुझे छोटे संग्रह पसन्द नहीं हैं। एक सौ साठ पृष्ठ मेरी तरफ से और जुड़ेंगे।' उसने बड़ी दिलकश मुसकान के साथ कहा, 'मिश्रजी अभी-अभी आये हैं। उनसे बात कर लेते हैं।' तुम्हारी तरह दिनेश मिश्र से क्या बात करनी, कैसी बात करनी? वह तो कहते ही मान गया। अतिशय विनम्रता से कहा, 'मुझे क्या तय करना है! जैसा आप चाहें, वही होगा।' 'सपनप्रिया' के सृजन और प्रकाशन की यह पृष्ठभूमि है, जिससे उसका कलेवर और शृंगार सम्भव हुआ। तुम्हें मेरे सृजन में रुचि है। मेरे बिना कहे ही 'राजस्थान पत्रिका' के संस्थापक कुलिशजी को, पद्मधर त्रिपाठी को और दिनेश मिश्र को धन्यवाद देना और हार्दिक आभार प्रदर्शित करना। तुम्हें और कुलिशजी को शायद कुछ आभास हो सकता है, पर शेष दोनों तो मालूम

होने पर भी विश्वास नहीं करेंगे कि मैंने किन चुनौतीपूर्ण परिस्थितियों में प्रस्तुत पाण्डुलिपि के शब्दों को सृजन के साँचे में ढाला है।

अनिल, तुमने तो राजस्थान के गाँवों का खूब ही दौरा किया है। कभी-कभार ढलती साँझ किसी गाँव से गुजरते हुए कुम्हार के निहाव को, मतलब कि आवें को, जलते हुए जरूर देखा होगा। कुछ देर तो उसकी लपलपाती लपटें बासनों को लीलती रहती हैं। फिर रात भर मिट्टी के कच्चे ठाँव उसकी दहकती आग में पकते रहते हैं। मैं इसी तरह पिछले चार-पाँच महीनों से निहाव में पकता रहा हूँ। पर बिल्ली के बच्चों की नाईं, उसमें जला नहीं। बाल-बाल बच गया। और वे बचानेवाले हाथ किसी ईश्वर या खुदा के नहीं सम्भागीय आयुक्त ललित पँवार के थे। यदि उन हाथों ने मुझे तत्कालीन आपात-स्थिति से नहीं बचाया होता तो उस निहाव से छुटकारा पाना मुश्किल था। बहुत लम्बी और दर्दनाक दास्तान है, लिखने बैठूँ तो बर्नाड-शॉ जितना लम्बा प्राक्कथन हो जाएगा। इसलिए यहीं छोड़ देता हूँ। संयोग से कभी मिलो तो उन्हीं से पूछना और हार्दिक धन्यवाद देना। शाब्दिक इन्द्रजाल के अभ्यस्त हिन्दी लेखकों को ये अपरिचित, असाहित्यिक सामान्य लोग-बाग रंचमात्र भी नहीं सुहाएँगे। उलटे नाक-भौंह सिकोड़ेंगे। यह जानते हुए भी अत्यन्त कृतज्ञतापूर्वक उनके नाम का उल्लेख किये बिना रह नहीं सकता। जाने-अजाने सहयोग तो मिले आस-पास के शुभचिन्तकों का और बेवजह किस्से बयान करूँ विदेशी लेखकों के और उनके उद्धरण देकर आतंकित करूँ अपने विश्वस्त पाठकों को, उम्र के इस पड़ाव पर यह उदार खुलापन अब मुझे रास नहीं आता। उबकाई आने लगती है।

काश! डॉक्टर जॉनसन की तरह मेरे पास भी बॉसवेल-सा साथी होता तो मेरे जीवन के अनगिनत आख्यान व किस्सों से एक भारी-भरकम पोथे की सृष्टि हो जाती। तुमसे तो उम्र में शायद सात-आठ साल बड़ा ही हूँ। मेरी तुलना में तुम्हारी स्मरण-शक्ति काफी दुरुस्त होनी चाहिए। मुझ जितनी परेशानियाँ भी नहीं उठायी होंगी। हमेशा से ही उच्च अधिकारी रहे हो। मुझे तो हर वक्त किसी-न-किसी कुरुक्षेत्र में जूझना पड़ रहा है। सृजन के साथ शायद मेरे भाग्य में यही नियति जुड़ी है। अभी हाल ही में श्री प्रभाष जोशी को बैंक-ऋण का एक अलग ही अरण्य-रोदन पत्र के माध्यम से सुनाया है। डूबते को तिनके का सहारा। जिन सहृदय पाठकों को मेरी रचनाओं में रुचि है, मानकर चलता हूँ कि उन्हें मेरे जीवन की कहानी से अरुचि नहीं होगी। ज्वालामुखी के भीतर बरसों से उबलता हुआ लावा ही तो मेरी रचनाओं का रूप धरकर बाहर आया है।

तुम जब प्राथमिक व माध्यमिक शिक्षा, बीकानेर, के निदेशक बनकर आये, उससे एकाध साल पहले स्व. निरंजननाथ जी आचार्य ने काफी जद्दोजहद करके 'बातां री फुलवाड़ी' के इक्कीस भागों तक हजार-हजार प्रतियाँ खरीदने के आदेश कर दिये थे। तीन भाग खरीदे जा चुके थे। तीन भाग और तैयार हुए तब तुम्हारे

निदेशक बनने पर हमें बहुत खुशी हुई। कोमल और मेरी साहित्यिक गतिविधियों से तुम पूर्णतया परिचित थे। हमारे प्रति सम्मान भी था। श्री ब्रजसुन्दर जी शर्मा, जिन्हें सभी भाई साहब कहते थे, उस वक्त शिक्षा-मन्त्री थे। और कोमल था उनका निजी सचिव। एक बार तुम, मैं, कोमल और भाई साहब जयपुर से बूँदी रवाना हुए। भाई साहब वहीं के रहनेवाले थे। उन्हें घर छोड़कर अपन दोनों वापस लौटने लगे तो भाई साहब ने कहा, 'सुनो अनिल, 'फुलवाड़ी' की खरीद के स्थायी आदेश हैं। कुछ भी दिक्कत हो तो बता देना। तीन भाग और तैयार हैं, खरीद लो।' तुम्हारे मुँह पर रोष, एतराज या उपेक्षा की हलकी झाँई उभर आयी। फिर भी कहने को कह दिया, 'देख लूँगा।' शहर से बाहर निकलते ही मेरी ओर बिना देखे ही तुमने कहा, 'देखो बिज्जी, कोमल दा और तुम्हारी बड़ी इज्जत करता हूँ। पर नेताओं के पीछे घूमकर तुमने जो आदेश लिये हैं, मैं उनकी अनुपालना हर्गिज नहीं करूँगा।' एकबारगी तो मैं सकते में आ गया। किसके मुँह से क्या सुन रहा हूँ! उस समय उदयपुर के श्री मोहनलाल सुखाड़िया का राजस्थान में एकछत्र दबदबा था। तुम उनके चहेते अधिकारी थे। दूसरे मन्त्रियों की परवाह नहीं करते थे। ईमानदारी और निष्ठा के कारण दबंग भी तुम कम नहीं थे। मैं भी युवा था। तिस पर लेखक। हेकड़ी मुझमें भी काफी थी। अगले ही क्षण सकते से उबरकर मैंने दो-टूक जवाब दिया, 'देखो अनिल, जब से हाथ में कलम थामी है, किसी के भरोसे नहीं। न आचार्य जी के, न भाई साहब के, न तुम्हारे। तुम न खरीदना चाहो तो न खरीदो। हम भाई साहब से इसका जिक्र तक नहीं करेंगे। जब तक तुम निदेशक के पद पर हो, मुझे 'फुलवाड़ी' देनी ही नहीं है। बाद की बाद में देखी जाएगी। अब इस बात को यहीं समाप्त करो। जेठ जी के भरोसे बेटी नहीं जायी है।' तुम्हें ऐसे जवाब की आशा नहीं थी। सुनकर बुरा माना या नहीं माना, पर खुश नहीं हुए, यह जानते हुए भी कि मैंने लेखक की मर्यादा निभायी है। बिना बातचीत के जयपुर की यात्रा काफी बोझिल रही।

कोई दो या तीन महीने बाद बताया कि 'फुलवाड़ी' के तीनों भाग तुमने पढ़ लिये हैं। इन्हें तो खरीदना ही चाहिए। पहले बिना पढ़े मना किया सो कुछ खयाल न करूँ। शिष्टाचार के नाते तुमने माफी भी माँगी। तब गरम तवा देखकर मैंने एक आग्रह और किया, छठा और सातवाँ भाग एक ही उपन्यास 'मां री बदलो' [प्रतिशोध] के दो खण्ड हैं। दूसरा खण्ड पाठकों को न जाने कब मिले? इसलिए इसे भी साथ खरीद लो तो अच्छा है।' तुमने जानना चाहा कि छप गया क्या? मैंने मुसकराते हुए जवाब दिया, 'नहीं, अभी तो लिखना ही बाकी है! सन् मुझे कतई याद नहीं, पर तारीख पुख्ता याद है। दो मार्च की बात थी। उसी वित्तीय वर्ष में खरीद होनी थी। तुमने अत्यन्त आश्चर्य भाव से सच्चाई जाननी चाही, 'क्या बात कर रहे हो यार बिज्जी! कब लिखोगे, कब छपाओगे? मैंने कहा, 'यह मुझ पर छोड़ो।

बीस तारीख तक आखिरी पृष्ठ छप जाएगा। पक्की जिल्द बनेगी। सात दिन सूखने के लिए काफी हैं।' तुम्हें विश्वास तो रंचमात्र भी नहीं हुआ। होता भी कैसे? एकदम असम्भव काम था। ऊपरी मन से हामी भर ली। और मैं बीकानेर से सीधा गाँव। उस समय प्रेस में सत्रह कर्मचारी थे। सभी कम्पोजिंग और सिलाई जानते थे। शाम को घर बुलाकर सारी बात समझायी, 'मेरी इज्जत और प्रतिष्ठा का सवाल है दोस्तो! मैं सुबह तक बीस-पच्चीस पन्ने लिख लेता हूँ। सवेरे तुम सभी अपनी कारगुजारी बता देना।' बेटों का-सा बरताव था, उनके साथ। मैं दनादन लिखता रहता। क्या दिन और क्या रात! न कलम रुकती, न लिखे हुए को पढ़ता, न काटता। गैली, पेज और मशीन-प्रूफ तक बेहिचक संशोधन करता। आठ-आठ प्रूफ पढ़ता। जब भी प्रूफ आते, अधूरी पंक्ति बीच में छोड़कर उन्हें पढ़ने लग जाता। फिर आगे लिखना शुरू। जैसे कोई अदीठ शक्ति पीठ पीछे खड़ी रहकर, मुझे डिक्टेशन दे रही हो। तुम्हें तो उसका नाम भी पता है!

तू चल मैं आया, तू चल मैं आया—यों करते-करते अट्ठाईस मार्च को ट्रक में पुस्तकें भरकर शिक्षा-विभाग के कार्यालय में आ धमका। तुम्हारे आश्चर्य की सीमा नहीं रही, जब तुम्हें बताया कि सातवाँ भाग भी साथ लेकर आया हूँ। कुछ देर सोचने के बाद तुमने कहा, 'ऐसा करो बिज्जी, आज तुम शिवरतन थानवी के घर सो जाओ। मैं रात भर पढ़ूँगा। राजस्थानी पढ़ने का पर्याप्त अभ्यास नहीं है। यदि मुझे पसन्द नहीं आयी तो बाकी आदेश भी निरस्त कर दूँगा। इतनी जल्दबाजी में तुमने क्या लिखा होगा? कितनी अशुद्धियाँ रही होंगी? सात बजे तक घर आ जाना।'

मैंने मामूली-सा प्रतिवाद करते कहा, 'अनिल, अब भी तुम मुझे नहीं समझे क्या? छपने के बाद किताबें भले ही बिक जाएँ, पर बिकने के लिए मैं कुछ भी नहीं लिखता।'

तुमने बेरुखी से कन्नी काटते हुए कहा, 'बस, सवेरे तक सब तय हो जाएगा।'

आगे और जिद करना मैंने मुनासिब नहीं समझा। तुम भले ही अँधेरे में थे, मैं अँधेरे में नहीं था। मैं तो अपनी प्राथमिकता भली भाँति जानता था। यह मेरी नहीं, मेरे आदिगुरु शरत् बाबू की प्रतिष्ठा का मसला था। ऐसा पाठ तो उन्होंने मुझे कभी नहीं पढ़ाया। मुझे दृढ़ विश्वास था कि सूर्योदय तक तुम्हारा अँधेरा भी छँट जाएगा।

उषा की अरुणिम वेला जब मैं तुम्हारे घर पहुँचा, तुम टेबल-लैम्प जलाये परीक्षार्थी की नाईं तल्लीनता से पढ़ रहे थे। मुझे आया जानकर तुमने कुरसी पर बैठे-बैठे ही कहा, 'बस, पन्द्रह-बीस मिनट की देर है, पास के कमरे में बैठो।'

और वाकई पन्द्रह मिनट के बाद, मेरे आह्लाद-उल्लास का पार नहीं रहा, जब तुमने मुझे गले लगाकर कहा, 'कमाल कर दिया बिज्जी तुमने, यह तो छठे भाग से भी बेहतर है। दफ्तर दस बजे खुलेगा, उसके पहले तुम्हें ड्राफ्ट नहीं दे सकता।

तुम्हारा तो एक पल भी जाया करना जुल्म है।' हाँ, उस स्वर्णिम दौर में तो तुम्हारी धारणा काफी-कुछ सही थी। पर कुछ विपरीत परिस्थितियों की वजह से हमारा प्रेस नहीं बिकता और आगे के बीस-इक्कीस बरस प्रतिकूल नहीं गुजरते तो अब तक 'फुलवाड़ी' के तेरह भागों की बजाय कम-से-कम इकतीस नहीं तो पूर्व-नियोजित इक्कीस भाग तो निश्चित रूप से निकल जाते। पर कोई बात नहीं—गयी सो गयी, अब राख रही को। तुम जैसे मित्रों की शुभकामनाएँ और सहयोग रहा तो सृजन-अध्ययन की नैया पार लग जाएगी।

बस, उस अपूर्व मिलन का वह दिन और वह ऐतिहासिक घड़ी थी, जिसके बाद तुमने वाजिब और गैर-वाजिब मेरी मदद करने में कोई कसर नहीं रखी। किताबों की खरीद नहीं हुई तो तुमने अपने पास से मुझे आर्थिक सहयोग दिया। पहले ही वर्ष रूपायन संस्थान को नब्बे प्रतिशत राजकीय अनुदान मिला, जिससे चूल्हे पर हँडिया चढ़ती रही और कबीर की कुतिया को टुकड़े मिलते रहे, जो मेरे भजन में भंग डाल रही थी। टुकड़ों के अलावा मनवांछित पुस्तकें और पैन भी खरीदता रहा।

फिर तुम दिल्ली चले आये तो वहाँ भी मेरा पूरा खयाल रखा। तुम भूल सकते हो, मैं नहीं भूल सकता। तब तुम मानव संसाधन विकास मन्त्रालय में संयुक्त सचिव बने ही थे। एक बार मैं तुमसे मिलने आया। जाने क्या जँची सो अपने कार्यालय के पाँच-सात अधिकारियों को चाय पीने के लिए तुमने बुलाया। चाय पीते-पीते ही तुमने उनसे पूछा कि उनका बॉस कौन है? सीधा और सरल प्रश्न था। सभी ने एक साथ जवाब दिया, 'बॉस तो आप ही हैं।' तब तुमने एक और पेचीदा सवाल किया कि तुम्हारा बॉस कौन है? वे पहले की तरह जल्दी से जवाब नहीं दे सके तो तनिक मस्ती के साथ मेरी ओर इशारा करते तुमने कहा, 'मेरा बॉस यह सामने बैठा है—विजयदान देथा, जिसे प्यार के साथ हम बिज्जी कहते हैं। इसी के लिए नौकरी करता हूँ।' सभी के होठों पर क्षण भर के लिए खिसियानी-सी मुसकराहट दौड़ गयी। मैं गाँव का एक गँवई मानुस! पाँवों में देसी जूतियाँ।...धोती और अँगरखी। जेब में तीन-चार पैन। बस, यही हुलिया था। तुम्हारा लक्ष्य मैं साफ समझ गया कि इतना कहने के बाद दफ्तर में मेरा कोई काम-काज अटकेगा नहीं। पर अनिल, शायद तुम्हें पूरी जानकारी हो, न हो, जब तक तुम सचिव रहे, मैंने जाने-अजाने एक भी ऐसा काम नहीं किया, जिससे मेरी या तुम्हारी प्रतिष्ठा को ठेस लगती। एक फोटो-स्टेट भी तुम्हें पूछे बिना नहीं करवाता था। बाद में धीरे-धीरे पता चलता रहा कि करीब-करीब सारे प्रान्तों में मेरी तरह तुम्हारे कई बॉस थे, जिनके लिए तुम चाकरी करते रहे।

यह तो हुई तुम्हारे बावरेपन की बात। अब सुनो मेरे बावरेपन का हाल। जब तुम निदेशक का पद छोड़कर दिल्ली पहुँचे तो मेरे लिए बीकानेर के शिक्षा-विभाग का कोई अस्तित्व नहीं रहा। मैंने उस ओर झाँका तक नहीं। तुम्हारे जाने के बाद

'फुलवाड़ी' के 11, 12, 13 भाग भी प्रकाशित हो गये। ढेर सारी प्रतियाँ छपवा ली थीं। पर जिस कमरे में अनिल न हो तो किसी और निदेशक से खरीद-फरोख्त की बात मुझे गवारा नहीं हुई। जबकि इक्कीस भाग तक की खरीद के स्थायी और पुख्ता आदेश मेरे पास थे और मेरी पहुँच भी थी। यह बात तुम्हें पहली बार बता रहा हूँ।

सन्-संवत् कुछ भी याद नहीं है। एक बार तुमने रीजेन्सी—ऐसा ही मिलता-जुलता नाम था उस भव्य होटल का, अपने कुछेक मित्रों को सुनाने के लिए मेरा कथा-पाठ रखवाया। तुम ठहरे भी वहीं थे। बाकी मित्र तो समय पर आये, पर मैं कुछ पहले ही पहुँच गया। सुकोमल दूब की नाईं हरा-हरा गलीचा बिछा था कमरे में और तुम मित्रों की प्रतीक्षा कर रहे थे। ऐसे होटल में आने का मेरा पहला ही अवसर था। उनकी मर्यादा के योग्य कायदे-वायदे जानता नहीं था। एक कोने पर देसी जूतियाँ खोलकर तुम्हारे पास बैठ गया। जब तुम्हारी निगाह उधर पड़ी तो तुम चुपचाप उठे और सहज भाव से मेरी जूतियाँ उठाकर बाहर रख दीं। मेरी ओर देखा तक नहीं, इसलिए कि मुझे शर्मिन्दगी महसूस न हो। पर मुझ पर तो जैसे घड़ों पानी गिर पड़ा। फिर भी कहे बिना नहीं रह सका, 'यार अनिल, इससे तो अच्छा था कि मेरे सिर पर जूता मार देते! मुझे कहने में क्या संकोच था! ऐसी तौहीन तो नहीं करनी थी।' अपनी आदत के अनुसार तुमने जोर से हँसते-हँसते कहा, 'जरा सोचो, तुम यहाँ जूते नहीं खोलते तो मुझे यह सौभाग्य कब मिलता?' मैं तो जैसे बोलना ही बिसर गया। कुछ भी जवाब देते नहीं बन पड़ा। पर आज दिन तक पशोपेश में हूँ कि तुमने वह बात मजाक में कही थी या उसमें कुछ सच्चाई भी थी? समझ नहीं पड़ता कि यह किस्सा मुझे लिखना चाहिए कि नहीं। मैंने तो अपनी बेवकूफी में लिख मारा। बाद में पछतावा करना होगा तो कर लूँगा।

तुम शायद ही मानोगे कि मनुष्य के जीवन में संयोग की लीला का जबरदस्त दखल रहता है। पूरा हस्तक्षेप रहता है। यह मात्र संयोग का ही करिश्मा है कि 24 अक्टूबर, 1996 को इण्डिया इण्टरनेशनल सेण्टर के सभागार में साहित्य अकादेमी के सचिव श्री इन्द्रनाथ जी चौधुरी के नाम लिखी मेरी पाती प्रभाकर श्रोत्रिय ने ध्यानपूर्वक सुनी और उसकी फोटो-स्टेट प्रति माँगी। बहुत समय बाद उसका सम्पादित प्रारूप 'वागर्थ' में प्रकाशित हुआ, 'आत्मनेपद' स्तम्भ के अन्तर्गत। उसे पढ़कर महाराष्ट्र के ठेठ धुलिया कस्बे से डॉ. विश्वास पाटील, मध्य प्रदेश के खण्डवा से रामनारायण उपाध्याय, रतलाम से 'अलीक', पश्चिमी बंगाल के ठेठ हाजीनगर से माला वर्मा इत्यादि के कुछ ऐसे पत्र आये जिन्हें पढ़कर भूमिका-लेखन के प्रति मेरे सोच का रुख बदल गया। वरना 'सपनप्रिया' की भूमिका पाण्डित्यपूर्ण लफ्फाजी से मण्डित होती। माला वर्मा के लम्बे पत्र को कई बार पढ़ा और सोचने को मजबूर हुआ—क्या सचमुच ही मेरे जीवन के साधारण प्रसंग पढ़कर कोई इस तरह बेचैन हो सकता है कि आँखों में बरबस आँसू छलक आएँ और उसी दिन मुझे पत्र लिखने

के आवेश से स्वयं को रोक न सके? स्व. बालसिंह राठौड़ व स्व. पुष्पराज मृदुल के बारे में और अधिक जानने और मुझसे मिलने की खातिर कोई भारतीय महिला अपनी उत्कट अभिलाषा प्रकट करे? उन्हीं पत्रों के समवेत प्रभाव का परिणाम है, यह भूमिका। उन सबके प्रति आभारी हूँ कि मेरा मार्गदर्शन करने के लिए प्रत्यक्ष रूप से उनकी असरदार भूमिका रही। कुछ पता नहीं चलता अनिल, कब कौन-सा निर्णायक क्षण किसी आकस्मिक बदलाव का उत्प्रेरक बन जाता है? निमित्त बन जाता है!

'दुविधा' और 'उलझन' की कहानियों के रूप में हिन्दी पाठकों के सामने वह मेरा पहला ही साक्षात्कार था। फिर भी वे उनके मर्म को ठेठ गहराई तक समझ गये, तब प्रस्तुत संग्रह के बारे में उन्हें क्या बताऊँ? उनकी प्रांजल रुचि के प्रति मैं पूर्णतया आश्वस्त हूँ कि वे 'सपनप्रिया' को उसी आत्मीयता से गले लगाएँगे।

अब तक 'फुलवाड़ी' के अधिकांश भागों की भूमिका कोमल ही लिखता रहा है। हम दोनों तो अभिन्न हैं। वह लिखे या मैं लिखूँ, एक ही बात है। 'सपनप्रिया' की भूमिका लिखने के पूर्व मैंने अच्छी तरह ठोक-बजाकर अपना मानस बना लिया कि कहानियों के मर्म की चर्चा न करके जीवन में गुजरे ऐसे क्षणों का हलफिया बयान करूँ, जिससे कि मेरे जमीर का कुछ तो पता चले! जब यह गुर हाथ लग गया तो उन सभी व्यक्तियों का किसी-न-किसी रूप में जिक्र करता रहूँगा, जिनका परोक्ष-अपरोक्ष सहयोग मेरे सृजन-अध्ययन के गहर-घुमेर 'रूँख' को सींचने-सँवारने के निमित्त मिला। तुम्हारे बहाने आज उन सबके प्रति मैं नतमस्तक हूँ। इस लिखे हुए अपूर्ण दस्तावेज की बस इतनी ही सार्थकता समझना कि इसके माध्यम से—जो अनकहा रह गया है, उसे तुम बाँच सको। ओतिमा जी को प्रणाम, सौभाग्यवती मैत्रयी (बुकलू) और चिरंजीव श्रेयस ( मुंचू ) को आशीर्वाद। आया-अम्मा को मेरा विनीत नमस्कार।

तुम्हारा
बिज्जी

श्री अनिल बोर्दिया
72, देवीपथ
कानोता बाग, जयपुर

# सपनप्रिया

## सपनप्रिया

क्षितिज और चाँदनी के सुरक्षित पार्श्व में एक राज्य था। सूर्योदय और सूर्यास्त की किरणों के पालने में झूलता हुआ। उषा और सन्ध्या की लाली के बहाने मुसकराता हुआ। सौभाग्य से राजा-रानी पूर्ण चाँदनी के उनमान निर्मल एवं शीतल थे। प्रजा के सुख में ही उनका सुख था। पहले प्रजा का परितोष, फिर सिंहासन का सन्तोष। प्रजा के कल्याण में ही खजाने की गरिमा थी। प्रजा ही उस राज्य की संरक्षक थी। जब राजा प्रजा की खातिर जान देने को हाजिर था, तब प्रजा उसके लिए क्यों प्रतिक्षण मुस्तैद नहीं रहती। हर परिवार का प्राणी—क्या बालक, क्या वृद्ध, क्या पुरुष और क्या स्त्री—सभी उस राज्य के शुभचिन्तक थे। और तो और राज्य के हिंसक, बनैले व पालतू पशु-पक्षियों को राजा के इशारे भर की देर, वे कैसी भी बलवती सेना को परास्त करने में सक्षम थे। बादल, बरखा, वनस्पति और ऋतुओं का हर प्राणी के निमित्त आशीर्वाद था।

राजा-रानी के सिवाय राज्य में कभी-कभार एक ही अभाव की चर्चा चुपके-चुपके फुसफुसाती कि ब्याह को ग्यारह बरस बीत गये, रानी की कोख नहीं फली। बाकी राज्य में तो समय पर ही प्रत्येक वनस्पति फलती थी। न ऋतुओं के प्रत्यावर्तन में कोई व्यतिक्रम होता था, न कजरारी घटाएँ बरसने की जिम्मेवारी बिसरती थीं और न धरती एक-एक बूँद का ऋण चुकाना भूलती थी। उस राज्य की मेघमालाएँ भी पूर्णतया धरती से उऋण थीं और धरती का कण-कण भी बिजलियों की समधुर लोरियों से उऋण था। सूरज अपने आलोक से और चाँद अपनी

चाँदनी से उऋण था। पर्वत अपने पत्थरों से और पत्थर हवा के रेशे-रेशे से उऋण थे। झरने अपने कल-कल निनाद से और नदियाँ अपनी लहरों से उऋण थीं। वनस्पति की हर बेल, हर झाड़ी अपनी हरियाली से उऋण थी। हर बीज अपने फलों से और हर फल अपने बीज से उऋण था। राजा अपनी प्रजा से और प्रजा अपने राजा से उऋण थी। सारे राज्य में किसी पर किसी का कोई ऋण नहीं था!

हर व्यक्ति को राज्य का भला-बुरा सोचने की पूरी छूट थी।

कई महीनों से विचारते-विचारते एक दिन दीवान ने रानी के सामने राज्य के एकमात्र अभाव को दरसाने का साहस जुटाया तो उसने धैर्यपूर्वक सारी बात सुनकर दीवान को ही वापस समझाते हुए, शहद की नाईं मीठे स्वर में प्रश्न किया, 'अच्छी तरह जाँच-पड़ताल करके मुझे यह तो बताइये कि राज्य में कौन प्राणी मेरी सन्तान नहीं है? फिर हजारों-हजार सन्तानों की ममता छोड़कर क्यूँ अपनी कोख का अकारथ मोह करूँ? प्रसव की चसमस पीड़ा उठाये बिना ही मैं तो अनगिनत बच्चों की माँ हूँ। कहीं राजाजी के सामने ऐसी नादानी जतलाने की भूल मत करना, उन्हें तो आपकी समझ पर बड़ा गुमान है।'

रानी के मुँह से दीवान को इसी उत्तर की आशा थी। विनम्र स्वर में प्रतिवाद किया, 'प्रजा की बात तो दरकिनार, इस राज्य के पेड़-पौधे व कँटीले झाड़-झंखाड़ भी इस मर्म को अच्छी तरह जानते हैं। और यह बात भी आप से छिपी हुई नहीं है कि पत्थर-कंकर भी फले बिना नहीं रहते, फिर भला...?'

'मेरी कोख में क्या खामी है? यही न...।' दीवान की जीभ आगा-पीछा सोचने लगी तो वह अदेर मुसकराते बोली, 'किन्तु संयोग व भाग्य को भूलने से हमारे राज्य का काम भले ही सर जाय, सृष्टिकर्ता का नहीं सरता। मेरी कोख की चिन्ता मुझसे कहीं ज्यादा चाँद को है, सूरज को है! आपको जो चिन्ता करनी है, फकत उसी का खयाल रखिए।'

दीवान को अपनी बुनियादी भूल का एहसास हुआ तो बिना किसी हिचकिचाहट के उसने अपनी गलती मंजूर कर ली। रानी की एक ही बात से हमेशा के लिए उसको सीख मिल गयी। किन्तु सुखद आश्चर्य की बात कि रानी की कोख से पहले उसके वचन फल गये। मानो उसकी हरियल कोख बरसों से उस वचन का इन्तजार कर रही हो। संयोग का चमत्कार कि उसी रात दूज का चाँद आठ प्रहर के लिए नील गगन का आश्रय छोड़कर रानी की कोख में दुबक गया और साँझ होते ही मुसकराता हुआ, फिर से अपनी ठौर जगमगा उठा। ग्यारह महीने बाद रानी की कोख से चाँद के सदृश ही सुन्दर राजकुँअर का जन्म हुआ। घर-घर में काँसी की थालियाँ झनझना उठीं। जच्चा के गीतों से हर आँगन गुनगुनाने लगा। लोरियों का ताँता शुरू हुआ सो पाँच पखवाड़ों तक चलता रहा। मनुष्यों की बात तो अलहदा, राज्य के पशु-पक्षी भी गुड़ के मिठास से अघा गये। सात दिन तक तुलसी, पीपल व नीम

को गुड़ के पानी व दूध से सींचा गया। बाड़ों पर पसरती बेलें उस वर्ष खूब ही मौज मनाते हुए फलीं। काँटे-काँटे में किलकारियों की अनहद गुंजार खिलखिला उठी। दूज के चाँद की तरह ही राजकुँअर की गुलाबी देह बढ़ने लगी, चमकने लगी।

सुहाने सपन की मानिन्द देखते-देखते सोलह बरस बीत गये। योग्यतम गुरुओं के प्रताप से राजकुँअर हर विद्या और हर ज्ञान-विज्ञान में पारंगत हो गया, तब राजा-रानी व समस्त दरबारियों को उसके ब्याह की आतुरता और उमंग महसूस हुई। और उधर संयोग की लीला कि राजकुँअर को निरन्तर ग्यारह दिन से अल्ल-सवेरे केवल एक ही सपना दिखता रहा—एक राजकुँअरी अपने बाग में, आँगन में, अपने महल में और अपनी छत पर जहाँ-कहीं भी चलती है, कुंकुम के पदचिह्न अंकित हो जाते हैं और उनकी लालिमा से चाँद-सी आभा फूटती है। नींद के दौरान उसके पदचिह्न भी सो जाते हैं और चलने पर दमकते हुए वापस जाग पड़ते हैं। मानो उसके पाँवों से गुलाबी पराग झर रहा हो।

माँ के मुँह से विवाह की बात सुनते ही बेटे के रेशमी होठों पर पालर मुसकान थिरक उठी। निःसंकोच कहने लगा, 'तुम्हें तो आज खयाल आया, पर मैं तो ग्यारह दिन से मन-ही-मन सपने की उस राजकुँअरी का वरण कर चुका हूँ...।'

'जिसके चलने पर कुंकुम के पदचिह्न जगमगाते हैं।' बेटे की ठुड्डी को बायें हाथ से सहलाते हुए माँ कहने लगी, 'उसी राजकुँअरी से ही तो मैं तेरा ब्याह रचाना चाहती हूँ।'

कृष्ण-कन्हाई के उनमान आँखें मटकाते पुत्र ने माँ-जसोदा से पूछा, 'तुम्हें कैसे पता चला?'

'बेटे के सपनों का माँ को पता नहीं चलेगा तो क्या ईश्वर को चलेगा? मेरी एकमात्र सीख यही है बेटा...यदि उसे समझ गये तो फिर दुनिया में कुछ भी समझना शेष नहीं रहेगा कि सपने—जीवन और सूरज से भी ज्यादा सच्चे होते हैं। तुम भूल कर भी उनकी सच्चाई पर सन्देह मत करना। अब तक जो देर हुई, वही काफी है। जाओ—पिता, दीवान, गुरुवर, प्रजा व राज्य के तमाम चराचर का आशीर्वाद लेकर उस प्रियतमा की खोज में निकल पड़ो। उसके जगमगाते कुंकुमी चरणों को केवल तुम्हारी ही प्रतीक्षा है।'

'और तुम्हारा आशीर्वाद...?'

'वह तो हवा की तरह तुमसे आगे-आगे चलेगा, मेरे लाडले! तुम्हारा वियोग अब मेरे लिए संयोग से कहीं अधिक सुखप्रद होगा।'

क्या पता राजकुँअर का सपना एकमात्र सच्चाई थी या माँ-बेटे की वह बातचीत एक सपना थी!

हितैषी दीवान ने थोड़ा प्रतिवाद किया कि राजकुँअर अभी नादान है, सबकी आज्ञा हो तो पहले वह स्वयं जाकर उस राजकुँअरी का पता कर ले।

राजा ने अदेर जवाब दिया, 'जिसकी आँखों से दिखे, उसे ही सपनों की खोज करनी चाहिए। और जिन आँखों को नींद में भी साफ दिखलाई पड़े, वे कभी नादान नहीं होतीं।' फिर रानी मुसकराते बोली, 'और अपना राजकुँअर तो ग्यारह दिन से एक ही सपना देख रहा है। अपने स्वप्न की खोज उसे ही करने दीजिए, यही उसके जीवन की सार्थकता है।'

दीवान ने फिर अपनी गलती कबूल की। और नादान राजकुँअर तो अपने अडिग विश्वास के जोश-खरोश में तीन दिन पश्चात् सबका आशीर्वाद और शुभकामनाएँ लेकर सपने की तलाश में खाली हाथ, पैदल ही रवाना हो गया। अन्त में माँ के चरणों का स्पर्श करने के बाद उसने माँ की आँखों में और माँ ने बेटे की आँखों में झाँका। माँ के नयनों की ज्योति बेटे के भीतर ठेठ गहरे उतर गयी और बेटे के नयनों की ज्योति माँ के अन्तस् की नस-नस में प्रवाहित हो उठी। राजकुँअर को ऐसा लगा, जैसे उसकी शक्ति सहस्र गुना बढ़ गयी हो। फिर तो धर कूचाँ, धर मजलाँ वह चलता ही रहा, चलता ही रहा—सूरज, चाँद, बादल, पर्वत, नदियाँ, धरती, गाछ-बिरछ और पवन जैसे परिजनों के भरोसे रात के अँधियारे में भी सपने की उस रोशनी के सहारे, जो सूरज के आलोक से कहीं ज्यादा प्रखर थी।

अपने राज्य की सीमा लाँघने पर भी कुदरत के किसी शुभाकांक्षी ने उसका साथ नहीं छोड़ा। गगन के हर सितारे में उसे अपना भाग्य टिमटिमाता नजर आता। आँखें खुली हों तो वही ख्वाब और आँखें मुँदी हों तो वही सपना! और इससे भी बड़े आश्चर्य की बात कि वह जाग्रत अवस्था की अपेक्षा नींद में कहीं बेशी चलता रहा। हवा और चाँदनी-जैसा वाहन उपलब्ध हो तो मंजिल स्वयं चलकर पास आती है। और सपने का पीछा करनेवाले विलक्षण यात्री तो गरुड़ से भी तेज उड़ते हैं। फकत पाँव ही क्या उसकी समूची देह ही गति का प्रतीक बन गयी थी।

एक दिन वह नदी-किनारे पानी पीने के लिए झुका ही था कि उसे आहत छटपटाहट की भनक सुनाई पड़ी। अदेर मुड़कर उस तरफ देखा—एक सोनल मछली बालू रेत पर लटपट-लटपट कर रही थी और उसे नोचने को उद्यत चील व गिद्ध मँडरा रहे थे! वह अपनी प्यास भूलकर तड़पती मछली के प्राण बचाने की खातिर लपका और अपने सुकोमल हाथों से मछली उठाकर नदी के बहते पानी में छोड़ दी। वह पानी का परस था या प्राणों का! मछली खुशी में पूँछ फटकारती हुई कुँअर के इर्द-गिर्द किलालें करने लगी। पहले उसकी छटपटाहट देखकर वह अपनी प्यास बिसर गया था और बाद में उसकी खुशी पहचान कर अपनी दाझ भूल गया। मछली फकत अपनी खुशी में ही खोई नहीं रही। कुँअर के पाँव सहलाते बोली, 'कुँअर, मैं मछलियों की रानी हूँ। तूने मेरे प्राण बचाये, समय पर याद करना, तेरा एहसान चुकाऊँगी। हम पानी के जीव हैं, हमारा पानी कभी नहीं मरता। क्यूँ, याद करेगा न?'

चंचल मछली के प्राण बचने की बेहद खुशी में कुँअर को जवाब देने की भी

सुधि नहीं रही। तब मछली ने और अधिक तेज वाणी में पूछा, 'क्यूँ, चुप क्यूँ रह गये, कुछ तो जवाब दो? क्या मैं आड़े वक्त पर तुम्हारे काम नहीं आ सकती?'

'क्यूँ नहीं, क्यूँ नहीं, जरूर काम आ सकती हो, सौ बार काम आ सकती हो। यदि जीव ही जीव के काम न आये तो और कौन आएगा? मुझे अपने बलबूते का जरा भी घमण्ड नहीं है। अच्छी तरह जानता हूँ कि मुझसे कहीं ज्यादा तुझमें क्षमता है!'

कुँअर के मुँह से यह आश्वासन पाते ही मछली पानी में अदीठ हो गयी। तब उसे अपने सूखे गले का खयाल आया। छककर पानी पिया और मछली की कृतज्ञता पर मुसकराता आगे बढ़ गया। उसे स्वयं इस बात का एहसास नहीं था कि उसके होठों पर थिरकी वह अजानी मुसकराहट अविश्वास की थी या पूर्ण विश्वास की।

सूरज की किरणें उसकी पीठ थपथपा रही थीं, आगे राह बताती हवा उसका निरन्तर आह्वान कर रही थी और सपनप्रिया की खोज में कुँअर का अक्लान्त उत्साह उसी तरह मचल रहा था कि सहसा एक कीड़ी-नगरे पर अनगिनत कौवे मँडराते नजर आये। धूर्त कौओं के आगे असहाय चींटियों का क्या जोर? प्राण तो चींटी के भी हाथी जितने विशाल होते हैं! कुँअर को ऐसा महसूस हुआ जैसे वे निर्दय कौवे उसको ही नोच रहे हों। उसके पाँव वहीं गड़ गये, मानो सपनप्रिया की खोज निःशेष हो गयी हो। काम के समय कल्पना करना उसे सुहाता नहीं था और कल्पना की वेला काम की चिन्ता उसे रास नहीं आती थी। पर दोनों का महत्त्व उसकी दृष्टि में समान था।

आखिर एक दिन कीड़ी-नगरे की सबसे बड़ी चींटी उसके पास आकर कहने लगी, 'कुँअर, मैं इस नगर की महारानी हूँ। तूने कौओं से हमारी रक्षा की, कोई तीन-चार दिन नहीं, पूरे चौमासे तक। न ठीक तरह सोया और न पेट भर खाया। जाने कितनी बार खड़े-खड़े भीगा। ऐसा दयालु प्राणी तो हमें आज दिन तक नजर नहीं आया। हमारी नजर कोई मामूली नहीं है। विश्वास कर, हमें सूरज से भी ज्यादा दिखता है। समय पर याद करना, तेरा बदला चुकाएँगी। धरती हमारी माँ है, हमारे मुँह से कभी झूठ नहीं निकलता। क्यूँ, याद करेगा न?'

'जरूर याद करूँगा, सौ बार याद करूँगा। यदि जीव ही जीव के काम न आये तो और कौन आएगा? मुझे अपने विवेक पर जरा भी गुमान नहीं है।'

उसके मुँह से आश्वासन पाते ही सारी चींटियाँ अगले ही क्षण माँ-धरती की गोद में अदीठ हो गयीं। और वह महारानी की बात पर मुसकराता आगे बढ़ गया।

गाछ-बिरछों के अगणित पत्ते हरे-भरे स्वर में उसका आह्वान कर रहे थे और टहनियाँ झुक-झुककर उससे जुहार कर रही थीं और सपनप्रिया की खोज में कुँअर की प्रफुल्लित आशा वैसी ही चटक रही थी... कि अकस्मात् सनन्-सनन् की तीखी आवाज सुनाई पड़ी। उसी क्षण उसकी आँखें उधर ही घूम गयीं। एक बाज झाड़ी

पर बैठे किसी पक्षी पर तीर की तरह सनसनाता टूटा। झाड़ी एकदम करीब थी। कुँअर हवा से आगे बढ़कर सिहरते सुग्गे पर हुलस गया। और बाज सीधा कुँअर की पीठ पर तेजी से आन पड़ा। काफी माँस तोड़ लिया। उसके मुँह से उफ्फ तक नहीं निकली। संज्ञा-विहीन तोते को हाथ में लेकर उसे सहलाया, पुचकारा। थोड़ी ही देर में उस हरियल सुग्गे का जी हरा हो गया। टिवटिव चहकता बोला, 'कुँअर, मैं असंख्य सुग्गों का राजा हूँ। आज तूने मेरे प्राण बचाये। समय पर मुझे याद करना, तेरा बदला चुकाऊँगा। हरे बिरछ के हरे पंछी कभी झूठ नहीं बोलते। क्यूँ, याद करेगा न?'

'जरूर याद करूँगा, हजार बार याद करूँगा। यदि जीव ही जीव के काम न आये तो और कौन आएगा? मुझे अपने कौशल का तनिक भी अंहकार नहीं है।'

कुँअर तोते को सहलाता-पुचकारता आगे बढ़ रहा था कि सामने ही विशाल बरगद पर बैठे झुण्ड का कलरव सुनकर सुग्गे ने अपार खुशी में चहकते कहा, 'बस, मुझे अपने संगातियों के बीच छोड़ दो, मेरा यही बसेरा है। तुम्हारी मंशा फलेगी, लेकिन समय पर भूलना नहीं।'

'नहीं भाई नहीं, यह भी कोई भूलने की बात है।' कहने को तो कुँअर यह बात कह गया, पर वह तो सपनप्रिया के अलावा सब-कुछ भूला हुआ था। यहाँ तक कि स्वयं अपने-आपकी भी उसे चेतना नहीं थी। इस तरह भूलने से ही लक्ष्य-प्राप्ति होती है।

तेरस का चाँद बखूबी राह सुझाता, मुसकान की चाँदनी छिटकाता चिर-संगाती के उनमान उसके साथ-साथ चल रहा था कि अचानक सामने ही जंगल में धू-धू सुलगती आग उसे नजर आयी। उसकी गति और भी तेज हो गयी, जैसे किन्हीं अदीठ पाँखों के सहारे उड़ने लगा हो। किसी सूनी बस्ती की बोदी बाड़ ने भीषण आग पकड़ ली थी। एक ठौर मधुमक्खियों का बड़ा छत्ता था। उसने अपने प्राणों की कुछ भी परवाह न करके जस-तस आग बुझाने में सफलता हासिल की और भरे-पूरे छत्ते की एक भी मधुमक्खी को आँच नहीं लगने दी। बार-बार सहलाने पर भी मधुमक्खियों ने उसके सुकोमल हाथों पर एक भी डंक नहीं मारा। सबसे चपल मधुमक्खी गुंजार भरे स्वर में कहने लगी, 'कुँअर, मैं मधुमक्खियों की रानी हूँ। आज तूने लपलपाती आग से हमारे प्राण बचाये। समय पर याद करना, तेरा बदला चुकाएँगी। सुरँगे फूलों का सत ग्रहण करनेवाली मधुमक्खियाँ कभी जहरीली और झूठी बात नहीं कहतीं। नाचीज समझकर मेरे वचन बिसर मत जाना।'

'नहीं नहीं, हरगिज नहीं बिसरूँगा। अपनी-अपनी ठौर सभी जीव बड़े हैं। दुनियाभर के सारे शेर इकट्ठे होकर एक बूँद भी शहद बना नहीं सकते। तुम वक्त पर काम नहीं आओगी तो और कौन आएगा? परदेस में मेरी मदद करनेवाला है ही कौन? मुझे अपने ज्ञान का रंचमात्र भी अभिमान नहीं है।'

आकाश में उड़ते हुए पंछी कुँअर का निरन्तर हौसला बढ़ा रहे थे। प्रतिदिन अपने गुलाबी घूँघट में मुसकराती उषा उसके विश्वास को सुदृढ़ कर रही थी और वह सपनप्रिया की खोज में कदम-कदम आगे बढ़ रहा था। न कभी सुख से सोया और न कभी भरपेट खाया। फिर भी उसे न तो दुःख हुआ और न पछतावा। उसके सपने का माहात्म्य जीवन से बड़ा था। या यों कहें कि सपना ही उसका जीवन था। धर्म और ईश्वर था।

इस तरह एक-एक कदम चलते तीन बरस बीत गये। कुँअर को न काल का बोध था और न देश का। जैसे काल एक ठौर थम गया हो और उसके बदले स्वयं स्थान उसकी ओर सरकने लगा हो। आखिर एक दिन वह कुंकुम के पदचिह्नोंवाली राजकुँअरी के सुरँगे बाग में अचीता पहुँच गया और उसे पता तक नहीं चला।

दीवान की बेटी राजकुँअरी की अभिन्न सहेली थी। मानो परस्पर एक-दूसरी की छाया हों। साथ रहतीं, साथ खेलतीं और साथ ही सोती थीं। दीवान की बेटी बाहर से अधिक खूबसूरत और आकर्षक थी। राजकुँअरी भीतर से सौम्य और सलौनी थी। दोनों का स्वभाव भी काफी-कुछ भिन्न था। राजकुँअरी मानसरोवर की तरह सीमा-बद्ध और संयमी थी और दीवान की बेटी झरने की तरह उन्मुक्त और चंचल। राजकुँअरी की मुसकान पर फूल निछावर थे और सहेली की मुसकान पर दमकते मोती। राजकुँअरी सदैव सामने देखती थी और उसकी अभिन्न सहेली हमेशा पीछे। एक बार राजकुँअरी ने अपने अन्तस् की सुगबुगाती शंका को होठों से प्रकट कर ही दिया कि ललाट की बजाय उसकी पीठ पर आँखें होतीं तो ज्यादा बेहतर था। सामने से निगाह चुराकर वह राम जाने पीछे-ही-पीछे क्यों देखती है? बीते हुए अतीत से जाने क्या बीनती है? मानो उसका समूचा अस्तित्व वर्तमान की बजाय अतीत में ही श्वास-प्रश्वास ले रहा हो और भविष्य का उसके जीवन में कुछ महत्त्व ही न हो। अतीत—केवल अतीत ही उसके जीवन की एकमात्र सच्चाई थी। फिर भी राजकुँअरी को अपनी बजाय अन्तरंग सहेली पर ज्यादा विश्वास था। जैसे दोनों मिलकर ही किसी व्यष्टि को पूर्ण बनाती हों।

आज राजकुँअरी पत्तों-सा हरियल वेश पहनेगी और दीवान की बेटी फूलों-सा गुलाबी। राजकुँअरी का ऐसा सुझाव था। इसलिए बगल में दोनों वेश दबाये वह महल से झरने की ओर जल्दी-जल्दी लौट रही थी कि बाग के एक कोने में किसी अपरिचित युवक को देखकर पहले तो वह चौंकी, पर दूसरे ही क्षण उसके छलकते सुगम्भीर रूप की झाँकी मिलते ही वह चित्रलिखी-सी रह गयी, जैसे वह युवक उसकी चिर-आकांक्षा का प्रत्यक्ष स्वरूप हो। उसे निहारते समय एक बार तो चाँद की किरण भी चुँधिया जाय। सहेली को ऐसा महसूस हुआ जैसे उसने आज ही अपने-आपको पाया हो। पूछताछ करने पर कुछ भी छिपा नहीं रहा कि हजरत के सिर पर भी वही भूत सवार है। अन्त में इसकी भी वही परिणति होगी—शर्तें पूरी न करने पर

प्राणदण्ड। कुंकुम के पदचिह्नोंवाली राजकुँअरी से ब्याह करने के लालच में कई मनचले राव-उमराव आये और सभी ने बिरथा जोश-खरोश में आकर अपने प्राण गँवाये। राजा की इकलौती सन्तान होने की वजह से राज्य का प्रलोभन भी कम नहीं था। मगर ब्याह किये बगैर तो राज्य का सपना भी दूभर था। यह पगला भी यमलोक की वही राह लगेगा। पर यह तो सौ बावरों की गरज पूरी करता है। तीन बरस से सपने के उछाह में कुंकुम के पदचिह्नों की आस लगाये भूखा-प्यासा भटक रहा है। माँ-बाप भी ऐसे ही बावरे कि नादान बेटे को राजी-खुशी विदा कर दिया। दुर्गम पहाड़, अरण्य के हिंस्र पशु और रात के अचीह्ने अँधियारे की परवाह किये बिना सपनप्रिया से ब्याह रचाने की खातिर इसने सिंहासन छोड़ा, राज्य का सुख छोड़ा, माँ का आँचल छोड़ा। बाकी सब राव-उमराव तो लाव-लश्कर के साथ ठाट-बाट से आये थे। इस तरह निपट अकेला तो कोई नहीं आया। उसका वश चलता तो अपनी छाया को भी पीछे छोड़ कर आता!

वह टकटकी लगाये अपलक दीठ से उसकी ओर देखती रही, मानो दुनिया की आँखों से बचाने हेतु उसे अपने अन्तस् में बसा लेना चाहती हो। वह मन-ही-मन इस दुर्दान्त आशंका से काँप उठी कि इसके मरने पर तो सूरज का अक्षुण्ण आलोक तक बुझ जाएगा, चाँदनी पर कालिख पुत जाएगी और थनों का दूध भी काला-स्याह हो जाएगा। न किसी पौधे पर फूल खिलेंगे और न हरियाली पनपेगी!

दीवान की बेटी ने एक-एक करके चारों शर्तों की असम्भावना अच्छी तरह समझाकर उसे खूब सावधान करने की चेष्टा की—स्वयं ईश्वर भी आ जाय तो इन शर्तों के सामने उसे निःसन्देह मुँह की खानी पड़ेगी। मगर वह तो कुछ भी समझने के लिए तैयार नहीं था। तनिक-सा मुसकराकर उसने धीरे से प्रतिवाद किया, 'शायद ईश्वर सपने नहीं देखता...तब वह सपनों का माहात्म्य क्या जाने?' वह आगे भी कुछ कहने जा रहा था कि सहसा क्या सोच कर एकदम अधीर हो उठा। एक कदम आगे बढ़कर उसने अत्यधिक आतुर स्वर में पूछा, 'वह है कहाँ? मेरे सपने की राजकुँअरी है कहाँ? मुझे उस ठौर पहुँचा दीजिए, मुँह माँगी मुराद पूरी करूँगा!'

राजकुँअर की व्यग्र आतुरता से उसके अनिर्वचनीय रूप-यौवन को एक बार झटका तो भयंकर ही लगा, पर अगले ही क्षण उसने अपने पर काबू पा लिया। कुंकुम के पदचिह्नोंवाली बात उसे स्वीकार ही नहीं करनी चाहिए थी। नहीं नहीं, फिर तो वह रुकता ही नहीं। उसके रूप की उपेक्षा करके तत्काल आगे बढ़ जाता। बाधित होकर अब तक रुका तो सही। उसके सहजतम व्यक्तित्व की कुछ पहचान तो हुई। मगर साथ-ही-साथ इसकी मृत्यु को भी टाला नहीं जा सकता। जाने किस भोले आवेश में कह दिया कि ईश्वर सपने नहीं देखता, न देखे! इस बावरे को कौन समझाये कि सपने बेहतर जीवन के लिए होते हैं, कोई मरने के लिए नहीं। मृत्यु भी सपने कहाँ देखती है? न हाथ आनेवाली असम्भव चीज के लिए बावरे लोग

हँसते-हँसते प्राण निछावर कर देते हैं और हाथ लगनेवाली सहज प्राप्य वस्तु की खातिर किसी के मन में कोई चाह नहीं जगती। कैसी विडम्बना है? होशियार व्यक्ति की अपेक्षा भोले व्यक्ति को बहलाना मुश्किल है! बुद्धिमान व्यक्ति समझाने पर अपना हठ छोड़ देते हैं, पर अबोध बालक नहीं छोड़ते। वह अपने भीतर झाँककर भी ठीक तरह छानबीन नहीं कर सकी कि वह इस बावरे को मौत के जबड़े से खींच लेना चाहती है या उसे पाना चाहती है? बचाये बिना तो इसे पाना भी सम्भव नहीं और न समझाना ही सम्भव है! दुनिया की कोई भी स्त्री अब तक इस तरह के धर्म-संकट में नहीं उलझी होगी। हताशा के आखिरी क्षण तक वह चेष्टा करेगी—उचित या अनुचित, कुछ भी। लेकिन इस बावरे को पाने के निमित्त उसके चेतन-अवचेतन में ऐसी दुर्दम्य लालसा क्यों है? कौन-सी अप्राप्य या दुर्लभ वस्तु प्राप्त हो जाएगी? इसके साहचर्य से तो जीवन-भर दुःख ही उठाना पड़ेगा। क्या दुःख के प्रति भी मनुष्य की चाहना होती है, जिसकी पूर्ति कैसा भी कल्पनातीत सुख नहीं कर सकता! अपने भीतर दुबके इस बावरेपन से आज पहली बार उसका साक्षात्कार हुआ!

कुँअर के लिए तो अब एक पल भी धीरज रख पाना दूभर था। अतिरेक उद्विग्न स्वर में कहने लगा, 'तीन बरस तो चुटकियों की तरह बीत गये, अब एक पल भी बरस जितना भारी पड़ रहा है।' फिर उसके अनिन्ध्य सौन्दर्य को एकटक निहारते बोला, 'काश! तुम्हारे चलने पर कुंकुम के चित्र अंकित होते तो सोने में सुहागा मिल जाता!'

उसे पहली बार अपने रूप का बोध हुआ। अजाने ही उसके मुँह से ये शब्द छिटक पड़े, 'सोना उपलब्ध होने पर सुहागा न भी मिले तो सन्तोष कर लेना चाहिए।'

'जरूर कर लेता, यदि मुझे वह सपना नहीं आता।' वह भावावेश में कहने लगा, 'बिलकुल मेरे मन की बात कह रही हो। ऐसे निर्मल सौन्दर्य की झाँकी मिलने पर सपने में भी दूसरे रूप की चाह नहीं करता। पर अब मुझे उस सपने के अलावा कुछ भी नहीं सूझता!'

उसके हृदय ने बुद्धि के अनुरूप करवट बदली। तनिक गम्भीर स्वर में बोली, 'सच बात कहूँ तो बर्दाश्त कर सकोगे?'

बावरे कुँअर के होठों पर अचीती मुसकान दीप्त हो उठी, 'क्यूँ नहीं, बड़ी आसानी से बर्दाश्त कर सकूँगा। कोई झूठ सुनने के लिए मैंने तीन बरस की विकट यात्रा नहीं की। तुम्हारे मुँह से सच ही सुनना चाहता हूँ। और तुम झूठ बोल ही नहीं सकती।'

ऐसा दृढ़ विश्वास? वह ठेठ भीतर तक सहम गयी। काँपते स्वर में इतना भर कह पायी, '...राजकुँअरी इतनी खूबसूरत नहीं है।'

नादान राजकुँअर का उछाह तनिक भी कम नहीं हुआ। अदेर उत्तर दिया, 'न

सही, मैं रूप की खातिर नहीं, सपने की तलाश में आया हूँ। उसकी झलक-भर दिखा दो। मरने पर भी तुम्हारा एहसान नहीं भूलूँगा।'

उन शब्दों की स्वरलहरी के साथ उसके एक कान में जहर और दूसरे कान में अमृत घुल गया। उसने आधी तिक्तता और आधी मुसकान के साथ स्पष्ट कहना ही उचित समझा, 'मगर मैं तो जिन्दा रहते एहसान का बदला चाहती हूँ।'

उसका उत्साह वैसा ही कायम रहा। उदारता उसका जन्मजात स्वभाव था, कोई विशिष्ट गुण नहीं। श्वास-प्रश्वास के उनमान उसके जीवन का सहज व्यापार था, आदर्श नहीं। निश्छल हाव-भाव प्रकट करते हुए कहा, 'बोलो, क्या चाहिए तुम्हें?' थोड़ा हकलाते हुए बोला, 'सारा खजाना लुटा दूँ। कहो तो अपना राज्य निछावर कर दूँ। माँ-बाप को फकत इच्छा जाहिर करने की देर है।'

दीवान की बेटी भी पूर्णरूप से बुद्धिमान एवं चतुर नहीं थी, कुछ-कुछ नासमझ व नादान भी थी। उसे भी राज्य की बजाय राज्य निछावर करनेवाले की प्रबल आकांक्षा थी। कुँअर को समझाने का भरसक प्रयत्न करते बोली, 'यह तो निरा पागलपन है। जीने से मन उचट गया हो तो तुम जानो। यह तो सरासर आत्म-हत्या ही होगी। कुंकुम के पदचिह्नोंवाली सपनप्रिया तो मौत का ही प्रतिरूप है। उसे वरण करने की चाहना के वशीभूत पचासों राव-उमराव, राजा-महाराजा, सेठ-साहूकार और सेनापति मौत के घाट उतर चुके हैं, एक और सही। चार शर्तें तो दरकिनार आधी शर्त भी पूरी नहीं होगी। इसे मजाक की बात मत समझना, राजकुँअरी रत्ती भर भी रिआयत नहीं करेगी। ऐसा क्रूर कलेजा तो भेड़िये का भी नहीं होता। जब तक जिन्दा हो, खूब सोच-विचार कर लो, सपनेवाली राजकुँअरी का तो फिर सपना भी नहीं आएगा। अपने प्राण देकर भी तुम्हें बचाना चाहती हूँ।'

बावरेपन की अपनी ही मौज-मस्ती और अपनी ही जिद होती है, जिसके लिए अलग से कुछ भी सोचना नहीं पड़ता। उसने नितान्त सहज भाव से कहा, 'यदि उस तरह जीने का मोह होता तो मैं अपना राज्य ही क्यों छोड़ता? मेरे लिए तो सपना ही असली जीवन है।'

'और सपने देखने के लिए जिन्दा रहना जरूरी है।' उसने मामूली झुँझलाहट के साथ कहा, 'मरने पर तो सपनों की राख भी नहीं बचती।'

'न बचे!' निपट बाल्य सुर में वह उत्साह के साथ कहने लगा, 'मुझे जो सपना दिखना चाहिए था वह देख चुका, उसे ही पूरा कर लूँ तो मुझे दूसरे सपने की आवश्यकता नहीं।'

कूढ़ मगज के सिर पर सींग तो होते नहीं, जो झट पहचान हो जाए। जीवन में पहली बार किसी मनुष्य के प्रति मोह जागा और वह भी ऐसा जड़-भरत। नाक-भौंह सिकोड़कर बोली, 'सपने किसी की आवश्यकता से दिखाई नहीं पड़ते, उनकी अपनी स्वतन्त्र प्रक्रिया है, समझे?'

मुक्त हँसी की स्मित-आभा में उसकी वाणी घुली थी, 'मुझे जो समझना था, वह सब एक साथ ही समझ लिया। जरूरत पड़ी तो और समझ लूँगा।'

'वही तो समझा रही हूँ...।'

'तुम नहीं समझा सकती, अभी तुम पर उतना भरोसा नहीं कर सकता। मेरी माँ ने हमेशा सूर्योदय और सूर्यास्त के पहले यही पाठ पढ़ाया है, जिसे मैं कभी भूल नहीं सकता।'

दीवान की बेटी न जाने किस सपने के नागपाश में फँसती जा रही थी? उसे कुछ ऐसा महसूस हुआ मानो किसी अथाह पानी में डुबकी लगाकर बाहर निकली हो—बहुत कुछ नया जन्म लेकर। स्थिर भाव से कहने लगी, 'मैं भी अब भुलाने का आग्रह नहीं करूँगी। पर राजकुँअरी वस्त्रहीन होकर नहा रही है, जहाँ नर-पक्षी का उड़ना भी वर्जित है। ऐसी अवस्था में वहाँ आपका चलना उचित होगा?'

'नहीं, बिलकुल नहीं। मेरी आँखें इसलिए नहीं बनीं, वे तो उसके चरणों से चित्रित कुंकुम को छोड़कर और कुछ भी देखना नहीं चाहतीं।'

'अपनी-अपनी दृष्टि है!' एक सुदीर्घ निःश्वास भरकर वह आगे कहने लगी, 'पर एक बात अब भी याद रख सको तो जरूर रखना कि चरणों के कुंकुम की बजाय मेरी कुंकुमवर्णी देह ज्यादा आकर्षक है।'

राजकुँअर को अपनी अक्षमता जाहिर करने में रंचमात्र भी संकोच नहीं हुआ, 'मुझे ऐसी बातें बिलकुल याद नहीं रहतीं।'

उसके बाद क्या सुनना बाकी रह गया? फिर भी उसने अपना धीरज नहीं खोया। बुरा मानने की बजाय उसे अपनी परख के प्रति काफी-कुछ गर्व हुआ। वह एक ऐसी अप्रतिम हार थी जिसकी खुशी जीत के आनन्द से कहीं ज्यादा थी।

...और उधर राजकुँअरी भी समझाने पर कहाँ समझी। दोनों एक-से नादान! उसने किस खूबी से बहकाने का प्रयास किया कि सपने की सच्चाई पर ऐसा अडिग विश्वास करनेवाले नादान का क्या एतबार? फिर कोई दूसरा सपना आ गया तो उसके पीछे भटक जाएगा। और नींद के सपनों का क्या, कब किस रूप में प्रकट हों?

'मेरी सहेली होकर क्या कह रही है तू?' उसने अफसोस और आश्चर्यमिश्रित वाणी में कहा, 'सपने कभी बेबुनियाद नहीं होते। मैं स्वयं कई बरसों से ऐसा ही सपना बुन रही हूँ। चल, जल्दी चल, आज मैं अपने ख्वाब को खुली आँखों से देख सकूँगी।'

सहेली अपने मन में घुमड़ती शंका का शमन नहीं कर सकी। पूछा, 'क्या शर्तें पूरी किये बिना ही उससे ब्याह कर लेगी?'

उसे किंचित भी सोचने की जरूरत नहीं पड़ी। दृढ़तापूर्वक अदेर जवाब दिया,

'नहीं, यह तो सपने में भी सम्भव नहीं। दूसरों की अपेक्षा इसके साथ तो और भी सख्ती बरती जाएगी। इस बार दीवानजी ऐसी व्यवस्था करेंगे कि मौके से पहले एक भी शर्त उसके कानों में न पड़े।'

एकबारगी तो दहशत के मारे सहेली का दिल बैठ गया। किन्तु कुछ क्षण पश्चात् स्वयं को संयत करके गम्भीर स्वर में अपनी आशंका व्यक्त की, 'फिर तो राजकुँअर का मरना मौत से भी ज्यादा सुनिश्चित है।'

लेकिन राजकुँअरी तनिक भी विचलित नहीं हुई। अकृत्रिम भाव से बोली, 'यह उसके सोचने की बात है, सो वह जाने। मेरे लिए तो प्रण व सपने की मर्यादा एक जैसी है।'

सहेली के अन्तस् में जाने कितना उबाल था। दीर्घ निःश्वास भरकर बोली, 'अपनी-अपनी सनक और अपनी-अपनी समझ है। न मालूम तेरे चरणों का पराग कितना खून बहाकर काला पड़ेगा? फकत तेरे पदचिह्न ही गुलाबी हैं, लहू तो एकदम काला है। तेरे दिल में दया-माया का दूर-दूर तक कोई अंश नहीं।'

राजकुँअरी ने सहेली को छेड़ने के लिहाज से मुसकराते हुए कहा, 'यदि तेरा अन्तस् दया-माया से सराबोर है तो ब्याह करके इसके प्राण बचा ले, मुझे कोई एतराज नहीं...।'

'मगर उसे एतराज है।' सहेली ने अधीर होकर बीच में ही कहा, 'मुझ जैसी सुन्दरियों की उसके राज्य में क्या कमी है? वह तो तीन बरस से एक-एक कदम चलता हुआ फकत तेरे हाथों मरने आया है। यदि दूसरों की तरह सत्ता, सिंहासन, मद, काम, लोभ और माया के निमित्त ही इसके जीवन का औचित्य होता तो तुम्हारी तरह मैं भी इसके मरने की परवाह नहीं करती। पर इसका व्यक्तित्व तो सूरज, चाँद और प्रकृति से भी ज्यादा अहमियत रखता है। यह एक ऐसी हत्या होगी, जिसके पाप का निवारण तू हजार-हजार जन्म तक नहीं कर सकेगी! यदि किसी को जिलाने की तुझमें क्षमता नहीं है तो किसी को मारने का अधिकार अब तो छोड़ दे।'

उसने तब भी बुरा नहीं माना। उलटे सहेली के गाल पर चुटकी भरते बोली, 'सब-कुछ जानते हुए भी तू मुझ पर दोष मढ़ रही है? बता, किसी को भी मैंने हुक्म देकर बुलाया है? शादी करूँगी तो अपनी शर्त पर। मेरा हाथ थामने की जिसे भी ललक हो, उसका खमियाजा तो चुकाना ही होगा।'

सहेली ने आत्मीय उलाहना देते कहा, 'तो अब जीवन-भर इस तरह का हिंसक खमियाजा बटोरती जा, ईश्वर भी चाहे तो तेरा हाथ नहीं थाम सकता, उसकी भी ऐसी औकात नहीं है।'

'तो मैं कब ईश्वर की खातिर लालायित हो रही हूँ? उसे अपने हाल पर छोड़ दे। पर मुझे उस बावरे की सूरत तो बता, तू तो अकेली-अकेली ही ढेर सारी बातें करके आयी है।' यह कहकर उसने अपनी अभिन्न सहेली की सूरत पर नजर गड़ायी

तो उसके अचरज की सीमा नहीं रही, 'अरे! फिर वही चक्कर! अतीत में डुबकी लगाने के लिए औरत की जिन्दगी नहीं मिली। प्रत्यक्ष वर्तमान में जीना सीख। भविष्य के प्रति विमुख होना तो और भी बुरा है। कितनी बार समझाया, पर तेरे ठस मगज में तो कुछ बैठता ही नहीं।'

वह अब भी डुबकी लगाकर लौटी नहीं थी। अच्छी तरह सुनकर भी कठपुतली की नाईं अविचलित खड़ी रही। राजकुँअरी के झिंझोड़ने पर उसे चेत हुआ तो वह सूनी-सूनी निगाहों से इधर-उधर देखती रही, मानो अभेद्य धुएँ के बीच कहीं खो गयी हो!

राजकुँअरी ने वही बात फिर दोहरायी तो सहेली की आँखों में दो अंगारे दहक उठे। उसने सामने की परितुष्ट आँखों में अपनी उत्तप्त नजर गड़ाकर कहा, 'मेरे भीतर खौलती सच्चाई को सुनने का माद्दा है तुम्हारा?'

उसने सोचा कि अपनी आदत के अनुसार सहेली फिर कोई नया अभिनय कर रही है। मजाक-मजाक में उसकी चुनौती स्वीकार करते कहा, 'हाँ है! लेकिन इतने बड़े माद्दे की तुम्हें जरूरत क्या है? मामूली माद्दे से ही काम चल जाएगा।'

'एक बार फिर सोच लो।' सहेली ने विदग्ध स्वर में कहा।

राजकुँअरी मुसकराते बोली, 'सोच लिया! तुम कुछ कहो तो सही, खामख्वाह जिज्ञासा बढ़ा रही हो।'

'मेरा संकल्प था कि ताउम्र तुम्हें यह भेद नहीं बताऊँगी। पर बावरे कुँअर ने आकर सब उलट-पुलट कर दिया। अब बिना बताये रह नहीं सकती कि मैं दीवानजी की लड़की नहीं, राजाजी की पुत्री हूँ, तुम्हारी सगी बहन...'

'क्या कहा...?' उसके मुँह से मानो ज्वालामुखी फूट पड़ा हो, 'यह झूठ है, सरासर झूठ! मैं हरगिज नहीं मान सकती।'

'तुम्हारे मानने न मानने से दुनिया नहीं चलती।' सहेली के होठों पर इस बार विद्रूप की मुसकान थी। कहने लगी, 'यदि मुझ पर एतबार न हो तो राजाजी से पूछ लो, रानी-माँ से पूछ लो। चाहो तो मेरे तथाकथित पिता से पूछ लो। मेरी माँ ने कोई आसानी से आत्महत्या नहीं की थी। जीने की बहुत ललक थी उसमें। पर सत्ता और स्वार्थ के आगे उसका कुछ वश नहीं चला। तुम्हारी तरह मुझे भी खूब आगे देखना आता है, पर अतीत मेरा पीछा नहीं छोड़ता। मैं सर्वथा विवश हूँ—पीछे देखने के लिए। एक ही बाप की सन्तान होकर तुम तो राजकुँअरी हो और मैं अवैध सन्तान, तुम्हारी सहेली। तुम्हारे चरणों से कुंकुम चित्रित होता है और मेरे पाँवों से पसीने के दाग उघड़ते हैं। रानी-माँ ने ठीक तुम्हारी तरह मेरा पालन-पोषण किया। पर तुम्हारा तो वह पावना था, जन्मसिद्ध अधिकार। और मुझ पर थी करुणा की अभिशप्त छाया जो ठेठ बचपन से ही मुझे बहुत पीड़ा देती रही है। तुम्हारे पदचिह्नों के कुंकुम की खातिर बीसियों राव-उमरावों ने अपने सिर कलम करवा दिये और

मेरी कुंकुमवर्णी देह के लिए कोई शूरमा नाखून तक कटवाने को तैयार नहीं...।'

राजकुँअरी जैसे हाल में आ गयी हो। उसकी देह थर-थर काँपने लगी। बहुत कुछ दहाड़ना चाहती थी, पर उसकी बत्तीसी जुड़ गयी। कटे वृक्ष की नाईं बाँहें पसार कर बहन के गले से लटूम गयी। यदि वह जोर से कमर पकड़कर नहीं सँभालती तो जमीन पर ढह पड़ती। अकस्मात् अपनी चेतना के परे ही झार-झार रोने लगी, वरना भीतर के अन्धड़ से उसकी छाती टूक-टूक हो जाती। बहन की सारी घुटन, समस्त वेदना आँखों की राह बरसने लगी। ऐसा जानती तो जीभ के चिथड़े-चिथड़े होने पर भी भेद प्रकट नहीं करती! मुँह से नाविक के बीसियों तीर निकल चुके थे। राजकुँअरी का कलेजा ठौर-ठौर से बिंध गया।

राजकुँअरी छोटी बहन से फकत दस महीने बड़ी थी। चाँदनी चतुर्दशी की रात जिस मुहूर्त में उसका जन्म हुआ, उसी रात दीवान की धर्मपत्नी राजा से गर्भवती हुई। और एक महीने बाद जलवा-पूजन की शुभ-घड़ी में सोने की छत से लटकते रेशमी फन्दे में झूल गयी। कुलच्छनी रानियों के लिए ऐसी ही माकूल व्यवस्था थी। दीवान बनने से पहले स्वयं पति ने पत्नी को राजा के रंगमहल में पहुँचाया था।

कोई घड़ी-सवा-घड़ी पश्चात् राजकुँअरी की मूर्छा टूटी। आँख खोलकर आहत हिरणी की नाईं इधर-उधर देखा। बहन की गोद में वह चित लेटी हुई थी। आँखें चार होते ही उन में आँसू छलक आये। राजकुँअरी कुहनियों के सहारे उठ बैठी। बहन के गले में हाथ डालकर विगलित स्वर में बोली, 'पगली कहीं की, यदि राजकुँअर के आने से पहले यह भेद बता देती तो मैं बहुत-कुछ कर सकती थी, पर अब भी देर नहीं हुई। मैं कल ही किसी अन्य राजकुँअर से तेरा ब्याह करके सारा राज्य दहेज में दिला दूँ तो मेरा प्रायश्चित्त भी हो जाएगा। बोल, अब तो खुश!'

'न चाहने पर भी होठों की मुसकान के साथ उसकी आँखों के मोती भी चमक उठे!' धीमे से बोली, 'भीख से तो भिखारी खुश होते हैं। चाहे राख की भीख हो, चाह राज्य की। छोटी बहन का इस तरह खुश होना तुम पसन्द करोगी? ब्याह और राज्य के दहेज की खुशियाँ तो छोड़ो, कल के बाद कोई भी छोटी-बड़ी खुशी अपने भाग्य में नहीं बदी होगी। यदि मेरे लिए कुछ करना ही चाहती हो तो बावरे कुँअर का सिर तुम रख लेना और धड़ मुझे दे देना। रोगन-मसाला भरकर उसकी पूजा करेंगी। दरबार के सभी जीवित मनुष्यों की तुलना में उसकी मुरदा-माटी भी ज्यादा महत्त्वपूर्ण है। लेकिन इसका सिर कलम होने के बाद इन चार खूनी शर्तों को तिलांजलि दे दो, मेरी हाथ जोड़कर तुमसे यही प्रार्थना है।'

'चलो, तुम्हारी प्रार्थना मंजूर हुई। मगर बँटवारे के पहले उसका साबुत हुलिया तो बता दे। तेरी तरह बातचीत करना, न तो मेरे लिए शोभनीय है और न उसके लिए। अच्छा, तू कहे तो आज ही पुराना संकल्प तोड़ दूँ।'

'मगर वह पगला हरगिज नहीं मानेगा। और तुम्हारे लिए भी क्या यह शोभनीय

होगा। देखें रात की कजरारी यवनिका हटने के बाद कल कैसा सूर्य उगता है?'

'क्या पता उगेगा कि नहीं?' यह आशंका व्यक्त करते ही राजकुँअरी झटपट खड़ी हो गयी, जैसे मनवांछित कामनाओं का निवारण हो गया हो। छोटी बहन भी राजकुँअरी की आँखों में आशा की ज्योति हेरते बोली, 'अब जल्दी चलो, उसके धैर्य की अधिक परीक्षा न लें तो अच्छा है।'

कुछ दूर चलते ही राजकुँअरी एक बेतुका सवाल कर बैठी, '...तो, मैं ऐसे लम्पट राजा की पुत्री हूँ।'

'तू राजाओं की चिन्ता छोड़, सभी राजा लम्पट और क्रूर होते हैं। और यही तो राजाओं के गुण हैं।' अब किसी भी प्रकार के संवाद में छोटी बहन की रुचि नहीं थी। वह तो अपने-आप से मौनालाप करना चाहती थी। पर राजकुँअरी की शंकाएँ उसके नियन्त्रण से फिसल रही थीं। एक शंका निर्बाध मचल उठी, 'तो क्या राजकुँअर भी लम्पट होगा?'

'मैं क्या जानूँ पर यह तो निश्चित है कि मरने के बाद कोई भी व्यक्ति लम्पट नहीं हो सकता, चाहे वह राजा हो या राजकुँअर। फकत एक रात का जीवन है बेचारे का!'

राजकुँअरी ठेठ भीतर से बाहर तक सहम उठी। शेष सारी शंकाएँ कछुए के पाँवों की तरह दुबक गयीं। सब-कुछ जानते हुए भी मानो वह सब-कुछ भूली हुई थी कि सवेरे पहली शर्त की नाकामयाबी के साथ ही राजकुँअर की गरदन दुधारी तलवार के एक ही झटके में चाक हो जाएगी। बहन याद नहीं दिलाती तो वह स्मृति का अतिक्रमण करके आत्म-विस्मृति के अथाह सागर में आकण्ठ डूब चुकी थी। उसे जाने क्यों अन्धविश्वास था कि राजकुँअर सदैव अमर रहेगा। किन्तु जीवन और मृत्यु, दोनों की अनिवार्यता वैयक्तिक इच्छा-अनिच्छा पर निर्भर नहीं करती। मृत्यु के विचार को ठेठ गहरे-ही-गहरे दबाकर उसने छोटी बहन का हाथ क्या थामा, मानो उसने शाश्वत जीवन से ही अनुबन्ध कर लिया हो। न वह स्वयं मरेगी और न राजकुँअर को मरने देगी। बहन के हाथ में कुछ ऐसा ही अदम्य विश्वास सन्निहित था। जैसे वह चिर-यौवन और चिर-जीवन का ही प्रत्यक्ष प्रतिरूप हो।

परस्पर हाथ थामे दोनों सहेलियों को आते देखा तो कुँअर ने उनके पाँवों पर नजर गड़ा दी, जैसे उसका समूचा शरीर ही आँखों में तब्दील हो गया हो। सपने की वह सच्चाई आँखों के ऐन सामने इस तरह हूबहू चित्रित होगी, उसे एकबारगी विश्वास नहीं हुआ। आँखें फाड़ने की बजाय उसने आधी पलकें मूँदकर फिर टकटकी बाँधी। कुंकुम के एक-एक पदचिह्न में न जाने कितने सूरज छिपे हुए थे! यही है...आँखों की सार्थकता यही है। अब कुछ भी देखना शेष नहीं रहा। साम्प्रत जगदीश्वर भी अवतरित हो जाय तो वह उसी क्षण आँखें मूँद लेगा। धरती पर चित्रित कुंकुम के पाँव उसके अन्तस् में खिलने लगे। उसकी सपनप्रिया तो प्रत्यक्ष

हजारों-हजार आँखों के सामने चल रही है। कहीं यह भी एक सपना तो नहीं है? उसने जोर से आँखें बन्द करके फिर उघाड़ीं—साम्प्रत वही नजारा। वही राजकुँअरी और वे ही कुंकुम के पदचिह्न। हरियल चुँदड़ी का अवगुण्ठन! जैसे स्वयं प्रकृति ने राजकुँअरी का रूप धारण कर लिया हो। पीछे गुलाबी वेश में उसकी सहेली चल रही थी—जीवन्त प्रतिच्छाया के रूप में।

राजकुँअर पर नजर पड़ते ही वह चौंक कर मुड़ने को हुई कि सहेली ने टोकते कहा, 'आज तो अच्छी तरह मिल ले। आँखों की प्यास बुझाने में तो कसर मत रख। कल तो इसका सिर पाँवों के पास पड़ा मिलेगा।'

राजकुँअरी ने जैसे सुना ही न हो। जाते-जाते सख्त हिदायत के लहजे में बोली, 'शर्तें पूरी करने के पहले बगीचे में आने की हिमाकत नहीं करनी चाहिए थी। यदि भूल से आ गये हैं तो तुरन्त जाने के लिए कह दे।'

सहेली को कहने की जरूरत ही नहीं पड़ी। राजकुँअर ने भी स्पष्ट रूप से उसकी हिदायत सुन ली थी। अपराध-बोध के भाव से बोला, 'मुझे पता नहीं था। अजाने भूल हो गयी, क्षमा करें!'

इतना कहकर वह बगीचे से बाहर हो गया। दीवान की बेटी शून्य में खड़ी मन-ही-मन क्या सोच रही थी सो वही जाने। होठों-ही-होठों में फुसफुसायी, 'काश! मैं भी इन दोनों के समान बावरी होती! बुद्धि तो अर्जित की जा सकती है, किन्तु ऐसा पागलपन प्राप्त करना असम्भव नहीं तो दुर्लभ अवश्य है। आज का दिन बरसों तक न ढले तो कितना अच्छा रहे।'

राजकुँअरी से ब्याह रचाने जो भी पराक्रमी आता, वह पहले सात बार नगाड़े पर डंके की चोट, अपने आगमन की घोषणा करता। फिर राजदरबार में चारों शर्तों की अनुपालना के लिए सात बार उससे स्वीकृति ली जाती। शर्तें पूरी न होने पर सरेआम सिर कलम करने का अटल आदेश। अनेक सिर कलम हो चुके थे, यह एक और सही। मगर वह तो निपट अकेला ही आया है, चिड़िया का बच्चा तक साथ नहीं। अन्य प्रत्याशी तो लाव-लश्कर के साथ बड़े ठाट से आये थे। और बुरी तरह मुँह की खाकर गये। कई सेनाएँ तो लड़ते-लड़ते वापस लौट गयीं। उस राज्य की सेना आठों पहर अस्त्र-शस्त्रों के साथ रहती थी। समस्त प्रजा का भी साथ था।

तमाशा देखनेवालों के सिर अपनी धड़ पर क्या हमेशा ही कायम रहेंगे? फिर भी न जाने क्या सोच कर वे नगाड़े पर चोट करने का हौसला नहीं जुटा पाते! अपने-अपने माथे को सहलाते हुए अपने-अपने घरों में लौट-लौट आते। मृत्यु सुनिश्चित है, फिर भी मरने के ज्ञात-अज्ञात भय से काँप-काँप उठते। मरनेवाले के प्रति थोड़ी संवेदना प्रकट करते हुए, ब्यालू से निवृत्त होकर सो जाते। आल-जंजाल या सपने भी आते, पर सवेरे उठते ही तत्काल बिसर जाते। और यों यथार्थ की तुलना

में सपनों का महत्त्व ही क्या है? तिस पर जीने की मजबूरियों के रहते सपनों के बारे में सोचने का अवकाश ही कहाँ था! अपना-अपना विवेक और अपना-अपना हौसला। राजकुँअर ने सात की बजाय ग्यारह बार नगाड़े पर चोट की। एक-एक गूँज की बानगी ही निराली थी, मानो सदियों तक उसकी अनुगूँज नहीं थमेगी। दरबार में हड़बड़ी मची। अदेर दरबार जमा। दीवान ने प्रत्येक शर्त को स्पष्ट शब्दों में दो-दो बार दोहराते हुए बावरे राजकुँअर को अवगत कराया। और राजकुँअर सहज भाव से मुसकराता हुआ, बच्चे की नाईं हामी भरता रहा। अबोध बच्चा जिस तरह चाँद के लिए हाथ-पाँव मारता है, ठीक वैसी ही बाल्य-सुलभ चेष्टा राजकुँअर की स्वीकृतियों में थी। उसके द्वारा हामी भरते ही तमाम दरबारी एक रहस्यमयी मुसकराहट के बाद चुप हो जाते।

राजकुँअरी और उसकी छोटी बहन महिलाओं की पाँत में पास-पास बैठी थीं। पूर्व के किसी भी प्रत्याशी के लिए चाहे वह राजा-महाराजा हो, चाहे राव-उमराव, चाहे ठाकुर, सामन्त, चाहे सेठ-साहूकार हो—किसी के लिए भी उनके मन में ऐसी हमदर्दी नहीं थी। पाषाण पुतलियों की नाईं वे निश्चल बैठी थीं। प्राण न जाने कहाँ अटक गये थे? राजकुँअरी ने मन-ही-मन निश्चय किया कि इस बावरे राजकुँअर की मृत्यु के बाद यह क्रूर संकल्प छोड़ देगी। ताउम्र कुँआरी रहे तो रहे? उसने भी तो सपने के वशीभूत यह संकल्प लिया था। अब तो यह दृढ़ विश्वास हो गया कि कैसा भी अपरबली इन शर्तों को पूरा नहीं कर सकता। फिर तो ब्याह का प्रश्न ही कहाँ बचता है! इस बावरे ने क्या सोच कर बच्चे के उनमान मुसकराते हुए हामी भर ली। पर इसे तो किसी भी कीमत पर बचाना है। यदि उसका मस्तक बचे तो दोनों सहेलियाँ अपना सर कलम करवाने को तैयार हो जाएँगी। बहुत सम्भव है राजा और दीवान उनकी बात न टालें। समझ नहीं पड़ता कि इस बावरे के प्रति इनके दिल में ऐसी ममता क्यों है? जो खासियत उन्हें महसूस हुई, उसके लिए उन्हें कोई वाणी या वैसे शब्द ही नहीं मिले।

उनके लाख चाहने पर भी सूरज के नित-नेम में रंचमात्र भी व्यतिक्रम नहीं हुआ। वह तो समय पर अपना रक्त-रंजित मुँह लेकर निर्लज्ज क्रूर मुसकराहट के साथ उदय हुआ ही! फिर बेहया लोग-बाग क्यों पीछे रहते। बेशुमार भीड़ भेड़ों की तरह नदी के किनारे देखते-देखते एकत्रित हो गयी। राजा और दीवान के साथ समस्त दरबारी अपनी-अपनी ठौर पर बैठ गये। हाथों में दुधारी तलवारें और काला वेश पहने जल्लादों की तो अलग ही पहचान थी। वे बावरे राजकुँअर के आस-पास सतर्कतापूर्वक खड़े हो गये। दोनों सखियों के भाग्य में आखिर यह दिन देखना भी बदा था। यदि इच्छा करते ही मृत्यु हो जाती तो रात का अँधेरा छँटने के पूर्व ही उनके प्राण विलुप्त हो जाते। किन्तु मृत्यु किसी पर भी दया नहीं विचारती—न इच्छा करनेवालों पर और न भयभीत होनेवालों पर।

राज्य के सैनिक भी मृत्यु से कम क्रूर और कम तटस्थ नहीं होते। सत्ता का आदेश ही उनके जीवन का सर्वोपरि आदर्श होता है। सात सिपाही सिर पर टोकरियाँ उठाये खड़े थे। सिंहासन के नुमाइन्दों की आज्ञा का क्षण-क्षण इन्तजार करते हुए। किन्तु बेहद आश्चर्य की बात कि बावरा राजकुँअर जाने किस अज्ञात खुशी में मन्द-मन्द मुसकरा रहा था। मृत्यु की ऐसी अपूर्व अभ्यर्थना का सपना तो शायद यमराज ने भी नहीं देखा होगा।

दीवान को कहते देर लगी और सातों टोकरियाँ एक साथ नदी के बहते पानी में औंधी कर दी गईं। तीन घड़ी के भीतर एक-एक चिरमी को वापस टोकरियों में भरना है। यदि एक भी चिरमी नदी में रह गयी तो शर्त अधूरी मानी जाएगी।

पगले राजकुँअर को राज्य-शक्ति की अपेक्षा प्राकृतिक शक्तियों पर अधिक भरोसा था। उसके मन में किसी तरह की कोई आशंका नहीं थी। आँखें मूँदकर सच्चे मन से मछलियों की रानी को याद किया और वह पलकें उघड़ने के पहले हाजिर। पानी के बाहर मुँह निकालकर बोली, 'कुँअर, मैं असंख्य मछलियाँ लेकर आ गयी हूँ। तू किसी बात की चिन्ता मत कर। सात की बजाय सत्तर टोकरियाँ भी होतीं तो हम सवा-घड़ी के भीतर बीन लेतीं।'

देखते-देखते नदी के पानी में तूफान-सा उठ गया। और देखते-देखते सातों टोकरियाँ वापस उसी तरह भर गईं। मछलियाँ तो सिपाहियों से अधिक मुस्तैद निकलीं। भीड़ के अचरज का पार नहीं रहा। राजा-रानी को बेइन्तहा खुशी हुई, जैसे उन्हें नया जीवन और नया राज्य मिल गया हो। पर दरबारियों की जलन का पार नहीं था। दोनों सहेलियाँ आँखें बन्द करके बैठी थीं। दीवान के कहने पर कानों को विश्वास ही नहीं हुआ। तब उन्होंने आँखें खोलीं और चिरमियों से भरी टोकरियों का नजारा प्रत्यक्ष देखने पर भी उनका मन नहीं माना। सपने से भी बहुत आगे के यथार्थ पर भला उन्हें विश्वास हो भी तो क्यों कर! सपने तो इस यथार्थ के सामने नितान्त अकिंचन हो गये! फिर भी राजकुँअरी का आनन्द धूप और हवा की सीमाएँ लाँघ गया। पर छोटी बहन वर्तमान को अनदेखा करके अपनी विगत वास्तविकता में अन्तर्धान हो गयी। फकत राजकुँअरी का मन बहलाने के लिए ऊपरी मन से बेहद खुशी जाहिर की। उसका मानस दो हिस्सों में बँट गया। आधा मानस उसका अपना था और आधा मानस राजकुँअरी के निमित्त था। अपने मानस में तो शायद उसकी चेतना के परे छिपे आनन्द का पारावार नहीं था। किन्तु दूसरे मानस में ईर्ष्या, कुढ़न और प्रतिशोध की परिव्याप्ति भी कम नहीं थी। और राजकुँअरी तो अपने ही अनिर्वचनीय आनन्द में समाधिस्थ थी। अभिन्न सहेली की दुहरी मनःस्थिति को भाँपने लायक उसे सुधि-चेतना ही कहाँ थी।

दूसरी शर्त ज्यादा कठिन थी। सात गाड़ी सरसों, सात कोस की दूरी तक बिखेर दी गयी। तीन दिन के भीतर एक-एक दाना गाड़ियों में वापस एकत्रित करना

था। एक दाना भी पीछे रह गया तो शर्त अधूरी मानी जाएगी। कुँअर के मन में न पहले आशंका थी और न अब। आँखें मूँदकर सुग्गों के राजा को याद किया तो वह अदेर हाजिर। कुँअर के सिर पर मँडराते टिवटिव बोला, 'कुँअर मैं सवा लाख सुग्गों की जमात लेकर आ गया हूँ। तू किसी बात की चिन्ता मत कर। सात गाड़ियों की बजाय सत्तर गाड़ियाँ भी होतीं तो हमारे लिए कुछ भी फर्क नहीं पड़ता।'

कुँअर की सुनिश्चित धारणा थी कि प्रकृति को माँ के उनमान मानो तो माँ की तरह दुलार करती है, वैसा ही व्यवहार करती है। देखते-देखते नील गगन के नीचे सुग्गों की जमात का एक और हरा आकाश तन गया और देखते-देखते रेत में बिखरी सरसों से वापस सातों गाड़ियाँ भर गईं। बिखेरने में तो अवश्य काफी देर लगी, पर वापस शामिल करने में कुछ भी देर नहीं लगी।

हठात् एक कौंध के साथ दोनों सहेलियों की आँखें चार हुईं। राजकुँअरी की तरह अभिन्न सहेली के होठों पर भी वैसी ही स्निग्ध मुसकान थी। कितनी मार्मिक थी—आँखों की वह मूक रहस्यमयी वाणी! सर्वथा एक दूसरी से विभिन्न। सहेली तो राजकुँअरी की आँखों के रहस्य को पूर्णतया समझ गयी, पर राजकुँअरी उसकी आँखों के गूढ़ रहस्य को नहीं समझ सकी।

दीवान ने मुँह उतारकर तीसरी शर्त बताई। काश! उसकी बेटी को ऐसा वर मिल पाता! मगर वह तीसरी शर्त और भी ज्यादा कठिन है। शायद ही पार पड़े। सात-सात कोस की दूरी तक खाँड को धूल में इस तरह मिलाया कि वह किसी की नजर में क्या आ जाय! तीन दिन की अवधि में यदि एक कण भी पीछे रह गया तो शर्त अधूरी मानी जाएगी। फलस्वरूप न धड़ के ऊपर सिर रहेगा और न सिर के नीचे धड़। कुँअर ने आँखें मूँदकर चींटियों की रानी को याद किया और वह अदेर हाजिर। कुँअर का दाहिना पाँव सहलाते बोली, 'कुँअर, मैं सारे राज्य की चींटियाँ साथ लेकर आयी हूँ। तू किसी बात की चिन्ता मत कर। खाँड का एक कण भी पीछे नहीं रहेगा।'

चारों तरफ सात-सात कोस की दूरी तक जमीन काली-स्याह हो गयी। चींटियों की नजर से बेचारे मनुष्य की नजर का क्या मुकाबला? मनुष्यों की बेइन्तहा भीड़ आँखें फाड़े अचरज से देखती रही और गाड़ियों पर धरी इक्कीस बोरियाँ खाँड से पूरी भर गयीं। न लोगों की खुशी का पार था और न ईर्ष्या का! काश! कुँअर के बदले उनके जीवन में ऐसा चमत्कार घटित होता! स्वयं वंचित रहने की टीस के कारण लोगबाग जस-तस अपने मन को समझाने लगे—तीन शर्तें पूरी हो गयीं तो क्या? चौथी शर्त तो अभी बाकी है—एकदम असम्भव। तीन दिन के भीतर फूलों का तीन मन रस इकट्ठा नहीं किया तो कुँअर सिर कलम करवाने के लिए तैयार हो जाय। तीन शर्तों की सफलता के बावजूद उसके साथ कोई रिआयत नहीं बरती जाएगी। न्याय की बात भी यही है।

किन्तु न्याय की नौबत ही नहीं आयी। कुँअर के मन में न पहले आशंका थी और न अब। उसने आँखें मूँदकर मधुमक्खियों की रानी को याद किया और वह पलक झपकने से पहले हाजिर। गुंजार करते बोली, 'कुँअर, तू किसी बात की चिन्ता मत कर। तूने जलती आग से हमारी रक्षा की, तब यह छोटा-सा काम भी तेरे लिए नहीं कर सकेंगी? सवा लाख छत्तों की मधुमक्खियों के साथ आयी हूँ।'

लोगों की अपार भीड़ हतप्रभ होकर देखती रही और तीन मन रस बात ही बात में इकट्ठा हो गया। राजकुँअरी का अन्तस् भी शहद की नाईं छलछला उठा ... और उधर छोटी बहन को स्वयं अपनी मनःस्थिति का सही आभास नहीं था कि उसके भीतर क्या हलचल मच रही है। इस अलबेले राजकुँअर से भला कौन अप्सरा ब्याह करना नहीं चाहेगी? जिस तरह हवा, धूप और बारिश पर सबका समान अधिकार होता है, उसी तरह इस कुँअर पर भी समस्त नारी जाति का अधिकार होना चाहिए। भला कृष्ण का एक गोपिका के साथ बँधना कहाँ तक संगत और श्रेयस्कर है। इतनी अन्तरंग होने पर भी राजकुँअरी उसकी बात क्यों मानेगी? फिर पगले राजकुँअर के लिए तो मानने का प्रश्न ही नहीं। वह तो उसी की खोज में तीन साल से भटक रहा है।

अपने अतीत में गोता लगाकर छोटी बहन होश में आयी तो अतिशय आनन्द में बौरायी राजकुँअरी को समझाना जरूरी हो गया। उसके रोम-रोम में खुशी की तितलियाँ पंख फड़फड़ाने के लिए हुलस रही थीं। अनहद उल्लास में संयम खोकर जब राजकुँअरी उससे लिपटकर मुक्त हुई तो वह अकृत्रिम भाव से कहने लगी, 'तू खुशी में पागल हो रही है। और अपने पागलपन में तुझे मनुष्य और मायावी का भेद भी नजर नहीं आता। ब्याह के तुरन्त बाद ही वह तुझे मधुमक्खी या चींटी बना देगा।'

'कोई बात नहीं।' वह एक बच्चे की नाईं हठ करते बोली, 'मैं तो इस मायावी के हाथों कुछ भी बनने को तैयार हूँ।'

यह कहकर उसने बहन की आँखों में नजर पिरोकर देखा—एक ही ठौर खड़ी रहकर वह दूर...बहुत दूर चली गयी थी। सहेली के इस स्वरूप से राजकुँअरी थोड़ी सहम जाती थी। उसे फिर आलिंगन में कसकर बायें गाल का चुम्मा लिया। कृत्रिम रोष प्रकट करते हुए कहा, 'आज तू मेरे आनन्द में शरीक क्यों नहीं होना चाहती। ऐसी स्वार्थी तो तू कभी नहीं थी।'

अपने सामान्य रूप में लौटते ही वह तत्काल सँभल गयी। अनमने भाव से कहने लगी, 'स्वार्थी मैं नहीं तुम हो। मौत क्या ढोल या थाली बजाकर प्रकट होती है! सोचा है कभी इस बात पर?'

'इसमें सोचने की बात ही क्या है?' उसने तनिक लापरवाही से कहा, 'वह किस क्षण दबे पाँव आकर गला दबोच ले, किसे भी पता नहीं चलता, न पण्डितों को और न राजाओं को।'

दीवान की बेटी का तीर निशाने की ओर बढ़ रहा था। उसी आशय को आगे बढ़ाते बोली, 'तब तुम निपट गाफिल की नाईं खुशी में क्यों बौरा रही हो? यह निपट स्वार्थ नहीं तो और क्या है? यदि दुयोंग से तुम्हारे साथ कोई अनहोनी घटित हो गयी तो इस बावरे कुँअर का क्या हाल होगा। सिर पटक-पटककर मर जाएगा। न तन्त्र-विद्या काम आएगी और न कोई जादू ही चलेगा।'

'नहीं, सो नहीं होने का।' वह दृढ़ विश्वास के साथ कहने लगी, 'तू कतई चिन्ता मत कर। न मेरे साथ अनहोनी बीतेगी और न बावरे कुँअर का बुरा हाल होगा। सगी बहन से ज्यादा घनिष्ठ होने पर भी तुझे यह भेद बताने का वैसा मौका ही नहीं मिला...। मैं अमर हूँ, मौत मेरा कुछ भी नहीं बिगाड़ सकती।'

'इस नश्वर दुनिया में कोई भी अमर नहीं है।' वह प्रतिवाद करते बोली, 'फिर मुझे क्योंकर विश्वास हो?'

'तो आज विश्वास दिलाना ही होगा।' राजकुँअरी अपने अचीते आनन्द की रौ में कहने लगी, 'देख, पहली बार तुझे ही यह भेद बता रही हूँ। किसी को भी इसकी भनक न पड़े। राजकुँअर को भी नहीं।' फिर वह उन्मत्त भाव से उसके कान में धीरे-धीरे कहने लगी, 'मेरे महल के नीचे सात तहखाने हैं। सातवें तहखाने का जंगी ताला खुलने पर एक ऐसा विचित्र मजूस मिलेगा, जो केवल आँखें मूँदने पर ही दिखलाई पड़ता है। उस विचित्र मजूस के भीतर ताले लगे हुए सात छोटे-छोटे मजूस हैं जो केवल दाहिनी आँख बन्द करने पर ही नजर आते हैं। सबसे छोटी सातवीं पेटी में एक नौलखा हार है। उसे कोई भी औरत गले में पहन ले तो मैं एक पल भी जिन्दा नहीं रह सकती। मगर हार वापस उतारते ही मैं फिर से जीवित हो जाऊँगी। अब तो तुझे विश्वास हुआ कि मैं अमर हूँ।'

'हाँ, अब तो अविश्वास की कोई गुंजाइश नहीं, पूरी निश्चिन्त हुई।'

'मैं खुशी के मारे कहीं खो न दूँ, आज से ये चाबियाँ तू ही रख।'

मन में उल्लास और ग्लानि की छटपटाहट को दबाते वह कुछ देर तक काँपती वाणी में आनाकानी करती रही, पर अड़ियल राजकुँअरी की जिद के मारे उसे जबरदस्ती चाबियाँ सँभालनी पड़ीं। फिर भी अन्त तक गम्भीर स्वर में समझाती रही, 'इतना भरोसा तो माँ पर भी नहीं करना चाहिए।'

तब उसकी ठुड्डी को सहलाते राजकुँअरी मुसकराते बोली, 'तू मेरी सहेली है, माँ नहीं।'

काँपती हथेली पर धरी चाबियाँ क्षण भर के लिए झनझना उठीं। उसके मन में भी ऐसी सहमती झंकार गूँजी। धीरे से पूछा, 'क्या सहेली, माँ से भी बढ़कर होती है।'

'तुझे इसमें कुछ भी सन्देह हो तो आज हमेशा के लिए खुलासा कर दूँ कि तू मेरे लिए माँ से बढ़कर है और जुड़वाँ बहन से भी। छोटी बहन का अभिशप्त

भेद बताकर तो तूने मेरे हृदय को हमेशा के लिए जीत लिया। यदि बावरा कुँअर मेरे कहने से मान जाय तो मैं आजन्म कुँआरी रहकर उसके साथ तेरा ब्याह कर दूँ।'

सहेली ने भावावेश में सिर हिलाते उसे बीच ही में टोका, 'नहीं, नहीं...ऐसी बात फिर कभी मत कहना। मुझे भीख और त्याग के नाम पर कुछ भी मंजूर नहीं।' चाबियों का छल्ला एक बार फिर जोर से बज उठा। अपनी चेतना के परे वह सचमुच अवश हो गयी थी। यन्त्रवत हाथ आगे बढ़ाते बोली, 'पर मुझे अपने पर भरोसा नहीं, सँभालो अपनी चाबियाँ... कोई अनहोनी बात नहीं कि मैं तुम्हारे साथ धोखा कर बैठूँ।'

राजकुँअरी के अधरों पर अनायास दूधिया मुसकान थिरक उठी। कहने लगी, 'तेरे मुँह से मूर्खता की ऐसी बात सुनकर अब कभी चाबियाँ वापस नहीं लूँगी। तेरा ऐसा हौसला ही नहीं कि मेरे साथ धोखा कर सके।'

आँखों के सामने होते हुए भी सहेली फिर कहीं गहरे में डुबकी लगा गयी। थोड़ी देर बाद पुनः लौटने पर उसके चेहरे की रंगत काफी बदली-बदली नजर आयी जो राजकुँअरी के लिए भी एक निगूढ़ पहेली के समान थी। होठों तक उछली जिज्ञासा को शमित करके ऊपरी मन से बोली, 'तो अब चलूँ, माँ कब से इन्तजार में बैटी है। माथा गुँथवाकर अभी वापस आयी। तब तक तू भी सज-धज कर तैयार हो जा।'

'मैं तो तैयार ही हूँ।' एक म्लान-सी विदग्ध हँसी उसके होठों पर क्षण भर के लिए झलक उठी।

चौदहवीं का चाँद तीन घड़ी ऊपर चढ़ने पर कुंकुम के पदचिह्नोंवाली राजकुँअरी से बावरे राजकुँअर का पाणिग्रहण था। राजा-रानी तो बेइन्तहा खुश थे, पर बेटी की बगिया धीरे-धीरे मुरझाने लगी थी। भीतर के अन्तर्द्वन्द्व का कोई कूल-किनारा नजर नहीं आ रहा था। अपने कल्पनातीत अप्रत्याशित आनन्द से न तो दूर खिसकते बन रहा था और न उसके साथ जुड़ने का कोई उपाय ही सूझ रहा था।

बेटी को गोद में बिठाकर माँ उसके बाल सँवार रही थी। अमोलक मोतियों से माँग भर कर चिर-सुहाग की आशीष देनेवाली ही थी कि बेटी का जी फड़फड़ाने लगा। आँखों की पुतलियाँ पथराने लगीं। फिर भी अपने चेतन-अवचेतन पर उसका थोड़ा-बहुत नियन्त्रण था। माँ की गोद में लुढ़कने के पहले ही उसने अस्फुट स्वर में हिदायत कर दी कि उसकी लाश को जलाये नहीं, बागवाले सतमंजिले महल के पलंग पर लिटा दे।

माँ की गोद में सिर गुँथाती बेटी ब्याह से तीन घड़ी पहले इस तरह प्राण-मुक्त हो जाए तो मौत के लिए भी लज्जित होने की बात है! फिर माँ की ममता क्यों कर धीरज रख पाती। मगर बिटिया की अन्तिम हिदायत सुनकर उसे धीरज रखना ही पड़ा।

बेटी ने जैसी हिदायत दी, राजा ने वैसा ही किया। फिर दीवान को बुलाकर सलाह विचारी तो दीवान ने जमाई, राजा और रानी की मंगल कामना हेतु राजकुँअरी की दाह क्रिया का विनम्र सुझाव दिया। शास्त्रों का माकूल सन्दर्भ बताया। पर राजा नहीं माना सो नहीं माना। तब ज्यादा आग्रह करना दीवान ने मुनासिब नहीं समझा। पर इस बात के लिए तो राजा-रानी दोनों की सहमति थी कि नादान राजकुँअर को बरगलाना आसान है। तिस पर राजकुँअरी की सहेली काफी कुशल है। अपने-आप सारा भेद सँवार लेगी। राजकुँअरी की अचीती त्रासदी का दुःख उसे भी कम नहीं था। पर जस-तस कर्तव्य का निबाह तो करना ही होगा। वह बुजुर्गों के आदेश की अवज्ञा नहीं कर सकती। यह उसके बाह्य-स्वरूप की परोक्ष व्यंजना थी। पर मन के भीतर-ही-भीतर वह अपने ही हाथों हलाल हो रही थी। उसका आहत दर्प स्वयं अपने बूते पर कुछ-न-कुछ प्राप्त करना चाहता था। किन्तु याचक रूप में वह ईश्वर की भी मोहताज नहीं होना चाहती थी।

राजा के आदेश की अनुपालना के अतिरिक्त दीवान के पास दूसरा चारा ही क्या था? अन्ततः उसकी मंशा भी यही थी। पहले तो दीवान की बेटी ने साफ मना कर दिया, पर बाद में सबके समझाने पर उसे मानना ही पड़ा। रानी ने सगी बेटी के सदृश उसका पालन-पोषण किया था। जीवन में पहली बार अपने आन्तरिक कुरुक्षेत्र पर उसे दोनों ओर से लड़ाई लड़नी पड़ रही थी। वह स्व-निर्मित पिंजरे में फँसती भी जा रही थी, और साथ-ही-साथ उससे मुक्ति भी पाना चाहती थी।

आखिर गाजों-बाजों, नौबत नगाड़ों की तुमुल ध्वनि के बीच धूमधाम से राजकुँअर के साथ उसका विवाह हो गया। जिसकी उसे खुशी भी कम नहीं थी, ग्लानि भी कम नहीं थी। गर्व-गुमान भी कम नहीं था और पछतावा भी कम नहीं था। वह अपने सम्पूर्ण हृदय से राजकुँअर को प्राप्त करना चाहती थी। दूसरी ओर अपने समग्र अन्तस् से उसका परित्याग भी करना चाहती थी। वह समूचे रूप से अपने नियन्त्रण में थी और रंचमात्र भी अपने वश में नहीं थी।

और उधर राजकुँअरी पलंग पर निश्चल पड़ी थी। कुँअर के बौराये कानों में कुछ भी दूसरी भनक नहीं पहुँची। रंगमहल में चारों तरफ सात पीलजोतें झुप रही थीं, मानो किसी अदीठ गगन से सात चन्द्रमा उतर आये हों। झूमती-लहराती प्रत्येक लौ राजकुँअर की भावभीनी अभ्यर्थना कर रही थी। गावे-घी की सौरभ से उजियारा महक-महक रहा था।

और यह लो...पायल की क्वणन झंकार से वायुमण्डल को समधुर छन्द सुनाती दुलहन ने देहरी लाँघकर भीतर प्रवेश किया। वही हरियल दमकता हुआ झिलमिल वेश। यह है पवित्रतम सपना...अद्वितीय ख्वाब, जिसके सामने यथार्थ का निर्वसित रूप सौ बार पानी भरता है। अपने राज्य में कुंकुम के पदचिह्नोंवाली राजकुँअरी का

सपना कितना यथार्थ था और आज प्रत्यक्ष आँखों के सामने यह झिलमिल चमकता यथार्थ कैसा निगूढ़ सपना है।

उस उनींदे स्वप्न को चरितार्थ करने के लिए हरियल अर्द्धांगिनी का अवगुण्ठन बाएँ हाथ से ऊपर उठाया तो राजकुँअर के लिए तारों जड़ा सारा आकाश ही अदेर ध्वस्त हो गया...उफ्फ...यह तो उसे समझानेवाली वही बाला है—सपनप्रिया की अभिन्न सहेली। यह क्या माजरा घटित हुआ? पाणिग्रहण के बाद भी कोई शर्त बची हो तो वह भी पूरी हो जाय! ऐसा प्रश्न और ऐसी आंशका—दोनों ही वाणी के मोहताज नहीं होते। बिना ध्वनि के भी ये व्यंजित हो जाते हैं, अधिक स्पष्ट सुनाई देते हैं।

एक अलौकिक मुसकान छितराती दुलहन बोली, 'जो शर्तें स्वयं सृष्टि-कर्त्ता भी पूरी नहीं कर सकता, वे आपने जादू-टोने या सपने की नाईं पूरी कर दीं, अब कोई शर्त नहीं है। आपकी कोई शर्त हो तो निस्संकोच बताएँ, जिसे पूरी करने में कोई कसर बाकी नहीं रहेगी।'

जीवन में पहली बार राजकुँअर हकलाते बोला, 'सपना समझो चाहे शर्त, मेरे लिए तो उसका एक ही महत्त्व है। चलते समय कुंकुम के पदचिह्न अंकित न हों तो मैं सपने में भी उससे ब्याह नहीं कर सकता।'

'और न मैं भी अब ऐसा आग्रह करूँगी। मेरा प्रण भी यही था।' दुलहन ने सारे रहस्य को सँवारने की चेष्टा करते कहा, 'शुरू की वह मुलाकात तो आपकी पहली परीक्षा थी। यदि रूप के मोह में आप कुंकुम के पदचिह्नों से उदासीन हो जाते तो मैं आपसे हमेशा के लिए विमुख हो जाती। कुंकुम के पदचिह्नोंवाली काया मेरा बाहरी स्वरूप था, जो पाणिग्रहण के बाद विलुप्त हो गया। बस, पाणिग्रहण के पहले तक ही मेरे सत का जोर था। आपके मन में तनिक भी दुविधा हो तो माँ से पूछ लीजिए, राजाजी से पूछ लीजिए और दीवानजी से पूछ लीजिए। सन्देह की जगह अब एक पल भी रुकना मेरे लिए शोभनीय नहीं है। पुख्ता विश्वास होने पर सन्देश भिजवा दें, तत्काल चली आऊँगी।'

इतना कहकर वह गर्विता जाने लगी तो राजकुँअर को ऐसा महसूस हुआ, जैसे उसकी आत्मा ही शरीर का परित्याग कर रही है। उसके राज्य में झूठ, फरेब और पाखण्ड का नाम तक कोई नहीं जानता था। सो उसने सुनते ही विश्वास कर लिया कि वही कुंकुम के पदचिह्नोंवाली सपनप्रिया है। उस प्रत्याशित परिवर्तन की पहले भनक पड़ जाती तो पाणिग्रहण के प्रलोभन में उसकी हथेली का परस ही नहीं करता। लेकिन अब पश्चात्ताप करने में क्या सार? अपने राज्य में लौटने पर कौन उसकी बात पर विश्वास करेगा कि उसने साम्प्रत अपनी आँखों से कुंकुम के पदचिह्न निहारे हैं। मगर उसे तो अपनी आँखों पर विश्वास था। प्रत्यक्ष जगमगाते चित्रों के कुंकुम पर भगवान से भी अधिक आस्था थी। फिर भी राजकुँअर का आधा मन बुझ गया।

किन्तु दुलहन तो अपनी चिर-तृषित उमंगों की परितृप्ति के लिए अविकल आतुर थी। क्षण-क्षण प्रतीक्षारत सुहाग-शय्या का विछोह उसके लिए असहनीय हो रहा था। वह ज्यों ही गले का नौलखा हार खूँटी में टाँग कर व्याकुल सेज की ओर बढ़ी तब अगाध निद्रा में निश्चल सोयी राजकुँअरी की पलकें अकस्मात् उघड़ीं। वह हड़बड़ा कर उठ बैठी। सूनी-सूनी निगाहों से इधर-उधर झाँकने लगी। फिर अपने पाँवों पर दृष्टि गड़ाए वह स्वर्ण-पलंग के चारों ओर घूमने लगी। उसके कुंकुम पदचिह्नों की आभा से महल का आलोक शनैः-शनैः बढ़ने लगा। मानो प्रत्येक अरुणिम चित्र से चाँदनी की किरणें फूट रही हों।

उसके जिन्दा होने का अर्थ व मर्म आँखों के सामने स्पष्ट उघड़ने लगा। हठात् उसके होठों पर मुसकान की मद्धिम शिखा दीप्त हो उठी। उसमें अन्तर्निहित भावना हास-परिहास, करुणा या ईर्ष्या की थी, रोष या क्षमा की थी, स्वयं राजकुँअरी को भी उसका सुनिश्चित सूत्र नहीं मिला। मर कर दुबारा जीने के आनन्द या अवसाद की प्रच्छन्न व्यंजना तो कहीं उस मुसकराहट में विद्यमान नहीं थी? जब उसने स्वयं हार्दिक आग्रह की खुली पेशकश की थी, फिर उसने क्या सोचकर उसके विश्वास को ठेस पहुँचायी? क्या उसके विश्वास का मूल्य सहवास के आनन्द की अपेक्षा सहस्र गुना बेशी नहीं था? मगर उस मानिनी को अपने मान की हिंस्र-तुष्टि ही सर्वोपरि महसूस हुई। आसन्न प्रलोभन के सामने वह निपट अन्धी-बहरी होने से बच नहीं सकी। आँखों के अन्धेपन की बजाय भावना का अन्धापन कहीं ज्यादा घातक है। बारम्बार एक ही शरीर के जीवन-मरण की विडम्बना का ऐसा क्रम क्या सदावन्त ही चलता रहेगा? इसका कहीं कोई अन्त नहीं है? किन्तु कामसमाधि में निमग्न उन बावरों ने तो सूर्य के प्रकाश की मर्यादा भी कहाँ रखी? कम-से-कम राजकुँअर से तो सपने में भी ऐसी आशा नहीं थी।

समस्त चराचर में प्राण-शक्ति संचारित करनेवाले सूर्य के उदय होने पर वह मृत्यु की गोद में सो जाती और अकसर उसके अस्त होने पर वापस जी उठती! एक ही जिन्दगी के बार-बार आवागमन का समूचे संसार में पहला ही दृष्टान्त था—शायद अन्तिम भी हो।

उधर अनिन्द्य रूपसी दुलहन ने अपनी कुंकुमवर्णी देह से कुँअर को पूरा वशीभूत कर लिया। औरत की छलछलाती देह का स्पर्श कोई मामूली सम्मोहन उत्पन्न नहीं करता। उसकी सम्प्रेषणीयता आध्यात्मिक अनुभव के उनमान सर्वथा अनिर्वचनीय होती है। नारी-देह की विचित्र माया के सामने स्वयं जगदीश्वर भी विचलित हुए बिना नहीं रह सकता। फिर राजकुँअर तो निरा एक पुरुष मात्र था। निर्मल और नादान पुरुष! जिसकी तुलना में दुलहन बेहद चतुर और प्रत्येक कला में निष्णात थी। उसकी अकाट्य मान्यता थी कि नारी-देह की अनहद समाधि में मगन हो जाने पर पुरुष का विवेक क्षीण हो जाता है। माँ की ममता का पराभव

हो सकता है, पर नारी के अंग-रस का स्वाद चखने के पश्चात् उसकी चाह कभी शान्त नहीं होती। एक बार और...और...। इस 'और' का अन्त बड़ा दुश्वार है।

प्रथम प्रणय के पाश का तो अनुभव ही विलक्षण था। दुलहन को ऐसा महसूस हुआ कि पहली वर्षा से जिस तरह प्यासी धरती का कण-कण तृप्त होता है, उसी प्रकार उसका रोम-रोम भी आह्लादित और परितृप्त हुआ था। रंगमहल की पीलजोतों के आलोक से उसकी नस-नस का अँधियारा प्रतिभासित हो उठा था। मगर राजकुँअरी की विडम्बना का खयाल आते ही उसकी देह के पोर-पोर में सहस्र बिच्छुओं के दंश-सी दाह होती थी।

यों सहवास की झिलमिल खुमारी में रात का अँधियारा उज्ज्वल से उज्ज्वलतर होने लगा था। कुँअर उस कुंकुमवर्णी देह में पूरमपूर सराबोर हो गया। पर दुलहन भीतर-ही-भीतर कहीं डूबती जा रही थी। असह्य अन्तर्वेदना का द्वन्द्व उसके अन्तस् को कोंच रहा था। बाहर से वह बहुत तुष्ट व आत्मविभोर दिखने का भरसक प्रयत्न करती, किन्तु कभी-कभार सहवास की अनहद-समाधि के दौरान राजकुँअर को अकस्मात् यह आभास होता, मानो देह त्याग कर चिर-संगिनी की आत्मा कहीं दूर चली गयी हो। क्या सहवास का मन्थन इस सीमा तक विलक्षण होता है? वह आनन्द की चरमोत्कर्ष अनुतृप्ति का अभिनय करती तब कुँअर का सन्देह और प्रस्फुटित होने लगता। जहाँ चतुर-सुजान सहज ही धोखा खा जाते हैं, वहाँ सरल व्यक्ति अपनी अन्तःप्रज्ञा के माध्यम से तुरन्त सच्चाई भाँप लेता है। एकाध बार उसने जानना चाहा तो दुलहन ने अपराध-भाव से कहा, 'कुंकुम के पदचिह्न लुप्त होने का सन्ताप मिटते-मिटते मिटेगा। वही तो मेरे वजूद की अद्वितीय पहचान थी। जस-तस जिन्दा रहने या सहवास के आनन्द से उसका घाटा पूरा नहीं हो सकता। आप चिन्ता न करें, वक्त गुजरने के साथ इसकी वेदना भी मिट जाएगी।'

भोले राजकुँअर के मन की शंका का समुचित समाधान होते ही दुलहन की आन्तरिक घुटन और ज्यादा बढ़ गयी। एक दिन कुँअर ने अपने राज्य वापस लौटने की इच्छा जाहिर की तो दुलहन ने शुभमुहूर्त के बहाने पाँचम तक रुकने का पुरजोर आग्रह किया। तिस पर भी कुँअर ने लौटने का औचित्य अपरिहार्य बताया तो दुलहन ने प्रतिवाद करते कहा, 'यों समझ लीजिए कि सपनप्रिया की तलाश में महीना सवा-महीना अधिक लगा।'

कुँअर का सीधा तर्क था कि जो बात हुई नहीं, उसे खामख्वाह मानने की जरूरत क्या है? सारे राज्य में अविकल प्रतीक्षा हो रही होगी। तब दुलहन ने पति के स्वभाव को समझकर अन्तिम पासा फेंका, 'इतनी जल्दी तो कोई पंछी भी अपना घोंसला छोड़कर अन्यत्र नहीं जाता। तिस पर पुरुष की बजाय स्त्री की स्मृति अधिक नाजुक और अस्थिर होती है। पीहर से दूर बसने का खयाल आते ही सारा अन्तस् चीत्कार कर उठता है। इसके बाद भी पति का जो आदेश होगा, वह सिर-आँखों पर।'

इस पहलू से तो कुँअर ने जाने-अनजाने कोई विचार ही नहीं किया, मगर दुलहन की भावना का पता लगते ही उसके पछतावे की सीमा नहीं रही। अपराध-बोध की भावना से कहा, 'जब तुम्हारी इच्छा हो, लौटने की बात करूँगा। अनजाने में जो भूल हो गयी, उसके लिए क्षमा-प्रार्थी हूँ। और आज से हमेशा के लिए यह बात गाँठ बाँध लो कि मैं तुम्हारा पति नहीं, जीवन-साथी हूँ। तुम मेरी जीवन-संगिनी हो। तुम्हारे बिना मैं अधूरा हूँ। मेरे बिना तुम अधूरी हो। दोनों मिलकर ही पूर्ण हैं।'

राजकुँअर की वह अबोध निर्मलता उसका कलेजा चीर गयी। मुसकराने की निष्फल चेष्टा में उसका आन्तरिक सन्ताप और अधिक उजागर न हो जाय, इस कारण वह पीठ फिराकर खड़ी हो गयी। राजकुँअर ने समझा कि उसकी नाराजी आसानी से मिटनेवाली नहीं है। दीनता के स्वर में बोला, 'तुम्हारी इच्छा न हो तो मेरे साथ चलने की भी जरूरत नहीं। पवन-पंखी घोड़े पर उड़ता चला आऊँगा। मेरे कहने पर माँ और पिताजी भी चले आएँगे। ऐसे माँ-बाप हजार जन्म की तपस्या के बाद मिलते हैं। एक दिन भी उनके साथ रह गयीं तो फिर उनसे जुदा होने का नाम नहीं लोगी। सच्ची, मेरी माँ की गोद में तो कमेड़ी-कबूतर और गिलहरियाँ तक निर्भय खेलती रहती हैं। एक बाज तो माँ के कन्धे पर से हटने का नाम ही नहीं लेता था। उसके मरने पर माँ से तीन दिन तक खाना नहीं खाया गया। इतना प्यार करती थी उसे।'

दुलहन ने तब भी मुड़कर नहीं देखा तो कुँअर भावावेग में सामने आकर खड़ा हो गया। उसकी आँखों में आँसू देखकर वह स्तब्ध रह गया। समझ नहीं पड़ा कि उससे क्या भूल हुई? पर उसे तो अपने आँसुओं की चेतना ही नहीं थी। किसी और ही अथाह समन्दर में गोते लगा रही थी। कुँअर ने पास आकर अपनी सुकोमल अँगुलियों से उसके आँसू पोंछे। भीगे कण्ठ से बोला, 'तुम नहीं चाहती तो अपने राज्य की चर्चा ही नहीं करूँगा। मैं तो समझता था...।'

'नहीं, तुम गलत समझ रहे हो। तुम्हारी बातें सुनकर मैं तो तुम्हारे राज्य में पहुँच गयी थी।' विनीत भाव से कहने लगी, 'सुनाओ, मुझे अपने राज्य की सारी बातें सुनाओ। दुनिया में कोई ऐसा राज्य भी हो सकता है?' और दूसरे ही क्षण वह जाने कहाँ गुम हो गयी? संज्ञाविहीन-सी होकर धीमे से फुसफुसायी, 'काश! तुम इतने भोले और नेक नहीं होते तो मैं तुमसे हार नहीं मानती...और...!'

राजकुँअर फिर बहक गया, 'सच, मेरे राज्य के शेर, साँप और कौवे भी निहायत भोले और नेक हैं। जब तुम स्वयं अपनी आँखों से नहीं देख लोगी, तब तक मेरी बात का सपने में भी विश्वास नहीं करोगी। और तो और हमारे राज्य में सेना तक नहीं है। राज्य की सुरक्षा का जिम्मा मनुष्यों की बजाय हिंसक, बनैले और पालतू जानवरों पर है। क्या मजाल कि कोई दुश्मन उधर आँख उठाकर भी देख

ले।' अपने राज्य के बखान में खोया राजकुँअर सामने देखता हुआ भी देख नहीं सका कि दुलहन उसके मुँह से निकले हर शब्द पर काँप-काँप उठती है! जिसकी अन्तिम पराकाष्ठा तो तब हुई जब वह अपनी रौ में कहता गया, 'छल, फेरब, हत्या, पाखण्ड, लोभ, हिंसा व झूठ इत्यादि का तो कोई नाम ही नहीं जानता...।'

'और हमारे राज्य में तो इसके अलावा और कुछ है भी नहीं। या यों कहना ज्यादा उचित होगा कि इन सबकी मिलावट का नाम ही राज्य है। और मैं स्वयं इसी राज्य की हवा में पली हूँ। यदि मैं कहूँ कि मैंने तुम्हारे साथ धोखा किया है तो विश्वास क़रोगे?'

'इस विश्वास के बाद तो जीने में सार ही क्या है?' कुँअर के आहत संस्कार तड़प उठे। तनिक क्षीण स्वर में कहने लगा, 'मैं सोच ही नहीं सकता कि कोई मेरे साथ क्यों धोखा करेगा? और तुम तो अपने दुश्मन के साथ भी धोखा नहीं कर सकतीं। यह रूप और धोखा? फिर यह दुनिया तो जीने के काबिल ही नहीं रहेगी...।'

'क्या उसे नष्ट कर डालोगे?'

'जिसका निर्माण नहीं किया, उसे नष्ट करने का अधिकार मुझे नहीं है।'

'फिर क्या अधिकार है तुम्हें? आत्म-हत्या का अधिकार तो है?'

'नहीं, वह भी नहीं।'

'फिर जीने की मजबूरी तो ज्यों की त्यों रह गयी।'

तब राजकुँअर सहज भाव से समझाने लगा, 'जिस बात की कोई सम्भावना ही नहीं, उसकी कल्पना करके क्यों खामखयाली का भूत खड़ा कर रही हो?'

लगा कि भीतर के झंझावात से बाहर का पोर-पोर फट पड़ेगा। धूर्त व दुष्ट की बजाय इस तरह के निर्दोष व्यक्ति को परास्त करना कितना कठिन है। दुलहन तो भिड़ते ही पस्त हो गयी। यह तो स्वयं अपने ही हाथों से अपने साथ ही छल हुआ! अब साफ-साफ बताये बिना एक पल का बोझ भी वह सह नहीं सकती। इस मर्मान्तिक यातना के सामने बेचारी मौत का हादसा कुछ भी नहीं। उसे आज नया ही आत्मबोध हुआ कि मृत्यु जीवन से कहीं अधिक सुखद है! क्या नेक और भला व्यक्ति समझदार हो ही नहीं सकता? यदि समझ फकत कुटिल व क्रूर मनुष्यों का ही अस्त्र है तो वैसी समझ का करना ही क्या है? भाड़ में जाये! भीतर की समूची तिलमिलाहट को दबाकर वह मर्माहत स्वर में कहने लगी, 'केवल एक महीने के सुख की चाहना की थी, पर मैं तो नौ दिन में चिथड़े-चिथड़े हो गयी। तब सोचा था कि यह मरीचिका ही जीवन की एकमात्र सच्चाई है। अतीत को भुलाकर भविष्य के छलावे में फँस गयी, किन्तु मोह-भंग होने पर उस मरीचिका के पीछे अब एक कदम भी बढ़ाया नहीं जा सकता। काश! अपने भीतर के धधकते लावे की एक चिनगारी भी मैं किसी को बता पाती? या मैं स्वयं उसकी जलन को समझ पाती?'

तत्पश्चात् गले में पहने हार को अनजाने सहलाती आगे बढ़ी और कुँअर को सम्बोधित करके बोली, 'आओ, मेरे साथ आओ। तुम्हारे सपनों की राजकुँअरी बगीचे के महल में है। धोखा तुम्हारे साथ नहीं, मेरे साथ हुआ है! और मैंने ही किया है! मैंने अपनी कुंकुमवर्णी देह के रोम-रोम से तुम्हें प्यार किया और तुम कुंकुम के पदचिह्नोंवाली सपनप्रिया की रट में ही खोये हो। इस सच्चाई को झेलने का तनिक भी माद्दा तुममें होता तो मैं हरगिज इस रहस्य को प्रकट नहीं करती। राजकुँअर! तुम्हारी अन्तिम परीक्षा शेष है। कामना करती हूँ कि तुम उसमें भी पूर्णतया सफल होओ। प्राकृतिक शक्तियों के सहयोग से असम्भव शर्तें जीतकर इतराओ मत! तुम्हारी अपनी क्षमता व समझ का तो अब पता चलेगा।'

दुलहन के रवाना होते ही राजकुँअर तो स्वप्नचालित पुतले की तरह उसके पीछे-पीछे चलने लगा।

तीन वर्ष की विकट यात्रा के उपरान्त, जिस बाग में उसने पहले-पहल विश्राम किया था, उसी सुपरिचित हरियाली और सुरभित फूलों के बीच से महल की सीढ़ियाँ चढ़ने लगा। मानो झिलमिलाते तारों के परे एक ऐसे रहस्यलोक की तलाश में जा रहा है, जिसके तिमिराच्छन्न कपाट पहली बार खुलेंगे—जहाँ सहस्र चन्द्रमाओं की चाँदनी जगमगा रही होगी।

कितना वक्त गुजरा?...एक घड़ी, एक बरस या एक युग, उसे कुछ भी वैसी सुध-बुध नहीं थी। कभी-कभार समय इस तरह अर्थहीन और अस्तित्वशून्य हो जाता है।

राजकुँअरी सोने के पंलग पर सीधी लेटी थी। वही हरियल वेश! ओस के समान दिप-दिप करते मोतियों से माँग भरी हुई। किसी अपूर्व स्वप्न के लिएं लालायित अध-मुँदी आँखें। अगाध निद्रा या चिर-शान्ति।

...कल्पनातीत विस्मय, दुःख, आनन्द, हताशा और निष्ठा के समवेत सम्मिश्रण से आप्लावित थी राजकुँअर की मनःस्थिति।

दुलहन ने सहज भाव से अपने गले का हार राजकुँअरी के गले में पहनाया और अपने समस्त चेतन-अवचेतन के अभेद्य कुहरे को भेदते हुए अतिशय आनन्दित भाव से पुकारा तो राजकुँअरी अविलम्ब उठ बैठी। मानो उसी चिर-प्रतीक्षित गुंजार की पल-पल बाट जोह रही हो!

1 सितम्बर, 1997, मंगलवार

## खीरवाला राज्य

कीड़ी को कन और हाथी को मन। राजा को राज और कोढ़ी को खाज। विवाहितों को रात और बच्चों को बात। गधे को लात और भिखारियों को भात। मछली को पानी और मवेशी को सानी। जिसका मन ज्यों माने, साँई सबकी ताने। तो रामजी सबको ही भले दिन दें—एक था राजा। जिसे अपच की बीमारी। राज-रसोई में तरह-तरह के उम्दा पकवान बनते, पर राजा को देखते ही उबकाई आती। वह दरबारियों को खिलाकर खुश होता। उन्हें रूबरू बिठाकर खिलाने से राजा को बड़ी तसल्ली मिलती। राज्य के तमाम वैद्य-हकीमों ने अनेक जड़ी-बूटियाँ, सोने और मोतियों की भस्म और भी जाने क्या-क्या औषधियाँ खिलाईं, क्या-क्या उपचार किये, पर राजा का हाजमा नहीं सुधरा सो नहीं सुधरा। साबूदाने की एक कटोरी के अलावा, उसे कुछ भी हजम नहीं होता था। लम्बा-चौड़ा राज्य और अखूट खजाना, लेकिन राजा एकदम मरियल। न चैन पड़े, न चिन्ता मिटे।

एक दिन उसने दीवान को रंगमहल में बुलाकर कहा, 'दीवानजी, एक कटोरी खीर के बदले राज्य का यह प्रपंच क्या भाव पड़ता है? न भूख लगती है और न नींद आती है। न रानियों का सहवास सुहाता है। दूसरे लोगों को खाते देखकर कब तक धीरज रखूँ? औरों को कितना पचता है और वे लम्बी तान कर सुख से सोते हैं। मैं बेकार ही राजा बना।'

दीवान ने हाथ जोड़कर अरदास की, 'अन्नदाता! आपके सिवाय और कौन राजा बन सकता है? भगवान की तरह राजा तो वासना के भूखे होते हैं! राज्य की

रैयत राजा के बदले खाने की बेगार निकालती ही है। यदि खाने से ही शोहरत बढ़ती हो तो सूअर आठों पहर मुँह मारते रहते हैं और गुर्राहट के साथ वापस भूखे हो जाते हैं।'

राजा की आँखों के सामने अँधेरा छाने लगा तो वह सोने के पलंग पर लेट गया। पलकें मूँदकर बोला, 'वे लोग कितने भाग्यशाली हैं, जिन्हें सब-कुछ हजम हो जाता है!'

दीवान ने धीमे-से मिलती मारी, 'गरीब परवर, आयुर्वेद के अनुसार तो जितना पचे उतना ही खाना चाहिए।'

राजा ने आधी पलकें उघाड़, दो-तीन गहरी आहें भरकर पूछा, 'क्यूँ, तुम्हें तो काफी भूख लगती है?'

दीवान ने कहा, 'हुजूर की परेशानी देखकर, खाने की इच्छा ही नहीं होती!'

राजा कुहनियाँ टेककर सूनी-सूनी आँखों से छत की नक्काशी निहारने लगा। कुछ देर उपरान्त बोला, 'दीवानजी, कल इक्कीस पण्डितों को खाने का न्योता दो। केसर व बादाम डालकर उम्दा चावलों की खीर बनवाओ। मैं अपने हाथों से उन्हें खिलाऊँगा। शायद उनकी दुआ से मेरी भूख जाग उठे।'

दीवान कुहनियों तक हाथ जोड़कर बोला, 'ज्यों आपकी इच्छा! हुजूर का आदेश हो तो इक्कीस हजार पण्डितों के खाने का इन्तजाम कर दूँ।'

बातचीत की इतनी तकलीफ से ही राजा की साँस ऊँची चढ़ गयी। बेदम होकर वापस लेट गया। नौकूँटी रियासत का राजा, सत्रह रानियों का भरतार और संज्ञाविहीन शरीर का यह बूता! आँखें मूँदकर उस बेढब संजोग पर विचार करने लगा। मगर सूने-सूने दिमाग के भरोसे गहरे विचारों में उलझने की शक्ति ही कहाँ थी!

राजा को अपने हवाले छोड़कर उसका हुक्म बजाने वह धीरे से खिसक गया। दूसरे दिन चार घड़ी दिन चढ़े रानियाँ-विहीन सूने रंगमहल में आकर दीवान ने अरदास की, 'अन्नदाता, आपके आदेशानुसार खीर व पण्डित दोनों हाजिर हैं। इस नाकुछ काम की खातिर आपको तकलीफ उठाने की जरूरत नहीं। आज्ञा हो तो मैं परोसगारी कर दूँ।'

सोने के पलंग से उठकर राजा ने कहा, 'तुम्हें यह नाकुछ काम नजर आ रहा है? मेरे लिए इससे बढ़कर दुनिया में कोई दूसरा काम नहीं है। खुद पचा सकता नहीं, तब अपने हाथ से परोसने का आनन्द तो उठाने दो।'

दीवान का कन्धा पकड़े खुद राजाजी पधारते नजर आये तो सभी पण्डितों ने जोर से 'खम्मा-घणी, खम्मा-घणी' की हाँक लगायी। राजा किसी दूसरे ही खयाल में उलझा हुआ था। उस अचीती हाँक से चौंका और लड़खड़ाकर नीचे गिरनेवाला ही था कि दीवान ने कमर पकड़कर उसे सँभाल लिया। पण्डितों ने फिर दूने जोर से वही गुहार मचायी।

कुछ देर सुस्ताकर राजा फिर धीरे-धीरे आगे बढ़ा। राज-रसोई में सोने के आसन पर बिराजने के बाद राजा बारी-बारी से सभी पण्डितों के चेहरे निरखने लगा। एक से एक बढ़कर हृष्ट-पुष्ट। मुस्टण्ड! बजरबट! आँखें फाड़कर राजा ने अचरज के सुर में पूछा, 'तुम सभी क्या खाते हो? क्या पीते हो?'

एक बुजुर्ग पण्डित ने हाथ जोड़कर जवाब दिया, 'गरीबनवाज, खाना-पीना तो आप जैसे राव-उमरावों का हम तो गम खाते हैं, सबूरी पीते हैं और जस-तस पेट भरने का प्रपंच करते हैं।'

याचक के लहजे में रिरियाते हुए राजा बोला, 'भले आदमियो! गम खाने व सबूरी पीने की यह तरकीब तो मुझे भी बताओ!'

सभी पण्डित आगे-पीछे बोलने लगे, 'अन्नदाता, राज के मालिक को किस बात की कमी! गम और सबूरी के लिए तो हम जैसे दुखियारे ठौर-ठौर भरे पड़े हैं।'

राजा भीगे सुर में बोला, 'तुम मानो न मानो मुझसे ज्यादा दुखी इस राज्य में और कोई नहीं है। मैं तो पहले से ही मार परेशान हूँ। तुम्हारे ये ताने मुझे घाव पर नमक की नाईं पीड़ा दे रहे हैं। और कुछ नहीं तो कम से कम हाजमा ठीक होने की दुआएँ तो दो। पूरा एहसान मानूँगा।'

सयाने पण्डित ने हाथ जोड़कर कहा, 'हुजूर, आप यह क्या फरमा रहे हैं? आप हमारा एहसान मानें तो हमारा जीना ही बेकार है। आपके लिए तो हमारे प्राण हाजिर हैं।'

'तुम्हारे प्राणों से मेरे हाजमे की कमी पूरी नहीं होगी।' राजा ने जबरदस्ती मुसकराने की चेष्टा करते कहा, 'आखिर तो मेरे शरीर की ताकत ही मेरे काम आएगी। अपने बूते के अलावा कहीं कोई आसरा नहीं है। अब तुम सभी पंगत में बिराजो, मैं अपने हाथों से परोसने का सुख तो चख लूँ।'

स्वामी का आदेश मिलते ही सभी पण्डित झटपट पद्मासन की मुद्रा में पुतलियों के उनमान अविचल बैठ गये।

दीवान ने कपड़ा हटाया तो राजा की आँखें फटी की फटी रह गयीं। चाँदी के एक बहुत बड़े कड़ाह में किनारों तक खीर भरी थी। कटे हुए काजू, बादाम व पिस्तों से अटी हुई केशर की खुशबू। सूँघने से ही मन तृप्त हो जाय तो कोई बड़ी बात नहीं। हतप्रभ राजा धीरे-से बोला, 'खाना तो दूर, मुझे तो देखने से ही बदहजमी हो रही है। उबकाई आने लगी है।'

फिर राजा ने भृकुटी तानकर अचरज से पूछा, 'दीवानजी, इतनी खीर किसलिए बनवायी? मैंने तो फकत इक्कीस पण्डित न्योतने का आदेश दिया था!'

एक प्रौढ़ मुस्टण्ड ब्राह्मण राजा के पास ही बैठा था। राजा की बात सुनकर और नजदीक आया। हाथ जोड़कर बोला, 'आपको यह खीर ज्यादा दिख रही है?'

राजा ने रूखे स्वर में कहा, 'और नहीं तो क्या? मेरे खयाल से यह खीर दुगुनी, नहीं नहीं, तिगुनी है।'

प्रौढ़ पण्डित दीन भाव से कहने लगा, 'अन्नदाता की बात का विरोध करना मुझे शोभा नहीं देता। आप नाराज न हों तो यह खीर मैं अकेला ही डकार जाऊँ।'

अनहोनी बात सुनकर राजा की आँखें ऊँची ललाट में चढ़ गयीं। अविश्वास के लहजे में पूछा, 'क्या कहा?...यह खीर तुम अकेले खा सकते हो?'

'हाँ मालिक, अकेला ही। पीछे एक चावल भी नहीं छोड़ूँगा।'

पहली बार राजा के मरियल शरीर में खीज भभकी। ढक्कन की नाईं फदफदाते बोला, 'तुम्हें पता है कि झूठ की बदबू आते ही मैं आपा बिसर जाता हूँ। यदि यह खीर नहीं खा सके तो कोल्हू में तुम्हारी खली बनवा दूँगा।'

'यदि खा गया तो!'

'बस...बस, रहने दो। जितना समझते हो, उतना भोला नहीं हूँ।'

'तो अब प्रत्यक्ष को क्या प्रमाण अन्नदाता! देर होने पर इस खीर से भी मेरी भूख नहीं मिटेगी।'

राजा ने आँखें निकालते फटकार बतायी, 'फिर वही बदूतमीजी! तुम्हें कुछ होश भी है कि किसके सामने क्या बकवास कर रहे हो? खैर! यदि सचमुच तुम अकेले ही यह खीर खा गये तो पूरा राज्य तुम्हें सौंप दूँगा। फिर मुझे राज्य करने का अधिकार ही क्या है।'

पण्डित ने सिर नवाते कहा, 'राज्य करना तो आप जैसे उमरावों को ही शोभा देता है। और खीर बेचारी की क्या बिसात, मुझ जैसे अभागे भी चट कर जाते हैं।'

राजा असहमति के आशय से गरदन हिलाते बोला, 'नहीं नहीं, मेरे खयाल से इतनी खीर खानेवाला ही इस देश का राजा होना चाहिए। किन्तु खुद परोसने पर ही मुझे भरोसा होगा।'

जब बार-बार समझाने पर भी राजा नहीं माना तो आखिर पण्डित को मानना पड़ा। तत्पश्चात् राजा सोने के कटोरे भर-भर कर परोसता गया और प्रौढ़ पण्डित चाँदी की थाली मुँह लगाकर खीर पीता गया। परोसते-परोसते राजा को पसीना आ गया, पर पण्डित तो बीच में रुका ही नहीं। जैसे किसी बड़े बासन में वह खीर इकट्ठी हो रही हो।

जब कड़ाह के तल से कटोरा रगड़ खाने लगा, तब पण्डित बोला, 'अब आप आराम फरमाएँ, यह कड़ाही मैं अपने हाथ से चाट लूँगा।'

राजा के हाथ बुरी तरह दुखने लगे थे। उसके दूर हटते ही पण्डित ने, जैसा कहा, वही किया। कड़ाह को अच्छी तरह पोंछने के बाद उसने पेट पर हाथ फेरा और जोर से डकार खायी।

राजा ने इस तरह की डकार न तो कभी खायी और न कभी सुनी। जैसे कोई

साँड धड़ूका हो। राजा पहले तो थोड़ा चौंका, फिर कहा, 'पण्डितजी, शायद आपका तो कुछ नहीं बिगड़े पर मुझे लगता है कि मेरा पेट फट जाएगा।'

फिर राजा ने पण्डित के चरणों में दण्डवत करके प्रार्थना की, 'जिस तरह आपने कड़ाही की खीर सँभाली, उसी तरह अब यह राज्य सँभालो। शायद राज्य छोड़ने पर मेरा हाजमा भी कुछ सुधरे।'

राज्य की प्रजा व दरबारियों ने खूब निहोरे किये, पर हठीला राजा नहीं माना सो नहीं माना। आखिर उसने झुंझलाते कहा, 'इतने बरस मैं नादान रहा वही बहुत है। अब किसी के कहने से अपना अकाज नहीं करूँगा। राज्य का फन्दा मेरे गले में डाल कर तुम सब तो खाने-पीने का आनन्द उठाते हो और मैं अपच की बीमारी भुगत रहा हूँ। ऐसे राज्य के पीछे सात तगारी धूल।'

उसके बाद राजा ने एक हठ और किया। अपने हाथ से पण्डितजी का राजतिलक करके, उन्हें सिंहासन पर बिठाकर ही माना। पण्डितजी के पेट की ओर देखकर राजा बोला, 'या तो अब हाजमा ही रहेगा या सिंहासन! यदि सिंहासन के साथ हाजमा भी रख लो तो आपकी खासियत है।'

हजारों सिर देने पर भी राज्य बड़ी मुश्किल से हाथ लगता है, पर यहाँ तो हँसी-ठट्ठे में इतना बड़ा राज्य हाथ लग गया। खीर खाने का ऐसा चमत्कार तो नहीं जाना था। पण्डितजी के लिए तो खीर भगवान से भी बड़ी हो गयी।

तीसरे दिन सिंहासन का मद चढ़ते ही खीरवाले राजा ने गाँव-गाँव मुनादी पिटवा दी कि किसी वार-त्योहार या उत्सव-उछाह के अवसर पर भूल-चूक से भी खीर नहीं बनायी तो उसे सूली का दण्ड मिलेगा। खूब कमाओ, खीर खाओ और मौज मनाओ।

आस-पड़ोस के सभी रजवाड़ों में हवा की नाईं ख्याति फैल गयी—खीरवाला राजा और खीरवाला राज्य।

उस राजा को तो खीर के अलावा कोई दूसरी बात सूझती ही नहीं थी। वह खीज करे तो खीर का जुर्माना और रीझ करे तो खीर की बकसीस। जिन थान-मन्दिरों में जहाँ बकरे, पाड़े व घेटों की मनौती के बहाने लहू की नालियाँ बहती थीं, वहाँ अब सर्वत्र खीर का प्रसाद चढ़ने लगा। खीर से बढ़िया व पवित्र चीज और क्या हो सकती है।

राज-रसोई में तो दोनों जून खीर के कड़ाह चढ़ने लगे। दरबारी विद्वान्-पण्डित खीर बनाने के नित्य नये गुर बताते। राज वैद्य दूर-दिसावर जाते और दूसरे रजवाड़ों से खीर बनाने के विचित्र नुस्खे लाते।

राजा के आदेश मुताबिक रियासत के तमाम मठ-मन्दिरों में खीर-देवी की आरतियाँ गायी जाने लगीं। 'खीर मैया की जै, खीर मैया की जै', से गली-गलियारे गूँजने लगे। भरापूरा खजाना खीर के कड़ाह-दर-कड़ाह छीजने लगा। सेना के लिए भी हर वक्त खीर का भोजन पकने लगा।

दरबार में प्रतिदिन बस...एक ही चर्चा चलती—खीर, खीर और खीर! कविराज खीर का यश गाते, खीर का विरुद बखानते। बातपोश खीर की नयी-नयी बातें सुनाते और राजा खिल-खिल हँसता रहता। उसे तब भी पूरा भरोसा नहीं हुआ कि वह बामन की बजाय किसी रियासत का राजा बन गया है। सपनों की कोई एक जात तो होती नहीं। नींद के अलावा जागते हुए भी वे आ धमकते हैं। जब तक न टूटे अच्छा ही है!

खीर का स्वाद चखते-चखते आखिर छह महीने गुजर गये। राजा को अब खीर के सपने दिखाई देने बिलकुल बन्द हो गये। साथ-ही-साथ एक अचरज की बात और हुई कि राजा की इच्छानुसार खीर के कड़ाह चढ़ने लगे तो दिन-ब-दिन उसकी खुराक कम होती गयी। धीरे-धीरे खीर मुँह आने लगी। दूध से आधे घी की मात्रा भी कुछ कम नहीं होती! बादाम, पिस्ते व काजू जैसा गरिष्ठ मेवा आसानी से क्यों कर पचता! उस दिन जितनी खीर खाने से तो ओझरी ही फट जाएगी। कहीं संयोग से किसी वैताल की क्षुधा तो आँतों में नहीं घुल गयी थी? अब तो सोने के दसेक कटोरे बड़ी मुश्किल से पचते हैं। खट्टी-मीठी डकारें भी आने लगी थीं। अभाव के बीच जितनी भूख भभकती है, बहबूदी के बीच उतनी ही ठण्डी पड़ने लगती है। उस दिन पुराने राजा ने बिलकुल सच कहा था। पर खीर के पराक्रम से यह राज्य हाथ लगा, यह सच्चाई तो सात पीढ़ियों तक भूले जैसी नहीं है। खुराक कम हुई तो क्या, खीर की महिमा क्यों कर भुलाई जा सकती है।

मगर रैयत के लिए तो खीर की ऐसी महिमा थी नहीं। जरूरत मुताबिक रूखे-सूखे टुकड़े भी जी-तोड़ मेहनत से हाथ लगते थे, तब खीर का तो सपना भी दूभर था! देखते-देखते खीर के प्रबल प्रताप से रियासत के पौधे-पौधे की जड़ें खोखली होने लगीं। सड़ने लगीं। चारों तरफ लूटमार, डाकाजनी, चोरी-चकारी व खून-खच्चर का हुड़दंग मचने लगा। अन्यायी एवं अत्याचारी राजा-ठाकुरों के अंकुश तले पीढ़ियों से दबी-कुचली प्रजा खीरवाले राज्य की खुली छूट मिलते ही रास्ता भटक गयी। लूट-खसोट के अतिरिक्त जीने का कोई दूसरा उपाय नहीं था। छोटे-बड़े के मान-सम्मान का कतई लिहाज नहीं रहा। निपट-निखालिस स्वार्थ का सर्वत्र नंगा नाच होने लगा। सारे राज्य में अराजक-अन्धड़ का हाहाकार गूँजने लगा।

आखिर जीवन की धड़कन और साँसों से परेशान होकर राज्य की प्रजा त्राहिमाम त्राहिमाम मचाती दरबार में इकट्ठी हुई। जोर-जोर से चिल्लाने लगी, 'राजा, सेना और दरबारी खीर खाएँ तो भले ही खाएँ, पर हमारे लिए नमक-रोटी का इन्तजाम तो होना ही चाहिए।'

घबराया हुआ दीवान राजा से मशविरा करने की खातिर दौड़ा। रंगमहल में राजा के दर्शन नहीं हुए तो वह राज-रसोई की ओर भागा। गलीचे पर बिराजे राजाजी स्वयं अपने हाथ से मोटी खरल में केसर घोट रहे थे। दीवान ने पाँव पकड़कर अरदास

की, 'अन्नदाता, हजारों की तादाद में राज्य की रैयत इकट्ठी होकर फरियाद करने आयी है।'

राजा ने केसर घोटते-घोटते ही पूछा, 'कैसी फरियाद? भला रैयत को फरियाद करने की ऐसी क्या जरूरत आ पड़ी? खीर खाओ और मौज मनाओ। खीर से बढ़िया चीज दुनिया में और कुछ भी नहीं है।'

दीवान रिरियाते बोला, 'गरीबपरवर, तीन बरस से पानी की बूँद तक नहीं बरसी। जमराज का सामना करना आसान पर अकाल से जूझना कठिन है।'

खीर की अचीती मेहरबानी के फलस्वरूप अकाल, बादल, वर्षा और पानी की बातें राजा भूल गया था। मुसकराकर बोला, 'दीवानजी, आप भी कैसी भोली और बेतुकी बातें कर रहे हैं! खीर तो निखालिस दूध की बनती है। पानी से उसका क्या वास्ता?'

'अन्नदाता, पानी बगैर दूध कहाँ? थोर-आकड़ों का भी दूध सूख गया फिर भैंस-गाय और बकरियों की क्या बिसात। स्तन काटने से शायद लहू भी न निकले। पानी है तो जिन्दगी है।'

केसर घोटने में मगन राजा ने पूरी बात सुनी ही नहीं। मुँह बनाते बोला, 'ना, पानी मिले दूध की खीर स्वादिष्ट नहीं होती। आज मेरे साथ बैठकर खीर खाओ, तब कहीं तुम्हें मेरी बात पर विश्वास होगा।'

'हुजूर की सभी बातों पर मुझे विश्वास है। आप एक बार दरबार में पधारने की तकलीफ तो फरमाएँ। प्रजा आपके दर्शन की खातिर बेताब हो रही है।'

खीर के कड़ाह में केसर घोलते राजा ने कहा, 'मेरे दर्शन से खीर जितना आनन्द थोड़े ही आएगा। कितनी भीड़ है? खीर का स्वाद चखते ही अपने-आप खुश हो जाएगी।'

'नहीं, गरीबपरवर, भीड़ इतनी ज्यादा है कि खीर का एक चावल तक उसके हाथ नहीं लगेगा। और न रोती-बिलखती रैयत को खीर की जरूरत ही है। वह तो फकत नमक-रोटी की फरियाद करने आयी है।'

राजा केसर से रँगे हाथ धोते हुए बोला, 'तब तो खीर की महिमा समझाने के लिए मुझे भीड़ के पास चलना ही पड़ेगा।'

प्रजा को समझाने की राजा ने खूब कोशिश की, लेकिन पेट की आग के मारे खीर का पाहात्म्य कुछ भी समझ में नहीं आया। अधकुचले साँप की तरह फुफकारती भीड़ को आखिर बिखरना ही पड़ा। खीरवाले राजा से ऐसी आशा रखना ही बेकार था। दीवान के उदास चेहरे पर नजर गड़ाकर वह होठों ही होठों में फुसफुसाया, 'कैसे मूरख हैं? इतना समझाने पर भी खीर की महिमा समझ में नहीं आयी। खीर खाए बिना अक्ल भी तो नहीं आती।'

फिर अपनी अक्ल की अभिवृद्धि के लिए राजा ने खीर तो अवश्य खायी,

पर पहले जैसा मजा नहीं आया। मन-ही-मन भीड़ को कोसता रहा और खीर खाता रहा।

उस खीरवाले राज्य की हवा दूर-दूर तक फैल चुकी थी। जो भी राजा सुनता, उस पर चढ़ाई करने की सोचता। जीतने के लिए ऐसा कमजोर राज्य और कहाँ मिलेगा? आखिर एक नटखट राजा ने अपनी बेजोड़ ताकत के बूते पर अचानक धावा बोल ही दिया। दीवान के कानों में भनक पड़ी तो वह घबराकर राजा के पास पहुँचा। सोने के कटोरे से राजा उस समय खीर पी रहा था। दीवान पर नजर पड़ते ही खुश होकर बोला, 'वाह! बड़े उम्दा मौके पर आये। खीर बहुत स्वादिष्ट बनी है। पेट भले ही भर जाय, मन नहीं भरता।'

खीर की प्रशंसा सुनी-अनसुनी करके दीवान कहने लगा, 'हुजूर, अब तो कटोरे की बजाय आपको कटार, तलवार और भाला पकड़ना होगा। एक हरामी राजा ने अपने राज्य पर चढ़ाई कर दी।'

किन्तु राजा के कान पर जूँ तक नहीं रेंगी! सुगन्धित खीर के चटखारे भरते कहा, 'करने दो! घबराने की जरूरत नहीं। राज्य की सीमा पर ठौर-ठौर खीर के कड़ाह भरवा दो। राजा के साथ-साथ सारी सेना को भी कटोरे भर-भर कर खीर पीने दो। स्वाद चखते ही वे एकदम खुश हो जाएँगे। उस मौके पर सारे राज्य का दूध इकट्ठा करने की डौंडी पिटवा दो...।'

दीवान ने बीच ही में टोकते कहा, 'अन्नदाता, यह मसखरी की वेला नहीं है! हमें युद्ध का मुकाबला युद्ध के हिसाब से करना होगा।'

जाने क्या सोचकर राजा ठण्डी खीर में फूँक देते बोला, 'दीवानजी, इतने समझदार होकर भी क्या बच्चों की सी बातें कर रहे हो? मुझे युद्ध और चढ़ाई की बातें अच्छी नहीं लगतीं। क्यों खामख्वाह सिर खपा रहे हो? खीर का एक घूँट पीते ही आपको राहत मिल जाएगी। आप तो जानते ही हैं कि मैं कभी झूठ नहीं बोलता।'

'हुजूर, यह खीर खाने की वेला नहीं है...'

'पागल तो नहीं हो गये!' राजा ने अधीर स्वर में कहा, 'भला खीर के लिए क्या तो वेला और क्या कुवेला! खीर तो जब कभी खाने को मिले, अच्छी है।'

राजा की वैसी समझ के आगे दीवान क्या प्रतिवाद करता! उसी तरह घबराया हुआ प्रजा के सामने हाजिर हुआ। प्रजा गुस्से में दाँत पीसते बोली, 'खीरवाले राजा की यह दुर्गति तो होनी ही थी। ऐसे बावले राजा का हम साथ क्यूँ दें। उल्टे दुश्मन का हाथ बँटाएँगे—वह कुछ तो प्रजा का भला सोचेगा।'

बेचारा दीवान तो राजा और प्रजा के बीच बुरा फँसा। दुश्मन की फौज तो धूल के बादल उड़ाती आँधी के समान आ धमकी। घबराया हुआ दीवान फिर राजा के पास भागा। देश के स्वामी की ताकत के अलावा उसके पास दूसरी ताकत भी क्या थी? पर देश का स्वामी तो खीर के स्वाद में ही मगन था। दीवान ने कोहनी

तक हाथ जोड़कर कहा, 'अन्नदाता, दुश्मन की फौज तो सीमा के पार आ पहुँची। अब भी समय है, कुछ-न-कुछ उपाय कीजिए।'

राजा के पास खड़ी एक सुन्दर दासी पंखी से खीर पर बयार कर रही थी। राजा खीर की ओर ललचायी आँखों से टुकुर-टुकुर देखते बोला, 'मैं तो खीर के सिवाय कोई दूसरा उपाय जानता ही नहीं। तुम अकेले ही क्यूँ परेशान हो रहे हो? मेरे साथ खीर खाओ और मस्त रहो। दुनिया में इससे बढ़कर सुख और किसमें मिलेगा?'

राजा की उस बेढंगी आस्था के सामने दीवान का कुछ भी जोर नहीं चला। राजा ने अपने हाथ से दीवान को जबरदस्ती खीर खिलायी। सचमुच, खीर तो काफी स्वादिष्ट बनी थी।

दूसरे दिन भीषण तूफान की नाईं दुश्मन की फौज नगर के परकोटे में आ धमकी। दीवान के रोम-रोम में खलबची मची। पागल की तरह हाँफता-हाँफता रंगमहल में पहुँचा। राजा के पाँव पकड़कर प्रार्थना की, 'गजब हो गया हुजूर, गजब हो गया! फौज तो परकोटे के भीतर आ गयी। अब तो किले में घुसने ही वाली है।'

राजा घबराकर बोला, 'तब तो वाकई गजब हो गया! मैंने तो अभी तक खीर ही नहीं खायी! चलो, जल्दी करो। मेरे लिए पूरा कटोरा भरकर खीर लाओ, फिर कुछ उपाय भिड़ाऊँगा। मेरा कहा मानो, तुम भी एक कटोरी खीर गले उतार लो।'

ऐसी नेक सलाह और कौन देगा?...वह बड़ी तेजी से रसोई में गया और सोने के थाल में दो कटोरे भरकर खीर लाया। संकट की उस घड़ी में भी उसने राजा की मान-मर्यादा में जाने-अजाने कोई कमी नहीं रखी। राजा के लिए सोने का बड़ा कटोरा और अपने लिए चाँदी की छोटी कटोरी। एक बड़ा-सा घूँट पीकर राजा बोला, 'आज जैसी उम्दा खीर तो कभी नहीं बनी! क्यूँ, दीवानजी?'

दीवान कुछ सोच-समझकर माकूल जवाब देनेवाला ही था कि एक शूरवीर नंगी तलवार लिए रंगमहल में आया। दरवाजे के बाहर आठ-दसेक योद्धा तलवारें घुमाते हुए जोश दिखा रहे थे।

एक अजनबी शूरवीर के हाथ में दमकती तलवार देखी तो राजा चौंक कर खड़ा हुआ। खीर का कटोरा काँपते हाथों से नीचे छिटक पड़ा। शूरवीर दाँत किटकिटाते कहने लगा, 'सुनी-सुनायी बात तो एकदम सच निकली! युद्ध की वेला भी तुम तलवार की बजाय खीर का कटोरा थामे रंगमहल में बैठे हो! खीरवाला राज्य ज्यादा दिन नहीं टिकता। मैं अमुक रियासत का महाराजा हूँ। बिना लड़े ही मैंने तुम्हारा किला जीत लिया। इस कटोरे की तरह तुम्हारा राज्य भी तुम्हारे हाथ से छिन गया।'

हारा हुआ राजा गलीचे पर फैली खीर की तरफ देखते बोला, 'खीर खाने से

ही मुझे यह राज्य बकसीस में मिला और खीर खाते-खाते ही छिन जाय तो कोई परवाह नहीं। मैं तो खीर के अलावा कोई दूसरा प्रपंच जानता ही नहीं। यह सिंहासन बखुशी आप सँभालें। पर मेरे लिए ताजिन्दगी खीर खाने का पुख्ता इन्तजाम हो जाय तो मुझे और कुछ नहीं चाहिए। मैं राजी और मेरा भगवान राजी। आपने यह राज्य जीत कर वाकई बड़ा ऐतिहासिक कार्य किया है, मगर मेरी रसोई में बनी खीर एक बार चखने का कष्ट तो फरमाएँ। इतनी स्वादिष्ट खीर बनी है कि क्या बताऊँ? आप भी याद रखेंगे कि ऐसी मनुहार करनेवाला कोई मिला तो था। ना, खाने के पहले नहीं, खाने के बाद धूमधाम से खुशी मनाइये। काजू से भी तिगुनी मात्रा में पिस्ते डाले हैं–पिस्ते! केसर की ऐसी भीनी खुशबू आपने कभी नहीं ली होगी। तो हुजूर, मेरे लिए खीर के बन्दोबस्त की बात याद रहेगी न?'

15 जुलाई, 1997, मंगलवार

## मरीचिका

यह बात सूरज ने किरणों से कही, किरणों ने समन्दर से, समन्दर ने बादलों से, बादलों ने फूलों से, फूलों ने भँवरों से और भँवरों ने मुझे बताई कि हवा, पानी, पृथ्वी और वनस्पति की सृष्टि के युग-युगान्तर पश्चात् किसी एक जंगल की ओट में एक गाँव बसा हुआ था। वहाँ एक गरीब मनुष्य रहता था। समस्त मानव जाति की नाईं उसके भी दो हाथ, दो पाँव, दो आँखें, एक सिर और एक नुगरा पेट था। बेहद प्रपंच करने पर भी पेट का गड्ढा बड़ी मुश्किल से भरता और वापस खाली हो जाता। लुगाई के अलावा घर में तीन बच्चों का भार। बेटी सबसे छोटी तीन बरस की। बड़ा बेटा पाँच बरस का और छोटा चार बरस का। कुल मिलाकर पाँच मुँह और पाँच पेट थे। दुर्योग से चूल्हे पर दो जून हँडिया चढ़ने का जुगाड़ नहीं जुड़ा सो नहीं जुड़ा। तब रोटी खाकर भूख मिटाने की बुरी लत कैसे पार पड़ती? न खेती का आधार और न धन का सहारा। रोज माँगने पर टुकड़े कौन डालता? पर प्रतिदिन की दाझ और कलह तो अमिट थी। इसलिए मनुष्य बुढ़ापा आने के पहले ही थोड़ा झुक गया। सीधी तनी देह में मामूली खम पड़ गयी। हार मानो तो हार, वरना कुदरत को झुककर सलाम बजाने में कोई खामी नहीं थी।

दो हाथ-पैरवाले प्राणियों की उस बस्ती में चार पग और चार पंजोंवाला एक आदमखोर सिंह हिल गया। दिन अस्त होने पर रात चूके तो वह चूके। फिर भी उस नाहर की शराफत कि अपनी भूख के अनुसार एक पुरुष के अलावा किसी को भी जोखम नहीं पहुँचाता। ढोर-डंगर व दूसरे जानवरों से उसका मन नहीं भरता।

आदमी का लहू चाटे बिना शायद उसे तुष्टि नहीं होती होगी। जब हिंसक पंजों के निशान देखकर ही इन्सान डर जाते हैं, तब शेरों के मन का भेद भला कौन जान सकता है?

हमेशा की कलह व किचकिच से तंग आकर झुके हुए मनुष्य ने कई बार रात को इधर-उधर चक्कर काटे पर अकारथ! चार-पाँच बार रूबरू भेंट भी हुई। पर सिंह ने जानबूझकर उसे क्षति नहीं पहुँचाई। सिंह के रूप में साम्प्रत मौत ने भी उसकी कुछ परवाह नहीं की।

आखिर एक दिन पूर्णतया हताश होकर सूर्योदय की वेला पंजों के निशान टोहता-टोहता वह जंगल की ओर रवाना हुआ। धिक्कार है इस तरह जीने में! मौत की मेहर-मया के बिना गरीबी से छुटकारा पाना मुश्किल है। इसीलिए खुद अपने पाँवों चलकर वह खुशी-खुशी माँद के पास पहुँचा। उस वक्त सूरज के सामने आँखें मूँदकर होठों-ही-होठों में शेर जाप कर रहा था। अचानक किसी के पाँवों की आहट सुनकर उसने तनिक पलकें उघाड़ीं तो सामने वही आदमी खड़ा नजर आया—निर्भय और निःशंक। अदेर वापस आँखें मूँद लीं। पिछले पंजों पर बैठा शेर तो अपनी ठौर से हिला तक नहीं। तब मनुष्य के मन में भारी क्षोभ हुआ कि मौत भी उसे हिकारत की दृष्टि से देखती है। क्या वाकई वह इतना तुच्छ प्राणी है? जीने का आधार न जुड़ने पर वह मौत की शरण आया और मौत ने भी उसका तिरस्कार किया! आत्म-हत्या करके अगला जनम बिगाड़ना उसे किसी भी सूरत में कबूल नहीं था। ऐसा घोर अपमान तो पृथ्वी की स्थापना के बाद किसी भी आदमी का नहीं हुआ होगा।

जाप सम्पूर्ण होने पर शेर ने तनिक मुसकराकर उसका स्वागत किया, 'मेरा अहोभाग्य कि आज मेरी माँद पर अपनी मरजी से कोई मेहमान आया। बताइए आपकी क्या सेवा करूँ?'

भेड़ की तरह शेर को मिमियाते देखा तो उसे बड़ा दुःख हुआ। बुझे-बुझे स्वर में बोला, 'रात को बस्ती में जो सेवा करते हैं, मैं वही उम्मीद लेकर आया हूँ। मेहरबानी करके मुझे निराश मत कीजिए।'

सिंह उबासी लेकर कहने लगा, 'जानता हूँ, खूब अच्छी तरह जानता हूँ, बस्ती में कई बार भेंट होने के बावजूद तुझे छोड़ दिया तो। अब घर आये मेहमान के साथ कैसे घात करूँ? घर आया, माँ-जाये भाई से बढ़कर होता है।'

दो-तीन गहरे निःश्वास भरकर उसने कहा, 'क्या मैं इतना अभागा हूँ कि मरने की साध भी पूरी नहीं होगी?'

'यही तो मुश्किल है। तू मरना चाहता है, इसीलिए तो मैं तुझे मार नहीं सकता।'

'लेकिन गुजर-बसर का कुछ भी जुगाड़ न होने पर इसके अलावा मेरे पास कोई दूसरा उपाय नहीं है।'

शेर कुछ असमंजस में पड़ गया। थोड़ी देर सोचने के बाद कहने लगा, 'जिस दिन गाँव के घूरे पर तुझसे पहली मुलाकात हुई, उससे तीन दिन पहले ही अपने राज्य की आप-करमी राजकुमारी और उसके भिखारी पति को हीरे-मोतियों से भरे इक्कीस सोने के कलश सौंप चुका था। एक जड़ी-बूटी से भिखारी की आँखें ठीक हो गयीं। वह आप-करमी बेटी अब अयोध्या की महारानी है...'

'क्या आपके पास अब एक भी कलश नहीं है?' उसने बेहद उतावली से बीच में ही पूछा।

शेर के मुँह पर पछतावे की झाँई पुत गयी। हलकी-सी आह भरकर बोला, 'यदि एक मोहर भी होती तो मैं तुझसे मुँह छिपाता भला? अब तेरे लिए क्या जुगत बिठाऊँ? अपने राज्य में आये किसी दुखियारे को निराश लौटाना भी तो उचित नहीं।'

'तो उस महारानी से ही वापस कुछ-न-कुछ माँग लीजिए। मेरे लिए तो आधा कलश ही काफी... ।'

शेर बीच में ही परिहास करते बोला, 'अपने स्वार्थ की खातिर तुम लोग कैसी-कैसी तरकीबें निकाल लेते हो, मैं तो सोच-सोच कर हैरान हूँ! दिये हुए दान की आस करूँ, यह मुझे सपने में भी मंजूर नहीं। उपकार करके भूल जाता हूँ। शेर होकर भी मैंने अपनी हिंसक प्रकृति में कितना बदलाव किया है, कोई ऋषि-मुनि भी चाहे तो इसका अन्दाज नहीं लगा सकता। सूरज का जाप करते समय, फकत यही कामना करता हूँ कि वह मुझे सुमति का उजाला बख्शे। सबसे पहले मैंने अपनी प्रजा की हत्या न करने का संकल्प लिया। जंगल का राजा होकर अपनी प्रजा को क्यों कर मारता? पर माँस का भक्षण तो मैं छोड़ नहीं सकता था। इसलिए रात को गाँव में जाकर एक दुष्ट की हत्या करता। सबसे पहले ठाकुर के जालिम साले को मारा तो काफी शान्ति हुई। फिर दो निर्दयी बोहरों का सफाया किया तो किसानों को कुछ राहत मिली। किसी भी भले आदमी की ओर मैंने आँख उठाकर भी नहीं देखा। और तुम्हारी जाति में भले आदमी हैं ही कितने? जिसे भी चीरकर देखो, उसके खून में जहर घुला है। कभी-कभार तो ऐसी इच्छा होती है कि इस संसार से आदमजाद का ही सफाया कर दूँ। तब सूरज से संयम और धीरज की चाहना करता हूँ। समझ नहीं पड़ता कि तुम लोग किसलिए मन्दिर में आरती करते हो? किसलिए भगवान की सेवा-पूजा करते हो? किसलिए तैंतीस करोड़ देवताओं का सुमिरन करते हो...?'

मनुष्य का धीरज छूटता जा रहा था। बीच में टोककर बोला, 'बामन-पण्डितों के मुँह से उपदेश सुनते-सुनते उकता गया हूँ। पेट के न तो कान होते हैं और न आँखें ही। वह तो भूख के अलावा कोई दूसरा भजन जानता ही नहीं। उपदेश देने की बजाय उस खजाने से एक मोती ही रख लेते तो मेरा काम बन जाता। आखिर.... ।'

वह शेर के बरताव से आश्वस्त हो गया था, फिर भी शेर तो शेर ही है। यदि भड़क गया तो अपने पास तक नहीं फटकने देगा। इसकी चिरौरी करने पर ही लाभ उठाया जा सकता है। इस कारण होठों तक उछली बात को वह तुरत भूखे पेट में निगल गया। किन्तु शेर से उसके मन की बात छिपी नहीं रही। जिज्ञासा दरसाते पूछा, 'बीच ही में क्यों रुक गये? पूरी बात तो कहो।'

फिर भी उसकी हिम्मत नहीं हुई। आदमी का स्वभाव ही ऐसा है कि वह बलवान के सामने भेड़ बन जाता है और निर्बल के सामने नाहर! दुबारा आग्रह करने पर सहमते बोला, 'आखिर जानवर जो ठहरे!'

शेर ठहाका मारकर जोर से हँसा। हँसते-हँसते ही कहने लगा, 'मनुष्यों के मुँह से जानवरों की बुराई शोभा नहीं देती। खैर, आज तो वापस घर चले जाओ, कल सूरज-भगवान तुम्हारे लिए कुछ-न-कुछ उपाय जरूर सुझाएँगे।'

मनुष्य के मुँह पर हताशा की साँवली छाया मँडरा गयी। बड़ी मुश्किल से बोल पाया, 'मैं तो मरने की इच्छा से आपकी शरण आया था। मुझे जिन्दा छोड़ कर आप मेरे साथ बड़ा अन्याय कर रहे हैं। अब किस मुँह से घर जाऊँ? घरवाली मुझे झोंपड़ी में घुसने तक नहीं देगी।'

न चाहने पर भी शेर को हँसी आ गयी। कटाक्ष करते कहा, 'मर्द होकर औरत से डरते हो? पाँव में जूती नहीं है तो क्या, ईंधन की लकड़ी का सहारा तो ले सकते हो! चोटी पकड़कर पछाड़ सकते हो। कुछ तो जोर आजमाओ। बेचारी अबला चूँ तक नहीं करेगी।'

शेर की निरर्थक बकवास से वह झुँझला गया था। रूखे लहजे में बोला, 'नये-नये सबक सिखाने की बजाय अपने खूनी पंजे से मेरा खातमा कर डालते तो बेहतर था। गरीब का मजाक तो न उड़ाओ। निठल्ला पति जोरू का गुलाम होता है, आप यह नहीं जानते?'

शेर विनम्र भाव से कहने लगा, 'माफ करो भाई, आज पहली बार बात करने का मौका मिला तो मन की घुटन रोक नहीं सका। आदमी की करतूतें देख-देखकर मुझे बड़ी परेशानी होती है। बातें तो बहुत सुनाना चाहता था। तुम्हारी इच्छा नहीं है तो जाने दो। थोड़ी देर नीम की छाया में बैठो। तुम्हारी खातिर आज दुबारा जाप करूँगा।'

नीम की छाया में चुपचाप बैठने के अतिरिक्त उसके पास दूसरा चारा ही नहीं था। छाँव भी धूप से तेज होती है क्या? नीम के तने की तरह उसके लिए समय एक जगह गड़ गया था...शेर, चीते, बघेरे और भेड़िये जाप करने लगे तो बेचारे आदमी की क्या गति होगी? उसके मठ-मन्दिरों में क्या चमगादड़ें थिर निवास करेंगी? यदि शेर भी इस तरह ढोंग करने लगे तो हिंसक-अहिंसक की पहचान मुश्किल हो जाएगी। समय की आरी उसके शरीर को मानो रेत रही हो। यह शेर कहीं उसके

साथ खिलवाड़ तो नहीं कर रहा है? वह कितना ही जाप क्यों न करे, पण्डित-महात्माओं की बराबरी तो करने से रहा। इसके तीखे-तच्च नाखून और क्रूर दाँत क्या फूल के उनमान कोमल हो जाएँगे? वह इस तरह के अजीब ही ऊहापोह में उलझा था कि शेर ने पलकें उघाड़कर संवेदना के भाव से देखा। राजसी मस्तानी चाल से तनिक पास आकर कहने लगा, 'आज जाप की वेला शुभ-घड़ी में आकर तूने अच्छा किया। मुझे भी सत्कर्म का मौका मिलेगा और तेरी समस्या भी सुलझेगी। सूरज-भगवान के आलोक का मुझे पूरा एतबार है। पर यह हत्यारिन मौत हम सिंहों को भी माफ नहीं करती। जुड़वाँ बच्चों को जन्म देकर जब मेरी साथिन ही मुझ से बिछुड़ गयी और जंगल का राजा होकर भी जब मैं अपने बच्चों को बचा नहीं सका तो मेरा मन जीने से फट गया। लेकिन मौत आये बिना तो मरने की मंशा भी पूरी नहीं होती। तब मैंने बुरी तरह हताश होकर मनुष्यों की बस्ती में जाना शुरू किया। यह सोचकर कि मनुष्य के हाथों मरने की साध जरूर फलेगी। मगर डरपोक मनुष्य के हाथ से भी जब मेरी मौत नहीं हुई तो मैं झुँझलाकर उन्हें ही खाने लगा। हम दोनों एक-सा ही दुःख भोग रहे हैं। इसीलिए तेरा दरद मैं पहली मुलाकात में ही समझ गया। शायद तेरी मुसीबत में हाथ बटाने से मेरा भी कल्याण हो जाय। तेरी गुजर-बसर का पुख्ता इन्तजाम करने के साथ-साथ मेरे द्वारा की गयी हत्याओं का प्रायश्चित्त भी हो जाएगा। आज तेरे सामने यह दूसरा संकल्प ले रहा हूँ कि मरे हुए जानवर खाकर ही अपनी भूख मिटाऊँगा। हालाँकि यह मेरे लिए कलंक और शर्म की बात है। पर कभी-कभार किसी कलंक का तेज प्रकाश से भी अधिक होता है।'

इतना कहकर शेर कुछ देर के लिए चुप हो गया। पर सुयोग से यह कैसी विडम्बना हुई कि मनुष्य हताश होकर मरने के लिए आया और उसके जीने का सरंजाम हो गया। सिंह पूँछ हिलाते प्यार से कहने लगा, 'हम सिंहनी के जाये मौत के साक्षात् प्रतिरूप हैं, किन्तु मैं तुझे नयी जिन्दगी सौंपूँगा। इस जंगल से मैंने किसी को भी चन्दन की एक टहनी तक नहीं काटने दी। राजा के कारिन्दों को भी दहाड़ कर भगा दिया। मेरी रखवाली के कारण चारों तरफ बावने चन्दन के अनगिनत पेड़ हैं। छितराये गहर-घुमेर पेड़ों की अपेक्षा सूखे पेड़ ही तेरे लिए काफी हैं। हरे पेड़ की खातिर कभी भूल से भी लोभ मत करना। मैं अपनी पीठ पर सूखी लकड़ियों का भार ढोऊँगा। सिंह पर चन्दन का गट्ठर देखकर शहर के वासी हक्के-बक्के रह जाएँगे। तेरे परिवार के लिए एक गट्ठर काफी है। चार जून डटकर खाने से भी तेरे घर में किसी प्रकार की कमी नहीं रहेगी।'

सारी तरकीब भली-भाँति समझाकर सिंह ने उसे तीखी धारवाली एक कुल्हाड़ी सौंपी। जिसका डण्डा भी चिकने चन्दन का था। कुल्हाड़ी हाथ में थामते ही झुके हुए मनुष्य की कमर मामूली सीधी हुई। इस उपाय से तो सात पीढ़ियों का दिवाला मिट जाएगा। जीने के लिए कितने झंझट किये मगर कामयाबी कहाँ हुई? और आज

पाँवों चलकर मौत की शरण में आया तो जीवन का वरदान मिल गया। उसने न जाने क्या सोचकर दो बार जोर से आँखें मसलीं और शेर की तरफ दुविधा के भाव से देखा। शेर ने मुसकराते कहा, 'नहीं, सपना नहीं है! तुझे अभी इसका प्रत्यक्ष प्रमाण मिल जाएगा। अब शुभ काम में ढील कैसी? इस कुल्हाड़ी के मामूली प्रहार से कैसा भी मोटा पेड़ तुरत कट जाएगा। मेरी पीठ पर गट्ठर जमाकर बाँध देना। नगर-सेठ की हवेली से ही शुरुआत करते हैं। मैं तेरे इशारे पर ही चलूँगा, रुकूँगा।'

ऐसी अनहोनी बात तो न कभी हुई और न होगी। कुदरत की कावड़ में जो घटित हो जाय, वह थोड़ा है। मनुष्य ने कुछ भी विवाद नहीं किया। चारों तरफ घूमकर देखा। सूखे पेड़ भी अभिमान से खड़े थे। हरे-भरे पेड़ उन्हें बड़ी श्रद्धा से निहार रहे थे। पुरखों का मान रखने से ही वे फूलेंगे, फलेंगे। माया-मोह त्याग कर सन्तों की नाईं निस्पृह भाव से मानो तपस्या कर रहे हों! कुल्हाड़ी के नाकुछ प्रहार से ही उसकी चाहना के अनुरूप अर्पित हो गये। झुकी कमर कुछ और सीधी हुई। काफी बड़ा गट्ठर बाँध कर पीठ पर रखा तो सिंह किंचित दबे स्वर में बोला, 'मेरी कमर टूट रही है, कुछ भार कम कर दे। मैंने तो कभी तिनके का वजन भी ढोया नहीं। तेरा हिसाब बिलकुल गलत है; मेरी वजह से ही मनवांछित दाम मिलेंगे, लकड़ियों के परिमाण से नहीं।'

सिंह के कहते ही उसने आधी लकड़ियाँ कम कर दीं। अपनी भूल अदेर उसकी समझ में आ गयी कि जंगल का राजा अपनी मरजी से जितना भार उठाये, उसी की तो महिमा है! आज दोनों ही पूरे खुश थे। सिंह तो इसलिए कि वह दुखियारे प्राणी की सहायता कर रहा है। मनुष्य इसलिए कि उसके निर्वाह का स्वप्न साकार हो रहा है। और वह भी—बैल, घोड़े व ऊँट की बजाय शेर के सहयोग से। मगर वह अजूबा देखते ही नगरवासियों का कलेजा ऊँचा चढ़ गया। अनहोनी की भी एव मर्यादा होती है। आँखों से प्रत्यक्ष देखने पर भी वह भरोसा करने लायक बात नहीं थी। हर व्यक्ति के दिल में दहशत बैठ गयी।

खौफनाक दहाड़ें सुनते ही नगर-सेठ ने काँपते हाथों से जस-तस आधा दरवाजा खोला। हकलाते पूछा, 'बात क्या है? मेरी हवेली के सामने सिंह क्यूँ रोका? यह तो बनिये का घर है। हमें तो शेर के चित्र से ही डर लगता है।'

मनुष्य को एकाएक कुछ भी नहीं सूझा कि वह क्या जवाब दे? पर शेर से चुप नहीं रहा गया तो उसने कटाक्ष करते कहा, 'पर किसी कर्ज के मारे का आश्रय छुड़वाते या अपनी कलम से उसका गला चाक करते, न तो तुम्हें डर लगता है, न तुम्हारा मन पसीजता है। उस समय तो कसाई के उनमान बड़े क्रूर हो जाते हो। जहाँ डरना चाहिए, वहाँ निर्दयी हो जाते हो!'

बनिये ने सोचा कि सही जवाब न देने पर शेर और अधिक न भड़क जाए, इसलिए रिरियाते बोला, 'वह तो हमारा धन्धा है। धन्धा तो करना ही पड़ता है।'

शेर ने तत्काल फारखती की, 'इसका भी यह धन्धा है। सात दिन तक यह अपने धन्धे के निमित्त मेरी पीठ पर चन्दन का गट्ठर लाएगा और तुम्हें उसका मोल चुकाना है।'

बनिये ने हाथ जोड़कर कहा, 'मोल चुकाये बिना तो माल कैसे ले सकता हूँ?'

शेर तनिक व्यंग्य करते बोला, 'यह तुम कह रहे हो? ऐसी झूठी बात फकत तुम्हें ही शोभा देती है। मेरी पीठ की बजाय, यह अपने सिर पर इससे भी बड़ा गट्ठर लाता तो तुम इसे ठगे बिना नहीं रहते। तुम्हारे लच्छन मैं खूब समझता हूँ। अब हील-हुज्जत किए बगैर चन्दन का मोल चुका दो, वरना इसी तरह काँपते रहोगे। अचानक कहीं तुम्हारा साँस न उखड़ जाए।'

'आप फरमाएँ, वही मोल चुका दूँ।'

शेर मामूली-सा दहाड़कर कहने लगा, 'नकली चन्दन बेचते-बेचते तुम असली का मोल भूल गये हो। झटपट एक मोहर लाकर इसके हवाले कर दो।'

अपने सिर पर मँडराती आफत का बनिये ने तत्काल हिसाब कर लिया। तिजोरी खोलकर सात मोहरें गमछे में बाँधकर लाया। मेमने की तरह निरीह बन्न कर बोला, 'सात दिन का एक साथ पेशगी मोल ले आया हूँ। एकदम असली मोहरें हैं।' अब तो आपको कष्ट करने की जरूरत नहीं। भाव-ताव किये बिना ही जैसा आपने हुक्म फरमाया, वैसी हाजरी मैंने बजा दी। यह आदमी अपने सिर पर चाहे छोटा ही गट्ठर लाये, मैं ले लूँगा।'

'नहीं, गट्ठर तो मैं ही लाऊँगा, मैंने वादा किया है।'

नगर-सेठ ने फिर हाथ जोड़कर माथा नवाते अरदास की, 'दहाड़ने की बजाय, खामोश रहने की मेहरबानी करें तो मेरा कलेजा ठिकाने पड़ा रहेगा। आपकी दहाड़ से तो हाथी भी काँपने लगते हैं, फिर मैं तो बनिया हूँ...।'

शेर ने मुसकराते कहा, 'फकत खामोश ही क्यों, तेरी इच्छा हो तो जोर से हँस भी सकता हूँ।' यह कहकर शेर ठहाका मारकर हँसने लगा तो नगर-सेठ और भी ज्यादा भयभीत हुआ। बाहर गमछा फेंककर उसने अदेर दरवाजा बन्द कर दिया। तब शेर ने गरदन हिलाते कहा, 'बड़ा अजीब सेठ है। दहाड़ सुनकर भी डरता है, ठहाका सुनकर भी डरता है। इनके मन का भेद स्वयं भगवान भी नहीं जान सकता। विधाता ने सोच-समझकर बड़ा अनोखा जन्तु गढ़ा है।'

राजा, दीवान और सारे शहरवासी अच्छी तरह सुन सकें, इस नीयत से शेर तीन बार जोर-जोर से दहाड़ा। हवा में सर्वत्र कँपकँपी लहर गयी। लोगों के आतंक व अचरज की सीमा नहीं रही। समूचे शहर और राज-दरबार में सन्नाटा छा गया। पर किसी ने भी डर के मारे दरवाजा नहीं खोला। जाली-झरोखों और अधखुली बारियों से पता कर लिया कि माजरा क्या है? एक दुबला-पतला मानुस शेर की पीठ पर लकड़ियों का गट्ठर लाया, न जाने कहाँ बेचकर वापस लौट गया। शेर पूँछ हिलाता

हुआ चुपचाप उसके साथ चल रहा था। आदमी का ऐसा हौसला तो असम्भव है। कहीं कलियुगी अवतार तो अचानक प्रकट नहीं हो गये? दीवान और राजाजी अवश्य इसका पता कर लेंगे। जंगल के राजा की तुलना में मनुष्यों का राजा कहीं ज्यादा होशियार और बुद्धिमान होता है। तभी तो वे इनका शिकार खेलते हैं। यह क्या नयी बला प्रकट हुई?

गमछा खोलते ही सुनहरी मोहरों पर नजर पड़ी तो मनुष्य का मन हरा हो गया। जल्दी-जल्दी तीन बार गिनती की—पूरी सात मोहरें, जिनका सपना तक उसके लिए दूभर था। आँखों से कहीं देखी हों तो सपने में भी दिखाई देतीं। फकत नाम ही नाम सुना था। सो आज एक नहीं, दो नहीं—पूरी सात मोहरें खुले गमछे में दमक रही हैं मानो चाँद या सूरज के सात टुकड़े उसके हाथ लगे हों। उसके अधरों पर सुनहरी झाँई दमकने लगी। मुसकराहट का रंग भी सुनहरा हो गया। कमर की खम थोड़ी और सीधी हुई। मोहरों के मद में वह शेर की मौजूदगी तक भूल गया।

'इस तरह भौचक्के-से कब तक खड़े रहोगे? घर नहीं चलना है?'

शेर की आवाज सुनकर वह चौंका। सचमुच, शेर पास ही खड़ा था। उसकी पीठ थपथपाते बोला, 'आपका एहसान सात जनम में भी उतार नहीं सकूँगा।'

शेर ने असहमति के भाव से गरदन हिलाते कहा, 'ना, इसमें एहसान जैसी कोई बात नहीं; मैं तो उलटा तेरा आभारी हूँ कि तूने मेरी बात मानी। अब तेरे सुख में ही मेरा सुख है।'

शहर के परकोटे से बाहर निकलते ही सिंह ने कहा, 'कल दो घड़ी दिन चढ़े तू बेधड़क मेरी माँद पर आ जाना। नगर-सेठ की हवेली माल पहुँचाना है। शायद तेरी सेवा करने से ही मेरी मुक्ति हो।'

शहर से दो कोस दूर मनुष्य की टूटी-बिखरी झोंपड़ी थी। सिंह के ओझल होते ही वह अपनी राह लगा। बदली हुई चाल का तो उसे आभास नहीं हुआ पर अपने बदले हुए मानस की उसे तत्काल भनक पड़ गयी। खुशी के मारे नसों के भीतर लहू थिरकने लगा। बिना कुछ खाये ही उसका पेट भर गया। अघाई अंतड़ियाँ किलोलें करने लगीं। बयार करती हवा मानो उसकी बलैयाँ ले रही हो। धूप उसकी खुशी में चारों ओर मुसकराहट फैला रही थी। उसकी आँखों के सामने झोंपड़ी की बजाय, पक्का मकान दिप-दिप कर रहा था। उसने गमछा खोलकर मोहरों को भर नजर देखा—उसी भाँति चमक रही थीं। आँखों पर भरोसा करे या न करे? स्वयं को आश्वस्त करने के लिए, इस बार उसने दाहिने हाथ से चाँद के टुकड़ों को सहलाया। फिर भी न जाने क्यों उसे विश्वास नहीं हो रहा था। यह क्या विश्वास करने योग्य बात है? कल जिसके घर में बाजरी के सात दाने नहीं थे, आज उसके हाथ में सात मोहरें!

नींद में भले-बुरे सपने तो आते ही हैं। अब खुली आँखों से भी सपने दिखने

लगे—उसके दुर्भाग्य का कोई पार है भला? यदि अच्छा-सुहाना सपना भी दिखे तो क्या बुरा है? कुछ देर मन बहले तो ठीक ही है। वह बार-बार अपनी इच्छा से चलते-चलते रुकता। कभी राह छोड़कर किसी पेड़ की छाया में खड़ा होता। पेड़ के तने को छूकर अपने विश्वास को पुख्ता करने की कोशिश करता। फिर अचानक राह चलने लगता। खुली आँखों का अँगुलियों से परस करता। बायीं कलाई पर उसने जोर से चिकोटी भी काटी। उस टीस के मामूली दरद से बेहद खुशी हुई। लेकिन इस अनहोनी पर भरोसा करना क्या इतना आसान है? नानी-दादी की कहानियों में तो ऐसी अनहोनी बातें होती ही रहती हैं। पर किसी आदमी के जीवन में क्या ऐसा कुछ अकल्पनीय घट सकता है? कैसा भी मूर्ख इस बात पर विश्वास नहीं करना चाहेगा।

इस तरह की अनहोनी बातें हवा से भी तेज चलती हैं। वह गाँव के फलसे तक पहुँचा तो लोगों की भीड़ उसी की अविकल प्रतीक्षा कर रही थी। हर जबान से एक ही प्रश्न भिनभिना रहा था कि आदमखोर शेर ने उसकी खातिर क्या चन्दन का गट्ठर अपनी पीठ पर ढोया? क्या नगर-सेठ ने सात मोहरें एक साथ पेशगी दीं?

उसके मुँह से हामी सुनते ही लोग स्तब्ध रह गये। इस दुखियारे व्यक्ति को ऐसा करामाती तो नहीं जाना था। शेर को मन्त्र-बल से ही वश में किया होगा।

भीड़ के बीच घरवाली के साथ तीनों बच्चों को खड़े देखा तो वह खुद उसके पास गया। खुशी में बौराया-सा कहने लगा, 'तू भी तो अच्छी तरह पंहचान कर ले कि गमछे में सचमुच की मोहरें हैं?'

घरवाली ने शरमाते धीमी आवाज में कहा, 'मैंने कभी मोहर देखी हो तो पहचान करूँ!'

'हाथ लगाकर देख तो सही मोहर का परस क्या होता है?'

घरवाली ने छूकर देखा तो सचमुच उसका रोम-रोम खुशी में नाचने लगा। तब तो निश्चित रूप से मोहरें ही होनी चाहिए।

पड़ोसी सोनार ने सातों मोहरें अपनी हथेली में लेकर कहा, 'एकदम असली हैं।' सोनार की बात सुनते ही सभी लोगों को उसके भाग्य से ईर्ष्या होने लगी। यह अनहोनी तो उनके साथ भी घटित हो सकती थी, फिर क्यों इस अभागे का ही इस तरह भाग्य फला और बाकी सबके सब वंचित रह गये। आदमखोर सिंह का भय नहीं होता तो लोग भिड़ते ही उसके हाथ से मोहरें झपट लेते। पिटाई करके गाँव से बाहर खदेड़ देते। या जान से मारकर जमीन में गाड़ देते।

एक दूसरे बोहरे ने पास आकर अत्यधिक सदाशयता से कहा, 'मेरी दुकान आधी रात को भी आपके लिए खुली है। किसी भी तरह का सौदा-सुलफ लेने में संकोच न करें।' इससे पहले रास्ते में भेंट होने पर अपसगुन की आशंका से वह वापस लौट जाता था।

अन्त में गाँव के कुछ मोतबरों ने याचना करते विनम्र स्वर में कहा, 'जब मन्त्रबल से आपने आदमखोर सिंह को इस तरह पालतू बना लिया है तो उससे कहें कि अब दूसरे गाँव की तलाश करे। यहाँ के नौजवानों का खून तो पीला पड़ गया है।'

ओह! जो बात सबसे पहले सुनानी थी, उसे शेर के अप्रत्याशित सहयोग और मोहरों की खुशी में बिलकुल ही भूल गया। मन-ही-मन झेंपते कहा, 'दूसरे गाँव की तलाश करना तो दूर, वे किसी प्राणी का भक्षण न करके अब मरे हुए जानवरों का ही सेवन करेंगे। उनका तो मानो कायाकल्प ही हो गया। अपनी भेंट का ऐसा सुपरिणाम तो मैंने भी नहीं सोचा था।'

वह आशातीत खुश-खबरी सुनकर लोग-बाग पहले तो प्रसन्न हुए, पर दूसरे ही क्षण सभी के चेहरे एक साथ मुरझा गये कि निर्धन की जिन्दगी और मौत में फर्क ही क्या है?

पर उसकी जिन्दगी और मौत में तो फर्क पड़ने लगा था। अपनी खस्ता हालत झोंपड़ी के पास पहुँचा तो वह थोड़ी देर के लिए भूल गया कि वह बरसों से यहीं रहता आया है। वह झोंपड़ी उसकी आँखों में काँटों की नाईं चुभने लगी। अब तो यहाँ कल-परसों ही पक्का मकान बन जाए तो कुछ चैन मिले। समझ नहीं पड़ता कि ऐसे तुच्छ निवास में वह इतने बरस कैसे रहा?...सहसा एक अजीब-सी आहट सुनकर उसने चौंककर पीछे देखा तो अचरज का ठिकाना नहीं रहा कि उसका पुश्तैनी बोहरा बैलगाड़ी से नीचे उतरकर बैलों को खोल रहा है। खोलते-खोलते ही कहने लगा, 'आपको बेकार तकलीफ होती, इसलिए मैं सामान लेकर आ गया—बाजरी, घी, खाँड, गुड़, दाल और मिर्च-मसाले इत्यादि सब-कुछ। थोड़ा-थोड़ा खरीदने से बरकत नहीं होती।'

पति-पत्नी दोनों ही फटी-फटी आँखों से उस अचीते संयोग को देखते रहे। कभी दो जून का सामान भी वह इकट्ठा नहीं ले सका, सो वही बोहरा ढेर सारा सामान खुद लेकर आ गया। तो क्या धन का रिश्ता ही सर्वोपरि है?

उसने बाजरी की पाँचों बोरियाँ इस तरह उठाकर नीचे उतारीं मानो पाँच-पाँच धड़ी का ही वजन हो। सारा सामान भीतर रखवाते समय बोहरा बार-बार कह रहा था कि एक कौड़ी भी नफे की नहीं ली है। मनुष्य ने डरते-डरते एक मोहर सामने की तो बोहरे ने मना करते कहा, 'ऐसी भी क्या जल्दी है, आराम से दे दीजिएगा। अभी मोहर का सामान भी तो नहीं हुआ। आपके रहने लायक मकान बनवा दूँ, तब एक साथ ही हिसाब हो जाएगा।'

फिलहाल सामान के रुपये लेने से तो बोहरे ने मना कर दिया, पर मन की बात प्रकट किये बिना रह नहीं सका। हाथ मसलते बोला, 'यदि बुरा न मानें तो कामचलाऊ मन्त्र-विद्या मुझे भी सिखा दें। शेर को पालतू बनाकर मैं भी अपना कुछ

माल शहर में बेच आऊँ। जीवन-पर्यन्त आपका उपकार मानूँगा।'

तब उसने अपनी आप-बीती सुनाकर अन्त में कहा, 'सच मानिए, मैं न तो कोई मन्त्र-विद्या जानता हूँ न कोई तन्त्र-विद्या। गरीबी के कारण मरने गया तो जीवन का वरदान फल गया। सूर्य भगवान का जाप करते सिंह को मुझ पर दया आयी और वह मेरी सहायता के लिए तैयार हो गया। बस, इत्ती-सी बात है।'

जब बोहरे को पूरा भरोसा हो गया कि वह बिलकुल सच कह रहा है तो मन-ही-मन सारा हिसाब बिठाकर वहाँ से चलता बना।

पहले वे अभाव के कारण भूखे रहते थे। पर आज ढेर सारे माल को बार-बार देखने पर दोनों की भूख अपने-आप मिट गयी, मानो जीवन भर का भोजन एक साथ ही कर लिंया हो। किन्तु बच्चों का भूख के मारे बुरा हाल था। उन्हें तो मोहरों की बजाय रोटी के टुकड़े ज्यादा प्यारे थे। माँ ने झटपट छोटी कड़ाही में बच्चों के लिए हलुआ बनाया। जब उसने घी से झरझरता हलुआ बच्चों को परोसा तो उन्होंने कटोरियाँ परे खिसकाते कहा, 'यह कीचड़ की तरह क्या बनाया है? हम तो नमक और सोगरा खाएँगे।'

बच्चों की नादानी पर माँ को बरबस हँसी आ गयी, पर पिता की आँखों में आँसू छलक आये। उन आँसुओं में न जाने कितने हादसे घुले हुए थे। माँ ने बार-बार समझाते हुए बड़े बेटे के होठों पर जब मीठा हलुआ लगाया तो उसने घिन के मारे जीभ फिराकर उसे दूर थूकना चाहा, मगर थूक नहीं सका। और दूसरे ही क्षण भीतर निगलने के बाद उसे समझाने की कतई जरूरत नहीं पड़ी। कटोरी हाथ में लेकर दो निवालों में उसे खाली कर दी। फिर सब्र रखना उसके लिए मुश्किल था। एक के बाद एक चार कटोरी हलुआ खा गया। तब दूसरे बच्चों के लिए बड़े भैया का अनुकरण अनिवार्य हो गया। हँसते-कूदते रहे और हलुआ खाते रहे, मानो महीने भर की भूख एक ही बार में मिटाना चाहते हों। बड़े बेटे ने इच्छा न होते हुए भी एक कौर जबरदस्ती निगला और रोनी-सी सूरत बनाकर बोला, 'माँ, पेट तो ठसाठस भर गया, पर मन नहीं भरा।'

माँ ने पुचकारते कहा, 'पेट भर जाय तो सबर कर लेना चाहिए बेटे, मन तो कभी भरता ही नहीं।'

बड़े बेटे ने अपनी नयी खोज का इजहार करते पूछा, 'माँ, इसे खाने में तो दाँत लगाने की भी जरूरत नहीं पड़ती...पहले क्यों नहीं खिलाया?'

उपरोक्त प्रश्न का उत्तर माँ-बाप दोनों ही अच्छी तरह जानते थे, पर बच्चों की उम्र समझने लायक नहीं थी, इसलिए वे चुप रहे। तब तक बड़ा बच्चा भी अपने ज्वलन्त प्रश्न को भूल गया।

यही हाल दोनों बच्चों का भी हुआ। अँगुलियाँ चाटते रहे और ललचायी आँखों से बचे हुए हलुए की ओर देखते रहे। उन क्षुधातुर आँखों में जैसे शताब्दियों की

भूख भरी हो! सहसा मझले बच्चे ने प्रबल जिज्ञासा के भाव से पूछा, 'माँ, इसका नाम क्या है?'

'हलुआ।' माँ ने मिठास भरे स्वर में उत्तर दिया।

तीनों बच्चे एक साथ जोर से हँसे। फिर तालियाँ पीटते हुए 'हलवा-हलवा' चिल्लाते हुए बाहर निकल गये। मानो हवा के साथ यह शुभ-सन्देश गाँव-गाँव भिजवाना चाहते हों कि आज उन्होंने हलवा खाया—हलवा, जो गुड़ से भी ज्यादा मीठा था।

कड़ाही में बचा हलुआ माँ-बाप की ओर इस तरह द्वेष भाव से ताक रहा था—यदि उन्होंने नहीं खाया तो वह उन्हें खा जाएगा। तब हलुवे की ओर देखना उनके लिए मुश्किल हो गया। पत्नी ने उस ओर से आँखें हटाते हुए स्वामी की तरफ देखा। धीमे से बोली, 'मेरी भूख तो बिना खाये ही मिट गयी, तुम खा लो तुम्हें हलुवे का बड़ा शौक है।'

पति ने गरदन हिलाते कहा, 'शौक तो है, पर आज उसे देखते ही भूख मिट गयी। तुम खा लो। बचा हुआ शाम को बच्चे खा लेंगे।'

'और बना लूँगी, कमी किस बात की है?'

पति ने एक विचित्र-सी आह भरते कहा, 'तू नहीं समझती, अभी तो सब कमी-ही-कमी है।' वह आगे भी बहुत-कुछ कहना चाहता था, पर उपयुक्त शब्द नहीं सूझ रहे थे।

आखिर एक-दूसरे की मनुहार करते-करते वे सारा हलुआ साफ कर गये, मानो खाने की बजाय उन्होंने हलुवे को सम्मानपूर्वक पेट में सुरक्षित रखा हो। पति ने आश्चर्य से पूछा, 'ऐसा बढ़िया हलुआ बनाना तूने कब सीखा?'

पत्नी ने सहज भाव से उत्तर दिया, 'घर में सामान हो तो सब बनाना आ जाता है।'

'हाँ, यह बात तो सही है।'

किसी की पहचानी-सी आवाज सुनकर पति बाहर आया तो देखा कि गाँव चौधरी लाखी गाय और मेहँदी लगा सुन्दर बछड़ा लिए खड़े हैं। तीनों बच्चे बछड़े को सहला रहे हैं। चौधरी ने मुसकराते कहा, 'अब तो गैया खरीदने का पूरा जुगाड़ हो गया है, तब मन में क्यूँ रखो? मेरे बाड़े में यों ही सात-आठ सुवाड़ी गाएँ बँधी हैं। कहो तो एक और पहुँचा दूँ, इससे भी तगड़ी। मझली बिटिया के गौने में थोड़ी मदद मिल जाएगी।'

उसे चौधरी-बाबा की वह गाय निहायत पसन्द थी। उधार देने के लिए उनके पाँव तक छुए, पर एक बार 'ना' कहने के बाद उन्होंने 'हाँ' नहीं भरी। उधार के बहाने वह तो दान करना ही होता। जन्म के दुखियारे से एक कौड़ी भी वसूल होने की आशा नहीं थी। दूसरों के भले की खातिर तो कोई कमाई करता नहीं है। इसमें

बुरा मानने जैसी क्या बात? तब उसने जरूर बुरा माना था। पर आज उसके मन में किसी के प्रति कोई रोष नहीं था। सभी तो उसका सम्मान करते हैं। अतीत का अभाव उसकी स्मृति से मिट चुका था। उसने अपनी मजबूरी जाहिर करते कहा, 'मेरे पास तो फकत मोहरें ही हैं...।'

'कोई बात नहीं। राह में सेठजी मिल गये थे। वे चुका देंगे। और मुझे भी ऐसी कुछ जल्दी नहीं है।'

माया का प्रभुत्व ऐसा ही होता है। कुम्हारी-माँ मिट्टी के सारे बासन पहुँचा गयी। मोलतिए ने पीतल के बरतनों की पूर्ति कर दी। लुहार ने लोहे के उपकरणों की छोटी-सी कमी तक नहीं रखी। तीन-चार काँटे-कढ़ने भी देना नहीं भूला। सभी के लिए मनवांछित कपड़े आ गये। सोनार गहने बनाने का वादा कर गया। शाम को सेठजी मकान बनाने के मजूर व कारीगर ले आये। इसी दूज को ही नींव खुदवाने का उम्दा मुहूरत जो था।

पति-पत्नी दोनों मूक-स्तब्ध खड़े थे और उनके देखते-देखते सारी समस्याएँ स्वतः सुलझती जा रही थीं। किसी को इशारा तक करने की जरूरत नहीं पड़ी। दुनिया की बात तो वे क्या जानें, पर चारों तरफ गाँवों में ऐसे हतभागे-ही-हतभागे भरे पड़े हैं, जिन्हें ऐसा सपना तक नसीब नहीं होता। सपना देखने की वैसी हैसियत भी तो होनी चाहिए। भिखारी दो जून भर-पेट रोटी के अलावा और क्या सपना देख सकता है?

उसके जीवन में पहली बार ऐसी सुनहरी साँझ हँसती-मुसकराती आयी कि सबके लिए पूरमपूर खीर और मालपूए बने। पर्याप्त छौंक के साथ प्याज का साग बना। लहसुन की चटनी बनी। दही का रायता बना। और अन्त में ब्यालू करने के बाद पारी में दूध क्या जमाया मानो उस टूटी-बिखरी झोंपड़ी में सातों सुख जमने की मांगलिक शुरुआत हो गयी हो। कई ठाकुरों के गढ़, सेठों की हवेलियाँ और राजमहल का नजारा वह बाहर से देख चुका था। धन-माया का वैभव बचपन से ही सुनता आ रहा था। दीपक की रोशनी में जब उसने मोहरों की चमक-दमक देखी तो पिछली तमाम स्मृतियाँ चारों ओर जगमगाने लगीं। छोटी-छोटी सात मोहरों ने उसके जीवन का मोड़ ही बदल दिया। सुख व आनन्द की सीमा निरन्तर बढ़ने लगी तो बराबर बढ़ती ही रही। लालसाओं के पर्वत-दर-पर्वत जोड़ने के उपरान्त भी उसका असन्तोष बराबर मचलता रहा। आखिर सपने देखते-देखते वह सो गया। पर सोने के बाद उसे भला-बुरा एक भी सपना नहीं आया।

वह दूसरे दिन सूरज उगने से पहले ही उस शुभ-दिशा की ओर रवाना हो गया। आधी से अधिक राह पार करने के बाद उसे एक आदमी दौड़ता हुआ दिखलाई पड़ा। पीली-सी पगड़ी। धोती के पाँयचे टँगे हुए। नजदीक आने पर साफ पहचान हो गयी—अरे! ये तो सेठजी हैं। इतनी जल्दी कहाँ गये थे? इस तरह भागते क्यों

आ रहे हैं? वह भी तेजी से चलने लगा। पास पहुँचते ही वे रुक तो गये, मगर हँफनी के मारे उनसे कुछ देर बोला नहीं गया। साँस की गति कुछ कम हुई तो उन्होंने डरते-सहमते चारों ओर देखा और धीरे से फुसफुसाये, 'शेर...शेर।'

एक ही शब्द में वह उनके मन की सारी बात समझ गया। अचरज से पूछा, 'आपके पास कमी किस बात की है, सो शेर के पास गये?'

सेठजी उसकी नादानी के प्रति उपेक्षा का भाव दरसाते कहने लगे, 'कमी? जब तक दुनिया की सारी दौलत हाथ न लगे, सब कमी ही तो कमी है! काश! मैं भी तुम्हारी तरह गरीब होता तो शेर को फुसलाकर लाखों रुपये कमा लेता।' कुछ रुककर आगे कहना जारी रखा, 'सारी दौलत बेटों के नाम लिखकर गाँव में भीख माँगने लगूँ तब तो वहाँ दुबारा जाना उचित रहेगा न? बस, एक बार दोस्ती हो जाए तो फिर देखिए मेरी करामात! साझे में धन्धा करके तुम्हें मालामाल न कर दूँ तो मेरी जात पर जूती।'

मनुष्य ने उन्हें चुप रहने का इशारा करते कहा, 'आप यह क्या प्रलाप कर रहे हैं? अब जीनें की इच्छा हो रही है तो आपके साथ मुझे भी बेमौत मरवाएँगे। इस शेर की समझ एकदम निराली है। किसी के समझाने से वह समझनेवाला नहीं है। मुझसे पूछा होता तो यह नौबत नहीं आती।'

पर बोहरे को अपनी बुद्धि पर नाज था। धोती के पाँयचे नीचे करते हुए कहने लगा, 'शेर में ताकत तो हमसे हजार गुना अधिक होती है, मगर आदमी की बुद्धि का वह मुकाबला नहीं कर सकता। लोमड़ी, खरगोश और सियार तक में शेर से अधिक बुद्धि होती है।'

'होती होगी! मुझे किसी की बुद्धि का हिसाब नहीं रखना है। उसने उपकार करके मुझे नयी जिन्दगी सौंपी है। वह जैसा कहेगा, मैं वही करूँगा।'

फिर दोनों अपनी-अपनी राह आगे चलते रहे। सेठ गाँव की ओर, मनुष्य माँद की ओर। जब वह माँद के पास पहुँचा तो शेर जाप सम्पन्न करके नीम की छाँह के पास टहल रहा था। किंचित गम्भीर आवाज में पूछा, 'सेठ से मुलाकात हुई?'

'वह तो होनी ही थी। रास्ता एक ही है न।'

'सो तो है ही!...यदि कल तुम्हारे सामने संकल्प नहीं लिया होता तो उसे मारे बिना नहीं छोड़ता। न जाने कितने किसानों की जिन्दगी तबाह करके, अब मेरी पीठ पर माल बेचना चाहता है! शैतान की इतनी हिम्मत।' दहाड़कर उसने सेठ के पदचिह्न पर हत्थल मारी। और छलाँग भरता-भरता दूर निकल गया। शेर के उस व्यवहार से मनुष्य को काफी हैरानी हुई। सेठजी की मति तो नहीं मारी गयी? बिना पूछे सिंह की माँद पर चले आये, जैसे कोई ननिहाल हो। इनके हिसाब का फन्दा मनुष्यों के लिए तो अचूक है, पर शेरों का उससे क्या सरोकार? सहसा उसकी नजर सामने आते सिंह पर पड़ी। वह अत्यन्त धीमी गति से कुछ सोचता-सा चल रहा था। पास

आते ही सुगम्भीर स्वर में बोला, 'दुखियारे अभागों की बात अलग है, पर मैं किसी भी धूर्त का भला नहीं करना चाहता।'

आज बाहर की बजाय शेर जैसे भीतर-ही-भीतर दहाड़ रहा हो। जब आन्तरिक गर्जना असह्य होने लगी तो नीम के पास आकर उसके तने को बार-बार सहलाने लगा—कभी बायें पंजे से तो कभी दाहिने पंजे से। मानो अपने नाखून और तेज करना चाह रहा हो। फिर उसके पास आकर कहने लगा, 'मेरी पीठ पर सूखे पत्ते भी गिर जाते हैं तो मुझे बहुत अखरता है। तत्काल एक करवट लेटकर उसे नीचे गिरा देता हूँ और वह सूदखोर बनिया माल ढोने के बदले मुझे किराया देना चाहता है? सारा मन कसैला हो गया।'

शेर को खुश करने के लिहाज से उसने कहा, 'आपकी इच्छा नहीं है तो जाने दीजिए। सात दिन की पेशगी में तो कोई कमी पड़ेगी नहीं। और आपकी दहाड़ न सुनने पर उसे कुछ तो शान्ति मिलेगी।'

'उसे शान्ति मिले-न-मिले, छह गट्ठर तो पहुँचाने ही हैं। जो हुआ सो हुआ, तू जल्दी से गट्ठर बाँध।'

जब मनुष्य ने उसकी पीठ पर गट्ठर धरा तो सिंह ने कहा, 'कल की अपेक्षा मुझे गट्ठर कुछ हलका जान पड़ता है।'

'हाँ, मैंने जानकर ही हलका बाँधा। नगर-सेठ ने तो डर के मारे मोहरें दी हैं। छोटे-बड़े गट्ठर से उसको कोई मतलब नहीं... ।'

बात समाप्त नहीं हुई, उसके पहले ही शेर ने तनिक झुंझलाते कहा, 'तुम लोगों का तो सारा मामला ही गड़बड़ है। अपने स्वार्थ के अलावा तुम्हें कुछ सूझता ही नहीं। गट्ठर फिर से बाँध। एकाध लकड़ी अधिक लें तो अपनी साख रहेगी। सूरज अपनी सहस्र किरणों से सब देखता है।'

उसे विवश होकर शेर की बात माननी पड़ी। इसके सहयोग से इच्छानुसार पहले सम्पत्ति तो जुड़ जाय। अभी तो शुरुआत ही हुई है।

जब शेर चलने लगा तो खुश होकर बोला, 'हाँ, यह तो कुछ बात हुई।' अपनी किरणों का बोझ लिए सूरज भी उनके साथ-साथ चलने लगा। दूसरी बार यह अनोखा नजारा देखा तो वह चकित हुए बिना रह नहीं सका। अपने पंजों से गहरे-गहरे निशान अंकित करते हुए जंगल का राजा खुशी-खुशी बावने चन्दन की लकड़ियों का बोझ उठाये चल रहा है। और उसके नाम से थरथरानेवाला मनुष्य उसे हाँक रहा है।

मनुष्य तो सामान्य गति से शेर के साथ पैदल चल रहा था, पर उसकी लालसाएँ उड़ने के लिए आतुर थीं। उनके पंख निकलने ही लगे थे। कुछ माया और जुड़ जाय तो चारों ओर पाँखें पसार वे उड़ने लगेंगी।

परकोटे के बाहर दीवान और नगर-सेठ खड़े थे। दीवान ने मनुष्य के सामने हाथ जोड़कर अरदास की, 'कलियुगी अवतार के अलावा इतना हौसला और किसका

हो सकता है? मेहरबानी करके आज मेरे घर पधारें तो मुझे भी कुछ सेवा का मौका मिले। सेठजी भी यही अरज करने के लिए हाजिर हुए हैं।'

हामी भरने के लिए मनुष्य के होंठ खुले ही थे कि शेर ने मना करते कहा, 'नहीं, छह गट्ठर तो सबसे पहले वहीं डालने हैं, बयाना जो लिया है...'

'कोई बात नहीं हजूर, यह तो मेरा सौभाग्य है। बाद में डालें तब भी चलेगा, नहीं डालें तब भी चलेगा। जंगल के महाराजा का मान रखने...।'

'मेरे मान-अपमान की बात छोड़ो।' शेर ने तैश में आकर कहा, 'मुझे खुशामद से सख्त नफरत है। हवेली तक चुपचाप मेरे साथ चलो और अपना माल सँभालो।'

अब तो शेर की जो इच्छा होगी, वही होगा। यहाँ बनिक-बुद्धि से पार नहीं पड़ेगा। पाँव घसीटते हुए पीछे-पीछे चलने लगा।

नगर-सेठ की हवेली के सामने लकड़ियाँ उतारते समय मनुष्य ने धीमे-से कहा, 'दीवानजी की बात मानने में क्या बुराई थी? वे एक मोहर की बजाय कुछ ज्यादा ही देते।'

शेर ने गुस्से को दबाने की चेष्टा करते कहा, 'यह तुम्हारी समझ के परे की बात है। कलियुगी अवतार जो ठहरे! जैसा कहूँ, चुपचाप करते रहो, वरना पुराने दिन लौट आने में कुछ देर नहीं लगेगी।'

वह अपने अतीत को बिलकुल भूल जाना चाहता था। याद दिलाते ही ठेठ भीतर तक दहल उठा। वे मुड़कर रवाना हुए तब तक नगर-सेठ थर-थर धूजता हुआ, कोहनियों तक हाथ जोड़े खड़ा रहा। कलियुगी अवतार को भोजन की पुरजोर मनुहार करना चाहने पर भी उसकी जबान तालू से चिपकी रही। शेर को माँस खिलाने की बात सोचते ही वह एकदम ठण्डा पड़ गया।

जंगल का रास्ता आने पर शेर ने कहा, 'आज के बोझ से तकलीफ होने की बजाय कुछ राहत मिली। कल की पीड़ा न जाने कहाँ बिला गयी। चलो, शाम तक जितने गट्ठर डाल सकते हैं, डाल दें।'

अन्तर्यामी शेर ने तो जैसे उसके अन्तस् की बात ही प्रकट की हो। मन-ही-मन बहुत खुश हुआ। फिर भी अभिनय करते बोला, 'आपने मेरे लिए जो कुछ भी किया, दुनिया में उसकी मिसाल कायम रहेगी। मेरे खयाल से रोज का एक गट्ठर...।'

'तुम अपना खयाल रहने दो। अपने पाँवों चलकर तुम मेरे पास मरने के लिए आये, मैं सोते हुए भी इसे भूल नहीं सकता। मरते समय एक सुखद याद तो रहेगी कि मौत का प्रतिरूप होकर भी मैंने एक मनुष्य को जीवनदान दिया। मैं फकत मौत ही का नहीं, समूची कुदरत का प्रतिरूप हूँ, जिसे दुनिया भूल चुकी है।'

मनुष्य को धीरे-धीरे सुमति आने लगी थी कि जब तक स्वार्थ की सिद्धि पूरी न हो, झुककर आज्ञा मानने में ही भलाई है। गले में मिठास भरकर हाथ जोड़ते

बोला, 'आप जो भी आदेश करेंगे, उसकी अनुपालना ही मेरे जीवन की सार्थकता है।'

भोले शेर का दिल एकदम पसीज गया। हिंसा के साथ-साथ उसके अन्तस् में दया भी कम नहीं थी। झट से बोला, 'तो अब बेकार बहसबाजी न करके, सेठ के ऋण से जितने जल्दी मुक्त हों, उतना ही अच्छा है।'

शेर के मन में तो बस जँचनी चाहिए। फिर तो एक ही हत्थल में गरजते बादलों की लुगदी बना सकता है। भारी-भरकम पंजों के तीखे नाखून क्या नहीं कर सकते? तेरस का चाँद दो घड़ी ऊपर चढ़ा तब तक उन्होंने शेष पाँचों गड्ढर हवेली के सामने डाल दिये। शेर जाने के लिए रवाना हुआ तो सेठ ने अपनी पगड़ी हाथों में लेकर कहा, 'और भी कोई सेवा हो तो फरमाएँ।'

शेर ने परिहास करते पूछा, 'मानोगे?'

'क्यों नहीं मानूँगा हजूर, आपसे तो हमारे राजाजी तक घबराते हैं। फिर मुझ बनिये की तो बिसात ही क्या है।'

'तो फिर कम तौलना और ज्यादा ब्याज लेना छोड़ दो। सारी माया यहीं धरी रह जाएगी।'

'हजूर की जैसी आज्ञा।' पगड़ी सिर पर धरते बनिये ने कहा, 'पूरी कोशिश करूँगा। पीढ़ियों की बान बड़ी मुश्किल से छूटती है।'

'अन्दरूनी इच्छा हो तो कुछ मुश्किल नहीं। मैंने हजारों-हजार पुरखों की बान छोड़ी ही है। मैंने संकल्प किया तो जीव-हत्या छोड़ कर मरे पशुओं से गुजारा कर रहा हूँ और अब चुपके-चुपके घास खाने का अभ्यास भी कर रहा हूँ।' यह कहकर शेर ने झेंपते हुए मनुष्य की ओर देखा तो उसकी आँखें नीची हो गयीं। तब शेर ने मुसकराते कहा, 'वाह! मेरे लिए तुम्हें शर्मिन्दा होने की जरूरत क्या है? मेरी करनी मेरे पास और तुम्हारी करनी तुम जानो।'

एक चुप्पी सौ दवा की गर्ज पूरी करती है। सो उसने चुप रहना ही उचित समझा। जंगल की ओर मुड़ने से पहले शेर ने पूछा, 'रात में डर लगे तो तुम्हें छोड़ने चलूँ।'

धीरे-धीरे मनुष्य का हौसला भी खुलने लगा था। निःसंकोच जवाब दिया, 'दुनिया को सबसे ज्यादा डर तो आप ही का लगता है, सो आप मेरे अभिभावक हैं। छोटी-मोटी तकलीफ करने की जरूरत नहीं।'

'तकलीफ की बात नहीं है रे! बस्ती की याद आ रही है। बहू और बच्चों से भी मिल लूँगा।'

बुजुर्गों की यह सीख शायद ही गलत हो कि अपनी छाया का भी भरोसा नहीं करना चाहिए। शेर का यह प्रस्ताव सुनते ही उसकी देह में बिजली कौंध गयी। यदि शेर के मुँह में हिंसा की लार टपक पड़ी तो सारा संकल्प धरा रह जाएगा। इसके एक ही पंजे का वार समूचे परिवार के लिए काफी होगा। बड़ी मुश्किल से सुख

की देहरी चढ़ा और यह अचीती आफत आ धमकी। बहुत सम्भव है उसे अपने मन की झलक ही सिंह के पैने दाँतों में दिखलाई पड़ी हो। होठों पर कृत्रिम मुसकराहट खींचते बोला, 'ऐसा मेरा भाग्य कहाँ...।'

'इसमें भाग्य की क्या पंचायत? यह तो मेरे वश की बात है।' इतना कहते ही शेर तो गाँव की राह मुड़कर तेजी से चलने लगा। मनुष्य का मन डोलर-झूले के उनमान कभी ठेठ ऊपर तो कभी ठेठ नीचे तक झूलता रहा। कमजोर को कहीं भी शान्ति नहीं मिलती। यदि यह शेर–मनुष्य होता और वह मनुष्य–शेर होता तो अभी उसका काम तमाम कर देता। अब जो होना है, होकर रहेगा!

पर उसकी चिन्ता के अनुरूप वैसा कुछ भी नहीं हुआ। घरवाली पति से भी अधिक समझदार थी। शेर के ललाट पर कुंकुम का तिलक लगाया। आगे के दोनों पंजों पर मौली बाँधी। आरती उतारी। शेर खरगोश की नाईं एकदम खुश हो गया। मिट्टी की बड़ी परात में दूध, मिश्री और गाय का घी डालकर सामने रखा तो शेर ने एक बार भीगी पलकों से बहन की ओर देखा, फिर चुपचाप सारा दूध पीकर खुशी से छलकती वाणी में बोला, 'यह तो एक नयी तरकीब निकल आयी! अब मरे हुए पशुओं की बजाय दूध पीकर ही गुजारा करूँगा। कल ही मेरे लिए एक गाय और खरीद लेना। बचपन में माँ का दूध पीकर ही तो जिन्दा रहा हूँ।'

जाने से पहले शेर ने अधूरे मकान का चक्कर लगाते पूछा, 'तुम पाँच प्राणियों के लिए बहुत बड़ा नहीं है?'

'नहीं तो!' मनुष्य ने गरदन हिलाते कहा, 'मकान होगा तो मेहमान भी आएँगे। पहले तो खुद का ही पेट नहीं भरता था। फिर दूसरों की क्या मनुहार करते। अब तो ससुरालवाले भी आएँगे। ननिहालवाले भी आएँगे। लड़की के हाथ पीले करने हैं। दोनों लड़कों का ब्याह रचाना है।'

'तुम मनुष्यों के प्रमाद का कुछ पार नहीं है।' शेर ने अचरज के सुर में कहा, 'तुम अपनी आँखों से देख ही रहे हो, जंगल का राजा होते हुए भी मेरे लिए ऐसा कुछ भी झंझट नहीं है। माँद ही मेरा किला है। न कपड़ों का लफड़ा, न रसोई की चिन्ता और न ब्याह-गौने का प्रपंच। ठाट से निर्वसन घूमता हूँ और मेरे नाम से दुनिया काँपती है। खैर, जीने का अपना-अपना ढब है।'

जाते समय शेर यह हिदायत देना भी नहीं भूला, 'सुनो, तुम दोनों साथ बैठ कर अच्छी तरह मशविरा कर लो कि सात मोहरें कब तक चलेंगी? आगे क्या करना है? तुम्हारी जरूरतें पूरी हो जाएँ तो मेरी चिन्ता मिटे।'

पर मनुष्य की चिन्ता तो मिटने की बजाय निरन्तर बढ़ रही थी। भला जंगली शेर उसकी थाह कैसे पा सकता था? चाँदनी रात में मोहरों का बार-बार परस करने से उसकी बुद्धि भी बराबर चमकने लगी। नींद में उसके सामने मोहरों का सुनहरा रंग दमकता रहा। और आँखें खुली हों तो मोहरें ही मोहरें सूरज के प्रकाश का रूप

धर कर चमकने लगतीं। जमीन पर बिखरे कंकरों में भी उसे मोहरें नजर आने लगीं। आँखों की दृष्टि का अब कहीं जाकर मैल धुपा है। तभी तो असली ज्योति अपने-आप प्रकट हो गयी।

एक गाय का सारा दूध छोटे बिलोवने में भरकर जब पति जंगल की ओर रवाना हुआ तो पत्नी ने अधीर स्वर में कहा, 'तुम होशियारी से सारी बातें सँभाल तो लोगे? कहो तो मैं भी साथ चलूँ।'

'नहीं, तुम्हारी कोई जरूरत नहीं है।' पति ने उसे आश्वस्त करते कहा, 'मैं अकेला ही इक्कीस बनियों की गरज पूरी करता हूँ। भोला शेर अपनी ताकत का गुमान भले ही करे, वह आदमी की बुद्धि को पहुँच नहीं सकता।'

'देखो, शेखचिल्ली की तरह गरदन हिलाकर दूध का बिलोवना पटक मत देना।'

पति को खुन्दक चढ़ गयी। आँखें तरेरकर बोला, 'तू अब ज्यादा मगज मत लड़ा। दिमाग की नसें तड़क गयीं तो क्या खाक गहने पहनेगी।'

शेखचिल्ली की मिसाल सामने थी, इसलिए ठेठ तक मजबूती के साथ वह दोनों हाथों में बिलोवना थामे रहा। पर कल्पना और आकांक्षाओं के पाखी दूर-दूर तक उड़ानें भरते रहे। हाथी, घोड़े, महल, जमीन और बैलगाड़ियाँ। किराने के माल से गोदाम भरे हुए। सारे इलाके में मुनीम सौदा-सुलफ तौल रहे हैं। कर्जदारों के खातों से बहियाँ भरती ही चली जा रही हैं। लम्बी-चौड़ी हवेली की एक मंजिल। दूसरी मंजिल। तीसरी मंजिल। फिर...।

उधर शेर के जाप की अवधि दिन-ब-दिन बढ़ रही थी। मनुष्य के आने की आहट भी उसे सुनाई नहीं पड़ी। पल भर की देर भी उसे असह्य हो रही थी। प्रगाढ़ परिचय के बावजूद शेर तो शेर ही था। प्रवृत्ति को करवट बदलते क्या देर लगती है।

सवा घड़ी के उपरान्त शेर ने पलकें उघाड़ीं तो उसने श्रद्धा के साथ उसकी अभ्यर्थना की। लेकिन मुँह पर वैसी रौनक नहीं थी। शेर उसकी झुंझलाहट का कारण समझ गया। हिदायत देते कहा, 'अच्छा किया कि तुम चुपचाप इन्तजार करते रहे। जाप के बीच टोकते तो मुझे बहुत बुरा लगता। अब तो बस मेरे दो ही लक्ष्य हैं—सूरज का जाप करना और तुम्हारे लिए सुख के साधन जुटाना।'

शेर ने छककर दूध पीया तो उसका जी प्रसन्न हो गया। औंधे पंजों से दो-तीन बार मुँह पोंछकर पूछा, 'आज तो गट्ठर लेकर शहर में चलने की जरूरत नहीं है। सात मोहरें तो काफी दिन तक चलेंगी।'

'कहाँ। उनसे तो एक बाजूबन्द भी पूरा नहीं बनेगा। आपकी बहन को गहनों का चाव ऐसा लगा है कि तीन दिन भूखी भले ही रह जाय, पर गहनों की रट छोड़ेगी नहीं। आप घर चलकर उसे समझा दें।'

शेर की मति तत्काल बदल गयी। दुगने उत्साह से बोला, 'पर क्यों समझाऊँ?

जब उसकी चाह पूरी करने का बूता है तो कमी किसलिए रखूँ? दीवान ने मनुहार की है तो आज उसी के घर चलते हैं।'

समझदार को इशारा ही काफी है। जब शेर ने साफ-साफ अपने मन की बात दरसायी तो फिर कैसी ढील। उसने झटपट बगल में दबाई पीली-सी कोई चीज शेर की पीठ पर डालने की चेष्टा की तो उसने बीच में टोका, 'अरे! आज यह क्या नयी बला लाये हो?'

उछाह के साथ उत्तर मिला, 'आपकी पीठ छिले नहीं, इसलिए रेशम की गद्दी लाया हूँ।'

सिंह ने तैश में आकर हुंकार भरी तो वह डरकर पीछे सरक गया। उसका दिल डूबने ही वाला था कि सिंह ने उत्तेजना पर अंकुश लगा लिया। रूखी वाणी में बोला, 'साफ क्यों नहीं कहते कि पीठ पर बिछाने का आथरा लाये हो! मुझे क्या गधा समझ रखा है? मुझे पालतू बनाने की औकात है तुम्हारी? ज्यादा होशियारी की तो घाटे में रहोगे! गुस्सा तो ऐसा भभक रहा है कि कसकर एक पंजा मारूँ तो सिर सीने में धसक जाय। पर आगे के पंजों पर मौली का बन्धन जो बँधा है। तूने सोचा कि मैं तेरे वश में हो गया? आँखों से दूर हो जा, वरना अनर्थ हो जाएगा।'

मनुष्य के मुँह पर हवाएँ उड़ने लगीं। उसने तो भली सोची न बुरी, झट नीचे बैठकर शेर के अगले पंजे पकड़कर घोर पछतावे के लहजे में बोला, 'माफ करें, आपके आराम की खातिर मुझसे अजाने भूल हो गयी।'

उन ठण्डे शब्दों से शेर का उफान नीचे बैठ गया। समझाते कहने लगा, 'जब मैं अपनी मरजी से तेरी खातिर लकड़ियों का भार ढो रहा हूँ तब अपनी अकल लड़ाने की तुझे जरूरत ही कहाँ है? इस आथरे को दूर फेंक और जल्दी से गट्ठर बाँध।'

मनुष्य ने गहराई से कुछ सोच-विचार कर दुगना गट्ठर ऊपर धरा तो शेर की कमर थोड़ी लचक गयी। आँखें बाहर-सी आने लगीं। उसने गुस्से में आकर कहा, 'तूने मुझे हाथी समझ रखा है? आधी लकड़ियाँ कम कर दे, वरना मेरी साँस उखड़ जाएगी। जल्दी कर।'

तीन-चार लकड़ियाँ उतारकर उसने पूछा, 'अब तो ठीक है? सेठ और दीवान के गट्ठर में कुछ तो फर्क होना चाहिए।'

इच्छा होने पर भी शेर दहाड़ नहीं सका। छटपटाकर बोला, 'फालतू बकवास मत कर। मेरी पीठ छिल रही है, पूरा गट्ठर उतार दे।'

शेर के सामने आदमी का गुस्सा कुछ भी माने नहीं रखता। उसे गट्ठर नीचे उतारना ही पड़ा। देह का बोझ तो उतर गया, पर मन का बोझ नहीं उतरा। क्रुद्ध स्वर में बोला, 'जब तू मरने की साध लेकर आया, तब मैंने तुझे निराश किया। अब तू जीना चाहता है तो मेरे खूनी पंजे से कहीं तुझे मरना न पड़े। लेकिन यह कलंक मैं अपने ऊपर नहीं लूँगा। याद रख, लोभ शेरों की अपेक्षा ज्यादा हिंसक होता

है। आज मेरा मन बहुत खट्टा हो गया। चुपचाप घर चला जा, वरना मैं अपने पंजों पर काबू नहीं रख सकूँगा।'

शेर की मेहर-मया के अतिरिक्त मनुष्य का कुछ जोर नहीं था। घर जाने में ही उसने अपना कल्याण समझा। मुँह लटकाकर पाँव घिसटता गाँव की राह चल पड़ा। घर पहुँचने पर पत्नी ने पूछा, 'काफी उदास दिख रहे हो, कहीं भैया नाराज तो नहीं हो गये।'

शेर का गुस्सा उसने पत्नी पर उतारा। तड़ककर बोला, 'जैसी तू, वैसा ही तेरा भैया।' फिर कुछ देर तक मुँह फुलाए न जाने क्या सोचता रहा! गुस्सा भी समझदार होता है, स्वतः शान्त हो गया। तब पति-पत्नी ने सोच-समझकर कुछ मशविरा किया। फिर ब्यालू करके सो गये।

अल्ल-सवेरे जब वह घर से रवाना हुआ तो काफी सहज हो गया था। माँद के मुहाने बिलोवना रखकर जाप सम्पन्न होने की अधीरतापूर्वक प्रतीक्षा करता रहा। सूरज को शीश नवाकर जब शेर ने तनिक मुसकराकर उसका स्वागत किया तो उसके हाथ में एक अजीब-सी चीज लटकते देखी। शेर ने पास आकर विस्मय से पूछा, 'चमड़े पर इतना सुन्दर कसीदा कढ़ी यह क्या चीज है?'

उसने कृत्रिम मुसकराहट के साथ जवाब दिया, 'आपके मुँह को सँवारने के लिए यह खूबसूरत मोहरा लाया हूँ।' शेर अविलम्ब मोहरे का मर्म समझ गया। भयंकर क्रोध के मारे उसकी आँखें अंगारों-सी दहकने लगीं। दाहिना पंजा उठाकर उसने जोर से दहाड़ने का प्रयास किया; पर अगले ही क्षण उसके मुँह पर अट्टहास की आभा कौंध गयी। हँसते-हँसते पंजा जमीन पर टेकते हुए बोला, 'कुपात्र पर गुस्सा करना ही व्यर्थ है। बौड़म कहीं का। तू मेरे लिए कुत्ते का पटिया लाया है? माफ करने के अलावा इस अपराध की दूसरी कोई सजा नहीं।' कुछ देर खामोश रहकर आगे कहने लगा, 'बस दीवान के यहाँ यह अन्तिम चक्कर है। फिर भूल से भी माँद पर मत आना। वहाँ भाग्य से जो मिल जाय, वही तेरा पावना है। चाहे तो अपने मुँह पर ही यह पटिया कस ले; बहुत सुन्दर लगेगा।' शेर को फिर हँसी छूट गयी।

मनुष्य भीतर-ही-भीतर बहुत खीज उठा, पर बाहर से कुछ भी प्रकट नहीं होने दिया। सच्चाई को छिपाने के लिए सात मोहरों की चमक कारगर सिद्ध होने लगी थी। इसके पहले छद्म-व्यवहार की जरूरत ही नहीं थी। शेर के सुझाव की मर्यादा रखते हुए उसने कुत्ते का पटिया अपने मुँह पर कस लिया। सर नवाते कहा, 'जैसी आपकी आज्ञा! मेरे भले-बुरे की सारी जिम्मेवारी आपने ओढ़ ली है तो मुझे अपनी ओर से कुछ चिन्ता करनी ही नहीं चाहिए। बरसों की गरीबी और अभावों के कारण मेरी बुद्धि कुन्द हो गयी है। जाने-अजाने भूल हो जाय तो आप कुछ खयाल न करें।'

'खयाल किये बिना तो नहीं रह सकता।' शेर ने अपनी मजबूरी दरसाते कहा,

'पर तेरी ओछी हरकतों पर गुस्से की बजाय अब हँसने की इच्छा होती है। तरस आता है। कोई बराबरी का हो तो गुस्से की गरिमा रहती है, वरना बड़ी ग्लानि होती है। छछून्दर या चूहे पर क्रोध करने से उलटा मेरा ही मान घटता है। जा, मेरा मुँह क्या ताक रहा है, लकड़ियाँ काट कर क्यों नहीं लाता?'

चन्दन की लकड़ियों का गट्ठर लेकर शेर रवाना तो हो गया, पर आज किसी दूसरे ही बोझ से वह दबा जा रहा था। ऐसा न हो कि मनुष्य की सहायता के बदले खुशी की बजाय कहीं पश्चात्ताप न करना पड़े! गधे का आथरा व कुत्ते का पटिया लाने की बात उसे सूझी ही क्यों कर? शेर की क्षमता के सामने उसकी कुटिलता क्या माने रखती है, वह इतना भी नहीं समझता?

मनुष्य ने शेर का ऐसा रुख देखा तो उसने राह में बात करना उचित नहीं समझा। शेर मनुष्य के बारे में सोचता रहा और मनुष्य शेर के बारे में।

दीवान की हवेली पर पहुँचते ही मनुष्य ने गट्ठर नीचे उतारा तो उसने अपना नवलखा हार शेर के गले में सहर्ष पहनाना चाहा तो वह हतप्रभ रह गया। हलका-सा दहाड़ते बोला, 'यह क्या तमाशा कर रहे हो? हार के बिना भी मेरे गले की अपनी महिमा है। तुम्हारे चोंचले तुम्हारे पास ही रहने दो। देने की बजाय लेने का अधिकार बड़ा होता है। एक मोहर का भाव तय हो चुका, वह सही है। तुम अधिक देना भी चाहो तो हम क्यों कबूल करें?'

दीवान को शेर की नादानी अखरी और पास खड़े मनुष्य को भी। दीवान से यकायक कुछ भी जवाब देते नहीं बन पड़ा तो उसने कहा, 'भाव तो बदलते रहते हैं। अपनी मरजी से कोई अधिक देना चाहे तो हम क्यों एतराज करें?'

अब दीवान को भी बोलने का सुराग मिल गया। तनिक रुआब से कहने लगा, 'आप ठीक कह रहे हैं। नगर-सेठ की कंजूसी और मेरी दातारी का क्या मुकाबला? उसने तो डरते हुए मोहर देनी चाही थी। जंगल के राजा की पीठ पर ढोये पत्थर का मोल भी दस मोहरों से कम नहीं होता।'

अब कहीं शेर को चेत हुआ। उसने तो मनुष्य के भले की खातिर ही सहयोग स्वीकार किया है। फिर अपना आदर्श बघारने की यहाँ जरूरत ही क्या है? अदेर अपनी भूल मंजूर करते बोला, 'मैं क्यों बेकार अड़ंगा लगाऊँ। तुम्हें पोसाये उसी भाव बेचो। तुम्हारी खुशी में ही मेरी खुशी है।' फिर दीवान की ओर देखकर बोला, 'तुम खुश होकर जो भी देना चाहो, तुम्हारी मरजी।'

दीवान जोश में आकर कहने लगा, 'मेरी मरजी तो दो नवलखे हार देने की है। मेरी पत्नी अपना हार देने के लिए कब से आतुर है।'

वह दरवाजे की आड़ में खड़ी थी, सो अगले ही क्षण झाँझर की झंकार गुँजाती हुई शेर के पास आयी। उसके चरणों में दोनों नवलखे हार धरते बोली, 'हमारी यह नाकुछ भेंट स्वीकार करें तो अपने को धन्य समझेंगे।'

शेर ने गरदन उठाकर देखा तो स्तब्ध रह गया। उसके मुँह में शहद-सी लार घुलने लगी। आँखों से अमृत बरसने लगा। पंजों के नाखूनों में जैसे विभिन्न फूलों की कलियाँ चटखने लगी हों। हिंसक देह के रोम-रोह की तह में मानो प्रकाश की किरणें मचल उठी हों। चाँद में ज्योत्सना, सूरज में तेज, पानी में शीतलता, वनस्पति में हरियाली और फूलों में खुशबू के उनमान औरत का सुन्दर होना भी कितना अनिवार्य है। विधाता के सृजन की एक नियामत है—नारी का सौन्दर्य भी। वह अपलक दृष्टि से दीवान की पत्नी का चेहरा निरखता रहा। दीवान की पत्नी तो धन्य हो गयी! बचपन में सहेलियों की अतिरंजना आखिर इस रूप में साकार हुई। उसे भी अपनी अपूर्व सुन्दरता का पहली बार बोध हुआ। अपनी भेंट स्वीकार करने के लिए उसने फिर आग्रह किया। तब शेर को बाध्य होकर कहना पड़ा, 'मेरे लिए तो जैसा फूलों का हार, वैसा ही हीरे-मोतियों का हार। मैंने तो फकत इस निरीह मनुष्य की सेवा का व्रत लिया है। इसलिए ये दोनों हार इसे भेंट कर दें...बरसों से जो मेरी कामना थी, वह आज पूरी हुई। आपका अनिन्ध रूप निहारकर अब मैं सुख से मर सकता हूँ। आपके बहाने समूची प्रकृति ही मेरे सामने झिलमिला रही है।'

शेर के वचन सुनकर उसे ऐसा महसूस हुआ जैसे कुदरत की विभिन्न आकृतियों में उसके अनेक प्रतिरूप दृष्टिगोचर हो रहे हों। आगे कुछ भी विवाद न करके उसने शेर के आदेश की मर्यादा रखते हुए दोनों हार मनुष्य के गले में पहना दिये। रूप की अपेक्षा उसे हार अधिक आकर्षक लगे। गले में हार झूलते ही वह अपने होश में आया वरना शेर के प्रति ईर्ष्या की दाह में अपना आपा ही खो चुका था।...बदबूदार हिंसक प्राणी का इतना सम्मान और कलियुगी अवतार के प्रति ऐसी ठण्डी अवहेलना। कुछ-न-कुछ करिश्मा हुए बिना शेर उसी की सेवा के लिए क्यों तैयार हुआ? आखिर क्यों? क्यों? दुनिया में निरीह आदमियों की कमी तो है नहीं। सर्वत्र भरमार ही भरमार है। आज दिन तक किसी राजा-महाराजा या नवाब ने शेर की बात तो दूर किसी सियार की पीठ पर लकड़ियों का गट्ठर ढोया है? वह तो स्वयं अपनी शक्ति से ही अनभिज्ञ था। गरीबी ने उसकी बुद्धि बिलकुल ठस कर दी थी। अब थोड़ी-बहुत आँखें खुलीं तो वह अपनी सही पहचान कर सका! ऐसे बीसियों शेर भी उसका कुछ नहीं बिगाड़ सकते! दहाड़ते हुए आएँगे और पूँछ हिलाने लगेंगे।

अपनी पूँछ पर थोड़ा खिंचाव महसूस हुआ तो सिंह ने दहाड़कर पीछे देखा। मनुष्य चौंका तो अवश्य पर उसने पूँछ छोड़ी नहीं। दीवान की पत्नी के रूबरू शेर का हिंसक पहलू स्वतः अजाने ही संयमित हो गया। मुसकराते कहा, 'तुम्हारे अलावा और कौन इतनी हिम्मत कर सकता है? कुछ कहना चाहते हो तो पूँछ मरोड़े बिना भी कह सकते हो।'

मनुष्य ने अपनी झेंप को पूर्णतया छिपाते कहा, 'अब चलना नहीं है क्या? इन बेकार बातों का कुछ अन्त है भला!'

'यदि ये बातें बेकार हैं तो दुनिया में कुछ भी सार्थक नहीं है।' शेर ने अपनी पावन दृष्टि से दीवान की पत्नी का चेहरा सहलाते कहा, 'प्रकृति का सम्पूर्ण कारोबार इसी प्रेम-भावना पर ही आश्रित है...।' वह आगे भी कुछ कहने जा रहा था कि न जाने क्या सोचकर चुप हो गया। बात पलटकर बोला, 'चलो, तुम्हें देर जो हो रही है। और मेरी बहन भी दोनों हार देखकर कितनी खुश होगी! उसकी खुशी के लिए देर न करना ही उचित है।'

परकोटे के बाहर निकलते ही शेर ने उबलते क्रोध को नियन्त्रित करते कहा, 'फिर कभी भूल से ही मेरी पूँछ पर हाथ लगाया तो खैर नहीं है।'

उसके मुँह से अनायास ही निकल पड़ा, 'क्या कर लोगे?'

क्रोध के बदले शेर को उसकी नासमझी पर हँसी आ गयी। 'मेरे कुछ करने पर, तुम जिन्दगी में फिर कुछ नहीं कर पाओगे। अपनी औकात इतनी जल्दी भूल गये?'

मनुष्य ने झट दाँव बदला। अपनी स्थिति का खयाल आते ही कहने लगा, 'मैं तो आपकी परख कर रहा था कि शेरों के लिए अहिंसा का संकल्प सम्भव है कि नहीं? और भेड़ों के मुँह से हिंसा की बात शोभा देती है कि नहीं? बस, इतनी जल्दी आवेश में आ गये? कुछ अधिक परख करता तो शायद मुझ पर हत्थल छोड़ बैठते।'

'अब ऐसी भूल कभी नहीं करूँगा। कुदरत ने भी हम पर कुछ कम ज्यादती नहीं की है। समस्त प्राणियों की हिंसा कुछेक जानवरों में बाँट दी, जिसका अधिकांश हिस्सा हम शेरों के हवाले कर दिया तो हम क्या करें? भेड़ भी मिमियाने के लिए लाचार है और हम शेर भी दहाड़ने के लिए मजबूर हैं। फिर भी तमाम बिरादरी में अकेला मैं ही ऐसा शेर हूँ, जिसने अहिंसा का व्रत लिया है, जिसके एक मात्र साक्षी तुम हो। लेकिन जन्मजात प्रवृत्ति को चुनौती देना इतना आसान नहीं है। इसलिए कल रात से अँधेरे का भी जाप करने लगा हूँ कि वह भी मुझे प्रकाश दे। अब तुम घर जाओ। बहन को मेरा आशीर्वाद और बच्चों को दुलार। कल उनसे मिलने चलूँगा।'

शेर की बात सुनकर वह बड़ा आश्वस्त हुआ। खुद भी अकेले में बहुत-कुछ सोच-विचार करना चाहता था। नवलखे हारों की चमक से उसकी बुद्धि बेइन्तहा जगमगाने लगी थी। बेचारे जानवर चाहे सिंह हो चाहे खरगोश, हाथी हो चाहे सूअर, रीछ हो चाहे बन्दर—वे धन का उपयोग ही नहीं कर सकते, इसलिए उन्हें धन की चाह ही नहीं होती। आकांक्षाओं से रहित जीवन तो मौत से भी बदतर है। मंजिल-दर-मंजिल चुनवाकर वह बादलों को छूना चाहता था। आदमी खाली मुट्ठी पैदा होता है, एकदम निरीह और असहाय, किन्तु चाहना रखता है—चक्रवर्ती सम्राट की। सारी दुनिया का धन अकेले हथियाने का उद्यम तो करता है। और उसकी यह चाहना और यह उद्यम ही वास्तविक जिन्दगी है। अपनी ताकत के बूते पर शेर, हाथी और

सूअर ने कभी एक झोंपड़ी भी रहने के लिए बनायी है? वे ताकत लेकर ही पैदा होते हैं और ताकत के साथ ही मर जाते हैं। अपनी ताकत का कोई नामोनिशान पीछे छोड़कर जाना किसी भी जानवर के बूते की बात नहीं है। पर मनुष्य मर कर भी अमर है। वह अपने पीछे समस्त माया छोड़कर विदा होता है—गढ़, किले, परकोटे, बगीचे, वित्त-सम्पत्ति, जायदाद, खेत, मठ-मन्दिर इत्यादि सब-कुछ! भावी पीढ़ी के लिए यह उसका त्याग नहीं तो क्या है? जानवर अपने बच्चों के लिए कुछ भी नहीं छोड़ जाते। वे कुछ जानते ही नहीं। फिर अपने अज्ञान पर गर्व करने में क्या तुक? गरीब—धनवान बनना चाहता है। रंक—राजा बनना चाहता है। और राजा—योगी बनना चाहता है। मनुष्य की यह चाहना ही तो असली स्वर्ग है।

गले के दोनों हार हाथ में लेकर निरखने लगा तो उनकी चमक से धूप और तेज हो गयी। भोंदू शेर सोने और हीरे-मोतियों का महत्त्व क्या समझे? हीरे-मोतियों के इक्कीस कलश कब्जे में होते हुए भी वह माँद से आगे कुछ भी नहीं सोच सका। आप-करमी राजकुमारी और उसका अन्धा पति अयोध्या का राज कर रहे हैं। यह जानते हुए भी उसके ठस दिमाग में कोई हलचल नहीं होती। आखिर उसकी हिम्मत से ही तो सारी बात बनी। मरना क्या आसान है? वह अपने पाँवों चलकर मौत के रूबरू हुआ तभी तो जीने का वरदान फला, वरना अपनी गरीबी में ही घुट-घुट कर मर जाता।

पत्नी तो हार पहनते ही बौरा गयी। दाँत की सुनहरी चूँप का भी संजोग नहीं बन पाया और आज गले में दो हार। गमछे में सात मोहरें। अकस्मात् उसके मन में कहीं गहरे-ही-गहरे दबी एक बात उछलकर होठों तक आयी। साहस करके पति की तरफ देखा और पूछा, 'यदि मैं बार-बार कमाई की खातिर नहीं कोंचती तो आप शेर के पास जाते भला?'

'ऐसा पता था तो तू खुद ही चली जाती। अब बेकार डींग हाँक रही है।'

'क्यूँ, बेकार क्यूँ? यह तो अपना-अपना काम है। पति का काम है—कमाई करने का और लुगाई का काम है—लड़ना, झगड़ना और उकसाना। मैंने अपने काम में खामी रखी हो तो बताओ?'

'तो फिर मैं ही अपने काम में खामी क्यों रखूँ? लगाऊँ पाँच-सातेक जूत? अभी सारी जिम्मेवार झार-झार रोने लगेगी।'

पत्नी ने मुसकराते कहा, 'बस, पाँच-सात जूते ही मार कर शान्त हो जाओगे? मैं तो एक नवलखे हार के बदले जीवन भर पिटने को तैयार हूँ। देखो, तुम पीछे मत रहना।'

पति को जैसे कोई गुप्त संकेत मिल गया हो। आवेश में आकर चुनौती के लहजे में बोला, 'पीछे रहें मेरे बैरी-दुश्मन! मैं तो अब आगे-ही-आगे बढ़ूँगा! न रुकूँगा और न मुड़कर पीछे देखूँगा।

रात को सभी घरवालों ने डटकर लापसी, खीर और मालपूए खाये। बाकी सब तो टूटी-बिखरी झोंपड़ी के सामने सोये, पर घर का स्वामी अधूरे मकान के बीच पलंग बिछाकर लेटा। चाँदनी रात में वह जिधर भी दृष्टि उछालता उसकी लालसाओं का सूरज उधर ही दिखने लगता। कुदरत तो मुश्किल से एक चाँद और एक ही सूरज बना पायी, पर मनुष्य की कामनाओं के अनेक सूरज रात के अँधेरे में उग आते हैं और दिन के उजाले में अनेक चाँद चमकने लगते हैं। आधी रात ढलने पर बड़ी मुश्किल से नींद आयी तब उसकी कामनाएँ और ज्यादा सजग होकर सपने में फड़फड़ाती चारों ओर चक्कर काटती रहीं। कोई चाँद तक उड़ी, कोई ध्रुव-तारे के इर्द-गिर्द घूमती रही और कोई सप्त-ऋषियों के बीच अपनी पाँखें तौलती रही। और अल्ल-सवेरे उसकी नींद उचटने पर वे सभी ओझल हो गयीं।

स्वामी के आदेशानुसार पत्नी ने बहुत देर तक दूध ओटाया। काँसी की एक तसली में दूध और दूसरी में मालपूए रखे। भर-पेट कलेवा करके वह नीम-अँधेरे माँद पर पहुँचा। जाप शुरू होने में अभी देर थी। वह माँद के आस-पास टहलता न जाने क्या सोच रहा था, उसका भेद वही जाने!

आहट सुनते ही शेर ने उसके पास आकर पूछा, 'आज सूर्योदय से कुछ पहले ही आ गये?'

'हाँ, जानकर ही आया हूँ। आपके साथ मैं भी सूरज का जाप करूँगा, ताकि मेरे अन्तस् का अँधेरा दूर हो।' यह कहकर उसने बिलोवना नीम के नीचे रख दिया।

शेर ने खुश होकर कहा, 'यह तो बहुत अच्छी बात है। मैं भी तुम्हारे लिए यही कामना करता हूँ कि वे तुम्हें सुमति बख्शें।' कुछ देर सोचने के बाद वह तनिक गम्भीर होकर कहने लगा, 'देखो, सच-सच बताना, मुझसे दुराव मत रखना। तुम जो चाहोगे, वही करूँगा। पर आदमी के सुख की सीमा कहाँ है, मैं जानता नहीं। लेकिन जरूरत से ज्यादा धन कूड़े-करकट के समान है। तुम बहन के साथ बैठ कर सही हिसाब लगा लो तो उसी के अनुसार चलें। बिना जरूरत सूखे पेड़ को भी क्यों काटें? वह भी कुदरत का एक नायाब नमूना है।'

उसने मुसकराहट को दबाने की व्यर्थ चेष्टा करते कहा, 'दीवान की पत्नी के उनमान? उस वक्त आप जिस भावना में बह गये थे, किसी भी सूखे ठूँठ को देखकर वैसी भावना में बह सकते हैं?'

शेर की आँखों में लज्जा की तनिक लालिमा उभर आयी। उस आकस्मिक प्रश्न से वह काफी विचलित हो उठा। उसकी आवाज में गुणात्मक परिवर्तन परिलक्षित हुआ, मानो फूलों पर मँडराते भँवरे को अयाचित वाणी मिल गयी हो। कहने लगा, 'कुदरत—तुलना के नजरिये से कुछ भी सृष्टि नहीं करती। उसकी प्रत्येक रचना अपने-आप में सम्पूर्ण है और उसका सौन्दर्य उसी में निहित है। पहाड़ की अपनी गरिमा है, कण की अपनी पहचान है। सूखे ठूँठ का अपना आकर्षण है, और

नारी के लावण्य की अपनी ऊर्जा है।...तुम्हारा अनुमान कुछ सीमा तक सही भी है। सुन्दर औरत की परछाईं से पत्थर तक अप्रभावित नहीं रहता, फिर मैं तो जीवित प्राणी हूँ। साथिन की मृत्यु के बाद उसके विछोह में मुझे दिन का उजाला भी काटता है, रात का अँधेरा भी काटता है। तारे भी मुझे नोचते हैं और तुम लोग सोचते हो कि शेरों के दिल नाम की कोई चीज ही नहीं होती। शायद ही विश्वास करोगे कि जब भी उसकी याद आती है तो आँसू थमते ही नहीं। अभी माँद के पास टहलते हुए आँखों के सामने मेरी साथिन और दीवान की पत्नी का चेहरा दोनों साथ-साथ ही चमक रहे थे...।'

उसने बीच में टोकते कहा, 'तब तो रानी का रूप निहारकर आप पागल हो जाएँगे। उसके नाखून की भी वह बराबरी नहीं कर सकती।'

'फिर वही तुलना का लफड़ा? तुम लोगों की आँखों से तुलना का मैल कभी नहीं छँट सकता। तुम्हारे हिसाब से रानी लाख सुन्दर हो, मैं वहाँ नहीं चलूँगा। बाप होकर जिस राजा ने आप-करमी बेटी को घर से निकालकर उसकी शादी अन्धे भिखारी से कर दी, उसका मुँह देखना तो दूर, मैं उसका नाम तक नहीं सुनना चाहता।'

'पर रानी ने तो राजा को मनाने में कोई कमी नहीं रखी। वह तो राजमहल छोड़कर बेटी के साथ रवाना हो गयी थी; पर राजा के सैनिक उसे वापस जबरदस्ती पकड़ लाये। छाती पीट-पीटकर चिल्लाने के सिवाय वह कर ही क्या सकती थी।'

'हाँ, यह बात तो सही है।' शेर ने हामी भरते कहा, 'आप-करमी बिटिया ने मुझे सब बता दिया था। पर राजा की सूरत पर घूँघट तो नहीं होगा न? उसकी सूरत देखते ही यदि मैं संयम नहीं रख पाया तो मेरा संकल्प टूट जाएगा।'

'नहीं, आपका संकल्प कभी नहीं टूटेगा, मैं दावे के साथ कह सकता हूँ। आपने हमेशा के लिए हिंसा पर विजय पा ली है।'

'मेरे मन की बात तू मुझसे अधिक जानता है? क्यों...?'

'हाँ, जानता हूँ।' उसने परिहास के आशय से उत्तर दिया, 'सच बताइए प्यार-प्रीत की बातों-बातों में क्या आप सूरज का जाप तक नहीं बिसर गये?'

'जिसमें मन लीन हो जाय वही तो जाप है, पूजा है, ध्यान है रे।' शेर ने हलकी-सी आह भरते कहा, 'पर नित्य कर्म का अपना ही बन्धन होता है। आज तूने भी मेरा साथ देने की मंशा दरसायी, सो बहुत अच्छा है। उषा का घूँघट हटते ही, सूरज भगवान की झाँकी मिल जाएगी।'

अपनी बात सम्पूर्ण होते ही शेर अगले पंजे जोड़कर उषा की लालिमा निहारने लगा। आधी पलकें मूँदकर जाप करने लगा। मनुष्य भी पद्मासन लगाकर, पलकें मूँद कर मन-ही-मन सुमिरन करने लगा। उसकी लालसाओं के पाखी पंख फड़फड़ाते हुए उषा को बयार करने लगे।

थोड़ी देर पश्चात् सूर्य के आलोक का समन्दर उत्ताल तरंगें फैलाता हुआ चारों ओर व्याप्त हो गया। सूरज की पहली किरण ने शेर के पास पद्मासन लगाये मनुष्य को जाप करते देखा तो उसे बड़ा कुतूहल हुआ।

जाप सम्पूर्ण होने पर मनुष्य ने बिलोवने की ओर इशारा किया तो शेर चुपचाप दूध पीने लगा। आधा दूध पीकर उसने गरदन उठायी और कहा, 'आज दूध गाढ़ा बहुत है। उसे कहना कि मेरे लिए इतना कष्ट उठाने की जरूरत नहीं।'

'आप हमारे लिए इतना कष्ट जो उठा रहे हैं।'

'मेरी बात और है।' शेर ने मेघ-गर्जना-सी वाणी में कहा, 'मैं प्रकृति का प्रतिरूप जो हूँ। और प्रकृति हर प्राणी के लिए कष्ट उठाने की खातिर ही बनी है।'

अप्रत्याशित संयोग से ही सही, उसे अच्छा दाँव हाथ लगा। अत्यधिक विनम्र स्वर में अरदास की, 'तो फिर राजमहल चलिए न। बस, यह अन्तिम चक्कर है।'

'मैं तुझे साफ मना कर चुका हूँ कि मैं राजमहल नहीं चलूँगा, हरगिज नहीं चलूँगा। तेरी ऐसी ही इच्छा है तो दीवान के यहाँ एकाध बार और चल सकता हूँ।'

'क्यों, दीवान की पत्नी का रूप निहारने के लिए?'

शेर ने किंचित् आक्रोश के साथ कहा, 'क्या तुझे बार-बार याद दिलाना पड़ेगा कि तू अपनी खोल के बाहर मत निकल, पछताएगा।'

'पछताना होगा तो पछता लूँगा। पर एक बार राजमहल तो चलना ही पड़ेगा।'

शेर की आँखों में खून उतर आया। 'तू मुझे आज्ञा दे रहा है?'

'हाँ, आज्ञा दे रहा हूँ। नहीं मानेगा तो कल चाबुक लेकर आऊँगा। मैंने तो तुम्हारी तरह अहिंसा का व्रत लिया नहीं है।'

शेर ने अहिंसावाली बात सुनी ही नहीं। जोर देकर आवेश में पूछा, 'क्या कहा, चाबुक?'

'हाँ, चाबुक!'

मनुष्य की ऐसी धृष्टता देखी तो शेर दहाड़कर उसकी ओर झपटा पर वह तो पंजे का वार झेलने के पहले ही कटे वृक्ष की भाँति जमीन पर गिर पड़ा। अपनी चेतना के अजाने ही बलबलाने लगा, 'मेरे दो हार...सात मोहरें...।' होठों से बाहर निकलते झागों में बुदबुदे फूट रहे थे और उनके बीच वही फुसफुसाहट सुनाई दे रही थी, 'मेरे दो हार...सात मोहरें...' सम्भवतया अपने प्राणों से भी अधिक उसकी सबसे बड़ी चिन्ता यही थी।

शेर का सारा प्रतिरोध बुझ गया। दहाड़ की बजाय उसके खूनी जबड़ों से भीषण अट्टहास गूँज उठा। मनुष्य के कन्धे को पंजे से सहलाते बोला, 'चल उठ, तेरी खातिर राजमहल भी चलूँगा।'

पंजे के परस से वह और ज्यादा भयभीत हुआ। फिर भी बलबलाने का राग नहीं टूटा।

तब शेर ने हँसते हुए उसकी गरदन के नीचे पंजा रखा और उसे सीधा बिठाया। पुचकारते कहा, 'राजमहल चलना है तो देर मत कर। चल उठ।'

उसने विस्फारित आँखों से शेर की ओर देखा। उसकी आँखों में ममता छलक रही थी। धीमे से पूछा, 'राजमहल चलोगे?'

शेर के मुँह से हामी सुनते ही, वह दोनों पाँवों पर सीधा-सतर खड़ा हो गया। उसकी कमर में रंचमात्र भी खम नहीं थी।

परकोटे के भीतर शेर की निरन्तर दहाड़ें सुनीं तो लोग तुरन्त समझ गये कि शेर और कलियुगी अवतार राजमहल पहुँच रहे हैं। सो देखते-देखते राजमहल का चौक खचाखच भर गया। जब शेर अपनी पीठ पर चन्दन का गट्ठर लेकर राजमहल पहुँचा तो जय-जयकारों के तुमुल घोष से हवा में भाँवरें पड़ने लगीं। राजा-रानी ने दौड़कर उनका स्वागत किया। फिर तो राजमहल के असाधारण पटल पर ऐसे-ऐसे दृश्य चित्रित होने लगे जिसकी कल्पना स्वयं सपनों के लिए भी आसान नहीं थी।

जंगल के राजा और कलियुगी अवतार के चरणों में दण्डवत करके राजा-रानी उठे ही थे कि उनकी नजर रथ से उतरते दो व्यक्तियों पर पड़ी—एक युवक और एक कन्या। दोनों का ही सामान्य लिबास। पुरुष के हाथ में तलवार और कन्या के हाथ में चम्पा का फूल! पास आते ही रानी की आँखों में पहचान की बिजली कौंधी। हड़बड़ाती दौड़कर आगे बढ़ी। आह्लाद के सुर में जोर से पुकारा, 'मेरी बिटिया!' और उसे कसकर बाँहों में भर लिया। युवक ने रानी के पाँव छुए। बेटी ने माँ के आलिंगन से मुक्त होने की चेष्टा करते कहा, 'पहले लकड़ियों का गट्ठर तो उतारने दे।'

मेहँदी लगे हाथों से लकड़ियाँ उतारकर उसने शेर की पीठ सहलायी। शेर को ऐसा महसूस हुआ जैसे वह पराग से भी हलका हो गया हो। और अगले ही क्षण वह शेर को गले लगाकर बोली, 'आप माँद पर नहीं मिले तो मैं पीछा करते यहाँ चली आयी।' शेर की आँखों में आनन्द के आँसू छलक आये, मानो समस्त प्रकृति ही मन्द-मन्द विहँस उठी हो। शेर दाहिने पंजे से चुपचाप उसकी पीठ सहलाता रहा। रुँधे गले से 'मेरी आप-करमी बिटिया' के अलावा कुछ भी नहीं कह सका।

रानी के इशारा करने पर जय-जयकारों की गूँज थमी तो हवा को भी साँस लेने का मौका मिला। और उधर जब शेर की सहज स्थिति हुई तो उसने बिटिया की ओर देखते कहा, 'तुमसे गले मिलकर मैं इतना हलका हो गया हूँ कि हवा में कहीं उड़ न जाऊँ। तू झटपट मेरी पीठ पर बैठ। मैं फिलहाल बोझ उठाये बगैर रह नहीं सकता। भार ढोने की आदत जो पड़ गयी है।'

'मेरी अक्ल मारी गयी है, सो मैं आपकी पीठ पर बैठूँगी?'

'मैं जो अपनी खुशी से कह रहा हूँ, जल्दी कर!'

'नहीं, मैं आपका यह आदेश नहीं मान सकती। न हो तो आप मेरे कन्धों पर बैठ जाइए तो मेरा बोझ कुछ हलका हो जाएगा।'

'अरे! कोई तो बैठो, मुझे बहुत अटपटा लग रहा है।'

'तब तो मैं ही बैठूँगा।' यह कहते ही मनुष्य उसकी पीठ पर बैठ गया।

कलियुगी अवतार की जय-जयकारों का शोर थमने पर शेर ने परिहास करते कहा, 'तू तो गट्ठर से भी हलका है रे! एक भैंस और बाँध ले।'

मनुष्य ने उत्साह प्रकट करते कहा, 'आपकी मेहरबानी होगी तो सैकड़ों हाथी भी बाँध लूँगा।'

शेर ने एक उत्तप्त उसाँस भरते पूछा, 'क्या अब भी मेरी मेहरबानी में तुझे कमी नजर आती है?'

उसने एक हठी बालक की नाईं मचलते जवाब दिया, 'जब कमी है तो नजर क्यों नहीं आएगी?'

'फिर तो मेरे प्राण देने पर भी यह कमी पूरी नहीं होगी।' शेर ने अपनी मजबूरी दरसाते कहा।

उसे उकसाने की चेष्टा करते वह बोला, 'वो आप जानें! आपने मेरी सेवा का व्रत जो लिया है।'

शेर ने स्पष्ट करना चाहा, 'फकत सेवा का व्रत लिया है, मगर तेरे लोभ की टेक निभाना मेरे लिए भी सम्भव नहीं है।'

तब मनुष्य ने भी साफ कहना उचित समझा, 'मेरे लोभ में ही मेरी सेवा निहित है।'

शेर को बेहद झुँझलाहट हुई। उसने भूल से कुपात्र का हाथ थामा है। अब क्यों कर उससे छुटकारा मिले। तिक्त स्वर में कहा, 'तेरी इस विडम्बना का समाधान स्वयं ईश्वर के पास भी नहीं है।'

मनुष्य अपने हट पर अड़ा रहा। अधिकारपूर्ण लहजे में बोला, 'मैं किसी ईश्वर को नहीं जानता, केवल तुम्हें पहचानता हूँ।'

आप-करमी राजकुमारी के अलावा उन दोनों के गहन संवादों का मर्म कोई भी दरबारी नहीं समझ पाया। रानी तो अपने ही खयालों में खोयी थी। राजा अपनी ही गुत्थियों में उलझा था और ऊपर आकाश में सूरज अपनी अतिशय उत्कण्ठा के कारण अधिक प्रखर होने लगा था।

सहसा रानी ने हाथ जोड़कर अरदास की तो कलियुगी अवतार सोने के सिंहासन पर बैठ गया। किन्तु जंगल का राजा बार-बार आग्रह करने पर भी नहीं माना। उलटा प्रतिवाद करते बोला, 'धरती का आसन ही सब सिंहासनों से बड़ा है। चाहे वे सिंहासन निखालिस सोने के हों या हीरे-मोतियों से जड़े हों। धरती की कोख से ही सोना-चाँदी और सब नगीने पैदा होते हैं। और सत्ता के सिंहासन तो हमेशा

से अन्याय ही करते आये हैं; तभी तो यहाँ के राजा ने अपनी आप-करमी बेटी का ब्याह अन्धे भिखारी के साथ करके उसे देश-निकाला दे दिया।' फिर उसने राजा की ओर देखकर पूछा, 'बाप-करमी राजकुमारियों का क्या हाल है?'

शर्म के मारे राजा से कुछ भी जवाब देते नहीं बन पड़ा तो उसने रानी की ओर आशा भरी निगाह से देखा। तब उसे विवश होकर कहना पड़ा, 'मैं छोटी के लिए कितनी रोयी, गिड़गिड़ायी, पाँव पड़ी पर राजाजी टस-से-मस नहीं हुए। राजकुमारों को ब्याही तीनों बेटियाँ अपना राज्य गँवाकर दामादों के साथ वापस लौट आयी हैं।'

आप-करमी बेटी के लिए अब और धीरज रख पाना सम्भव नहीं था। आगे बढ़कर अपनी चुँदड़ी से शेर की पीठ सहलाते कहने लगी, 'बापू! राजदरबार की रामायण तो कभी समाप्त होनेवाली नहीं है। मैं ठेठ अयोध्या से यह रामायण सुनने के लिए नहीं आयी। जब तक हम दोनों का जी चाहेगा, जंगल में आपके साथ रहेंगे।'

शेर ने चुनौती के आशय से पूछा, 'रह सकोगे?'

'बड़े ठाठ से!' आप-करमी बेटी आगे कहने लगी, 'देश-निकालेवाला फटा-पुराना वेश, इनका भिक्षा-पात्र व रेजी का मैला अधोवस्त्र आज भी सुरक्षित है। उन्हें पहनकर आपके साथ रहेंगे।'

भिखारी पति ने अपनी दीनता प्रकट करते कहा, 'दुबारा अन्धा नहीं होना चाहूँगा। फिर मुझे कोई अभाव नहीं अखरेगा। अयोध्या के राज-सिंहासन पर मैंने यही तपस्या की है।'

शेर की खुशी का पार नहीं रहा, जैसे सूर्य का अनन्त आलोक उसकी रोमावली से ही निःसृत हो रहा है। वह उस आनन्द के अतिरेक में कुछ कहे उसके पहले ही आप-करमी बेटी उतावली से बोली, 'आपके सौंपे हुए इक्कीस कलश वापस ले आयी हूँ। किसी और आप-करमी बेटी के काम आएँगे।'

उसकी यह बेजा बात सुनकर सिंहासन पर बैठा मनुष्य बौखला गया और अपना आपा बिसरकर नीचे उतरा। वह हड़बड़ाता शेर के पास पहुँचकर अधिकारपूर्ण स्वर में कहने लगा, 'ये कलश मुझे दिलवा दीजिए। यदि मैं पहले पहुँचा होता तो मुझे ही मिलते। आपने स्वयं कहा था।'

'हाँ, कहा तो था।' शेर ने अदेर हामी भरी। 'पर अब इन पर मेरा कोई अधिकार नहीं है। आप-करमी बिटिया चाहे तो सात-सात कलश तीनों बाप-करमी बेटियों को दे दे।'

'सोचा तो मैंने भी यही था, लेकिन आपको पूछे बिना मैं कैसे यह निर्णय लेती?' आप-करमी बेटी ने अकृत्रिम भाव से कहा।

बाप-करमी बेटियाँ तो जैसे निहाल हो गयी हों। शेर के पाँव छूकर बोलीं, 'अब किफायत से खर्च करने पर हमें किसी का मोहताज नहीं होना पड़ेगा। किन शब्दों में आपका एहसान जताएँ।'

लालसाओं से घिरे हुए मनुष्य के लिए अब और चुप रहना असम्भव था। शेर के होठ जवाब देने की खातिर हिले ही थे कि वह भिखमंगे की नाईं निरीह स्वर में बोला, 'इनमें से तीन कलश मुझे दिलवा दीजिए। आज तो मैं आपका सबसे निकट आत्मीय हूँ।'

शेर ने तटस्थ भाव से कहा, 'न तो कोई मेरा आत्मीय है और न कोई दुश्मन। जिसका जो पावना होता है, उसी को सौंप देता हूँ।' फिर उसे आश्वस्त करने के भाव से बोला, 'तेरे लिए कोई दूसरी जुगत बिठाऊँगा।'

शुरुआत से ही रानी के पेट में एक बात घुमड़ रही थी। अब उसके लिए एक पल भी चुप रहना कठिन था। शेर के पास आकर सुनिश्चित भाव से कहने लगी, 'अब इनके लिए आपको दूसरी जुगत बिठाने की कोई जरूरत नहीं है। मेरी इकलौती ननद-बाई तीन दिन से अपना प्रण तोड़ कर रूठी हुई हैं कि मन-पसन्द वर मिलने पर वे अब एक घड़ी का भी सब्र नहीं कर सकतीं। यों सोलह बरस अपने प्रण पर अड़ी रहीं। किसी की बात नहीं सुनी। ब्याह करेंगी तो कलियुगी अवतार के साथ ही, वरना आजन्म कुँवारी रहेंगी। दानवीर राजाजी आधा राज्य और आधा खजाना दहेज में देने को तैयार हैं। बस, कलियुगी अवतार अपने मुँह से छोटी-सी 'हाँ' भर दें।'

रानी के मुँह से यह अनहोनी बात सुनते ही कलियुगी अवतार के दिमाग में अटके तीनों कलश अदेर बाहर छिटक पड़े। पर छोटी-सी 'हाँ' निकलने के पहले ही उसके मुँह पर लाज की झीनी लालिमा छितर गयी। तब शेर ने कहा, 'इसके मुँह से कैसी भी छोटी-बड़ी 'हाँ' निकलवाना मेरे लिए बहुत ही आसान है।'

कलियुगी अवतार मन मार कर चुप रहा। एक बार आधा राज्य और आधा खजाना मिल जाए तो बाद में सबसे निपट लेगा। बाप-करमी बेटियों से और... और...।

रानी का संकेत मिलते ही दासियाँ कलियुगी अवतार को राजमहल में ले गयीं। और इधर आप-करमी बेटी ने भला सोचा न बुरा, शेर की पीठ पर मत्था टेककर कुछ देर तो उसे सहलाती रही। फिर दृढ़निश्चयात्मक स्वर में कहने लगी, 'कुछ दिन जंगल में साथ रहकर आपको अयोध्या में अपने पास रखूँगी। सोने का भरकम पिंजरा बनाऊँगी। आपकी जो इच्छा होगी, अपने हाथ से बनाकर खिलाऊँगी। अब मैं आपको जंगल में अकेला नहीं रहने दूँगी।'

शेर ने स्नेह से पूछा, 'क्यों, तेरी मंशा मुझे राजा की बजाय गुलाम बनाने की है?'

'गुलाम कैसे?' वह प्रतिवाद करते बोली, 'मैं दासी के उनमान हरदम आपकी सेवा करूँगी।'

'इनकी सेवा के लिए सारी उम्र पड़ी है।' रानी ने उसे बीच में टोकते कहा,

'पहले मुझे जरूरी काम तो निपटाने दे। ननद-बाई ने फिर से प्रण कर लिया तो आफत मेरी ही है। अरी देख तो—कलियुगी अवतार राजसी वेश में कितने सुन्दर लग रहे हैं।'

आप-करमी बेटी और शेर हतप्रभ-से रह गये। यदि रानी बोल कर उधर इशारा नहीं करती तो वे उसे पहचान तक नहीं पाते। चारों ओर झूलता रेशमी वागा। ठौर-ठौर हीरे-मोतियों की दमक। गले में नवलखा हार। माथे पर सोने का मुकुट पन्नों से जड़ा। बायें हाथ में सोने के म्यानवाली दुधारी तलवार। दाहिने हाथ में चाँदी का बल्लम। कमर से बँधी सोने के म्यान की कटार। धरती पर चलने की बजाय कलियुगी अवतार मानो आकाश में उड़ रहे हों। सूरज की किरणें दमकते नगीनों का परस पाकर वापस फूट रही थीं।

शेर को वह ढीला-ढाला लिबास, मुकुट, तलवार, बल्लम व कटार इत्यादि अच्छे नहीं लगे। शेर या हाथी अपने बूते पर ही मौज मनाते हैं। भरपूर ताकत हो तो हथियार की जरूरत क्या है? आदमी निहायत कमजोर और निरीह प्राणी है, तभी हथियारों से लैस रहता है। शेर कुछ आगे सोचे-विचारे उसके पहले ही राजा की बहन चोटी से एड़ी तक वेश-कीमती आभूषणों से लकदक, खीन-खाब के गुलाबी लिबास में सजी, दोनों हाथों में सोने का लम्बा हार लिए दासियों के साथ, कलियुगी अवतार की ओर धीमी गति से बढ़ रही थी। दासियों की आरती सम्पन्न होते ही जब दूल्हे के गले में माला पड़नेवाली थी कि शेर दहाड़कर जोर से बोला, 'ठहरो...। मैं भी कैसा मूर्ख हूँ जो अब तक समझ नहीं पाया कि इस ब्याह से तो मेरी बहन के घर सौत आएगी। फिर उसके दुःख का कोई पार है भला! सौत तो माटी की भी बुरी होती है। बिना ब्याह के ही इसे आधा राज सौंप दो, मुझे कोई एतराज नहीं।'

सारे दरबारी सकते में आ गये, मानो सबको साँप सूँघ गया हो। कलियुगी अवतार पर जैसे कोई वज्रपात हो गया हो। राजा बनने की शुभ-घड़ी तो अब आयी और यह जानवर अपनी नासमझी के कारण सब मटियामेट कर रहा है।

राजा-रानी तो गूँगों की नाईं अवाक् बैठे रहे। तब दीवान ने कहा, 'हमें एतराज है। ब्याह किये बिना आधा राज्य कैसे सौंप सकते हैं? यह कोई ककड़ी तो है नहीं कि आधी काट कर बाँट दें। हजारों प्राण देने पर राज्य का सिंहासन हाथ लगता है, सो मजाक-मजाक में कैसे किसी के हवाले कर दें?'

क्रोध के मारे शेर की आँखें लाल-बम हो गयीं। गरजते बोला, 'आधे राज्य के लोभ से मैं अपनी बहन की छाती पर सौत नहीं बिठाने दूँगा।'

राजा का वेश पहने मनुष्य ने तनिक आगे बढ़कर, गुस्से को पीते हुए कहा, 'आप विश्वास रखिए मैं उसे तनिक भी कष्ट नहीं होने दूँगा। आखिर वह मेरी भी तो पत्नी है। मेरे बच्चों की माँ है। उसके सुख में कुछ भी कमी नहीं रहेगी।'

शेर फिर भी आश्वस्त नहीं हुआ। उसकी नसों में लहू उफन रहा था।

मेघ-गर्जना से भी तेज दहाड़ को दबाने की चेष्टा करते कहा, 'सौत आने पर कौन-सा सुख बाकी रह जाएगा?'

चतुर दीवान ने बीच-बचाव करने के आशय से कहा, 'हम उसके लिए अलग से महल बनवा देंगे। सभी तरह की सुविधाओं से कोना-कोना भर देंगे।'

'सुविधाओं से सुख मिलने की आशा निपट भ्रान्ति है।' शेर ने दीवान की ओर हिकारत की दृष्टि से देखते कहा, 'फिर भी उनके पीछे मनुष्य निरन्तर भटकता रहता है।'

दीवान की ओर ताकते हुए भी शेर की टेढ़ी नजर मनुष्य की ओर भी सधी हुई थी। उसकी नीयत वह भली-भाँति भाँप गया था। दुधारी तलवार के वार से बचने की उसने पूरी सतर्कता बरती, पर सिर में मामूली चोट लग ही गयी। वह दहाड़कर बिजली की फुर्ती से उस पर झपटा। उसमें दम ही कितना था सो नाहर की झपट का सामना कर पाता। तलवार और बल्लम दोनों बाजू गिर पड़े और उनके ऊपर स्वयं मुर्दे की नाईं ढह पड़ा। शेर ने उस पर वार करने के लिए पंजा उठाया ही था कि एक आह भरकर पंजा नीचे कर लिया और धीरे से बोला, 'मेरी बहन विधवा हो जाएगी।' इतना कहकर वह घृणा भरी निगाह उस ओर उछालता हुआ दूर खिसक गया।

मनुष्य के प्राण अभी आधे राज्य और आधे खजाने में ही अटके हुए थे। उसकी अर्द्ध-निमीलित आँखें शायद सोने के सिंहासन को खोज रही थीं। बलबलाते बोला, 'मेरा राज्य...मेरा खजाना।'

अपने पति को स्तब्ध खड़े देखा तो आप-करमी बेटी चण्डी के उनमान लपकी और पति के हाथ से तलवार छीन ली। अग्नि-शिखा की भाँति तलवार म्यान से बाहर निकली और सपाक कलियुगी अवतार का गला चाक कर गयी।

शेर ने रक्त-सनी वाणी में कहा, 'यह तूने क्या किया बिटिया? मैंने जिसे अभयदान दिया, तूने उसे ही मार डाला।'

आप-करमी बेटी ने सहज भाव से कहा, 'जिसने आपको खत्म करना चाहा, उसका तो यही अंजाम होना चाहिए। फिर भी मृत्यु-दण्ड तो इस अपराध के लिए बहुत छोटी सजा है। कोई और भले ही न जाने, पर मैं अच्छी तरह जानती हूँ कि आपके समाप्त होने पर समस्त चराचर ही नष्ट हो जाता। ऐसे अधर्मी को जीने का कोई अधिकार नहीं है।'

शेर ने लजाते हुए कहा, 'चराचर की बात तो मैं नहीं जानता, पर मेरी विधवा बहन अब किसके सहारे जीएगी?'

आप-करमी बेटी ने निःसंकोच उत्तर दिया, 'ऐसे सुहाग की अपेक्षा तो वैधव्य सदा बेहतर है। वह फकत आपकी ही नहीं, आज से मेरी बहन भी है। उसे अपने साथ रखूँगी।'

माथे से बहता हुआ खून शेर के जबड़े तक पहुँच गया था। शेर ने गुलाबी मुसकान छितराते कहा, 'जब तक जड़ी-बूटी से मेरा घाव न भरे, तू मेरे पास रहेगी। साथ रहने का ऐसा बढ़िया अवसर तुझे न जाने कब मिलता? बड़ी भाग्यशालिनी है तू...।'

'चलो बापू! इस जहरीले वातावरण में एक पल भी साँस लेने की इच्छा नहीं होती।'

**14 मई, 1996, मंगलवार**

# परिक्रमा

किसी एक समय की लहरों पर जल-जमुना के किनारे एक मछुआ रहता था। टूटी झोंपड़ी और टूटा हुआ ही आँगन। पानी की आस और पानी के सहारे बड़ी मुश्किल से वह अपने दिन तोड़ रहा था। दो-दो बरस के अन्तराल से उसके तीन बच्चे थे। एक बेटा और दो बेटियाँ। सबसे बड़ा लड़का फकत सात बरस का था। मछुआ बहुत सीधा, नेक, सन्तोषी और कर्मठ था। मछुआइन कर्कश, फूहड़, लोभी और ओछे स्वभाव की थी।

मछुआ नदी की रग-रग पहचानता था। गुजर-बसर के लिए उसके पास एक साबुत नाव और एक साबुत जाल। नदिया के पार किराये पर यात्री उतारने के साथ-साथ वह नाव में हाट-बाजार का माल भी दूर-दूर तक ढोता था। दूसरे किनारे पर बनिये की एक तिमंजिली हवेली थी। जब कभी जरूरत पड़ती तो वह मछुए की नाव किराये पर लेता। किराये के काम से फारिग होकर वह जाल से मछलियाँ पकड़ता। पर उस दौरान उसका मन बड़ा छटपटाता था। किन्तु भूख की छटपटाहट उससे भी ज्यादा थी। टोटे और कसाले का हरदम रोना रोती मछुआइन टोकरी में मछलियाँ लेकर बस्ती में बेचने के लिए जाती।

टोटे की लगातार मार के आगे न बच्चों का रिरियाना मिटता और न मछुआइन का रोना-धोना। बनिये की बढ़ती हुई बहबूदी, उसकी तिमंजिली हवेली मछुआइन की आँखों में किरकिरी ज्यों खटकती थी। उसके देखते-देखते बनिए की झोंपड़ी तिमंजिली हवेली का रूप धरकर इतनी ऊँची बढ़ गयी। घड़ाई के झरोखे और

जालियाँ देख-देख कर मछुआइन की छाती में छलनी के उनमान छेद-ही-छेद हो गये। झल्लाकर मछुए को जलील करती कि उसके पीछे आकर उसने कितने संकट झेले हैं। हैसियत और हिम्मत न होने पर उसे न तो ब्याह के लिए मुँह धोना था और न बच्चे पैदा करने थे।

मछुआ खामख्वाह किसी प्रकार का फसाद न करके हर बार फकत सन्तोष की ही सीख देता पर वैसी बेजा सीख मछुआइन के गले नहीं उतरती। हमेशा की किटकिट से तंग आकर एक दिन मछुए ने कहा, 'भली मानुस, इस बनिए के ऐसा क्या तुर्रा बँधा है? कुछ सोच तो सही। वह भी जीता है, हम भी जीते हैं। उसकी अपेक्षा हमें अच्छी भूख लगती है। बढ़िया नींद आती है। पसीने की खरी कमाई खाते हैं और पचाते हैं। वह जिस हवा में साँस लेता है, हम भी उसी में साँस लेते हैं। बरखा, चाँदनी और उजाले का आनन्द उठाते हैं सो अलग। और अन्त में मौत आने पर वह भी मरता है, हम भी मरते हैं।'

अँगुलियों के कटके निकालती मछुआइन पति व सुहाग का जतन बिसराकर गुस्से में कहती, 'तुम्हें मरना हो तो उसके साथ शौक से मरो पर मुझे तो सुख से जीना है।'

अब तो कुछ कहने-सुनने की गुंजाइश ही नहीं बची। मछुआ एक गहरा निःश्वास छोड़कर बोला, 'यदि मेरे मरने से तुझे सुख मिलता हो तो मैं तेरी खातिर राजी-खुशी मरने को भी तैयार हूँ।'

मछुआइन के मुँह में तो किसी तरह की कोई लगाम थी नहीं। मुँह बिदकाकर बोली, 'जैसा जी कर निहाल किया, वैसा मर कर भी करोगे।'

रोजमर्रा का राग बड़ा होता है। चाहे वह पूजा-पाठ का हो चाहे किटकिट का। आखिर मछुआइन का फसाद फला। संजोग की बात और तारों जड़ी रात कि एक बार तीन दिन तक नाव के किराये का जुगाड़ नहीं बना तो मछुए ने मजबूर होकर बेमन से नदी में जाल बिछाया। काफी देर माथाफोड़ी करने के बाद फकत एक मछली फँसी। पर खासी बड़ी। एक जून का इन्तजाम तो पुख्ता हुआ। पानी का जीव हवा में बिना मारे अपने-आप ही मर जाता है, सो तो ठीक है, पर छटपटाता बहुत है। यह बात अच्छी नहीं। इससे मछुए का मन भी बहुत तड़पता था।

नदी की राह उचक-उचककर निहारती मछुआइन बाहर ही खड़ी थी। पति को आते देखा तो और अधिक दुखी हुई। इस निकम्मे मरदूद की वजह से ही वह इतना कष्ट उठा रही है। किसी खुशहाल मछुए का हाथ पकड़ती तो सुख पाती। यह अभागा मछुआ तो उलटा घरवाली के सौभाग्य में भी अड़चन डालता है।

मछुआ पास आया तो उसने भिनभिनाते जाल छीन लिया। देखा तो फकत एक मछली। दुत्कारते बोली, 'नासपीटे, इतनी देर से आया और जाल खाली। इस एक मछली से मैं किस-किस का पेट भरूँगी?'

मछुए का मुँह उतर गया। धीमे से बोला, 'मेरे तो आज उपवास है। फिर एक जून तो यह मछली काफी।'

मछुआइन ने तड़ककर कहा, 'और साँझ को क्या तेरा कलेजा राँधूँगी?'

मछुए से कुछ भी जवाब देते नहीं बन पड़ा तो गरदन झुकाए चुपचाप खड़ा रहा। मगर जाल खोलने पर जिस सोन-मछली पर उसकी नजर पड़ी तो वह हक्का-बक्का रह गया। ऐसी शानदार सुरंगी मछली तो उसने कभी नहीं देखी। और न बूढ़े-बुजुर्गों से ऐसी मछली के बारे में चर्चा ही सुनी। मछुआइन की आँखों में टुकुर-टुकुर निहारती वह सोन-मछली लटपट-लटपट करने लगी। मछुए की आँखें भर आयीं। भीगे सुर में बोला, 'पहले पता होता तो इसे यहाँ लाता ही नहीं। ऐसी मछली को खाने की इच्छा ही नहीं होती। अभी कुछ ही देर में जाल भर कर मछलियाँ ले आता हूँ। तुझे मेरी कसम, इस मछली को मत पका।'

पति के मुँह से यह बेहूदी बात सुनकर मछुआइन आगबबूला हो गयी। मुँह मस्कोरकर कहने लगी, 'मैं तुम जैसी सिरफिरी नहीं हूँ, सो हाथ लगी मछली को वापस नदी में छुड़वा दूँ। यह तो अब हंडियाँ के ही हवाले होगी। जिन्दगी में पहली बार ऐसी सुन्दर मछली खाने का सुख मिलेगा, उसे तुम जैसे बौड़म के कहे-कहे वापस बहा दूँ? मैं तो आज ही डट कर रोटी खाऊँगी और तुम बिना सोचे-समझे उसमें भाँजी पटक रहे हो?'

मछुए ने खूब निहोरे किये पर वह कर्कशा मछुआइन नहीं मानी सो नहीं मानी। मछुआ जाल में मछली लेकर आया तब तक उसने माँग-ताँग कर तेल इकट्ठा कर लिया था। चूल्हा जलाकर हंडियाँ में झटपट तेल चढ़ाया। सोन-मछरिया को देखने से ही उसके मुँह में पानी भर आया तो खाने पर राम-जाने कैसा आनन्द आएगा। तेल उबलते ही जब वह पूँछ पकड़कर उसे अन्दर डालने लगी तब मछली बोली, 'मछुआइन मुझे हंडियाँ में मत छोड़, मैं तेरे बहुत काम आऊँगी।'

मछली की बात सुनकर मछुआइन चौंकी तो जरूर पर उसके हाथ से मछली छूटी नहीं। उलटे अनजान में जकड़ और मजबूत हो गयी। एक कदम पीछे हटकर मछली को मुँह की तरफ से पकड़ा। मछुआइन को सोन-मछली की आँखों में बेटी के प्रेम की सी झलक दिखलाई पड़ी। वह घुर-घुर मछुआइन की आँखों में झाँक रही थी। चमकती आँखों की आभा सचमुच विश्वास करने लायक थी। सोन-मछली आगे कहने लगी, 'मैं इन्द्रलोक की अप्सरा हूँ। रात को तेरस की चाँदनी में मछली का रूप धर कर जमुना में नहाने आयी। सारी रात तैरने पर भी मन नहीं भरा। तैरना-तैरना तो मछलियों का। बाकी सब झंझट! इन्द्रलोक की अप्सरा होकर भी मैंने नहाने का ऐसा आनन्द नहीं उठाया। पर तड़के दुर्भाग्य से मछुए के जाल में फँस गयी। इन्द्र भगवान मेरी बाट जोह रहे होंगे। मुझे वापस अपने हाथ से जमुना

के पानी में छोड़ दे। वरना घड़ी-पलक में मेरी साँस निकल जाएगी। मैं मंशा-मुताबिक तुम्हें वर दूँगी। अब फुरती करो।'

सोन-मछली की वह अरदास सुनकर मछुआइन दुविधा में फँस गयी—क्या करे, क्या न करे! मगर पास खड़े मछुए का धीरज छूट गया। उसने झपटकर घरवाली के हाथ से मछली छीन ली और सीधा नदी की राह दौड़ता नजर आया। मछुआइन भी सरपट पीछे दौड़ी। वह गला फाड़-फाड़ कर खूब चिल्लायी पर मछुए ने तो पीछे मुड़कर ही नहीं देखा। फासला बढ़ता ही गया।

किनारे के पास आते ही मछुए ने सोन-मछली पानी में फेंक दी। निर्मल ठण्डे पानी में वह किलोलें करने लगी। मछुए की आँखों में आनन्द के आँसू छलक आये। पानी में सर्र-सर्र तैरती मछली कितनी खूबसूरत लगती है। बिना खाये-पीये बस देखते ही रहो—जैसे कोई सुनहरा सपना आँखों के सामने तैर रहा हो कि अचानक सोन-मछली एकदम किनारे से सटकर बोली, 'अब तेरी मंशा हो सो वर माँग। तूने मेरे प्राण बचाये...।'

मछुआ हाँफते-हाँफते कहने लगा, 'मुझे कुछ भी नहीं चाहिए... कुछ नहीं। तू बच गयी सो मैं ही बच गया...। अब तू गहरे पानी में अदीठ हो जा। वह हत्यारन तुझे और सताएगी।'

तब सोन-मछली मुसकराते बोली, 'तुझे माँगने में लाज आती हो तो मछुआइन को आने दे। अपना कौल निभाये बिना मैं कहीं नहीं जाऊँगी। आज तो मैं बची ज्यों ही बची। तेरे एहसान का बोझ लेकर मैं इन्द्रलोक तक नहीं उड़ सकती।'

'नहीं, मैंने कुछ भी एहसान नहीं किया...।' खुशी के मारे उससे आगे नहीं बोला गया तो हाथ के इशारे से जतलाया कि वह गहरे पानी में छिप जाए।

कि इतने में मछुआइन भी पास आ गयी। वह पति से जबरदस्त झगड़ा करना चाहती थी। पर हँफनी के कारण उससे कुछ बोला नहीं गया। मछुआ उसके मन की बात समझ गया। इतने बरस दबी हुई घुटन राम-जाने इस वक्त क्योंकर भभकी! वह घरवाली की ओर आँखें निकालते कड़ककर बोला, 'बहुत दिन हुए मुझे गम खाते हुए। यदि आज बकवास की तो जीभ खींच लूँगा—समझी...। तू है किस होश में।'

फिर सोन-मछली की तरफ देखकर कहने लगा, 'भोली मछली, तू इस डायन के लच्छन नहीं जानती। दूर पानी में दुबक जा। दूसरी बार इसके हाथ आ गयी तो तुझे जिन्दा नहीं छोड़ेगी।'

पति का यह व्यवहार तो मछुआइन के लिए सपने की तरह अज्ञात था। भीतर-ही-भीतर थोड़ी सहमकर रह गयी। आज माजरा दूसरा है—जानकर ही चुप रही।

पानी में दूर खिसकने की बजाय सोन-मछली और भी करीब आकर बोली,

'मैं ऐसी नुगरी नहीं हूँ। मछुआइन की इच्छानुसार कुछ-न-कुछ वरदान देकर ही जाऊँगी। मुझे देर हो रही है, जल्दी माँग।'

कहीं यह जंजाल तो नहीं है। आँखें फाड़कर मछुआइन ने इधर-उधर देखा। पति गुमसुम पास खड़ा है। जमुना का पानी हिलोरें भरता हुआ नाच रहा है। सोन-मछली कुछ-न-कुछ वरदान देने को आतुर उसकी ओर टकटकी लगाये देख रही है। वह असमंजस में उलझ गयी। माँगने का ऐसा सुनहरा अवसर ही कहाँ आया था? मछली कहीं मजाक तो नहीं कर रही है? पानी के चंचल प्राणी की क्या बिसात कि इच्छानुसार उसके मन की कामना पूरी करे। पर माँगने की भी तो औकात होनी चाहिए। क्या माँगूँ? साल भर का अनाज या एक गैया। बच्चे दूध तो पीएँगे। या अपने लिए कुछ गहना–पाँवों में चाँदी की पायल का कितना शौक था। पिछले जापे में नागडसा बनिया डकार गया। बनिए का खयाल आते ही उसने गरदन उठाकर उधर देखा। तिमंजिली हवेली दिप-दिप कर रही थी। मछुआइन की हँफनी पूरी तरह मिटी नहीं थी। मुँह से कुछ गलत बोल न फिसल जाएँ। उसने हवेली की ओर अपनी चेतना के परे अजाने ही हाथ का इशारा किया। सोन-मछली अदेर उसके मन की बात समझ गयी। मुसकराते पूछा, 'क्या ऐसी हवेली के लिए मन ललचा रहा है?'

ऐसा सुखद सपना भी हो तो क्या बुरा है। उसने गरदन हिलाकर हामी भरी। तब सोन-मछरिया खुशी के मारे किलोलें करती बोली, 'इसमें इतने संकोच की क्या बात? जा, तेरी झोंपड़ी की ठौर इससे भी बढ़िया हवेली शान से खड़ी मिलेगी। अब तो खुश...?'

मछुआइन की तर्राट जीभ से अब कहीं 'हाँ' का बोल निकला। चंचल मछली बिना कुछ पूछे ही कहने लगी, 'इन्द्र भगवान के लिए मेरे मन में कोई खास आदर नहीं है, फिर भी मुझे जाना तो पड़ेगा ही। इच्छा तो ऐसी हो रही है कि बाकी उम्र तेरे मछुए के साथ ही गुजार दूँ। इन्द्रलोक में ऐसा भला-मानुस एक भी नहीं है। पर तेरा मन नहीं मानेगा। अच्छा तो अब चलूँ। एक ही बार में सारी बातें याद न भी आयें तो कोई बात नहीं। मैं तो चितारते ही हाजिर हो जाऊँगी। हवेली देखने पर तुझे भी मेरी तरह अपार खुशी होगी। जाकर अपनी आँखों से एक बार देख तो सही।'

इतना कहकर सोन-मछली तत्काल ओझल हो गयी। जमुना उसी तरह अपनी मन्थर गति से बह रही थी–बलखाती, कलकल करती, छलछल करती।

मछुआइन ने मुड़कर पीछे देखा। सचमुच टूटी झोंपड़ी की ठौर तिमंजिली हवेली शान से अविचल खड़ी है। उसके आनन्द का पार नहीं रहा। जमुना की लहरों में नजर गड़ाए पति को झँझोड़कर कहने लगी, 'वह देखो, वह देखो! मुड़कर देखो तो सही, अपनी हवेली सेठ की हवेली से कहीं ज्यादा सुन्दर है। बड़ी है।'

मगर मछुआ तो उसी तरह काठ के पुतले की नाईं खड़ा था। जमुना की लहरों

ने उसकी नजर को छोड़ा ही नहीं। खुशी में बौरायी पत्नी ने फिर वही बात दोहरायी, 'वह देखो, वह देखो...। अपनी हवेली सेठ की हवेली से कहीं ज्यादा सुन्दर है। मुड़कर देखो तो सही।'

अब कहीं मछुए को चेत हुआ। झिझककर बोला—हें...। उसका गुस्सा अब भी शान्त नहीं हुआ था। घरवाली को झिड़कते कहा, 'तुझे सुन्दर दिख रही है तो तू जा। मुझे तेरी हवेली की जरूरत नहीं।'

मछुआइन का तो जैसे काया-कल्प ही हो गया हो। गुड़ के समान मीठी वाणी में बोली, 'अब मैं तुमसे कभी तकरार नहीं करूँगी। मेरी कुमत जमुना के पानी में बह गयी। यदि तुम सोन-मछली नहीं लाते तो मेरी साध कैसे पूरी होती? यह बात मैं जिन्दगी भर याद रखूँगी। तुम्हारे बिना यह हवेली सूनी-सूनी लगेगी। यह तमाशा देखकर बच्चे कहीं डर गये होंगे। चलो, जल्दी चलो।

मछुआइन के मुँह से पहली बार समझदारी के बोल निकले थे। मछुए के कानों को सुहाये तो फिर भी नहीं, पर मन-ही-मन खुश जरूर हुआ। बरसों की राड़ के आगे बाड़ खिंच गयी। घरवाली के निहोरे सुनते ही वह उसके साथ रवाना हो गया।

हवेली के बाहर खड़े तीनों बच्चे बुरी तरह रो रहे थे। माँ-बाप को आते देखा तो बड़ा लड़का उनकी तरफ दौड़ा। सुबकते-सुबकते कहने लगा, 'माँ, माँ अपनी झोंपड़ी को इस डायन ने एक ही निवाले में निगल डाला। अब हम कहाँ रहेंगे?'

ओढ़नी के पल्लू से बेटे के आँसू पोंछती मछुआइन दुलार के सुर में समझाने लगी, 'कहाँ क्या, इस हवेली में ही रहेंगे। यह हवेली अपनी है।'

बेटा और अधिक भयभीत हो गया। गरदन हिलाते बोला, 'मैं तो पिशाचों के इस डेरे में हरगिज नहीं रहूँगा। बड़ा डर लगता है।'

मछुए ने बड़े उदार मन से बेटे की बात का समर्थन करते कहा, 'बिलकुल ठीक कहता है। छोटा बच्चा तक जिस बात को आसानी से समझ गया और तू इतनी बड़ी होकर भी नहीं समझी, बड़े अचरज की बात है।'

मछुआइन ने सहज भाव से जवाब दिया, 'क्या खाक अचरज की बात है? झोंपड़ी तो मिट गयी, फिर हम इस हवेली के अलावा रहेंगे कहाँ, कुछ सोचो तो सही।'

'मैं तो सोच-सोच कर बूढ़ा हो गया हूँ, तू ही नहीं सोचती! अपनी हैसियत क्या इस हवेली लायक है?'

मछुआइन ने मुसकराहट को दबाने की विफल चेष्टा करते प्रतिवाद किया, 'आज नहीं तो कल लायक हो जाएगी। जन्म से कोई लायक होकर नहीं आता। औरों के बच्चों की नाईं राजकुँअर भी कें-कें करके रोते हैं। तुतलाते-तुतलाते ही बोलना सीखते हैं। राजा-बादशाह के बच्चे पैदा होने के साथ ही दौड़ने नहीं लग जाते। मुझसे साठ गुना समझदार होते हुए भी तुम क्यों बच्चों के सामने भोले बनते हो।'

'भगवान करे मैं इसी तरह भोला बना रहूँ। मुझे नहीं चाहिए तेरेवाली समझदारी। और कोई समझे न समझे मैं तेरी मुसकान का मायना खूब समझता हूँ। तू बार-बार सोन-मछली को तंग करके अपनी हैसियत बढ़ाएगी। तेरे लच्छन मुझसे छिपे हुए नहीं हैं।'

इस बार मछुआइन खुलकर हँसी। हाथ नचाते बोली, 'मैं पहलेवाली मछुआइन ही नहीं रही, वह तो जमुना के पानी में बह गयी, फिर मेरे लच्छन क्या पहचानोगे। तुम्हारी सेवा करने का मौका मिला है तो उसमें भाँजी मत डालो। तुम्हारे पाँव पड़ती हूँ, एक बार हवेली के भीतर तो चलो।'

इतना कहते ही मछुआइन वाकई पति के पाँव छूने को आगे बढ़ी। मछुआ चौंककर पीछे हटा, 'रहने दे तेरा तिरिया-चरित्तर। तेरी हवेली तुझे मुबारक हो। न मैं इसमें रहूँगा और न बच्चों को रहने दूँगा। मैं इनका बाप हूँ, कोई दुश्मन नहीं। क्या मेरे हाथ-पाँव टूट गये या मेरी नाव डूब गयी? क्या इन बच्चों के हाथ-पाँव नहीं हैं, इनके शरीर में पसीना नहीं है सो वरदान की हवेली का आसरा लेंगे, बोल।'

मछुआइन भला क्या बोलती? बोलना भूली नहीं थी, पर जानकर ही चुप रही। ये हाथ अब तक कहाँ गये थे? कोई लकवा तो नहीं मार गया था इन्हें। मर्द के पसीने की ऐसी ही करामात थी तो फिर अब तक झोंपड़ी की मरम्मत क्यों नहीं हुई? पति का पसीना कैसी खुशबू देता है, उसे सब पता है।

सामने दमकती भव्य हवेली को एक बार बाँकी चितवन से मछुआइन ने निहारा तो उसके नस-नस में रक्त का प्रवाह सनसनाने लगा? क्या यह उसकी हवेली है? बाहर खड़ी रहकर इसे कब तक यों देखती रहेगी? उसकी दो नन्ही पुतलियों में हवेली का रूप समा नहीं रहा था। सबके साथ भीतर चलने का आनन्द कुछ और ही है। सोन-मछली ने केवल उस अकेली को वह वरदान थोड़े ही दिया है। उसने पुचकार-पुचकारकर तीनों बच्चों को खूब समझाया पर उनका डर नहीं मिटा। बड़े बेटे ने तंग आकर आखिर जवाब दिया कि बापू के बिना वह इस हवेली में पाँव तक नहीं रखेगा। जिस तरह देखते-देखते पलक झपकने के साथ खड़ी हुई तो क्या देखते-देखते ढह नहीं पड़ेगी? उसने माँ को भी अन्दर जाने से मना किया। पर भला वह क्यों मानने लगी! फिर सोन-मछली के वरदान का मतलब ही क्या? जिस तरह बनिए की हवेली, जिस तरह ठाकुर का गढ़, उसी तरह यह एक नयी और बला।

अब मछुआइन से एक पल भी बाहर खड़े रहना, उसके वश की बात नहीं थी। एक बार खुद अच्छी तरह पड़ताल कर ले, फिर सबको मना लेगी। तीन-चार बार पति की और चिरौरी की, पर वह टस-से-मस नहीं हुआ। तब एक स्वप्नचारी के उनमान वह दबे-दबे पाँवों से हवेली की ओर बढ़ी। हवेली उसके अन्तस् में उतरती जा रही थी। भीतर भी बाहर जैसा उजाला था, केवल धूप नहीं थी। चिकनी स्फटिक दीवारें काँच की तरह चमक रही थीं। हर कमरे में सुन्दर जालियाँ। विश्वास

नहीं हुआ तो कई बार हाथ और कई बार गाल रगड़-रगड़कर उसने आजमाइश की तब कहीं उसे परस का भरोसा हुआ। एक-एक सीढ़ी ऊपर चढ़ती हुई उसने तीनों मंजिलों के चक्कर काटे। छत पर खड़ी होकर उसने हाथ ऊपर उठाया, ताकि आकाश को छू सके। लेकिन थोड़ी-सी दूरी रह गयी। तीन बार नीचे उतरी, फिर ऊपर चढ़ी तब कहीं उसकी गलतफहमी दूर हुई कि आकाश उतना ही ऊँचा है। तीन की जगह तीन सौ मंजिल का वर माँगती तब भी सोन-मछली कों इतनी ही देर लगती। वहीं ऊपर बादलों के बीच ही नहाती, बिजलियों को बाँहों में भरती। हाथों से बनाने में समय लगता है, वरदान फलने में समय नहीं लगता।

सवेरे से पानी तक नहीं पीया। बार-बार चढ़ने-उतरने की कसरत से कड़ाके की भूख लगी तो उसने हवेली का कोना-कोना छान मारा, पर कहीं एक सूखा टुकड़ा भी हाथ नहीं लगा। झोंपड़ी में पाँच सोगरे बासी पड़े थे, वे भी मिल जाते तो एक-एक बाँट-बूँट कर खा लेते। झोंपड़ी के साथ वे भी नष्ट हो गये। मछुआइन के पेट में आग की लपट उठी जो गले को झुलसती हुई बाहर निकल आयी। उसका उछाह धीरे-धीरे बैठने लगा। हवेली के मुताबिक सारी खामियाँ दूर हुए बिना कितना भद्दा लगेगा। टूटी झोंपड़ी में रहने से शान बिगड़ने का खतरा तो नहीं था। चिकनी दीवारों को चाटने से तो पेट भरेगा नहीं। सबसे पहले यह बात सूझनी चाहिए थी। मगर भोंदू पति से हरदम किटकिट करने के कारण कलेजा और दिमाग दोनों छलनी हो गये। सोन-मछली के प्रताप से अब कहीं सुख की झाँकी मिले तो मिले।

जाहिल पति से कुछ भी मशविरा किये बिना वह नदी की राह आगे बढ़ने लगी तो मछुए ने अधिकार के स्वर में गरजकर पूछा, 'कहाँ जा रही है तू?'

'सोन-मछली के पास।' उसने बिना रुके ही उत्तर दिया।

मछुए ने उसका पीछा करते कहा, 'देख, रुक जा। बार-बार उसे परेशान मत कर। मैं सब जुगाड़ बिठा लूँगा।'

'सिर्फ एक बार।' मछुआइन ने पीछे मुड़कर हाथ जोड़ते कहा, 'तुम्हें मेरी कसम, वापस लौट जाओ। इसके बाद सोन-मछली को कभी कष्ट दूँ तो मेरा सिर और तुम्हारी जूती।'

मछुए का गुस्सा हवा हो गया। तनिक मुसकराते कहा, 'मेरे पाँव में तो जूती है नहीं। बरसों से पहनी ही कहाँ। तभी तो तेरा हौसला इतना बढ़ गया।'

'इसीलिए तो सोन-मछली की शरण में जा रही हूँ। तुम्हारे लिए दो जोड़ी जूतियाँ भी माँग लूँगी। अब तो लौट जाओ। तुम्हारे साथ रहने से मेरी हिम्मत भी पस्त हो जाएगी।'

मछुआ घरवाली के उघड़े माथे की ओर देखता हुआ तेजी से पीछा कर रहा था कि अचानक उसकी दाहिनी एड़ी में बबूल की तीखी शूल गहरी गड़ गयी। सिसकारी भरते हुए धप्प से नीचे बैठ गया। पीछा करने की मन में रह गयी।

झुंझलाते हुए जोर से चिल्लाया, 'तुझे मेरी कसम, एक कदम भी आगे बढ़ी तो मेरा मरा मुँह देखेगी। मेरे पाँव में शूल गड़ गयी है, नहीं तो चुट्टा खींचकर ले आता। रुक जा।'

मछुआइन फकत रुकी ही नहीं, वापस लौटकर उसके पास आयी। पति के अचरज की सीमा नहीं रही, जब वह उसके पाँव छूने की खातिर नीचे झुकी। क्षण भर के लिए वह शूल की कसक भूल गया। मछुआइन के मुँह से हलकी आह निकली, 'हे राम, इतनी लम्बी शूल। मैं तो बहाना समझ रही थी।' उसने तीखे नखों से झट शूल बाहर निकाली। ओढ़नी के पल्लू से खून पोंछकर, थूक लगाया। फिर कोहनियों तक हाथ जोड़कर बोली, 'तुम्हारी कसम मानकर रुक भी जाती पर अब नहीं रुकूँगी। इतने बरस हाड़-तोड़ मेहनत करके भी तुम शादी के बाद दूसरी जूती नहीं पहन सके, मेरे कलेजे में यह दरद इस शूल की तरह गड़ रहा है।' उसने खून से रँगी शूल दिखाते कहा, 'तुम्हारी राय के बिना अब मैं साँस भी नहीं लूँगी। कहोगे उतने कदम भरूँगी। हवेली तो निपट खाली पड़ी है, खाएँगे क्या? सोन-मछली से खाने का वरदान माँग लूँ, एकाध चीज और... बस।'

'पर मेरा मन कहता है, तू हरगिज बस नहीं करेगी। जरा सोच तो इस तरह निठल्ले बैठे वरदान फलते रहे तो अजगर की भाँति पसर जाएँगे। हाथ-पाँव हिलाना भूल गये तो इससे बड़ा और क्या दुःख होगा?'

'मैं फकत अपने लिए ही तो वरदान नहीं माँगती। सभी सुख पाएँगे।' और अधिक विनम्र बनकर कहने लगी, 'अभागे बच्चों ने अब तक सुख का नाम नहीं सुना, थोड़ा-बहुत इनका तो खयाल रखो। मरने से पहले हम सभी एक बार सुख का स्वाद तो चख लें।'

शूल की टीसती जगह पर मछुआ अँगुली फेरते बोला, 'फकत एक बार से मन नहीं भरेगा। बार-बार इसका स्वाद चखने की खातिर आदमी क्या कुछ नहीं करता। चोरी, डाका, हत्या, झूठ-साँच... न जाने क्या-क्या? मैं तो जानता तक नहीं। लोभ-लालच के मसले में पंछी-जानवर हमसे बहुत अच्छे हैं। झगड़े की तरह तू लालच करना भी छोड़ दे तो तुझ जैसी तू ही है। हथेली के छाले की तरह तुझे रखूँगा। अच्छा जा, पर आगे के लिए मेरी कसम खा कि तू सोन-मछली से वरदान नहीं माँगेगी।'

'झूठी कसम तो नहीं खाऊँगी, मगर तुम्हारी राय के बिना पानी भी नहीं पीऊँगी।' और वह नदी की राह दौड़ पड़ी। शूल के कारण एक ठौर बैठा मछुआ घरवाली की पीठ निरखता रहा। मन-ही-मन बड़बड़ाया, 'अब यह सन्तोष करनेवाली नहीं है।'

नदी के किनारे पहुँचने से पहले ही वह सोन-मछली को चितारने लगी। और जब किनारे पर पहुँची तो वह निर्मल पानी में तैर रही थी। हवेली का समाचार पूछते

ही मछुआइन मुँह उतारकर बोली, 'सूनी हवेली से क्या सिर फोड़ें? हवेली की मर्यादा के अनुसार वैसा ठाट-बाट नहीं होने से उलटे हमारा मान बिगड़ता है। सेठजी से सवाई सजावट और सवाई माया हुए बगैर यह हवेली भद्दी लगती है। खाऊँ-खाऊँ करती है।'

तब सोन-मछली चाँदी-सी धवल मुसकान छलकाते कहने लगी, 'यह तो मैं पहले ही जानती थी। पर किसी के माँगे बिना वरदान नहीं देती। जा, तेरी यह मंशा भी पूरी होगी। फिर भी कोई कामना हो तो मुझे निःसंकोच बताना। मैं याद करते ही मिलूँगी।'

मछुआइन को पता ही नहीं चला कि सोन-मछली बात करते-करते कब अन्तर्धान हो गयी। किनारों के बन्धन में जकड़ी जमुना उसी तरह मन्थर गति से बह रही थी। बलखाती। कल-कल करती। छलछल करती। मछुआइन तो फिर एक पल भी वहाँ नहीं रुकी। फर्राट दौड़ते हुए हवेली की राह पकड़ी। कुछ ही दूर पहुँची कि सामने लँगड़ाता हुआ मछुआ नजर आया। और तेज भागते हुए चिल्लायी, 'वहीं रुको, तुम क्यों बेकार तकलीफ कर रहे हो, मैं आ ही रही हूँ।'

घरवाली की मनाही के बावजूद मछुआ चलता रहा। रुकना उसके वश की बात नहीं थी। उसकी मंशा अब भी मना करने की थी। इन्द्रलोक से इतनी जल्दी तो वह क्या आ सकेगी। वक्त तो लगेगा ही। तब तक वह लँगड़ाता-लँगड़ाता पहुँच ही जाएगा। पर यह तो खुशी में दौड़ती चली आ रही है। पास आते ही पूछा, 'क्यों, मिल गयी न सोन-मछरिया?'

'मिलती कैसे नहीं मुझसे ही पहले पहुँच चुकी थी। लगता है, उसे वरदान देने की उतावली मुझसे भी ज्यादा है।'

'फिर तो कोई साध बाकी नहीं रही?'

'अब जरूरत ही क्या है?'

'तुझे नयी जरूरत पैदा करते क्या बरस लगेंगे। तेरा भरोसा नहीं होता।'

लँगड़ाते पति का हाथ अपने कन्धे पर सलीके से धरा और कहने लगी, 'अब भरोसा ही समझो। जब सेठजी से सवाये ठाट-बाट का वरदान माँगा है तो और क्या चाहिए? उन्हें तो इतनी माया जोड़ने में कई बरस खप गये, पर मुझे तो फकत दो बार ही होंठ खोलने पड़े।'

'यही तो सबसे बड़ा अभिशाप है, पर तू समझेगी नहीं।'

'समझने के लिए अब और बचा भी क्या है?'

'मन की चाहना मिटे बिना सभी कुछ तो बचा हुआ है।'

'अब तुम्हें कैसे भरोसा दिलाऊँ?'

'जब तू आगे एक भी वरदान के लिए जमुना के किनारे नहीं जाएगी, तो अपने-आप भरोसा हो जाएगा।'

थोड़ा सोचकर मछुआइन कहने लगी, 'जमुना के किनारे तो जाऊँगी, पर सोन-मछली को भूल से भी नहीं चितारूँगी।'

'तब जमुना के किनारे शौक से जा।'

'तुम्हारी आज्ञा है।'

'उसकी जरूरत ही नहीं, तेरा मन बस में रखना।'

'अब मेरा मन तुमसे अलग ही कहाँ है, तुम्हीं उसका ध्यान रखना।'

बच्चे हवेली से बाहर खड़े माँ-बाप का इन्तजार कर रहे थे। छोटी बेटी रुआँसी होकर बोली, 'माँ भूख लगी है, बड़ी जोर से भूख लगी है।'

माँ ने पुचकारते कहा, 'बस, थोड़ी देर सबर रखो। अभी गावे घी में झरझरता हलवा बनाकर लाती हूँ।'

हलवे का नाम सुनकर बच्चे तो खुश हुए, पर मछुए के दिल पर जैसे गिद्ध का पंजा पड़ा हो। अटकते-अटकते बोला, 'क्या इसी तरह मन को बस में रखेगी?'

मछुआइन की अक्ल भी शायद सवाई बढ़ गयी थी। गुमान दरसाते कहने लगी, 'मैं माँ हूँ, नौ महीने रूखी-सूखी खाकर मैंने बच्चों को कोख में पाला है। अब मौका मिला है तो पिछली सारी कसर निकालूँगी। बनियों के बच्चे ही क्या हलुवा खाना जानते हैं, मेरे बच्चे क्या अब भी तरसते रहेंगे?'

मछुए ने कपाल ठोंकते कहा, 'तू जाने और तेरे बच्चे जानें। पर मैं तो रूखी दाल-रोटी के सिवाय कुछ भी नहीं खाऊँगा।'

'फकत आज-आज मेरा कहा मान जाओ। फिर जो जँचे सो खाना, पहनना। मैं जिद नहीं करूँगी।'

'बस, एक बार आदत खराब पड़ी सो पड़ी। मैं तो गलत डगर पर पाँव रखूँ ही नहीं। बस्ती के लोग जिस तरह रहेंगे, मेरा भी वही ढब होगा। मुझे बनियों से ईर्ष्या नहीं करनी है, आम आदमी का साथ निभाना है। नहीं तो राम के सामने क्या मुँह दिखाऊँगा।'

मछुआइन पति से बहसबाजी में बिलकुल नहीं उलझना चाहती थी। पर उस वेला बढ़िया-सा जवाब सूझा तो उससे रहा नहीं गया। 'राम तो न जाने कब मुँह देखेंगे कि नहीं देखेंगे, पर मुझे बच्चों को हरदम मुँह दिखाना है। फिर इस ठाठ-बाट का मतलब ही क्या?'

सचमुच मछुआइन की हवेली के ठाठ-बाट निराले थे। क्या घी, तेल, खाँड बिछौने और बरतन-बासन। सौ बीघा जमीन, बनिए से ज्यादा उपजाऊ। गाय, बैल, गाड़ी व रथ। किराने की बड़ी-सी दुकान। बनिए से हर चीज सस्ती और उम्दा। बस्ती के ग्राहक उधर ही खिंचे आते। माँ के साथ-साथ बड़े बेटे ने सब हुनर सीख लिए। बापू का भी कहा मानता, माँ को भी नाराज नहीं करता।

हवेली के ठाठ-बाट से मछुए का स्वभाव तो रंचमात्र भी नहीं बदला, पर

मछुआइन के स्वभाव में जबरदस्त बदलाव आ गया, जैसे वह कोई दूसरी ही औरत हो। बच्चों का दुलार, पति की सेवा, शहद-सी मीठी बोली। कलह से कोसों दूर। जो भी नयी हवेली पर आस लेकर आया, उसे मुँह की बजाय हाथ से उत्तर दिया। वह लड़े तो अब लड़े पहले तो टोटा लड़ता था। शरीर पर यौवन की आभा फिर से लौट आयी। आराम और ऐश्वर्य की ऐसी ही रंगत होती है।

और मछुआ तो पहले भी मस्त था। हवेली की बहबूदी के बावजूद खुश था। बढ़ते ठाट-बाट के साथ उसने अपनी सुविधाएँ बिलकुल नहीं बढ़ायीं। घरवाली के शान्त स्वभाव से मानो लाख-लाख भरपाये। सोन-मछली के बाद नदी में जाल फेंकने से मछुए को भयंकर नफरत हो गयी। नाव का किराया खूब मिलने लगा। जो भी उसकी नाव में बैठता या माल भेजता, उसका भाग्य फलता। यदि मछुआ मना नहीं करे तो उसे साँस लेने की वेला नहीं थी।

अपने किनारों के बन्धन में जकड़ी जमुना मन्थर गति से बह रही थी। बल खाती। कलकल करती। छलछल करती।

पल-पल बदलती नदी की लहर-लहर से मछुआ भली-भाँति परिचित था। मछुआइन को भी अपनी हालत से पूरमपूर सन्तोष था। उस हवेली के ठाट-बाट से आगे सुख की कोई सीमा नहीं थी। और यदि थी भी तो मछुआइन को उसका पता नहीं था। उसका सुख-सन्तोष उसकी जानकारी की सीमा से घिरा था। जानकारी की सीमा ही उसके ज्ञान की सीमा थी। वह एकदम राजी थी। उसका राम राजी था। पर उनके सुख व सन्तोष से ठिकाने के अमले राजी नहीं थे। ठाकुर के कानों में हवा रोज चुगलियाँ करती कि कोई अचीती माया मछुए के हाथ लगी है। बनिए ने फूँक मारी कि मछुए ने जरूर कोई बड़ा डाका डाला है या कोई बड़ी चोरी की है। ठाकुर को चौथ का हिसाब समझाए बगैर वह कब तब यों ऐश करता रहेगा। ऐसी छूट मिलने पर तो वह किसी की परवाह नहीं करेगा। नेक बनिए की तरह उसने कोई नजराना भी तो ठाकुर को नहीं दिया। इतनी हेकड़ी। जब ढेर सारी चुगलियों से ठाकुर के कान भर गए तो उसके क्रोध का पार नहीं रहा। बारूद की नाईं भभक उठा। कणवारिये को तो मालिक के इसी आदेश का इन्तजार था। हरामी मछुए को अदेर बुलाने की खातिर वह तारों से गुँथी लाठी लेकर, मूँछों पर ताव देता हुआ मछुए की हवेली पहुँचा।

मछुआ तो ठाकुर का आदेश सुनते ही बिना किसी हील-हुज्जत के रवाना हो गया। साँच को आँच क्या? पर जिस जगह उसे जाना था, वहाँ हमेशा साँच को ही आँच लगती थी और झूठ हमेशा निर्दोष साबित होता था। बिना कुछ कहे-सुने मछुआइन भी उसके पीछे-पीछे चल दी। भोले पति पर अब भी उसे पूरा भरोसा नहीं था।

ठाकुर के कामदार ने बार-बार पूछताछ की तो मछुआइन को बड़ा बुरा लगा।

उसके सुख-सन्तोष से लोगों को क्या सरोकार! बड़ी मुश्किल से सुख का फन्दा कटा था। पर तंग करनेवाले लोग तो तंग करते ही हैं। बिच्छू को मौका मिले तो वह विधाता का भी लिहाज नहीं रखे। अदेर जहरीला डंक मार दे। नयी हवेली के सुख से ठिकाने के बिच्छुओं को जलन होने लगी तो वे क्योंकर बेखबर रहते। कामदार के बेढंगे सवालों से आखिर वह अपना धीरज खो बैठी तो तड़ककर बोली, 'मुझ पर किसी का कोई एहसान नहीं है। चुगलखोर जलें तो जलें। जो चोरी करेगा वह डरेगा। जो डाका डालेगा वह मरेगा। मेरी जूती भी अब बयान नहीं देगी।'

मछुआइन की उस अचीती हेकड़ी से ठाकुर के पुश्तैनी रोष को जैसे पलीता लगा हो। नशे में धुत झूमता बोला, 'राँड के माथे में बादी भर गयी लगती है। मुरगा बनाकर सवा मन का पत्थर रखो पीठ पर, तब कहीं इसकी बादी झड़ेगी। दोनों नये उमरावों की मुश्कें बाँधकर अस्तबल में पटक दो। अपने-आप अक्ल दुरुस्त हो जाएगी। इस पर भी ऐंठ नहीं मिटे तो राँड को किशनिया बावरी के हवाले कर दो। एक ही रात में टें बोल जाएगी। बेचारे मछुए के घुटनों में इतनी ताकत नहीं है। समझ गए।'

'हाँ, समझ गए हुजूर।'

'तब फिर ढील किस बात की है?'

मछुआ तो गूँगे की तरह स्तब्ध खड़ा था। जैसे कोई बुरा सपना देख रहा हो। पर मछुआइन पूरी तरह सतर्क थी। अब कहीं उसे चेत हुआ कि दुनिया में उसके अलावा भी एक बड़ी ताकत और है! उससे भी बड़ा हैसियतवाला और उससे भी बड़ा सत्ताधारी है, जिसके आदेश को कोई टाल नहीं सकता। ठिकाने के तेवर की तुलना में हवेली की सारी हेकड़ी झड़ गयी। इसकी अपेक्षा तो झोंपड़ी की सादगी बेहतर थी। चलते रास्ते किसी की धौंस तो सुननी नहीं पड़ती थी। किसी तरह चिरौरी करके वह ठाकुर की आज्ञा से जमुना के किनारे पहुँची। सच्चे मन से सोन-मछली का सुमिरन किया। और वह तो सुमिरन करते ही हाजिर! निर्मल नीर में किलोलें करने लगी। फिर मछुआइन को कैसी ढील। गुस्से के मारे उबल रही थी। ठाकुर और उसके अमलों को बुरा-भला कहती उनके अत्याचार को कोसने लगी तो सोन-मछली ने बीच में टोकते कहा, 'मुझे ठाकुर और उसके अत्याचार से कोई वास्ता नहीं। तेरी मंशा क्या है, सो बता''

'पूरी कर दोगी?'

'क्यों नहीं? मैंने वचन जो दिया है।'

'तो फिर अपना वचन निभाओ। मेरा मछुआ इस ठिकाने का ठाकुर बने और मैं उसकी ठकुरानी।'

सोन-मछली पानी में घूमर लेते बोली, 'जो तू चाहती है, वही होगा, जा अपने गढ़ में ठाठ से जा।'

सोन-मछली के अदीठ होते ही वरदान तो फल गया पर मछुए के जी को बड़ी आफत हो गयी। ठाकुर होने पर तो ठकुराई करनी पड़ती है—अन्याय, अत्याचार, बेगार, और झूठ-ही-झूठ। पर वह तो ऐसी ठकुराई का सींग-पूँछ भी नहीं जानता। स्वयं को अच्छी तरह वश में रखना जानता था, लेकिन ठिकाने की रैयत को वश में रखना उसके बूते की बात नहीं थी। गढ़ के कोने-कोने और पत्थर-पत्थर में चुगली-चकारी, दुराचार व कुटिलता के जाले बिखरे पड़े थे। अमलों का उन्माद और क्रूर पाशविकता का मिथ्या दर्प। तिस पर मछुआइन का कदम-कदम पर गुमान। बेचारे मछुए की तो नींद हराम हो गयी। पहला मौका मिलते ही मछुआइन को अपनी विपदा दरसायी, 'बड़भागिन, तूने यह कैसा फन्दा मेरे गले में डाल दिया। एक पल भर का चैन भी मेरे लिए सपना हो गया। यहाँ की जहरीली हवा में मेरे लिए तो साँस भी लेना मुश्किल है और तू मौज मना रही है।'

मछुए को समझाना बहुत जरूरी था, वरना अपनी सनक में वह ठिकाना छोड़कर कब लापता हो जाए? फिर बिना ठाकुर के वह किसकी ठकुरानी कहलाएगी। उसकी मौजूदगी यहाँ हवा की तरह जरूरी है। नाक में सलवटें डालकर तीखी आवाज में बोली, 'यदि ठाकुर के अस्तबल में गठड़ी की तरह पड़े रहते...।'

'इससे तो अच्छा था।' मछुए ने बीच में टोक कर उतावली से कहा।

ठकुरानी के दिल को वाकई बड़ा धक्का लगा। आखिरी दाँव लगाया, 'हाँ, खूब अच्छा रहता जब मैं किशनिया बावरी की बगल में तड़पती रहती! क्यों? तुम बर्दाश्त कर लेते? बोलो।'

उस दहकते प्रश्न का उसके पास कोई उत्तर नहीं था। फिर क्या बोलता! घरवाली के मुँह की ओर घुर-घुर ताकता रहा। मानो उसकी जीभ को लकवा मार गया हो। ठकुरानी तुरन्त भाँप गयी कि तीर ठिकाने लगा है। थोड़ी पास आकर धीमे से कहने लगी, 'यदि ठाकुर मेरे सुख-सन्तोष को नहीं झकझोरता तो मैं हवेली के हाल में मस्त थी। उस सुख का स्वाद चखने के बाद लीद-गोबर के बीच खटमल कैसे सहन करती, तुम्हीं बताओ।'

उस तरह की शंकाओं से मछुए का दूर-दूर तक कोई वास्ता ही नहीं था। सर खुजलाते बोला, 'गलती तो शुरुआत में ही हो गयी, तुझे सोन-मछली से वरदान माँगना ही नहीं था। खैर, अब तू जाने और तेरा ठिकाना जाने। मैं कोई ठाकुर-वाकुर नहीं हूँ—वही पहलेवाला मछुआ हूँ। जमुना की लहरें भली और मैं भला।'

पर नयी ठकुरानी तो मछुआइन की गलीज जिन्दगी का वापस सपना भी नहीं देखना चाहती थी। पति के पाँवों की ओर दोनों हाथ बढ़ाते कहा, 'तुम्हें छोटी बिटिया की कसम, कुछ दिन तक धीरज रखो, मैं सब सँभाल लूँगी।'

'जाल में फँसने के बाद अब दूसरा उपाय ही क्या है?'

लेकिन ठकुरानी के पास तो चारों तरफ उपाय-ही-उपाय थे। वह तो कुछ ही

दिन में ऐसी अभ्यस्त हो गयी, मानो बरसों से यही काम सँभाल रही हो। वह ठिकाने के हर प्रपंच को अच्छी तरह समझने लगी थी। अब उस पर कोई भी धौंस जमाने वाला नहीं था। ठिकाने के अमले और सारे लोग हाथ जोड़कर खम्मा-घणी, खम्मा-घणी करते, हरदम खुशामद करते। उसके हर आदेश की पालना करते। अनेक दासियाँ हाजरी में। एक को आवाज दो तो पाँच तैयार। तब यही तो है सुख की सीमा और सन्तोष की मंजिल। गहरी नींद के सपनों में भी दासियाँ उसके पाँव दबाती थीं। कोयल मीठे तराने सुनाती थी। पर मछुए के दिल को चैन नहीं था।

किनारों के बन्धन में जकड़ी जमुना उसी तरह मन्थर गति से बह रही थी। बलखाती। कल-कल करती। छल-छल करती। न जाने कितना पानी बह गया।

...एक दिन उस नये ठिकाने में राजा का फरमान आया कि दस दिन के भीतर राज्य के खजाने में इक्कीस हजार मोहरें जमा नहीं करवायीं तो ठिकाना जब्त कर लिया जाएगा।

ठिकाने के प्रत्येक झाड़-झंखाड़ में खलबली मच गयी। कामदार ने ठाकुर से अरदास की तो वह खीझते बोला, 'मुझे कुछ पता नहीं, ठकुरानी से पूछो। उसी ने यह आफत बुलाई है। मुझे तंग किया तो जमुना की शरण में चला जाऊँगा। उसकी लहरों पर मज़े से नाव चलाऊँगा।'

कामदार ने हाथ जोड़कर कहा, 'जो हुक्म अन्नदाता।'

'फिर वही अ़न्नदाता, अन्नदाता! कितनी बार समझाया कि मैं मछुआ हूँ मछुआ। भिखारी तो अब बना हूँ। तुम लोग मुझे जीने दोगे कि नहीं?' मछुए ने विगलित स्वर में कहा।

तब कामदार ने आधा झुककर ठकुरानी को राजा का फरमान सुनाया। ठकुरानी तो सुनते ही सकते में आ गयी। जाने के लिए हाथ का इशारा किया तो कामदार अदेर वहाँ से चलता बना। ठकुरानी के आदेश की अवहेलना का परिणाम वह भुगत चुका था।

ठकुरानी की चिन्ता ने एक दूसरा ही मोड़ लिया। वह मन-ही-मन गहरायी से सोचने लगी...तो यह राजा नाम की बला ठाकुर से भी बड़ी हैसियतवाली और जबरदस्त ताकतवर है। जिसके नाम से बड़े-बड़े ठाकुर भी थर्राते हैं। तब सुख और सन्तोष की सीमा तो अभी बहुत आगे है। उस तक पहुँचे बिना कोई चारा नहीं। राजा के फरमान की कब तक अनदेखी करती रहूँगी। ठिकाना जब्त होने का डर नंगी तलवार की तरह रात-दिन माथे पर लटकता रहेगा। फिर एक दिन की ढील भी क्यों करूँ! दस दिन तो यूँ ही चुटकियों में निकल जाएँगे।

सारी बात अच्छी तरह समझने के बाद ठकुरानी ने तो पति को पूछने की भी जरूरत नहीं समझी और चुपचाप दो दासियों के साथ जमुना के किनारे उसी ठौर पहुँची। चितारने के साथ ही सोन-मछली तो उसी पल हाजिर। पानी में किलोलें

करते पूछा, 'ऐसी ठकुराई के बाद भी क्या कमी रह गयी? नये ठाट-बाट से मन भर गया क्या? लगता है तेरे लोभ का कहीं अन्त नहीं है।'

ठकुरानी का दिल धड़कने लगा। कहीं सोन-मछली नाराज हो गयी तो सब गुड़-गोबर हो जाएगा। बेहद विनम्रता से बोली, 'अब तुम्हीं बताओ राजा को इक्कीस हजार मोहरें कहाँ से दूँ?'

'मैं इन्तजाम कर दूँगी। चाहे तो पचास हजार मोहरें ले। तू कहे तो इससे भी ज्यादा...पर कहीं-न-कहीं तो तुझे रुकना पड़ेगा।'

'मगर कैसे रुकूँ? फरमान के साथ ही मोहरें मिलने लगीं तो राजा जब चाहे फरमान भेज देगा। कहाँ तक पूर्ति करूँगी। मेरी शान बिगड़ेगी सो ब्याज में। बस, यह आखिरी वरदान है। जैसे-तैसे मेरा मान रख ले। ठाकुर इस राज का राजा बने और मैं उसकी महारानी।'

सोन-मछली ने उसे समझाते कहा, 'मेरे पास वरदानों की कोई कमी नहीं है। पर तेरा लोभ ही तुझे ले डूबेगा। बस, मुझे यही चिन्ता है।'

'लेकिन रानी बनने के बाद मुझे लोभ की जरूरत ही कहाँ रहेगी?'

'वह तू जाने। यदि तेरी यही अन्तिम इच्छा है तो पूरी कर देती हूँ।'

सोन-मछली के अदीठ होते ही उसका वरदान फल गया। मछुए के नीचे सोने का सिंहासन और माथे पर सोने का मुकुट। नवलखा हार पहनकर रानी उसकी बगल में बायीं ओर बैठी थी। दीवान व तमाम दरबारी हाथ जोड़े राजा का आदेश सुनने की खातिर उतावले हो रहे थे। मछुए का तो दिमाग ही चकरा गया। भीतर की सारी नसें फटने को अकुला रही थीं। ऐसा सपना भी आ जाए तो वह जागने पर घोर पछतावा करता। पर आज तो वह दुर्भाग्य से सचमुच राजा बना हुआ है। किसके सामने अपनी पीड़ा दरसाये।

कोई दूसरी बात नहीं सूझी तो सिंहासन से नीचे उतरकर उसने दीवान से पूछा, 'मेरी नाव कहाँ है? जमुना की लहरें मुझे कब से पुकार रही हैं! जाओ, मेरी नाव लेकर आओ। मैं इस जाल से छुटकारा चाहता हूँ। मछलियों को जाल में पकड़ते-पकड़ते मैं खुद जाल में फँस गया हूँ। आखिर उनका सराप तो लगेगा ही।'

हँसी की बात होते हुए भी दरबार में कोई नहीं हँसा। किसकी हिम्मत जो राजा की बात पर हँसे!

किन्तु चतुर रानी अदेर भीतर की बात भाँप गयी। राजा का हाथ पकड़कर उसे तुरत रंगमहल में ले गयी। चाँदी के कपाट बन्द करके समझाने लगी, 'यह क्या पागलपन कर रहे हो? भला, राजा को कहीं मछुए का काम शोभा देता है? कुछ दिन तक शान्ति रखो, धीरे-धीरे राज के प्रपंच का सारा भेद समझ में आ जाएगा। सिंहासन और मुकुट से बड़ा गुरु दूसरा कोई नहीं। और हमको करना ही क्या है—हुक्म, आदेश और आज्ञा! काम करनेवालों की दरबार में कोई कमी नहीं। एक

बुलाएँ तो सौ हाजिर। जैसा मैं कहूँ, वैसा करते जाओ। बस, कुछ ही दिनों में आज्ञा देने के अभ्यस्त हो जाओगे। सिंहासन और मुकुट का लोभ बढ़ता जाएगा। हजार जन्म की तपस्या के बाद ऐसा फल मिलता है। ज़रा गहराई से सोचो, समझो।'

मुकुट को नीचे पटककर मछुआ बोला, 'मैंने खूब गहराई से सोच-विचार कर लिया कि मुझे यह जहरीला फल नहीं खाना...नहीं खाना! नासपीटी, तूने मुझे किस दलदल में फँसा दिया। जन-जन की ईड़ा-पीड़ा मिटाने का झूठा दिलासा देने वाले राजा की भी कोई जिन्दगी है? मेरे खयाल से तो कीचड़ का सूअर राजा से ज्यादा सुखी है। फिर मैं तो मछुआ हूँ। पानी की लहरों और सनसनाती हवाओं का फरिश्ता। अमृत के कुण्ड से निकालकर तूने मुझे गन्दे नाले में डुबो दिया। बार-बार सोन-मछली से वरदान माँगकर हम कभी सुखी नहीं हो सकेंगे। भला, मृगजल से किसी की प्यास बुझी है? काश! उस दिन मैं तेरे हाथ से सोन-मछली नहीं छीनता तो आज यह दुर्दिन देखना नहीं पड़ता।'

महारानी मोदभरे सुर में कहने लगी, 'थूको अपने मुँह से। क्या अण्ट-शण्ट बक रहे हो? राजा तो देश का एकछत्र स्वामी होता है। राज-दरबार के बाहर न कहीं सुख है और न कहीं आनन्द। असन्तोष की सपने में भी गुंजाइश नहीं। फिर सोन-मछली से क्यों खामखाह वरदान माँगूँगी और क्यों उसे बेकार कष्ट दूँगी। तुम्हें सुनकर खुशी होनी चाहिए कि अब तो उसके नाम की माला जपूँगी, माला! कुछ दिन तक़ मजबूत रहो। धीरे-धीरे सारी बातें गले उतरने लगेंगी। तुम पूरे देश के महाराजा और मैं तुम्हारी महारानी! चाहो तो एक-से-एक आला इक्कीस रानियाँ और रख लेना, मैं मना नहीं करूँगी। राजाओं के तो यही ठाठ होते हैं। जरा मुसकराकर मेरी ओर देखो।'

मछुए के तपे दिल पर इस कदर चोट लगी कि उसके दाँतों से चिनगारियाँ छिटक पड़ीं। आँखों में आँसू छलक आये। तो क्या वह आँसुओं के बहाने मुसकराया था कि मुसकराने के बहाने रोया था। बाहर के तूफान की बजाय भीतर का तूफान कहीं ज्यादा विकराल होता है! रानी समझाती रही और राजा के अन्तस् में वैसा ही तूफान घुमड़ता रहा।

रानी राज के काम-काज में उलझ गयी। न्याय-अन्याय के प्रपंच सलटाने लगी। ठाकुरों के नाम फरमान निकालने लगी। राज्य का खजाना दूज के चाँद की तरह बढ़ने लगा। पर राजा की आँखों के सामने आठों पहर नदी की लहरों पर झूलती नाव के चित्र ठौर-ठौर जगमगाने लगे। और तो और रंगमहल की सुनहरी नक्काशी में भी जमुना की लहरें दिखलाई पड़तीं। कहीं आँखों की तासीर ही तो नहीं बदल गयी! यहाँ राजमहल में कहाँ तो नदी और कहाँ उसकी लहरें? फिर कैसी नाव? रियासत की प्रजा दुःख पड़ने पर राजा के सामने रिरियाती है, पर अभागा राजा किसके सामने रोकर अपनी पीड़ा दरसाये?

किनारों के बन्धन में जकड़ी जमुना उसी तरह मन्थर गति से बह रही था। बलखाती। कलकल करती। छलछल करती।

परन्तु नये राज्य का परम दुर्भाग्य कि लगातार तीन बरस अकाल-दर-अकाल पड़ने से जमुना का पानी बिलकुल धीमा पड़ गया। घिसटती-घिसटती वह बड़ी मुश्किल से रेंगने लगी। ठौर-ठौर पानी सूख गया। राज के तमाम कुएँ, बावड़ियाँ और सरोवर सूख गये। धरती पर गाछ-बिरछ व झाड़-झंखाड़ के अलावा कहीं छुटपुट हरे पत्ते भी दिखलाई नहीं पड़ते थे। रंग-बिरंगे महकते फूल तो सपने जैसी बात हो गये। या इतिहास के अस्तर में दुबक गये। और न भूखी-प्यासी प्रजा को महकते फूलों की चाहना ही थी। पेट की आग के मारे वह अपना आपा ही बिसर चुकी थी। राज का खजाना ढोल की तरह खाली गूँज रहा था। हाय-त्राय मचाती संज्ञा-विहीन प्रजा ने राजमहल को चारों ओर से घेर लिया। रानी का दिल जोर-जोर से धड़कने लगा। सुख से सोते-बैठे यह कैसी अचीती आफत आयी! सुध-बुध बिसरा हुआ राजा तो ठेठ भीतर तक सूख कर ठूँठ हो गया था। किसके सामने अपने दुर्भिक्ष की व्यथा प्रकट करता।

बौखलाई महारानी ने अनजान बनकर दीवान से पूछा, 'यह कैसा बवण्डर है?'

दीवान ने हाथ जोड़कर अरदास की, 'अकाल और भूख से पीड़ित राज्य की रैयत हाय-त्राय मचा रही है।'

'तुम्हें कुछ पता भी है कि इस भिनभिनाहट से मेरे कान फट रहे हैं! कोड़े मार-मार कर रैयत को दूर भगा दो।'

'मौत के सिवाय उसे अब कोई दूर नहीं भगा सकता। वह तो मरने-मारने पर उतारू हो गयी है।'

'तो फिर ढील किस बात की है? मार डालो तो झंझट मिटे।'

'पर उसके पास जाए कौन? किसकी हिम्मत है?'

'तो फिर किसी तरह उसके पेट की जलन मिटाने का उपाय करो।'

दीवान ने आकाश की ओर अँगुली उठाते कहा, 'इन्द्र भगवान के बरसे बिना दूसरा कोई उपाय नहीं है।'

हाथ से जाने का इशारा मिलते ही दीवान चुपचाप वहाँ से रवाना हो गया। रानी एकाग्र-चित्त से सोचने लगी कि इस इन्द्र भगवान ने तो सारे राज्य का सत्यानाश ही कर डाला। तो यह राजा से भी अधिक शक्तिशाली है? हजार राजा-बादशाह भी उसका मुकाबला नहीं कर सकते। तब सुख की सीमा तो अभी बहुत दूर है। राजदरबार और रियासत की हदबन्दी के भीतर उसका सन्तोष सिमटकर नहीं रह सकता। यदि एक दिन की भी देर हो गयी तो भूखी प्रजा माथे के बाल तक चट कर जाएगी। अभी तो महारानी का ऐश्वर्य भोगा ही कितना है? सपने के पहले ही नींद उचट गयी। सोन-मछली के वरदान से इन्द्र का सिंहासन हाथ आ जाए तो दुनिया के तमाम राजा-महाराजा हरदम उसी के मोहताज रहेंगे।

सोलह घोड़ों के सुनहरे रथ पर रानी अविलम्ब जमुना के किनारे पहुँची। उसकी क्षीण धारा से कहीं हजार गुना ज्यादा रानी की उमंग का प्रवाह मचल रहा था। बस, इसके बाद अब कोई वरदान नहीं माँगेगी। जरूरत भी क्या है? उसने सच्चे मन से सोन-मछली का सुमिरन किया तो वह गदले पानी में दुखी मन से हाजिर हुई। बनाव-सिंगार से लड़ाझूम रानी सूखे तट पर खड़ी थी। सोलह दासियाँ उसे बयार कर रही थीं। अमूल्य हीरे-मोती व माणिक-पन्नों से जड़े सोने के आभूषणों का परस पाकर सूरज की किरणें धन्य हो गयी थीं। महीन रेशमी लिबास में महारानी का गुलाबी रंग बाहर छिटक रहा था। सोन-मछली ने एक जगह रुककर रानी की आँखों में घूरकर देखा तो देखती रह गयी। क्या यह वही मछुआइन है?

सोन-मछली थोड़ी और पास सरक आयी। पूछा, 'अब क्या लालसा बाकी रह गयी? रानी बनने पर भी तुझे सन्तोष नहीं हुआ? तेरे राज्य की तमाम रैयत तीन बरस तक गुजर-बसर करे उतना गहना तेरे शरीर पर लदा है, फिर ऐसी क्या कमी रह गयी सो तूने मुझे चितारकर इस गदले पानी में बुलाया। ठीक तरह साँस लेने में भी मुझे जोर पड़ रहा है।'

'इसीलिए तो तुझे याद किया। अकाल और भूख की मारी प्रजा अपना होश-हवास भूल गयी है। वापस लौटते ही सारे गहनों समेत मुझे निगल जाएगी। सुनहरी जूतियाँ तक पीछे नहीं छोड़ेगी। सारी दुनिया के निरीह राजा तो इन्द्र भगवान के वश में हैं। किसी का कुछ भी जोर नहीं चलता। बस, यह आखिरी मंशा पूरी कर दे फिर बातचीत के बहाने तो तुझसे बार-बार मिलूँगी, पर वरदान एक भी नहीं माँगूँगी। तू चाहे तो ये सारे गहने तुझे दान कर दूँ!'

चाहने पर भी सोन-मछरिया अपनी हँसी रोक नहीं सकी। हँसते-हँसते ही बोली, 'तू दान करेगी तो मैं राजी-खुशी मंजूर कर लूँगी। पर पहले तेरी आखिरी मंशा तो सुनूँ, वह क्या है?'

रानी ने तनिक सकुचाकर कहा, 'अब तो बस इन्द्राणी बनने की मन में साध कुलबुला रही है।'

रानी के मुँह से वह बेतुकी मंशा सुनकर सोन-मछली जोर से हँसी। अचरज करते पूछा, 'क्या कहा, इन्द्राणी?'

'हाँ इन्द्राणी!' रानी ने उमड़ते उछाह से हामी भरी। 'इसके बाद तुझे सपने में भी कष्ट नहीं दूँगी।'

सोन-मछली मुँह बिगाड़कर बोली, 'मुझे अपने कष्ट की बिलकुल परवाह नहीं है। पर अब मुझे पुख्ता विश्वास हो गया कि तेरी लालसा का न कोई अन्त है, न कोई पार। इसलिए तुझे वरदान देने में कोई सार नहीं है। जा, तू इसी क्षण वापस मछुआइन बन जा।'

रानी आँखें बन्द करके जोर से चिल्लायी, नहीं-नहीं, ऐसा शाप मत दे। फिर तो मैं रानी ही भली।'

उसने डरते-डरते पलकें उघाड़कर देखा—सोन-मछली दूर-दूर तक कहीं दिखलाई नहीं दी। सपने की नाईं सारा माहौल बदल गया। न सोलह घोड़ों का रथ, न दासियाँ और न रानी का अमूल्य श्रृंगार!... वही...वही...चिर-परिचित जमुना का किनारा। वही टूटी झोंपड़ी और वही टूटा आँगन। वही मछुआ और वही मछुअन। वही फटेहाल तीन बच्चे। और वही सेठ की तिमंजिली हवेली।

पर बड़े अचरज की बात कि वह शानदार नजारा देखते ही मछुए का मौन टूटा। अतिरेक आनन्द से किलकारियाँ भरते उसने आकाश की ओर देखा। दूर-दराज से हाँके हुए बादलों के दल-ही-दल चारों ओर घुमड़ने लगे। झपाझप बिजलियाँ चमकने लगीं। झमाझम मूसलाधार पानी बरसने लगा। देखते-देखते किनारों के बन्धन से जकड़ी जमुना उसी तरह मन्थर गति से बहने लगी। बलखाती। कल-कल करती। छल-छल करती।

मछुए की नाव लहरों के पालने पर झूल रही थी और डाँड़ चलाते हुए मछुआ तीखी राग में बरखा का गीत गाने लगा। बिजलियों के बहाने बार-बार मुसकराते इन्द्र भगवान उसकी सार-सँभाल का पूरमपूर ध्यान रख रहे थे कि उसने सहसा चौंक कर बायीं तरफ देखा—बादलों के साँचे में ढली एक अप्सरा उसकी नाव में बैठी है। बिजलियों से दमकते रूप पर उसकी नजर टिक ही नहीं रही थी। उसने दो-तीन बार आँखें टमकारकर देखा—सपना तो नहीं है?

तभी अप्सरा ने मुसकराकर कहा, 'नहीं, सपना नहीं है। पर तुम मुझे अब तक पहचान नहीं सके, इसका अचम्भा मुझे भी कम नहीं है। मैं हूँ तुम्हारी सोन-मछली, जिसके तुमने प्राण बचाये थे।'

'तब मेरी घरवाली को वरदान देकर तुमने मुझे क्यों सताया? बोलो, किस जन्म का बदला लिया तुमने?'

'तभी तो सारे वरदान वापस ले लिए और तुम्हारा एहसान चुकाने आयी हूँ।'

थोड़ी देर डाँड़ रोककर मछुए ने सकुचाते कहा, 'नहीं, मैंने तुम पर कोई एहसान नहीं किया। यदि तुम्हारे कहने से किया भी है तो वरदान वापस लेते ही सारा एहसान उतर गया। और तुम्हें एक नजर देखते ही मेरा सारा अभाव दूर हो गया। अब याद आया, मैं तो तुम्हें ठेठ बचपन से जानता हूँ। मेरी माँ ने मुझे तुम से मिलाया था। नींद आने पर मैं सपनों में तुम्हें खोज लेता था। आज न जाने कितने बरसों के बाद तुमने मेरी सुधि ली है। गलती मेरी ही थी। गिरस्ती के जंजाल में तुम्हें भूल ही गया था। आज तो सारे वरदान मैंने एक साथ ही भरपाये। तब मछुआइन के बहाने मुझे इतना क्यों छकाया?'

थोड़ा नजदीक सरककर वह कहने लगी, 'फिर तुम्हारी परख कैसे होती? अब

मैं हमेशा के लिए तुम्हारे साथ रहने आयी हूँ। इन्द्रलोक से मेरा मन बुरी तरह भर गया है। झगड़ा करके अभी-अभी चली हूँ। तुम्हारे अलावा कोई भी ऐसा मानुस नहीं; जिसके साथ मैं एक पल भी बिता सकूँ। इन्द्रलोक के देवता भी सारे पाखण्डी हैं। धोखेबाज! और इस दुनिया का हाल तो तुम जानते ही हो—एक-से-एक आला शैतान! सभी तुम्हारी मछुआइन के ही प्रतिरूप हैं।'

'पर मैं तो अपनी मछुआइन को बेहद प्यार करता हूँ, उससे झगड़ा चाहे जितना करूँ, मरने के पहले उसे छोड़ नहीं सकता। और तुम्हें सदेह पाकर तो मैं हमेशा के लिए तुम्हें खो दूँगा। तुम तो मेरे अन्तस् में ही रहो। मेरे सपनों में आती रहो तो मैं सारी दुनिया के कष्ट बर्दाश्त कर लूँगा।'

'नहीं, अब तुम्हें एक क्षण भी कष्ट पाने की जरूरत नहीं है। तुम्हारे पसीने की हर बूँद जमुना की लहरों में गिरकर मोती बन गयी है। तुम्हें यही समझाने आयी हूँ कि वरदान समझकर उन्हें ठुकरा मत देना।'

इतना कहकर वह जमुना के पानी में अदीठ हो गयी। मछुए ने आँखें फाड़-फाड़कर इधर-उधर देखा—उसकी नाव मोतियों से भरी थी। मानो आकाश के चाँद ने असंख्य टुकड़ों में बिखरकर उसकी नाव का आश्रय लिया हो।

मोतियों को अनदेखा करके उसने फिर जमुना की लहरों में झाँका। अकस्मात् सुमधुर स्वर में एक खिलखिलाहट सुनाई पड़ी—'कल इसी वेला फिर आऊँगी। तुम्हारे साथ नाव में हमेशा सैर करूँगी। इसमें तो तुम्हें काई एतराज नहीं है?'

गुलाब की पंखुड़ियों के उनमान मछुए के होठ खुले। धीमे-से-बुदबुदाया—भला इसमें मुझे क्या एतराज हो सकता है।'

किनारों के बन्धन से जकड़ी जमुना उसी तरह मन्थर गति से बह रही थी। बलखाती। कल-कल करती। छल-छल करती।

22 सितम्बर, 1995, शुक्रवार

## सपना

पर्वतों के पंख, गाछ-बिरछों के पाँव, कुएँ-बावड़ियों के पहिये और बादलों के लिए खम्भ, ईश्वर के चाहने पर भी लगें न लगें...पर एक कठिहारा तो...! ना, शुरुआत में ही बात का खुलासा करने से उसका मजा किरकिरा हो जाता है। समय के साथ-साथ बातों की परतें उघड़ती रहें तो उसका आनन्द ही कुछ और है। तो समस्त चराचर और आदमजाद के लिए परमेश्वर की मेहर-मया अखूट रहे कि एक था कठिहारा। पीढ़ियों से उसके पुरखे जंगल की लकड़ियाँ बेच-बेच कर बड़ी मुश्किल से पेट की दाझ बुझाते थे।

कन्धे पर कुल्हाड़ी, नोड़िये (खींप की घास का रस्सा) का बन्द और लकड़ियों का गट्ठर। बाँहों में ताकत और पाँवों में गाढ़। जितनी पूँजी वैसा ही ठाठ। निपट अकेला होते हुए भी पार पड़ना आसान नहीं था। फिर भी बड़े अचरज की बात कि कठिहारा एकदम स्वस्थ, पुष्ट और खूबसूरत था। धूप में तपा हुआ, ताँबे का-सा रंग। कद-काठी नजर लगे जैसी। छलकती जवानी। डाबर नयन। सुघड़ बत्तीसी। तीखी नासिका। सुहानी बोली। लम्बी भुजाएँ। फटे-पुराने कपड़े भी उसकी सलोनी देह पर खूब फबते थे। जो भी देखता, सबसे पहले थुथकी डालता। फिर एक गहरा उसाँस लेकर कहता, करम-कमाई का मेल न हो तो इसी तरह दुःख उठाना पड़ता है। सूरत तो सात गाँवों के उमराव जैसी। पर खाना-पीना भी मुहाल। कठिहारे का गलीज काम। भरपूर मेहनत और नाकुछ दाम। मगर कठिहारा पूर्ण सन्तोषी था। अपने हाल में मगन। न किसी पर खीज और न किसी से डाह। अपनी नींद सोता

और अपनी नींद उठता। आक का झाड़ आम के सघन पेड़ को देखकर जले तो उससे कुछ भी समाधान कहाँ निकलता है। सितारे—सितारों की ठौर टिमटिमाते हैं और सूरज अपनी जगह तपता है।

उस कठिहारे की एक खासियत और थी कि सूखे पेड़ के अलावा हरे और गीले बिरछ पर उसने कभी कुल्हाड़ी नहीं चलाई। उसका मन कहता कि जैसे अपने प्राण, वैसे ही वनस्पति के प्राण। हरे गाछ की देह पर हाथ चलाये, वह अधरमी! समझ लायक उम्र होने पर उसने किसी भी जिन्दा पेड़ का पान तक नहीं तोड़ा। फिर भी उसे जंगल के एक-एक झाड़-झंखाड़, एक-एक गाछ-बिरछ, एक-एक जड़ी-बूटी और एक-एक बेल का पूरमपूर ज्ञान था। पंछी-जानवरों के स्वभाव की अच्छी-खासी जानकारी थी।

न किसी से यारी और न किसी से बैर। अपनी राह जाता और अपनी राह आता। न जागते हुए कोई बवाल और न सोते हुए कोई जंजाल। लेटते ही खर्राटे भरने लगता। निःस्वप्न गहरी नींद—मीठी और सुहानी। नींद के पालने में पल बीता या बरस, कुछ भी पता नहीं चलता।

हमेशा की तरह साँझ की वेला, लकड़ी का गट्ठर बेचकर, तालाब में नहाने के बाद वह अपने ठिकाने आया। ठिकाना तो क्या, ठिकाने का दस्तूर। एक टूटी-सी झोंपड़ी। ठीहों का चूल्हा। माटी का तवा और माटी की परात। तीन-चारेक कुल्हड़ और एकाध खण्डित बासन। आँटन पड़े हाथों से उसने जौ की रोटी सेंकी। नमक की डली के लगावन से ब्यालू करके उसने काफी देर तक कुल्ला किया। फिर दो-एक करवे ठण्डा पानी पीकर, वह हमेशा की नाईं खाट पर लेट गया।

उस रात एक अनोखी बात घटित हुई। पलकें मुँदते ही उसे एक सपना आया। दिप-दिप दमकता हुआ सोने का राजमहल। सोने का मुकुट पहने वह सोने के सिंहासन पर विराजमान है। चार रूपवती दासियाँ उसे सोने के चँवर डुला रही हैं। अकस्मात् इन्द्र की अप्सरा से भी सवायी एक शाहजादी अपने गुलाबी अधरों पर स्मित मुसकान छितराती हुई, उसके पास आकर खड़ी हो गयी। शाहजादी की मुसकान और उसके अनुपम सौन्दर्य से स्वर्ण-महल की आभा और अधिक निखर आयी। सचमुच, उसके सौभाग्य की क्या सीमा कि उस शाहजादी के साथ, उसका ब्याह हुआ। फूलों की बारिश हुई। जिसकी सौरभ से चारों ओर का वातावरण महक-महक उठा।

कावड़ की नाईं उसकी आँखों के सामने सारी रात वह सपना घूमर लेता रहा। न तो उसकी ऊँघ उचटी और न पलकें उघड़ीं। हमेशा की तरह अल्ल-सवेरे समय पर ही वह उठ बैठा। आकाश की ओर देखा। झिलमिल सितारे आज इतने आकर्षक? सुमधुर शीतल बयार आज इतनी सुहानी? और आज ही उसे यह नया सपना क्यों आया? अजाने ही उसके होठों पर मुसकान थिरक उठी।

कन्धे पर कुल्हाड़ी धरकर उस दिन वह मुसकराता-मुसकराता ही जंगल की ओर रवाना हुआ। मुसकराते-मुसकराते ही सूखी लकड़ियाँ काटीं। गट्ठर बाँधा। और मुसकराते-मुसकराते ही बस्ती में पहुँचा। बस्ती के लोगों ने उसके होठों पर मुसकराहट की नयी चमक देखी। किसी ने पूछा कि जड़ें खोदते समय धन का गड़ा हुआ कलश तो उसके हाथ नहीं लग गया? किसी ने पूछा कि रास्ते में कहीं खोया हुआ गहना तो नहीं मिल गया? किसी ने जानना चाहा कि इस तरह बेवजह मुसकराने का मतलब क्या है? तब कहीं उस कठिहारे को अपनी मुसकान का खयाल आया। और साथ-ही-साथ उसे मामूली अचरज भी हुआ।

पर दूसरे दिन भी पलकें झपकने की देर कि उसे फिर वही सपना आया। मुसकराहट की आभा थोड़ी और बढ़ गयी। जब तीसरे दिन भी वही सपना फिर आया तो उठते ही वह हँसने लगा सो हँसता ही गया। उसके अजाने, होश के परे की बेजोड़ हँसी थी वह। सुनता वही अचरज करता और मन-ही-मन डाह से जल उठता। मानो वह हँसी, सुननेवालों का मखौल उड़ा रही हो। उसे इस तरह हँसते देख उन्हें असह्य ठेस पहुँचती।

आखिर लोगों ने परेशान होकर पूछा कि कहीं उसका दिमाग तो नहीं चल गया? पागल की तरह बिना बात फकत हँसता ही रहता है। न कोई बात, न कोई चीत। और न हँसने का मायना ही बताता है। बहुत तंग किया तो उसने झुँझला कर कहा, 'न तुम्हारे कान सुनने के काबिल हैं और न मेरा मुँह कहने के काबिल है।'

उसकी यह बेहूदी बात तो हँसी से भी ज्यादा कड़वी लगी। एकलखोरे को अपने कठिहारपन का गुमान भी बहुत है! किसी मनुष्य को मनुष्य ही नहीं समझता। भला, इतनी क्या हेकड़ी?

लोगों का भी एक बेढव स्वभाव कि अपने आचरण से आँखें मूँदकर वे दूसरों की खटपट का हिसाब रखते हैं। दूसरों के जाली-झरोखों से ताक-झाँक करते हैं। छिपी बातों को खुले आम उछालते हैं।

इकट्ठे होकर लोगों ने ठाकुर से अरदास की कि वे उसकी हँसी का मायना पूछें। पहले तो ठाकुर ने कहा कि वह हँसे तो हँसने दो। उसकी हँसी से किसी का क्या बिगड़ता है? किसी की हँसी का मायना कोई क्यों जानना चाहता है?

मुँह लगे अमलों ने कहा, 'आप सच कह रहे हैं...मगर बिना बात हँसना तो ठीक नहीं। आप गाँव के मालिक हैं, गाँव की हर छोटी-बड़ी बात की आपको जानकारी होनी चाहिए। एक बार उसे बुला कर पूछें तो सही कि वह क्यों हँसता है? किस पर हँसता है?'

ठाकुर ने सोचा कि वह कहीं उन पर तो नहीं हँस रहा है? कनवारिये को भेजकर उसे अदेर बुलाया। कन्धे पर कुल्हाड़ी। सर पर लकड़ियों का गट्ठर। पसीने

में तरबम। और वह सचमुच हँसे ही हँसे जा रहा है। देखते ही ठाकुर की चोटी से एड़ी तक आग-आग भभक उठी। डपटकर हँसने का मायना पूछा तो उसने हँसते-हँसते ही जवाब दिया, 'मेरा मुँह कहनें के काबिल नहीं है और आपकें कान सुनने के काबिल नहीं हैं। पर समझ नहीं पड़ता कि किसी को मेरी हँसी से क्या वास्ता?'

उसकी वाहियात बात सुनकर ठिकाने के अमले स्तब्ध रह गये। मानो कान खुसकर हाथ में आ गये हों। ठाकुर का गुस्सा खदबदाने लगा। कठिहारे को ऐसा हरामी तो नहीं जाना था। कामदार ने क्रोध में बलबलाते कहा, 'नालायक तेरी मौत तो नहीं आयी?'

फिर ठाकुर ने पुचकारकर पूछा। डाँटकर पूछा। पर उसने तो बार-बार एक ही जवाब दिया।

ठाकुर उसे सख्त सजा देने की सोच ही रहा था कि उसे अदेर एक नामी तरकीब सूझ गयी। बदमाश की सारी हेकड़ी उड़नछू हो जाएगी। धमकाते कहा, 'या तो अब अपनी हँसी रोक ले, वरना राजा के सामने पेश करूँगा।'

कठिहारा तो उसी तरह बेबाक हँसता रहा। हँसते-हँसते ही बोला, 'हवा चलती रुके तो मेरी हँसी रुके। आप विश्वास करें, यह हँसी रोकना मेरे वश की बात नहीं है।'

बड़े अचरज की बात कि सपने के उछाह-उछाह में उसकी जीभ से 'अन्नदाता' का बोल निकलते-निकलते कहीं अटक गया। सारी प्रजा के साथ-साथ ठाकुर के चिर अभ्यस्त कानों में भी वह कमी खटकी। ठाकुर ने गुस्से पर नियन्त्रण करके व्यंग्य में कहा, 'जब हँसी रोकना तेरे वश की बात नहीं है तो राजा के पास तुझे हाजिर न करना मेरे वश की बात नहीं है।'

कठिहारे ने हँसते-हँसते ही कहा, 'जैसी आपकी इच्छा।'

ठाकुर का आदेश होते ही चार चौकीदारों ने उस कठिहारे को राजा के दरबार में हाजिर किया। रस्सियों से जकड़ा हुआ कठिहारा तो उसी लहजे में हँसता रहा। दरबारियों समेत स्वयं राजा को भी उसकी हँसी बेहद अखरी। दीवान ने दहाड़कर चुप रहने के लिए कहा तब भी वह हँसते हुए नहीं रुका। राजा ने क्रोध में दाँत पीसते हुए हुक्म फरमाया, 'या तो हँसी का मायना बता, वरना तेरा सर कलम करवा दूँगा।'

कठिहारे ने हँसते-हँसते ही जवाब दिया, 'लगता है कि मरने के बाद भी मेरी यह हँसी नहीं रुकेगी।'

दीवान बोला, 'सर कटने से पहले इसका पता भी तो नहीं चल सकता।'

राजा ने कहा, 'हँसी न रुके तो कोई बात नहीं, मगर इसका मायना तो बता।'

कठिहारे की जीभ पर तो फकत एक ही मायना था। बेहिचक मायना बताया

कि उसका मुँह कहने के काबिल नहीं है और राजा के कान सुनने के काबिल नहीं हैं।

गुस्से की लपट के साथ ही राजा को इस बात का डर भी काफी लगा कि कहीं यह कठिहारा बादशाह का जासूस तो नहीं है? वरना इतनी हिम्मत किसकी होती? राजा की समझदार खीज एकदम ठण्डी पड़ गयी। शान्त भाव से बोला, 'मैं तो तेरे पागलपन को माफ कर रहा हूँ, पर बादशाह के सामने भी इसी तरह हँसी न रुके तो मानूँ।'

'यह हँसी किसी का लिहाज नहीं रखेगी।' उसने हँसते-हँसते ही जवाब दिया। जवाब का लहजा सुनते ही राजा का डर पुख्ता हो गया। अच्छा हुआ कि उसे दण्ड नहीं दिया। वक्त पर ऐसी सुमति न सूझे तो वह राजा ही क्या! बादशाह कुछ भी कोर-कसर बाकी नहीं रखेगा। अब तो इसे एक पल भी यहाँ रोकना उचित नहीं। वहाँ भेजने में ही खैरियत है। खामख्वाह यह बला मत्थे क्यों ओढ़नी!

राजा ने पूरी हिफाजत के साथ उसे बादशाह के दरबार में सही-सलामत पहुँचा दिया। मगर कठिहारे की हँसी में कोई रुकावट नहीं आयी। वह तो बादशाह के सामने भी उसी निःसंकोच भाव से हँसता रहा। बादशाह के कलेजे पर मानो दहकता अंगार चिपका हो। इकलौती शाहजादी बीमार और इस गँवार को हँसी सूझ रही है। शायद हँसी के बहाने इसकी मौत ही प्रकट हुई हो। बादशाह की लाल-सुर्ख आँखों से मानो चिनगारियाँ उछलने लगीं। सिंह की नाईं दहाड़कर कहा, 'काफिर! मेरी इकलौती बिटिया की बीमारी में तू बेशर्म की नाईं हँस रहा है। तेरी कजा तो नहीं आयी।'

कठिहारा बेधड़क हँसते-हँसते बोला, 'यदि मेरे रोने से शाहजादी की बीमारी दूर हो तब भी मुझसे रोया नहीं जाएगा। न मेरी इच्छा से यह हँसी छलकती है और न किसी के रोकने पर रुकती है।'

वजीर से पहले ही बादशाह के होठ खुले। पूछा, 'पर चण्डाल! तेरी इस हँसी का मायना तो बता।'

कठिहारे के पास तो एक ही गढ़ा-गढ़ाया मायना था। हँसते-हँसते ही कहने लगा, 'मेरा मुँह कहने के काबिल नहीं है और आपके कान सुनने के काबिल नहीं हैं।'

बादशाह की खीज पर जैसे पलीता लगा हो। नथुनों से गर्म भाप छोड़ते कड़क कर बोला, 'इस नामाकूल की खातिर मौत की सजा तो बहुत कम है। इसे काली-कब्र में पटक दो।'

बादशाह का आदेश सुनने के बाद क्या ढील! चार जल्लाद उचककर आये सो उसे तगतगाते हुए काली-कब्र में कैद कर दिया।

वह कब्र इस कदर काली थी कि दीपक जलाने पर भी वहाँ उजाला नहीं होता

था। गहरा, खूब गहरा—ऊबड़-खाबड़ तहखाना। एकदम छोटा। जिन्दा व्यक्तियों के लिए स्याह मौत का जबड़ा। सूरज की किरणों से परे। नीचे काँटे ही काँटे बिखरे हुए। चूहों-चमगादड़ों की गन्दगी व बदबू के मारे साँस तक लेने की इच्छा न हो। फिर भी कठिहारे की हँसी में किसी भी तरह की खामी नहीं पड़ी। उस घनघोर अँधियारे में उसकी हँसी जुगनुओं की भाँति झबझब चमकने लगी। अँधियारे का अस्तित्व सार्थक हुआ। उसका जीवन आलोकित हुआ।

जब काली-कब्र के जल्लादों ने उस अनोखी हँसी की खबर दरबार में पहुँचायी तो बादशाह के आश्चर्य की सीमा न रही। वजीर को साथ लेकर वह उस ऊबड़-खाबड़ कब्र में आया। वजीर ने बादशाह के पधारने की बधाई दी तो कठिहारा उसी भाँति हँसते-हँसते बोला, 'आखिर देश के मालिक को भी काली-कब्र में आना पड़ा। इससे बेशी मेरी हँसी का और क्या करिश्मा हो सकता है?'

कठिहारे की हँसी बादशाह को लौ के उनमान महसूस हुई। कलेजे में अचीती दबक भी बैठी। मन-ही-मन सोचने लगा कि कठिहारे के बहाने कोई औलिया-पीर तो उसकी परीक्षा लेने नहीं आया? उसने सादे लहजे में हँसी का मायना पूछा तो फिर वही जवाब। बादशाह जैसे आया, उसी तरह वापस चुपचाप चला गया।

काली-कब्र के अभेद्य अँधियारे में चमकनेवाली हँसी की चर्चा सुनी तो शाहजादी का मन भी वहाँ जाने के लिए मचल उठा। बादशाह से पूछकर एक बाँदी के साथ वह कठिहारे के पास गयी तो उसे वही नजारा दिखलाई पड़ा। अपनी सुध-बुध खोया कठिहारा अपनी मौज में अबाध हँस रहा था। और उसकी हँसी के फलस्वरूप काले-बहरे अन्धकार में मानो जुगनू अठखेलियाँ कर रहे हों। शाहजादी के विस्मय का न कोई छेह और न कोई पार! और उधर कठिहारा भी पसोपेश में फँस गया कि अकस्मात् मद्धिम-मद्धिम यह उजियारा कहाँ से प्रकट हुआ? उसने आँखें फाड़-फाड़कर देखा—ये औरतें तो इस काली-कब्र में पहली बार ही आयीं। एक अप्सरा के नौलखे हार से उसकी दमकती सूरत में एक अनिर्वचनीय आभा घुल गयी। नजर का परस होते ही स्पष्ट पहचान हो गयी—अरे! यह तो सपनेवाली शाहजादी...! फकत छाया देखकर ही पहचाने जैसी बात थी। तब तो यह काली-कब्र माँ की गोद के समान ही सुखप्रद है। उसकी हँसी का ज्वार और अधिक बढ़ गया। शाहजादी ने मुसकराते हुए पूछा, 'क्या मुझे भी अपनी हँसी का मायना नहीं बताओगे?'

शाहजादी के गले में अक्षरों के बोल फिसलते नजर आये। कठिहारे के कानों में अमृत छलक उठा। उसके मुँह से अजाने एक दूसरा ही प्रत्युत्तर स्वतः छिटक पड़ा, 'शाहजादी! वेला के बोये ही मोती पैदा होते हैं। वक्त आने पर अपने-आप बता दूँगा। आज बताने की वेला नहीं है।'

राम जाने क्या सोचकर शाहजादी ने फिर कोई विवाद नहीं किया। थोड़ी देर

तक कठिहारे के होठों पर दमकती हँसी को निर्वाक निरखती रही और बिना कुछ कहे वहाँ से चुपचाप ओझल हो गयी। मानो उस अव्यक्त मौन ही में सब कुछ अपने-आप व्यंजित हो गया हो। किन्तु बड़ी विलक्षण बात कि शाहजादी के अदीठ होने पर भी कठिहारे को उस अभेद्य अँधेरे में एक सूरत दिप-दिप दमकती हुई साफ नजर आ रही थी। यह तो खुली आँखों का सपना है! पलकें मुँदने पर टूटता है। और वह नींदवाला सपना जागने पर विलुप्त होता है। पलकें उघड़ते ही न जाने कहाँ छिप जाता है? तो नींद के सपने में क्या इसी प्रकार साँच दुबका रहता है? या तो दोनों ही सपने भ्रमजाल हैं या दोनों ही प्रत्यक्ष रूप से सच हैं। जब तक चलते हैं सुख-दुःख की झुरझुरी उनके साथ चलती रहती है। टूटने के उपरान्त कहीं कुछ भी नहीं। तब नींदवाले सपने को सच मानने में कैसी अड़चन? कैसा व्यवधान?

जिस प्रकार झूला-झूलते समय चढ़ाव-उतार का एक जैसा ही आनन्द महसूस होता है, उसी प्रकार कठिहारा अपने जीवन के झूले पर दोनों सपनों का समान ही आनन्द लेने लगा। ...तो समय के अगोचर परदों में दुबके ख्वाब ने इस तरह अपना स्वरूप दरसाया? प्रत्यक्ष पहचान के पहले वह लोगों को अपनी हँसी का क्या मायना बताता? और बताने पर कौन विश्वास करता। ऐसे सपने देखनेवालों को दुनिया कब जिन्दा रहने देती है।

समय के साथ-साथ जीवन का सपना आगे चलने लगा। ...शाहजादी अपनी विश्वस्त बाँदी को साथ लेकर कठिहारे को अपने हाथ से खिलाने लगी। इस तरह दिनभर हँसना तो बादशाह को भी नहीं पोसाता!

काली-कब्र के चारों कोनों में शाहजादी ने चार अमोलक मोती धर दिये। पर्याप्त उजाला व्याप्त हो गया। कठिहारे को दोनों जून अपने हाथ से खिलाने के उपरान्त वह काफी देर तक वहाँ रुकती। उससे बातचीत करती। अबोध बालिका की नाईं उससे पूछती कि वह किस तरह लकड़ियाँ काटता था? किस तरह गट्ठर जमाता था? किस तरह नोड़िया बटता था? और कैसे गट्ठर बाँधता, उठाता और बेचता था? उसका गाँव कहाँ है, कैसा है? गायों के धारोष्ण दूध की नाईं कठिहारे के मुँह से पवित्र बोल झरते। न कुछ भी छिपाता और न कुछ भी जोड़ता। निखालिस साँच के अलावा उसकी जीभ कोई दूसरी बात कहने की अभ्यस्त नहीं थी।

शाहजादी चुपचाप बातें सुनती रहती और कठिहारे की सख्त हथेलियों पर वीरबहूटी के समान अपनी सुकोमल अँगुलियाँ फिराती रहती। उस निर्मल विशुद्ध परस के फलस्वरूप कठिहारे की पत्थरनुमा हथेलियाँ गुलाब के उनमान सुकोमल हो गयीं।

कठिहारे की हँसी का मायना समझे बिना ही शाहजादी उसकी देखा-देखी मुसकराने लगी। जैसे पूनम की चाँदनी में किसी अन्य दूज के सलोने चाँद की मद्धिम आभा जुड़ गयी हो।

इस तरह काली-कब्र में खुली आँखों के सामने कठिहारे का सपना अनवरत चल रहा था कि एक दिन शाहजादी उसे बेहद उदास नजर आयी। कठिहारे को हँसते देख, उसने भी मुसकराने की भरसक चेष्टा की, मगर उसके गुलाबी होठों पर मुसकराहट नहीं छितरी सो नहीं छितरी। शाहजादी की उदास और मुरझायी-सी सूरत निहारकर कठिहारे की आँखों में बिजली कौंधी। ऐसी, क्या बात हुई? दूज का चाँद आज विवर्ण क्यों? उसने अधीर होकर मायना पूछा। तब शाहजादी ने धीरे-धीरे आहें भरते कहा, 'शायद बादशाह का राज्य मुझे खुसता नजर आ रहा है।'

कठिहारा उसे धैर्यपूर्वक समझाने लगा, 'खुसनेवाला काम कबूल ही नहीं करना चाहिए। कबूलने पर जितनी खुशी होती है, उससे हजार गुना ज्यादा तकलीफ खुसने पर होती है। पर अचानक खुसने जैसी नौबत क्यों आयी?'

शाहजादी कहने लगी, 'नौबत तो अचानक आयी जैसे ही आयी। दरबारियों की समझ के भरोसे बादशाह का लोभ जागा। और उन्होंने पड़ोसी बादशाह की होड़ कबूल कर ली। बस...अब तो कल-कल की मोहलत बची है। पर अब तक किसी को भी उन चार सवालों का जवाब नहीं सूझा। सभी दरबारी छह दिन से सर खपा-खपा कर हार थके, मगर एक भी सवाल का जवाब पास तक होकर नहीं फटका।'

शाहजादी को उदास देखने के बावजूद कठिहारे की हँसी रंचमात्र भी कम नहीं हुई। उसी तरह हँसते-हँसते ही उसने पूछा, 'ऐसे क्या सवाल हैं? मैं भी तो सुनूँ जरा!'

'अब किसी के सुनने-न-सुनने से कोई फायदा नहीं। जब बड़े-बड़े दिग्गज दरबारियों की अक्ल भी काम नहीं आयी तो एक कठिहारे की समझ से क्या बात बनेगी? राज्य खुसने पर बादशाह और मेरा क्या हाल होगा? यह बात सोचते ही मेरा खून जमने लगता है। अब पता चला कि सारे दरबारी अहमक और मुफ्तखोर हैं। क्यों तो बादशाह उनकी समझ पर एतबार करे और क्यों होड़ का फन्दा गले में फँसे? तिस पर बादशाह वचन के पक्के हैं। जबान हारने की बजाय, वे ऐसे सौ राज्य भी हारना बेहतर समझते हैं। मैंने भी काफी मगज लड़ाया, पर एक भी समाधान नहीं सूझा।'

कठिहारे की हँसी तनिक गम्भीर हो गयी। पूछा, 'आपकी क्या राय है—दरबारियों के सुझाव मुताबिक बादशाह को लड़कर अपना राज्य बचाना चाहिए या अपनी जबान का मान रखना चाहिए?'

शाहजादी क्षण भर के लिए चुप हो गयी। पर दूसरे ही पल कठिहारे की हँसी से शक्ति ग्रहण करते बोली, 'मेरे खयाल से तो बादशाह को अपनी जबान पर ही कायम रहना चाहिए।'

कठिहारे की हँसी का ज्वार कुछ और बढ़ गया। उसने गर्व की नजर से शाहजादी की ओर देखते कहा, 'मुझे आपसे यही उम्मीद थी। खैर, हुआ सो हुआ।

बुरा न मानें तो मैं भी जरा अपना मगज लड़ाकर देख लूँ। शायद तलवार की बजाय सूई काम निकाल दे।'

और सचमुच जहाँ दुधारी तलवारों से कुछ भी सहारा नहीं मिला, वहाँ एक नाकुछ सूई की मदद से बादशाह का राज्य बच गया।

पड़ोसी बादशाह ने अपना दूत भेजकर चार सवालों का जवाब माँगा था। सवाल सुनने पर पहले तो वे बहुत आसान नजर आये किन्तु ज्यों-ज्यों उन पर विचार करने लगे तो वे एकदम जटिल और झीने बनते गये। जवाबों के साथ-साथ मायना भी अच्छी तरह समझाना था। सही जवाब और सही मायना बतानें पर पड़ोसी बादशाह का राज्य हाथ लगेगा और जवाब न मिलने पर पूरा राज्य छिन जाएगा। और बादशाह खजाने से एक कौड़ी तक न ले जा सकेगा। मामूली सवालों के बदले नया राज्य मिलने का प्रलोभन भी कम नहीं था। दरबारियों के उकसाने पर उनकी बुद्धि के भरोसे बादशाह ने अदेर हामी भर ली। मगर लेने के देने पड़ गये।

कठिहारे ने हँसते-हँसते ही चारों सवाल सुने और थोड़ी देर बाद हँसते-हँसते ही चारों जवाबों का खुलासा कर दिया। शाहजादी को पुख्ता विश्वास हो गया कि चारों ही जवाब खरे हैं। कठिहारा गौर से देखता रहा और शाहजादी की उदासी न जाने कहाँ गायब हो गयी? और देखते-देखते उसकी सूरत पर कब एक नयी रौनक झलक उठी, कुछ पता नहीं चला।

कठिहारे को अपने हाथ से खिलाकर वह मुसकराती हुई बादशाह के पास पहुँची। ऐसी विचित्र और अपूर्व थी वह मुसकराहट, मानो छलकते झरने से उछलकर उसके होठों पर चस्पाँ हो गयी हो। उछाह से कहने लगी, 'कल दरबार में चारों सवालों का जवाब मैं दूँगी। आप किसी तरह की चिन्ता न करें।' शाहजादी ने बेइन्तहा धीरज बँधाया, पर बादशाह की चिन्ता नहीं मिटी।

दूसरे दिन राजदरबार में मनुष्यों का खूब ही मेला लगा। पड़ोसी राज्य के अलावा दूर-दूर से उत्सुक भीड़ खिंची चली आयी। राजदूत बादशाह के पास गुमान से बैठा था। आज मोहलत का आखिरी दिन है। उसने सपने में भी नहीं सोचा था कि उन सवालों का कोई सही हल बता देगा। बादशाह की स्वीकृति मिलते ही शाहजादी निःशंक भाव से खड़ी हुई। उसके हाथ में एक मूसल था। दोनों मुँह एकदम समान। बाल बराबर भी फर्क नहीं। वह दूत की ओर देखते कहने लगी, 'आपका पहला सवाल कि इसका तल कौन-सा है और सिर कौन-सा है? पानी में तिराने पर अपने-आप इसकी परख हो जाएगी। तल का हिस्सा भारी होता है और सिर कुछ हलका। जो सिरा पानी के अन्दर अधिक डूबे वह निश्चित रूप से तल है और दूसरा सिर।'

जवाब सुनते ही राजदूत का मुँह उतर गया। एकदम स्पष्ट मायना था। फिर

भी चिन्ता जैसी कोई बात नहीं। अभी तो तीन सवाल बाकी हैं। एक-से-एक पेचीदे और जटिल।

शाहजादी अदेर दूत के मन की बात भाँप गयी। उसका हौसला बढ़ गया। आगे कहने लगी, 'आपकी दो घोड़ियाँ अस्तबल में बँधी हैं। एक ही साँचे में ढली हुई। रंग, रूप और कद-काठी हूबहू एक जैसी, मानो घोड़ियों का रोम-रोम परस्पर चोरा हुआ हो। रेशम के धागे जितना भी अन्तर नहीं। आप जानना चाहते हैं कि इनमें माँ कौन-सी है और बछेरी कौन-सी है? इसकी दो पहचान बताती हूँ। तालाब के किनारे पहुँचने पर पानी देखते ही जो घोड़ी मस्ती करे, किलोलें करे, वह बछेरी और जो किलोलें करती घोड़ी को गम्भीरतापूर्वक निहारे, वह माँ है। यदि इस परख से आपका जी न माने तो दोनों पर पानी उछालो। जो घोड़ी ज्यादा दूर कूदे, वह बछेरी और दूसरी माँ। जो उम्र में बड़ी होगी, वह कम कूदेगी।'

इस राज्य में किसी भी बन्दे की ऐसी अक्ल तो नहीं जानी थी। बरसों तक गहराई से सोच-विचार कर पेचीदे सवाल गूँथे और उनका माकूल जवाब एक कमसिन शाहजादी के मुँह से? अब राज्य बचना मुश्किल है। कोई दूसरा विद्वान् होता तो उसे कुछ भी लोभ बताकर वश में कर लेते। दो बार पड़ोसी बादशाह का यह पासा चल गया था। दो छोटे-मोटे राज्य छीन कर ही माना। इस होड़ में राजदूत का ही विशेष आग्रह था। सूली की सजा में कोई खामी नहीं। हाथ जोड़कर, पाँवों पड़कर यहीं रहने की शरण माँग लेगा। सारे शरीर में बिजली-सी दौड़ गयी।

शाहजादी और भी जोश से कहने लगी, 'फीलखाने में आपके दो प्रचण्ड हाथी मौजूद हैं। तोल निकालकर बताना कि कौन किससे कितना भारी है? बहुत बड़ी नाव में बारी-बारी से दोनों हाथियों को चढ़ाकर तोल का सही हिसाब निकाला जा सकता है। जिस हाथी के वजन से नाव पानी में गहरी डूबे, वहाँ तीखे औजार से खोद कर निशान खींच देना है। फिर पत्थर भरकर दोनों निशानों की दूरी को पाटने से वजन का फर्क निकल आएगा। कहें तो रूबरू करके बता दूँ।'

राजदूत ने थूक निगलते कहा, 'नहीं, इसकी कोई जरूरत नहीं। आपकी तरकीब बिलकुल सही है। हम तो बड़ी मुश्किल से इस नतीजे पर पहुँचे थे। पूरे छह महीने लगे।' उसका मन डूबता जा रहा था। अब तो सिर्फ एक सवाल ही बाकी है। उसका राज्य तो चील के एक ही झपट्टे में छिन गया।

शाहजादी होठों तक उछलती मुसकराहट को जबरन दबाते कहने लगी, 'यह चौथा सवाल सबसे ज्यादा मुश्किल है। बड़ी मेहरबानी होगी, यदि एक दिन की मुहलत...।'

राजदूत अदेर खड़ा होकर कहने लगा, 'नहीं, नहीं, एक पल की भी मोहलत नहीं बढ़ सकती। मैंने तो पहले ही साफ बता दिया था कि एक भी सवाल का सही जवाब नहीं मिला तो होड़ हारनी पड़ेगी।' फिर बादशाह की ओर देखकर बुलन्द आवाज में पूछा, 'बोलिए, कहा था कि नहीं?'

बादशाह सहज भाव से हामी भरते बोला, 'हाँ, कहा तो था।'

'फिर?'

शाहजादी गम्भीर स्वर में कहने लगी, 'कोई बात नहीं। जो तरकीब सूझी बता देती हूँ। पर मुझे भी पूरा भरोसा नहीं है। आपने शायद यही जानना चाहा था कि दिन-रात मंशा मुताबिक खूब चराते-चराते भी किस तरह बकरे को मरियल बनाया जाय?'

'हाँ, बिलकुल यही पूछा था... ।'

'तो फिर सुनिये...जहाँ तक मेरा अनुमान है कि सिंह के पिंजरे से कुछ दूर बँधे बकरे को चाहे जितना चराओ-पिलाओ, सिंह की दहाड़ें सुनते ही बकरे का सब खाया-पिया बेकार हो जाएगा। सिंह पर नजर पड़ते ही उसके प्राण सूखने लगेंगे। क्यूँ, आपका क्या खयाल है?'

राजदूत धप्प से आसन पर बैठ गया, जैसे खड़े रहने की शक्ति एकदम क्षीण हो गयी हो। नजर चुराकर हकलाते कहने लगा, 'हम तो इस तरकीब को तीन बार आजमा चुके हैं। आपकी तरकीब सौ-फीसदी दुरुस्त है। बारह बरस मर-पचकर ये सवाल आजमाये, तब कहीं पुख्ता निचोड़ निकला। सैकड़ों आलिम-इमामों की सामूहिक बुद्धि को आपने सात दिन में ही प्याद-मात दे दी। अब कौल-इकरार के मुताबिक हमारा राज्य आप सँभालिए। मुझे पूरा अधिकार हासिल है। क्या सोच कर आया था और क्या बीती। बादशाह मेरी जान लिए बगैर नहीं मानेंगे... ।'

शाहजादी कुछ बोले उसके पहले ही बादशाह ने राजदूत को आश्वस्त करते कहा, 'हारे हुए राजा को किसी के प्राण लेने का क्या अधिकार है? दुआ करो कि उसके प्राण बच जाएँ। बिना लड़े किसी का राज्य छीनना कोई मामूली जुर्म नहीं है। यह तो मेरी शाहजादी ने बाजी रख ली, वरना दरबारियों के भरोसे तो राज्य छिन ही गया था।'

अब कहीं शाहजादी को अपने मन की बात प्रकट करने का मौका मिला। राजदूत की ओर मुँह करके बोली, 'यदि ऐसी ही घबराहट और पछतावा है तो आपका राज्य वापस भी सौंप सकती हूँ।'

प्रतिवाद के आशय से राजदूत गर्दन हिलाते कहने लगा, 'ऐसी मेहर...और वह भी औरत के मुँह से! तौबा, तौबा! इसकी बजाय तो हमारे बादशाह भीख माँग कर जीना मुनासिब समझेंगे! उनकी हेकड़ी का आपको अन्दाज नहीं है।'

शाहजादी फकत इतना भर बोली और खामोश हो गयी, 'वह आप जानें।'

शाहजादी की अक्ल के प्रताप से बादशाह हँसी-ठट्ठे में दो राज्यों का मालिक बन गया। उसकी खुशी का न कोई अन्त था और न कोई पार! सूरज का उजाला भी उस खुशी की चमक घुलने से और अधिक जगमगाने लगा। शायद आज की शाम सूरज अस्त भी न हो। सारे दरबार में बिना किसी जश्न के खुशियों की लहरें

मचलने लगीं। एक-एक दिल में सौ-सौ दिलों का उल्लास हवा में तितलियों की नाईं नाचने लगा। बादशाह शाहजादी को सीने से चिपकाकर कहने लगा, 'आज मेरा राज्य और मेरा मान तेरी समझ के कारण दुगुना हो गया। दूसरा राज्य तू ही सँभाल।'

तब शाहजादी अधीर होकर बड़ी मुश्किल से बोली, 'अब तो मुझे सच्चा भेद बताना ही पड़ेगा कि यह मेरी समझ का परिणाम नहीं, काली-कब्रवाले कठिहारे की समझ का करिश्मा है। यदि वह हँसते-हँसते काली-कब्र की सजा भोगने के लिए नहीं आता तो अपना क्या बुरा हाल होता। हारे हुए बादशाह को कोई भीख भी नहीं देता।'

बादशाह अपनी जीत की खुशी में बौराया-सा कहने लगा, 'अब इसकी चिन्ता हारे हुए बादशाह को करने दो, अपनी बला तो टली।'

जब अपने ही मुँह से निकली बात बादशाह के कानों में पड़ी तो वह दहशत के मारे काँप उठा। एक ही घड़ी में यह क्या पासा पलट गया? शाहजादी के कहे मुताबिक इस सनकी कठिहारे का संजोग नहीं जुड़ता तो वाकई शाहजादी के साथ वह दर-दर की ठोकरें खाने को मजबूर हो जाता। यह गुलाब-सी कली काँटों से बिंध जाती। नहीं, नहीं... मेरे रहते कोई इसका बाल भी बाँका नहीं कर सकता। दुनिया से बचाकर इसे मैं अपनी पलकों में छिपाकर रखता। पर आज तो यह कठिहारा मेरे लिए खुदा से भी बढ़कर हो गया। अच्छी तरह उसके दीदार तो करूँ। कहीं खुदा ने ही तो सचमुच मुझ पर मेहर नहीं की है? अब तो एक पल भी यहाँ खराब करना मुनासिब नहीं। दीवान का हाथ पकड़कर काली-कब्र की ओर रवाना हो गया। जैसे सदेह जन्नत में जाने का रास्ता मिल गया हो। दीवान को आदेश न देकर स्वयं बादशाह ने अपने अधीर हाथों से उसकी बेड़ियाँ खोलीं। बार-बार माफी माँगते हुए उसे कसकर गले लगाया। बादशाह की आँखों में पछतावे के आँसू और होठों पर अप्रतिम आनन्द की मुसकराहट खेल रही थी।

तत्पश्चात् हूबहू सपने के मुताबिक शाहजादी के साथ कठिहारे का ब्याह हुआ। वह खुली आँखों से फिर वही सपना निरखने लगा—सोने का दमकता राजमहल! सोने का मुकुट और सोने का सिंहासन। क्या पता उस दिन के सपनेवाली बात सच है कि आजवाली सच बात एक सपना है?

कठिहारे को दोनों राज्य सौंप कर बादशाह तो फकीर बन गया। शाहजादी ने झार-झार रोकर खूब हाथ जोड़े, पाँव पड़ी, पर बादशाह नहीं माना सो नहीं माना। उसके सिर पर हाथ फिराते कहने लगा, 'इस तरह अपनी इच्छा से कबूल की गयी फकीरी, दुनिया भर के तमाम राज्यों से बढ़कर है। अनपढ़ कठिहारे के वचन कितने सही थे कि जिस बात के खुसने से दुःख हो, उसे मंजूर ही क्यों करना चाहिए। तेरे जवाबों से पहले मुझे जितना असह्य दुःख हुआ, उसकी याद से ही रोंगटे खड़े

हो जाते हैं। अब दुबारा यह गलती नहीं करूँगा। और तुझे खुदा के हाथ सौंप कर मैं पूरा निश्चिन्त हूँ।'

कठिहारे ने कुछ भी विवाद करना उचित नहीं समझा। उसी तरह सहज भाव से हँसता रहा। बादशाह की अन्तिम बात सुनकर उसने एक बार जोर से अट्टहास जरूर किया। मानो उसी एक अट्टहास में उसके सारे प्रतिवाद समाहित हों।

सुहाग की अमोलक रात के झिलमिल अँधियारे में बिना पूछे ही कठिहारे ने शाहजादी को विस्तार से सपने की बात बता कर कहा कि उसके हँसने की यह तो वजह है और यह उसका मायना है। और शाहजादी कठिहारे के मुँह से निकले बोल इस तरह पी रही थी, मानो कोई सपना देख रही हो।

किन्तु बेहद अचरज की बात कि सपने का सच बताते ही कठिहारे की हँसी एकदम थम गयी, मानो फूटे घड़े पर लाख लगी हो। शाहजादी ने पूछा तो उसे अपनी हँसी थमने का चेत हुआ। मुसकराने की चेष्टा करते हुए धीमे से बोला, 'न उस दिन की हँसी मेरे वश की बात थी और न आज अकस्मात् उस हँसी का रुकना मेरे वश की बात है।' कठिहारे की बात चुपचाप सुनने के अलावा शाहजादी के लिए कोई दूसरा चारा ही नहीं था।

सपना—सपना था तब तक कितने सुख और हर्ष का बसेरा था। उसके होठों पर हँसी का अथाह समन्दर हिलोरें ले रहा था। और सपना सच होते ही उसकी हँसी अपने-आप बुझ गयी। वह तो उलटा दुखी हो गया। चारों ओर छल-प्रपंच और कुटिलता के जाले! झूठ का गर्जन-तर्जन! साँच की परवश दीनता! खजाने की अमिट लालसा! राज्य खुसने का डर! हवा के रेशे-रेशे में आतंक का जहर! धूप पर कालिख पुती हुई। कदम-कदम पर जोखिम। हर दरबारी की जीभ पर चुगली-चकारी का स्वाद, परनिन्दा की अमिट प्यास। व्यर्थ की आपाधापी। न्याय का भ्रमजाल। अन्याय का बोलबाला। झूठा यश और झूठी माया। थोथा ज्ञान और थोथी शान। गलीज मुकुट और बेहया सिंहासन। झूठे रिश्ते और झूठा मोह। झूठी प्रीत और झूठा विछोह।

कठिहारा लाख चेष्टा करने पर भी समझ नहीं पाया कि कोई क्यों किसी पर राज्य करता है और कोई क्यों किसी की गुलामी कबूल करता है?

शाहजादी बार-बार उसकी दयनीय मनःस्थिति का मायना पूछती और कठिहारा बुझे-बुझे स्वर में हर बार एक ही जवाब देता कि जब उसे ही कुछ पता नहीं तो वह क्या बताये? उसका दिमाग तो सिंहासन पर बैठते ही कुन्द हो गया।

एक बार सोने के पलंग पर नींद नहीं आयी तो नया बादशाह करवट दर करवट बदलने लगा। राम जाने क्या सोचकर बेगम ने हिम्मत बटोर कहा, 'यदि मेरे सहवास से सन्तोष न हो तो दूसरा ब्याह कर लो, मुझे कोई एतराज नहीं है।'

बादशाह ने उसके चिकने बालों में अँगुलियाँ उलझाते कहा, 'तेरी खातिर ही

तो राज्य का प्रपंच बर्दाश्त कर रहा हूँ, वरना कब का जंजीर तोड़ कर भाग छूटता। तेरे सहवास से बढ़कर और क्या सुख हो सकता है?'

'फिर इतने खोये-खोये क्यों रहते हो?'

'मुझे ही नहीं मालूम, फिर क्या बताऊँ?'

ढलती रात बड़ी मुश्किल से बादशाह की पलकें झपीं। संयोग का चक्कर कि बादशाह को दूसरी बार एक अजीब सपना आया कि वह सँपेरे का वेश धारे जगह-जगह जंगल में साँप पकड़ रहा है। उसके गले में साँप। उसकी पिटारी में साँप। बस्ती में पूँगी बजा-बजाकर साँप रिझाता है। और जोगन का वेश धारे बेगम पूँगी पर गाती है, नाचती है। बदले में रूखे-बासी टुकड़े जो भी हाथ लगते हैं, झोली में जमा कर लेती है। नौलखे हार के बदले उसके गले में तरह-तरह के लाल, पीले, काले और चितकबरे साँप लटक रहे हैं। दोनों के कपड़े फटे हुए। नंगे पाँव! नाखून बढ़े हुए। बिवाइयाँ फटी हुईं। जंगल-दर-जंगल रातदिन भटकते रहते हैं। अधभूखे बच्चों का रोना कभी थमता ही नहीं।

कावड़ के उनमान वह सपना बार-बार बादशाह की आँखों के सामने घूमर ले रहा था। अकस्मात् झिझककर उठ बैठा और उसी क्षण जागने के साथ ही वह हँसने लगा सो हँसता ही गया। हँसी की भनक सुनते ही बेगम झटपट खड़ी हुई। अबोध बच्चे की नाईं पूछा, 'फिर कोई सपना आया क्या?'

बादशाह ने हँसते-हँसते ही जवाब दिया, 'हाँ...।'

बेगम ने उसके गले में बाँहें डालकर हठ करते हुए कहा, 'मुझे भी बताओ।'

तब बादशाह हँसते-हँसते ही कहने लगा, 'आज तो मेरा मुँह कहने के काबिल है, लेकिन तुम्हारे कान सुनने के काबिल नहीं हैं। समय आने पर सब पता लग जाएगा। थोड़ा धीरज रखो।'

बेगम ने साफ मना करते कहा, 'नहीं, अब एक पल भी मैं धीरज नहीं रख सकती। तुम सोचते हो कि जोगन की बात सुनकर मैं डर जाऊँगी?'

बादशाह पहले तो कुछ चौंका। फिर उसी तरह हँसते-हँसते पूछा, 'तुम्हें क्योंकर पता चला?'

'मैं भी वही सपना देख रही थी!' सिर्फ इतना ही भेद बताकर वह हँसने लगी सो हँसती ही रही।

अगले ही क्षण बेगम को यह महसूस हुआ कि वह बादशाह के मुँह से हँस रही है और बादशाह को यह महसूस हुआ कि वह बेगम के मुँह से हँस रहा है।

6 जुलाई, 1997, अदीतवार

# आसीस

भाँति-भाँति के लोग। गात-गात के रोग। बात-बात का भोग। हाथ-हाथ का जोग। जितने लोग, उतने व्यवहार। जितने रोग, उतने उपचार। जितने भोग, उतनी चाहें। जितने जोग, उतनी राहें। जैसी समझ, वैसी चाल। जैसी नीयत, वैसा हाल। जैसा अन्तस्, वैसा भाव। जैसा दाँव, वैसा उपाय। तो सृष्टि का सृजनहार साँई बुद्धि के धवल उजियारे पर कालिख न चुपड़े कि एक था राजा। जिसका वैसा ही तौर व वैसा ही बाजा। बीमारी या यमराज के अलावा वह किसी का अंकुश नहीं मानता था। उसके मन में इस बात की बेहद खीज थी कि कृतघ्न और मूढ़ विधाता ने उसके सदृश सबको ही एक जैसा मानवीय हुलिया और एक जैसा चेहरा क्यों सौंपा? फकत राजकुँअर और रानियों के अलावा वैसी कारीगरी और वैसी खटपट दूसरों के लिए करनी ही नहीं थी। यदि विधात्री शुरुआत से ही सतर्क हो जाती तो कुदरत की बजाय धरती के स्वामी राजा को अलग से विशेष प्रयत्न नहीं करना पड़ता। दूसरे मनुष्यों की खातिर तो एक आँख और एक कान से ही काम चल जाता। नाक की ठौर मात्र एक छेद रहने से क्या कसर पड़ती।

मगर विधात्री और कुदरत ने भूल की तो कोई बात नहीं। समझ के सिरमौर राजा ने उनकी भूल सुधार ली। राजा और प्रजा में स्पष्ट भेद नजर आये इसलिए खुद तो लम्बे सुहाने बाल, दाढ़ी और गलमूँछें रखता। बाकी सारी प्रजा रुण्ड-मुण्ड। राजकुँअरों, राजकुमारियों और रानियों को छोड़कर किसी भी बन्दे के सिर पर बाल नहीं थे। मरदों के लिए मूँछों की बात तो दरकिनार भृकुटी और बरौनियाँ तक सफाचट।

दरबार में राजा के सामने दो पाँवों पर सीधे-सतर चलना निषिद्ध था। परकोटे में घुसते ही सारी प्रजा जानवरों की नाईं हाथ-पैरों पर चलती थी। छोटी-बड़ी कोई भी बात शुरू करने के पहले राज-घराने के अलावा हर व्यक्ति, किसी पंछी या पशु की हूबहू नकल करता। कोई 'म्याऊँ-म्याऊँ' तो कोई 'क्राँव-क्राँव, कोई गुटरगूँ तो कोई 'हुक्की-हुक्की' करके बात प्रारम्भ करता। जिससे राजा को अच्छी तरह पता चल जाता कि कौन मनुष्य कौन-सा पंछी या जानवर है। जिन बड़े मनुष्यों पर राजा की विशेष मेहरबानी होती, उन्हें हाथी, सिंह, साँड, ऊँट और घोड़े की बोलियाँ बोलने की इजाजत मिलती। सियार, कुत्ते, गधे और कौवे की बोलियाँ बहुत बुरी लगतीं। पर राजा की आज्ञा के सामने किसी का कुछ भी वश नहीं चलता था। राजा की रीझ-खीज का किसे भी अनुमान नहीं होने की वजह से हर व्यक्ति विभिन्न बोलियाँ सीखने के लिए मजबूर था।

मनुष्यों के अतिरिक्त जंगल के तमाम पंछी जानवरों का भी 'वह' राजा था। दया-माया का पुतला। मनुष्यों की अपेक्षा वह चींटी-मकोड़ों व अन्य प्राणियों का ज्यादा खयाल रखता था। मनुष्य तो जस-तस खटपट करके अपना पेट भर लेते हैं, मगर अन्य जीव-जन्तु तो मुँह से बोलकर कुछ दरसाते ही नहीं। उनके अन्तस् की पीड़ा तो समझनेवाला ही समझता है।

आस-पड़ोस की रियासतों से कुछ-न-कुछ विशेषता सिद्ध करने की खातिर वह राजा दिन को सोता और रात को जगता। राजा की उस दिनचर्या का अनुकरण करने की दृष्टि से सारे राज्य में ही वही ढर्रा चल पड़ा। उल्लंघन करनेवाले को फकत इक्यावन कोड़ों की सजा और दो जून सरेआम घास का भोजन। कोड़ों की अपेक्षा लोग घास खाने से ज्यादा भयभीत और शर्मिन्दा होते थे। राज्य में कुछ ऐसी ही न्याय प्रणाली का प्रचलन था। किन्तु अन्य जीवधारियों को पूरी छूट थी कि वे जैसा चाहें, वही करें।

किसी एक चाँदनी दूज का किस्सा कि खचाखच भरे दरबार में दया के अवतार राजा के कानों में 'हुक्की-हुक्की' का लगातार शोर सुनाई पड़ा। सभी दरबारियों को चुप रहने का इशारा करके राजा ने कुछ देर तक पूरे ध्यान से वह शोर सुनने का प्रयास किया। फिर अचानक दीवान की ओर देखकर आश्चर्य से पूछा, 'दीवानजी, यह आवाज तो मैंने पहली बार ही सुनी। कौन-से पंछी बोल रहे हैं?'

साँड की नाईं तीन-चार बार जोर-जोर से दहाड़ने के बाद दीवान ने जवाब दिया, 'सियार चिल्ला रहे हैं, अन्नदाता।'

अबोध बच्चे की तरह राजा ने उत्सुकता से पूछा, 'ये पंछी होते हैं कि जानवर?'

राजा को जवाब सुनने की उतावली थी, इसलिए चतुर दीवान एक ही दहाड़ के बाद बोला, 'आपने बिलकुल ठीक फरमाया अन्नदाता कि सियार जानवरों की कोटि के अन्तर्गत ही आते हैं।'

'अच्छी बात है, सुनकर खुशी हुई।' राजा ने सहज जिज्ञासा-वश जानना चाहा, 'पर रात की वेला इस तरह जोर-जोर से चिल्लाने की जरूरत क्या है? इनके दिल में अवश्य ही कोई दरद कसक रहा होगा।'

उस किस्म का होशियार दीवान दूर-दूर तक किसी दरबार में नहीं था। तत्काल एक तरकीब सोच ली। राजा को खुश करने की मंशा से वह पाँच-सात बार जोर-जोर से दहाड़ा। फिर अतिशय विनम्रतापूर्वक कहने लगा, 'सियार बहुत ही शरीफ और स्वामीभक्त होते हैं, गरीबनवाज! अपनी देखादेख ये भी रात को जागरण करते हैं और दिन को सोते हैं। इस तरह 'हुक्की-हुक्की' के बहाने जागने का पुख्ता प्रमाण दे रहे हैं।'

'सचमुच?' राजा ने अत्यधिक खुशी के लहजे में जानना चाहा। किसी भी नयी जानकारी के लिए वह हर समय तैयार रहता था। कुशल प्रशासन के लिए नयी-नयी जानकारियाँ बहुत जरूरी होती हैं।

'आपके सामने झूठ बोलने की भला कौन गुस्ताखी कर सकता है! तनिक भी सन्देह हो तो सभी दरबारियों से पूछने की मेहरबानी हो जाय, अन्नदाता।'

सभी स्वामीभक्त दरबारियों ने अपनी-अपनी बोलियों का स्पष्ट इजहार करके हामी भरी। किन्तु आश्चर्य की बात कि किसी भी दरबारी के मुँह से 'हुक्की-हुक्की' का आलाप नहीं सुना तो सर्वज्ञ राजा के मन में अजाने ही गुस्सा भभक उठा। दाँत पीसते बोला, 'क्या अपने राज्य में एक भी स्वामीभक्त और नेक दरबारी नहीं है। तभी तो अब तक किसी के मुँह से मैंने सियार की बोली नहीं सुनी।'

'शायद एकाध बार सुनी है, अन्नदाता। मगर आप किसी और खयाल में डूबे होंगे। अपना खजांची सियार की बोली बखूबी जानता है। लेकिन वह ज्यादा बोलता नहीं। मुश्किल से होली-दीवाली उसके होठ खुलते हैं।' दीवान के लिए खजांची की पैरोकारी करना जरूरी था।

वाकई खजांची बहुत कम बोलता था। सियार की नकल में उसे बड़ी शर्म आती थी। चतुर राजा ने अदेर उस समस्या का समाधान सोच लिया। दीवान की ओर देखते बोला, 'दीवानजी, आपको बोलने की हरदम जरूरत रहती है। आज से ही इन स्वामीभक्त सियारों की बोली आप बोलें तो काफी सुभीता रहेगा। और यह खजांची होली-दीवाली साँड की तरह दहाड़े तो कोई हर्ज नहीं। अपने राज्य में सभी किस्म के व्यक्ति चाहिए।'

इच्छा न होते हुए भी दीवान को राजा का आदेश मानना पड़ा। मुँह उतारकर धीमे से बोला, 'जैसी आपकी आज्ञा।'

सियार फिर जोर-जोर से शोर मचाने लगे। करुणा के सागर राजा ने संवेदना प्रकट करते कहा, 'बेचारे, स्वामीभक्त सियारों का चिल्लाना रुकता ही नहीं। मुझे तो इनकी आवाज में जरूर कुछ-न-कुछ दर्द महसूस होता है।'

उतरते पूस की भयंकर सरदी पड़ रही थी। दीवान तिहरी कम्बल ओढ़े हुए था। ठिठुरने का अभिनय करते बोला, 'हुजूर की तेज निगाहों से भला कोई बात छिप सकती है? ये दुखियारे सियार सारी रात सरदी में काँपते रहते हैं। फिर भी कभी फरियाद नहीं की। यदि राज्य के खजाने से इनके लिए गोगियों के आथरे, मोटे कम्बल और बरड़ियों का बन्दोबस्त हो जाय तो इनकी तकलीफ मिट जाएगी, गरीबपरवर।'

अब कहीं दीवान को अपनी चूक का खयाल आया। वह कायदे के अनुसार बात शुरू करने के पहले सियार की बोली बिसर गया था। राजा को पता पड़ने पर डाँट-फटकार में कमी नहीं रहेगी। इसलिए बात पूरी होते ही वह चार-पाँच बार काफी जोर से चिल्लाया। तत्पश्चात् वैसी भूल उससे दुबारा नहीं हुई।

राजा ने उसे बीच में ही टोकते कहा, 'दीवानजी, ऐसे स्वामीभक्तों का तुम्हें विशेष ध्यान रखना चाहिए। अब जल्दी से जल्दी इनकी माकूल व्यवस्था करो।'

राजा की वैसी छूट मिलने पर दीवान के किसी भी कार्य में कोई खामी नहीं रहती थी। वह भी सियारों से कम स्वामीभक्त नहीं था। उस मद के सीगे में राज्य के खजाने से पर्याप्त धन उठा और दरबार के सियारों ने होशियारी से सारा काम इस तरह सम्पन्न किया कि राजा के कानों में भनक तक नहीं पड़ने दी।

लगातार सात दिन तक राजा ने खूब ध्यान रखकर सियारों का शोर सुनने की चेष्टा की पर उसे 'हुक्की-हुक्की' का आलाप नहीं सुनाई दिया। दीवान पर बेहद खुश होकर उसे सोना-निवेश का बख्शीश-नामा कर दिया। इन्तजाम हो तो ऐसा हो। इतना योग्य दीवान बड़े भाग्य से मिलता है।

सचमुच, वह दीवान की ही माकूल व्यवस्था थी कि फिर एक बार तीन-चार घड़ी रात ढलने पर 'हुक्की-हुक्की' का शोरगुल सुनाई पड़ा। चलते प्रसंग को अदेर तिलांजलि देकर राजा ने पूछा, 'क्यूँ दीवानजी, मेरे खयाल से ये सियार ही चिल्ला रहे हैं?'

दीवान ने सियार की नाईं 'हुक्की-हुक्की' करने के बाद कहा, 'हाँ, करुणानिधान, आपकी पहचान कभी झूठी नहीं हो सकती।'

'पर अब इनके चिल्लाने का मायना क्या है?'

दीवान कुछ जवाब दे उसके पहले ही राजकवि 'म्याऊँ-म्याऊँ' की नकल करने के बाद बोला, 'गरीबपरवर, आग को भी कँपकँपी छूटे जैसी सरदी पड़ रही है। फकत कपड़ों से पूरा नहीं पड़ता। ये सभी इकट्ठे होकर छोटे-बड़े मकानों की खातिर फरियाद कर रहे हैं।'

'तो इसमें पूछने की क्या बात? बेचारे सरदी के मारे काँप रहे हैं तो इनके लिए मकान बनवा देने चाहिए थे! मैं पंछी-जानवरों का राजा पहले हूँ, फिर समस्त प्रजा का, समझे?'

'जय हो, राज-राजेश्वर की जय हो! आप जैसे दयावन्त राजा सात जन्म की तपस्या के बाद मिलते हैं।' राज-व्यास 'क्राँव-क्राँव' की नकल करने के पश्चात् मनुष्य की वाणी में कहने लगा, 'आपकी आज्ञा के बगैर किसकी हिम्मत जो अपनी मरजी से एक धेला भी खर्च कर दे। अब आपका आदेश है तो फटाफट मकान बनकर तैयार हो जाएँगे।'

जनानी-ड्योढ़ी के नाजर ने काफी देर तक भेड़ की 'में-में' रींकने के बाद कहा, 'अन्नदाता, सियारों के लिए अलग-अलग मकान बनाने की क्या जरूरत है? हाँ अलबत्ता, बीस-पच्चीस गेह की लम्बी सियार-बाड़ी बन जाय तो काफी है।'

राजा ने जोर से ताली बजाकर हँसते कहा, 'नाजरजी, तुम भी कैसी भोली बातें कर रहे हो। सियार तुम्हारी तरह नपुंसक थोड़े ही हैं। मर्दों की खातिर तो अलग-अलग रंगमहल होने चाहिए।'

नाजरजी को मर्द-जानवरों की बोली के लिए मनाही थी। बकरी, गाय, भैंस, भेड़ इत्यादि मादा-प्राणियों की आवाज निकालने का आदेश था। पक्षियों के कलरव में नर-मादा की दृष्टि से विशेष अन्तर नहीं होता, इसलिए दीवान के कहने से उस पर पाबन्दी लगा दी थी।

राजा का आदेश मिलते ही सियारों के लिए अलग-अलग मकानों की वृहत् योजना के तहत खजाना दिन-ब-दिन खाली होने लगा सो होता ही गया। आखिर रात-दिन अथक परिश्रम करते-करते निर्माण का कार्य समाप्त हुआ। शातिर राजा ने एक पखवाड़े तक पूरा ध्यान रखा, तब भी उसे सियारों की शिकायत सुनाई नहीं पड़ी। दीवान की योग्यता से खुश होकर राजा ने अश्व-सिरोपाव की बख्शीश देकर उसे सम्मानित किया।

राजा तो दरबार में सरेआम दीवान को ही बख्शीश देता था, पर निष्पक्ष दीवान चुपचाप दूसरे उपायों से सभी दरबारियों को सन्तुष्ट कर देता। बैकुण्ठ जाने के लिए बाँट-बाँट कर खाना अनिवार्य था। बड़े काम तो अन्ततः अनेक व्यक्तियों के हार्दिक सहयोग से ही सम्पन्न होते हैं। फकत यश का सेहरा दीवान के सिर पर बँधता था।

दीवान के माकूल बन्दोबस्त में कभी गफलत नहीं होती थी। सोलहवें दिन, आधी रात ढलने पर राजा के कानों में फिर वही 'हुक्की-हुक्की' का आर्तनाद सुनाई पड़ा। लापरवाह अमलों ने निर्माण-कार्य में ढील कर दी होगी। राजा की भृकुटी तन गयी। आँखों में रोष उतर आया। कड़ककर दीवान से पूछा, 'इतना समय बीत गया, अब तक मकान नहीं बने?'

दीवान से पहले राज्य मुनीम काफी देर तक कुत्ते की नाईं भोंकता रहा। फिर किंचित मर्म की मुसकान होठों पर छितराते बोला, 'अन्नदाता, आपके आदेश मुताबिक गृह-निर्माण में किसी तरह की खामी नहीं रही। अब तो ये ब्याह की खातिर अरदास कर रहे हैं।'

राजा ने उतावले लहजे में सीधा सवाल पूछा, 'क्यूँ, अब तक इनका ब्याह क्यूँ नहीं हुआ? यह बात मुझे पहले बतानी चाहिए थी। तुम लोगों को तो नाक के आगे कुछ सूझता ही नहीं। मैं अकेला बन्दा क्या-क्या ध्यान रखूँ।'

दीवान की सानी मिलते ही इस बार खजांची जोर-जोर से साँड की नाईं धड़कने के बाद बोला, 'आखिर सभी बातों का ध्यान तो आपको ही रखना होगा। असंख्य तारों से जो प्रकाश सम्भव नहीं, उसे पूनम का चाँद अकेला ही सर्वत्र बिखेर देता है। अन्नदाता आप ही फरमाएँ, पूर्व दिशा में क्या दो सूरज उगते हैं?'

राजा ने प्रमुदित भाव से मुसकराते कहा, 'पट्ठा खजांची बोलता तो वार-त्योहार है, पर बोलता बड़ा मजेदार है। पर मेरी समझ में यह बात नहीं आयी कि अब तक बेचारे सियारों को ब्रह्मचारी क्यूँ रखा?'

इस बार सेनापति गधे की नाईं कुछ देर तक 'ढेंचू-ढेंचू' के लहजे में रेंकता रहा। फिर खँखारकर बुलन्द आवाज में बोला, 'सौ नर-सियारों के बीच एक मादा सियारी बड़ी मुश्किल से मिलती है। अपने राज्य की भाँति एकनिष्ठ विवाह की मर्यादा निबाहते हुए शेष निन्यानवे सियार तो विवाहिता सियारी के सामने तक नहीं देखते।'

राजा बीच ही में उतावली दरसाते कहने लगा, 'तो इसमें इतना सोच करने जैसी क्या बात है? अपने राज्य की कुँआरी कन्याएँ सियारों को ब्याह दो।'

सेनापति तीन बार रेंकने के बाद बोला, 'अपने राज्य की कन्याओं का शाप न लें तो अच्छा है। आपकी आज्ञा हो तो मैं आस-पास के राज्यों से कुँआरी लड़कियाँ छीन लाऊँ? भला आपके रहते हमारी सेना का मुकाबला कौन कर सकता है। या आपका आदेश हो तो पंगु और कुबड़े राजा से लड़कियाँ खरीद लाऊँ। केवल इक्कीस मोहरों के बदले कैसी भी खूबसूरत लड़की मोल मिलती है, अन्नदाता।'

राजपुरोहित जंगली बिल्ले की नाईं गुर्राते कहने लगा, 'खुले बाजार में बिकने वाली चीज की खातिर बेकार चढ़ाई करने से क्या फायदा?'

राजपुरोहित को शाबाशी देकर राजा ने दीवान को आदेश दिया, 'तो अब यहाँ खड़े-खड़े मेरा मुँह क्या देख रहे हो? अपने राज्य का कोई सियार कुँआरा नहीं रहना चाहिए। यदि इसमें गफलत हो गयी तो किसी की खैरियत नहीं है। मामूली चूक होने पर भी मैं माफ करनेवाला नहीं हूँ।'

कविराजा ने 'म्याऊँ-म्याऊँ' की हूबहू नकल करने के बाद कड़कती आवाज में कहा, 'जानते हैं गरीबपरवर, खूब अच्छी तरह जानते हैं। आपके इस महान् गुण से कौन परिचित नहीं है? दो सिरवाला ऐसा कौन दोगला है, जो आपके आदेश की अवहेलना करे। इसी कारण तो देश के बड़े से बड़े राजा आपसे डाह करते हैं।'

उस राज्य के दरबारी तो राजा की नस-नस पहचानते थे। फिर क्या ढील? वे ही राज्य के घोड़े और वे ही बावरे सवार। वैसा बुद्धिमान और शातिर राजा मिलने

पर कोई पीछे नहीं रहना चाहता था। सिर मुँडाने पर, भृकुटी और बरौनियाँ सफाचट करवाने पर, ढोर की नाईं चारों हाथ-पाँवों के सहारे चलने पर और पंछी-जानवरों की बोली बोलने पर यदि मनवांछित अर्थ-प्राप्ति हो तो किसी के मन में कुछ भी दुविधा नहीं थी। कलियुग में संगठन ही सर्वोपरि शक्ति है।

डेढ़ महीने तक राजा के कानों में सियारों के शोर की भनक तक नहीं पड़ी। बेचारे सियार कृतघ्न तो कतई नहीं हैं। कितने सन्तोषी और कितने शालीन। ब्याह की रंगरेलियों में मगन। दूसरी बातों का ध्यान ही नहीं रखते। तिस पर ऐसा योग्य और ईमानदार दीवान तो सूरज भी तलाश नहीं कर सकता। उसे गले लगाकर राजा ने हाथी-सिरोपाव का आदेश कर दिया। दरबार में खुशियों का मानो वातचक्र ही झूम-झूम उठा। उस शानदार मजलिस में दीवान की अरदास पर राजा भी बखुशी शामिल हुआ। योग्य दरबारियों का उचित सम्मान न करे वह राजा ही क्या! किसी भी राज्य का शामियाना कुशल अधिकारियों के कन्धों पर ही तो ट्िका रहता है।

लेकिन बेहद आश्चर्य की बात कि एक बार फिर आधी रात ढलने पर 'हुआँ-हुआँ' का शोरगुल सुनाई दिया। राजा ने तैश में आकर मायना पूछा तो दीवान काफी देर तक उस हल्ले-गुल्ले के बीच हूँकने लगा तो रुका ही नहीं। आखिर राजा ने झुँझलाते कहा, 'बस, अब चुप भी करो। मुझे इस चिल्लाहट का मायना बताओ।'

दीवान के मुँह से भूख और कसाले की बात सुनते ही राजा का क्रोध फदफदाने लगा। डपटकर कहा, 'तुम लोगों में इतनी भी समझ नहीं कि जिन्दगी में एक बार तो मेरे बिना कहे ही वाजिब काम कर सको। सयाने गीदड़ तो फकत मेरे लिहाज से चुप रहते हैं। तुम लोगों जैसी परजीवी परथे (कर्मचारी) तो दो दिन रोटी गले न उतरे तो चिल्लाने लग जाएँ। अब तो एक पल की भी देर मत करो। उनके तहखाने अनाज और गुड़ से भर दो और कूड़ियों के हिसाब से घी और तेल। और भी कुछ जरूरत हो तो आगापीछा मत सोचना। समझे?'

राज्य के स्वामी का वैसा आदेश मिलने पर आज्ञाकारी दरबारी क्या कमी रखते। खजाना तेजी से छीजने लगा। अब तो वापस भरपूर आमदनी जुड़ने पर ही गीदड़ अरदास करेंगे। इसलिए सात-आठ महीनों तक तो जैसे जंगल में सन्नाटा ही छा गया। दयालु राजा तो बार-बार ध्यानपूर्वक सुनने की चेष्टा करता, पर निरर्थक। सियारों को किसी चीज का अभाव हो तो चिल्लाएँ।

पर ब्याह की भाँवरों के नौ महीने बाद फिर वही 'हुआँ-हुआँ' का शोरगुल...। राजा के आश्चर्य का ठिकाना नहीं रहा। तिक्त गर्जन के साथ दरियाफ्त करते ही नाजर तत्काल नाचने लगा। गाय की तरह रम्भाने के पश्चात् जोर-जोर से तालियाँ बजाते बोला, 'अन्नदाता, इन बड़े अमीरजादों को बताने में संकोच हो रहा है, इसलिए मुझे आगे किया। घर-घर में एक साथ इजाफा हुआ, हुजूर...। सब के सब सियार सुवावड़ की खातिर फरियाद कर रहे हैं।'

राजा ने मुसकराते कहा, 'शादी होने पर बच्चे तो होंगे ही। लेकिन प्रसव की पीड़ा में कराहती जच्चाओं की दुरासीस के फलस्वरूप तुम सबको कोढ़ उघड़ेगा, पहले आगाह कर देता हूँ। अब भी फुरती करो। सोंठ, लोद, अजवाइन, गोंद, खाँड, नारियल और गाय का घी इत्यादि...सब-कुछ! खबरदार, मामूली चूक भी रह गयी तो मुझ-सा बुरा कोई नहीं होगा। किसी को भी माफी नहीं मिलेगी।'

वैसे न्यायप्रिय राजा के आदेश की अवज्ञा भला कौन करता! सब एक-से-एक बढ़कर ताबेदार थे। परिणामस्वरूप खजाना तो जैसे हवन-कुण्ड में भस्म होने लगा। मगर हठीले सियारों ने तब भी अपना हठ नहीं छोड़ा। सातवें दिन वही 'हुआँ-हुआँ' की धुआँधार होड़। मानो हवा हमेशा के लिए ऊपर उठ जाएगी।

राजा ने गलमूँछों को सहलाते कड़कती आवाज में मायना पूछा तो सभी दरबारी पंछी-जानवरों की हूबहू नकल उतारने के बाद एक स्वर में कहने लगे, 'गरीबनवाज अब तो सियारियों को कुछ नहीं चाहिए। आपका बखान करते ठण्डे कलेजों से फकत आसीस दे रहे हैं। तब इन्हें क्यूँ रोका जाय? इनकी आसीसों के प्रभाव से आपका राज्य खूब बढ़ेगा और बेशुमार खजाना फलेगा। हजारों बरस तक आप सूरज के उनमान तपेंगे और विश्व भर में अखूट आलोक फैलाएँगे। फिर भी आप फरमाएँ तो इन्हें चुप करवा दें।'

राजा ने तनिक गम्भीर मुद्रा में कहा, 'आप सबने मुझे क्या बेवकूफ समझ रखा है, जो इन्हें चुप रहने का आदेश करूँ। मुझे तो इन भोले और नेक सियारों की आसीस पर पुख्ता एतबार है। फिर भी सोचता हूँ कि आखिर इस आसीस की जरूरत क्या है। मैंने तो फकत अपना कर्तव्य निभाया।'

सियारों की आसीस में अकस्मात् भारी इजाफा हो गया। योग्य और बुद्धिमान दरबारी समवेत स्वर में जोश-खरोश के साथ 'हुक्की-हुक्की' करने लगे, जिसके परिणामस्वरूप जंगल के गीदड़ों की आसीस कुछ दब गयी। कोई भी छोटा-बड़ा कर्मचारी किसी से कम स्वामीभक्त नहीं था।

27 जुलाई, 1997, अदीतवार

# मनुष्यों का गड़रिया

रेगिस्तान की बातें भी रेत की नाईं महीन और झीनी होती हैं। तो भगवान उस गड़रिये के उनमान सबको सहज मन और सहज बुद्धि बख्शे कि धूप और चाँदनी से सराबोर किन्हीं सात टीलों के बीच एक औलिया-पीर की मजार थी, जहाँ हर साल सावन के नये चाँद पर शानदार मेला भरता था। दूर-दूर के मुसलमान वहाँ इकट्ठे होकर दिन में पाँच बार नवाज पढ़ते। आठम तक उपदेशों की आँधियाँ उड़तीं। छोटे-बड़े सभी मौलवियों का पूरमपूर अफरा झड़ता। उस मजार से चार खेतों की दूरी पर एक नदी थी। नदी का पाट काफी चौड़ा था। ऊँचे कगार। कगारों के किनारे मामूली हरियाली। कैसी भी हल्की भारी बरसात में एक बार तो नदी आती ही थी। मेले पर गड्ढों से ठण्डा पानी उबकने लगता। औलिया-पीर का ऐसा ही चमत्कार था।

एक बार काफी दूर से एक गड़रिया अपना रेवड़ चराता-चराता मेले के दौरान वहाँ पहुँचा। रेवड़ तो अपनी जरूरत व अपनी इच्छा से चरने में मशगूल था, पर वह गड़रिया मनुष्यों का इतना बड़ा हुजूम देखकर हैरान रह गया। रेवड़ का झुण्ड तो समझ में आता है, किन्तु मनुष्यों को झुण्ड बनाकर इस तरह शामिल होने की क्या जरूरत है? जिज्ञासा के वशीभूत वह चुपचाप मजार के पास खड़ा हो गया। हाथ में सिर से भी लम्बी लाठी। कसूमल गोल साफा। लम्बा-चौड़ा भरकम शरीर। घुँघराली रोमावली से आच्छादित, मानो पेड़-पौधों की नाईं वह धरती की कोख से जन्मा हो। काली-भँवर दाढ़ी। सफेद-झक्क बत्तीसी।

मजार पर हरा कपड़ा बिछा हुआ था। चबूतरे पर बैठा एक अध-बूढ़ मौलवी

उपदेश बघार रहा था। नाभि तक लम्बी दाढ़ी। माथे पर गमछा लपेटा हुआ। बोलते समय उसकी दाढ़ी हिल रही थी। हाथों से इशारे करता वह श्रोताओं को समझा रहा था, 'कहीं टीले तो कहीं पहाड़। कहीं जंगल तो कहीं उजाड़। कहीं नदियाँ तो कहीं झरने। कहीं रेगिस्तान तो कहीं समन्दर। खुदा की खुदाई को कोई नही जानता।'

मौलवी का खास उपदेश तो आगे था। उसके भीतर कई गहरे मसले घुमड़ रहे थे कि उजड्ड गड़रिये ने सारा मजा ही किरकिरा कर दिया। आखिरी बोल सुनते ही वह सीना ठोंककर बोला, 'मैं जानता हूँ, मैं! खुदा की खुदाई यहाँ से पाँच सौ कदम ही दूर है।'

जानवर की तरह अबूझ गँवार की बात सुनकर मौलवी को हँसी आ गयी। मौलवी की देखादेख सारी भीड़ भी एक साथ खिलखिला उठी। सबकी हँसी रुकने पर गड़रिया बोला, 'बिना पड़ताल किये पहले हँसो मत। यदि मेरी बात झूठ हो तो दण्ड भरने के लिए तैयार हूँ।'

मौलवी ने कहा, 'जब बड़े-बड़े आलिम भी खुदा की खुदाई को नहीं जानते तो तेरी औकात ही क्या है? तू भेड़ें चरानेवाला जाहिल इन गहरी व झीनी बातों को क्या समझे?'

पर गँवार को तो अपने कान, अपनी समझ और अपनी आँखों पर पुख्ता भरोसा था। जोश में आकर बोला, 'तो फिर देर किस बात की। तुम्हारी हिम्मत हो तो शर्त लगा सकता हूँ।'

बुद्धिमान व होशियार के साथ-साथ मौलवी लालची भी कम नहीं था। गड़रिये को जाल में फँसाने की मंशा से कहा, 'शर्त लगाने लायक तेरी हैसियत ही क्या है? नंगा क्या धोये, क्या सुखाये? दमड़ी की लाठी के भरोसे शर्त नहीं लगाई जाती।'

मौलवी के मुँह से ओछी बात सुनकर गड़रिये का मन कसैला हो गया। मौलवी की गरिमा को ताक में रखकर बोला, 'तुम्हें यह दमड़ी की लाठी नजर आ रही है? इसके बूते पर मैं हजार भेड़ों का रेवड़ मजे से चराता हूँ। यदि मैं शर्त हार गया तो रेवड़ के साथ यह लाठी भी तुम्हें सौंप दूँगा। पर तुम्हारे पास लम्बी दाढ़ी के अलावा दूसरी पूँजी क्या है? इस बुहारी के भरोसे कौन शर्त लगाएगा?'

दोनों में परस्पर गहरी ठन गयी। एक धुरन्धर मौलवी और दूसरा अबूझ गड़रिया। मौलवी के दर्प की सीमा न रही। गँवार का ऐसा गुमान? आइन्दा शर्त लगाना न भुला दे तो वह मौलवी नहीं। हजार भेड़ों का रेवड़ तो हाथ लगा ही समझो। इतने बड़े हुजूम के सामने इसका क्या जोर चलेगा? कहीं दूर से आती हलकी 'में-में' की टेर उसे बहुत मीठी लगी। मौलवी के पास हजार मोहरों की थैली थी। हथेली पर चमकती मोहरें नचाते कहने लगा, 'मुझ पर खुदा का फजल है। यदि मैं शर्त हार गया तो तुझे सौ मोहरें इनायत कर दूँगा। देख, तुझे खुदा की खुदाई बतानी पड़ेगी।'

'वाह! यह भी कोई छिपाने की बात है। सब लोग जी भर कर देखना। चलो मेरे साथ।'

गड़रिये का यह कहना हुआ कि मौलवी चबूतरे से नीचे कूदा। सुननेवालों को उपदेश की बजाय इस शर्त में ज्यादा मजा आया। देखें कौन जीतता है? यदि पुख्ता विश्वास नहीं होता तो गड़रिया शर्त थोड़े ही लगाता। पर मौलवी के ज्ञान की बराबरी इससे क्या होगी? आगे गड़रिया, बीच में मौलवी और पीछे पूरी भीड़। हजार भेड़ों की ऊन और मेमनों का हिसाब बिठाता मौलवी गड़रिये के साथ नदी के किनारे पहुँचा। खुदा की मेहर होने पर यों तकदीर खुलती है।

नदी में कहीं-कहीं गड्ढे भरे थे। बजरी से चमकता पाट दूना चौड़ा दिख रहा था। ऊँचे कगार पर खड़े होकर गड़रिये ने पाट की ओर लाठी उठाते पूछा, 'यह नदी क्या तुमने खुदाई?'

'नहीं तो!'

'गाँव के ठाकुर ने खुदाई?'

'नहीं रे, बेचारे ठाकुर की क्या औकात जो ऐसी नदी खुदाये।'

'तो क्या राजा ने खुदाई?'

'अरे! नहीं नहीं, क्यों फालतू बकवास करता है। ठाकुर-राजाओं के बूते की यह बात नहीं है।'

'तो क्या किसी सेठ-साहूकार ने खुदाई?'

'तोबा करो तोबा! पैसों का जोर सब जगह नहीं चलता। क्यों बेकार दिमाग लड़ा रहा है।'

'फिर तो बादशाह ने ही खुदाई होगी।'

'ना रे ना, बादशाह का भी यहाँ जोर नहीं चलता।'

'तो फिर आपके खयाल से यह नदी खुदा ने ही खुदाई होगी?'

मौलवी के मुँह से अजाने ही हामी छिटक पड़ी। तब गड़रिये ने हँसते-हँसते कहा, 'यही तो खुदा की खुदाई है।'

उन दिनों मनुष्यों के मन में जात-पाँत और मजहब का जहर घुला हुआ नहीं था। सरल और निर्मल स्वभाव की भीड़ पहले तो गड़रिये की बात पर हँसी। फिर हँसते-हँसते ही गड़रिये की हिमायती करते कहा कि जीत की सौ मोहरें उसे तत्काल मिलनी चाहिए। मौलवी ने शर्मिन्दा होकर चुपचाप सौ मोहरें गिन दीं।

इस बार मौलवी को भेड़ों की आवाज भेड़ियों की गुर्राहट जैसी महसूस हुई। अपने हाथ से मोहरें गिनने के बाद मौलवी दाढ़ी सहलाने लगा। गड़रिया मुसकराते कहने लगा, 'क्या मुझे एकदम गावदी समझ रखा है? भेड़ें चराना तो मेरा धरम है। आसानी से विश्वास थोड़े ही करोगे कि मुझे अन्तस् के आर-पार दिखता है। कहो तो आपके मन की बात बता दूँ।'

मौलवी ने सोचा कि ढोर की तरह यह गँवार अपने-आप फँसे तो फँसने दो। मनुष्य के मन की बात भला कौन बता सकता है? इस बार इसकी हार सुनिश्चित है। रेवड़ के साथ वापस मोहरें भी हथिया लेनी हैं। अधिक उफनने से राख में गिरना पड़ता है। तैश में आकर बोला, '...यदि नहीं बता सका तो।'

'मोहरें वापस लौटा दूँगा।' गड़रिये ने सहज भाव से जवाब दिया।

मौलवी ने दाढ़ी हिलाते कहा, 'ना, फकत मोहरें लौटाने से काम नहीं चलेगा। ये तो मेरी ही थीं। यदि तू शर्त जीत गया तो तुझे दो सौ मोहरें दूँगा...। हार गया तो सौ मोहरों के साथ यह रेवड़ भी मेरा।'

'रेवड़ हथियाने की ऐसी ही मंशा है तो ले लेना।' गड़रिये ने लाठी को सहलाते कहा, 'लेकिन उसे चराना उपदेश बघारने की तरह आसान नहीं है। एक दिन में ही तोबा कर जाओगे।'

मौलवी ने बीच ही में टोकते कहा, 'तुझे इससे क्या वास्ता? अब बहाने मत बना। मेरे मन की बात बता और शर्त जीत ले।'

तब गड़रिया सुगम्भीर स्वर में कहने लगा, 'तुम्हारा अन्तस् मुझे पानी के उनमान साफ दिख रहा है। तुम खुदा से अरदास कर रहे थे कि बादशाह की हजारी उम्र हो। दिन दूना और रात चौगुना उनका राज्य बढ़े। घर-घर अमनचैन की बंशी बजे। समय-समय पर जरूरत मुताबिक उनके राज्य में सब जगह एक-सी बरसात हो। बोलो, तुम्हारे मन में ये चारों बातें थीं कि नहीं?'

मौलवी तो गँवार के चक्कर में बुरा फँसा। मना करने पर उसकी बेजा गत बिगड़ेगी। बादशाह को पता चलने पर सूली की सजा में कोई कसर नहीं। चुगलखोर तो चारों ओर छिपे हुए हैं। जान सलामत रहे तो मोहरें ही मोहरें हैं। थूक निगलते बड़ी मुश्किल से हामी भरी।

लोग ठहाका मारकर जोर से हँसे और वह दुखी मन से चुपचाप मोहरें गिनने लगा। एक गँवार के हाथों उसके बेजोड़ इल्म को जबरदस्त ठेस लगी।

होड़ की इस अचीती जीत से गड़रिये को खुशी के साथ-साथ थोड़ा रंज भी हुआ। राम जाने इतनी भीड़ इकट्ठी करके वह ज्ञान की कौन-सी बातें समझा रहा था। भेड़ों के रेवड़ तो बहुत देखे पर मनुष्यों का रेवड़ आज ही देखा। मनुष्यों के गड़रिये की बजाय भेड़ों का गड़रिया अधिक समझदार होता है। बाबा कबीर ने तो बहुत पहले ही साफ-साफ कह दिया था कि मोटे-मोटे पोथों में सिर खपाना बेकार है। प्रेम के ढाई अच्छर पढ़नेवाला ही पण्डित होता है। मौलवी की लम्बी दाढ़ी में अपनी नजर गड़ाकर बोला, 'मेरे मुँह की ओर यों टुकुर-टुकुर क्या देख रहे हो? मैं कोई मामूली करामाती नहीं हूँ। मंशा हो तो एक होड़ और लगा लें। कहो तो आकाश के सूरज को अभी नीचे उतारकर बता दूँ।'

'तोबा...तोबा। ऐसे बड़बोल तो भगवान को भी शोभा नहीं देते। थोड़ी बहुत तो शर्म की होती।'

'इसमें शर्म की क्या बात?' गड़रिया बाल-सुलभ मुद्रा बनाकर कहने लगा, 'यदि कौल-मुजब करके न बताऊँ तो मेरा सिर और तुम्हारी जूती।'

भीड़ में से किसी मनचले युवक ने ठिठोली की, 'मगर साफा उतारना होगा।'

गड़रिये ने कान पकड़ते अदेर हामी भरी, 'खरी बात, सो तो उतारना ही पड़ेगा।' सभी लोग ठहाका मारकर हँसे। गड़रिया भी जोर से हँसा, मानो किसी वरदान के वशीभूत कोई मेमना हँसा हो।

मौलवी के मन की कली-कली खिल गयी। तत्काल हामी भरते कहा, 'यह होड़ मुझे मंजूर है। यदि सूरज को नीचे उतारकर नहीं बताया तो तीन सौ मोहरों के साथ अपना रेवड़ मुझे सौंप देना। और यदि मैं हार गया तो तुझे तीन सौ मोहरें और गिन दूँगा।'

गड़रिये ने कुछ सोच-विचार कर ही होड़ लगाई थी। जंगल में कुदरत के साथ उम्र गुजारी, फिर वह ऐसे थोथे विद्वान्-पण्डितों को क्या निकालकर देता। हर वक्त सूरज की धूप अपनी देह पर झेली, फिर अक्ल का उजियारा उससे ज्यादा और किस में होता? झिलमिलाते निःशब्द अँधियारे से जिसने गहरे मर्म की दीक्षा ली, भला उसकी बराबरी कौन कर सकता है? हवा किसी की पकड़ में आये तो उसकी झीनी सूझ-बूझ किसी की पकड़ में आये। आँधी, लू, बादल, बिजली, वर्षा, झाड़-झंखाड़ और फूल-काँटों से जिसने पट्टी-पहाड़े सीखे, फिर कोरी-मोरी पोथियों के ज्ञान की वह क्या परवाह करता। मौलवी की होड़ कबूल करने में उसने तनिक भी ढील नहीं की। जहाँ खड़ा था, वहीं से नीचे कूदता बोला, 'मेरे साथ आओ, जो कहा अभी कर दिखाता हूँ।'

एक साथ कई पाँव नीचे कूदे और गड़रिये के साथ-साथ चलने लगे। मौलवी के पाँव सबसे आगे थे। गड़रिया एक बड़े गड्ढे के पास रुका। निर्मल पानी के भीतर चमकते सूरज की ओर लाठी बढ़ाते पूछा, 'यह क्या है?'

'सूरज!' पास खड़े एक व्यक्ति ने जोर से कहा।

तब गड़रिये ने मौलवी की तरफ देखकर पूछा, 'आप बताइये यह सूरज है कि चाँद?'

'भला, दिन के समय चाँद कैसे हो सकता है—तू इतना भी नहीं जानता?'

'मैं तो कुदरत और भेड़ों के अलावा कुछ भी नहीं जानता। न जानना चाहता हूँ। इस तरह सूरज, तारे और चाँद को नीचे उतारना तो मैंने ठेठ बचपन में सीखा था।'

'यह तो हर कोई जानता है। मैं भी जानता हूँ।'

'फिर आपने शर्त क्यूँ लगाई। अब हार-जीत का फैसला आप ही करें—कौन जीता, कौन हारा?'

मौलवी कुछ भी फैसला करे, उसके पहले ही चारों तरफ खड़ी भीड़ ने गड़रिये के हक में फैसला सुना दिया। जात-पाँत, धर्म-मजहब का जाने-अजाने कुछ भी

लिहाज नहीं रखा। तब सच्ची बात से मुकरने में कोई सार नहीं। पर यह छोटी-सी बात भी उसकी समझ में क्यों नहीं बैठी? बड़ी-बड़ी पोथियों का रटा हुआ ज्ञान कुछ भी काम नहीं आया। एतराज भी करे तो उलटे उसी की भद्द उड़ेगी। लोगों की नजर में साख-पेठ उठेगी सो अलग से। बगैर किसी हील-हुज्जत के उसने चुपचाप तीन सौ मोहरें गिन दीं। पर इस गँवार को एक बार हराये बिना आसपास के इलाके में वह मुँह नहीं दिखा सकेगा। इस उजड्ड से मात खाने पर उसकी समझ एवं उसके उपदेशों का कौन एतबार करेगा? होड़ की ये तीन बातें गड़रिये ने ही सुझाई थीं। शायद इसलिए उसे हारना पड़ा। अब कोई गूढ़ बात सोचकर होड़ मारे तो जीतने की गुंजाइश है। गड़रिये की ओर टेढ़ी निगाह से देखते मौलवी ने कहा, 'अब तक तो मैंने तेरे कहे-कहे शर्त लगाई। मैं तीन बार हारा, जिसका मुझे कोई पछतावा नहीं। पर एक शर्त तो मेरे कहने से ही लगा।'

गड़रिये ने तुरन्त जवाब दिया, 'तुम सोचते हो कि मैं आनाकानी करूँगा? जो कहो वही शर्त लगाने को तैयार हूँ। यह भी मन में मत रखना। पर भाई मेरे, बहुत सोच-विचारकर टेढ़ी से टेढ़ी शर्त लगाना। कम-से-कम एक बार तो जीतो।'

गड़रिये के उकसाने पर मौलवी को एक जबरदस्त बात सूझी। व्यंग्य और परिहास के लहजे में बोला, 'सूरज को जमीन पर उतारनेवाले करामाती के लिए तो एकदम आसान मसला है। बता, इस धरती का आधेटा (केन्द्र-बिन्दु) कहाँ है? यह शर्त जीत जाए तो बची हुई चार सौ मोहरें तुझे सौंपकर थैली झाड़ दूँ। मुझे मोहरों से क्या सरोकार? लोगों के लिए ही इकट्ठी करता हूँ और उन्हें ही लुटा देता हूँ। मैं तो आज तुझे जिताने पर ही तुला हूँ। खुदा की जब यही ख्वाहिश है तो मैं क्यूँ कसर रखूँ। खुदा का गुलाम जो हूँ।'

मौलवी के ताने का मर्म गड़रिये से छिपा नहीं रहा। फिर भी उसने हारे हुए मौलवी की औकात समझाकर उसे और शर्मिन्दा नहीं करना चाहा। फकत अपना पक्ष उजागर करते बोला, 'मैं न तो किसी खुदा का गुलाम हूँ और न किसी राम का दास। केवल इन भेड़ों का चाकर हूँ। आज यही आजमाकर देख लो कि खुदा का गुलाम बड़ा होता है या भेड़ों का चाकर! इनकी बन्दगी करने पर ये मुझे मुलायम ऊन सौंपती हैं। कोमल-कोमल मेमने सौंपती हैं। मैं तुम्हारे मन का भेद पहले ही जानता था, इस कारण धरती के बीचोबीच ही खड़ा हूँ।' फिर हाथ में थमी लाठी को जोर से पटककर बोला, 'यह रहा धरती का आधेटा। यदि कुछ भी वहम हो नापकर देख लो। एक अंगुल का भी फरक आ जाए तो मैं हारा और तुम जीते।'

यह गँवार तो जहाँ खड़ा था, वहीं उसने धरती का केन्द्र बता दिया। अब कोई भी बुद्धिमान या प्रकाण्ड पण्डित उसे कब नापे, किस तरह नापे? और बगैर नापे उसकी जाँच क्यों कर हो? गलत साबित करने की गुंजाइश ही नहीं बची। जानकर आफत मोल ली।

इस बार तो लोगों ने बड़ी मुश्किल से अपनी हँसी रोकी। पर होठों के बीच दबी वह हँसी तो ठहाकों से भी ज्यादा बुरी लगी। मौलवी का तो मानो खून ही निचुड़ गया हो। उसके ज्ञान की आज गजब कलई खुली! अब तो जितनी जल्दी मोहरें गिने तो उसे चैन मिले। मूक तौहीन का विपुल बोझ उसके लिए नितान्त असह्य हो रहा था। काँपते हाथों से थैली का मुँह खोलने लगा तब गड़रिये ने जाने क्या सोचकर उसे टोका, 'बस...बस, रहने दो। ठेठ बचपन से ही दिल्लगी करने की आदत है। बुरा मत मानना। तुम्हारी हालत देखकर माफी माँगने की इच्छा हो रही है। बात ही बात में मजाक कुछ ज्यादा खिंच गया।'

फिर जीती हुई मोहरें लौटाते कहने लगा, 'ज्यादा सोच-विचार करे जैसी बात नहीं है। ये मोहरें मेरे लिए बेकार हैं। बिना मेहनत की कमाई से पूरी जात का अमंगल होगा। मोहरों की बजाय मेरा एक मान रख लो तो मैं जिन्दगी भर तुम्हारा एहसान मानूँगा कि रेवड़ तो भेड़ों का ही अच्छा लगता है, मनुष्यों का नहीं। मनुष्यों का रेवड़ शर्मनाक तो होता ही है, पर नुकसानदेह भी कम नहीं होता। सही और खरी सीख की बजाय गलत सीख भीड़ के गले जल्दी उतरती है। वह आदमी का विवेक चर जाती है। यदि यह मरम समझ गये तो तुम हारकर भी जीते हुए हो। बिना हाड़ की जीभ है, कोई बुरा-भला सबद निकल गया हो तो माफ करना। मेरी लाडली भेड़ें कब से मेरी बाट जोह रही हैं। इतनी देर उनसे पहली बार अलग रहा हूँ। वे मुझे कभी गलत सलाह नहीं देतीं। ...अच्छा तो अब चलूँ। हजार-हजार राम-राम और लाख-लाख सलाम।'

हारी हुई मोहरें कबूल करते हुए, मौलवी के हाथ तनिक काँपे। आँखें भर आयीं। विगलित स्वर में बोला, 'आज तेरी संगत से मुझे नया इलहाम हुआ है। आँखों की धुन्ध छँटी है। अपनी मरजी से सौ मोहरें तुझे भेंट करना चाहता हूँ, मना मत करना...।'

गड़रिया बीच ही में बोला, 'आज नहीं, फिर कभी। छह महीने बाद ही बड़ी बिटिया का गौना है। उस वक्त मुँह से माँगकर ग्यारह मोहरें ले लूँगा। न्योता भेजूँ तो याद रखिएगा।'

मौलवी के होठ तनिक काँपे। अतिशय आत्मीयता से पगे स्वर में कहा, 'दिल में उतरी हुई बात सोते हुए भी विस्मृत नहीं होती, जरूर आऊँगा। और, उस दिन ही अपने मन की बात तुझे बताऊँगा, तब तक के लिए राम-राम!'

गड़रिये को ऐसा महसूस हुआ मानो वह विश्व की तमाम सम्पदा का मालिक बन गया, जो खर्च करने पर ही बढ़ती है।

16 जुलाई, 1997, बुधवार

# गिरवी जोबन

बरसों-बरस पुरानी बात है। हवा के किनारे और अँधियारे की छत्र-छाया के तले एक गाँव बसा हुआ था। जहाँ एक हतभागे बामन का डेरा। टूटी झोंपड़ी। टूटा ही आँगन। बामनी तो एक धीया को जन्म देकर प्रसव की पीड़ा सहते-सहते अपनी वैतरणी पार कर गयी! उगते सूरज की किरणों के विश्वास पर वह चिड़िया-सी धीव उस घोंसले में क्योंकर दिन-ब-दिन बड़ी हुई, जिसका हिसाब या तो धूप के पट पर लिखा हुआ या चाँदनी की परतों में सिमटा हुआ या बयार के अदीठ आँचल पर चित्रित है! उम्र के अनुसार बामन के दिन और दिनमान ज्यों-ज्यों सिकुड़ते गये, त्यों-त्यों धीवड़ी का जोबन उभरता गया। आखिर जीवित काया से बुरी तरह परेशान होकर वह बामन पड़ोसी बनिये की पेढ़ी पर आया। न मालूम उसने क्या सोचकर मसान से जीवन की आस लगाई!

माया की बेशुमार मेहर होते हुए भी बनिये की कंजूसी का पार नहीं था। बेहद निर्मोही और बेहद ओछा। सवेरे-सवेरे बोहनी की वेला बामन को पेढ़ी पर चढ़ते देखा तो उसका कलेजा नीचे खिसकने लगा। ऐसी खराब बोहनी तो कभी नहीं हुई। पर राजा कर्ण की वेला बनिये को झंझट नहीं सुहाता। हँसना तो हाथ की बात नहीं थी, पर जबरदस्ती दाँत निपोरते व्यंग्य में बोला, 'पधारिए पण्डितजी, आज इस पेढ़ी पर आने की मेहरबानी कैसे की?'

'भरे तालाब के भरोसे ही खाली घड़ा लेकर जाना पड़ता है!' बूढ़े बामन ने हिलती गरदन और सिहरते स्वर में कहा, 'जीने योग्य सौदा-सुलफ तोले बिना अब

जिन्दा रहना दूभर है। मेरी मेहरबानी से आपकी कोई गर्ज पूरी नहीं होगी। आपको ही मुझ पर मेहर-मया करनी है।'

बनिये के उत्तर में ताने का पुट था। कौड़ीनुमा दाँत निकालते बोला, 'इसमें मेहर-मया की क्या बात! मैं तो पेढ़ी पर सौदा-सुलफ तोलने के लिए ही बैठा हूँ। दाहिने हाथ से बोहनी कराएँ!'

हिलती गरदन को रोकने की भरसक चेष्टा करते हुए बामन कहने लगा, 'बोहनी कराने योग्य मेरी हैसियत होती तो इस बूढ़े मुँह से मेहर-मया का बोल मर कर भी नहीं निकलता। बोहनी के शकुन मनाने की खातिर मेरा दाहिना हाथ काटें तो मेरी मनाही नहीं है।'

बनिये ने अदेर आँखें बन्द कर लीं और मुँह मस्कोरकर कहने लगा, 'राम-राम! बोहनी के शुभ अवसर पर हाथ-पाँव काटने की यहाँ बात मत करो। यह बनिये की हाट है, कसाई का बूचड़खाना नहीं। आप स्वयं अच्छी तरह जानते हैं कि रोकड़ दाम या कुछ-न-कुछ गिरवी रखे बिना मैं बात ही नहीं करता। प्रभात की सुनहरी वेला आपने कैसी दुविधा खड़ी कर दी! सौदा न तोलूँ तो शकुन बिगड़ते हैं। उधार करूँ तो बोहनी खराब होती है। कुछ तो गिरवी धरो—माथे की यह पाग ही सही!'

'यह पाग तो एकदम तार-तार हो चुकी है। मसोते के काम भी नहीं आएगी। नंगे सिर भद्दा लगूँगा। न हो तो मेरा भाग्य गिरवी रख लो।' बामन का गला रुँध गया। आँखें भर आयीं।

किन्तु बनिये की दृष्टि में वह जोत ही नहीं थी और कानों में वह श्रवण-शक्ति ही नहीं थी कि वह बामन के आँसू देख सके और गले की रुँधी आवाज सुन सके। पण्डित के मुँह से बेतुकी बात सुनकर उलटे उसे हँसी आ गयी। कहने लगा, 'तुम्हारा भाग्य गिरवी रखकर मुझे क्या दिवाला निकालना है? इतने साल इस भाग्य ने तुम्हें निहाल किया तो अब मुझे निहाल करेगा।' असहाय होते हुए भी अपने भाग्य की वह प्रताड़ना उसे बहुत बुरी लगी। गम्भीर स्वर में बोला, 'सेठजी, हवा के रुख और मनुष्य के भाग्य का किसे भी पता नहीं चलता।'

इस तरह खाली बकवास करना बनिये को क्या भाव पड़े! कुछ-न-कुछ उपाय तो सोचना ही पड़ेगा। बोहनी की गुत्थी सुलझाये बिना सारा दिन खराब बीतेगा। बनिये की आँखों के सामने बामन की बेटी का चेहरा झिलमिलाने लगा। अदेर युक्ति सूझी। हकलाहट मिटते ही कहने लगा, 'आप धर्मशास्त्रों के ज्ञाता और मैं अनपढ़ बनिया, आपसे विवाद में जीत नहीं सकता। एक बात मानो तो मेरे लिए भी बोहनी का सुयोग सध जाएगा और आपका मतलब भी सिद्ध हो जाएगा। अपनी बेटी का जोबन गिरवी रख दो तो जीवन-पर्यन्त सौदा-सुलफ देता रहूँगा।'

बनिये के वे बोल सुनकर भी बामन ने धीरज रखा। दयनीय परिस्थितियों ने

उसे पूर्णतया विवश कर दिया था। बेटी की खातिर उसे किसी भी शर्त पर जीना पड़ेगा और उसके प्राण बनिये की बही में बन्धक हैं। फिर भी बोलते समय ऐसा लगा मानो गले में कुछ फँस गया हो। 'अब किसी भी बात के लिए प्रतिवाद करने की मुझमें शक्ति नहीं है। पर समझ नहीं पड़ता कि बेटी का जोबन किस तरह गिरवी रखूँ?'

'जिस तरह अपना भाग्य गिरवी रख रहे थे।' बनिये ने सहज-सीधा समाधान बताते कहा, 'मेरा ऋण चुकाये बिना बेटी के हाथ पीले नहीं कर सकोगे। बस... इतनी-सी बात! आपकी बेटी आपके घर रहेगी। इच्छा हो तो उसका मुँह बताना। और मुझे मुँह देखकर करना ही क्या है?' इतना कहकर बनिया ही-ही करते सचमुच हँसने लगा तो कुछ देर तक हँसता रहा।

उस बूढ़े बामन ने अब तक मनुष्य की ऐसी हँसी पहली बार सुनी। देखी। जैसे बनिये के होठों पर आग की लपट सुलग उठी हो। उसे धूप में कहीं-कहीं कालिख पुती नजर आयी। हवा में साँस तक लेना भारी पड़ रहा था कि अचानक बनिये के होठों से बुझकर वह लपट बामन के पेट में सुलग उठी। भूखी अँतड़ियों की जलन के आगे उसके ज्ञान को झुकना पड़ा। उम्र भर शास्त्रों का पारायण करनेवाले नितनेमी पण्डित के मुँह से जबरन ये शब्द छिटक पड़े, 'सेठजी, आपकी बात मुझे मंजूर है।'

बोहनी सुधरने की खुशी में बनिया पण्डित को धीरज बँधाते कहने लगा, 'चिन्ता करे जैसी कोई बात नहीं। मैं तो केवल उसका यौवन गिरवी रख रहा हूँ। बाकी बातों से मुझे कोई वास्ता नहीं। आपकी बेटी आपके घर में रहेगी। घर में सोएगी।'

तत्पश्चात् बनिये ने तनिक भी ढील न करके झटपट अपनी बही में बामन की कुँआरी बेटी का यौवन गिरवी माँड कर, बाप के अँगूठे का निशान करवा लिया। बही को डोर से बाँधा। फिर पण्डित को आश्वस्त करने की नीयत से कहा, 'गणेश भगवान हम दोनों का भला ही करेगा। आप रंचमात्र भी चिन्ता न करें।'

बामन आह भरते बोला, 'चिन्ता की बात पर खुशी तो मनाने से रहा। बिना माँ की बेटी के लिए, जो न करूँ वह थोड़ा है।'

बामन की जरूरत के अनुसार बनिये ने घर-गृहस्थ की सारी चीजें उधार दे दीं। सर पर गठरी उठाये डगमगाते पाँवों से घर की ओर रवाना हुआ तो भीतर-ही-भीतर ऐसा कटने लगा जैसे वह उम्र भर अपने ठिकाने पहुँच नहीं पाएगा। गठरी की अपेक्षा बेटी के गिरवी रखे यौवन का बोझ कहीं अधिक असह्य था। न बनिये का ऋण उतरेगा और न बेटी का ब्याह होगा। अकेले व्यक्ति का विकट अवसाद केवल आस-पास के वायुमण्डल में ही नहीं, समस्त ब्रह्मण्ड में व्याप्त हो गया था...!

संयोग की लीला कि ठीक उसी समय शिव-पार्वती का विमान उधर से गुजरा। सौदे की गठरी पर नजर पड़ते ही पार्वती की आँखें सहसा भर आयीं। अविलम्ब महादेव की जटा खींचते गुस्से में बोली, 'अब एक कदम भी विमान आगे नहीं जाने दूँगी। इस भोले पण्डित की बेटी का यौवन गिरवी रखने के बाद भी तुम दुनिया के कल्याण का दावा करते हो? शर्म नहीं आती! भाँग के नशे में कुछ होश भी है कि दुनिया किस दुःख में जी रही है। इसकी बेटी का यौवन बनिये की बही से न छूटे तब तक मैं पानी का घूँट तक नहीं पीऊँगी। समस्त चराचर की माँ होकर, यह पाप अपने सिर पर ओढ़ूँ?'

कुछ तो जटा की खींचतान और कुछ पार्वती की कड़क से भोले महादेव का सारा नशा छूमन्तर हो गया। वे पार्वती को शान्ति से समझाने लगे, 'यह सारा इलाका हमारे गणेश का है। दो बरस पहले इकतरफा तेजी से व्यापार में बेहद लाभ हुआ तो बनिये ने गणेश की खातिर शानदार मन्दिर बनवाया। मेरा तो एक भी मन्दिर उसकी जोड़ का नहीं है। तिस पर बनिया किसी पुजारी का भरोसा न करके स्वयं नियमित रूप से साँझ-सकारे उसकी पूजा करता है। आरती उतारता है। उसके आदेश से आठों पहर घी की अखण्ड जोत जलती रहती है। और यों भी तुम्हारा सुपुत्र स्वभाव से एकदम भोला है। बनियागिरी के स्वाँग को भक्ति समझकर पूरा खुश हो गया। उसे बिना पूछे बनिये को परेशान करूँ तो वह बुरा मान जाएगा। मन्दिर जाकर कुछ डाँट-डपट करने से वह जरूर कोई रास्ता निकालेगा। अपना लिहाज रखता है, कहा टालेगा नहीं।'

किसी भी अन्य देवता के क्षेत्र में दखल देना पूर्णतया निषिद्ध था। इसलिए इच्छा न होते हुए भी पार्वती को पति की बात माननी पड़ी। भाँग का एक बड़ा-सा लोंदा निगलकर शंकर भगवान सीधे मन्दिर पहुँचे। तब वह बनिया भी परिक्रमा के पीछे आँखें मूँदकर गणेश का सुमिरन कर रहा था। भाँग के साँगोपाँग नशे में शिवजी तो भिड़ते ही बेटे पर बरसे, 'गोबर-गणेश, तुझे खोटे-खरे भक्त की पहचान है कि नहीं? मन्दिर बनाने के बाद यह बनिया सरेआम किसी पर जुल्म करे तो तुझे कोई एतराज नहीं! यों चुपचाप आँखें मूँदने से क्या तेरी साख-पेठ बच जाएगी?'

बनिये ने झिझककर आँखे खोलीं। बेटे का जाप छोड़कर वह बाप की बात ध्यानपूर्वक सुनने लगा। भोले-महादेव नशे की रौ में आगे कहने लगे, 'इस धूर्त बनिये ने बेचारे बामन की बेटी का कुँआरा यौवन गिरवी रख लिया—कुछ ध्यान है कि नहीं?'

तब गणेश भगवान ने बाप के चरणों में सूँड़ से बन्दगी की। कुछ देर रुककर कहने लगे, 'मुझे सब ध्यान है! अपने लड़के को इतना भोला तो मत समझिये। मन्दिर नहीं बनने पर मुझे इस इलाके में कौन पूछता? लेकिन अब जिन्दा मक्खी

नहीं निगलूँगा। सातवें दिन मैं इस पण्डित को इक्कीस हजार मोहरें दिलवा दूँगा। बेटी का रूप-यौवन मुक्त होने पर पण्डितजी अपने-आप ठाट से उसका ब्याह कर देंगे।'

पार्वती ने कहा, 'मैं अपनी आँखों के सामने तेरा वरदान देखना चाहती हूँ। सात दिन तक हम यहाँ रुक नहीं सकते। तीसरे दिन यह काम सलटाये तो मैं निश्चिन्त हो सकती हूँ।'

तब गणेश भगवान ने आकाश की ओर सूँड़ उठाते कहा, 'माँ का आदेश सिर-आँखों पर।'

इक्कीस हजार मोहरों के वरदान की बात सुनते ही बनिये के पेट में खलबली मची। मन-ही-मन पछताने लगा कि अब इन बौड़म देवताओं पर कौन विश्वास करेगा! मन्दिर बनवाने से क्या लाभ हुआ! सोते-बैठे बामन पर इस कदर तुष्टमान होते हैं और उसकी कुछ परवाह ही नहीं! बेकार ही इस मन्दिर के बहाने इतनी जोखम उठाई। इतने रुपयों का कितना ब्याज मिलता? उसके रुपयों से बनाये मन्दिर का नफा-नुकसान तो उसे ही मिलना चाहिए। गणेशजी भोले हुए तो क्या, वह तो भोला नहीं है। उस दिन पण्डित का भाग्य गिरवी माँड लेता तो कैसा उम्दा काम बनता! मगर अब भी कुछ देर नहीं हुई। मामूली लोभ देकर आज ही उसका भाग्य गिरवी रख लेगा।

ऐसी बात सोचकर वह बनिया सीधा पण्डित के घर पहुँचा। बाप के द्वारा छोड़ने पर बेटी पुराने शास्त्रों की राह ज्ञान खोज रही थी। बनिये की आवाज सुनकर वह भी बाप के साथ बाहर आयी। जब बनिये ने सौ मोहरों के बदले बाप का भाग्य माँडने की बात कही तो वह कुछ जवाब दे उसके पहले ही बेटी साफ मुकर गयी। बेहिचक कहने लगी, 'मेरा रूप-यौवन गिरवी रखा वही बहुत है। हवा के रुख का पता चले तो मनुष्य के भाग्य का पता चले। मरते दम तक मैं पिताजी का भाग्य गिरवी नहीं रखने दूँगी।'

'पर रेहन रखा तेरा जोबन छूट रहा है, इससे बड़ी खुशी की बात मेरे लिए क्या हो सकती है, ठण्डे दिमाग से जरा सोच तो सही।'

बाप की मजबूरी बेटी से तनिक भी छिपी हुई नहीं थी। फिर भी इस वक्त चुप रहना बहुत ही घातक होगा, यह विचार कर बेटी ने दृढ़ स्वर में कहा, 'पिताजी, मैंने खूब सोचकर ही सेठजी को मना किया। इनकी बात पर मुझे भरोसा ही नहीं होता। पेट में कुछ और है, जबान पर कुछ और। जब तक ये सही बात न कहें, मुझे ही निर्णय करने दीजिए।'

बनिए ने सही बात तो अन्त तक नहीं बताई, फिर भी वह बढ़ते-बढ़ते दस हजार मोहरें देने के लिए वचनबद्ध हो गया, तब कहीं बेटी बड़ी मुश्किल से मानी। बनिए ने सोचा कि दस हजार मोहरों के बदले ग्यारह हजार मोहरों का अचीता लाभ

हो रहा है। बनिये के हिसाब का भला कौन मुकाबला कर सकता है—न पण्डित, न गणेश और न महादेव। यश व कीर्ति के भूखे देवताओं को मनाने में क्या देर लगती है?

दस हजार मोहरें गिनाते समय बनिये ने बाप-बेटी दोनों से पक्का वादा करवा लिया कि अगले तीन दिन में पण्डित के भाग्य से एक छदाम भी हाथ लगे तो उसकी और लाख हीरे-मोती हाथ लगें तो उसके।

लाख हीरे-मोतियों की बात सुनकर पण्डित मन-ही-मन हँसा। उजाला भाग्य में लिखा हो तो रतौंधी का कहर क्यों ढहे! और उसका भाग्य फलकर भी कितना फलेगा? जब उम्रभर दुर्भाग्य टस से मस नहीं हुआ तो वह तीन दिन में ऐसी क्या करवट बदलेगा? बावरे बनिये ने क्या सोचकर ये दस हजार मोहरें गँवायीं! फिर भी बेटी के करम जागे कि बाप का भाग्य गिरवी रखने से उसका यौवन मुक्त हो गया। पृथ्वी की स्थापना के बाद आज से पहले कभी किसी बाप ने बेटी का यौवन इस तरह गिरवी नहीं रखा होगा! भला ऐसी कुमति उसे क्योंकर सूझी? वह अवश्य रौरव नरक में जाएगा। जब मायापति बनिया न माना तो वह दूसरा जोर भी क्या करता! पर अभी-अभी, बन्धक रखा यौवन बही से छूटा तो उसके मन में अतिशय आनन्द हिलोरें भरने लगा, जैसे रेहन रखा सूरज मुक्त हुआ हो!

और उधर महा-धूर्त और अन्त-लोभी बनिया किसी और ही ऊहापोह में उलझा था। कुँआरी बेटी के रूप-यौवन की अपेक्षा तो बूढ़े बाप का भाग्य ज्यादा बेहतर है। यदि शुरुआत में ही बेचारे बामन की बात मान लेता तो ये दस हजार मोहरें गँवानी नहीं पड़तीं। अब जो बचा है, वह भाग्य के निमित्त! देवताओं से लम्बी-चौड़ी अक्ल की आशा ही नहीं रखनी चाहिए। यह अभागा बामन इक्कीस हजार मोहरों की महिमा क्या समझे? किसने तो मन्दिर बनवाकर उन्हें सारे इलाके में पुजवाया और किसे वरदान दे रहे हैं? ऐसा अन्याय होने पर कोई क्यों इनकी माला जपेगा?

गणेश-भगवान के कौल मुताबिक तीसरा दिन समाप्त होनेवाला था। फकत घड़ी भर की देर। माँ-पार्वती के मन में अन्धड़ मचा था। भाँग के नशे में ऊँघते पति को झंझोड़ते बोली, 'मैं तो पहले ही जानती थी कि इस गोबर-गणेश का कौल पूरा नहीं होगा। चतुर बनिये ने सोने के कलश की लालसा जगाकर उसे जरूर पटा लिया है। सारे देवताओं की बुद्धि ही सठिया गयी है। जो भी मक्कार मायापति मन्दिर बना देता है, उसी पर तुष्टमान हो जाते हैं। गरीबों की कोई सुधि नहीं लेता। मैं अकेली किस-किस का दुःख-दरद हरूँ! गुस्सा तो ऐसा आ रहा है कि गावदी की सूँड़ एड़ी से मसल डालूँ!'

पार्वती के झकझोरने से शिवजी झेरें खाते हुए बड़ी मुश्किल से गणेश के मन्दिर पहुँचे। बनिया पहले से ही परिक्रमा के पीछे छिपा हुआ, चौकस खड़ा था।

उसके मन में भी तूफान कम नहीं था। कहीं गणेशजी भूल तो नहीं गये! उनके कौल की आशा में दस हजार मोहरें खो दीं। लेकिन देवताओं की बात झूठी हो तो कौन उन पर भरोसा करेगा? कौन उनके प्रति आस्था रखेगा? कौन मन्दिर बनाकर उन्हें प्रतिष्ठित करेगा? आखिरी पल तक कौल जरूर पूरा होगा। उन्हें बनिये की नाईं वसूली तो करनी नहीं है! तुष्टमान होते ही अचीती माया हाथ लगे तभी इनका चमत्कार है।

शिवजी क्रोध में बलबलाते कहने लगे, 'पगला कहीं का! क्यों बार-बार मुझे उलाहना दिला रहा है? वरदान ही देना था तो तीन दिन की मोहलत क्यूँ माँगी? तुझे उधार लेकर तो मोहरें इकट्ठी करनी नहीं हैं।'

बुद्धि के अवतार महादेव की फटकार सुनकर बनिया बेहद खुश हुआ। अब तो इक्कीस हजार मोहरें हाथ लगी ही समझो। हवा के रुख और मनुष्य के भाग्य का किसे भी पता नहीं चलता! दीवार से कान सटाकर वह आगे की बात ध्यान से सुनने लगा। पिता की घुड़की के प्रतिवाद में बेटे ने हाथ झटकते कहा, 'मेरे पास मोहरें कहाँ पड़ी हैं? मैं तो हाथ की सफाई से इधर की पगड़ी उधर रखता हूँ—ताकि प्रतिष्ठा बनी रहे। मेरे पास इतनी माया होती तो मैं मन्दिर बनाने के लिए बनिये की गरज क्यों करता?'

पार्वती ने पाँव पटककर पूछा, 'तो कौल मुताबिक तू बामन की बकाया ग्यारह हजार मोहरें नहीं देगा?'

गणेश ने विनम्रतापूर्वक कहा, 'आपके आदेश, मुजब कौल तो अवश्य पूरा करूँगा, पर मेरे पास मोहरें कहाँ? दस हजार की तरह, बची हुई ग्यारह हजार मोहरें भी बनिये से दिलाऊँगा।'

गणेशजी की बचकानी बात सुनकर बनिया होठों ही होठों में फुसफुसाया, 'मैं ऐसा भोला नहीं हूँ!'

अब तो इस मन्दिर के पीछे धूल फेंकने में ही खैरियत है। यह सोचकर बनिये ने चुपचाप खिसक जाने का प्रयत्न किया। किन्तु बड़े अचरज की बात कि दीवार से सटा कान तो दूर ही नहीं हुआ। उसने दोनों हाथ लगाकर जोर किया तो हाथ भी वहीं चिपक गये। तब गणेश भगवान ने बनिये को चेतावनी देते कहा, 'अब जोर लगाना बेकार है। पण्डितजी को ग्यारह हजार मोहरें दिये बिना हरगिज तेरा छुटकारा नहीं होगा। मन्दिर बनाकर क्या तूने मुझे अपने अधीन कर लिया? खबरदार, अब किसी कुँआरी बेटी का यौवन गिरवी रखा तो तेरा वंश ही नष्ट कर दूँगा। और तू कोढ़ी बनकर दर-दर भीख माँगेगा।'

तब खुशी में बावरी पार्वती ने गणेश को छाती से लगाकर कहा, 'बेटा, तुझे ऐसा बुद्धिमान तो नहीं समझा था। एक ही उपाय से तूने दो काम सलटाये। हतभागे पण्डित पर तू वरदान के बहाने तुष्ट हुआ और बनिये पर रुष्ट होकर उसे हाथोंहाथ

उचित दण्ड दिया। अपने भक्त को साफ-साफ समझा दे कि मनुष्य का भाग्य गिरवी माँडने से यह दुर्गति होती है। अब तेरी पसन्द के वर से बामन की बेटी का धूमधाम से ब्याह रचा। मैं आनन्द भाव से आसीस देती हूँ कि अबाधित अनन्त काल तक ब्याह की पहली कुंकुम-पत्रिका तुझे ही चढ़ेगी। घर-घर ब्याह के उत्सव का पहला न्योता तुझे ही मिलेगा। आँगन-आँगन में तेरी प्रशस्ति के मंगल-गीत गाये जाएँगे।'

17 जुलाई, 1997, गुरुवार

# मूजी अवतार

भरतारों में सबसे बड़ा, बादल भरतार। अवतारों में सबसे बड़ा मूजी अवतार। किन्तु आज दिन तक किसी भी विद्वान्, पण्डित और कवि ने भूल-चूक से इसका कहीं हवाला नहीं दिया। कितनी शर्म की बात है! प्रलय के आखिरी पल तक इसका प्रायश्चित्त शायद ही हो। कहाँ मूजी अवतार और कहाँ बेचारे वराह, कच्छप, मत्स्य, राम, कृष्ण, परशुराम, नृसिंह और बामन अवतार! कहाँ राजा भोज की रेवाड़ी और कहाँ कुम्हार की थपथप!

उस मूजी अवतार का अब तक वैसा ही अखूट चमत्कार है। उस जगमगाती जोत की अखण्डित ज्वाल कैसे भी अन्धड़-पानी में नहीं बुझेगी। अब तक किस अतुल्य अवतार ने मृत्यु के उपरान्त अपने धर्म की उस तरह मर्यादा निभाई और उसकी नाईं जूझता रहा। जिन्दा रहते तो ढोर-डंगर भी रेंकते हैं, रम्भाते हैं, गुर्राते हैं! मरते और मारते हैं।

तो परमेश्वर समस्त चराचर को उस मूजी अवतार जैसी ही सुमति बख्शे कि एक था सेठ। सात पीढ़ियों से लगातार गरीबी थी, पर समझने लायक उम्र होते ही कुछ ऐसा हुनर हाथ लगा कि पच्चीसवाँ बरस उतरते ही वह लखपती बन गया। फिर तो दिन दूनी और रात चौगुनी माया इकट्ठी करने के साथ-ही-साथ स्वयं भगवान और कुदरत के उदार-चरित्र की आलोचना करने लगा। उसकी समझ के मुताबिक तो सूरज के आधे प्रकाश से ही दुनिया का काम चल जाता, तब निरर्थक उजाले की यह उदारता क्या भाव पड़े! यदि अमावस की रात चाँद के बिना भी चल जाता है; तब चाँदनी रातों की क्या जरूरत थी! हिसाब के ये झीने गुर न भगवान

जानता है और न कुदरत ही समझती है। कभी-कभार गँवार बादल बरसने लगते हैं तो रुकना ही नहीं जानते। पवित्र पालर पानी की कितनी बर्बादी होती है! और ये कुलच्छनी नदियाँ किनारों की कारा तोड़कर व्यर्थ उत्ताल बहाव के साथ इधर-उधर भटकती हैं। पानी तो पानी के अनुपात में ही उपयोगी होता है। मनुष्य के माथे पर खल्वाट होने पर भी जब कोई घाटा नहीं पड़ता तो बेकार ही बालों की यह खरपतवार क्यूँ उगाई? पहले काली और फिर सफेद। समझ नहीं पड़ता कि इस अनुपयोगी जटा को दो बार रँगने की ऐसी क्या मजबूरी थी! जब औरतों के होठ और गालों पर बिना मूँछ-दाढ़ी मजे से काम चलता है तो मर्दों की खातिर मूँछ-दाढ़ी उगाने में क्या तुक है? कोई एक बात हो तो नुक्स निकाले। भगवान और कुदरत की कमियों का तो पार ही नहीं।

प्रतिदिन की कलह और बकवास से सेठानी और इकलौता बेटा, दोनों ही बुरी तरह परेशान हो गये पर उस अवतारी साहूकार ने अपनी मर्यादा भंग नहीं की। सेठानी के दुःख की तो कोई सीमा ही नहीं थी। भीतर-ही-भीतर सुलगती। माया का रखवाला तो एक ही काफी। फिर क्यों नौ महीने खामख्वाह बोझ उठाना। सुवावड़ का सत्यानाश करना! और टाबर-टींगरों का पालन-पोषण करने में कितना फालतू खर्च होता है, कोई जानना ही नहीं चाहता। तिस पर जच्चा की असह्य पीड़ा...जब वह आसानी से सह लेती है तो सहने दो। बुद्धिहीन ढोर इसी प्रकार दुःख उठाते हैं। सेठ ने कई बार हिसाब करके सेठानी को समझाने की भरसक चेष्टा की, पर पागल सेठानी के कूढ़-मगज में उस गणित की बात ही नहीं जमी। तब उसकी बेवकूफी के कारण सेठ अपने शील-व्रत से क्योंकर विचलित होता! एक खाट पर सोना तो किफायत का शुभ-लक्षण है। इसमें ताने-तिसने और लांछन की क्या बात! यदि आगे भूलकर भी व्रत का अतिक्रमण हुआ हो तो सेठ के धर्म की मर्यादा भ्रष्ट होती! पर उसने तो एक पुत्र का जमा खर्च टीपने के बाद उस गन्दे काम की खातिर सपने में भी चूक नहीं की!

समय सबसे बड़ा हिसाबी है। उससे कभी गलती नहीं होती। उम्र बढ़ते-बढ़ते दोनों की जवानी ढली। किसी के सिर पर एक भी काला बाल नहीं बचा। एक दिन सेठानी ने हिम्मत बटोरकर पिछले बरसों का लेखा-जोखा समझाते कहा, 'यदि तुम्हारे लच्छनों की देखादेख यौवन भी न ढलने का हठ कर लेता तो मेरी क्या दुर्दशा होती, जिसका हिसाब तुम कभी नहीं समझ पाओगे। निकाल सकते हो तुम उसकी पोते बाकी? पर समय और कुदरत का जन्म-जन्मान्तर भला हो कि उन्होंने मेरी लाज रख ली। अब तो इन सफेद बालों को बधाऊँ उतना ही कम है। यह निरर्थक बकवास न तो पहले तुम्हारी समझ में आयी और न अब आएगी। पर एक बार मेरे कहने से कंजूसी का प्रायश्चित्त करने के निमित्त गंगाजी में डुबकी लगाकर तो आओ। तुम्हारे सब अकर्म और पाप धुल जाएँगे।'

सेठ ने हिसाब करते-करते ही प्रतिवाद किया, 'पर मैंने कोई अकर्म और पाप किया हो तो...।'

'तुम्हें उसका क्या अहसास!' सेठानी ने एक गहरी और लम्बी आह भरते कहा, 'मैं जानूँ या मेरा साँवरिया जाने। पाणिग्रहण की बेड़ी धारण करने के बाद चढ़ती जवानी में ही शील-व्रत के प्रण से बड़ा कुकर्म और पाप क्या हो सकता है? और वह भी केवल किफायत के नाम पर खर्च बचाने की खातिर! इसकी बजाय तुम मेरा गला घोंट डालते तो उलटे अधिक पुण्य होता। पर अब तो वे बातें और वे रातें ही गुजर गयीं। उम्र में यह एक कहना तो मेरा भी मानो। तुम्हारे भले के लिए ही बकवास कर रही हूँ। गंगाजी के पवित्र पानी से प्रायश्चित्त किये बिना तुम्हारी मुक्ति नहीं होगी।'

जोड़-बाकी करते सेठ ने क्षण-भर के लिए घरवाली की ओर देखा। फिर मुसकराते कहने लगा, 'शास्त्रों व पण्डितों की इस मुक्ति से मेरे लिए हींग की गरज भी पूरी नहीं होती। मैं मरते दम तक गंगाजी नहीं जाऊँगा। जिन्दा रहते तो कई अकर्मण्य भी जोर जताते हैं। पर साँस खूटने पर जो मर्यादा निभाए उसकी महिमा है। वही पुरुषोत्तम है।'

'आग लगे तुम्हारी मर्यादा और महिमा को!' सेठानी ने कटाक्ष करके सख्त आवाज में कहा, 'औरत की योनि में आकर पति के पश्चात् मरने की पीड़ा लाख समझाने पर भी तुम्हारी समझ में नहीं आएगी। मेरे रूप-यौवन से भी बढ़कर, माया का कचरा क्योंकर हो गया? अब मैं चुप नहीं रह सकती। बदला लिए बिना मुझे एक पल भी चैन नहीं मिलेगा। संकल्प करती हूँ कि तुम्हें गंगाजी पहुँचाकर ही मानूँगी। बहुत बड़ा यज्ञ करूँगी। हजारों ब्राह्मणों को दान-दक्षिणा देकर तुम्हारी माया का सर्वनाश करूँगी। उसे गरीब-दुखियारों में बाँटकर ही मुझे सन्तोष होगा। अपने अतीत को मैं सोते हुए भी भूल नहीं पाती। माया के मोह में तुमने मेरी आशा-आकांक्षाओं की जो उपेक्षा की है, उससे घिनौना अपराध और कुछ नहीं हो सकता।'

हिसाब में चूक न हो जाए, इस कारण सेठ ने अवज्ञा से छोटा ही जवाब दिया, 'तो फिर यह भी आजमा कर देख लेना।'

'मैं तो देखूँगी ही, पर मरने के बाद तुम्हें देखना नसीब नहीं होगा।' उसने ओढ़नी के पल्लू से आँखें पोंछते कहा।

'मैं अपने सिद्धान्तों के अलावा नसीब, भाग्य, कर्म, धर्म या भक्ति जैसी फालतू बातों पर मगज लड़ाता ही नहीं। पर हिसाब करते समय मेरा माथा तो मत चाट, बड़भागिन तुझे हाथ जोड़ता हूँ।'

हाथ जोड़ने के बोल कानों में चुभते ही सेठानी की स्मृतियाँ फुफकार उठीं। उसके आँसू अपने-आप ही थम गये और आँखों में घृणा व क्रोध की लालिमा उभर

आयी। शीलव्रत की खातिर जब पति आखिर तक नहीं समझा तो उसने भी हाथ जोड़कर कितनी चिरौरी की थी। जब सुहाग-सेज के भरतार ने ही उस चिरौरी की मर्यादा नहीं रखी तो वह क्या जोर करती! दूसरे उपाय की कल्पना मात्र से उसका रोम-रोम सिहर उठता था! जाने क्यों? आज दिन तक उस प्रश्न की गुत्थी सुलझाने में वह असमर्थ रही। पर बुढ़ापे की देहरी लाँघते ही, असहाय होने की बजाय उसकी क्षमता अजाने ही बढ़ गयी। ताने की तीखी चोट करते बोली, 'तुम्हारे पीछे आने पर मेरे बड़भाग में क्या खामी! ऐसा साहचर्य किस बड़भागिन को मिलता है?'

हिसाब का सही पोता मिल ग़या था। सेठ ने तहेदिल से हामी भरते कहा, 'हाँ, खामी तो कुछ भी नहीं, बेशुमार हीरे-मोती, ढेरों सोना-चाँदी...।'

'पर मेरे कलेजे की चाँदियों (घावों) का लेखा-जोखा कभी किया तुमने?' अधीर सेठानी बीच में ही टोककर बोली, 'तुम्हारी माया ने मेरा जीवन नष्ट किया तो मैं इसे नष्ट करके रहूँगी। क्या मरने के बाद भी तुम मेरा वश नहीं चलने दोगे?'

'इसमें क्या सन्देह? कैसी आशंका?' सेठ के होठों पर गहरे मर्म की अचीती मुसकान थिरक उठी। गर्व के साथ मुसकराते-मुसकराते ही कहने लगा, 'आज पहली बार तुझे भेद की बात बता रहा हूँ। अब असली पहचान बताये बिना तू समझेगी नहीं। मैं मूजी अवतार हूँ। मुझ जैसा बेजोड़ अवतार सारी दुनिया में आज दिन तक न तो कोई जन्मा और न जन्मेगा। मेरे लिए मरने-जीने में रंचमात्र भी अन्तर नहीं है। यदि मात्र मृत्यु से ही मेरे आदर्श में घाटा पड़े तो मेरा जीवन ही व्यर्थ है। जिन्दा रहते तू मेरी पहचान नहीं कर सकी, पर मेरी मृत्यु के उपरान्त तुझे अवश्य मेरी बात पर विश्वास होगा। संसार का ऐसा ही ढर्रा है। मरने के बाद सही कीमत आँकता है। तब पूजा और यशगान के अलावा कोई दूसरा चारा नहीं। यह दुनिया मरने के बाद ही अवतारों को फिर से जीवित करती है। शारीरिक जीवन तो अधिक से अधिक सौ बरस का, पर मृत्यु की अगोचर उम्र का तो कोई पार ही नहीं। इसलिए मैं अब जल्दी ही मरना चाहता हूँ। जिस तरह मेरा जीवन सार्थक हुआ, उसी तरह मेरी मृत्यु भी सार्थक हो। तभी मेरे अवतारी-स्वरूप की तुम्हें सच्ची परख होगी।'

'एक ही जीवन में मुझे तुम्हारे अनेक जन्मों की परख हो गयी।'

'यही तो तेरा भरम है।'

सेठानी कुछ और भी कड़वा जवाब देना चाहती थी, पर अकस्मात् वह मूर्च्छित हो गयी। बत्तीसी जुड़ गयी। गले की नसें तन गयीं।

पति के लिए यह कोई नयी बात नहीं थी। देह के हजार झंझट हैं, कब कौन-सा प्रकट हो जाए। इसलिए तनिक भी विचलित न होकर उसने सेठानी का नाक भींचा। आँखों पर ठण्डा पानी छिड़का। बारी-बारी से कानों में फूँक दी। गमछे से बयार की। मतलब कि निखर्च कार्यों में कोई कसर नहीं रखी और खर्चवाले काम की ओर उसका ध्यान तक नहीं गया। सेठानी ने झिझककर आँखें खोलीं तो सेठ

झीना-झीना मुसकराता हुआ, बगल में बही दाबे दुकान की ओर रवाना हो गया। एकाएक बेटा व्यापार में पूरा प्रवीण नहीं हुआ था। सेठानी को ऐसा महसूस हुआ जैसे उसने मरकर नयी जिन्दगी पायी हो।

फिर तो प्रतिदिन वही बँधी-बँधायी परिपाटी। गृहस्थ के वही प्रपंच। वे ही खट-कर्म। सूर्य के उगने पर जागना। आलस मरोड़कर जम्हाई खाना। मंजन-दातुन। नहाना-धोना। खाना-पीना। और सूरज अस्त होने पर दरवाजे बन्द करना। ब्यालू इत्यादि से निवृत्त होकर रात को सोना। क्रीड़ा करना। फिर सवेरे जागना और दरवाजे खोलना। इस खट-कर्म के बीच सेठ का व्यापार-व्यवसाय। हिसाब-किसाब। ऋण। ब्याज। फारखती। नये खाते। और कंजूसी का वही अटूट बाना। पुत्र को व्यापार के नये-नये गुर समझाने। पर उसके ठस दिमाग में कोई बात बैठती ही नहीं थी। ऐसा कूड़मगज तो नहीं जाना था। कहीं चाचा-ताऊ के भाइयों की कुसंगति से उदारता, संवेदना, उपकार इत्यादि अवगुण न सीख ले। कंजूस पिता को यही सबसे बड़ी चिन्ता थी। बेटा तो अकेला और वे ग्यारह। सीखने के लिए बाप का ज्ञान ही अखूट है, फिर उन पगले भाइयों की बारी कब आये? पर उदारता का असर तो छूत की बीमारी से ज्यादा भयंकर होता है। हवा की नाईं परस करता है। बाप का विरोध करने की हिम्मत तो उसमें नहीं थी, पर कंजूसी की सीख उसके गले बड़ी मुश्किल से उतरती थी। फिर भी सेठ को अपने ज्ञान और अपनी सीख पर पूरमपूर विश्वास था। इकलौते बेटे को कंजूसी का श्रेष्ठतम ज्ञान सौंपे बिना चिर पवित्र माया की रखवाली कैसे होगी?

पर विचित्र संयोग की बात कि सेठ की मनचीती नहीं हुई सो नहीं हुई। अगले ही बरस माघ महीने की ढलती सर्दी सीने में ऐसी जमकर बैठी कि सेहत फिर सुधरी ही नहीं। खुद मरनेवाले वैद्य-हकीम दूसरों का क्या उपचार करेंगे! उनके नाम से ही उसे चिढ़ थी। दिन-ब-दिन खाँसी का प्रकोप बढ़ता गया। बलगम के डले थूक-थूककर उसका गला छिल गया। छाले पड़ गये।

खाँसते-खाँसते एक दिन जोर से खँखार थूकते ही सेठ डगमगाकर ऐसा गिरा कि वापस उठा ही नहीं। सेठानी की मनचीती होने पर भी शिष्टाचार के नाते उसे रोना पड़ा। घर या आँगन में मुर्दा कितनी देर टिक सकता है? अर्थी पर लिटाते ही काँधियों के कन्धों पर मसान की शरण पहुँचाना पड़ता है। मोहरों से भरी दो थैलियाँ सौंपकर माँ ने बेटे को पूरी भोलावन दी कि गंगाजी के मुरदा-घाट पर, चन्दन की चिता सजाकर पर्याप्त घी से पिता की दाहक्रिया करे। पण्डों को खूब दक्षिणा दे। भिखारियों को दान दे। गाँव में गंगाजली का अनुष्ठान पूरा होते ही ऐसा अपूर्व यज्ञ सम्पन्न होगा कि लोग बरसों तक याद रखेंगे। एक लाख बामनों को पाँच पकवान खिलाकर मनवांछित दक्षिणा। सौ कोस आते-जाते सात-आठ दिन से बेशी समय तो क्या लगेगा! तत्पश्चात् दसवें दिन सेठानी जाने और सेठजी की माया

जाने। बैरिन माया से बदला लिये बिना उसे शान्ति नहीं मिलेगी। बेजोड़ अवतारी की अब असली पहचान होगी। मरने पर न राजा का वश चलता है और न साहूकार का।

काँधियों के कन्धों पर रवाना नहीं होते तो सेठजी की करामात का पता चलता। राम-नाम के चिर-सत्य का उद्‌घोष करती वह टोली गंगाजी की राह चल पड़ी। ग्यारह तो चाचा-ताऊ के भाई, इकलौता बेटा और नौ दूसरे। जेठ महीने की आग बरसाती धूप प्राण सुखा रही थी।

मार्ग में बस्ती आने पर राम-नाम के सत्य का सुमिरन होता और सुनसान जंगल में सभी मौन धारण कर लेते। पेट के साथ पूरी दुश्मनी बरती, फिर भी सेठ के बादी भरे शरीर में काफी वजन था। चलते-चलते काँधियों के पाँव टीसने लगे। रोम-रोम में कसक उठने लगी। सारी देह जकड़ गयी। एक रात तो विश्राम तक नहीं किया। परिणामस्वरूप दूसरी रात चलना ही दूभर हो गया। एक धर्मशाला में रातवासे की खातिर रुकना ही पड़ा। वहाँ नारू की पीड़ा से कराहता एक महात्मा धूनी ताप रहा था। चार-पाँच दिन बाद पाँव कुछ ठीक होने पर वह भी गंगाजी नहाने जाएगा।

कुछ देर बाद सभी काँधिये अलग-अलग लय में खर्राटे भरने लगे। बेहद थकावट थी। शायद नौबत-नगारों के नाद से भी नींद नहीं उचटे।

घड़ी-डेढ़-घड़ी रात रहते बेटा घबराते हुए उठा। दीवार से सटी अर्थी उसी तरह हिफाजत से पड़ी थी। महात्मा जंगल में गया लगता है! जाने कब आये? गंगाजी से लौटते समय दक्षिणा चुका देंगे। दूसरे काँधियों को झटपट जगाकर चलने की तैयारी की। आखिर तो चलने से ही राह कटेगी। थकावट मिटने पर उन्हें पहले जितना भार महसूस नहीं हुआ।

रास्ते में तीन-चार गाँव आये। राम-नाम के सत की घोषणा करते-करते जब दो घड़ी दिन शेष रहा तब उन्हें गंगाजी का अविरल प्रवाह सुनाई पड़ा। वे तेजी से चलने लगे। बेटा मन-ही-मन सोच रहा था कि आखिर माँ की होड़ ही पार पड़ी। इक्कीस मन चन्दन की लकड़ियों से पिताजी की दाहक्रिया न हो तो बड़ी हेटी लगेगी। इक्कीस कूड़िये गाय का घी। एक गाड़ी नारियल। मन धूप। प्रत्येक पण्डे को दो-दो मोहरें। फिर गाँव पहुँचने पर माँ बताये, उससे भी बड़ा यज्ञ। लाख ब्राह्मणों का ब्रह्म-भोज। दस हजार गायों का दान। पिताजी भी क्या जानेंगे कि कोई सुपुत्र जन्मा तो था। कमाई के लिए तो दो अंगुल का दिल ही काफी, पर खर्च करने के लिए सवा हाथ का कलेजा चाहिए।

मुर्दाघाट की ओर मुड़ते ही काँधियों के कानों में अकस्मात् एक भनक सुनाई पड़ी, 'नहीं, इधर नहीं। मुझे तो गऊघाट पर जाना है।'

भ्रम के बहाने सुनी-अनसुनी करके सभी आगे बढ़ने लगे तो फिर वही

आवाज। इस बार चौंककर अर्थी नीचे उतारी। कफन दूर हटाया तो धर्मशाला के महात्मा ने हँसी रोकने की चेष्टा करते कहा, 'मुर्दे की बजाय जिन्दा मनुष्य के नहाने से गंगा-मैया ज्यादा खुश होगी। फिर मैं तो एक महात्मा हूँ। नारू की पीड़ा जाने कब मिटती और मैं कब यहाँ पहुँचता?'

क्रोध के मारे बेटा आग-बबूला हो गया। महात्मा की बाँह पकड़ जोर से उठाया। झकझोरते पूछा, 'चण्डाल! तूने यह क्या कारस्तानी की। मेरे पिताजी कहाँ हैं?'

महात्मा कराहते बोला, 'धर्मशाला के पीछे, गड्ढे में।'

बेटे का तो दिल ही बैठ गया। महात्मा को धक्का देकर पूछा, 'यदि कुत्ते खा गये तो?'

'इतना गाफिल नहीं हूँ।' महात्मा ने लँगड़ाते-लँगड़ाते जवाब दिया, 'काँटों का ढेर ऊपर डालकर माकूल हिफाजत करके आया हूँ। तभी तो मैं पूरा निश्चिन्त हूँ। क्या मजाल, कोई चूहा भी अन्दर घुस जाए!'

न चाहने पर भी सभी काँधियों के होठों पर हँसी छलक उठी। बेटा भी मुसकराए बिना रह नहीं सका। आगे पूछताछ करने का किसी में दम नहीं था। वापस तेजी से उधर ही भागे। कोई आगे तो कोई पीछे। इस तरह अविराम दौड़ने के लिए कभी काम ही नहीं पड़ा था। हाँफते-हाँफते धर्मशाला के पास पहुँचे तब तक पसीने में तर-ब-तर हो गये। पूर्णतया श्लथ और क्लान्त! हरामी महात्मा की बात तो एकदम सच निकली। काँटों के ढेर तले सेठ की लाश सुरक्षित पड़ी थी। पर जल्दबाजी में काठ-कफन लाना तो भूल ही गये और न बदजात महात्मा ने याद ही दिलाया। याद दिला भी देता तो कुछ मतलब नहीं सरता। कन्धे और पाँव पूर्णतया जवाब दे चुके थे। उसकी बजाय तो स्वयं मरना आसान था।

अब क्या उपाय करें? जिसके दिल में दरद हो, उसे ही सूझती है! बेटे के दिल में तत्काल एक तरकीब कौंध गयी। धर्मशाला के सामने छह-सातेक घोड़े बँधे थे। घोड़ों के व्यापारी उन्हें दाना खिला रहे थे। गऊघाट तक एक घोड़ा किराये कर ले तो सारी समस्या हल हो जाएगी। मुँह-माँगा किराया मिलने पर वे तत्काल मान जाएँगे। दूसरे काँधियों से सलाह-मशविरा किए बिना ही वह तो व्यापारियों के पास चला आया।

भाग्य अनुकूल हो तब स्वतः समाधान मिल जाता है। तीन घोड़ियाँ तो उन्हीं के गाँव से खरीदकर यहाँ विश्राम के लिए रुके थे। मायापति सेठ की लाश का किराया तो उनकी हैसियत मुताबिक ही होना चाहिए। व्यापारी ने मोहर माँगी तो बेटा मोहर देने के लिए तैयार हो गया। मुर्दा-घाट पर लाश उतारने के बाद ही किराया देने की बात तय हुई। व्यापारी वाजिब बात के लिए क्या एतराज करता!

घोड़ी पर लाश को सलीके से बाँधने पर सभी व्यक्ति साथ-साथ ही रवाना

हुए। भला हो व्यापारियों का, वरना अर्थी उठाकर वापस गंगाजी चलने में सबके प्राण निकल जाते। अर्थी के बिना भी पाँव तो उठ ही नहीं रहे थे।

बड़ी मुश्किल से राम-राम करते पुनः मुर्दा-घाट पर पहुँचे। बेटा और भतीजा दोनों मिलकर लाश खोलने के लिए तैयार हुए ही थे कि एक पण्डा स्नान करते-करते ही बाहर निकला। यजमानों से मिलने का प्रबल उत्साह जो था। छपाक-छपाक नंगे बदन ही घोड़ी की ओर आगे बढ़ा। कमर पर लाल गमछा लिपटा था। लाल कपड़े से घोड़ी को बहुत चिढ़ थी। चौंककर हठात् बिजली की नाईं मुड़ी और सरपट आँधी के उनमान वह जा, वह जा! मूजी अवतार उसी तरह मजबूती से बँधा रहा।

गाँव के ठाकुर की घोड़ी तो बीच में कहीं रुकी ही नहीं। सीधी अपने ठिकाने पहुँची। गढ़ के अमलों ने जब परिचित घोड़ी का हिनहिनाना सुना तो तत्काल बाहर आये। यह क्या तमाशा हुआ! व्यापारियों को बेची हुई घोड़ी वापस क्योंकर चली आयी? ऊपर मनुष्य की तरह यह क्या बँधा है? खोलते ही साफ पहचान हो गयी—अरे! यह तो मायापति सेठजी की लाश! भयंकर बदबू के मारे सभी ने नाक पर हाथ रखा। लाश तो फूलकर ढोल हो गयी थी। ठौर-ठौर रस्सियों के निशान गड़े थे। अर्थी और काँधिये कब जुड़ते और तब तक यह बदबू कौन बर्दाश्त करे? इसलिए लाश को जस-तस बाँधकर उसे सेठजी की हवेली पहुँचायी।

पति की लाश का वह रंग-ढंग देखा तो सेठानी अपनी सुध-बुध ही बिसर गयी। बेहोश होते-होते बची। आखिर उसे ही तो संकल्प मुताबिक सारी बात सँभालनी है। पर यह अजूबा हुआ कैसे? काँधिये जब तक लौटकर न बताएँ, तब तक किसी को क्या पता चले! पर यह सच्चाई तो सूरज के उजाले की तरह साफ है कि किसी भी कारण से हो—सेठजी की दाहक्रिया गंगाजी के घाट पर नहीं हुई। लेकिन ठाकुर द्वारा महँगे मोल बिकी घोड़ी की पीठ पर बँधी लाश का आखिर मतलब क्या है? ऐसा काण्ड किसने किया? क्यों किया?

अविचल अवाक् खड़ी सेठानी के कानों में पति के बोल गूँजने लगे। सचमुच, यह तो प्रत्यक्ष अवतारोंवाली बात ही घटित हुई। सहसा दो बैलगाड़ियाँ सरपट उधर ही आती दिखाई दीं। धूल से अटे होने पर भी काँधियों की अविलम्ब पहचान हो गयी। सारा किस्सा विस्तार से सुनाने के बाद बेटे ने माँ को दण्डवत प्रणाम किया। फिर कहने लगा, 'आखिर पिताजी का प्रण ही निभा। महात्मा और घोड़ी के बहाने उन्होंने यह लीला रची। अब तो लाश के पास ही खड़ा रहना मुश्किल है। तुम्हारी आज्ञा हो तो पिताजी को यहीं दाग दे दें।'

माँ को विवश होकर हामी भरनी पड़ी। पीठ फिराकर कहने लगी, 'पर सेठजी के फूलों को जरूर-जरूर गंगाजी भेजूँगी। फिर मनवांछित यज्ञ करूँगी। सारी माया भस्म किये बिना मेरा जी ठण्डा नहीं होगा।'

सड़ी-फूली लाश की बदबू के मारे साँस तक लेना दूभर था। बेटे ने नाक बन्द करते हुए अपनी सहमति प्रकट की और काठ-कफन की व्यवस्था के बहाने वहाँ से रवाना हो गया।

'राम-नाम सत्य' की घोषणा करते हुए काँधिये मसान की ओर चल पड़े। मसान तो सबके साथ समान रूप से पेश आता है। रंक को भी जलाता है। राजा को भी जलाता है। वे ही लपलपाती लपटें। वही मुर्दा जलने की बदबू। और वे ही किच-किच की आवाजें। ऊपर की ओर उठता हुआ वैसा ही धुआँ। और जलने के पश्चात् वे ही गिनती के फूल। न रूप पीछे बचे और न यौवन। न मद, न हेकड़ी, न पहचान और न वजूद! एक ही तरह जले हुए, फूलों के समान हलके फूल और वही साँवली भस्म! रूप, लालिमा, मुसकराहट, उन्माद, वासना और समस्त नखरों की एकमात्र परिणति! सपनों की भवितव्यता!

तीसरे दिन सेठ के बेटे ने चुन-चुनकर फूल बीने। सेठानी के पास दिसावर की पीली मखमल का टुकड़ा था। मजूस से निकालकर बटुआ बनाया। सामान्य से कुछ बड़ा, ताकि एक भी फूल पीछे न बचे। तत्पश्चात् दही और दूध में सात बार डुबाकर फूलों को बटुए में डाला। धीरे से डोर खींची और गाँठ लगा दी।

दक्षिणा के प्रलोभन से पण्डितजी दौड़े-दौड़े आये। गंगाजी से लौटने पर सेठानी ने यज्ञ, दक्षिणा और ब्रह्मभोज का ऐसा खाका खींचा कि पण्डित की अक्ल चौंधिया गयी। सेठजी की माया उन्हीं के पीछे काम आये तो उसकी सार्थकता है।

अल्ल-सवेरे राह का पर्याप्त खर्च लेकर पण्डित को गंगाजी के लिए प्रस्थान करना था। अपशकुन की आशंका से फूलों की थैली घर में न लाकर नीम की खोखल में उसने गहरी छिपा दी। इक्कीस मोहरों से कम तो सेठानी दक्षिणा क्या देगी!

पण्डित को बहुत दिन बाद वैसी प्रगाढ़ नींद आयी। घड़ी दिन चढ़े भी जब पण्डित राह-खर्च लेने हवेली नहीं पहुँचा तो व्याकुल सेठानी खुद उसके घर पहुँच गयी। दरवाजा खटखटाया। गमछा लपेटे पण्डित ने दरवाजा खोला। सेठानी ने मीठा उलाहना देते कहा, 'भरोसे की भैंस यों पाड़ा लाती है। अभी तक सो रहे हो? इतनी देर में तो तीन कोस का फासला पार कर लेते। मैं तो बाट जोहते-जोहते हैरान हो गयी। इस तरह मेरा मुँह क्या देख रहे हो? फूलों का बटुआ हिफाजत से रखकर जल्दी रवाना हों तो मैं दूसरे काम सँभालूँ। बटुए में सोने का तुस रखना भूल गयी थी। अब झटपट मुझे बटुआ सँभलाकर तुम कपड़े बदलो। रक्खी में पूजा-पाठ की सामग्री जमाओ। तुम्हें ऐसा आलसी तो नहीं जाना था। काम पड़ने पर ही पता चलता है।'

गमछा पहने ही पण्डित नीम की ओर रवाना हुआ। खोखल में हाथ डालकर चारों तरफ अच्छी तरह टटोला, मगर थैली का कहीं पता नहीं चला। उसका दिल धड़कने लगा। यह अनहोनी क्योंकर हुई।

देरी की आशंका से झुँझलाती सेठानी आखिर पण्डित के पास आकर बोली, 'थैली कहीं खो तो नहीं गयी!'

पण्डित ने इधर-उधर बगलें झाँकते धीमी आवाज में कहा, 'खोने का 'शब्द' तो मैंने सीखा ही नहीं। अपने हाथ से अच्छी तरह सँभालकर यहीं इस खोखल में छिपाई थी।'

सेठानी की साँस एक ठौर थम गयी। काँपती वाणी में पूछा, 'नहीं मिली?'

'कहाँ मिली? समझ नहीं पड़ता कि कहीं खोखल तो थैली नहीं निगल गयी?'

छलकते आँसुओं को सेठानी ने बड़ी मुश्किल से रोका। पति की मृत्यु से भी सेठानी को फूल न मिलने का दुःख ज्यादा हुआ। अटकते-अटकते बोली, 'धन्य है तुम्हारी समझ और तुम्हारी होशियारी! फूल छिपाने की यह उम्दा जगह खोजी?'

पण्डित हाथ जोड़कर बोला, 'आप नाराज भले ही हों, इसमें मेरा कोई कसूर नहीं है। तीन पीढ़ियों से मेरे पुरखे इसी खोखल में फूल छिपाते आये हैं। पहली बार यह अनहोनी बात हुई। मुझे तो मूजी अवतार का यह प्रत्यक्ष चमत्कार लगता है। जब से मैंने उनकी बात सुनी, मेरी तो बुद्धि ही काम नहीं करती! अवतारों के बगैर भला ये बातें किससे सम्भव है? आप फरमाएँ तो बिना फूल ही गंगाजी का चक्कर काट आऊँ। आधी रात को भी मना नहीं करूँगा। अवतारों की सेवा का मौका बार-बार नहीं मिलता।'

अब तो पति के मुँह से बढ़-बढ़कर होड़ मारने की आधी-अधूरी बात उसकी समझ में आ रही थी। किन्तु मुँह खोलकर किसे अपने मन की व्यथा दरसाये? हाथ जोड़े पण्डित की ओर देखकर धीमे से बोली, 'फूलों के बगैर वहाँ चक्कर काटने में कोई सार नहीं। मैं तुम्हारा क़सूर बिलकुल नहीं मानती। जब उनका इकलौता बेटा भी गंगाजी पर दाहक्रिया नहीं कर सका, तब तुम्हारे हाथों गंगाजी तक फूल ले जाना सम्भव नहीं है। आश्वस्त होने के लिए एक बार मुझे अच्छी तरह तलाश करने दो।'

मगर खोखल में फूल हों तो मिलें। पति की ऐसी लीला का तो स्वप्न में भी अनुमान नहीं था। जीवित पति की बजाय उसे मृत पति ज्यादा प्रिय लगा। आज दिन तक ऐसी मर्यादा भला किसने निभाई? ऐसे पूजनीय मर्यादा पुरुषोत्तम पति के नाम पाँच मन सोने का ठोस गुम्बद चढ़ाए तो भी कम है! दुनिया भी क्या समझेगी कि कोई मूजी अवतार कलियुग में पैदा हुआ तो था। पण्डित के पास आकर विगलित स्वर में कहने लगी, 'मेरा अहोभाग्य कि मुझे ऐसा अवतारी पति मिला। पर मेरी तपस्या वैसी नहीं थी। जिन्दा रहते मैं उनकी सही पहचान नहीं कर सकी। आज पश्चात्ताप करूँ तो क्या ढाढ़स मिलेगा! उनकी महिमा के अनुरूप मैं दुनिया का सबसे बड़ा मन्दिर बनाऊँगी। तुम पंचांग बाँचकर उम्दा मुहूर्त निकालो। याद रखना, चौक

में चारों तरफ हीरे-मोती जड़ाऊँगी। ऐसी दक्षिणा दूँगी कि सात पीढ़ियों तक न खूटे। पूजा की सारी जिम्मेवारी तुम्हें ही सँभालनी होगी।'

पण्डित का रोम-रोम आनन्द की अदीठ हिलोरों पर झूलने लगा। ऐसे शानदार दिनमान तो नहीं जाने थे। श्रेष्ठ मुहूर्त निकालने के लिए उसने तीन दिन की मोहलत माँगी।

उछाह की पाँखों पर उड़ती हुई सेठानी वापस हवेली पहुँची। दुनिया की स्थापना के बाद आज दिन तक किसी भी औरत को पति की मृत्यु का ऐसा अप्रतिम अभिमान और आनन्द नहीं हुआ होगा! अब तो सारे विश्व में उसके पति की उचित पूजा और प्रतिष्ठा हवा की नाईं सर्वत्र व्याप्त हो, तभी बीते जीवन का असह्य सन्ताप सार्थक होगा।

दूसरे दिन सूरज भगवान को जल चढ़ाकर सेठानी वापस लौट रही थी कि सिर पर टोकरी और हाथ में झाड़ू लिए मेहतरानी सामने मिली। शकुन तो शानदार हुए। पास आते ही सेठानी की नजर अकस्मात् मेहतरानी की नयी कंचुकी पर अटकी। यह तो वही फूलोंवाले बटुए का कपड़ा है।

पूछताछ करते ही मेहतरानी ने जो सच्ची बात थी, बता दी कि उसकी बिल्ली-मौसी मुँह में दबाकर यह थैली लायी और पाँवों के पास पटककर भाग गयी। उसने स्वयं अपने हाथ से थैली खोली तो दूध-दही में भिगोये ढेर सारे फूल मिले। जिन्हें गाँव के कुएँ में डालकर अपने हाथ से थैली उधेड़ी और यह कंचुकी बनाई। फिर मुसकराते कहने लगी, 'आपको बताने के लिए ही पहले इधर आयी। फरमाएँ यह पीली कंचुकी सुन्दर है कि नहीं?'

उस सीधे-सरल प्रश्न का जवाब बहुत ही कठिन था। सेठानी हतप्रभ होकर मखमल की पीली कंचुकी को एकटक निहारती रही। बाल-स्वभाव की भोली मेहतरानी ने फिर वही सवाल दोहराया, 'मेरी आँखों की कसम, सच बताएँ मेरे साँवले रंग पर भद्दी तो नहीं दिख रही है?'

सेठानी के मुँह से अजाने ही ये शब्द छिटक पड़े, 'वाह री पगली! भद्दी क्यों दिखेगी? ऐसी सुन्दर और अनोखी दिख रही है कि क्या बताऊँ? कहते नहीं बनता! तेरी इस कंचुकी से बढ़कर तो वह मन्दिर भी नहीं होता। चाहे उसके चौक में हीरे-मोती जड़ाती या पाँच मन सोने का भव्य गुम्बद चढ़ाती।'

मेहतरानी उस गूढ़ बात का मर्म अच्छी तरह समझी नहीं। मुँह मस्कोरकर कहने लगी, 'किसी मन्दिर-फन्दिर से मुझे क्या लेना-देना! मैं तो फकत कंचुकी के बारे में पूछ रही हूँ।'

गहरे गाजते स्वर में सेठानी कहने लगी, 'अब तो मुझे भी किसी मन्दिर से कोई वास्ता नहीं। बिना मन्दिर के जिसकी पूजा हो, वही सच्चा और श्रेष्ठ अवतार है।'

तब एक अबोध बच्चे की नाईं वह हठपूर्वक सिर हिलाते बोली, 'बार-बार ये पहेलियाँ क्यों पूछ रही हैं? साफ-साफ बताएँ यह कंचुकी आपको कैसी लगी?'

इस बार सेठानी ने मुसकराते हुए सही जवाब दिया, 'बहुत सुन्दर लग रही है। जैसे नील गगन में चाँद-सूरज दोनों एक साथ उदय हुए हों। आकाश के चाँद-सूरज फीके लगें पर तो लगें मूजी अवतार के ये चाँद-सूरज कभी फीके नहीं पड़ेंगे।'

26 जुलाई, 1997, शनिवार

## हड़कम्प

न समय जैसा कोई साथी। न समय जैसा कोई उत्पाती। न ऐसा कोई भाई न ऐसा कोई कसाई! कैसा बन्धु, कैसा अपना, कैसा बैरी, कैसा सपना! जब समय की पड़े मार, तो बचना बड़ा दुशवार। जब समय का बजे बाजा, तो रंक बने राजा। जब समय से टूटे यारी तो राजा बने भिखारी। सुबह उदय तो शाम अस्त, कल का दिग्विजयी आज़ पस्त। पर्वतों की ठौर आज पानी, दर-दर की भिखारिन आज रानी। उधर की छाया इधर, जाने कौन गया किधर? इसकी माया अपरम्पार, इसकी लीला के रूप हजार। कैसा भी योद्धा इससे लड़े, वह धूल चाटे, औंधा पड़े।

तो यह अमर अवधूत साँई समय की मेहर बरसाये कि एक था मायापति सेठ। जिसका बड़ा भाग्य और बड़ा ही पेट। लक्ष्मी जिसकी दासी, माया तीरथ, माया कासी। मगर वक्त का पासा ऐसा पलटा कि एक बार नींद में सोते सेठ को सपना आया। सहसा एक औरत प्रकट हुई। मोतियों की आभा और बिजली की दमक के साँचे में जिसकी काया! मानो चाँद की परछाईं और सूरज की छाया। वनस्पति का हरियाला वेश और फूलों का शृंगार; हीरे-मोती व स्वर्णिम गहनों की भरमार। एक ठौर अविचल खड़ी मुसकान की छटा बिखेर रही थी। सेठ ने विस्मय से पूछा, 'तू कौन है? किस काम से आयी?' अनिन्द्य रूपसी ने मुसकराते कहा, 'मैं माया हूँ, वक्त की छाया हूँ। तेरा वक्त, तुझसे रूठ गया। सावधान करने आयी हूँ। आज से छह महीने बाद तेरी हवेली का निवास छोड़ दूँगी। हिफाजत करनी हो, पुख्ता कर लेना।'

सेठ चौंक कर उठ बैठा। उसकी ओर देखकर कहने लगा, 'सात पीढ़ियों से यहाँ तेरा निवास है, दूसरी ठौर तेरा मन क्योंकर लगेगा? यहाँ कुछ तकलीफ है क्या?'

माया ने दार्शनिक मुद्रा में कहा, 'मैं तो केवल वक्त की कठपुतली हूँ। वह जैसे नचाये, उसी तरह नाचती हूँ। वह जैसे रचाये, उसी तरह राचती हूँ। अब तो परमेश्वर के रोकने पर भी मैं रुक नहीं सकती। मुझे कोई तकलीफ नहीं होती, जाना ही पड़ेगा। पीढ़ियों की पहचान के कारण तुम्हें सावचेत करना मेरा धर्म है।'

'लेकिन यह उपयुक्त निवास छोड़ने पर तुझे बड़ा कष्ट होगा। ऐसी सुखी और खुशहाल तू कहीं न रह सकेगी!'

सेठ की बात सुनकर माया की मुसकराहट कुछ देर तक झिलमिल चमकती रही। फिर कहने लगी, 'यही तो तेरा भ्रम है। मेरी जुदाई से तू बड़े संकट में फँस जाएगा। मैं जहाँ भी जाऊँगी, उसी का भाग्योदय होगा। और मुझे न तो कभी सुख होता है, न दुःख।'

'तुझे ऐसी निर्मोही तो नहीं जानी थी।'

'मुझे किसी के प्रति कोई मोह नहीं है।' इतना कहकर वह जाने के लिए मुड़ी तो सेठ को तनिक गुस्सा आ गया। लपककर उसका हाथ पकड़ने की चेष्टा करते बोला, 'छिनाल! मैं तुझे जाने दूँ, तब न! मोटी रस्सी से बाँधकर तुझे सात तालों के भीतर जड़ दूँगा।'

मगर सेठ माया का हाथ नहीं पकड़ सका। वह अगले ही क्षण ओझल हो गयी। सेठ ने झिझककर आँखें खोलीं। चारों ओर सहमती नजर से देखा—बगल में सोयी सेठानी खर्राटे ले रही थी। उसे जगाकर सपने का मायना पूछा। आलस मरोड़ते बोली, 'ऐसे आल-जंजाल तो आते ही रहते हैं। बेकार ही चिन्ता में फँस गये!'

सेठ आश्वस्त हो गया। मगर रात को फिर वही जंजाल, वही सावचेती, 'जो भी हिफाजत करनी हो, कर लेना।' तब सेठ ने बेटों के दिनमान पूछे। ज्योतिषियों को सोने की एक-एक मोहर देकर पंचांग दिखवाया। सभी ने ढाढ़स बँधाया कि इतने समझदार होकर भी सेठजी क्यों फालतू सपने पर सोच-विचार कर रहे हैं?'

किन्तु तीसरी रात भी वही सपना और वही सावचेती, 'हिफाजत करनी हो, जितनी कर लेना।' फिर तो सेठ का दिल धक-धक करने लगा। घरवालों से मायने की बजाय, जाब्ता करने के उपाय पूछने लगा। सेठानी ने कहा, 'सारी माया मेरे मायके पहुँचा दें तो राई-रत्ती जोखम नहीं।'

पुत्रों का मानना था कि जब माया नष्ट होनेवाली है तो फिर मौज-मस्ती मनाने में क्यों पीछे रहें! खाएँ-पीएँ और आनन्द उठायें सो अपना है। सुख-ऐश्वर्य भोगने हों, जितने भोग लें तो माया का सदुपयोग होगा।

मुनीम ने कहा, 'नये-नये लोगों को जितना उधार दे सकें, दें। कर्ज आग में भी नहीं जलता। धीरे-धीरे सब वसूली हो जाएगी।'

जोशियों ने पंचांग बाँचकर बताया, 'खूब दान करो, धर्म-पुण्य करो। इस जन्म के साथ-साथ, अगला जन्म भी सुधरेगा। दान-पुण्य कभी व्यर्थ नहीं जाता।'

सलाह-मशविरा करने में तो एक कौड़ी भी खर्च नहीं होती फिर क्यों कोताही बरती जाय? अपनी-अपनी समझ के अनुसार सबने अलग-अलग उपाय सुझाये। किसी की बात सुनने के लिए सेठ के कान बहुत उदार थे। उनका सिद्धान्त था—सुननी सब की, करनी मन की।

एकान्त में अपने मन को समझाते हुए मन्द-मन्द मुसकराते कि लोग-बाग कितने भोले हैं! किसी की एक भी सलाह मानें तो माया की चेतावनी सही साबित होती है। यदि इनमें ऐसी ही बुद्धि है तो माया इकट्ठी करके बताते! वे इतने भोले नहीं कि उनकी बात मानकर छह महीने पहले ही माया का सफाया कर दें। उन्हें तो अपनी छाया का भी भरोसा नहीं, फिर किस पर एतबार करें! उन्हें अपनी समझ पर बेहद गुमान था। यह माया तो औरत की जात है, एड़ी के नीचे उसकी बुद्धि रहती है। तब भला सेठ की बुद्धि से उसकी क्या बराबरी! अपनी बुद्धि के बूते पर ही उन्होंने माया जोड़ी है।

तत्पश्चात् सेठ की समझ लट्टू की नाईं उसके इर्द-गिर्द ही घूमने लगी। आफत की वेला ही समझ की सही परख होती है। चेतावनी के दूसरे दिन से ही उसने सारा व्यापार-व्यवसाय और लेन-देन बन्द कर दिया। कर्ज की हाथों-हाथ वसूली की। जाने कब घाटे का दुर्योग घटित हो जाय! गहने-कपड़े, बरतन-बासन, जमीन-जायदाद और सोना-चाँदी बेचकर हीरे-मोती खरीदे। बेश-कीमती मानिक-पन्ने एकत्रित किये। सूखे पीपल के एक जंगी तने को कटवाकर अपने हाथों से पूरा खोदा और एक-एक नगीना गिनकर उसके हवाले किया। फिर सलीके से उसका मुँह बन्द करके, उसी पर सोने की व्यवस्था की। सैकड़ों मजदूर और मेमार लगाकर नौ मंजिल की हवेली का निर्माण प्रारम्भ किया। इक्कीस हाथ गहरी नींवें। अपने रूबरू पीपल का तना बिचली नींव में रखवाया। सीसे के गार से गिट्टी जमाई और सीसे के गार से ही समस्त दीवारें चुनवायीं। निर्माण के निमित्त पर्याप्त पूँजी अपने पास रख ली थी। मोहलत से तीन दिन पहले सेठ की इच्छानुसार सारा काम सम्पन्न हो गया। बेचारी माया भी क्या जानेगी कि कोई समझदार मालिक मिला तो था। उसकी सात पीढ़ियाँ भी चाहें तो इस हवेली का आश्रय नहीं छूट सकता।

तीसरे दिन आधी रात ढले फिर वही सपना। माया मुसकराते बोली, 'तेरी बुद्धि का जवाब नहीं, हिफाजत तो बेमिसाल की है। पर वक्त के हड़कम्प का सामना कोई नहीं कर सकता। तुझसे आखिरी जुहार करने आयी हूँ। बुरा माने न माने तेरी मरजी।'

'किसी भी कीमत पर नहीं रुक सकती?'

'नहीं...! एक जगह रुकने पर लोग मेरी भर्त्सना करते हैं। उन्हें शिकवा-शिकायत

का मौका क्यों दूँ? तुम्हारे साथ वे मुझे भी माफ नहीं करेंगे। तब किसी एक का पक्ष लेकर खामख्वाह अपनी बदनामी क्यों करवाऊँ? मुझे जाना ही पड़ेगा।'

सेठ ने खर्राटे भरते-भरते ही पूछा, 'पर जाते समय अपना पता-ठिकाना तो बताती जा। पीढ़ियों की जान-पहचान का कुछ तो लिहाज रख।'

'इसमें लिहाज की क्या बात! समय के इशारे पर डंके की चोट, अगले ही गाँव, उस नास्तिक खाती के घर जा रही हूँ, जो अपने विचित्र स्वभाव के कारण सारे इलाके में मशहूर है। न परमेश्वर को मानता है और न आत्मा को। किसी भी देवी-देवता में उसकी आस्था नहीं है। जमकर सबकी भर्त्सना करता है। उनकी मिथ्या छवि के छोडे छीलता है, रन्दा लगाता है। छोटे-बड़े सभी देवता उससे तंग आ चुके हैं। शायद मेरे तुष्टमान होने पर उसे सुमति सूझे, कुछ आस्था जागे तो देवी-देवताओं को शान्ति मिले। यदि उसकी जमात बढ़ गयी तो उन्हें कोई हींग लगा कर भी नहीं पूछेगा! इसलिए उन सबकी राय से मैं वहाँ जा रही हूँ। सारे इलाके में धमाका न मच जाय तो मुझे कहना! तीन पीढ़ियों तक वहाँ मेरा स्थिर निवास रहेगा।'

इतना कहते ही लक्ष्मी तो अदीठ हो गयी, पर आकाश में काले-कजरारे बादलों की घटा उमड़ आयी। एक परत पर दूसरी...तीसरी घनी परत का वितान-सा तन गया। अकस्मात् गर्जन-तर्जन का एक ऐसा हुड़दंग मचा, जैसे अनगिनत तोपें दहाड़ रही हों। सेठ-सेठानी घबराकर मेड़ी से बाहर आये। प्रकृति का घमासान प्रकोप देखा तो देखते ही रह गये। बादलों का जमघट तो जैसे ऊपर ही हुलस पड़ेगा। तड़ातड़ मोटी बूँदों का मूसलाधार पानी ढह पड़ा। धार से धार टकराने लगी। क्रुद्ध बिजलियों का संग्राम छिड़ गया। तलवारें दमकने लगीं। कानों में यदि रुई के फाहे नहीं डाले तो परदे दरक जाएँगे। सभी घरवाले एक ठौर इकट्ठे होकर वर्षा की मनमानी देखने लगे। सेठ मन-ही-मन स्वयं को आश्वस्त करने लगा—कुछ भी क्यों न हो, सीसे के गार से निर्मित हवेली में मामूली दरार भी नहीं पड़ेगी।

मद्धिम-मद्धिम उजियारा झाँकने लगा, शायद सूरज बहुत गहरा उदय हुआ है, तभी बादलों के आगे उसकी दाल नहीं गली। अकस्मात् तेज प्रवाह का गर्जन और उसकी हुंकार सुनाई पड़ने लगी। बाँसों गहरे पानी का ज्वार उमड़ पड़ा। जब यह पहाड़ भी आधा डूब गया, तब इस हवेली की बिसात ही क्या! डर और घबराहट के मारे सभी ने नौंवीं मंजिल से उतरने की ठानी ही थी कि प्रलय के पहले प्रहार में ही हवेली ठेठ नींवों तक ध्वस्त हो गयी। फिर तो किसी को कुछ भी होश नहीं रहा।

सातवें दिन जब सबकी मूर्छा टूटी तो वे हवेली की दिशा में भागे। पर वहाँ तो हवेली की ठौर एक पत्थर भी नजर नहीं आया। फकत एक पोखर पानी से पूरा भरा था। किसी अन्य घर में रंचमात्र भी क्षति नहीं हुई थी। फिर तो पूछताछ किये बिना ही सबको विश्वास हो गया कि माया तो माया के ठिकाने लगी।

मगर उसकी मान-मर्यादा तो जाननेवाला ही जानता है। काठ छीलनेवाला गँवार बढ़ई इसका माहात्म्य क्या जाने! बड़े बेटे को साथ लेकर सेठ तो नंगे पाँव ही रवाना हो गया।

अचीते हड़कम्प का कुछ ऐसा करिश्मा हुआ कि पीपल का वह तना उस गाँव के एक टीले में धँस गया। एक कान से दूसरे कान की फुसफुसाहट हवा के साथ घूमती हुई ठाकुर के गढ़ तक पहुँची। ठिकाने के अमले बिना किसी हुक्म-आदेश के बैलगाड़ी जोत कर वहाँ पहुँचे। जब पीपल के उस बोझिल तने को वे गढ़ की चौकी पर उतारने लगे तो ठाकुर ने तैश में आकर उन्हें फटकार बताई और अदेर आदेश किया कि वे उस तने को खाती की खतोड़ में पहुँचा दें। दाहक्रिया के अलावा पीपल की लकड़ी किसी काम नहीं आती। कैसे बौड़म चाकर हैं! छोटे-मोटे अपशकुनों में भी नहीं समझते। उनकी नजर से कोई भी चूक बच नहीं सकती। वरना आज तो गजब हो जाता।

कैसा भारी और सीधा-सपाट तना था! बड़े दुखी मन से दुबारा गाड़ी हाँकी। ठाकुर की सनक के मारे किसी का कुछ भी वश नहीं चलता था।

सेठ और उसका बेटा खाती से पूछताछ कर ही रहे थे कि ठाकुर के अमले फलसा उघाड़कर अन्दर आये। कन्धों पर उठाये तने को देखते ही सेठ ने सही पहचान कर ली। सेठानी की सुहाग-रखड़ी खाती की ओर बढ़ाते उसने कहा, 'इसी तने की तलाश में तुम्हारे पास आये हैं। बरसाली के पाटों की खातिर ही मैंने इसे खरीदा था। इसे वापस ले जाना चाहता हूँ...!'

सेठ की अपेक्षा कुछ बेशी उतावली दरसाते खाती ने कहा, 'तो ले जाइए न, बड़े शौक से ले जाइए। भला मुझे इसमें क्या एतराज हो सकता है! पर 'रखड़ी' के बदले नहीं। मेरी 'खतोड़' में ऐसा सौदा नहीं होता! तुम माला जपनेवालों को ही यह सब मुबारक हो!'

सेठ अपनी बैलगड़ी लेकर आया था। ठाकुर के अमलों ने फिर दुखी मन से वह तना उस पर रख दिया। वह जाने लगा तो खाती ने मुसकराते पूछा, 'सच बताइए, इस मामूली तने को आप क्यों ले जाना चाहते हैं? सात पुश्तों से हम सुथार का काम कर रहे हैं, पर अब तक छत की खातिर पीपल के पाटों की बात कभी देखी-सुनी नहीं।'

सेठ कुछ असमंजस में पड़ गया। उससे कुछ भी जवाब देते नहीं बना तो बढ़ई ठठाकर हँसा। हँसते-हँसते ही बोला, 'ओह! मैं क्यों बेकार पूछताछ करूँ! तुम्हारी चीज है, इच्छा हो सो करो। मगर मुझे आस्तिकों की आरती-पूजा और उनके तिलक-छापों पर कतई भरोसा नहीं है।'

किन्तु सेठ को अपनी बुद्धि पर अटूट भरोसा था। सुथार की हँसी के जवाब में उसने भी हँसने का प्रयास किया, लेकिन हँस नहीं सका। एक छद्म-सी सफेद

झलक दाँतों पर खिंच आयी। उसकी समस्त माया जब चुटकियों में सुरक्षित हाथ आ गयी तो व्यर्थ बकवास में धरा ही क्या था! वह मन-ही-मन अपनी बुद्धि के गुमान पर फूला-इतराया अतिशय उल्लास के साथ अपने गाँव की ओर रवाना हुआ। लक्ष्मी ने ओछी हरकत करके अपनी ही मर्यादा नष्ट की है; उसका तो कुछ नहीं बिगड़ा। नौ मालों की हवेली ध्वस्त हुई तो कोई बात नहीं! वापस खड़ी करने में क्या देर लगेगी!

गाँव के घूरे की चढ़ाई उतरते ही बारिश का वही प्रकोप और वही हड़कम्प। वैसा ही पानी और वैसा ही अन्धड़। वक्त की फिर वैसी ही मार पड़ी कि तने सहित गाड़ी पानी पर तैरने लगी। मानो किसी दुःस्वप्न का अपरिहार्य क्रम फिर प्रारम्भ हो गया हो। पिता के संग पुत्र भी दूर जा पड़ा। और नाव के उनमान गाड़ी बहती-बहती सीधी उस खाती की खतोड़ में जाकर फँस गयी। समय का आतंक न किसी का अंकुश मानता है और न किसी का लिहाज रखता है।

कुछ ही देर में पानी—पानी की राह लगा और माया—माया के ठिकाने पहुँच गयी। इस बार सेठ को दृढ़ विश्वास हो गया कि लक्ष्मी किसी भी शर्त पर उसके पास रहनेवाली नहीं है। फिर निरर्थक प्रपंच करने में क्या बुद्धिमानी! रूठा हुआ समय अपने-आप मने तो मने, वरना किसी के मनाने पर वह माननेवाला नहीं है। कोई भी अर्जुन या भीम समय का सामना नहीं कर सकता! उनके अस्त्र-शस्त्र सर्वथा निष्क्रिय हो जाते हैं।

दूसरी बार सेठ अकेला ही बढ़ई के घर गया। सपनेवाली बात समझाकर पीपल के तने की सारी माया उसे सौंप दी। कहा, 'मेरी अथक मेहनत और बेजोड़ समझ से संचित इस माया का स्वामी अब तू है। आज तेरे आँगन सूर्योदय हुआ है और मेरे आँगन सूर्यास्त। तुझसे छल-कपट किया तब भी पार नहीं पड़ा। पेट के गाँठें लगा-लगाकर मैंने यह माया जोड़ी है, कुबान और कुलच्छनों में पड़कर इसे बर्बाद मत करना, मेरे जी को ठेस लगेगी।'

मगर बड़े आश्चर्य की बात कि इतनी माया हाथ लगने पर भी खाती बिलकुल खुश नहीं हुआ। कहने लगा, 'काठ के टुकड़ों की नाईं मेरी खतोड़ में ये हीरे-मोती भी उसी तरह पड़े रहेंगे। दूसरी कोई खासियत नहीं। अलबत्ता हाथ खुला होने पर वक्त-जरूरत दूसरों की मदद करना चाहूँ तो कर सकता हूँ। पर अकेले आदमी की भलाई से कभी किसी का निस्तार नहीं हो सकता, सहयोग का भ्रम भले ही हो। समाज और सत्ता में बदलाव आना जरूरी है। सिंहासन के काठ में दीमक लग गयी है। आज पहली बार तुम्हें अपने दिल की बात बता रहा हूँ। लोग मुझे सिरफिरा मानें तो मानें।'

माया का दुर्भाग्य कि ऐसा पारखी मिला! उसने राजी-खुशी माया वापस ले जाने का पुरजोर आग्रह किया, पर सेठ नहीं माना। जब वक्त ने ही मुँह मोड़ लिया

तो स्वयं भगवान भी उसकी सहायता नहीं कर सकता, फिर याचक बनकर हाथ पसारने से क्या लाभ! बेकार फजीती होगी। पति-पत्नी दोनों ने उसकी खूब मनुहार की पर सेठ ने खाने की बात भी नहीं मानी। तब घर में जाकर उन्होंने एक नयी तरकीब सोची। पत्नी ने कहा, 'बेचारा सेठ, बहुत शालीन एवं सन्तोषी है। उसके जीवन की सारी कमाई बहकर अपने घर आ गयी। वापस माँगते शर्म आती है। भाते (पाथेय) के बहाने चार मोटे-मोटे लड्डू गमछे में बाँध दूँ। तुम्हारे लिए और बना दूँगी। घर जाकर लड्डू खाते समय हीरे-मोतियों का पता चल जाएगा। तब चुपचाप अपना पावना कबूल कर लेगा। बनिये का जाया-जन्मा फिर से नया व्यापार करके अपनी पेढ़ी सँभाल लेगा। और हमें क्या कमी पड़ेगी, बेशुमार माया है।'

सुथार ने सहज भाव से कहा, 'तुम्हारी जो मरजी हो, वही करो। मैं मना करने वाला कौन हूँ। न जंगल में सूखे काठ की कोई कमी है और न मेरे वसूले की धार भोथरी हुई है।'

जब सेठ जुहार करके विदा माँगने लगा तो सुथारी ने पाथेय की खातिर आग्रह किया तो उसका मन रखने के लिए सेठ ने बात मान ली। मुसकराते बोला, 'वक्त के रूठने पर किसी दूसरे की मेहर-मया से पार नहीं पड़ता। दोनों का भद्दा लगता है—लेनेवाले का और देनेवाले का भी।' फिर सेठ ने कोई प्रतिवाद नहीं किया। चुपचाप सहमते हाथ से गमछा सँभाल लिया। सेठ के जाने पर पत्नी ने माया की हिफाजत करनी चाही तो पति ने दिल्लगी करते कहा, 'हमारे प्रपंच करने से तो यह माया इकट्ठी हुई नहीं, फिर बेकार हिफाजत करने की तकलीफ क्यों कर रही है? सेठ ने क्या कम हिफाजत की थी?'

हमेशा की तरह आज भी अपने घर का जैसा-तैसा ब्यालू करके दोनों पति-पत्नी अलग-थलग खाटों पर सो गये। अचीती माया हाथ लगी तो क्या, बरसों का रहन-सहन क्योंकर मिटे और नये जीवन के साँचे में कैसे ढलें—जब तक उनके विचारों में मूलभूत परिवर्तन न हो, भौतिक-ऐश्वर्य के प्रति उनकी धारणा न बदले। बावला सुथार तो परम्परागत रूढ़ियों को काठ की नाईं छीलता ही रहता था।

आधी रात ढलने पर बढ़ई को भी एक विचित्र सपना आया। एक अनिन्द्य रूपसी सामने खड़ी मुसकरा रही है। वनस्पति-सा हरा शृंगार। बढ़ई ने पूरा ध्यान लगाकर उधर देखा ही नहीं। झुंझलाकर पूछा, 'तू कौन है? और यहाँ किस काम से आयी? चन्दन का चरखा बनवाने? पर कुछ दिन ठहरना पड़ेगा। पहले, हाथवाले सारे काम निपटा दूँ।'

तब वह रूपसी मुसकराते-मुसकराते ही कहने लगी, 'मुझे चन्दन और चरखे से क्या लेना-देना। मैं तो सोना-चाँदी और हीरे-मोतियों की मेहर करनेवाली माया हूँ। साक्षात् लक्ष्मी हूँ। क्या अब भी काठ से तेरा मन नहीं भरा। जरा आँखें खोलकर ध्यान से देख। मैं कोई सांसारिक औरत नहीं हूँ। देवी-देवताओं की सहमति से तुझ

पर तुष्टमान हुई हूँ। यह अचीती माया मेरी मेहर से ही तेरे हाथ लगी है। अब तो धर्म और ईश्वर के प्रति तेरी आस्था जागेगी...?'

बढ़ई ने बीच ही में टोकते कहा, 'यदि आस्था के हिसाब से ही माया हाथ लगती तो बहुत से निठल्ले और अहदी ईश्वर का नाम रटते हैं। देवी-देवताओं की पूजा करते हैं। तिलक-त्रिपुण्ड लगाते हैं। आस्था से तो पर्याप्त भीख भी नहीं मिलती। सेठ की इस अचीती माया से तो मेरे नास्तिक विचारों को ज्यादा सम्बल मिलेगा। आखिर लातों के देव लातें खाकर ही माने।'

माया तो उलटी चक्कर में फँस गयी। जाने यह किस औंधी मति का मानुस है! कहीं इसकी बुद्धि तो नहीं मारी गयी? इतनी माया के जोर से तो यह सारे देवताओं को परेशान कर डालेगा। भयंकर भूल हो गयी। पर अब तो तीन पीढ़ियों तक यह निवास नहीं छूट सकता। समय-समय का फेर है!

सचमुच वह बढ़ई तो निपट औंधे दिमाग का ही निकला। लक्ष्मी को इसमें तनिक भी सन्देह नहीं रहा। सवेरे उठते ही वह तो आस्थावान भक्तों का मखौल उड़ाने लगा सो रुका ही नहीं। ऐसा पता होता तो दूसरे लोग-बाग भी देवी-देवताओं में कतई आस्था नहीं रखते। बेकार ही इतने बरस जीभ घिसी, माला के मनके फिराये। भर्त्सना किये बिना तो राम की कचहरी में भी पूछ नहीं होती।

उधर लड्डुओं का गमछा लेकर सेठ अपने घर आया। माया के विमुख होने पर उसकी आस्था और अधिक जागी। सेठानी को लड्डुओं के पाथेय की बात बताकर अन्त में कहा, 'सुथारी की आँखों में उस समय दया की भावना थी। मैं अब तक किसी की भी दया का मोहताज नहीं रहा। जब भगवान ही विमुख हो गया तो मनुष्य-बन्दे की क्या बिसात कि मुझ पर दया करे। ये लड्डू अपने पड़ोसी सुथार के घर पहुँचा दे। सुथारों का दाना-पानी सुथारों के घर पहुँचे तभी मुझे चैन मिलेगा। मेरे ही धन से मायापति बने सुथार की मेहरबानी मुझे सपने में भी मंजूर नहीं है।'

'इसमें इतना विचार करे जैसी क्या बात!' सेठानी ने पति को सान्त्वना देते कहा, 'मैं अभी इसी वक्त यह गमछा उसे सौंपकर आती हूँ। जो बात तुम्हें मंजूर नहीं, मुझे क्यों कर मंजूर हो सकती है!'

तत्पश्चात् सेठ शान्त-भाव से माला जपने बैठा। उसे तो लड्डुओं के भीतर छिपाये अमूल्य हीरे-मोतियों का पता ही नहीं था। शायद पता भी होता तो उस भेंट को स्वीकार नहीं करता। जब तक समय की मेहर न हो तो मानिक-पन्ने भी कंकर हो जाते हैं।

दूसरे दिन से ही सेठ के पड़ोसी सुथार ने पीढ़ियों के पूजा-पाठ और जूनी माला को तिलांजलि दे दी, जिसकी शुभ-सूचना वह शीघ्रातिशीघ्र नव धनाढ्य बढ़ई को देना चाहता था। पत्नी से सलाह-मशविरा कर वह ज्योंही जूते पहनने लगा, उसे तुरन्त एक युक्ति सूझी, मानो उसकी बुद्धि मस्तिष्क की बजाय पाँवों में हो। जब सारे

देवी-देवता उचित प्रसाद के बिना तुष्ट नहीं होते तो यह नया मायापति प्रसाद की लालसा क्यों नहीं रखेगा। इन अचीते लड्डुओं ने तो वक्त पर उम्दा काम निकाला। गमछा खोले बिना ही उसने वे लड्डू अपने साथ ले लिये।

नास्तिक सुथार के घर पहुँचते ही उसने सबसे पहले समधिन को वह गमछा सौंपा। उसी के बनाये लड्डू घूमफिर कर उसी के पास वापस लौट आये! समय की खीज के सामने किसी की रीझ नहीं टिकती। समय जिसका कचूमर निकालना चाहे तो स्वयं ईश्वर भी उसका भला नहीं कर सकता।

उस नास्तिक बढ़ई ने एक तमाशा और किया। बेशुमार माया हाथ लगते ही उसने सारे इलाके में डौंडी पिटवाई कि जो मनुष्य धर्म, भगवान और देवी-देवताओं के प्रति आस्था ठुकराकर, नास्तिक बनने का सकंल्प ले तो उसे मुँह-माँगा धन मिलेगा। लोग-बाग तो मानो उसी मुनादी के इन्तजार में हों। भनक सुनते ही उस दिशा में रवाना हुए सो रुके ही नहीं। जाने अब तक वह 'नास्तिक मेला' कहाँ छिपा हुआ था?

तत्पश्चात् उस इलाके में आस्तिकों का सर्वथा अकाल ही पड़ गया। मन्दिरों में चमगादड़ें चक्कर काटने लगीं। गाँव-गाँव घूरों पर मालाओं के ढेर लग गये। देवी-देवताओं की पुतलियों के दर्शन करना तो दूर, उधर कोई झाँकना भी नहीं चाहता था। दिवालिये सेठ के अतिरिक्त उस राज्य में भगवान या ईश्वर का नाम लेनेवाला कोई नहीं बचा। समय-समय का राग और समय-समय का विराग!

20 जुलाई, 1997, अदीतवार

# पुरखों की पुण्याई

शताब्दी पूर्व बरसा पानी आज नहीं फलता। हिमालय से पिघला बर्फ दुबारा नहीं गलता। हरा पेड़ ठण्डी छाँह देता है। सूखा ठूँठ न हिले, न ताप हरता है। कल के सूर्योदय का आज प्रकाश कहाँ? ढली उम्र का आज तेज कहाँ? यदि मिट्टी से भरा कुआँ प्यास बुझाये तो पुरखों का नाम आज काम आये। फिर क्यों बावरे उनका विरुद बखाने, यश गाये। तो बादलों की श्यामल घटा दुश्मनों के खेतों पर भी समान पानी बरसाये कि एक था ठाकुर। दर्प करने लायक बड़ा ठिकाना, जैसा ताना वैसा ही बाना। एक बार दीवाली का शानदार उत्सव जमा। हवा भी गुनगुनाने लगी, 'खम्मा घणी, खम्मा घणी!' गुड़, बताशे और छुहारों का अलग-अलग स्वाद। भट्टियों के चौबारे दारू की मनुहार-दर-मनुहार। चाँदी की तसलियों में अफीम का आसव। ढोली-दमामी मजमे का रंग जमा रहे थे। पुरखों के नाम ले-लेकर शुभराज कर रहे थे।

कि अकस्मात् उस माहौल के बीच प्रोल-पात बारहठजी ठाकुर के सामने हाथ जोड़कर बोले, 'अन्नदाता' इस ढोली को दुबारा शुभराज सुनाने का आदेश फरमाएँ।' ठाकुर का इशारा पाकर ढोली ने फिर शुभराज की। बारहठजी की अरदास जारी रही, 'अन्नदाता' एक बार और...।'

ढोली ने फिर ठाकुर के आदेश का पालन किया। मगर बारहठजी ने तब भी पीछा नहीं छोड़ा, 'गरीबनवाज एक बार और...।'

इस बार ठाकुर ने झुँझलाकर पूछा, 'आखिर बात क्या है? बेचारे से बार-बार शुभराज करवाने का मतलब?'

तब बारहठजी कहने लगे, 'गरीबपरवर, आपने ठीक तरह शुभराज सुनी नहीं। यह ढोली पाँचवीं और छठी पीढ़ी के पुरखों का नाम छोड़कर, 'सटर-पटर सिंहोत' कहकर जल्दी से आगे बढ़ जाता है। आखिर ऐसी क्या बात है, जो इन पूज्य पुरखों के नाम यह शुभराज में छोड़ देता है?'

बारहठजी की बात सुनते ही ठाकुर को गुस्सा आ गया। भृकुटी तानकर पूछा, 'क्यूँ बे, तूने मेरे पूज्य पुरखों के नाम टाले? तेरा दिमाग कहीं दीमक तो नहीं चाट गयी?'

ढोली उम्र के लिहाज से प्रौढ़। खिचड़ीनुमा गलमूँछें। माथे पर मटिया गोल साफा। छरहरा लम्बा शरीर। साँवला रंग। पल्लूवाली धोती। कन्धे पर सारंगी का गज लटक रहा था। दुहरे होकर 'खम्मा-घणी' करने के बाद कहा, 'नहीं अन्नदाता, नाम दिमाग से निकल गये। इस कारण थोड़ी भूल पड़ गयी।'

चाँदी के बन्द की छड़ी घुमाते ठाकुर ने गुस्से में उफनते पूछा, 'क्यों बाजरी कड़वी लग रही है क्या?'

ओछे नाम से सम्बोधित करके ठाकुर ने एक भरकम गाली निकाली और कहा, 'तू ढोली है या सरभंगी? मेरे पुरखों के नाम तेरे दिमाग से निकल गये? तब तो भगवान का नाम भी तू भूल जाएगा? वापस शुभराज कर। मैंने तो कुछ ध्यान ही नहीं रखा।'

ढोली ने फिर शुभराज की और पहले की तरह उन पुरखों के नाम आते ही उसने सटर-पटर सिंहोत कहकर शुभराज आगे शुरू कर दी।

इस बार ठाकुर भी उसकी बात भाँप गया। दाँत पीसकर बोला, 'सियार की मौत आती है, तब वह गाँव की ओर भागता है। हरामी, तेरी इतनी हिम्मत! मुझे धोखे में रखने की गुस्ताखी की? मेरे पुरखों के नाम तुझे याद नहीं रहे?'

ढोली ने सहमते स्वर में जवाब दिया, 'नहीं अन्नदाता, नाम याद तो रहे...।'

'फिर टाले क्यूँ?'

'अन्नदाता, आप विश्वास नहीं करेंगे कि उन योद्धाओं का आज भी इतना पराक्रम है कि उनका नाम लेते ही मेरा जबड़ा चिपक जाता है, रोम-रोम सिहर उठता है।'

ठाकुर गर्व महसूस करते बोला, 'मेरे सामने तू उनके नाम लेकर तो देख, चिपका हुआ जबड़ा खुल जाएगा!'

बारहठजी ने मिलती मारी। उसे जाल में फँसाने की नीयत से कहा, 'उनके नाम लेकर तो देख, सारा वहम मिट जाएगा।'

इतना आश्वस्त करने पर भी जब वह हिम्मत नहीं बटोर सका तब ठाकुर ने गुड़की पिलाई। ढोली कोहनियों तक हाथ जोड़ते बोला, 'अन्नदाता, गुस्ताखी माफ करें तो बताऊँ।'

'जा, तुझे सौ ही गुनाह माफ है। अगर झूठ बोला तो तेरी खैरियत नहीं है।'

'नहीं अन्नदाता, आपके सामने झूठ बोलने की हिम्मत भला कौन कर सकता है!' ढोली ने अभिनय की भंगिमा में कहा।

ठाकुर गरदन हिलाते बोला, 'अब तू टालमटोल मत कर। मुझे झटपट तेरी गुस्ताखी का मायना बता।'

अब तो हिम्मत करने से ही छुटकारा होगा, कोई बहानेबाजी नहीं चलेगी! बारहठजी ने जाने किस जन्म का बदला लिया! ढोली अटकते-अटकते कहने लगा, 'अन्नदाता, मायना तो विद्वान्-पण्डित जानें, पर मैंने बीस बार आजमा कर देखा कि इन दो पुरखों के नाम लेने पर मुझे कभी रोटी नहीं मिली। एक बार तो सामने परोसी हुई थाली भी औंधी हो गयी।'

ढोली की बात ठाकुर को बहुत गहरे तक चुभ गयी। बिजली के उनमान कड़कते पूछा, 'क्या मेरे पुरखों की ऐसी खराब पुण्याई है?'

'नहीं, गरीबनवाज, ऐसा लांछन भला कौन लगा सकता है? पुण्याई तो उनकी बेजोड़ ही है, पर मेरी किस्मत खराब हो तो कोई क्या कर सकता है! जितनी बार नाम लिया, सपने में भी रोटी नजर नहीं आयी।'

बारहठजी ने उत्साह दरसाते कहा, 'प्रत्यक्ष को क्या प्रमाण अन्नदाता, उन पूजनीय पुरखों का नाम यह सात बार जोर-जोर से ले। और आज इसे पाँचों पकवान खिलाकर तृप्त कर दें। इसकी आशंका तो मिटे, हुजूर।'

ठाकुर सहमति प्रकट करते बोला, 'आज तेरे वहम का पुख्ता इलाज हो जाएगा। अपनी खास-रसोई में तेरे लिए भोजन बनवाऊँगा।' फिर ठाकुर ने कामदार को आदेश दिया कि दमामी के लिए खीर, मालपूए, घेवर, मोतीचूर के लड्डू और लापसी बनवाये। कामदार तो आदेश सुनते ही जनानी-ड्योढ़ी की ओर रवाना हो गया। ठाकुर ने मजाक के लहजे में कहा, 'यदि स्वादिष्ट पकवान खाने की मंशा थी तो पहले ही बता देता। ऐसा ओछा बहाना क्यों बनाया?'

ढोली ने तीन बार कोरनिश करके जोर से 'खम्मा घणी' की। बोला, 'अन्नदाता, भूल हो गयी। इच्छा हो सो दण्ड फरमाएँ।'

ठाकुर ने कहा, 'नित्य प्रभात की वेला मेरे पूजनीय पुरखों के नाम ले-लेकर शुभराज करनी होगी और तुझे हमेशा दोनों जून यहीं खाना पड़ेगा। पीढ़ियों का पुराना ढोली है, बस इतना दण्ड ही काफी। अब उन पुरखों का पवित्र नाम सुनूँ तो मुझे चैन मिले।'

जब दूसरा कोई दाँव पार नहीं पड़ा तो उसे मजबूर होकर उनका नाम सात बार शुभराज में साफ-साफ लेना पड़ा। अन्त में कहा, 'हुजूर का हुक्म हो तो कुएँ में कूद पड़ूँ। सात बार की बजाय हजार मर्तबा नाम लूँ तो मेरी जीभ पर कौन-से फोड़े उभर आएँगे।' चरखी में फँसने के बाद क्या रोना-रींकना। ओखली में सिर

दिया तो मूसल की चोटों से क्या डरना! अब जो होना हो सो हो! ठाकुर और बारहठजी तो बेहद खुश हुए, पर ढोली की आशंका नहीं मिटी।

ठाकुर ने एक मेहरबानी और की। नौकरों की लापरवाही के कारण भूल न हो, इसलिए उन्होंने ढोली को बार-बार आगाह किया कि वह बेझिझक जनानी-ड्योढ़ी की साँकल बजाकर दरवाजा खटखटाये। फिर गढ़ में जाते समय ठाकुर ने स्वयं एक विश्वस्त दासी को पुरजोर भोलावन दी कि दरवाजे पर खनखनाहट सुनते ही वह अदेर दरवाजा खोले। बाजोट बिछाकर अपने हाथ से दमामी को खाना खिलाये। अन्नदाता की ऐसी मेहर-मया देखी तो उसे भी आधा-अधूरा विश्वास हो गया कि आज तो किसी भी सूरत में भोजन का आदेश टलना नहीं चाहिए।

अपनी उदारता का पर्याप्त परिचय देकर ठाकुर तो भोजन करके रंगमहल में सोने चला गया। चौबारे के शराब का अच्छा-खासा नशा हो गया था। हिंगलू पलंग पर खर्राटे भरने लगा। और उधर ढोली दरीखाने में बैठा सोचने लगा कि इतने नौकर-चाकर हैं, कोई तो कहने आएगा। मन-लहरी अन्नदाता की मौज कि इतना खयाल तो रखा। मुझ जैसे कमीन-कारू तो ठोकरों में पड़े रहते हैं। तब जनानी-ड्योढ़ी की साँकल कैसे खड़खड़ाऊँ! उसकी बुद्धि अभी ठिकाने हैं। पुचकारते ही कुत्ते की नाईं कैसे पूँछ हिलाऊँ, मुँह चाटूँ! चींटी के पंख निकलते ही उसकी मृत्यु सुनिश्चित है। चुपचाप इन्तजार करता रहा कि अब कोई आये, अब कोई आये। पर बड़े ठिकानों की बड़ी ही बातें। छोटे सवेरे और लम्बी रातें। बेचारे ढोली की कौन परवाह करता! हुजूर तो यों ही हुक्म फरमाते रहते हैं। यदि उनके कहे-कहे हाजरी बजाने लगें तो ठिकाना पैंदे न बैठ जाय! समझदार अमले अच्छी तरह जानते हैं कि कौन-सा काम करना और कौन-सा नहीं करना। करनेवाले कामों की खातिर तो दुबारा इशारे की भी जरूरत नहीं और न करनेवाला काम कैसी भी हिदायतों के बावजूद टलता रहता है। बड़े आदमियों का तो कहना मात्र ही पर्याप्त है। उनकी तो मौज का महत्त्व है, भोजन का क्या! करो तो ठीक, न करो तो ठीक! फिर बेकार दिखावे में क्या तुक! अपनी-अपनी जिम्मेदारी के अनुसार हर व्यक्ति को ठिकाने की भलाई का ध्यान है। सबकी जिम्मेवारी तो सबके सतर्क रहने पर ही पार पड़ती है।

मसल मशहूर है कि दाने-दाने पर मुहर लगी है। कुछ ऐसा ही संयोग घटित हुआ कि ठकुरानी के पीहर का ढोली शाम पड़े गढ़ में आया। पीहर के तो पंछी और ढोर का भी खयाल रखना पड़ता है। वह तो सीधा जनानी-ड्योढ़ी पहुँचा और बेझिझक कुण्डी खटखटायी। दासी तो इन्तजार करते-करते ऊब गयी थी। नागडसे को भूख बड़ी देर से लगती है! दोनों जून की कसर एक ही बार में निकालना चाहता है? इन याचक-कमीनों के लाज-शरम तो दूर-दूर तक नहीं होती। राम जाने हुजूर ने क्या सोचकर ऐसी हिदायत दी! इसी ऊहापोह में उलझी डावड़ी ने अदेर दरवाजा खोला। जिसासावश पूछा, 'देर बहुत कर दी!'

दमामी ने हाथ जोड़ते कहा, 'समाचार मिलते ही, जैसा खड़ा था, वैसा ही रवाना हो गया। पर भाणेज-बना का लग्न तो नवमी को भेजा जाएगा। अभी तो पाँच दिन बाकी हैं।'

डावड़ी ने अपनी सहज बुद्धि से बात सँवारी, 'मगर ठकुरानी साहिबा को उत्सव मनाने का उछाह बहुत अधिक है।'

दमामी ने उमंग दरसाते कहा, 'सूरज के घर उजाले की क्या कमी! ठाट मनाएँ जितना ही थोड़ा है। बड़ी रातों के बड़े ही सवेरे!'

यों भी बहुत देर हो चुकी थी। रंगमहल से बाहर पधारते ही अन्नदाता खीज करेंगे। इस डर से दासी ने झटपट बाजोट धरा और थाल लेने के लिए रवाना हो गयी। ढोली ने पीछे से हिदायत दी कि ठकुरानी-साहिबा को मेरी 'खम्मा-घणी' अर्ज करना। थाल लाते समय दासी मन-ही-मन सोचने लगी कि आजकल हुजूर ससुराल का बड़ा ध्यान रखने लगे हैं। पर याचक कमीन-कारुओं को इतना मुँह लगाना ठीक नहीं। कौन समझाये? मालिक का मालिक कौन? फिरकी तो नचाये, उसी तरह नाचती है!

बाजोट पर थाल रखते ही ढोली की ओर देखकर बोली, 'अब जल्दी कीजिए, वरना मेरी आफत हो जाएगी।'

ढोलियों की ऐसी तीमारदारी तो सपने में भी नहीं सुनी। अविश्वास के लहजे में पूछा, 'क्या मुझे कह रही हैं?'

'हाँ, तुम्हें! अब ज्यादा पूछताछ मत करो, झटपट खालो। अन्नदाता को पता चल गया तो मुझे बख्शेंगे नहीं।'

वैसी उतावली के बाद दमामी क्या पूछताछ करता! भाणेज-बना के लग्न की ऐसी मनुहार तो नहीं जानी थी! पर बड़े आदमियों की मौज का क्या ठिकाना? चाहें तो वे पिल्ले को भी खाने पर साथ बिठा लें! उस ढोली की सात पीढ़ियों में भी वैसी तीमारदारी का सपना कहाँ नसीब था! थाल की ओर बड़ी मुश्किल से उसका हाथ बढ़ा। ज्यों-त्यों खा-पीकर हाथ धोये। फिर दरीखाने जाकर आलापचारी करने लगा।

पलंग से उठते ही ठाकुर नीचे आया। डावड़ी सामने मिली तो ढोली को खिलाने की बात पूछी। उसने मुसकराकर हामी भरी कि अपने हाथ से बाजोट डालकर अच्छी तरह खिलाया। हुजूर के कहने पर इतनी ढील हो सकती है, भला!

ठाकुर तनिक गर्वित भाव से खुश होता हुआ गढ़ के बाहर आया तो सामने शृंगार-चौकी के एक किनारे बैठे हुए ढोली पर उसकी नजर पड़ी। मुँह लटकाये इस तरह उदास-उदास क्यों है? दारू की खुमारी अभी शेष थी। पास जाकर पूछा, 'दमामी! ज्यादा मीठा खाने से कहीं पेट तो नहीं दुःख रहा है? मन वश में रखना था। तुम लोगों के पेट तो शायद ही माँगे हुए हों!'

ढोली ने खड़े होकर 'खम्मा-घणी' की। हाथ जोड़ते कहा, 'अन्नदाता, हम ढोलियों को कैसा संकोच? जरूरत पड़े तो किसी का पेट भी माँग लें!'

ठाकुर परिहास करते बोला, 'फिर डटकर खाने में क्यूँ कमी रहे? बोल, तेरी बात झूठी हुई कि नहीं?'

'पर गरीबनवाज, मीठे की बात तो दूर, मैंने तो अब तक बासी टुकड़ा भी नहीं देखा!'

'नालायक, फिर झूठ बोल रहा है!'

'हुजूर, आपके सामने झूठ बोलूँ तो मेरी जीभ में कीड़े पड़ें।'

'क्या तूने अब तक खाना नहीं खाया?'

'नहीं अन्नदाता!'

ठाकुर को फिर भी यकीन नहीं हुआ। ढोली को साथ लेकर जनानी-ड्योढ़ी में आया। डावड़ी का नाम लेकर जोर से आवाज दी और डावड़ी तत्काल हाजिर, जैसे उनकी आवाज का ही इन्तजार कर रही हो। ठाकुर ने डाँटकर पूछा, 'हरामजादी, सरासर झूठ बोल गयी।'

दासी ने तत्काल बेधड़क खुलासा किया, 'अन्नदाता, यह कभी हो सकता है! अपने हाथ से खाना खिलाया।'

फिर ठाकुर ने ढोली की तरफ देखकर कहा, 'बदजात! तेरी यह मजाल कि मेरे सामने ही झूठ बोल रहा है।'

ढोली ने कोहनी तक हाथ जोड़ते कहा, 'अन्नदाता, यदि इस डावड़ी ने मुझे पानी तक पिलाया हो तो इसे शपथ दिलाकर पूछें।'

डावड़ी ने बीच ही में टोका, 'तुम्हें खिलाने के लिए मैंने कब कहा?'

मानो काले साँप की पूँछ पर पाँव पड़ा हो। ठाकुर ने गुस्से में बलबलाते पूछा, 'फिर तूने किसे खिलाया?'

'ठकुरानीजी के पीहरवाले दमामी को। उन्होंने दरवाजा खटखटाया और मैंने अपने हाथ से परोसा। खामख्वाह झूठ क्यूँ बोलूँगी?'

क्रोध के मारे ठाकुर से बोला तक नहीं गया। दाहिने हाथ में छड़ी औंधी पकड़ी हुई थी। घुमाकर जोर से दासी पर चलाई। दासी तो फुर्ती से दूर हट गयी। पर ठाकुर का वार खाली नहीं गया। चाँदी का ठोस बन्द सीधा ललाट पर लगा। एक विकट चीत्कार करके ढोली नीच बैठ गया। लहू का फव्वारा छूटते ही आँखों के सामने अँधेरा छा गया। कराहते बोला, 'गरीबपरवर, मेरे भाग्य ही फूटे हुए हैं। पुरखों के नाम में कोई दोष नहीं।'

ठाकुर का गुस्सा तब भी कम नहीं हुआ। ढोली पर कड़कते बोला, 'तुझे कुण्डी खटखटाने की कितनी हिदायत दी थी। कुण्डी क्यूँ नहीं खटखटायी?'

'अन्नदाता नाकुछ रोटी के लिए जनानी-ड्योढ़ी का दरवाजा कैसे खटखटाता?

तीन दिन तक भूखा रहूँ, तब भी मेरा कुछ नहीं बिगड़े। हम तो अनशन करने के आदी हैं।'

ठाकुर ने अधीर होकर कहा, 'अनशन के आदी हो सो ठीक है। तुम्हारा तो कुछ भी नहीं बिगड़ता, पर पुरखों की कितनी बदनामी होती है...!'

दासी घबराते बोली, 'हुजूर, बदनामी की बात तो बाद में हो जाएगी, पहले गोटी बँधवाएँ। सारे कपड़े खून से लथपथ हो रहे हैं!'

'अरे...! यह बात तो मैं भूल ही गया। जल्दी कर, जो भी सामने मिले, उसे बुला ला।'

अपने फूटे भाग्य का भेद तो वही जाने। पर समझदार, चतुर और अनुभवी नाई ने रेशम का टुकड़ा जलाकर सलीके से गोटी बाँधी तो लहू तत्काल बन्द हो गया। पर ठाकुर की चिन्ता बढ़ गयी। पुरखों के नाम पर धब्बा लगे तो उसका मुँह काला होता है। भला, यह कलंक कैसे बर्दाश्त करता! ढोली की बाँह पकड़कर उसे खड़ा किया। ललाट के घाव की ओर देखकर बोला, 'मेरा कहा मानता तो कुछ भी झंझट नहीं होता। लेकिन अब भी कुछ नहीं बिगड़ा। मेरे रूबरू तुझे डटकर खाना पड़ेगा।'

ढोली ने आह भरते कहा, 'गरीबनवाज, बस, आपकी तो मुझ पर शुभ-नजर चाहिए। उससे बढ़कर खाना थोड़े ही है। बिना खाये ही मेरा तो पेट भर गया।'

'नहीं, यह बात नहीं हो सकती।' ठाकुर ने गरदन हिलाते कहा।

ढोली का सौभाग्य कि ठाकुर को एक नयी तरकीब सूझ गयी, 'यहाँ खाने पर तो तुझ अकेले का ही पेट भरेगा। घर पर काँसा भिजवाऊँ तो सारे घरवाले मजे से खाएँगे।'

फिर उसी दासी को हिदायत दी कि 'रक्खी' चिकनी हो तो कोई परवाह नहीं। दोनों मुँह मिठाइयों से भर देना—खूब दबा-दबाकर। फुरती कर, जैसे यहीं खड़ी है। ठाकुर की वैसी पुरजोर हिदायत के बाद क्या ढील! पहले भूल हो गयी वही काफी है। हाथोंहाथ नयी सुरंगी 'रक्खी' भर कर लायी। ठाकुर ने खुद अपने हाथ से ढोली के कन्धे पर 'रक्खी' लटकायी। वजन भी कम नहीं था। तीन दिन तक खतम न हो। ठाकुर ने अधीर होकर पूछा, 'बोल, अब तो तुझे भरोसा हुआ?'

'भरोसा क्यों नहीं होगा, हुजूर! पुरखे तो पुरखे ही थे। दर-दर तलाश करें, तब भी उनके दर्शन न हों।'

ठाकुर परिहास करते बोला, 'आखिर, कपाल फुड़वाकर ही तुझमें अक्ल आयी।'

ढोली ने ठाकुर का एहसान मानते कहा, 'अन्नदाता, ढोलियों में देर-सबेर जब भी अक्ल आ जाय ठीक है। हुजूर की जूतियों का आसरा है, वरना हमें अक्ल की जरूरत ही कहाँ है?'

ठाकुर ने मजाक के लहजे में कहा, 'अब ज्यादा बकवास मत कर। बड़ी तेज भूख लगी होगी। अपने घर में संकोच मत रखना। तुझे मेरी कसम, सबसे पहले तू भरपेट मिठाई खाना।'

'जो हुक्म अन्नदाता...!' सिर झुकार इतनी ही बन्दगी कर पाया कि ललाट में असहनीय टीस उठी। चाहने पर भी आगे कुछ बोल नहीं सका तो चुपचाप वहाँ से रवाना हो गया। बायें कन्धे पर 'रक्खी', हाथ में सारंगी और गज। हलका-हलका अँधियारा घिरने लगा था।

गाय के घी की ताजी खुशबू से ढोली को कुछ राहत मिली। टीस को भूलने की चेष्टा की। घर पहुँचते ही दो जून की मिठाई साथ खाएगा। अन्नदाता ने अपनी कसम जो दिलायी है! ललाट के घाव की क्या चिन्ता। धीरे-धीरे अपने-आप मिट जाएगा। मगर निशान तो बना रहेगा। रहे तो रहे। कोई शादी तो करनी नहीं है। बड़ा लड़का तो आज ब्याहे जैसा है। चलते-चलते घाव में फिर टीस उठी। काफी गहरा लगता है! तनिक झुककर धीरे-धीरे पाँव घसीटने लगा।

गलियारे की दाहिनी बाजू चल रहा था कि बाड़ की ओट में दुबके डाकुओं के कानों में किसी के चलने की भनक पड़ी। बड़ा सतर्क होकर चल रहा है! एक डाकू ने बाड़ पर से झाँका। जरूर कोई भेदिया है। इसलिए धीरे-धीरे चल रहा है। शायद हाथ में तीर-कमान छिपाये हुए है। कन्धे से लटकता तरकश तो साफ दिख रहा है। पता चलते ही गाँव में खतरे का ढोल बजेगा। फिर तो इस गाँव में डाका डालने की कभी नौबत ही नहीं आएगी। मगर यह सुराग लगा क्यों कर? ऐसे हरामी का तो नाक ही काट लेना चाहिए। यह सोचते ही चार-पाँच मुस्टण्ड बाड़ से कूदे और ढोली को धमाधम पीटने लगे। गिरोह के मुखिया ने नाक काटने का आदेश किया तो ढोली चिल्लाया, 'हुजूर, मैं तो राज-दमामी हूँ। मुझे क्यों पीट रहे हैं?'

'दमामी है तो फिर तीर-कमान की क्या दरकार?'

'बाप! यह तो मेरी सारंगी है। मुझे तीर-कमान से क्या लेना-देना!'

एक डाकू ने अदेर शंका करते पूछा, 'कन्धे पर यह तरकश जैसा क्या टँगा है?'

ढोली कराहते बोला, 'यह तो ठिकाने की 'रक्खी' है। अन्नदाता ने खुद अपने हाथों से मिठाई भरी।'

'तब तो बढ़िया शकुन हुए। तेरा नाक नहीं काटा सो खैरियत मना।' तीन-चार डाकुओं ने खुश होकर एक साथ कहा।

तत्पश्चात् शकुन मनाने की मंशा से उन्होंने 'रक्खी' छीन ली। कमजोर होने पर भी ढोली तेजी से भागा। प्राणों का डर ऐसा ही शक्तिशाली होता है। नाक पर दो-तीन बार हाथ फेरा। सचमुच, नाक तो साबुत है। मगर ललाट का घाव वापस खुल गया। बाई का भाग्य ही खण्डित तो क्या करे पण्डित!

घर पहुँचते ही सबने पूछताछ शुरू कर दी कि ऐसी दुर्गति किसने की? तब ढोली ने झुंझलाकर गुस्से में कहा, 'तुम्हें तो पूछताछ की उतावली है और मेरे जी की पड़ी है। गड़रियों की ढाणी जाकर रतन-भाई को जल्दी लाओ। उसकी मरहम-पट्टी से घाव मिले तो मिले।'

रतन गड़रिये से ढोली की खूब पटती थी। सुनते ही ऊँट दौड़ाता आया। घाव देखते ही ढाढ़स बँधाया, 'चिन्ता की कोई बात नहीं। फकत सात दिन का काम। गाय के घी में तली नींबोलियों के मरहम से निशान तक मिट जाएगा। अभी नींबोलियाँ तोड़कर लाता हूँ।' झे-झे की सानी और मोहरी का झटका लगते ही ऊँट नीचे बैठ गया। ढोली का बड़ा बेटा भी तुरत-फुरत पिछले आसन पर जम गया। दोनों मिलकर नींबोलियाँ जल्दी तोड़ लाएँगे।

गड़रिये ने एक गहर-घुमेर नीम के नीचे ऊँट रोका। पलान पर खड़ा होकर झपाझप पत्ते और नींबोलियाँ तोड़ने लगा। ऊँट बड़ा चंचल था। पत्ते तोड़ने की सरसराहट सुनी तो चौंककर दौड़ा। गड़रिया तो बचपन से ही माहिर था। पर ढोली का बेटा नीचे लुढ़क गया। दाहिने हाथ पर शरीर का पूरा वजन पड़ा तो खटाक से टूट गया। हादसा सुनते ही राज-दमामी तो बेहोश हो गया। दूसरे दिन शाम को होश आया। जी को चैन मिला। गड़रिये के मरहम से बड़ी शान्ति मिली। टूटे हाथ की हड्डी अच्छी तरह बिठाकर बाँस की खपच्चियाँ चारों ओर बाँध दीं। बेटे को भी काफी राहत मिली।

पुरखों की पुण्याई अभी शेष थी। उसी का पुनीत सुयोग घटित हुआ तो गाँव-चौधरी ने दादा के मृत्यु-भोज में ठाकुर के सभी अमलों को न्यौता दिया। ठाकुर ने पुख्ता वादा किया तभी गाँव-चौधरी ने उसके पाँव छोड़े। उसी सिलसिले में गढ़ का कनवारिया ढोली को न्योता देने आया। ठाकुर ने भी उसे आने के लिए पुरजोर आग्रह किया था। राज-दमामी पर ठाकुर की विशेष मेहरबानी थी। ढोल बजाने जैसी तबीयत न हो तो खाली हाथ ही आये। मना करे जैसी औकात ही कहाँ थी! ढोली तो ऐसे अवसरों पर बिन-बुलाये ही चल पड़ते हैं। तब उसके लिए तो हुजूर का आदेश भगवान् से भी बढ़कर था। पाँव घिसटते हुए अदेर रवाना हो गया। कनवारिया दूसरों को न्योतने की खातिर बीच में ही टल गया।

दो घड़ी रात ढली तब ढोली चौधरी की ढाणी पहुँचा। उसने मन-ही-मन विचार किया कि अधिक पूछताछ करने पर यदि भूल से ही डाकुओं की बात जबान पर आ गयी तो परमात्मा भी बचा नहीं सकेगा। जमदूतों से कौन बैर बसाये! डाकू किसी के सगे नहीं होते। कहीं सारे घरवालों का ही सफाया न कर दें। चुपके से बैलों के ओसारे में बैठ जाएगा। आलापचारी तो करनी नहीं है। मौका देखकर किसी को भी इशारे से बुला लेगा और खाना खाकर लौट आएगा।

लोगों की नजर बचाकर वह बैलों के ओसारे में छिप गया। चौधरी की बेटी

बैलों को घास डालकर जा रही थी कि ओसारे में घुसते अपरिचित आदमी पर उसकी नजर पड़ गयी। चिल्लाने से भाग जाएगा। सात-आठ दिन से चोर उसी टोह में लगे थे। मगर बैलों को चुराने का उचित मौका ही नहीं मिला। पर आज चौधरी को मनचीता अवसर मिल गया। बेटी ने धीरे से कान में कहा, 'बाबा चोर...।'

तीनों भाइयों को साथ लेकर चौधरी उधर ही रवाना हुआ। सभी के हाथों में मजबूत लाठियाँ थीं।

पीठ पर लाठी का अचीता वार पड़ते ही ढोली चिल्लाया, 'बाप! मैं तो राज-दमामी हूँ। मुझे क्यों पीट रहे हो?' बोली पहचानते ही चौधरी तो रुक गया, लेकिन उसकी हँसी नहीं रुकी। हँसते-हँसते ही पूछा, 'राज-दमामी है तो बड़ी अच्छी बात। पर अभागे, तू यहाँ क्या लापसी खाने आया!'

बेशऊर चौधरी का हाथ बहुत भारी था। पीठ पर आग-सी दहक उठी। रोते-चिल्लाते ठाकुर के पास आया। फरियाद करते बोला, 'हुजूर, गाँव चौधरी ने मेरी हड्डी-पसलियाँ तोड़ दीं। मेरा तो कुछ नहीं, सहलाकर सबूरी कर लूँगा। पर आपकी गरिमा को ठेस लगेगी। मैं तो आपके बुलाने पर आया था।'

ढोली से कुछ आगे ही चौधरी खड़ा था। वह हाथ जोड़कर सफाई देना चाहता था कि ठाकुर को अकस्मात् तैश आ गया। दाँत पीसते बोला, 'तेरी यह हिमाकत! तूने ही कोई पहली बार पुरखों का मृत्यु-भोज नहीं किया? कुछ तो दिमाग ठिकाने रखना चाहिए था। मेरे बुलाये राज-दमामी पर तूने लाठी चलाने की गुस्ताखी की! गाँव से मन भर गया लगता है।'

'अन्नदाता, मेरी अरदास तो सुनें...!'

'क्या खाक अरदास सुनूँ।' ठाकुर ने बीच में टोकते कहा। फिर तो उसने भली सोची न बुरी, पुरखों के नाम की मर्यादा बचाने की मंशा से पाँव की मोजड़ी निकाल कर जोर से फेंकी। ठाकुर की सनक से चौधरी पूर्णतया परिचित था। जूती की ओर हाथ मुड़ते ही वह तो नीचे बैठ गया। पर ठाकुर का वार खाली नहीं गया। सीधा ललाट के घाव से टकराया। चीत्कार के साथ ही राज-दमामी की आँखों के सामने अँधियारा छाने लगा तो वह सिर थाम कर धप्प से जमीन पर बैठ गया। खड़ा रहने पर गिर पड़ने की आशंका थी। आस-पास खड़े लोगों ने घबराकर पूछा, 'क्या हुआ, क्या हुआ?'

अब धीरज रख पाना उसके वश की बात नहीं थी। कराह को दबाकर अपने-आप ये बोल छिटक पड़े, 'बच्चों के भाग्य और घरवाली के सुहाग से बच गया सो गनीमत है। वरना...!' घाव से रिसता साँवला खून उसके मुँह में टपकने लगा तो उससे कुछ भी आगे बोला नहीं गया। खून का घूँट पीकर खामोश रहना पड़ा!

22 जुलाई, 1997, मंगलवार

## मायाजाल

इन झीनी, गूढ़ और सर्वव्यापी बातों का मर्म, सौरभ के बहाने फूल-फूल में संचारित होता है, थन व स्तनों में दूध के बहाने झरता है, कजरारी घटाओं से वर्षा के बहाने बरसता है, बिजलियों के बहाने दमकता है और किरणों के बहाने समूची दुनिया में जगमगाता है। तो रामजी भले दिन दें—एक था घर-गृहस्थ गरीब राजपूत। दुःख-विपदाओं से सताया हुआ। भाग्य से लुटा हुआ। संयोग की बात कि एक बार आधी रात ढलने पर ऐसा विकट अन्धड़ मचा कि उसकी बोदी झोंपड़ी डगमगाने लगी। मानो रुई के उनमान हवा में अभी उड़ी कि उड़ी। साँय-साँय करता उन्मुक्त पवन। बारिश की सूचक ठण्डी बयार का शुभ-सन्देश। सुदूर बादलों की गहरी-गहरी गाज। चारों दिशाओं में बिजलियों की ताल पर नृत्यांगना बरखा। परस्पर ऐसी होड़ मची कि बयार कहे मैं बेहतर। बादल उद्‌घोष करें हम सबसे बढ़कर। बिजलियाँ कड़ककर जतलाएँ कि हम सर्वोत्तम। बरखा रिमझिम गुमान करती कहे कि मैं सबसे उदार। उन महाप्रतापी हस्तियों की आदिम प्रतिस्पर्धा के फलस्वरूप ठौर-ठौर से टपकती झोंपड़ी। नागिन की नाईं फुफकारती हवा। गहरे अन्तस् में आग सुलगाती बिजलियाँ। चौरतरफा अवसाद में घिरी विक्षिप्त विगलित आँखें एक-दूसरे की प्रच्छन्न वेदना को टोहने लगीं।

पत्नी के मुँह से अँतड़ियों में उलझी वाणी हठात् बाहर छिटक पड़ी, 'कहीं प्रलय की कुवेला तो आ नहीं धमकी?'

'कुवेला क्यों?' पति ने उत्तप्त निःश्वास छोड़ते कहा, 'ऐसी मंगल-वेला फिर

कब आएगी? मौत के बिना हम कष्ट-कसालों से उबर नहीं सकते। प्रलय होने पर आत्महत्या का पाप तो नहीं लगेगा।'

पत्नी छद्म उल्लास दरसाते बोली, 'तुम्हें क्या महसूस हो रहा है?'

विदग्ध वाणी में पति कहने लगा, 'हमारा ऐसा भाग्य कहाँ! तुम्हारा हृदय बहुत निर्मल है, बच्चे-सा अबोध। बताओ, तुम्हें क्या दिख रहा है?'

बिजली की दमक विलुप्त होते ही घरवाली का चेहरा अथाह अँधियारे में डूब गया। बोली, 'दुखियारों के चाहने से मौत भी कब आती है!'

पति-पत्नी दोनों पाषाण पुतलियों की नाईं अविचल अबोले बैठे रहे। बरसती हुई अँधेरी रात वक्त की ढलान पर अपनी गति से ढली। अपनी ठौर ही सूरज उगा। हौले-हौले छान में उजियारा प्रकट हुआ। भीगे कपड़ों से पानी रिस रहा था। छान चू रही थी। मूसलाधार पानी बरस रहा था। बाहर जैसे ही भीतर थे। कूँटा अटकाकर वे खुले आँगन में आये। जहाँ तक निगाहें पहुँचें, सर्वत्र पानी-ही-पानी। चारों तरफ बरसते पानी की झड़ी। पति ने पीठ फिराकर अपने खेतों की ओर दृष्टि डाली। कहा, 'अपने खेतों में ऐसा लबालब पानी मैंने अब तक भरा हुआ नहीं देखा। कमर की ऊँचाई तक मानो चाँदी का घोल फैल गया हो।'

'तब तो बेशुमार सेंवज गेहूँ पैदा होंगे।' वह इस तरह खुशी का ज्वार छलकाते बोली जैसे अनाज का अकूत ढेर आँगन में आ गया हो।

'इसमें क्या सन्देह...!' वह कुछ आगे भी खुशी प्रकट करने जा रहा था कि अकस्मात् उसका मुँह उतर गया। गर्म निःश्वास छोड़ते बोला, 'केवल पानी बरसने से क्या होगा? कहाँ हल-हिंयोड़ी, कहाँ गाड़ी, कहाँ बैल और कहाँ बीज?'

'इसके लिए इतना सोच-विचार करे जैसी क्या बात!' घरवाली ने किसी पुख्ता समाधान के आशय से कहा, 'घाटीवाले गाँव जाओ। जैसा चाहेंगे, वही होगा। वहाँ के मायापति सेठ तो मुँहमाँगी मुराद पूरी करते हैं। न तो खाता माँडते हैं, न कहीं अँगूठे के निशान करवाते हैं और न कर्ज वापस माँगते हैं।'

'बावरी, इसी आफत के मारे तो मैं उस गाँव की ओर मुँह नहीं करता। वह सेठ तो अगले जन्म के भरोसे उधार देता है। इस जन्म में तो लेन-देन का वास्ता ही नहीं। तू ही बता, अगले जन्म के वादे पर क्योंकर जबान खोलूँ? मरना मंजूर पर...!'

घरवाली की आँखों के सामने जल-ही-जल हिलोरें भर रहा था। बरसती बूँदों के असंख्य बुलबुले नयनों की राह भीतर समाहित होने लगे, मानो आशाएँ मचल रही हों। रह-रहकर इन्द्रजाल बुन रही हों। बीच ही में टोकते बोली, 'किसी और साहूकार की पेढ़ी तलाश करो।'

'कोई पेढ़ी हो तो तलाश करूँ।' हताशा के अन्धकार में डूबते कहने लगा, 'इस सेठ के अनोखे व्यापार से आस-पास के सब गाँवों में उधार का धन्धा चौपट हो गया है। दसरा क्या जुगाड़ बिठाऊँ?'

'मेरा कहना तो मानते ही कहाँ हो! जाओ, एक बार दिल पर पत्थर रखकर ही जाओ। यह जन्म तो सुधरे। मनुष्य की देह पाकर कुछ तो उसका स्वाद चखें। अगला जन्म किसने देखा! तुम्हारे पाँव पड़ती हूँ। एक बार घाटीवाले गाँव, मेरी खातिर ही जाओ। मर गयी तो मन में रह जाएगी।'

चारों तरफ पानी-ही-पानी। पति की आँखों के सामने पानी के अतिरिक्त कोई दूसरा दृश्य नजर ही नहीं आ रहा था। अटकते-अटकते बोला, 'यदि तेरे मन में यही आशा फड़फड़ा रही है तो जरूर जाऊँगा।' पति के मुँह से यह अमृत-वाणी सुनते ही पत्नी को ऐसा महसूस हुआ कि जैसे उसके अन्तस् की उमड़ती घटा से ही यह बारिश बरस रही हो! उसके नयनों की जोत मानो बिजलियों के बहाने उमंगों की आभा प्रकट कर रही हो। और वह अगले ही क्षण बादल-बरखा की स्वामिनी बन गयी।

जिस तरह बारिश अचानक शुरू हुई, उसी तरह वापस बन्द भी हो गयी। देखते-देखते बेशुमार पानी अपनी ढाल ढल गया। फकत उस गरीब राजपूत के खेतों में पानी लहरा रहा था। वह दूसरे दिन अल्ल-सवेरे घाटीवाले गाँव की ओर रवाना हुआ। झोंपड़ी के बाहर खड़ी घरवाली राह चलते पति की पीठ टुकुर-टुकुर देख रही थी, जैसे पहली बार उससे साक्षात्कार हुआ हो। पूनम की ढलती चाँदनी भी उसे अधिक उज्ज्वल नजर आयी। सारा परिवेश ही नया-नया प्रतीत हुआ। आखिर रवाना तो हुए। खेती के सभी साधन उपलब्ध होने पर सब बातें भली होंगी। उसकी आँखों के सामने सपनों का ताना-बाना बुना जाने लगा।

मनुष्य के मन की चाशनी कल्पना से परे होती है। जिस साहूकार के गाँव की ओर मुँह ही नहीं करना चाहता था, उसी मारग वह अपनी मरजी से एक-एक कदम आगे बढ़ रहा था। सचमुच, अगले जन्म का खाता किसने बाँचा? और न पिछले जन्म की स्मृति किसी का साथ निभाती है। उसे न तो पिछले जन्म का कुछ अता-पता है और न अगले जन्म का आभास। फकत यही जन्म एकमात्र सच्चाई है। जो क्षण भोगें, केवल वही अपना है। सुख की कामना सबको रहती है। मजबूरी की बात तो दर-किनार, मगर अपनी इच्छा से दुःख कौन पाना चाहता है? इस तरह के ऊहापोह में उलझा वह राजपूत घाटीवाले गाँव पहुँचा।

मायापति सेठ के आँगन में माँगनेवालों का मेला लगा हुआ था। सेठ चबूतरे पर पद्मासन की मुद्रा में बैठा था। दुहरी पीली पाग। चेहरे पर नीली आभा की हलकी झाँई। उजली इकराही सुघड़ बत्तीसी। गुलाबी मसूड़े, पास में बैठा मुनीम उसके मौन आदेश से नकद रुपये बाँट रहा था। सात परातें रुपयों से भरी थीं।

राजपूत ने मन-ही-मन विचार किया कि जब इतने आदमी माँगने के लिए आतुर हैं, तब केवल वही अगले जन्म की हेकड़ी क्यों निबाह रहा है?

बाट जोहते-जोहते आखिर वह सेठ के पास पहुँचा। सेठ ने मुसकराकर पूछा, 'फरमाइए, कितने रुपयों की जरूरत है?'

राजपूत ने कहा, 'जरूरत तो दो सौ रुपयों की है, पर वापस...।'

मुनीम ने टोकते कहा, 'वापस देने की यहाँ चर्चा नहीं, अगले जन्म के विश्वास पर लेना चाहते हो तो बोलो।'

तत्पश्चात् आगे कुछ भी बोलना-सुनना शेष नहीं रहा। राजपूत ने सर झुका कर रुपये मंजूर किये और वहाँ से रवाना हुआ। रुपये ठूँस कर नौली कमर से बाँधी। चाँदी के ठोस रुपयों का वजन बढ़ते ही वह फूल की पंखुड़ियों के समान हलका हो गया—सर्वथा भार-मुक्त! अब तो नागौरी बैलों की मज़बूत जोड़ी, दोवटा हल, हिंयोड़ी और बढ़िया बीज, उसकी मंशा मुताबिक। सेंवज गेहूँ का भरापूरा खलिहान उसकी आँखों के सामने झिलमिलाने लगा। सेठ इस जन्म में वसूल न करे तो न सही। ब्याज सहित एक मुश्त रुपयों का धर्मार्थ सदुपयोग कर लेगा। फिर न तो कबूतरों के निमित्त चुग्गा खूटेगा और न उसकी भखारियों में अनाज खत्म होगा। इतने बरस बेकार ही दुःख उठाया।

राह चलते तालाब की पाज पर नजर पड़ते ही उसे प्यास महसूस हुई। उत्सुक होकर तेज कदमों से तालाब की पाज पर चढ़ा। कुमुद की जात हिलोरें भरता निर्मल पानी। अंजलि-अंजलि ठण्डे पानी से ऐसी प्यास बुझी कि इस जीवन में शायद ही दुबारा प्यास लगे। फिर नहाने की इच्छा होते ही साफा उतारकर अँगरखी की कसें खोलने लगा। किनारे से कुछ दूर नौली धर कर छपाक-छपाक पानी में उतर गया। भला, स्नान के आनन्द का कोई मुकाबला है! और वह भी सर के ऊपर तक पानी-ही-पानी। जैसे माँ की कोख का ही फिर से आश्रय मिला हो। कुछ देर तैरने से जठराग्नि चेतन होने लगी तो इच्छा न होते हुए भी उसे बाहर आना पड़ा। बाहर की आग तो पानी से बुझती है पर पेट की आग अधिक भड़कती है।

पर सूखे किनारे पर अदृष्ट में जिस अचीती त्रासदी का दुर्योग घटित हुआ, जिसका अन्देशा उसे स्वप्न में भी नहीं था। मजे की बात यह कि उसी वक्त चार-पाँच भैंसियाँ पानी पीने के लिए आयीं। एक भूरी झोटी के खुर में नौली उलझ कर पानी के करीब आ गयी और दूसरी भैंस ने उस पर पोटा कर दिया। नौली की डोर तक नीचे दब गयी। स्नान से निवृत्त होते ही उसने इधर-उधर देखा। पर नौली कहीं भी नजर नहीं आयी। नस-नस में खून जमता-सा महसूस हुआ। दुनिया भर का अघटित क्या उसी के भाग्य में लिखा है? घबराकर डगमगाते पाँवों से चारों किनारे छान मारे पर नौली का कहीं सुराग नहीं लगा। कैसी अचिन्त्य बला ढह पड़ी! उसके कहे पर कौन विश्वास करेगा! तालाब तो निगलने से रहा! न कोई चील इतनी वजनदार चीज उठा सकती है। सपना शुरू होते ही टूट गया। फूटे भाग्य का कहीं भी निस्तार नहीं। वितृष्णा के बावजूद उसके पाँव उसी सुपरिचित राह पर वापस चल पड़े।

कुछ भी सोचने पर तो आगे बढ़ना दुश्वार था। इसलिए बिना कुछ

सोचे-विचारे वह सेठ की पेढ़ी तक पहुँच गया। उस वेला पेढ़ी एकदम सूनी थी। सेठ और मुनीम चबूतरे पर बैठे बातचीत कर रहे थे। राजपूत को आते देखा तो मुनीम बोला, 'मूर्खों के माथे पर कोई सींग तो होते नहीं। बावरा, कहीं रुपये वापस लौटाने तो नहीं आया?'

सेठ को इतना धैर्य कहाँ! उतावले पाँवों से उसकी ओर बढ़ा। होठों पर निष्कपट मुसकान छितराते कहने लगा, 'भले मानुस, इस पेढ़ी का रिवाज क्यों तोड़ रहे हो? किसी भी शर्त पर मैं रुपये वापस नहीं लूँगा।'

तब उसने विस्तार से सारी आप-बीती सुनाकर कहा, 'मेरा भाग्य ही खराब है, तब किसे दोष दूँ! भरोसा न हो तो मेरी तलाशी ले लें।'

'तलाशी? मुझे इतनी वेला ही कहाँ है?' सेठ सहज भाव से हँसते बोला, 'किसी की तलाशी लेनेवाला मैं कौन हूँ? मेरे सामने तो कोई झूठ बोलना चाहे, तब भी नहीं बोल सकता। जितने चाहो उतने रुपये और ले लो। आपकी अपनी पेढ़ी है।'

राजपूत ने उदास भाव से कहा, 'यही तो आशा लेकर आया हूँ।'

मुनीम कहने लगा, 'यह तो आपका बड़प्पन है। आज यहीं रातवासा कीजिए। दिन ढले उधारी से निवृत्त होकर सेठजी काया का लगान चुकाते हैं। सवेरे सबसे पहले आप रुपये ले जाइएगा।'

राजपूत तो राज़ी-खुशी वहाँ रुक गया। साँझ होते ही मुनीम ने उसे ब्यालू करवा दिया। सोने की व्यवस्था नोहरे में कर दी। सिरहाने तिपाही पर ठण्डे पानी की मटकी धर दी। भाग्य का सहारा रहे तो यों अचीता समाधान हो जाता है।

मुनीम के रवाना होते ही वह लेट गया। बरसों के उपरान्त सुख की झपकी आनेवाली ही थी कि उसके कानों में सहसा बातचीत की भनक पड़ी। चौंककर उठ बैठा। कहीं कुछ भी तो नहीं। ठान के खूँटे से बँधी एक भैंस जुगाली कर रही थी। पास ही एक मरियल पाड़ा बँधा था। जुगाली करते-करते ही भैंस ने पूछा, 'अच्छी तरह सुन तो रहा है न?'

पाड़े ने कहा, 'बहरा थोड़े ही हूँ कि सुनूँगा नहीं। बड़े ध्यान से सुन रहा हूँ।'

भैंस आगे कहने लगी, 'आखिर मेरा कर्ज तो उतर गया। अब तो सिर्फ एक धड़ी (पाँच सेर) दूध बकाया है। सवेरे धड़ी दूध देकर एक पूला खाऊँगी और मुक्त हो जाऊँगी। कल फारखती होते ही किसी नयी योनि में जन्म लूँगी। कहा-सुना माफ करना। अब तू जाने, यह नोहरा जाने और यह सेठ जाने!'

पाड़ा उदास लहजे में बोला, 'मेरी फारखती में अभी देर है। इस दुःख के मारे न बाँटा अंग लगता है और न घास। दिन-ब-दिन सूखता जा रहा हूँ। बेचारा सेठ खूब आराम से रखता है पर कर्ज का तो नाम ही बुरा। मुझे तो हजार रुपये चुकाने हैं।'

सुख की झपकी तो कहीं दूर-दूर उड़ चली। राजपूत का कलेजा धड़कने लगा। यह अगले जन्म की उधारी तो वाकई बड़ी भयंकर होती है। इसकी बजाय तो मैं भला और मेरा दुःख भला। घरवाली ने जाने किस जन्म का बदला लिया! एक दिन सभी मरते हैं—क्या अमीर और क्या गरीब। कुछ भी साथ नहीं चलता।

पाड़े ने आगे बात जारी रखी, 'अब तो किसी तरह ठाकुर के हाथी से भिड़न्त हो जाए तो मेरे कर्ज का भुगतान हो। इस हाथी में मेरे हजार रुपये बकाया हैं। सिर्फ होड़ लगाने की देर है। हाथी के हारने पर ठाकुर सेठजी को हजार रुपये गिन देगा और मैं उसी पल यह जिन्दगी छोड़ दूँगा।'

भैंस डग-डग हँसते बोली, 'एक मरियल पाड़े से हाथी का क्या मुकाबला! तेरी अक्ल तो नहीं मारी गयी?'

पाड़े ने तनिक गर्व से कहा, 'माँगनेवाला हमेशा बड़ा होता है। उसकी ताकत के आगे सभी मजबूर हैं—क्या हाथी और क्या शेर!'

कहीं आल-जंजाल तो नहीं है? राजपूत से फिर सोया नहीं गया। खड़े होकर आलस मरोड़ा। जम्हाई ली। भैंस और पाड़े की पीठ सहलाकर आश्वस्त हुआ। पाड़े ने असह्य दुःख प्रकट करते कहा, 'पर यह नजारा क्यों कर घटित हो? होड़ की तरकीब कैसे सुलझे! हरदम यही चिन्ता लगी रहती है। मनुष्य में तो पशु जितनी भी अक्ल नहीं है। अगले जन्म के भरोसे उधार लेनेवालों की भीड़ देखकर मुझे उन पर तरस आता है। मेरा वश चले तो सबको सींग मार-मार कर भगा दूँ। फिर यह सोचकर चुप हो जाता हूँ कि मुझ नाकुछ पाड़े की बात, बुद्धि का सिरमौर मनुष्य भला क्यों सुनेगा!'

राजपूत की चिन्ता दुगुनी क्या तिगुनी बढ़ गयी। मृत्यु-पर्यन्त अब तो नींद शायद ही आये। उसने किंचित आशा भरी निगाह से चाँद की ओर देखा। टिमटिमाते तारों के इर्द-गिर्द धुआँ-ही-धुआँ घुटने लगा था। आशा की चिनगारी कहीं भी नजर नहीं आयी। कपाल फोड़कर कहीं साही तो भीतर नहीं घुस गयी? इस कर्ज की खातिर अब करे तो क्या करे! राम जाने अगले जन्म में वह किस तरह फारखती करेगा? कर्ज का बोझ हिमालय से कम भारी नहीं होता।

सूर्योदय के पहले ही सेठ का हाली नोहरे में आया। पाड़ा चुँघा कर पीतल के ठाँव में दुहारी करने लगा तो झर्र-झर्र झाग किनारों तक चढ़ आये। दूध ठिकाने धर कर उसने ठान में घास के पूले बिछाये। पाषाण मूरत की नाईं एक ठौर खड़ा राजपूत टकटकी लगाये भैंस के मुँह की ओर देख रहा था। एक पूला चरते ही भैंस तो जहाँ खड़ी थी, वहीं ढेर हो गयी। धमाके की आवाज सुनते ही हाली उधर दौड़ा। भैंस की पुतलियाँ पथरा गयी थीं। न साँस और न कोई दूसरी हरकत। हाली ने आँखें दिखाते राजपूत से कहा, 'कलमुँहे, हृष्ट-पुष्ट भैंस को नजर लगा दी! घर पर कभी दूध देखा नहीं क्या?'

राजपूत ने विनम्र भाव से कहा, 'देखा क्यों नहीं! बारह साल तक तो मैं दूध, दही और मक्खन पर ही पलता रहा। चूल्हे पर पाँच सेर दूध उफन भी जाता तो चिन्ता जैसी बात नहीं थी।'

कि इतने में सेठ और मुनीम दोनों साथ आते दिखे। राजपूत के विवर्ण चेहरे को देखकर मुनीम ने कहा, 'अब क्यों खामख्वाह देर कर रहे हो? कब से तुम्हारा इन्तजार कर रहे हैं। कलेवा और रुपये दोनों तैयार हैं।'

उसने गरदन हिलाते कहा, 'मुझे न तो कलेवा करना है और न रुपये लेने हैं।'

हाली ने कटाक्ष करते कहा, 'नौ सेर दूध की भैंस नजर लगाकर मार दी, अब किस मुँह से हामी भरे।' सेठ के करीब आकर उसने सारी बात बताकर अन्त में कहा, 'सवेरे-सवेरे कैसी अनहोनी बात हुई! भैंस तो घास चरते-चरते नजर की मार से धड़ाम से गिर पड़ी।'

तनिक गम्भीर लहजे में राजपूत ने कहा, 'पहले इस दूध को तोलो, फिर मैं इस अनहोनी बात का मायना बताऊँगा।'

दूध तोला तो पूरा पाँच सेर। न कम न बेशी। फिर राजपूत ने शुरू से आखीर तक भैंस और पाड़े की वार्ता सुनाई। सेठ और मुनीम दोनों अवाक् होकर सुनते रहे। अन्त में बात का निचोड़ निकालते उसने कहा, 'सेठजी आगोतर (अगला-जन्म) की उधार किसी भी सूरत में नहीं डूबती। पहले अजाने भूल हो गयी, वही काफी है। अब तो मरते दम तक रुपये नहीं लूँगा।'

सेठ सब-कुछ जानते हुए भी अजान बनकर कहने लगा, 'मरने का कुछ-न-कुछ तो बहाना चाहिए। मेरे खयाल से तुम्हें कोई जंजाल आया होगा।'

'हाथ कंगन को आरसी क्या?' उसने जिद करते फिर आग्रह किया, 'ठाकुर साहब से हाथी की चर्चा तो करें। आँख और कान में कितनी दूरी!'

'दूरी तो है जितनी ही है, किसी से भी कम नहीं हो सकती। हाथी और पाड़े की कैसी भिड़न्त! जो सुनेगा, मजाक उड़ाएगा। मैं कोई मुँह उधार माँगकर नहीं लाया हूँ।' सेठ ने अपनी सफाई देते कहा, 'जितनी जरूरत हो, रुपये ले जाओ। आपके घर की पेढ़ी है। खाली हाथ लौटने पर मेरा जी दुःख पाएगा।'

'लेकिन आपके दुःख की खातिर मैं दोनों जन्म कैसे बिगाड़ूँ!' राजपूत दृढ़तापूर्वक बोला, 'तत्काल भुगतान करूँ, ऐसी मेरी हैसियत नहीं, वरना मैं तो वे रुपये भी नहीं रखना चाहता।'

इस बार मुनीम ने चतुराई बरती, 'यदि हाथी की भिड़न्त में हमारा पाड़ा हार गया तो रुपये लेने के लिए मना नहीं कर सकोगे।'

'पर यह बात तो होनी ही नहीं है। मैं दावे के साथ कह सकता हूँ कि आपका पाड़ा जीतेगा, जरूर जीतेगा। सेठजी, आपने हुनर तो शानदार चुना। आगोतर की उधार में कोई जोखम नहीं। डंके की चोट मौज मनाओ।'

आखिर हिम्मत करके मुनीम ने ठाकुर के कानों में बात डाल ही दी। सुनकर ठिकाने के अमले हँसने लगे सो कुछ देर तक हँसते ही रहे। कामदार ने ठाकुर को उकसाने की नीयत से कहा, 'सेठजी को माया का गुमान होने लगा है। शायद होड़ के बहाने हुजूर को कुछ देने की तरकीब निकाली है।'

कणवारिये ने कहा, 'किराड़ के माथे में खुजली तो नहीं चल रही?'

ठाकुर ने तुरत खुजली का उपाय सुझाया, 'रुपयों का जूत ही सबसे कारगर सजा है।'

गाँव-चौधरी ने हाँ-में-हाँ मिलाते कहा, 'पाड़े का भुरता बनने में तो कोई कसर नहीं रहेगी।'

दूसरे दिन गढ़ में सवेरे से ही भीड़ इकट्ठी होने लगी। प्रचण्ड हाथी, तिस पर मशक भरा दारू! सूँड़ में लेकर पाड़े को ऊपर उछाल दिया तो जमीन पर गिरते ही अधमरा हो जाएगा। फिर पाँव के दबाव से सारी अंतड़ियाँ बाहर।

मरियल पाड़े पर नजर पड़ते ही झूमते हाथी का क्रोध भभक उठा। जोर से चिंघाड़ कर धप-धप दौड़ा। जैसे कोई छोटा-मोटा मटमैला बादल जमीन पर उतर आया हो। डरकर भागने की बजाय पाड़ा हाथी के सामने तेजी से बढ़ा। उसकी गुस्ताखी ताड़ कर हाथी का नशा दुगुना हो गया। कहीं धरती हाथ सवा-हाथ नीचे नहीं धँस जाय? सूँड़ से रेत उछालता वह पाड़े के पास आया। पर पाड़ा तो उसी तरह निर्भय और आश्वस्त। एक बार तो उसने जोर से अट्टहास किया। फिर हँसते-हँसते ही हाथी की भर्त्सना करते बोला, 'निर्लज्ज कहीं का! हजार रुपयों का कर्ज चुकाए बिना, मुझे अपना मुँह दिखा रहा है? मैं तेरा बोहरा हूँ। मेरे सामने तेरे थुलथुल वजन की क्या बिसात! यदि हाथीवाली हेकड़ी निभानी है तो पहले अपने खाते की फारखती करा।'

मगर हाथी के पास तो फूटी कौड़ी भी नहीं थी। कर्ज की बात सुनते ही उसे कँपकँपी छूट गयी। पिछला जन्म उसकी आँखों के सामने कौंध उठा। प्रतिष्ठा गयी भाड़ में, जान बच जाय तो गनीमत है। अगले पाँवों में सूँड़ दबाकर उलटे पाँव दौड़ने की चेष्टा की। मुड़ना तक भूल गया। कर्ज की दहशत ऐसी ही होती है! कीचड़ की नाईं लीद करते हुए सारा मैदान भर दिया। पाड़ा पीछे और हाथी आगे। बोहरे के सामने बेचारे कर्जदार की क्या हेकड़ी! ठाकुर का भय बिसराकर समूची भीड़ खिलखिला उठी। अब तक ऐसी अनहोनी घटना न तो सुनी और न देखी।

ठाकुर को मन मार कर रुपये देने पड़े। और उधर सेठ के हाथ में रुपये आते ही पाड़ा तो धराशायी हो गया। साँस न जाने कहाँ उड़ गयी। पत्थर के निर्जीव पुतले-सा निश्चल पड़ा रहा। वह तो मर कर मुक्त हो गया और हाथी जिन्दा रहते भी मरे समान। पाड़े का कर्ज उतरने पर ठाकुर का कर्ज चढ़ गया। तिस पर लोगों की दुत्कार कि हाथी का विशाल डौल पाकर भी एक मरियल पाड़े का सामना नहीं कर सका।

उस विचित्र नजारे के बाद सेठ और मुनीम गरीब राजपूत से क्या विवाद करते! बह तो चुपचाप खाली हाथ ही अपने गाँव की ओर रवाना हो गया। कर्ज की परेशानी से माथा चक्कर खाने लगा था, मानो भेजे में चींटियाँ चिपक गयी हों। तालाब के किनारे पहुँचते ही नहाने की इच्छा हुई। शायद कुछ शान्ति मिले। साफा उतारकर हाथ में लिया ही था कि पानी के पास एक पोटा नजर आया। साफ पानी गँदला हो जाएगा। उठाकर बाहर फेंकना ही उचित है।

संयोग की गुत्थी संयोग से ही सुलझती है। उसने दोनों हाथों से पोटा उठाया तो नौली लटकती नजर आयी। तो यह माजरा हुआ! पोटा अच्छी तरफ साफ किया। नौली भी बाहर धोयी। फिर तेजी से कदम बढ़ाता हुआ सीधा सेठ की हवेली पहुँचा। कर्ज का बोझ जितनी देर दबोचता रहा, वही क्या कम है! हाथीवाली दुर्दशा होगी!

आगोतर के भरोसे मनवांछित उधार देकर सेठ और मुनीम निवृत्त हुए ही थे कि राजपूत पर नजर पड़ी। सेठ ने कहा, 'इन्हें भी निपटा दें।'

मुनीम की बोली में व्यंग्य का पुट था, 'अपनी औकात जानते हुए भी पहले तो अकड़ दिखाई। अब झख मारकर उन्हीं पाँवों से लौटना पड़ा। थोथी आँट में धरा ही क्या है?'

वह पास आया तो सेठ ने सहज भाव से मुसकराते कहा, 'आइए, खामख्वाह चक्कर पड़ गया। अब सौ दो सौ अधिक ले लो, आराम से खेती हो जाएगी।'

राजपूत ने उनकी ओर नौली बढ़ाते कहा, 'मेरा अहोभाग्य कि खोये रुपये वापस मिल गये। कबूल करके मुझे आगोतर की देनदारी से मुक्त कीजिए।'

मुनीम प्रतिवाद करते बोला, 'क्यों खामख्वाह परेशान कर रहे हो? घर आकर जबरदस्ती तो रुपये दिये नहीं। इस जन्म की फारखती का तो यहाँ रिवाज ही नहीं है। पहले सोच-विचारकर आना चाहिए था।'

'यह जन्म तो बिगड़ा सो बिगड़ा। अब जानबूझकर अगला जन्म क्योंकर बिगाड़ूँ!' राजपूत ने हाथ जोड़कर अरदास की, 'भैंस, पाड़े और हाथी की दुर्गति को अब किसी भी तरह अनदेखी-अनसुनी नहीं कर सकता। यह बोझ उठाने लायक मेरा बूता नहीं है।'

सेठ भी सोचने लगा कि ऐसा कर्जदार तो कभी नहीं मिला। रुपये हाथ लगने पर किसी भी व्यक्ति ने इस दिशा की ओर वापस झाँका तक नहीं। पेढ़ी की मर्यादा तो हर हालत में निभानी होगी। और यों अगले जन्म की उधारी में बरकत भी खूब हुई। ज्यों-ज्यों माया लुटाई त्यों-त्यों ज्यादा बढ़ी। उसे गम्भीरतापूर्वक समझाने लगा, 'एक बार यहाँ से रकम ले जाने पर, जो चाहो सो करो—फेंको, उछालो या जलाओ, मुझे कोई वास्ता नहीं। अपने हाथ से रुपये वापस नहीं लेंगे, यह अच्छी तरह सुन लो।'

राजपूत भी अपनी आन पर अड़ा रहा। आधी अकड़ और आधी हताशा के

स्वर में बोला, 'सेठजी, इतने फटो मत। फेंकने या जलाने से कर्ज कभी उतरा है? इन्हीं हाथों से आपको रुपये मंजूर करने होंगे। तभी मुझे शान्ति मिलेगी।'

मुनीम और सेठ देखते रहे और वह बड़बड़ाते रवाना हो गया। राह में नयी-नयी बातें घड़ता-भाँगता अपने घर पहुँचा। टीले पर खड़ी घरवाली पल-पल उसकी बाट निहार रही थी। पति ने तनिक भी लिहाज नहीं रखा। भिड़ते ही भड़ाँस निकाली। 'आखिर तुमने मुझसे किस जन्म का बदला लिया! जस-तस अपने दिन कट रहे थे। किसी के सामने हाथ पसारकर मुझे नीचा नहीं देखना पड़ा। अब तुम्हीं बताओ, मैं करूँ तो क्या करूँ?'

इतना कहकर उसने पत्नी की आँखों में झाँका तो उसे अवसाद की ऐसी अन्तर्वेदना नजर आयी कि बिना पूछे ही उसने एक-एक करके सारी बातें बता दीं। वह सुनती जा रही थी, समझती जा रही थी। पति के चुप होते ही धैर्य के साथ उसे समझाने लगी, 'जब रुपये ले ही आये हैं तो अब पछतावा छोड़िए। समय का सहारा लीजिए, सब ठीक हो जाएगा। खेतों की उम्दा तैयारी करें, बढ़िया बीज बोएँ। उर्वर धरती हरियाली से महक-महक उठेगी। शानदार फसल फलेगी। घर-खर्च के अलावा सारा अनाज बेच देना। ब्याज सहित रुपयों से जो इच्छा हो, वही करना।'

पति के अन्तस् में अचीते उत्साह की लहरें मचल उठीं। खुश होकर बोला, 'भली मानुस, आज पता चला कि तू कितनी समझदार है! तेरे समझाते ही मैंने अदेर एक उपाय सोच लिया कि सेठ के ऋण का किस तरह भुगतान करना है। बस, तू देखती जा...।'

उस दिन के बाद घरवाली देखती रही और उनकी गवाड़ी खुशहाल होती गयी। नागौरी बैलों की दो जोड़ियाँ, दुहरे हल, दुहरे साज और उम्दा बीज, फिर फसल हाथ लगने में कैसा व्यवधान! अनाज और घास का ढेर लग गया।

गरीब राजपूत का उपाय दिन-ब-दिन कारगर होने लगा। सौ ओड़ों के साथ दोनों पति-पत्नी अथक मेहनत करने लगे कि कुछ ही दिनों में भीम-तालाब खुद कर तैयार हो गया। उस सूनी रिन्दरोही में कहीं भी छोटी-बड़ी तलैया नहीं थी। तिस पर चार रास्तों का संगम। आषाढ़ की पहली बारिश में ही तालाब लबालब भर गया। मगर उस गरीब राजपूत के मन में जाने किस जन्म का गुस्सा उबल रहा था कि वह किसी पंछी-जानवर को तालाब के किनारे ही नहीं फटकने देता। लाठी-गोफन के जरिये पशुओं को भगा देता। तीर की साँय-साँय से परिन्दे स्वतः उड़ जाते। पर भूल-चूक से भी किसी प्राणी को चोट नहीं पहुँची। फिर तो पंछी-जानवर स्वयं समझ गये, वे दूर ही से न जाने क्या इशारा करते कि अदेर मुड़कर लौट जाते।

संयोग की बात ऐसी बनी कि एक बार लक्खी बनजारे की बालद उस तालाब पर आयी। दो दिन की प्यासी बालद पानी की चमकती लहरें देखते ही रम्भाने लगी। राजपूत तीर-कमान लेकर सामने खड़ा हो गया। कड़ककर बोला, 'खबरदार, जीने

का मोह हो तो बालद वहीं रोक लेना, वरना एक-एक पहरेदार को बेध डालूँगा।'

गर्जना सुनकर लक्खी बनजारा रथ से बाहर आया। चिरौरी करते बोला, 'भाई मेरे, यह कैसा बदला ले रहे हो! मेरी बालद प्यासी है। खोजते-खोजते बड़ी मुश्किल से इस तालाब का पता लगाया। असंख्य गौ-हत्या का पाप मत्थे बँधेगा। यह कैसा भूत सवार हुआ कि एक चिड़िया तक को चोंच नहीं भरने देते?'

'इस कसूर का जिम्मेवार मैं नहीं हूँ। घाटीवाले गाँव का मायापति सेठ है, जो आगोतर के भरोसे कर्ज दे रहा है। उसी के रुपयों से मैंने यह तालाब खुदवाया है। बालद को बचाना चाहो तो उस सेठ की मंजूरी ले आओ, फिर मुझे कोई एतराज नहीं।'

लक्खी बनजारे ने सोचा इस पागल से कौन माथा लड़ाये! रथ लेकर सीधा उस ओर रवाना हो गया।

राजपूत तीर-कमान लिए मुस्तैद खड़ा रहा। क्या मजाल कि कोई प्राणी एक अंगुल भी आगे बढ़ जाय। रथ तेजी से गया और तेजी से लौटा। बनजारे के साथ सेठ और मुनीम भी घबराते हुए नीचे उतरे। देखते ही पहचान लिया यह तो वही हठी सरदार। उस दिन रुपये लौटाने की खातिर कितना विवाद किया था! मुनीम ने पास आकर थूक उछालते कहा, 'हमें क्यों फालतू बदनाम कर रहे हो? तुम जानो, तुम्हारा तालाब जाने और यह लक्खी बनजारा जाने। भला, इसमें सेठजी की मंजूरी क्यों चाहिए?'

'इसलिए कि उन्हीं के रुपयों से यह तालाब खुदा है।'

वे कुछ आगे पूछताछ करें, उसके पहले ही प्यासी बालद उबलते स्वर में एक साथ रम्भाने लगी, जैसे स्वयं हवा सुलग उठी हो। लक्खी बनजारे की सानी के बगैर एक कदम बढ़ाना भी सम्भव नहीं था। सेठ के कानों में करुणा का समन्दर गूँज उठा। ऐसा आहत क्रन्दन उसने दुःस्वप्न में भी नहीं सुना था।

राजपूत ने ऊँची आवाज में कहा, 'आप किसी भी तरह नहीं माने तो मैंने उन रुपयों से यह तालाब खुदवाया—बेहद मजबूर होकर। मेरे कर्ज की फारखती करके इजाजत दें तो बालद को मुँह डालने दूँ। वरना यह पाप आपके मत्थे बँधेगा।'

प्यासी बालद के दर्दीले चीत्कार से कानों में जैसे लावा खौल रहा हो! यदि उसकी प्यास नहीं बुझी तो हवा तक भस्म हो जाएगी। गँवार रंघड़ ने कैसा धर्म संकट खड़ा कर दिया!

सेठ के माथे में खून उबलने-सा लगा। क्रोध व करुणा का वह अजीब ही सम्मिश्रित उबाल था। राजपूत के पास आकर उसके कन्धे झिंझोड़ते बोला, 'जा ...तेरे कर्ज की फारखती करता हूँ। मेरी इजाजत है, अब इस प्यासी बालद को मत तड़पा, मेरा दम घुट रहा है।'

तब आगोतर के कर्ज से मुक्त राजपूत ने तीर-कमान फेंकते कहा, 'अब मुझे

कोई एतराज नहीं है। प्यास बुझाने के लिए ही तो यह तालाब खुदवाया था। मजे से पियो और पिलाओ।'

लक्खी बनजारा अदेर रथ पर चढ़ा और उसने जोर से किलकारी दी। और दूसरे ही पल प्यासी बालद इस कदर पानी पर टूट पड़ी जैसे पहली बार प्यास बुझा रही हो। देखते-देखते जाने किस-किस अलंघ्य दूरी से उड़ान भरते अनगिनत पंछी पानी पर उतरने लगे। असंख्य जानवर अपने-अपने अन्तस् में अमिट प्यास लेकर तालाब की ओर फलाँघते आए। किसी भी पंछी-जानवर को अपनी-अपनी प्यास के अलावा किसी और का कुछ भी खयाल नहीं था। फकत अपनी-अपनी प्यास बुझाने में सभी मगन थे। और तो और स्वयं तालाब भी जैसे दूसरों की प्यास बुझाने की बजाए अपनी ही प्यास बुझाने की खातिर गहरे पानी में डूबा हो!

31 जुलाई, 1997, गुरुवार

# घड़े की सीख

माँगी मिले सो भीख! मन माने सो सीख। तो रामजी भले दिन दें कि एक था किसान। घर-गृहस्थ की खटपट और खेती के झंझटों से परेशान होकर वह संन्यासी बन गया। फिर भी चैन कहाँ? राम-दुवारे का महन्त बड़ा क्रोधी और निष्ठुर था। जन्मान्ध होते हुए भी उसे तीन भव की सूझती थी। कहाँ फूस नहीं निकाला? कहाँ पोचा नहीं लगाया? बरतन-बासन अच्छी तरह धोये कि नहीं? बिछौने झटके कि नहीं? रात को किवाड़ बन्द किये कि नहीं? दृष्टिवाले के तो फकत दो आँखें ही होती हैं, पर उस अन्धे महन्त के तो न जाने कितनी आँखें थीं! काम में भूल होने पर माफ करना तो जानता ही नहीं था। हाथ लगी किसी भी चीज से पीट डालता, ठौर या कुठौर कहीं भी। डण्डा, लाठी, कमण्डल या थाली कुछ भी चला बैठता। माथा हो या पीठ, सीना हो चाहे पसलियाँ। उस किसान के लिए तो जाप, भजन-भाव और सुमिरन तो खेती से भी कठिन और दुःसाध्य हो गया। कहाँ धर्म, भक्ति और राम! वही प्यास, वही भूख और वही काम। कहाँ ब्रह्मचर्य और कैसा सार? कैसा निर्मल चित्त और कैसा सदाचार? वही वासना और वही व्यभिचार। किसान तो खजूर से गिरकर बबूल में फँस गया। अब जाए तो कहाँ, किस धाम! वही लोभ और वे ही दाम। घर छोड़कर राम की शरण आया, फिर भी वही अशान्ति और वही बेचैनी!

दूर तालाब से पानी ला-लाकर कन्धों पर टाकियाँ पड़ गयीं। एक बार ऊहापोह में उलझा हुआ तालाब की राह धीरे-धीरे चल रहा था कि उसके मन में वही द्वन्द्व मचल उठा। इस तरह निरर्थक जीने का औचित्य ही क्या है? पानी से भरा घड़ा

गले बाँध कर पानी में डूब जाय तो पीछा छूटे। बाप का घर छोड़कर राम के आश्रय आया। अब राम के घर से हैरान होकर मौत की गोद में हमेशा के लिए सो जाय तो मनुष्य-योनि का सारा लफड़ा ही मिट जाय। जीवन का स्वाद चख लिया, देखें मौत का स्वाद कैसा होता है?

पानी छानने के लिए उसके कन्धे पर साढ़े तीन या पौने चार हाथ का गमछा लटक रहा था। कमर पर लपेटने से तो छोटा पड़ेगा। इसलिए घड़े के गले से अपनी गरदन मजबूती से बाँध ली और छपाक-छपाक गहरे पानी में चलने लगा। आत्म-हत्या के समय वह निर्मल ठण्डा पानी उसे बहुत सुहाना और सुखद महसूस हुआ। सम्पुट भर कर पानी पिया तो हृदय में सर्वत्र ठण्डक व्याप्त हो गयी। यह पानी तो जीवन का ही प्रतीक है। हरियाली, फूल, फल, गाछ-बिरछ, दूध, झरने और नदियाँ सब पानी ही की माया है। समस्त चराचर को प्राण देनेवाले पानी में वह आज मौत खोजने आया है। धिक्कार है ऐसी बुद्धि पर, संन्यासी के वेश पर! वह आगे बढ़ने की बजाय कुछ पीछे सरका। अकस्मात् उसकी नजर दूसरे किनारे खड़े सारस-युगल पर अटक गयी। पानी में चोंच डुबाकर सटे हुए थे। शीतल बयार उसके रुण्ड-मुण्ड माथे को बार-बार सहला रही थी जैसे माँ हवा का रूप धरकर उसे आसीस दे रही हो। उसके शतायु होने की कामना कर रही हो!

मगर दुनिया केवल पानी, सारस, गाछ-बिरछ और फूल ही तो नहीं है। घर की झिक-झिक, खेतों के कँटीले झाड़-झंखाड़, रामदुवारा और अन्धा महन्त भी तो है। बाकी दुनिया उसके लिए अदीठ है। जो छाँह करे वह छाया, जो दूर रहे वह माया। वापस रामदुआरे लौटने पर महन्त की वही जहरीली जबान। सारे दिन डाँट-फटकार। हर काम में खोट निकालने की कुबान। डण्डे और कमण्डल की मार। थोड़ी हिम्मत जुटा कर वह फिर पानी में आगे बढ़ा। रामदुआरे की गलीज जिन्दगी से पानी की मृत्यु बेहतर है। अकस्मात् टींटोड़ी का चीत्कार सुनकर उधर देखा। क्या मरने के बाद भी यह कुरलाहट इसी तरह सुनाई देगी? क्या ठण्डे पानी के परस की ऐसी ही सुखप्रद अनुभूति होगी? न हो तो न सही? कोई उम्र भर तो तालाब में खड़े-खड़े ठण्ड की अनुभूति महसूस नहीं की जा सकती। घर का निवास छूटने के बाद रामदुआरे तो जाना ही होगा। और अधिकांश जीवन अन्धे महन्त के साथ ही बिताना होगा। और कुछ भी कष्ट क्यों न दे, मौत कमण्डल से तो नहीं पीटती और न बार-बार कमरे का फूस ही निकलवाती है। नहीं-नहीं, अब पस्त होने से बात नहीं बनेगी। उसने जोर से आँखें बन्द कीं। साहस बटोरकर आगे बढ़ा सो बढ़ता ही गया। प्रकाश की बजाय अँधेरा अधिक आत्मीय लगा!

अकस्मात् गले से बँधे खाली घड़े में पानी भरने की डब-डब आवाज सुनाई दी। मानो कानों में कोई गुनगुना रहा हो—रुक जा, रुक जा!

उसने पलकें उघाड़कर चारों तरफ देखा—कहीं कुछ भी नहीं। सारस की जोड़ी

चोंचों का परस करके किलोलें कर रही थी। टींटोड़ी उसी तरह कुरलाहट करके तालाब के चारों ओर परिक्रमा दे रही थी। आँखें बन्द करके फिर आगे बढ़ा। घड़े की डब-डब के साथ फिर वही चेतावनी—मान जा! जीवन इतना कसैला नहीं है। तू साम्प्रत जीवन के बीच खड़ा मृत्यु की कामना कर रहा है! मरने के बाद बादलों से बरसते पानी को देख सकेगा?

उसने चौंककर फिर आँखें खोलीं। आवाज के स्रोत का कुछ भी सुराग नहीं लगा। वह हताश होकर फिर आगे बढ़ा तो घड़े की वही डब-डब और वही चेतावनी—मेरा कहा मान! मरने का हठ छोड़ दे। मुझ जैसा दुःख तो तू सौ जन्म लेकर भी नहीं झेल सकता। पहले मेरे दुःख-दरद की रामायण सुन ले, फिर जो तेरी इच्छा हो, वही करना।

पानी के भीतर उसकी देह सिहर उठी। उत्ताप महसूस हुआ। यह किसकी आवाज है? किसकी चेतावनी है? होठों-ही-होठों में बड़बड़ाया, 'तू कौन है? मेरे सामने, मेरे पास तो आ...।'

डब-डब की अनुगूँज के साथ उसके कानों में भनक पड़ी, 'अब और कितना पास आऊँ। तेरे गले से बँधा, तुझे सावधान कर रहा हूँ।'

'मगर तू तो माटी का निर्जीव घड़ा है। तुझे मनुष्य के दुःख से क्या सरोकार?'

तब घड़े ने डग-डग हँसते कहा, 'मनुष्य के हाथों मैंने अपार दुःख उठाया है, इसलिए मनुष्य की सही पहचान जितनी मुझे है, किसी और को नहीं। मगर दुःख के बगैर ज्ञान कहाँ? इसीलिए तो मैं मनुष्य के प्रति कृतज्ञ हूँ। यदि मैं दुःख से वंचित रहता तो ज्ञान से भी वंचित रह जाता। और तुझसे हमदर्दी की वजह भी यही है कि तू मनुष्य है। पगले, घड़े जितना ज्ञान तो ऋषि-मुनियों में भी नहीं होता। कोई ज्ञान लेनेवाला चाहिए। मैं तो जीवन के आदर्शतम पानी का बासन हूँ। किनारे चलकर पहले मेरी वार्ता तो सुन।'

तब वह संन्यासी पीछे की ओर सरकता-सरकता सचमुच तालाब के किनारे आ पहुँचा। गमछे का बन्धन खोलकर उसने कठपुतली की नाईं घड़े के भीतर झाँकने का प्रयास किया तो घड़ा कहने लगा, 'अभी तो मैं आधा ही भरा हूँ। पहले मुझे ठेठ किनारे तक पूरा भर, जिससे मेरा छलकना तो मिटे।'

मानो किसी जादू के वशीभूत संन्यासी ने वही किया जो घड़े ने कहा। और अगले ही क्षण किसी अदीठ सत्ता का सुगम्भीर सुर उसके कानों में गूँजने लगा, 'तेरी पलकें झपक रही हैं तो झपकने दे। ज्यादा अच्छी तरह सुन सकेगा, ज्यादा साफ देख सकेगा। हाँ, तो अब सुन, मैं अनन्त असीम धरती का पुत्र हूँ। मेरा जन्म बड़ा कष्टप्रद रहा। अश्व, गाय, भैंस व अन्य पशुओं के खुर, मनुष्यों की ठोकरें, कस्सी, फावड़ा, गेती और हल की नोकों से मेरा कण-कण रौंदा हुआ है। उस दुर्दान्त कष्ट को सहने के बाद माँ की कोख से मेरा जन्म हुआ। फिर आँधी, झंझावात और पवन

के प्रकोप से मैं इधर-उधर भटकता रहा। लेकिन माँ का आश्रय छोड़कर मुझे गगन का निवास कभी रास नहीं आया। इसीलिए झाड़-झंखाड़, नदी-नाले, पहाड़ की तलहटी और एकान्त टीबों की संगत का मोह मुझसे कभी नहीं छूटा। किसी तरह लुक-छिपकर अज्ञातवास के दिन गिन रहा था कि उतरते आषाढ़ इन्द्र भगवान मेघमालाओं का लवाजमा लेकर ऐसे बरसे कि तुम्हें क्या बताऊँ? बाढ़ की पहली हिलोर में ही मेरा ठिकाना छूट गया। पानी के ऊबड़-खाबड़ बहाव में लुढ़कता-पुढ़कता रहा। तब मुझे न तो कुछ होश-हवास रहा और न कोई सुधि-चेतना रही। तीन बाँस गहरे पानी में दबने की वजह से मेरा कुछ वश नहीं चला। तालाब के घुप्प अँधेरे में मुझे न सूर्य भगवान के दर्शन हुए, न बादल-बिजली और न नौ लाख सितारों के। न पंछी-परिन्दों के और न हरी-भरी वनस्पति के। न फूलों की सौरभ उपलब्ध थी और न गाछ-बिरछों की बयार! भीतर-ही-भीतर घुटता रहा, तड़फता रहा।'

संन्यासी को धीरे-धीरे बोध होने लगा, मानो आज का सूरज एक दूसरा ही आलोक लेकर उदित हुआ हो। जिसकी एक किरण हृदय के भीतर प्रवेश करने लगी थी। घड़े ने उसे सतर्क करते हुए पूछा, 'सुन रहा है कि नहीं?'

उसकी चेतना के अजाने ही होठ खुले, 'सुन रहा हूँ, काफी गौर से सुन रहा हूँ।'

'गौर से ही सुनना चाहिए। कानों की सार्थकता भी यही है कि उनके माध्यम से कोई भी मार्मिक बात ठेठ दिल में उतरे। खास बात तो आगे है। और अधिक ध्यान से सुन। तुम जैसे हताश हतभागों को ही अपनी व्यथा सुनाता हूँ ताकि वे अपना दुःख भूल सकें। वक्त के पराक्रम का भला कौन मुकाबला कर सकता है? समन्दर की जगह रेगिस्तान और रेगिस्तान की जगह समन्दर। पहाड़ की जगह मैदान और मैदान की जगह पहाड़। नदियों की ठौर पठार और पठार की ठौर नदियाँ। वक्त की मार कि सरोवर का पानी समाप्त होने पर मेरा रोम-रोम सड़ने लगा। अनगिनत मरी हुई जोंकें, सड़ी हुई मछलियाँ, पिचके हुए मेंढ़क और अधमरे कछुओं की बदबू से मेरे प्राण ही सूखने लगे। कलेजा ठौर-ठौर से फटने लगा सो फटता ही गया। तिस पर फटी हुई अगणित दरारों में सूर्य की सहस्र किरणों की चुभन।

'पगले, तू तो इतने ही दुःख की गाथा सुनकर डरने लगा। अभी तो खास यन्त्रणा शेष है। निर्मोही कुम्हार ने आगा सोचा न पीछा, फटे हुए कलेजे की दरारों में हलबानी घुसेड़-घुसेड़ कर मेरी जड़ें उखाड़ने लगा सो रुका ही नहीं। और उधर उसकी घरवाली पाँयचे मार कर कुदाल से मेरे कलेजे पर प्रहार-दर-प्रहार करती रही। मैंने यह सोचकर धीरज रखा कि इससे ज्यादा दुःख और क्या हो सकता है! किन्तु वह मेरी नादानी थी। गधे के ढाँचे पर लदे ढेलों को अभी बहुत दुःख भोगना था। पति-पत्नी दोनों मिलकर मुझे धरती पर जोर-जोर से पछाड़ते तो मेरा कण-कण टीसने लगता। फिर मोगरी से धमाधम पिटाई। साँस तक लेनी भूल गया। मेरा रेशा-रेशा

पींज डाला। सभी अंजर-मंजर ढीले कर दिये। छलनी के छिद्रों से बाहर निकल नहीं पाया तो मुझे झकझोरते रुके ही नहीं।

'बावरे, अभी मेरी त्रासदी का अन्त कहाँ है? पानी के छींटे दे-देकर एड़ियों की रगड़ से दोनों ने मेरा भुरता बना डाला। फिर मेरी काया मसलते हुए उसमें गधे की लीद मिलाई। मैं सुबक-सुबककर खूब रोया पर उनके दिल में तनिक भी दया नहीं उमड़ी। तत्पश्चात् बड़ा लोंदा लेकर मुझे चाक पर चढ़ाया। डण्डे के सहारे घूमते हुए मैंने दुनिया के इतने चक्कर काटे जिसकी कोई गिनती नहीं है कि अचानक कुम्हार ने मेरी सुकोमल देह में मुट्ठी घुसेड़ कर एक गड्ढा बनाया। रोने-बिलखने से छुटकारा पाना सम्भव नहीं था। मजबूत डोरे से झटका देकर मुझे नीचे से काटा, अपनी ही देह से जुदा किया और जमीन पर धर दिया। सोचा, अब तो कष्टों से मुक्ति मिली! पर असली विपदा तो अभी आगे थी। छाया और हवा का परस पाकर मामूली सूखते ही फिर दुखों का सिलसिला शुरू हो गया। कलेजे के भीतर चिकना पत्थर सटाकर ऊपर से थपाथप की मार। कुछ ही देर में बुरी तरह फूल गया। फिर राख मिला-मिलाकर मुझे काफी पीटा। आखिर मेरा कान पकड़कर नीचे रखा। अब तो आफत मिटी। कष्टों का खातमा हुआ। किन्तु बड़भागिन कुम्हारी गेरू और पाण्डु से मुझ पर माँडने उकेरने लगी, तब थोड़ा आश्वस्त हुआ। जी में जी आया। चलो, अब तो यातना का सिलसिला टूटा। मगर मेरे भाग्य में सुख-शान्ति कहाँ लिखी थी! माटे-मटके, हाँड़ी-पारी, घड़े-छुकलिये, मूण-बिलौना इत्यादि छोटे-बड़े कुटुम्ब के साथ मुझे निहाव (आवाँ) में चुना। बावरे, काँप मत। अभी तो अग्नि-परीक्षा बाकी थी। घास-फूस, कँटीली टहनियाँ, खाद-उपले डालकर आग सुलगायी तो लपटें-दर-लपटें लपलपाने लगीं मानो हवा और धूप को ही जला डालेंगी। सारे निहाव में ज्वाल और ज्वाल का ताण्डव नृत्य! समस्त कुटुम्ब-कबीले के साथ मुझे जलना पड़ा। अच्छी तरह पकने के बाद हमें चुन-चुन कर अलग किया। फिर जो भी ग्राहक आता ठोंक-बजाकर हमारी परख करता। फटी-फटी आवाज सुनते ही हमें नापसन्द कर देता। और खरा साबित होते ही उछाह से घर लाकर हमें रसोई या परिण्डे पर प्रतिष्ठापित करता।

'इतना कष्ट-सन्ताप झेलकर मैं मरदों के कन्धों पर, पनिहारियों की सुरँगी ईंढूनियों पर गुमान से लबालब भरा, झंकारों की लय के साथ-साथ चलता हूँ। तमाम दुनिया की प्यास बुझाता हूँ। लोग-बाग ठण्डे दिल से मुझे दुआएँ देते हैं। और तू मामूली दुःख से ही परेशान होकर आत्महत्या के लिए उद्यत हो गया? हौसला बुलन्द कर, मुझे कन्धे पर उठा और अपनी राह वापस लौट जा। जब तक जीवित रहेगा, मैं तेरी प्यास बुझाऊँगा। जिन्दा मनुष्य के निमित्त ही यह दुनिया है। ये फूल, यह सौरभ, ये तितलियाँ, ये गुनगुनाते भ्रमर, यह कोयल, ये मोर, ये पानी बरसाते बादल, ये बिजलियाँ, यह हरियाली, यह शहद, ये झरने, ये नदियाँ, ये रस-युक्त मीठे फल, यह फेनोज्वल दूध और यह नवनीत! आनन्द भाव से उन्मुक्त होकर इनका स्वाद

चख। रामदुआरे को राम के भरोसे छोड़कर अपनी सद्-गृहस्थी बसा। नौ लाख सितारों से जड़ी सुहागरात का उल्लास प्राप्त कर। तेरी बेल खूब पल्लवित होगी। फलेगी।'

अकर्मण्य संन्यासी ने झिझककर आँखें खोलीं। तालाब के किनारे अपूर्व सुख-आनन्द का घड़ा मुँह तक भरा था। उसके कन्धे की चिर-प्रतीक्षा में आतुर! सामने पंख फड़फड़ाती सारस की जोड़ी चोंच से चोंच मिलाकर किलोलें कर रही थी। अगले ही क्षण अपनी स्मित मुसकान का प्रतिबिम्ब घड़े के स्वच्छ पानी में थिरकता नजर आया तो उसके उत्साह की सीमा नहीं रही। अदेर नीचे झुककर घड़े को उठाया और एक ही झटके में उसे कन्धे पर साभार स्थापित किया। जोश के साथ मुड़कर अपने घर की ओर रवाना हुआ, अत्यधिक उछाह में विभोर। धरती पर अपने अस्तित्व और अपनी उमंगों के पदचिह्न अंकित करता हुआ!

29 जुलाई, 1997, मंगलवार

# पानी की बात

परस्पर विरोधी लक्षण होते हुए भी पानी और पहाड़ की अभिन्न आत्मीयता का दूसरा उदाहरण कहीं भी खोजे नहीं मिलेगा। अपने पथरीले अन्तःकरण से निर्झर-सा तरल छौना उत्पन्न करना, कैसा अद्वितीय करिश्मा है! कल-कल निनाद को अविरल गति प्रदान करना विचित्र जादू नहीं तो और क्या है! स्वयं एक ठौर स्थिर होते हुए भी अपने विशाल शरीर पर क्रीड़ा करती चंचल तनुजा को निर्विघ्न प्रवाह सौंपना कोई मामूली तिलिस्म है? तो निराकार साँई उस संन्यासी के गुरु-जैसा ज्ञान सारी दुनिया में जन-जन को बाँटे कि क्षितिज के अनन्त घेरे में एक पर्वत अवस्थित था। वर्षा-ऋतु में उस पहाड़ की तलहटी के आधे भाग पर चन्द्रहार-सी चमकती नदी के दूसरे किनारे पर एक संन्यासी रहता था और पहाड़ की गुफा में उसका गुरु। चौमासे में पाँच महीने नदी की इठलाती लहरें झिलमिल-झिलमिल करती रहतीं और शेष सात महीने पाट की बालू के कण चिनगारियों की नाईं चमकते रहते। गुरु का अन्तस् पर्वत की भाँति अचल और शिष्य का मन बहती नदी के उनमान अस्थिर। हालाँकि चार साल से दीक्षा की बलवती आकांक्षा ने उसे काफी संयमित कर दिया था।

गुरु की उम्र थी इक्यावन बरस और शिष्य की इक्कीस। दो बरस तो वह गुरु के आदे.. की प्रतीक्षा करता रहा। तत्पश्चात् वह दीक्षा के लिए अधीर हो उठा। पर गुरु सुनी-अनसुनी करते रहे। कोई दूसरा ही दार्शनिक प्रसंग शुरू कर देते। चौथा बरस बीतते न बीतते उसने साहस जुटाकर फिर दीक्षा के लिए अरदास की तो गुरु ने तनिक मुसकराते कहा, 'उपयुक्त अवसर मिलते ही मैं स्वयं तुम्हारे पास चला आऊँगा। तुम चिन्ता मत करो।'

शिष्य ने सोचा अब और अधिक संकोच रखना घातक होगा। धीरे से अरदास की, 'सात दिन की बजाय आपको भी चार साल तक दीक्षा नहीं मिलती तो आप परेशान नहीं होते क्या?'

गुरु ने शिष्य के प्रतिवाद का कुछ भी बुरा नहीं माना। वे शुरू से ही बार-बार यह समझाने की चेष्टा करते रहे कि बुदबुदे की तरह मन में उठी बात को दबाना उचित नहीं। बराबरी के स्तर पर निःसंकोच बात होनी चाहिए। उम्र का अन्तर तो निपट संयोग मात्र है। पर समझ और ज्ञान उम्र पर निर्भर नहीं हैं। जिस दिन भी उसे योग्य समझेंगे तो दीक्षा देने की बजाय उससे दीक्षा ग्रहण कर लेंगे।

शिष्य की शंका का उन्होंने सहज भाव से उत्तर दिया, 'वह तो मेरे गुरु का निर्णय था, मेरा आग्रह नहीं। देरी से दीक्षा मिलने पर मैं परेशान होता या नहीं, यह फकत मेरे स्वभाव की अपनी बात है। तुम्हारा अपना स्वभाव है। किन्हीं दो व्यक्तियों का स्वभाव एक-सा नहीं होता तो उनकी परेशानियाँ भी एक-सी नहीं होतीं।'

उधर शिष्य ने भी बहुत पहले यह निश्चय कर लिया था कि अन्य गुरु से दीक्षा लेनी ही नहीं, चाहे वह कितना ही दिग्गज क्यों न हो। वरना दूसरे वर्ष ही भाग छूटता। अधबुझी वाणी में पूछा, 'तो कब तक प्रतीक्षा करूँ? आपके कहते ही मुझे सान्त्वना मिल जाएगी।'

'झूठी सान्त्वना से मन बहलाना ठीक नहीं। अभी सूर्य ग्रहण लगा हुआ है। उसके मिटने तक प्रतीक्षा करो।'

'कहाँ, एक कतरे जितना भी ग्रहण नहीं है। आप स्वयं अच्छी तरह देखकर पड़ताल कर लें।'

गुरु ने सुगम्भीर स्वर में कहा, 'तुम्हें तो दिखनेवाले एक सूरज की ही जानकारी है। पिण्ड और ब्रह्माण्ड में ऐसे अनेक सूरज हैं। मैं दूसरे सूरज की बात कह रहा हूँ, जो अभी ग्रस्त है।'

अब कहीं गुरु का प्रतीकात्मक मर्म उसकी समझ में आया। आगे कुछ भी प्रतिवाद न करके, चुपचाप रवाना हो गया।

एक बार संयोग ऐसा घटित हुआ कि उसी रियासत के राजा ने सूअर के पीछे तीन घड़ी घोड़ा दौड़ाते हुए पीछा किया, पर वह उसके तीर की सीमा में नहीं आया सो नहीं आया। दूरी बढ़ती ही गयी। प्यास के मारे उसका बुरा हाल! गला सूखने लगा। आँखें जलने लगीं। किन्तु पानी का दूर-दूर तक नामोनिशान नहीं। छागलवाले सैनिक और दीवान काफी पीछे रह गये थे। सहसा उसकी नजर एक हरे-भरे नीम पर पड़ी। न हो तो कुछ पत्ते ही चबा लेगा। एक बार नीम के पत्तों से ही उसके प्राण बचे थे। उस दिन की तरह आज भी वे कहीं नजदीक ही होंगे।

वह नीम के नीचे आया तो मलमल के कपड़े से ढँके कुछ रंगीन पात्र नजर आये। भगवान ने आखिर राजा का खयाल रखा तो सही! उसने मलमल हटाकर

पानी पीया। जान में जान आयी। ऐसी भयंकर प्यास तो उसे कभी नहीं लगी। पानी के अभाव में उसकी मृत्यु निश्चित थी। बाल-बाल बच गया।

...निरीह प्राणियों की हाय से बचना तो नहीं चाहिए था। उसके दिमाग में नये विचारों का बवण्डर हाहाकार मचाने लगा कि बिछुड़े हुए सैनिक आ पहुँचे। दीवान भी। राजा के विचारों का ताँता चलता रहा। उसने पात्र का बचा हुआ सारा पानी पी लिया। उस पानी का तो स्वाद ही निराला था। नस-नस में एक दूसरी तरह का प्रभाव झनझनाने लगा। उसने आदेश दिया तो एक सैनिक ने उसकी खास छागल से खाली पात्र भर दिया।

जाने क्या सोचकर राजा ने किसी को हुक्म देने की बजाय स्वयं अपने हाथों से सभी पात्रों पर वापस मलमल डाली। झीनी मलमल से झाँकता हुआ पात्रों का लाल वर्ण मानो उसे कोई सीख दे रहा हो।...उसके तीरों से आहत प्राणी किस तरह चीत्कार करते थे। छटपटाते थे। तमाम शरीर में प्राणों का संचार करनेवाला लहू, घाव की राह पाकर नीचे फैलने लगता था। वह एक हिंसक आनन्द की परितृप्ति में खोया धीरे-धीरे तड़पते प्राणी को निर्जीव होते देखता रहता था। उसकी कराह सुनकर संवेदना की बजाय उसे क्रोध आता...।

क्या मनुष्य होकर उसे शिकार-जैसा घृणित काम करना चाहिए था? अब तक यह सवाल उसके मन में क्यों नहीं कौंधा? इसी बीच दीवान ने राजमहल लौटने की अरदास की। राजा किन्हीं अतल गहराइयों में गोते लगा रहा था। सहसा चौंककर पूछा, 'क्या कहा—राजमहल?'

दीवान ने हामी भरी। राजा कहने लगा, 'कैसा राजमहल? यदि संयोग से यहाँ पानी नहीं मिलता तो सीधे मसान ही पहुँचता। राजमहल के सारे ठाट धरे रह जाते। मुनिवर को शीघ्र ढूँढ़कर लाओ। वे चाहें तो आधे की बजाय उन्हें पूरा राज्य सौंप सकता हूँ। वे प्राणी मात्र और समस्त प्रजा को पिता के समान ही प्यार करेंगे। निरीह जानवरों का पीछा करनेवाले किसी भी हिंस्र दानव को राज्य करने का अधिकार ही क्या है? यदि कोई सूअर मुझे पैनी दाढ़ से चीर डाले तो क्या मैं उसी तरह चीत्कार नहीं करूँगा? क्या मुझे वैसी ही असह्य पीड़ा नहीं होगी?'

'जरूर होगी! क्या इतनी मामूली बात का तुम्हें आज ही खयाल आया?'

राजा ने मुड़कर देखा—मुनिवर तो सामने ही चले आ रहे हैं। भरपूर कद-काठी। लम्बी भुजाएँ। घुटा हुआ प्रदीप्त मस्तक। श्वेत-बुर्राक बाना। प्रज्वलित आँखें। ताँबे-सा दमकता हुआ चेहरा। जैसे किसी अज्ञात-लोक से अभी-अभी प्रकट हुए हों। अब धैर्य रखना राजा के लिए दुशवार हो रहा था। किसी संन्यासी के चरणों में राजा ने पहली बार दण्डवत प्रणाम किया। कुछ देर तक सिर रगड़ा। पहली बार उसकी आँखों में आँसू छलक आये। विगलित स्वर में बोला, 'मेरे अक्षम्य पापों के बदले आपको राज्य सौंपकर मैं प्रायश्चित्त करना चाहता हूँ।'

'तुम प्रायश्चित्त करो न करो, तुम्हारी इच्छा।' मुनिवर ने तनिक मुसकराते कहा, 'पर मुझे किस पाप का दण्ड देना चाहते हो। मैंने तो सपने में ऐसा अपराध या पाप नहीं किया। राज्य की चाहना होती तो मैंने अपरिग्रह का यह पन्थ क्यों चुना? इसलिए कि राज्य के लोभ से मैं पथभ्रष्ट हो जाऊँ? मैंने तो आपसे कभी ऐसी फरियाद नहीं की?'

मुनिवर के चरण-स्पर्श करते हुए राजा उठा। विदग्ध स्वर में याचक की नाईं कहने लगा, 'तो फिर प्रायश्चित्त के लिए आपकी सम्यक् दृष्टि में मेरे निमित्त एक सँकड़ी पगडण्डी तक नहीं? आपके दुर्गम पथ पर चलने की न तो मुझमें वैसी शक्ति है और न वैसा साहस ही। आपसे दीक्षा लेकर सक्षम बनना चाहता हूँ।'

मुनिवर खिलखिलाकर हँसे, मानो नीम की छाया हँसी हो। जादुई वाणी में कहने लगे, 'भला राजा से अधिक सक्षम और कौन हो सकता है?'

राजा अदेर बोला, 'मुझे तो आज ही अपनी असली ताकत का नया बोध हुआ कि मुझ-सा निरीह प्राणी सारे राज्य में कोई नहीं है। यदि आपके द्वारा मेरा उद्धार सम्भव नहीं हुआ तो मैं पागल हो जाऊँगा। सच मुनिवर, मुझे सिंहासन और खजाने से ऐसी वितृष्णा हो जाएगी, सपने में भी नहीं सोचा था।'

'मैंने भी कहाँ सोचा था कि इस देश का राजा मुझसे ऐसा जघन्य प्रस्ताव करेगा!' फिर महात्मा ने उसे टालने के आशय से कहा, 'तीन दिन बाद, इसी समय फिर आना। गुरुदेव से मशविरा करके तुम्हें राय दूँगा। रानी और राजकुँअरों से भी सलाह कर लो। तुम्हारे किसी भी निर्णय से उन्हें कष्ट नहीं पहुँचना चाहिए। मैं चार साल से दीक्षा की प्रार्थना कर रहा हूँ, लेकिन गुरुदेव नहीं माने और तुम आशा करते हो कि मैं एक ही दिन में तुम्हें दीक्षा दे दूँ? मुझे पुख्ता अनुमान है कि तीन दिन बाद तुम्हारा वैराग्य अपने-आप ही निथर जाएगा। राज्य छोड़ने की नौबत ही नहीं आएगी।'

कभी-कभार शस्त्र की बजाय शब्द का प्रहार ज्यादा घातक होता है। राजा की देह मानो एक साथ कई विष-बुझे तीरों से बिंध गयी हो। मगर महात्मा से विवाद करने योग्य उसकी क्षमता नहीं थी। सिंहासन के अहंकार में वह निपट नासमझ ही रह गया। वह कहना तो बहुत-कुछ चाहता था, पर उसकी कुन्द वाणी को कहीं से उपयुक्त शब्द नहीं मिल रहे थे। काश! इस नीम पर पत्तों की बजाय शब्द झूम रहे होते तो वह मनवांछित शब्दों का बड़े मजे से चयन कर लेता। महात्मा के सामने हाथ जोड़कर बोला, 'आपके सामने मुझ नाचीज की हस्ती ही क्या है?' फिर नीम के पत्तों में आँखें गड़ाकर आगे कहने लगा, 'आपने मेरी आन्तरिक भावना पर जाने क्या सोचकर सन्देह किया, अभी इस समय तो उसके बारे में क्या कहूँ! तीन दिन की बात तो दर-किनार, तीन साल भी मेरा मन नहीं बदलेगा। आशीर्वाद दीजिए कि मेरी कामना फलीभूत हो।'

राजा के ओझल होते ही महात्मा को अपनी जलती प्यास का स्मरण हो आया। राजा के आकस्मिक वैराग्य के बारे में गम्भीरतापूर्वक कुछ भी विचार किये बिना उन्होंने पात्र से पानी पीया। प्यास बहुत जोर से लगी थी। आधे से अधिक पात्र खाली हो गया। फिर भी प्यास नहीं बुझी तो वे गटागट सारा पानी पी गये। सूरज ढलने के बाद पानी तो दूर, जहाँ तक बन पड़े वे थूक भी नहीं निगलते थे। अचानक खयाल आया कि सवेरे गुरुदेव से चर्चा तो कर ही लेनी चाहिए। सवेरे क्यों? अभी दिन ढलने में काफी देर है। राह चलते सोचने लगे कि जब राजा इतनी दृढ़ता के साथ कह रहा है तो कुछ-न-कुछ तथ्य तो होना चाहिए। नदी की तप्त बालू पर नंगे पाँव चलते आज पहली बार उन्हें जलन महसूस हुई। धँसाई की वजह से चलने में मामूली दिक्कत भी महसूस हुई। पगतलियों की चमड़ी मोटी होने पर जलन या चुभन की संवेदना काफी मिट गयी थी। शरीर की ताकत तो अब भी वैसी ही है। अचानक मन में यह शिथिलता कहाँ से आयी? ठेठ गहरे-ही-गहरे दबा हुआ अन्तर्द्वन्द्व आज फिर क्यों मचलने लगा? अब तक की साधना के परिणामस्वरूप उसे पूर्णतया नष्ट हो जाना चाहिए था।

रह-रह उनके भीतर यह सवाल फूत्कारने लगा—क्या तीन दिन बाद भी राजा का यही विचार रहेगा? ना...ना...ऐसा कहीं सम्भव है? रानी से मशविरा करने पर उसका मसानिया वैराग्य तत्काल मिट जाएगा। शायद राजमहल पहुँचने के बाद वह चर्चा ही नहीं चलाये! तब राजा के मन में यह परिवर्तन आया क्यों कर? यदि आया भी है तो रंगमहल में रतिक्रीड़ा के बाद सब मिट-मिटा जाएगा। पर उसकी बातों से तो लगता है वह अपने वचन पर दृढ़ रहेगा। फिर तो राज्य के साथ वह रानी का भी परित्याग कर देगा। सारे राज्य में रानी से बढ़कर सुन्दर स्त्री और कौन हो सकती है? यदि दीक्षा मिल जाती तो...! छिः छिः! बरसों की साधना के बावजूद ऐसी कुत्सित भावना! गुरुदेव का स्मरण करते ही शिष्य का चित्त कुछ शान्त हुआ। नदी से बाहर निकलते ही उनके पाँव तेजी से उठने लगे। गुरुदेव से अविलम्ब मिलने की ऐसी प्रबल चाह तो अब तक नहीं जागी।

उनके सौम्य एवं दिव्य प्रभामण्डल की झाँकी मिलते ही महात्मा का उद्वेलित मन ऐसा स्निग्ध हुआ जैसे चाँद के सामने से काली बदरिया हट गयी हो। गुरुदेव की पारदर्शी नजर में शिष्य की रंगत कुछ बदली-बदली-सी प्रतीत हुई। पूछा, 'इतनी जल्दी वापस क्यों लौट आये?'

शिष्य ने मुसकराने की निष्फल चेष्टा करते कहा, 'ऐसे ही...।'

'ऐसे ही क्यों? जरूर किसी खास काम से आये हो। इससे पहले तो दुबारा कभी नहीं आये। मैं अपनी साधना में लीन रहता था और तुम अपनी साधना में।' शिष्य का मन रखने के लिए अनजान बनकर पूछा, 'दीक्षा की खातिर आग्रह करने तो नहीं आये?'

तनिक अपराध-बोध की भावना से व्यथित शिष्य के मुँह से अनायास ही निकल पड़ा, 'यही तो अरदास करने आया कि दीक्षा मिल जाती तो ठीक रहता।' फिर उसने निस्पृह भाव का दिखावा करते राजा के बावरेपन की पूरी बात विस्तार से सुनायी। गुरुदेव बीच-बीच में एकाध बार कहीं अन्यत्र खो जाते। फिर भी ध्यानपूर्वक सारा किस्सा सुनकर अदेर पूछा, 'आखिर तुमने क्या सोचा?'

'मुझे क्या सोचना है! आप जो भी आदेश करेंगे, उसकी अनुपालना करनी है। मुझे जो कुछ भी सोचना था, आपसे मिलते ही सब एक साथ सोच लिया।' फिर थोड़ा रुककर बोला, 'क्या दुनिया में ऐसा भी कोई पागल राजा है जो इस तरह थाली के उच्छिष्ट की नाईं अपना राज्य छोड़ दे? मेरे खयाल से ऐसी नौबत ही नहीं आएगी। फिर भी आपके पास आये बिना रह नहीं सका।'

गुरुदेव के अधरों पर मार्मिक मुसकान थिरक उठी। सहज भाव से कहने लगे, 'ऐसी कामना तो नहीं करना चाहूँगा कि तुम्हारा खयाल गलत हो। और न किसी पर जाने-अजाने कोई दबाव ही डालना चाहता हूँ। यदि तुम्हारी इच्छा प्रजा का कल्याण करने की खातिर छटपटा रही हो तो खुशी-खुशी उसकी बात मानो। असली बात तो मन है, बाकी सब पाखण्ड! इच्छा ही तो आचरण की प्रेरणा है। कभी-कभार मन भी हमारे साथ आँख-मिचौनी खेलता है। प्रजा के कल्याण का लक्ष्य भी कोई बुरा नहीं है।'

'फिर मेरा कल्याण कैसे होगा?'

गुरुदेव ने प्रश्न का उत्तर प्रश्न के माध्यम से ही दिया, 'इतने बड़े राज्य की अनगिनत प्रजा के कल्याण से क्या तुम्हारे कल्याण का महत्त्व ज्यादा है?'

शिष्य की शंका का निवारण नहीं हुआ। कहा, 'एक दिन तो आपने मुझे यही समझाया था!'

'उस दिन की बात अलग थी। आज की बात बिलकुल अलग है।' गुरु ने मुसकराते कहा, 'जहाँ तक मेरा अनुमान है, राजा के विचार बदलेंगे नहीं। कल तक और सोच लो। फिर तुम्हारी जो इच्छा हो, वही करो। सारी दुनिया ही साधु-सन्त बन जाय तो वे आपस में कट मरेंगे। गृहस्थ धर्म की वजह से ही हमारी पूछ है। मान-सम्मान है। सद्-गृहस्थ होना तो सबसे बड़ी साधना है। तिस पर किसी देश का राजा होना तो और भी बड़ी बात है। सन्तान की जिम्मेवारी व परिवार का सन्तुलन भी नहीं सँभलता, फिर समस्त प्रजा को पिता की दृष्टि से देखना-समझना क्या मामूली तपस्या है?'

शिष्य को गुरु का अनुमान अधिक विश्वस्त नहीं लगा। पूर्णतया आश्वस्त होने के लिए ही प्रतिवाद किया, 'मेरा मन तो कहता है, रानी की मुलाकात के बाद जरूर राजा का मन बदल जाएगा। पर आपकी बात पर अविश्वास भी तो नहीं किया जा सकता। लेकिन मुझे तो राज्य करने का कोई अनुभव नहीं है। आप तो ग्यारह

बरस तक राज्य कर चुके हैं। यदि छोटे भाई ने धोखा करके राज्य नहीं छीना होता तो आप अब तक राजा ही होते! उसने तो रानी तक को फुसला लिया! आप एक बार फिर नये राज्य की बागडोर सँभालें तो मैं दीवान बनकर आपकी सेवा करना चाहूँगा।'

गुरु ने शिष्य की सूरत में आँखें गड़ाकर कहा, 'जब भाई भी धोखा करने से नहीं चूका तो कैसे विश्वास करूँ कि तुम धोखा नहीं करोगे?'

शिष्य की पीठ पर जैसे चाबुक लगा हो। अधीर होकर बीच ही में बोला, 'यह क्या कह रहे हैं, आप? ऐसी बात सुनने से पहले मैं मरना उचित समझता हूँ।'

'मरना इतना आसान नहीं है।' उन्होंने इधर-उधर घूमते कहा, 'जब राज्य का मौका मिल रहा है तो उसे भी आजमा लो। कामना करता हूँ कि तुम उसमें खरे उतरो। छोटे भाई को तो मैंने दीक्षा लेते ही क्षमा कर दिया। उसने अजाने ही किया हो, मेरा कल्याण ही किया है। मेरे गुरु के ज्ञान की तुलना में समूची दुनिया का राज्य भी तुच्छ है। जिस दिन राज्य और रानी का मोह ठुकराकर मेरे पास दीक्षा लेने आओगे तब एक पल की भी ढील नहीं करूँगा...।' अचानक गुरुदेव ने स्तब्ध होकर पूछा, 'जरा पीछे देखना...कहीं तुम्हारा राजा ही तो नहीं चला आ रहा है?'

शिष्य ने मुड़कर देखा। हामी भरते कहा, 'हाँ, वही है।' पर भीतर-ही-भीतर दहल गया। दो दिन पहले आने की वजह और क्या हो सकती है? बस, अपनी सनक के प्रति क्षमा-याचना करते ही सब रफा-दफा हो जाएगा। किसी के मन में इतनी बड़ी आशा जगाकर मुकर जाना, हत्या से भी बड़ा अपराध है!

गुरु का प्रश्न सुनकर वह इस तरह चौंका जैसे प्रत्यक्ष मौत ने पुकारा हो। 'अरे! तुम अचानक इतने त्रस्त क्यों हो गये?' आतंकित होकर उसने आँखें मूँद लीं। गुरुदेव शिष्य को अविलम्ब आश्वस्त करने की मंशा से कहने लगे, 'सुनो, राजा धीरज नहीं रख सका तो पहले ही चला आया। उसकी मुक्त चाल से तुम्हें नहीं लगता कि वह अपने विचारों पर दृढ़ है। कुछ अन्य बात होती तो दूसरे के हाथ ही सन्देश भिजवा देता। पर इस सामान्य वेश में आने का अर्थ ही अलग है। वापस लौटने की इच्छा होती तो साँझ की बजाय सवेरे आता। और तुम न जाने किस चिन्ता में उलझ गये?'

गुरु-वाणी का ऐसा अप्रत्याशित प्रभाव तो नहीं सोचा था! शिष्य ने पलकें उघाड़कर डूबते सूरज की ओर देखा तो ऐसा महसूस हुआ कि आकाश में सर्वत्र गुलाल-ही-गुलाल उछालकर वह उसका अभिनन्दन कर रहा है!

उधर राजा की मनःस्थिति ऐसी थी कि वह घुमड़ते बादलों की नाईं एक साथ फट पड़ना चाहता था। एक पल की देरी भी उसके लिए असह्य थी। कोई सौ-एक कदम शेष रहे थे कि वह तेजी से दौड़ने लगा। कुछ भी आगा-पीछा न सोचकर कुछ भी कहा-सुनी न करके ऐसा कल्पनातीत व्यवहार किया कि शिष्य को तो विश्वास

ही नहीं हुआ कि यह सच है या कोई सपना है! पहले गुरु के चरणों में साष्टांग दण्डवत किया, फिर नीमवाले महात्मा के चरणों में। और अगले ही क्षण वह हाथ जोड़कर गुरुवर के सामने खड़ा हो गया। अपने उल्लास को एक साँस में उँड़ेलते हुए कहने लगा, 'रानी को समझाने में देर नहीं लगती तो दो घड़ी पहले आ धमकता। इतनी देरी का भी मुझे कम पछतावा नहीं है। एक-एक क्षण की ढील भी मेरे लिए बरस जितनी भारी हो रही है। जीवन में पहली बार पैदल चलने का काम पड़ा, फिर भी आज जिस खुशी के मारे मैं उड़ता आया कि कोई मेरा साथ निभा नहीं सका। सभी पीछे रह गये। प्रभु! पहले मुझे दीक्षा देकर बाद में अपने कर-कमलों से मुनिवर का राज-तिलक कीजिए। दीवान के साथ समस्त दरबारी, बस, आ ही रहे हैं!'

इतना कहने पर भी राजा को पूरा विश्वास नहीं हो रहा था कि अपने अन्तस् के आलोक को प्रकट करने के निमित्त यह उपयुक्त वाणी है कि नहीं। फिर नीमवाले महात्मा की ओर मुखातिब होकर बोला, 'रानी कुछ दिन तक उदास रहे तो आप चिन्ता मत कीजिएगा। आखिर पाँच बरस तक साथ रहे हैं, तब कुछ दिन तो उदास रहना स्वाभाविक है। धीरे-धीरे मेरे समान ही आपको प्यार करने लगेगी। ऐसी रानी बड़ी तपस्या से मिलती है; और आपकी तपस्या भी तो कुछ कम नहीं। फिर भी आपका मन न माने तो आप जितनी चाहें रानियाँ रख सकते हैं। राजा को तो हर बात की छूट है।...वो देखिए, सोने की पालकी डूबते सूरज का परस पाकर कैसी जगमगा रही है!'

गुरुवर को तो कुछ कहना ही नहीं था। दिव्यद्रष्टा के उनमान सर्वथा मौन खड़े रहे। उनके सम्पूर्ण शरीर से ही वाणी निःसृत हो रही थी। उधर हर्षातिरेक के वशीभूत मुनिवर तो जैसे बोलना ही बिसर गये हों वे ढलते सूरज की ओर एकटक देख रहे थे। सहसा उन्हें ऐसा विभ्रम हुआ कि आज उनके लिए पूरब की बजाय पश्चिम में सूरज उदय हो रहा है। और वह आकाश का ठिकाना छोड़कर उनकी ओर ही बढ़ता चला आ रहा है!

17 नवम्बर, 1997, सोमवार

## गरज-बावरी

राम से भी बहुत बड़ी है गरज। पहाड़ से भी अधिक भारी है करज। गरज का अन्धा न सुने, न सूझे। कब किसकी माने, कब किसको बूझे? मतलब का महातम बड़ा कि एक था थोरी। पचासेक बकरियों की टोली। सारे दिन जंगल में चराकर साँझ को घर आता। जंगल और बकरियों के दायरे में ही उसकी दुनिया बसी हुई थी। न धर्म-कर्म का ध्यान और न देवी-देवताओं का प्रपंच। अपने पाँवों चलता, अपने हाथों खाता और अपनी नींद सोता।

एक बार बकरियाँ चराते-चराते वह एक गहर-घुमेर जंगी बबूल के नीचे से गुजरा। उसका एक बेढंगा स्वभाव कि वह हमेशा नीची गरदन किये अपनी धुन में चलता रहता। आसमान की ओर ऊँचा देखने की आदत ही नहीं थी। आकाश से ज्यादा काम ही नहीं पड़ता। धरती से ही अनाज पैदा होता है। झाड़-झंखाड़ और घास उगता है। चलना-बसना सब धरती पर। गगन से कुछ भी गरज नहीं सरती थी। पर संयोग की बात कि उस जंगी बबूल की ओर देखते ही दो मोटी डालियों के सन्धि-स्थल पर उसे सफेद-झक्क गोंद की एक बड़ी-सी डली नजर आयी। गोंद की ऐसी चमकती डली तो अब तक किसी बबूल पर नहीं देखी। चिकने गोल पत्थर के उनमान दिप-दिप करती हुई। यह गोंद हाथ आ जाए तो और चाहिए ही क्या! कुदरत की रसोई में कैसी-कैसी चीजें पकती हैं! इस अखूट भण्डार का न तो कोई ओर है, न कोई छोर। यह डली न तोड़ने पर सारा जीवन ही अकारथ है। मुँह में लार बहने लगी। थूक चिपचिपा महसूस हुआ।

बबूल के चौतरफ ऊँचा चबूतरा। तने से एकदम सटी हुई पुतलियों का घेरा। ठौर-ठौर तेल-सिन्दूर के रेले छितरे हुए। पुतलियों के ऊपर पाँव दिये बिना किसी भी सूरत में ऊपर नहीं चढ़ा जा सकता। पर गोंद की दमकती डली तो हथियानी ही पड़ेगी। देवताओं की खातिर क्या तो पाँव और क्या मस्तक! अपनी-अपनी जगह पर सब पवित्र हैं। यदि पाँव न हों तो मस्तक की कैसी दुर्दशा होती! पड़े-पड़े किसी का पेट नहीं भरता। और पेट खाली रहे तो माथे में रस क्यों कर पहुँचे? कदम-कदम चलने से ही सारे काम सम्पन्न होते हैं। माथे से चलने पर पहाड़ तो दरकिनार, एक छोटे से टीले पर भी नहीं चढ़ा जा सकता। चलने के निमित्त पाँव नहीं होते तो सब जीव-जिनावर तड़प-तड़पकर मर जाते। काया को जीवित रखने के लिए पाँवों से पवित्र अंग और क्या हो सकता है। काँटों की चुभन सहकर ये पूरे शरीर का पोषण करते हैं। पाँवों का पवित्र परस पाकर भैरव-बाबा अवश्य प्रसन्न होंगे। अपना भाग सराएँगे।

मन में पूर्णतया आश्वस्त होकर वह थोरी चबूतरे पर चढ़ा। पुतली पर पाँव धर कर सबसे नीचे की डाली पकड़ी और ऊपर फलाँघ गया। कुछ देर तक ललचायी आँखों से टुकुर-टुकुर गोंद की चमक देखता रहा। फिर मरोड़कर वह डली क्या तोड़ी, मानो कोई अचीता राज हाथ आ गया हो। उसे निहारते-निहारते ऊँचा देखा ही था कि ऊपर की डाली पर उसे कई डलियाँ नजर आयीं। गिनती न जानते हुए भी वह दुगुना खुश हुआ।

...ऊँचा देखने जैसी तो अन्य कोई बरकत ही नहीं। यदि अब तक ऊँचा-ही-ऊँचा देखता तो गोंद के ढेर इकट्ठे कर लेता। राम जाने नीची गरदन करके चलने की यह आदत कबसे पड़ी? क्यों पड़ी? अपने हाथों अपने साथ ही धोखा हुआ। तब किस पर दोष मढ़े! पर अब चेत हुआ सो ही बेहतर। तोड़ी हुई डली पाँयचे में डालकर वह झपपट फिर ऊँचा चढ़ा। जो भी डली नजर आयी, उसे फटाफट तोड़ डाली। एक हाथ से डली तोड़ती वेला उसके मन में इस अभाव का पछतावा भी कम नहीं हुआ कि दो की बजाय आठ-दस हाथ होने पर कैसा उम्दा काम बनता! दूसरे हाथ से डाली पकड़कर आपा सँभाले या गोंद तोड़े? गोंद तो लगेगा, वहीं लगेगा। उसने फिर अतिशय उत्साह से ऊपर इधर-उधर देखा। ठौर-ठौर गोंद की डलियाँ चमकती नजर आयीं। आज से नीचे देखने की कसम। हमेशा ऊँचा-ही-ऊँचा देखेगा। ऊँचा देखे बिना गोंद नजर भी तो नहीं आता। फलाँघकर और ऊपर चढ़ा। दिखनेवाली तमाम डलियाँ तोड़ने की खातिर। जहाँ तक सम्भव हो सका वह ठेठ ऊपर तक चढ़ गया। चमकते गोंद का प्रलोभन भी कम नहीं था। दोनों पाँयचों में बारी-बारी से डाला हुआ गोंद भरा था। मुश्किल से मुश्किल ठौर ऊँचा चढ़ने में कुछ भी अड़चन नहीं हुई!

आगे और ऊँचा देखने पर गोंद हाथ लगने की रंचमात्र भी आशा नहीं बची तो उसने वापस नीचे इधर-उधर देखने की चेष्टा की। खूब ही आँखें फाड़ीं पर गोंद की एक छोटी-सी डली भी नजर नहीं आयी। उसका मन थोड़ा-बहुत खट्टा पड़ गया। पाँयचों में जतन से धरी डलियाँ हथेली में लेकर देखने लगा। तरह-तरह की कैसी खूबसूरत और चमकती डलियाँ! कुछ और हाथ लग जातीं तो कैसा बढ़िया काम होता! उसने फिर नजर गड़ाकर गोंद तलाशने की खूब चेष्टा की पर उसे कहीं भी गोंद का कतरा तक नजर नहीं आया। तब ऊपर रुकने में सार ही क्या? वापस नीचे उतरने का मन हुआ पर कहीं कुछ भी वश नहीं चला। काम के बगैर बबूल पर एक घड़ी भी और नहीं रुक सकता। कौन बकरियाँ चराएगा? उनकी देखभाल करेगा? घर ले जाएगा? पानी पिलाएगा? दूहेगा? पूरी चौकसी के बिना किसी दोगले भेड़िये ने किसी बकरी को मार डाला तो कितना पाप लगेगा! अब नीचे उतरने में ही सार है। धरती की शरण के बगैर, काम नहीं चल सकता। पर नीचे उतरे क्यों कर? खूब मगज मारी की पर कोई तरकीब नहीं सूझी। जबरदस्ती गलत प्रयास करने पर नीचे गिर पड़ा तो...। बबूल की ये तीखी-तच्च शूलें! चारों ओर डालियों की भरमार। पड़ते ही रोम-रोम बिंध जाएगा। आखिर इतनी डालियों की जरूरत क्या है? पर डालियाँ न होने पर इतना गोंद कहाँ लगता? कुदरत के काम में कोई चूक नहीं होती! अब करे तो क्या करे?

कि अचानक उसके माथे में एक बात कौंधी! ऊपर पाँव देकर चढ़ने से भैरव बाबा ने जरूर कोप किया होगा। इन्हें क्रोध भी तो कम नहीं आता। यह तो बहुत बुरा काम हुआ! भयंकर अपराध! सजा तो मिलेगी ही। मिलनी भी चाहिए। अपने लोभ-लालच में देवताओं की भी परवाह नहीं की। यह सब पाँवों की कारस्तानी है। लूला-लँगड़ा होता तो चढ़ने की नौबत ही नहीं आती। माथे की होड़ बेचारे ये पाँव कैसे कर सकते हैं? यदि इनमें कुछ खासियत होती तो सारी देह का वजन उठाये क्यों भटकते? काँटे चुभने जैसे लच्छनों से काँटे तो गड़ेंगे ही। तभी तो साफे जैसी शान की बजाय चमड़े के जूते ठसाये जाते हैं। आज से ही जूतियाँ फेंककर नंगे पाँव ही चलेगा। जाने किस जन्म का बदला लिया इन हरामी पाँवों ने! पूरे शरीर को पीड़ा न हो तो इन्हें काटकर ही माने।

इस कशमकश से दुखी होकर उसने अपने पाँवों की ओर हिकारत से देखा। नाखून काफी बढ़े हुए। खुरदरे और मटमैले। मैल की दुहरी परतें। बिवाइयाँ फटी हुईं। ऐसे भौंडे पाँव धरने पर भैरव-बाबा हजार बार कोप करें तब भी उचित है। नीचे उतरते ही तीन घड़ी उनके चरणों पर माथा रगड़ेगा। यदि ये नाकुछ पाँव माथे की होड़ करने के काबिल होते तो देवी-देवताओं के चरणों में सिर झुकाकर नमन करने की जरूरत ही क्या है? पाँवों का परस पाकर ही वे खुश हो जाते। कुदरत ने बहुत सोच-विचार कर ही पाँवों को अक्ल नहीं बख्शी।

आखिर मगज लड़ाते-लड़ाते उसे अचानक एक युक्ति सूझी कि भोले भैरव-बाबा की मन्नत बोले बिना वे कदापि तुष्ट नहीं होंगे। एक मोटे-ताजे बकरे की बलि, धड़ी-दो-धड़ी उबला हुआ अनाज, दो कुल्हड़ तेल नीचे उतरे बिना तो कैसे चढ़ाए? क्यों कर चढ़ाए? मन-ही-मन मन्नत को रटते हुए उसने जोर-जोर से कहा, 'हे काले-गोरे भैरव, मेरे लिए नहीं, मगर तेरे 'चढ़ावे' की खातिर मुझे नीचे उतार। अब कभी ऐसी भूल नहीं करूँगा। उतार, जल्दी उतार। मनौती में ढील करने से और अधिक पाप चढ़ेगा।'

मनौती के उपाय से आश्वस्त होकर उसने फिर इधर-उधर गौर से देखा। अरे! इतनी देर यह डाली तो नजर ही नहीं आयी! इस पर पाँव रखने के बाद तो उतरना एकदम आसान है। भैरवनाथ का ऐसा चमत्कार तो नहीं जाना था। उतरते ही सबसे पहला काम 'चढ़ावे' का। प्यास के मारे गला सूख रहा है। पानी भी बाद में पीएगा। बकरियों की सार-सँभाल होती रहेगी। बच गया सो गनीमत है। आज तो भैरव बाबा ने जब्बर लाज बचायी! इतना आसान उपाय दिखने पर कैसी ढील! फटाफट नीचे उतर गया। पुतलियों को गन्दे पाँवों से बचाते हुए।

जमीन पर पाँव धरते ही जी में जी आया। ऐसा महसूस हुआ जैसे बरसों के बाद धरती पर उतरा हो। इससे बड़ा सुख और क्या हो सकता है! उसने तेजी से चबूतरे के चारों ओर आठ-दस बार परिक्रमा दी तो अजाने ही उसे यह इल्म होने लगा कि ये पुतलियाँ तो इस पहाड़ के पत्थर की हैं। मनुष्य के हाथों घड़ी हुईं और मनुष्य के द्वारा ही प्रतिष्ठित। यदि इन निर्जीव पुतलियों में कुछ भी करामात होती तो एक ठौर गड़ी हुई क्यों रहतीं? यदि भैरव-बाबा गोद में लेकर या कन्धे पर बिठाकर नीचे उतारते तो जरूर उनका करिश्मा होता। चलोगे तो चला जाएगा। बोलोगे तो बोला जाएगा। खाओगे तो पेट भरेगा और उतरोगे तो उतरा जाएगा। पड़े-पड़े तो कुछ भी काम नहीं होता। जब वह अपने हाथ-पाँवों से नीचे उतरा तो भैरवनाथ का एहसान माने जैसी क्या बात! यदि उन्हें पाँवों का परस बुरा लगता तो उसी वक्त नीचे पटक देते! कुछ-न-कुछ तो दण्ड अवश्य देते। ऊपर चढ़ने की निस्बत नीचे उतरना तो आसान है। बच्चों की तरह देवताओं को भी बहलाना पड़ता है। वरना बुद्धि का मतलब ही क्या! इनके प्रति भक्ति व अन्धविश्वास तो एक छलावा है। यदि इनमें कुछ भी दमखम हो तो स्वयं सारे काम सम्पन्न न कर लें! मन्नत का प्रसाद भी तो उनके नाम से मनुष्य ही खाता है। साल भर सामने पड़ा रहे तो ये नहीं खा सकते। चींटियाँ या चूहे भले ही खा जाएँ। देखें मन्नत नहीं चढ़ाने पर ये पुतलियाँ क्या उत्पात करती हैं! बबूल का गोंद ही नहीं खा सके तो भैरव-बाबा किसी को भी क्या नुकसान पहुँचा सकते हैं? गहराई से सभी पहलुओं पर विचार करके उसने गोंद की एक बड़ी डली मुँह में डाली। चूसते ही कैसा बढ़िया स्वाद आया! मन में घुमड़ती गर्जना को मुँह से प्रकट किये बिना शायद उसे शान्ति नहीं

मिलती। पुतलियों के सामने हाथ बढ़ाते कहने लगा, 'अब इस बबूल पर जो भी चढ़ेगा, वही मन्नत बोलेगा। लो, मैं जा रहा हूँ। करना हो सो कर लेना। कसर मत रखना। घर के बच्चों का पेट ही जब मुश्किल से भरता है तो तुझे कहाँ से मन्नत चढ़ाऊँ!'

16 नवम्बर, 1997, अदीतवार

# विकट समस्या

अँधियारे से बड़ा दीपक। दीपक से बड़ा चाँद। चाँद से बड़ा सूरज। सूरज से बड़ा जीवन। जीवन से बढ़कर—न कुटुम्ब, न जात, न देश और न धर्म। यह जीवन सबका सिरमौर कि किसी वक्त के कगार पर कंजरों की एक ढाणी बसी हुई थी। बारह और बारह चौबीस कोस तक बूढ़ी बामनी के अलावा दूसरी जात का नामोनिशान तक नहीं था। एक टेकरी पर ठाकुरजी का मन्दिर था। बुढ़िया बामनी मन्दिर की पुजारिन। हमेशा सुबह-शाम नहाये। चन्दन का तिलक लगाये। गले में रुद्राक्ष की माला। हाथ में चन्दन की सुमरनी। होठों पर राम नाम का जाप। हेली, हरजस और भजन-भाव के लिए सारे इलाके में मशहूर। किसी का भी छुआ नहीं खाती। अपनी अलग ही कुई से पानी सींचती। हटवाड़े जाकर सौदा-सूत खरीदती। खर्च-खाते का सारा जिम्मा कंजरों का। पर वह कंजरों की छाया से ही दूर रहती। फिर भी बस्ती में सर्वत्र उसका सम्मान था। सभी उसे देवी का ही अवतार मानते थे।

एक मर्तबा संयोग की बात ऐसी बनी कि तीन दिन का भूखा-प्यासा एक बूढ़ा बामन दिशा-भ्रमित होकर उस बस्ती में आ पहुँचा। रास्ता भूलने पर तकलीफ तो होनी ही थी। नीम-बेहोशी की हालत में खिरनी की छाँह तले टसक रहा था। पाँच-सात कंजर उधर से गुजरे। अकस्मात् किसी मनुष्य के रिरियाने की भनक सुनी। दौड़कर घबराये से उस ओर लपके। देखते ही पहचान गये, वरना उसी वक्त सफाया कर डालते। तिलक-छापे की महिमा ही निराली है। एक अजाने व्यक्ति के प्राण केवल इसी खातिर बच गये। पुजारिन ने हर व्यक्ति को कसम दिलवायी थी कि बामन की देह पर सपने में भी हाथ न उठाये।

बूढ़े बामन के सूखे होठों पर पपड़ी जमी हुई थी। अवरुद्ध कण्ठ से जस-तस फुसफुसाहट सुनाई पड़ी कि वह बामन है। कोई कमीन या अछूत की छाया भी उसकी देह पर न पड़े। मरना कबूल पर ऐसी-वैसी जातवाले के हाथ का न पानी पीएगा और न खाना खाएगा। मरने के बाद भी यही हिदायत कि उसकी माटी अपवित्र न हो। भले ही उसे गिद्ध कौए खाएँ या कुत्ते घसीटें।

कंजरों ने अपनी जात का हवाला देते हुए हामी भरी कि वे इस बात को अच्छी तरह जानते हैं। किसी तरह मन्दिर तक पहुँच जाएँ तो जैसा चाहेंगे वही होगा। वरना उनकी बस्ती में ब्रह्म-हत्या का कलंक सात पीढ़ियों तक नहीं मिटेगा।

बामनी की स्वच्छता और भक्ति-भाव का ब्योरा सुनकर मरते हुए बामन में फिर से नयी ऊर्जा व्याप्त हुई। जीने की जिजीविषा सीधी-सतर खड़ी हुई। बामन के पाँवों धीरे-धीरे मन्दिर पहुँची। उसके गले में भी रुद्राक्ष की माला। ललाट पर चन्दन का त्रिपुण्ड। पुजारिन बेइन्तहा खुश हुई। तत्काल उसकी तीमारदारी में जुट गयी। हाथ-मुँह धुलाकर ठण्डा पानी पिलाया। उछाह से खाना खिलाया। बूढ़े बामन ने कुछ देर विश्राम किया। पत्नी के सुहाग और बच्चों के भाग्य से आज तो बचा ज्यों ही बचा। आँख लगी तो वह मानसरोवर के पास अमृत के कुण्ड में तैरने लगा। तीन डुबकियाँ लगाते ही वह फिर से जवान हो गया। माँ ने ब्याह के लिए हठ किया तो उसने बड़ी मुश्किल से हामी भरी। चारों तरफ ढोल-तासे बजने लगे। देखते-देखते बरातियों की भीड़ उमड़ पड़ी। सोने के गहनों से लदी घोड़ी पर बैठा-बैठा ही वह वेदी के पास उतरा। सहेलियों के बीच खड़ी दुल्हन से आँखें चार होते ही शर्म के मारे उसने मुँह मोड़ लिया और सरपट भागी। पायल की रुनझुन का पीछा करते हुए वह भी दुल्हन के पीछे दौड़ा। दुल्हन तो कँटीली झाड़ी तुरन्त फाँद गयी, पर दूल्हे की धोती का पल्लू काँटों में उलझ गया। धोती छुड़ाने की हड़बड़ी में एक काँटा अँगूठे में चुभ गया तो उसकी नींद उचट गयी। दुल्हन तो फिर ऐसी ओझल हुई कि उसका कहीं पता नहीं चला। दूल्हे की ठौर बूढ़ा पण्डित लेटा था। माँ की याद आयी, जिसे मरे बीस बरस हो चुके थे। पर उसे तो जैसे नयी जिन्दगी मिली हो, जिसकी खुशी सपने के ब्याह से हजार गुना ज्यादा थी। अब तो सकुशल घर पहुँचकर बूढ़ी घरवाली को विस्तार से सारी बात बताएगा। सपनेवाली बात सुनकर उसके पोपले मुँह से दन्तहीन मुसकान छिटक पड़ेगी।

कुहनियों का सहारा लिये बिना ही वह उठ बैठा। मिट्टी के साफ-सुथरे सकोरे में बामनी ठण्डा पानी लेकर आयी तो बूढ़े बामन की आँखें छलक उठीं। यदि खिरनी की छाँह तले छटपटाकर मर जाता तो प्यास बुझाने के आनन्द से कितना वंचित रह जाता! एक ही साँस में पूरा पानी पीकर उसने कृतज्ञता प्रकट करते कहा, 'माँ तो दो बालिश्त की जीवित लोथ को ही जन्म देती है, पर तुमने तो आज साठ बरस के बूढ़े को नये प्राण सौंपे हैं। न माँ का ऋण उतार सकूँगा और न तुम्हारा।'

बामनी खुश तो काफी हुई, पर घड़ी भर से फड़फड़ाती आशंका न चाहने पर भी उसके मुँह से अजाने ही छिटक पड़ी, 'बुरा न मानें तो एक बात पूछूँ?'

बामन ने विगलित कण्ठ से कहा, 'तुम्हारी बात का बुरा मानूँ तो मुझे नरक में भी ठौर नहीं मिलेगी।'

'नरक में ठौर मिले न मिले वह तुम जानो।' वह मुसकराते हुए बोली, 'पर मुझसे कोई बात छिपाना मत। सच बताओ, तुम बामन कब बने?'

बूढ़े पण्डित को उस अचीते प्रश्न की सपने में भी आशा नहीं थी। जाने किस व्यवहार से उसके मन में यह शंका उठी। अचरज से दुहराया, 'मैं बामन कब बना? भला, यह भी कोई पूछने की बात है? मैं तो अनगिनत पीढ़ियों से ही ब्राह्मण हूँ।'

बामनी को रंचमात्र भी विश्वास नहीं हुआ। गहरे रहस्य की मुसकान छितराते कहने लगी, 'मैं भी लोगों को यही बताती हूँ। मगर सच्ची बात तो मुझसे छिपी हुई नहीं है। मुझे बहकाने की चेष्टा करना बेकार है। मैं तो फकत यही जानना चाहती हूँ कि ऐसी क्या अनहोनी आफत आन पड़ी कि तुम्हें बामन बनने का स्वाँग रचना पड़ा?'

बूढ़े पण्डित ने इतने बरस व्यर्थ नहीं गुजारे थे। उसके अनुभवों की गठरी ठूँस-ठूँसकर भरी थी। अदेर समझ गया कि आज तो अजाने चूक हो गयी सो हो ही गयी। अन्धा और अनजान बराबर होता है। अब तो प्रायश्चित्त के लिए सच्चा भेद जानना ही पड़ेगा। उसका मन रखने के लिए उसने सरासर झूठी बात बनाकर कहा, 'मुझे तो बामन बने यह सातवाँ बरस है।'

गरदन हिलाने के साथ-साथ वह टिचकारी देते बोली, 'तुम्हारी बत्तीसी तो अभी साबुत है, तब इतने जल्दी बामन बनने की जरूरत क्या थी? शरीर भी काफी पुष्ट है। दस बरस बाद भी बामन बनते तो चल जाता!'

पण्डित की नस-नस में वहम का दंश घुलने लगा। बुढ़िया की आपबीती सुने बिना उसे मृत्यु-पर्यन्त कहीं भी शान्ति नहीं मिलेगी। गला जैसे सिकुड़ गया हो। बड़ी मुश्किल से पूछ पाया, 'तू बामनी कब बनी? क्यों बनी?'

बुढ़िया के होठों पर अदन्त मुसकराहट कौंध उठी, मानो मुरझाये फूल की दो पंखुड़ियाँ हठात् खिल उठी हों। सुगम्भीर स्वर में वेद-वाणी-सी प्रकट हुई, 'बामनी नहीं बनती तो मुझे मरना पड़ता—बुरी तरह सड़-सड़ कर। आज तो मैं बहुत अच्छी हूँ। पहले मेरी संज्ञा-विहीन दुर्दशा का साम्प्रत गवाह आज बड़ी मुश्किल से विश्वास कर पाएगा कि मैं वही साँसण हूँ।'

प्रत्यक्ष मौत से रूबरू होने पर भी बूढ़ा पण्डित इस कदर नहीं चौंकता! साँस के नाम की गाज सुनते ही उसके रोम-रोम में सिहरन दौड़ गयी। अक्षरों को जबरन धकियाते पूछा, 'क्या कहा, साँसण?'

'और नहीं तो क्या?' बायें हाथ की तर्जनी अँगुली हिलाते आगे कहने लगी,

'तुम्हें मेरी आँखों की कसम, यह भेद किसी को बताना मत। मैं भी तुम्हरी बात किसी को नहीं बताऊँगी। घायल की गति घायल ही जानता है। सच मानो, मैं तो सोलह बरस पहले बामनी हुई—हुई क्या मजबूरन होना पड़ा। पति मर गया। बेटों ने दुत्कार दिया। जन्म देनेवाले माँ-बाप भी विमुख हो गये। खुद अपने हाथों से शिकार करने की शक्ति मिट गयी। दाँत गिर गये। कच्चा माँस खाना तो दूर, उबली हुई बोटियाँ तक चबाना मुश्किल हो गया। और मरी हुई गायों की हड्डियाँ यों ही सख्त होती हैं। पोपले मुँह से चिगलना दूभर था। अब तुम्हीं बताओ, बामनी नहीं बनती तो और क्या करती?'

उस प्रश्न का जवाब तो किसी शास्त्र में नहीं था! पण्डित का श्वास जहाँ था, वहीं थोड़ी देर के लिए थम गया। कैसी बुरी बीती! सात पीढ़ियों का धर्म नष्ट हो गया। आत्महत्या करने पर तो दूना पाप चढ़ेगा। अब तो ताजिन्दगी यह भेद छिपाना ही पड़ेगा। डरने या कमजोरी दिखाने से तो उलटा अधिक अकाज होगा। अब तो निखालिस झूठ बोलने पर ही सत्य की मर्यादा निभेगी।

बुढ़िया आगे कहने लगी, 'मेरी आँखों के सामने विकट समस्या झिलमिलाने लगी—या तो मैं भूखी-प्यासी पाँव रगड़-रगड़कर मरूँ या बामनी बनूँ। बामनी बनने पर मनुष्य की काया बचती थी। इस अमोलक काया को बचाने से बढ़कर न तो कोई ज्ञान है, और न कोई धर्म! क्या जीवित काया का इन तिलक-त्रिपुण्ड या मनकों जितना भी मोल नहीं है? मनुष्य बन्दे की देह—चाहे वह औरत की हो, चाहे मर्द की। चाहे बालक, युवक या किसी बुड्ढे की—इसे जस-तस बचाने से बड़ा दूसरा कोई पुण्य नहीं है। यही सबसे बड़ा तीर्थ है। सबसे प्राचीन और अक्षय वेद है। बाकी सब पाखण्ड और प्रपंच। मनुष्य की काया को मनुष्य के हाथों जब माँगने पर भी बासी टुकड़े नहीं मिले तो मुझे लाचार होकर बामनी का स्वाँग लाना पड़ा। मन्दिर, झालर, तिलक-छापे और माला का पाखण्ड रचना पड़ा। और तब से मेरे चरणों में सारे ठाट-बाट बिछे हैं। मूढ़ जड़मति मानुस को समझाना बहुत मुश्किल है। ढोर-डंगर तक समझ जाते हैं, पर वह नहीं समझता। धर्म के जाल में फँसना तो आसान है, पर छुटकारा सम्भव नहीं। बुखार-बीमारी तो कुदरत के हाथ है। पर सच बताना कि बामन बनने के बाद तुम्हें रोटी-कपड़ों की कभी तंगी रही? फालतू संकोच रखने में क्या सार! कभी-कभार गाय के माँस और दारू की हवस होती है?'

ढलती उम्र के इस पड़ाव पर बूढ़े पण्डित को पहली बार यह इल्म हुआ कि सच बोलने की अपेक्षा इस तरह का झूठ कहीं ज्यादा श्रेयस्कर है। धीरे से बोला, 'हवस तो खूब होती है, पर जोर क्या करूँ?'

'जोर करना ही नहीं चाहिए।' बुढ़िया जोश बघारते कहने लगी, 'जीवन की साँसें किसी तरह की दुविधा नहीं मानतीं। कभी माँस खाने पर जीवन का आधार

जुड़ता है, कभी परहेज रखने पर और कभी धर्म की ओट लेने पर। मैं तो तुम्हें देखते ही पहचान गयी कि तुम कैसे पण्डित हो?'

उसने मुसकराते कहा, 'तेरी तो बात ही निराली है। शायद बिना देखे ही तू सब-कुछ समझ जाती।'

माला के मनके बेमन से टटोलती बुढ़िया कहने लगी, 'मौत की देहरी लाँघकर वापस लौटी हूँ, फिर इतना भी नहीं समझूँगी तो कब समझूँगी। सुख की बजाय दुःख में हजार गुना अधिक समझ होती है!'

24 अक्टूबर, 1997, शुक्रवार

# भूल-चूक लेन-देन

समय के अनुकूल बदलती हैं बातें। मौसम के अनुरूप खनकती हैं रातें। बारह कोस पर बदले बोली। अक्ल की आमद किसने तोली? तो परमेश्वर सुध-बुध का सार कभी नहीं बिसराये कि हवा, धूप और अँधियारे की शरण में तारों की छाँह तले किसी एक गाँव में एक धनाढ्य सेठ की हवेली थी। ढलती उम्र में जिसके एक दुलारा पोता हुआ। मूल-नक्षत्र के कुप्रभाव से घुटनों के बल चलते ही सात महीनों की अवधि के बीच जन्म देनेवाले माँ-बाप दोनों दिवंगत हो गये। पहले माँ, फिर बाप। होनी पर किसका राज! इकलौते बेटे का सदमा असह्य होता है। पुत्र के श्राद्ध से पहले सेठानी का श्वास उधार ली हुई माटी को पीछे छोड़कर न जाने कहाँ ओझल हो गया। मगर सेठ ने भाग्य की दुहाई देकर सब्र करना ही मुनासिब समझा। पोते को सीने से चिपटाकर किस तरह अपना व्यापार सँभाला और किस तरह उसकी सार-सँभाल की, उसका लेखा-जोखा टीपने के निमित्त न तो वैसी बही बनी, न वैसी लेखनी और न वैसी बारहखड़ी। दादा ने अपने प्राणों की बजाय पोते के प्राणों को हमेशा सवाया समझा। शरीर के दूसरे अंगों की नाईं वह अबोध शिशु अधिकांशतया उसकी गोदी से चिपका रहता। कभी-कभार रोने की भनक सुनते ही अदेर चालू काम छोड़कर उसे गोदी में खिलाता। बहला-बहलाकर दूध पिलाता। हठ करने पर उसके साथ घुटनों के बल चलता। घोड़ा बनता। गधा बनता। छड़ी की हलकी-भारी मार भी खाता। स्वयं गीले में सोकर उसे सूखे में सुलाता। पोते की लार व मल-मूत्र से उसने सपने में भी सूग नहीं की।

पाँवों चलने के साथ ही पोते के मन की जिज्ञासा और उमंगें वाणी के माध्यम से झंकृत होने लगीं। बात-बात में पूछता—यह क्या है? क्या बोल रहा है? और दादा अतिशय उत्साह से पोते के एक-एक प्रश्न का जवाब देता। मायना समझाता। एक बार पूछे तो वही बात। बीस बार पूछे तो वही बात। मुसकराते हुए शहद घुली बोली में सहज भाव से माकूल जवाब देता। न क्षण भर का उधार और न एक बार भी आनाकानी। न चिढ़ और न झुँझलाहट। चौगुने उछाह से इस कदर पोते को समझाता मानो उसके बहाने स्वयं ही फिर से समझना चाहता हो। उसके लिए भी जैसे नयी जानकारी हो।

यह क्या? कौआ। यह क्या? कौआ। यह क्या? चन्दा मामा। यह क्या? चिड़िया। चिड़िया। चिड़िया। यह क्या—गाय, गाय और गाय। यह क्या? मोर। यह क्या? चील। यह क्या? नीम, नीम।

एक बार चौमासे के दौरान वह पोते को बरसात का नफा-नुकसान समझा रहा था कि जोर से बिजली कड़की। आकाश में दरार-सी पड़ गयी। चौंकने के साथ-साथ पोता काफी डरा। सहमा। रोते-रोते ही पूछा, 'यह राँड किससे झगड़ रही है?' तब उसने कुछ नयी युक्ति विचारकर पुचकारते-पुचकारते बताया, 'यह राँड ऐसी ही कुलच्छनी है। बेहद झगड़ालू। बड़बड़ाती रहती है। पर इसकी कुछ भी परवाह नहीं करनी चाहिए।' प्रौढ़ और युवकों के सत्य से बच्चों का सत्य मेल नहीं खाता। उनका अलग ही सत्य होता है। अलग ही वास्तविकता होती है।

फिर उसने पोते के कानों में फोहे डाले। बार-बार अच्छी तरह समझाने से बिजली का डर तो हमेशा के लिए मिट गया। वह उलटा बिजली के फायदे लोगों को गिनाने लगता—हरियाली उगती है। फूल खिलते हैं। बाँस बढ़ते हैं। मोर बोलते हैं। पर उसकी कड़क का डर कानों में ऐसा बैठा कि काफी बड़ा होने तक वह फोहे ठसाये रखता।

एक बार साँझ की वेला ओखली के पानी में टर्राकर मेंढ़क बाहर उछला। उसने किलकारी करके अँगुली से इशारा करते पूछा—यह क्या है?—मेंढ़क। मेंढ़क। कि अकस्मात् दादा को जोर से 'अतलूँज' आयी। उसी दौरान उसने फिर पूछा तो अदेर जवाब देना ही था। किन्तु 'अतलूँज' की वजह से साफ बोला नहीं गया। फिर तो खाँसी इस कदर उलझी कि दादा अपना होश ही भूल गया। खलूँ-खलूँ खाँसते-खाँसते आँतें दुहरा गयीं। गरदन की नसें तन गयीं। आँसू छलक आये। फिर भी पोते का ध्यान मेंढ़क में उलझा हुआ था। उसने कुछ जोर से पूछा—यह क्या है? क्या है? पर दादा लाख चाहने पर भी मेंढ़क का नाम उच्चार नहीं सका। तुनक-मिजाजी पोते को ढील बर्दाश्त नहीं हुई तो वह रूठ कर दूर चला गया। दादा ने हाथ के इशारे से पास बुलाया, तब भी नहीं माना। कुछ देर बाद स्थिति सामान्य हुई तो दादा ने उसे बड़ी मुश्किल से मनाया। मेंढ़क के नाम की रट ही लगा दी—मेंढ़क। मेंढ़क और मेंढ़क। मानो राम का नाम जप रहा हो।

भले ही हिसाब करते पूछो। या सौदा सूत तोलते पूछो। दादा उत्तर देने में न कंजूसी करता और न ढील। यह क्या?–चींटी। यह क्या?–दीपक। यह क्या? सूरज।

चाँद, दीपक और सूरज के उजाले में दादा ने पोते को जाननेवाली सब बातें बता दीं। और बताते-बताते समय की अप्रत्यक्ष कारस्तानी कि इधर पोता भरपूर युवक हुआ और उधर दादा बूढ़ा। धूमधाम से पोते का ब्याह रचाया। मेहँदी लगे पाँवों से पायल की क्वणन ध्वनि झंकृत करती हुई दुलहन का शुभागमन हुआ। दादा का जीवन सार्थक। पर देह का आपा बैठ गया। हौसला ढह गया। दाँत गिर गये। बाल झड़ गये। गर्दन हिलने लगी। बीमारियों को तो फकत बहाना चाहिए था। जोड़-जोड़ में चोर दुबक गये। खाँसी। बुखार। बदहजमी। चीस। चभीके। अब तो भगवान उठा ले तो पीछा छूटे। लेकिन कूच करने के पहले तो सब-कुछ भोगना पड़ता है। दुर्योग और दुर्भाग्य की बात कि आँखों पर जाला छा गया। ऊँचा सुनाई पड़ने लगा।

दादा की खलूँ-खलूँ खाँसी के मारे सुरति-सेज पर सोये पोते की नींद में खलल पड़ने लगा। बड़ी झुँझलाहट होती। मगर दादा को उलाहना देने में संकोच आड़े आता। सामाजिक शिष्टाचार का अपना ही दबदबा होता है। खाँसी के बलगम की खातिर एकाध बार विनम्र हिदायत भी दी। ध्यान रखते-रखते, कभी-कभार भूल हो जाती। दिखना बन्द नहीं हुआ तब तक सहमते हाथों से दादा साफ-सूफ कर लेता। लेकिन अन्धा होने पर उसका कुछ भी वश नहीं चलता। पगड़ी के पल्लू से लार पूँछ लेता।

कौन कपड़े धोये कौन स्नान कराये? पोते और दुलहन की चढ़ती जवानी थी। वे खुद अन्धे बने हुए थे। बेखुदी में डूबे हुए। तिस पर ब्याज-व्यवसाय। लेखा-जोखा। साँस लेने की भी वेला नहीं थी।

एक बार किवाड़ के चूल की चूँ-चूँ चरड़ाहट सुनाई दी तो दादा ने खाँसते-खाँसते पूछा–कौन है? पोते को दादा का सवाल सुहाया नहीं तो रूखे सुर में बोला–मैं ही हूँ। दादा को सुनाई नहीं पड़ा तो फिर पूछा–कौन है? कौन? पोते ने उतने ही जोर से जवाब दिया–मैं हूँ, मैं। पोते की आवाज पहचानकर दादा आश्वस्त हो गया।

पेढ़ी पर जाते समय किवाड़ बन्द होने का भचीड़ सुनाई पड़ा तो दादा ने चौंक कर पूछा–कौन है? कौन है?

पोते को खुन्दक चढ़ गयी। चिढ़ते हुए कहने लगा–कितनी बार बताऊँ कि मैं हूँ, मैं! एक बार सुनने पर समझ में नहीं आता क्या? सोते-सोते भगवान की माला जपो। आपको दूसरी-तीसरी बातों से वास्ता क्या है?'

अतीत के अभेद्य पर्दों के भीतर झाँकने की दृष्टि दिन-ब-दिन प्रखर हो रही

थी। दादा के भीतर का अन्धड़ अधिक प्रचण्ड होने लगता। पीड़ा बढ़ती रहती। लाख चाहने पर दादा उस ओर से आँखें बन्द नहीं कर सका। टसकते-टसकते बोला—'बेटा, धीरे-धीरे काफी-कुछ वास्ता तो मिटा दिया। मगर मरने के पहले पूरा वास्ता छूट नहीं सकता। मेरी मजबूरी है। जीने की मजबूरी। कई दिन से एक बात कहने के लिए मैं भीतर-ही-भीतर घुटा जा रहा हूँ। बिना कहे मर गया तो मन में रह जाएगी।'

'मरने के बाद किसी के मन में कुछ भी शेष नहीं रहता।' उसके मुँह से अजाने ही चरम सत्य उद्घाटित हो गया।

'बेटे, मेरी बात सुनने के लिए तुझे इतनी भी वेला नहीं है?' दादा ने खाँसते-खाँसते अपनी आसन्न पीड़ा व्यक्त की, 'पर तेरा मन रखने के निमित्त मुझे वेला-ही-वेला थी। इतना तड़क मत। तू मुझे बीस-बीस बार किसी चीज के लिए पूछता और मैं अदेर उसका जवाब देता। और तू दो बार में ही परेशान हो गया।'

'तो क्या आपकी खातिर धन्धा छोड़ दूँ?'

'धन्धा तो मैंने भी कम नहीं किया।' दादा की अँतड़ियों में फँसे बोल गले की राह बाहर निकलने लगे, 'लेकिन धन्धे से बेशी मैंने तेरी देखभाल की। तू तो समय पाकर बड़ा हुआ है। पर बचपन की असहाय अवस्था में तेरे मल-मूत्र को गंगा जल से अधिक पवित्र समझा। इस तरह तड़कने की तो मुझे सपने में भी आशा नहीं थी। एक बार चौमासे की झड़ी में ओखली से फुदकते मेंढ़क की ओर देखकर तूने पूछा कि यह क्या है? तब मेंढ़क-मेंढ़क की रट लगाते मुझे 'अतलूँज' आ गयी। मरते-मरते बचा।'

'क्या पागलपन की बातें कर रहे हैं आप?' उसने अविश्वास के दाम्भिक स्वर में कहा, 'उन दिनों क्या मैं मेंढ़क में भी नहीं समझता था? झूठे उलाहने देने के अलावा अब आपके पास दूसरा काम ही क्या है?'

'झूठे उलाहने? हुँ, तेरे सामने झूठ बोलूँगा?' दादा ने अदन्त हँसी की लपट छिटकाते कहा, 'मैंने तो व्यापार में भी झूठ का सहारा नहीं लिया केवल इसी खातिर कि झूठ बोलने से कहीं तेरा अनर्थ न हो जाय।'

'अनर्थ? झूठ बोलने से अनर्थ?' उसने उपहास की मुद्रा में कहा, 'झूठ बोले बिना तो व्यापार में बरकत ही नहीं होती।'

'ठीक कह रहा है, तू! पहले मेरी भी यही धारणा थी। तेरे जन्म के छह महीने बाद जब घर से तीन प्राणी देखते-देखते गुजर गये, तब मेरी धारणा बदल गयी। खैर, तुझे यह सब जानने की वेला नहीं है। फिर भी मेरी एक बात हमेशा याद रखना कि व्यापार का खास गुर है—भूल-चूक लेन-देन। अभी तो तुझमें मेरा बहुत उधार बाकी है...।'

'उधार?' उसने विस्मय प्रकट करते कहा, 'मैंने आपसे कब उधार लिया? बताइए?'

दादा ने अब स्पष्ट समझाना ही उचित समझा, 'मैं रोकड़ के उधार की बात नहीं करता। मैं अपनी जमी-जमाई पेढ़ी तुझे नहीं सौंपता तो और किसे सौंपता? खून के रिश्ते की गुलामी या मजबूरी का कोई ओर-छोर नहीं है। मैं इसके अलावा किसी अन्य उधार की बात कर रहा हूँ। मेहरबानी करके आज बूढ़े दादा की पूरी बात सुने बिना मत जाना। जब तेरे बच्चे होंगे तभी भूल-चूक के इस मर्म को समझने का तुझे मौका मिलेगा।'

पोते को काफी उतावली थी। इस तरह अमोलक समय को बर्बाद करना उसे सुहाता नहीं था। दादा और पोते का लिहाज बिसराकर वह तुरन्त बाला, 'लेकिन मैंने कुछ भूल-चूक की हो तो...।'

'भूल-चूक तो सब मेरी ही है कि मैं अब तक मेरी सेवा-बन्दगी की प्रत्याशा में जी रहा था।' दादा के मुँह से अन्तिम सबद निकलने शेष थे। बलगम थूकने के उपरान्त कहने लगा, 'पर अब सचमुच अघा गया हूँ। हजारी उम्र हो तेरी। आँगन में तेरे बाल-गोपाल अठखेलियाँ करते रहें। और समय आने पर तेरे साथ वे इसी तरह भरपायी करें। अपनी भूल-चूक न मानें। आशा के तार से ही साँस जुड़ा रहता है। हर्ष के नगारे बजा कि मैं अब जा रहा हूँ। तार टूटनेवाला है।'

और आशा का तार टूटते ही उसके नीरस एकान्तिक जीवन का खाता बन्द हो गया।

पोते के हर्ष-विषाद का रहस्य पोता जाने। फिर भी परम्परागत रूढ़ियों की मर्यादा रखने के निमित्त वह जोर-जोर से रोने लगा सो लोगों के मना करने पर भी नहीं रुका!

14 नवम्बर, 1997, शुक्रवार

## अपाहिज हौसला

नामर्द के सत्रह औरतें और बाँझ के सत्रह भरतार, बात एक-ही-एक। शक्ति-रहित हौसला न फला और न फले, इसमें मीन न मेख। सीख की बात मानो तो मानो, वरना आप ही खींचो और आप ही तानो। रात को सूरज, दिन को तारे, चूहा तब हाथी को मारे।...कि ईश्वर नव-दम्पती को बड़ी रातें और छोटे दिन बख्शे कि किसी हरे-भरे जंगल में सियार-सियारनी का एकनिष्ठ जोड़ा रहता था। सियारनी की नजर में उसके पति से बढ़कर अन्य कोई महाबली, कोई बुद्धि का सागर या अद्वितीय हौसलेवाला प्राणी न तो कभी जन्मा और न कभी जन्मेगा। सभी पतियों के उनमान सियार भी अपनी घरवाली के मन में थोथा भ्रमजाल बनाये रखना चाहता था। अपने वास्तविक रूप की उसके वश रहते कभी सही पहचान नहीं होने देता था।

पके हुए बेशुमार बेर हवा के तेज झोंकों से नीचे गिरते तो वह बड़े मजे से शेखी बघारता कि जंगल के सारे बेर उसी ने जमीन पर गिराये हैं।

भोली सियारनी जिज्ञासावश जानना चाहती कि ऐसा दूभर काम उसने कब किया?

वह बेहिचक डींग मारता, 'जब तुम गहरी नींद में खर्राटे भरती हो, तब घड़ी सवा घड़ी में सारा काम सम्पन्न कर देता हूँ।'

तनिक संकोच के साथ पत्नी ने प्रतिवाद किया, 'मैं तो खर्राटे कभी नहीं भरती!'

वह ठठाकर हँसा—हँसते-हँसते ही कहने लगा, 'तुम्हें खर्राटों का पता चल जाय तो वह गहरी नींद ही क्या हुई?'

वह झेंप मिटाने की चेष्टा करते बोली, 'यह तो बड़ी बुरी आदत है! तुम्हारी नींद में खलल डालने से मुझे पाप नहीं लगेगा? अब कभी खर्राटे भरूँ तो मुझे तुरन्त जगाकर सावचेत कर देना।'

'तुम्हें कच्ची नींद से जगाना मैं उचित नहीं समझता। और यों भी मैंने तो नींद पर विजय पा ली है। बहुत सारे गोपनीय मसले रात को ही सलटाने पड़ते हैं। हमारे राजाधिराज ने खूब सोच-समझ कर ही मुझे दीवान बनाया है। उनका तो फकत नाम-ही-नाम है। पूरे राज्य की जिम्मेवारी सँभालना कोई हँसी-खेल नहीं है।'

वह गर्व के मारे फूली नहीं समाती। सच्चे मन से कामना करती कि जन्म-जन्मान्तर ऐसा ही बेजोड़ पति उसे मिले। जिसके प्रताप से जंगल के तमाम पेड़-पौधे उगते और झड़ते हैं। हाथी, नाहर, बाघ और गैंडों को अदम्य शक्ति का वरदान उसी से प्राप्त हुआ है। वह चाहे तो चूहों को हाथी और हाथियों को चूहे बना दे। तेज नजर फेंके तो तालाब सुखा दे। ऐसे पति पर भला किस पत्नी को अभिमान नहीं होता! अकारण किसी बनैले जानवर की हत्या करने में सार ही क्या है? इसलिए घरवाली के सामने हरदम अहिंसा का बखान करता। वरना उसके लिए दुनिया का कोई भी काम असम्भव नहीं है।

एक बार पूस महीने की कड़कड़ाती ठण्डक के मारे दोनों अपनी खोह में घरेलू बातें कर रहे थे। सियारनी दाँत किटकिटाते बोली, 'सूरज सिर पर चढ़ आया। खोह छोड़कर कहीं बाहर जाने का मन ही नहीं करता। यह सर्दी तो थोड़ी कम करो।'

वह रुआब से कहने लगा, 'यह काम तो मेरे बायें हाथ का खेल है। मगर सर्दी न पड़ने पर हिमालय का बरफ नहीं जमेगा। बरफ न जमने पर गरमियों की मौसम में क्या पत्थर पिघलेंगे? बरफ नहीं पिघलने पर गंगा-मैया सूख नहीं जाएगी?'

नेम-धर्म निबाहनेवाली सियारनी प्रति वर्ष वैशाख की पूनम को गंगाजी नहाने जाती थी। उसी वक्त मना करते कहने लगी, 'ना, ऐसा काम भूलकर भी मत करना। मेरा नियम टूट जाएगा। सर्दी पड़े तो पड़ने दो।'

कि अचानक खीजते हुए ऊँटों की गाज सुनाई पड़ी। सियारनी ने पूछा, 'यह कैसी आवाज है? मानो बादल गरज रहे हों।'

वह तनिक उपेक्षा से बोला, 'बेचारे ऊँट मिनमिना रहे होंगे। ऐसा भोंडा जानवर तो मैंने कहीं नहीं देखा। यदि ईश्वर हमें बाँके-टेढ़े ऊँट की जिन्दगी सौंप देता तो कैसी बुरी होती! मैं तो शर्म के मारे किसी को मुँह नहीं बताता। नालायक फूहड़ कहीं के! बादलों की नकल करते हैं। बादलों की गर्जन-तर्जन से मेह बरसता है। ऊँट मिनमिनाएँ तो मींगने टपकते हैं। इतने भरकम जानवर को इतने छोटे मींगने करते हुए शर्म नहीं आती। अहिंसा का व्रत नहीं लिया होता तो इस बदसूरत और कर्कश नस्ल को ही मिटा देता।'

सियारनी ने अब तक ऊँट की छाया भी नहीं देखी थी। उछाह दरसाते बोली, 'एक बार यह बदसूरत ज़ानवर मुझे बताओ तो सही।'

सियार डग-डग हँसते कहने लगा, 'दुनिया के सारे प्राणी खत्म हो गये, सो इस टेढ़े-मेढ़े और कुबड़े जानवर को देखने की खातिर तरस रही हो!'

सियार ने टरकाने की खूब चेष्टा की, पर वह टस-से-मस नहीं हुई। ज्यादा हठ किया तो इच्छा न होते हुए भी उसे साथ चलने को तैयार होना पड़ा। गुफा से चार या पाँच खेत की दूरी पर ऊँटों का कारवाँ पाँव फटकारते हुए मस्ती से चल रहा था। दोनों फाँदते हुए वहाँ पहुँचे। सियारनी हतप्रभ! एकटक निहारती चित्र-लिखी-सी खड़ी रही। पति ने जैसा बताया, उतने भद्दे तो नहीं हैं। अलबत्ता गरदन जरूरत से ज्यादा लम्बी है। पीठ की कूबड़ इतनी बेजा तो नहीं लगती।

खीजे हुए ऊँटों की कामासक्त उत्तेजना के परिणामस्वरूप उनके मुँह से फुग्गे लटक रहे थे। कत्थई और चिकने-चिकने। सियारनी की भूख एकदम चेतन हुई। पूछा, 'ऊँटों के मुँह में ये माँस-पिण्ड की नाईं क्या लटक रहे हैं? कितने कोमल!

पति के ज्ञान का कोई पार नहीं था! बोला, 'बावरी कहीं की, मेरी पत्नी होकर तू इतना भी नहीं जानती? ये तो ऊँटों के फेफड़े हैं, फेफड़े!'

निपट अनभिज्ञ वह भी नहीं थी। अचरज से पूछा, 'मुँह में फेफड़े लटकने की बात तो आज ही सुनी।'

'अभी तू जानती ही क्या है?' पति घमण्ड के साथ कहने लगा, 'इस कुजात जानवर की सारी बातें ही उलटी हैं। कितनी लम्बी गरदन और कितनी छोटी पूँछ! मक्खियाँ तक नहीं उड़ा सकता और दुनिया को प्राण देनेवाले बादलों की नाईं दहाड़ता है। बेहया के माथे पर केवल सींगों की कमी है!'

हर बड़े जानवर की बुराई करने में उसे चटपटा आनन्द मिलता था, ताकि उसकी घरवाली का मन अजाने विचलित न हो।

सियार की भद्दी राय के बावजूद ढीठ ऊँट उसी तरह गरजते रहे। सियारनी की भूख और अधिक सुलग उठी। एक ही फेफड़ा हाथ लग जाय तो कैसा उम्दा कलेवा हो! रूठने का अभिनय करते कहने लगी, 'तुम तो मुझे हमेशा बहलाते हो। चाँद की गिरी और सूरज की फाँक कब खिलाने का वादा किया था, याद है? पहले प्रसव पर? मगर आज दिन तक तुम्हारे वादे के लिए तरस रही हूँ। आखिर उन असम्भव चीजों की खातिर तो मैंने भी सब्र कर लिया। लेकिन यह फेफड़ा तो खिलाओ। बादलों के पानी में आग लगानेवाले बन्दे के लिए यह काम तो बिलकुल कठिन नहीं है! यदि कठिन हो तो जाने दो। जमीन पर बिखरे बेरों से ही भूख मिटा लूँगी।'

मालिक होकर लुगाई के सामने भला अपनी कमजोरी क्यों कर प्रकट करे? तैश में आकर बोला, 'तुझे कितनी बार कहा कि ऐसा कौन-सा काम है जो मैं नहीं कर सकता। तेरी ऐसी ही इच्छा है तो एक की बजाय इक्कीस फेफड़े तोड़कर अभी ले आऊँ।'

पतिव्रता घरवाली उलाहना देते कहने लगी, 'दूसरी रखैलों को तो बिजलियों की दमकती बोटियाँ खिलाते हो। सितारों के लड्डू खिलाते हो। और मैं ऊँट के एक फेफड़े की खातिर झींक रही हूँ।'

उस उलाहने के पश्चात् मना करने का कोई रास्ता नहीं बचा। उत्तेजित होकर गुस्से में पाँच-सात बार हत्थल पटकी और ऊँटों के पीछे फाँदता हुआ दौड़ा। पति का हौसला परखने की मंशा से वह भी उसके साथ सरपट भागी।

अब डर कर आगा-पीछा सोचे तो औरत के सामने पोल खुलती है। एक बार मरना तो है ही। आज या परसों! फिर आज ही क्यों नहीं? दब्बू पति की बजाय तो शहीद होना अच्छा है।

पिछले ऊँट के पास आकर वह पीछे-पीछे चलने लगा—दर्प और गुमान के पदचिह्न अंकित करता हुआ! पर खीजे हुए ऊँट ने उस अकिंचन सियार की कुछ भी परवाह नहीं की। एक बार बाँकी नजर से उसकी ओर देखा और दूसरे ही क्षण मस्तानी चाल का प्रदर्शन करते हुए दुगुने जोर से गरजने लगा। और उस गरजन के साथ-साथ ढब्बू फूलता गया।

वह लार टपकाते उतावले स्वर में बोली, 'अब इस भरपूर माँस-पिण्ड को झटपट तोड़ डालो। हे राम! यह तो फिर छोटा होने लगा। तोड़ो तोड़ो, जल्दी तोड़ो।'

'वापस बड़ा होने दे।' पतिदेव ने झुँझलाते कहा, 'यह तो एक कौर के लिए भी पूरा नहीं है।'

'बस, मेरे लिए तो इतना ही काफी है!' वह सिर धुनते बोली, 'देख क्या रहे हो! जल्दी तोड़ डालो।'

इस महामूर्खा ने तो बुरा हठ पकड़ा। अब किस बहाने पीछा छुड़ाये कि अचानक बढ़िया युक्ति सूझी। दाहिने पंजे से ललाट ठपकारते कहने लगा, 'उफ्फ! आज तो एकादशी का व्रत है। तुझे भी याद नहीं रहा?'

'मुझसे ऐसी भूल कभी नहीं होती।' उसने दृढ़ विश्वास से साथ कहा, 'आज तो पाँचम है। एक से अधिक तिथि कभी नहीं टूटती।'

वार-तिथि में सियारनी पण्डितों से भी ज्यादा समझती थी। बहादुर सियार का यह दाँव भी खाली गया। फिर ऊँट पर दया दिखलाते कहने लगा, 'फेफड़ा तोड़ने से बेचारे ऊँट को कितनी तकलीफ होगी। तू कहे तो आज ही सिंह का कलेजा छीन लाऊँ!'

'नहीं, नहीं सिंह का कलेजा बहुत गन्धाता है।' वह मुँह मस्कोरकर बोली, 'मुझे उसकी याद ही मत दिलाओ।'

सियार ने तनिक चिढ़ते हुए कहा, 'अरी नादान, बदबू से क्या बिगड़ता है! फायदे की बात सोच, फायदे की!'

'रहने दो तुम्हारा फायदा-वायदा! मुझे तो उस दिन ही उलटी हो गयी थी।

मर भले ही जाऊँ, लेकिन सिंह का कलेजा नहीं खाऊँगी। नाम सुनते ही उबकाई आती है।

और सचमुच उसे मितली-सी आने लगी। मरे हुए गधे के बदबूदार फेफड़े को सिंह का कलेजा बताकर उस दिन सियारनी को किस तरह भरमाया था!

किसी ऊहापोह में उलझे पति की ओर हिकारत से देखकर उसने अन्तिम तीर छोड़ा, 'तुम्हारी ताकत और तुम्हारे हौसले का मुझे सब पता चल गया। झूठी झाँसापट्टी के अलावा तुम्हारे पास कोई दूसरी करामात नहीं है।' पतिदेव ने कुछ धीमी आवाज में प्रतिवाद किया, 'यही तो तेरा भरम है।'

'भरम है तो उसे मिटाने में कितनी देर लगती है?'

'देर तो कुछ नहीं लगती। पर बेचारे ऊँट को खामख्वाह मरना पड़ेगा।'

'अब बेचारे-वेचारे की बात छोड़ो। या तो अभी इसी वक्त ऊँट का फेफड़ा खिलाओ या तलाक मंजूर करो!'

सारे जंगल की जिम्मेवारी सँभालनेवाला दीवान तो जबरदस्त धर्म-संकट में फँस गया। रूठी हुई घरवाली को फेफड़ा खिलाना ही पड़ेगा। अर्द्धांगिनी की नजर में गिरने की अपेक्षा मरना बेहतर है। मगर जब तक मौत न आये, जिन्दगी उछल-फाँद करती ही है। सियार लपककर एक कमजोर ऊँट के पीछे दौड़ा। जोर से हत्थल पटककर ऊँट के अगले पाँव को तीखे दाँतों से काटा। खीजे हुए उन्मादित ऊँट ने कुछ परवाह नहीं की। तब उसने हिम्मत जुटाकर फिर दो-तीन बार मुँह मारा। कामासक्त ऊँट ने पाँव फटकारते हुए नीचे देखा। हरामी सियार का ऐसा दुस्साहस! फिर कैसी ढील! लटकते फुर्गे को भीतर निगलकर सियार की गरदन दाँतों के बीच जोर से पकड़ ली। सियार ने एक लम्बी दर्दनाक चीत्कार के साथ तत्काल आँखें मूँद लीं। अब जो हो सो हो। नारी का हठ निभानेवाले की यही दुर्दशा होती है। बड़े से बड़े साम्राज्य को ध्वस्त होने में कुछ देर नहीं लगती। तब बेचारे सियार की क्या बिसात!

ऊँट ने मस्ती के साथ मुँह उठाया तो मांस-पिण्ड की ठौर सियार लटपट-लटपट नीचे लटक रहा था। पति के बारे में अब भी उसके मन में तनिक मुगालता शेष था। सोचा कि उसके पराक्रमी पति ने आखिर ऊँट की गरदन पकड़ ही ली। अन्ध-विश्वासी जो देखना चाहता है, उसे वही दिखता है। खुश होकर बोली, 'अब फेफड़ा जल्दी नीचे पटको। मेरी भूख तो अब मरने लगी है।'

पर संज्ञा-विहीन सियार ने न तो फेफड़ा ही नीचे पटका और न कुछ जवाब ही दिया। वह ऊँट के मुँह में लटकता, उसके साथ-ही-साथ आगे बढ़ रहा था। गड़े हुए दाँतों की असह्य पीड़ा से उसकी पुतलियाँ बाहर निकलने लगी थीं। दाहिनी बाजू में चलती सियारनी पति की चालाकी समझ गयी—हाँ, वह तो अकेला ही फेफड़े का स्वाद ले रहा है। ऐसा कोमल फेफड़ा भला कौन छोड़ना चाहेगा! लार गटकती हुई

ऊँचा मुँह करके बोली, 'अकेले-अकेले ही क्या खा रहे हो? मेरे लिए एक बोटी तो नीचे फेंको। मर गयी तो मन में रह जाएगी।'

काफी दूर तक चलने के बावजूद जब सियार ने बोटी नहीं फेंकी तो वह फलाँघकर सामने आयी। लेकिन वह तो नजारा ही दूसरा था। घबराहट के लहजे में उतावली दरसाते कहने लगी, 'छोड़ दो, छोड़ दो, मुझे फेफड़ा नहीं चाहिए। इस हरामी ऊँट को छोड़ दो।'

'भोंदू कहीं की! मैं इसे क्या छोड़ूँ, यह मुझे नहीं छोड़ रहा है।' सियार टसकते स्वर में बड़ी मुश्किल से बोला, 'इसकी पिछली टाँगों पर दनादन दाँत गड़ा।'

अब कहीं पति-परायण धर्म-भीरु सियारनी असली बात समझ पायी। और उस समझ के साथ ही पीढ़ियों के संस्कार-ग्रस्त विकारों का जाला अविलम्ब कट गया। उसकी साफ-शफ्फाफ दृष्टि के सामने वस्तुनिष्ठ सत्य सूर्य के उजाले की नाईं प्रज्वलित हो उठा!

अपने प्राणों का मोह किसे नहीं होता? दूसरा घर बसाने में कैसा लांछन? कैसा दुराचार? दूर खिसकते बोली, 'मैं न तो पिछली टाँगों में दाँत गड़ाऊँ, न अगली टाँगों में। इसकी आधी-अधूरी लात ही मेरी लीद बिखेरने के लिए काफी है। अब तुम जानो और तुम्हारा काम जाने। अकेले ही फेफड़ा खाकर अमर हो जाना, मुझे एक टुकड़ा भी नहीं चाहिए। सारी उम्र धोखे में रही, वह भूल भी क्या कम है!'

2 नवम्बर, 1997, अदीतवार

# नगीनों की खेती

बात, अफीम और शराब तो प्राचीन ही बेहतर हैं। यह बात भी बरसों पुरानी है, जब मानव-समाज में राज और राजा की स्थापना हुई थी। उन दिनों हवा हर फसल के लिए सर्वथा अनुकूल ही चलती थी। बादल-बरखा की पूरी साख-प्रतिष्ठा थी। समय पर ही ऋतुओं का प्रत्यावर्तन हर्षोन्माद की ताल पर घूमर लेता था। सूरज-चाँद की किरणें समस्त चराचर का कुशल-क्षेम पूछती थीं। राजा और रानी अपने सुख से पहले प्रजा के सुख का ध्यान रखते थे। यदि घर-घर में सुख-सन्तोष का सराजाम दूभर होता तो राजा स्वयं दुःख भोगने में कमी नहीं रखता था। फटे-पुराने चिथड़ों में जब राज की प्रजा सर्दी में ठिठुरती तो राजा भी अधिकांशतया उघड़े बदन ही रहता। प्रजा फाकामस्ती करती तो वह खुद भूखा रहता। अपने और पराये में रंचमात्र भी भेद नहीं था। दुश्मन से जूझने की खातिर प्रजा के शामिल होने पर ही वह शस्त्र धारण करता। वरना प्रजा पर शस्त्र उठाने की सख्त पाबन्दी थी। घर-घर चौकसी करते हुए राजा प्रजा के दुःख-सन्ताप की पड़ताल करता। अपने वश रहते हाथोंहाथ दुःख का निवारण करता।

एक बार किसी राजा ने प्रजा की सार-सँभाल करने हेतु गाँव-गाँव चक्कर मारने का विचार किया। किसी सेवक को नींद से जगाये बिना ही वह दो घड़ी रात रहते उठा। रानी को साथ लेकर उसने चुपचाप गाड़ी जोती। टिचकारी के अभ्यस्त बैल राजा के मुँह से सुपरिचित टिचकारी सुनते ही चलने लगे। आधे आषाढ़ की ढलती रात घुँघरुओं की झंकार सुनते ही सजग हो गयी। उसने अनगिनत आँखों

की पलकें झपकाते राजा और रानी का मुँह देखा। अब कुछ भी आशंका नहीं। सब बातें भली होंगी।

राजा ने मुड़कर रानी का मुँह देखते पूछा, 'रैनादे ने हमसे जुहार किया। तुमने कबूल किया कि नहीं?'

'भला, मुझसे ऐसी चूक हो सकती है?' रानी मुसकराते बोली, 'आपसे पहले कबूल किया।'

बैलों को हाँकता राजा झिलमिलाते तारों की ओर एकटक देखने लगा तो रानी कहने लगी, 'आपको पहले भी मैंने कितनी बार कहा, पर आप तो परवाह ही नहीं करते। रति-शैया पर सोती रैनादे की ओर क्यों देख रहे हो? तमाम दुनिया को सुलाने की खातिर ही यह रात बनाई है। पर वह अपने साजन के साथ सारी रात जागती है और दिन भर सोती है। रोजमर्रा का जागरण असह्य होता है। सवेरे ही अनगिनत आँखें मूँद कर सो जाती है। सो साँझ के पहले नहीं उठती। हम औरतों के स्वभाव की जानकारी मरदों को कभी नहीं हो सकती। हमें कई बातें छिपानी पड़ती हैं।'

रानी के मना करते ही राजा ने मुँह नीचा कर लिया। बैल अपनी मौज में चल रहे थे। धीरे-धीरे रैनादे एक-एक करके अपनी पलकें मूँदने लगी। आलिंगन से मुक्त कामिनी तो सेज पर सोती रही, पर सूरज हमेशा की नाईं समय पर ही रंगमहल से बाहर निकल आया। पूर्व दिशा में गुलाल-ही-गुलाल से आच्छादित रास्ते पर वह बढ़ता गया। चारों दिशाओं में उजाले का समन्दर हिलोरें भरने लगा। सायब के प्रस्थान करते ही रैनादे ने एक साथ असंख्य आँखें मूँद लीं।

'अब भले ही ऊपर देखो।' रानी परिहास के भाव से बोली, 'रंगमहल के कपाट बन्द करके रैनादे निश्चिन्त सो रही है।'

राजा ने भी दिल्लगी करते कहा, 'अब देखने में धरा ही क्या है?'

कुछ देर पश्चात् रानी की आँखों में नजर गड़ाकर राजा आगे कहने लगा, 'रैनादे के सायब की कैसी प्रदीप्त सूरत है। उसका मुँह देखने के बाद ही हमें स्पष्ट दिखने लगता है।'

रानी कुछ माकूल-सा जवाब देनेवाली थी कि उसे बायीं तरफ खेत में एक बेहद अनहोनी बात नजर आयी। उसका साँस जहाँ था, वहीं थम गया। आँखें भर आयीं। उस ओर हाथ का इशारा करते विगलित स्वर में कहने लगी, 'आप जरा ध्यानपूर्वक देखें। बैल की दूसरी बाजू जुए में मुझे एक औरत जुती हुई दिख रही है।'

राजा ने एकटक नजर गड़ाकर उस ओर देखा। रानी की बात बिलकुल सही थी। राह चलते हुए भी कैसा ध्यान रखा! इस राज में ऐसी अनहोनी बात न कभी सुनी, न देखी। हर पखवाड़े गाँव-गाँव चक्कर काटने पर भी ऐसा भयंकर दृश्य कहीं नजर नहीं आया। तब मुकुट, सिंहासन और खजाने की मर्यादा को बार-बार धिक्कार है।

बैलगाड़ी को वहीं रोककर राजा ने बुझे-बुझे स्वर में कहा, 'उनके पास जाकर वापस लौटूँ, तब तक तू बैलों का ध्यान रखना।'

इससे अधिक बात करने का मन नहीं हुआ! तेज-तेज कदमों से चलता हुआ उसके पास पहुँचा। बायीं ओर मरियल बैल और दायीं तरफ औरत जुती हुई। औरत तो नाम-मात्र की ही थी। हड्डियों पर सलवटें भरी चमड़ी का खोल! आँखें गहरी धँसी हुईं। पपड़ीले होंठ। पसीने से चिपकी हुई रेत। कदम-कदम पर हँफनी चढ़ रही थी। और पीछे वैसा ही मरियल सागड़ी। पाँयचे टँगे हुए। नंगे पाँव। फटा हुआ कुरता। चिन्दी-चिन्दी साफा। बीजनी से मुट्ठी-मुट्ठी बाजरी बीज रहा था। धुँधली-धुँधली दीठ से राजा को पता नहीं चला कि हल आगे बढ़ रहा है या धरती पीछे सरक रही है। वरना धरती पर 'ऊमरा' तो अपने-आप खिंचने से रहा।

धूल की कमाई खानेवाले किसान, जितना हम समझते हैं, उतने भोले और सरल नहीं होते। अथक परिश्रम और संघर्ष से वे अजाने ही शनैः-शनैः क्रूर और नीरस हो जाते हैं। सन्देह की कड़वाहट उनके दिल में धीरे-धीरे रिसती रहती है। किसी अपरिचित व्यक्ति को तेजी से उधर आते देखा तो वह सतर्क हो गया। उसकी ओर नुकीली 'पिरानी' करते हुए कसैले स्वर में बोला, 'नजदीक क्यों आ रहा है, बैल बिदकाएगा? तेरी धरोहर तो यहाँ गड़ी हुई नहीं है?'

उसकी बदजुबान का राजा ने कुछ भी बुरा नहीं माना। पर ऐसे रूखे बोल उसने कभी अपने कानों से सुने नहीं थे। फिर भी मानवीय संवेदना की स्निग्धता होठों पर छितराते कहने लगा, 'हाँ, मेरी धरोहर गड़ी है, तभी तो यहाँ आना पड़ा!'

शब्दों के परे राजा की लाक्षणिक व्यंजना का मर्म वह समझ नहीं सका। तनिक खुन्दक चढ़ आयी। तिक्त वाणी में हल चलाते-चलाते ही बोला, 'तू कैसा भी ताकतवर है, अपने घर में है। मर भले ही जाऊँ, यह खेत नहीं छोड़ूँगा। तू है किस होश में!'

अबोध किसान बुरा मान गया। इस आशय से राजा ने साफ-साफ सीधी बात करना ही उचित समझा। उसकी वेदना ज्यादा घनीभूत थी। सरल प्रकृति के मनुष्य पेचीदे मर्म को आसानी से समझ नहीं सकते। और भी नजदीक आकर सहानुभूति प्रकट करते पूछा, 'बैल के साथ यह लुगाई क्यों जोती है?'

'मेरी लुगाई है और मैंने जोती।' बैलों को टिचकारी देते उसने कहा, 'पर तुझे इसकी क्या पंचायती?'

जुती हुई औरत ने बुझी-बुझी नजर से राजा की ओर देखा। फिर हाँफते-हाँफते बैल के साथ आगे बढ़ने लगी।

राजा सोचने लगा कि यह पेट ही सब अनर्थों की जड़ है। अपराध और पाप का केन्द्र बिन्दु! जाने भविष्य के किस अदृष्ट सुख की आशा में इस आसन्न संकट को झेल रहे हैं? या जस-तस जीने में ही इनके जीवन का समस्त सुख निहित है।

अभी कुछ भी सोचना-विचारना अप्रासंगिक है। राजा साथ-साथ चलते बोला, 'मेरी एक बात तो सुन।'

वह किसान तो निपट औंधी खोपड़ी का था। बैल के पुट्ठे पर 'स्यार' चुभाते बोला, 'मेरे दो मुटियार बेटे तो बहुत पहले ही समा गये। फिर यह तीसरी 'सुनावणी' (सुणावणी = मौत का समाचार) क्या लाया है? जुते हुए अधगीले खेत में पाँव धँसाते-धँसाते तू किस लालच के मारे यहाँ आया? पानी पीना हो तो वह रहा पोखर! उस बबूल के पास।'

दो मुटियार बेटों के असह्य सदमे की बात सुनकर राजा का कलेजा मुँह तक आ गया। बड़ी मुश्किल से बोल फूटे, 'ना, पानी पीने के लिए मैं नहीं आया। तेरी मदद करने के लिए आया हूँ।'

अपनी लुगाई को तेज चलने की हिदायत देकर वह गरदन हिलाते-हिलाते कहने लगा, 'मतलब के बिना कोई किसी की मदद नहीं करता। मुझे तो शरीर के लत्तों का भी भरोसा नहीं है। मेरा पीछा छोड़ दे। मैं भी कम जालिम नहीं हूँ।'

उसे खुश करने की मंशा से राजा ने कहा, 'तू कतई जालिम नहीं है। असह्य दुःख और निरन्तर कष्टों की दाझ से तेरा मन विचलित हो गया। अपनी गाड़ी का एक बैल देने को तैयार हूँ। अपनी औरत को अदेर छोड़ दे।'

अब कहीं उस मरियल किसान को उसके स्वार्थ का आभास हुआ। औरत को छोड़ने की बात सुनते ही उसकी सूखी हड्डियों में आग सुलग उठी। दाँत पीसते बोला, 'एक बैल की एवज में अपनी घरवाली छोड़ दूँ? आया ज्यों ही वापस लौट जा, नहीं तो मुझ जैसा बुरा नहीं होगा। मरियल जानकर मुझसे भिड़ा तो तेरी खैर नहीं है। तुझ जैसे दो भी आ जाएँ तो हार नहीं मानूँ।'

राजा सोचने लगा कि निरन्तर अभाव और दुखों के घेराव से इसका मन विषाक्त हो गया है। यह तो हवा और बरसात पर भी सन्देह करता होगा! इसके खयाल से सूरज भी स्वार्थ की खातिर उगता है। बादल भी मतलब से बरसते हैं। नदियाँ भी अपनी स्वार्थ सिद्धि के लिए अविरल भागी जा रही हैं। फूल भी अपना मतलब पूरा करने की मंशा से खिलते हैं। इसकी सारी खीज और अकुलाहट भुखमरी की वजह से है। हाथ जोड़कर कहने लगा, 'मेरी घरवाली तो गाड़ी में बैठी है। उसके सामने इन्द्रलोक की अप्सरा भी मुझे पसन्द नहीं। तुझे वहम है तो मैं तेरे पास ही खड़ा रहूँगा। अपनी औरत को भेजकर एक बैल जल्दी मँगवा ले। इसका कष्ट मुझसे देखा नहीं जाता।'

उसने 'पिराणी' घुमाते कहा, 'तब तक मेरा हल बन्द रहेगा? बावरे, समय पर बोने से ही मोती निपजते हैं। खेती के काम की तुझे जानकारी नहीं है।'

लड़खड़ाती औरत की दुर्दशा देखते ही राजा ने आगे बकवास बन्द की और जुए में जुत गया। फिर उसे आश्वस्त करते कहने लगा, 'एक पल भर के लिए भी तेरा हल बन्द नहीं रहेगा। मैं हल खींचूँगा।'

अब कहीं किसान के मन में थोड़ा धीरज बँधा। मुसकराने का प्रयास किया, पर हँसी जैसी फालतू चीज के लिए उसके पिंजर में कहीं वैसी ठौर नहीं थी। फिर भी नरम सुर में बोला, 'हाँ, अलबत्ता यह बात वाजिब लगी। लेकिन तेरी घरवाली ने मना कर दिया तो...!'

'वह हरगिज मना नहीं करेगी।' जुए को सलीके से कन्धे पर धरते राजा ने कहा, 'यदि कर भी दिया तो तेरी खेती सम्पूर्ण करने के बाद ही जुआ छोड़ूँगा।'

उस अचीती भलाई का मायना किसान की समझ में नहीं आया। राजा की ओर मुँह करके कहने लगा, 'मुझे तो तू निपट सिरफिरा ही लगता है। इस तरह की भलाई और कौन कर सकता है? मेरी एक बात अच्छी तरह गाँठ बाँध ले कि मनुष्य की भलाई करने जैसा अधम काम दुनिया में दूसरा कोई नहीं है।'

बैल के साथ-साथ हल खींचते राजा ने अचरज से पूछा, 'अधम काम?'

'हाँ, अधम! निकृष्ट! अभी तू जानता ही क्या है? शायद इसीलिए भलाई को सत्कर्म समझता है। उस पर गुमान करता है।'

किसान की यह औंधी मति कुछ समझ में नहीं आयी। पर उसे तो फकत अपनी समझ से ही सरोकार था। दूसरे की समझ से उसका क्या वास्ता? क्यों बेकार मगज लड़ाये? अपनी-अपनी समझ का जैसा प्रभाव। फिर भी राजा के अन्तस् का द्वन्द्व अभी निथरा नहीं था। वह चुपचाप हल खींचता रहा। उसके भीतर भी बाहर जैसा तीखा हल कलेजा चीर रहा था।

और उधर अपनी गाड़ी पर बैठी रानी ने जब पास आती औरत का हुलिया देखा तो वह देखती ही रह गयी। जाने किस सुख की आशा में वह इतने बरस जीवित रही और अब भी जीने के लिए आतुर है! कहीं यह सपना या विभ्रम तो नहीं है? अपनी आँखें अच्छी तरह मसलकर उस जिन्दा कंकाल की ओर उसने गौर से देखा। तभी उसके कान में एक रिरियाता स्वर टकराया, 'तेरा मालिक वहाँ एक बैल मँगा रहा है।'

कानों में लावा घुलते ही रानी अदेर सारा मर्म समझ गयी। बिजली की कड़क के साथ ही उसकी देह में वापस चेतना का संचार हुआ। कहने लगी, 'एक बैल से काम नहीं चलेगा। दोनों बैल ले जाने पड़ेंगे।'

बैलों को खोलने के लिए रानी नीचे उतरी। आश्चर्य से पूछा, 'पर खेत में हल तो चल रहा है। तेरी जगह कौन जुता है?'

झीने स्वर में उत्तर मिला, 'तेरा मरद!'

रानी के मन में यह आशंका तो खटक रही थी। फिर भी औरत के मुँह से बेबाक जवाब सुनते ही मानो किसी विष बुझे तीर से उसका कलेजा बिंध गया हो। रुँधे स्वर में बोली, 'मैं वहीं जा रही हूँ। तू दोनों बैल लेकर आजा।'

इस हिदायत के साथ ही वह उस ओर तेजी से भागी। बदहवासी की बेहाल

मनःस्थिति में मरियल बैल को जुए से हटाते कहने लगी, 'औरत की एवज में तो मुझे जुतना चाहिए था। आपने यह कैसा अन्याय किया? मगर अब तो मैं भी आपके साथ जुते बिना नहीं मानूँगी।'

किसान घुरघुर देखता रहा, तब तक रानी बैल की ठौर जुतकर राजा के साथ-साथ हल खींचने लगी। उसे अब टिचकारी देने की भी जरूरत नहीं थी। राजा-रानी यशाशक्ति चुपचाप हल खींचते रहे।

उसकी घरवाली जब बैल लेकर पास आयी तो अपनी आदत मुजब उन्हें पुचकारते बोला, 'अब रुक जाओ। रुक जाओ। बैल आ गये। हल ज्यादा गहरा चलेगा।'

राजा ने हल खींचते-खींचते ही जवाब दिया, 'यह 'ऊमरा' तो पूरा कर लें।'

जाने क्या सोचकर उसने आगे कुछ भी नहीं कहा। चुपचाप बाजरी बीजता रहा।

खेत के किनारे पहुँचते ही राजा-रानी अपने-आप रुक गये तो उनके बदले किसान बैलों को जोतने लगा। काफी देर से उसके मन में एक बात घुमड़ रही थी। अब और अधिक धीरज रख पाना उसके वश की बात नहीं थी। बैल जोतते-जोतते ही राजा की सूरत में आँखें गड़ाकर अचरज से पूछा, 'कब से मगज लड़ा-लड़ाकर हार थका, फिर भी कुछ समझ नहीं पड़ा कि आखिर किस मतलब से तुमने इतना प्रपंच किया?'

ऐसी अप्रत्याशित और बेजा बात सुनकर राजा-रानी सकते में आ गये। आसानी से उत्तर देते नहीं बन पड़ा। कुछ देर बाद रानी ने उसी से प्रश्न किया, 'क्या बिना मतलब कोई भी मनुष्य किसी के काम नहीं आता?'

भला इसमें सोचने जैसी क्या बात! उसने अदेर गरदन हिलाते कहा, 'ना, जानवर भले ही काम आ जाय, पर मनुष्य किसी के काम नहीं आता।'

लेकिन राजा को तो सोचने के लिए बाध्य होना पड़ा कि दुःख-दारिद्र्य में बड़े-से-बड़े विद्वान् की मति मारी जाती है, फिर यह तो निपट गँवार है। शायद असली भेद प्रकट करने पर इसे सब समझ में आ जाय। उसके घनघोर अविश्वासी स्वभाव पर तनिक मुसकराते कहने लगा, 'मैं इस देश का राजा हूँ और यह मेरी रानी। प्रजा का दुःख हरना ही मेरा एक मात्र कर्तव्य है। चाहो तो इसे मेरा मतलब ही समझ लो।'

राजा आगे भी कुछ कहने जा रहा था कि किसान बीच ही में बोल उठा तो वह चुप हो गया। गरदन हिलाते कहने लगा, 'इससे बड़ा मतलब और क्या हो सकता है? सिंहासन और राज के साथ-साथ यश और नामवरी, जिसकी ओट में सारे अपराध, अन्याय और अकर्म दब जाते हैं।'

राजा-रानी दोनों को अब पुख्ता विश्वास हो गया कि निर्धनता के थपेड़ों ने

उसे विक्षिप्त बना दिया। उसके पागलपन की बेहूदी बातें सुनकर वे अपना संयम न खो बैठें, इसलिए बैलों को वहीं छोड़कर पैदल ही रवाना हो गये। सहने की भी एक सीमा होती है, इसलिए खेत की पूरी जुताई तक रुकना उचित नहीं समझा।

जरूरत मुताबिक समय-समय पर बादलों की मेहर होती रही तो उस किसान के खेत में मनचीती बाजरी पकी। असामान्य रूप से लम्बे सिट्टे। दमकते दाने, मानो मीनाकारी जड़ी हो। किन्तु बेहद अचरज की बात कि मरियल बैल के साथ जुतकर राजा ने जिन 'ऊमरों' में हल खींचा वहाँ बेशकीमती हीरे और जहाँ-जहाँ राजा-रानी ने मिलकर जुताई की वहाँ आभायुक्त अमूल्य मोती चमकने लगे। वह शशोपंज में फँस गया। उसने तो सपने में भी हीरे-मोती देखे नहीं थे, फिर उनकी पहचान कैसे करता! बाजरी की बजाय ये चिकने-चमकते कंकर! राजा-रानी का तो आगमन ही अशुभ और अहितकर है। पछतावा करते-करते ही उसने बेमन से उन कंकरों की सात गाँठें गाड़ी पर धरीं और सीधा राजदरबार पहुँचा। राह में कहीं पूछने की जरूरत नहीं पड़ी। बैल खूब अच्छी तरह रास्ता जानते थे।

सिर्फ एक बार मिलने पर ही राजा की स्मृति में ऐसी अमिट छाप अंकित हुई कि वह उसे देखते ही पहचान गया। दिन में चार-पाँच बार राजा-रानी के बीच उसकी चर्चा चल पड़ती। और जब कभी राजा अकेला होता, उस मुलाकात का नजारा उसकी आँखों के सामने कौंध उठता। उसके अन्तस् में जो भी अन्तर विरोधी-विचार फड़फड़ाते, चाहने पर भी उनका जिक्र वह रानी से नहीं कर सका। सपनों की बजाय जब वह प्रत्यक्ष रूप से उपस्थित हुआ तो उसका मन काफी हलका हो गया। सम्मानपूर्वक उसे अपने पास बुलाया। क्षेम-कुशल के समाचार पूछे तो उसने पहले की तरह ही कसैला जवाब दिया, 'मैंने तो पहले ही कहा था कि मनुष्य की भलाई करने से बड़ा अकर्म और कुछ नहीं है।'

राजा ने अचरज से पूछा, 'क्यों ऐसी क्या बात हुई?'

'बात तो हुई जैसी ही हुई। दुश्मन के साथ भी ऐसी नहीं बीते। आपने जितने 'ऊमरों' में हल खींचा, वहाँ ये चमकीले कंकर निपजे।' यह कहकर उसने जेब से नमूना निकालकर हाथ सामने किया और आह भरते आगे कहने लगा, 'न दाँतों से चबाये जाएँ और न चाकी में पीसे जाएँ। बाजरी की बजाय ज्वार या जौ भी उग आती तो काम चल जाता। अब इन कंकरों का क्या करूँ?' राजा के पाँवों में उछालकर कटाक्ष के लहजे में बोला, 'आपकी भलाई के ये फल पके!...आप ही सँभालें। बाकी खेत बच गया सो मेरा जैसा-तैसा भाग्य, वरना पूरा बर्बाद हो जाता।'

राजा के पाँवों में बिखरे कंकरों की आभा दिप-दिप कर रही थी। दीवान के अलावा सभी दरबारी हतप्रभ रह गये। पर दीवान ने ऐन मौके पर होशियारी बरती। अकृत्रिम भाव से पूछा, 'क्या सभी गाँठों में ऐसे ही कंकर हैं?'

किसान ने झुंझलाहट भरे स्वर में कहा, 'और नहीं तो क्या मैं झूठ बोल रहा हूँ?'

राजा-रानी चित्रलिखे-से उसी तरह निश्चल बैठे रहे। इस बार खजांची ने पूछा, 'कहीं इधर-उधर बचे हुए तो नहीं रह गये?'

उसने मुँह बनाते कहा, 'रह गये तो रह गये, आस-पड़ोस के बच्चे ही खेलेंगे। लेकिन इस तरह बेकार पूछताछ करके मेरा समय क्यों खराब कर रहे हैं? एक पल भी ठाली बैठना मुझे नहीं पोसाता।'

दीवान ने तनिक पास आकर कहा, 'बाकी खेत में उपजी बाजरी से बीस गुना अधिक दे दूँ तो मान जाएगा?'

खजांची ने और भी उदारता दिखलायी, 'साठ गुना, सौ गुना, कुछ तो बोल?'

'मैं कोई भिखारी नहीं, अपने पसीने से अन्न निपजानेवाला प्रजापति हूँ।' उसने चिढ़ते हुए तीखा जवाब दिया, 'अपनी मेहनत के अलावा एक दाना भी मेरे लिए हराम है। किसी होशियार मुनीम को मेरे साथ भेज दीजिए। हिसाब करके मुझे बाजरी दे दे। वही मेरा पावना है।'

रानी से पहले राजा की सुधि लौटी। मन-ही-मन श्रद्धापूर्वक उसे नमन करते हुए ठिठोली के लहजे में कहा, 'तुझ जैसा पगला या गँवार तो सारी दुनिया में खोजे नहीं मिलेगा। मूर्खों के सरताज, ये तो अमूल्य हीरे-मोती हैं। फकत एक नगीने से तू सात पीढ़ियों का अनाज खरीद सकता है। उस वक्त तूने ही तो कहा था कि समय पर बोये दाने मोती बन जाते हैं। ये तेरे ही बोल फले हैं, तू ही सँभाल। इन्हें हथियाने की खातिर राजा-बादशाह युद्ध करते हैं। लूट-खसोट मचाते हैं। खून बहाते हैं! क्या तूने अब तक इनका नाम ही नहीं सुना?'

'सुना क्यों नहीं! दादी के मुँह से बार-बार सुना है। गजमोतियों, मणियों, माणिक-पन्नों व लालों का नाम लिए बिना तो कोई बात ही पूरी नहीं होती। सुनने में बड़ा मजा आता था। पर अनाज की एवज में इन्हें खाया तो नहीं जा सकता? देखने से तृष्णा भले ही जगे, पर इनसे भूख नहीं मिटती! जिस चीज के खाने से पेट नहीं भरता, प्यास नहीं बुझती, वह किस काम की? मेरे ठस दिमाग में तो मेहनत के अलावा दूसरी बात जमती ही नहीं, चाहे उसका फल मिले, न मिले। बाजरी बोने पर हीरे-मोती निपजें—यह फल नहीं, कुफल है! इनका मोल सुनकर अब तो मैं बाजरी भी नहीं लूँगा। इनकी सुरक्षा के योग्य ताकत आप ही की है। आप जानो और ये अमोलक नगीने जानें। और कुछ नहीं तो राज के खजाने में मेरी यह नाकुछ भेंट ही सही। समझूँगा कि आने-जाने की बेगार अकारथ नहीं गयी। हाथ-पाँव चलाये बिना मेरा शरीर टूटने लगता है। समझ नहीं पड़ता कि बड़े लोग अजगर की नाईं आराम कैसे करते हैं? कहा-सुनी माफ करना।'

राजा के हाथ अच्छा दाँव लग गया। उतावली दरसाते बोला, 'नहीं, इतनी

जल्दी माफी नहीं मिलेगी। जब से मैंने राज की बागडोर सँभाली, मैं ऐसे ही मानुस की तलाश में भटकता रहा। जब संयोग से वह मिल ही गया तो उसे छोड़ना नहीं चाहूँगा। अब इस भेंट की सुरक्षा का दायित्व भी तुम्हें झेलना होगा।'

राजा के मुँह से मसखरी की बात सुनकर उसके मन की सारी खीज मिट गयी। अबोध शिशु की नाईं खिलखिलाते बोला, 'इतना मूरख नहीं हूँ। हल चलाने के अलावा दूसरा काम तो मैं जानता ही नहीं और न जानना चाहता हूँ।'

'मगर राज चलाना तो हल चलाने की निस्बत ज्यादा आसान है। हाँ, उसके योग्य बन्दा लाखों-करोड़ों में एक मिलता है।'

'वह मैं नहीं, स्वयं तुम्हीं हो। हाथ लगे सिंहासन को जो व्यक्ति फटे चिथड़े की नाईं छोड़ सकता है, वही राज करने का एकमात्र अधिकारी है। आज पण्डित की बजाय मैं फिर से तुम्हारा राजतिलक करूँगा। और मैं हल चलाते-चलाते इस गुत्थी को सुलझाने की भरसक चेष्टा करूँगा कि कोई क्यों किसी पर राज करना चाहता है और कोई क्यों किसी राजा की दासता स्वीकार करना चाहता है? यदि इस जीवन में यह गुत्थी सुलझ गयी तो स्वयं चलकर तुम्हारे पास आऊँगा और खजाने की जिम्मेवारी सँभालूँगा।'

13 नवम्बर, 1997, शुक्रवार

## अदल-बदल

मानुस की देह तो विधाता ने गढ़ी। पर उसके मन की जाँच कब किसे पड़ी! वह पल में हाथी, पल में मक्खी। मन की चाशनी किसने चक्खी! पल में बादल, पल में मोर। पल में राजा, पल में चोर। पल में निरमल, पल में पापी। कौन जाने उसकी आपाधापी! पल में सूरज, पल में सागर। यह कैसा चंचल नटनागर! तो घटघट का वासी कुदरत की अमानत में किसी के साथ पक्षपात न रखे कि बरसों पुरानी बात है। दिन ढलने पर रात है। एक था पहुँचा हुआ सन्त। सीधा और पवित्र जिसका पन्थ। आँखें मूँद बेधड़क आये और जाये। बस्ती से माँग-मूँग गोचरी पाये। अखण्ड बाल ब्रह्मचारी। न हलका, न अधिक भारी। लम्बी इकहरी, कंचन काया। भाँति-भाँति के पेड़, पर एक सरीखी छाया। पहाड़ तले जिसका धाम, तृष्णा निपट निष्काम। विहंग-पखेरू एवं वनस्पति का ठाट। कुदरत की छवि जिसका राजपाट। बारिश में कल-कल झरना झरे। बेचारा इन्द्रलोक जीये कि मरे। पंछी टिवटिव गीत सुनाएँ, कोयल, मोर, पपीहे गाएँ। अपने भजन-भाव में मगन। जिससे लगी, उसी की लगन। जैसा वह सन्त, वैसा ही धाम। सारे इलाके में जिसका नाम-ही-नाम।

हरी-भरी बस्ती में एक सेठ का घरबार। अथाह माया और अमित व्यापार। ऊँची हवेली और ऊँचा ही वितान। घर-घर आशा और घर-घर सम्मान। लाखों की बरकत, लाखों की माया। लक्ष्मी का दुलारा, लक्ष्मी का जाया। दुःख जिसका बैरी, सुख जिसका संगाती। न किसी से अनबन, न कोई घाती।

सेठानी पूर्णतया स्वस्थ और सम्पुष्ट। बेहद सुन्दर और सलोनी। दो शादीशुदा

सपूत। गुणवती सुलच्छनी बहुएँ। हर काम में कुशल और रसोई में प्रवीण। घी-दूध की इफरात। बस्ती की कोई औरत या बच्चा छाछ के लिए आता तो बहुएँ किसी को मना नहीं करतीं। बीमार के लिए दूध की भी मनाही नहीं थी। और न गरीब प्रसवती औरत के लिए घी की। गृहस्थी का सुख हो तो ऐसा, वरना सब झंझट। फकत दुःख-विपदा की दाह और पेट की ज्वाला।

राम जाने या रावण, उस महात्मा के मन में ऐसी क्या जँची कि वह सेठ की हवेली छोड़कर सारी बस्ती से गोचरी लाता। पर भूलचूक से भी उस हवेली की ओर मुँह नहीं करता। वह सेठ से भली-भाँति परिचित था। हवेली की कारीगरी भी उसे पसन्द थी। हर घर में किसी-न-किसी बहाने हवेली की चर्चा सुनता रहता।

एक बार अचानक सेठ के मन में यह बात शूल की तरह चुभी कि महात्मा जाने क्यों उसकी हवेली गोचरी के लिए नहीं आते। आखिर वजह क्या है? सेठानी से पूछने पर उसने भी अनभिज्ञता जाहिर की। सेठ के अभिमान को तनिक ठेस लगी। क्या महात्मा की दृष्टि में उसकी अखूट सम्पत्ति, अथाह व्यापार और उसकी ख्याति का कोई महत्त्व ही नहीं है? न हो। पर गोचरी लेने में क्या दुविधा है? सन्त-साधुओं को तो समदृष्टि रखनी चाहिए। अभावग्रस्त व्यक्ति या वीतराग मुनि को माया के आनन्द की पहचान ही क्योंकर हो? मगर इतने बरस उसने भी तो महात्मा की परवाह कहाँ की? एक बार भी तो महात्मा के आसन नहीं गया। जब उसके मन में भक्ति-भाव नहीं है, तब महात्मा उसकी परवाह क्यों करें? उनकी नजर में भला माया की क्या अहमियत! वे तो भावना के भूखे हैं।

आखिर एक दिन दृढ़ निश्चय करके वह महात्मा के आसन गया। महात्मा अपनी नियमित साधना से निवृत्त हुए तब तक वह चुपचाप वहाँ बैठा रहा। पहले महात्मा ने मौन तोड़कर पूछा, 'सेठजी, आज आपको इधर आने की फुर्सत कैसे मिली?'

'फुरसत तो मैंने निकाली तभी मिली।' सेठ ने तनिक संकोच के साथ जवाब दिया, 'मुझे स्वयं अपनी गफलत पर पछतावा है। पर इतने पहुँचे हुए महात्मा होकर, आपने मेरे घर की उपेक्षा क्यों की? क्या बस्ती के दूसरे लोग गोचरी के लिए अरदास करने आये थे?'

'नहीं तो...।' उन्होंने सहज भाव से स्वीकार किया।

'फिर मुझ पर इतना कोप करने की वजह? क्या दूसरे लोगों की तुलना में मुझे आपने गोचरी के योग्य भी नहीं समझा?'

'बिना भावना की गोचरी मुझे हजम नहीं होती।'

सेठ हाथ जोड़कर बोला, 'पर अब तो मेहरबानी होनी चाहिए।'

'हाँ, अब तेरी हवेली अवश्य आऊँगा।' महात्मा ने मुसकराते हुए स्वीकृति प्रदान की।

दूसरे दिन महात्मा ने पहली बार उसके आँगन की देहरी लाँघी। सभी घरवालों ने हाथ जोड़कर विनीत भाव से अभ्यर्थना की। सेठानी ने अत्यधिक भक्ति-भाव से अरदास करते कहा कि वे उसके घर ही भोजन करने की मेहर करें।

लेकिन महात्मा ने घर पर खाने की मेहर नहीं की। पात्रों में गोचरी लेकर सीधा अपने आसन आया। उस भोजन की तो खुशबू ही निराली थी। फकत सूँघने से ही मन तृप्त हो जाय। खाने पर तो राम जाने कैसा आनन्द आएगा!

सचमुच उस भोजन का तो स्वाद ही दूसरा था। क्या मनुष्य के भोजन का ऐसा भी जायका होता है? जीवन में पहली बार उन्हें ऐसी परितृप्ति हुई। वे स्वाद के लिए तो भोजन करते ही कहाँ थे? फकत पेट की भूख-प्यास शान्त करना ही उनका प्रयोजन है। ऐसा भोजन मिले तो खाने की सुध-बुध ही नहीं रहती। यह केसर घुली खीर! झरझरते मालपूए! गहरे चुपड़े फुलके और ये जायकेदार सब्जियाँ! मन-ही-मन सबका स्वाद सराहते-सराहते उन्होंने सारा भोजन समाप्त कर दिया। हमेशा की तुलना में आज दुगुना भोजन किया।

दूसरे दिन उन्होंने अपने मन पर पूरा अंकुश रखा। अन्य घरों से गोचरी लेकर आसन आये। भोजन चखा तो निपट बेस्वाद। खाने की इच्छा तो थी, पर जीभ को तनिक भी रास नहीं आया। बीच ही में हाथ धोकर ध्यान में बैठ गये। मन उखड़ा-उखड़ा महसूस हुआ।

जाने क्यों आज उनकी नींद कुछ पहले उचट गयी? मानो टिमटिमाते तारागण इसका मायना बूझने को उत्सुक हों। अजाने ही उन्होंने उस ओर से आँखें चुरा लीं। सूर्योदय की ऐसी प्रतीक्षा तो उन्होंने कभी नहीं की! अदीठ अन्तस् में कुछ नया-सा उद्भव होने लगा, जिसका उन्हें दूर-दूर तक एहसास नहीं था। उद्भ्रान्ति के नये स्वरूप को वे अनदेखा करना चाहते थे। अपनी जीभ के ऐसे चटोरेपन की उन्हें आज पहली बार जानकारी हुई। अपने-आप ही से निःशब्द सवाल किया—क्या यह विचलन फकत जीभ तक ही सीमित है?...और नहीं तो क्या? पर साधु-सन्त के लिए तो जीभ का स्वाद भी वर्जित है!

वे ठठाकर जोर से हँसे। जिसकी प्रतिध्वनि सुनते ही वे तनिक चौंके। उस ऊहापोह की उपेक्षा करते हुए फिर उसी तरह हँसे। खामख्वाह किस आधारहीन उधेड़-बुन में फँस गये? बेचारी जीभ की क्या बिसात, जो बरसों की साधना को विचलित कर दे! मुँडे हुए सिर को तीन-चार बार सहलाया, मानो कोई तन्त्रविद्या आजमा रहे हों। बस, हवेली का रास्ता ही तो बदलना है। ज्यादा ही हुआ तो दूसरी बस्ती देखेंगे। क्यों, दूसरी बस्ती क्यों? अपने-आप से भाग कर कहाँ जाएँगे? मनोबल सुदृढ़ रहे तो क्या आशंका है?

इस बार गोचरी के लिए कुछ देरी से रवाना हुए। राह में बार-बार अपने-आपको समझाते रहे—उधर नहीं जाना है। नहीं जाना है। और वे वाकई उधर

नहीं गये। आसन लौटकर भोजन चखा। उतना बुरा नहीं था। हवेली के आकर्षण को भूल कर खाने में मशगूल हो गये। सारी बस्ती, आस-पास का इलाका इस हवेली के भोजन पर ही तो निर्भर नहीं है। सबकी अपनी-अपनी रसोई। अपना-अपना स्वाद। अपनी-अपनी तृप्ति!

बड़े मजे से भोजन किया उन्होंने। अगले दिन वे एक टेढ़े-मेढ़े रास्ते से रवाना हुए। पर दोगले पाँवों ने जाने किस जन्म का बदला लिया! वे अजाने ही उस हवेली की सीढ़ियाँ चढ़ने लगे तो उन्हें होश हुआ। सारे शरीर में एक ठण्डी-सी लहर दौड़ गयी। मुड़कर जाने लगे तो सेठानी का मीठा उलाहना सुनाई पड़ा, 'कल सारे दिन बाट जोहती रही। मुखारविन्द से हामी भरने के बाद भी भूल गये? सोचा कहीं बीमार तो नहीं पड़ गये। चलो, चिन्ता मिटी। पर आज पता चला कि आप जैसे पहुँचे हुए महात्मा भी कौल-वचन के पक्के नहीं होते।' फिर परिहास की मंशा से मुसकराते बोली, 'शायद डर लगा कि कहीं जहर तो नहीं मिला दूँ!'

'जहर मिला दो तो खुशी-खुशी खा लूँगा।' सेठानी के पाँवों पर नजर गड़ाते बोले, 'रोज-रोज तो ऐसा भोजन मिलने से रहा। फिर जीभ की बान बिगाड़ने में कैसी समझदारी!'

'समझदारी बरतने के लिए और भी बहुत-सारी बातें हैं। उनका ध्यान रखएिगा। अब छोड़िए इस विवाद को। कब से गोचरी तैयार किये बैठी हूँ। काफी अबेर हो गयी। यहीं बैठकर खा लीजिए। जब तक इस बस्ती में हैं, आपको हमेशा इसी हवेली से गोचरी लेनी पड़ेगी।'

महात्मा ने तनिक मुसकराते हुए चुटकी ली, 'यदि जीवन-पर्यन्त यह बस्ती नहीं छोड़ूँ तो...।' फिर गरदन उठाकर सेठानी की आँखों में झाँका। वाणी-विहीन एक निराली ही भाषा सेठानी की आँखों से व्यंजित हुई। कुछ देर रुककर मुँह से बोली, 'मेरा अहोभाग्य!'

सेठानी ने वहीं भोजन करने के लिए काफी मनुहार की पर महात्मा चाहने पर भी मुँह से मना करते रहे। पात्रों में गोचरी लेकर वे चौके से रवाना हुए तो सेठानी उन्हें दरवाजे तक छोड़ने आयी। एक सीढ़ी शेष रही तो जाने किस मंशा से उन्होंने मुड़कर पीछे देखा। सम्भवतया हवेली की बेजोड़ कारीगरी ही निरखना चाहते हों! दरवाजे के बीच खड़ी सेठानी भी नजर आ गयी। हवेली की अनुपम कला मानो समवेत स्वर में गुनगुना उठी हो—मेरा अहोभाग्य!

सेठानी ने किवाड़ बन्द किये तब भी वे स्तब्ध भाव से हवेली की जालियाँ और झरोखे निहारते रहे। सचमुच इनकी घड़ाई तो अद्‍भुत है! मनुष्य अपने निवास की खातिर कैसे-कैसे करतब रचता है! हवेली का मुख्य दरवाजा तो जैसे मुँह बोल रहा हो! भीतर बरसाली की शफ्फाफ दीवारें नदी के पानी की तरह लहरा उठी थीं। ऐसे निवास में सुख की क्या सीमा! अचानक दरवाजा खुलने की आवाज सुनाई पड़ी।

चौंककर उस ओर देखा। सेठानी दरवाजे के बीच हाथ में रोटी लिए खड़ी थी। मुड़कर अपनी राह लगे। सामने आती एक गाय दिखलाई दी, जिसकी आँखों में हलकी-सी खुशी छलक रही थी—निश्चित रूप से रोटी के लिए ही। इसे स्त्री के रूप-सौन्दर्य की क्या पहचान? शायद हो भी! कौन जाने? सहसा उनकी चाल काफी तेज हो गयी। मानो अपने-आप से दूर खिसकना चाहते हों।

आसन पहुँचते ही झटपट पात्र खोलकर महात्मा खाने बैठे। यों वे हर काम धैर्यपूर्वक थिरता से करते थे। पर आज उन्हें देर बर्दाश्त नहीं हो रही थी। वे जल्दी-जल्दी खाने लगे। काश! सारा खाना वे एक ही निवाले में खा सकते।... क्या सेठ के घरवाले हमेशा ऐसा ही भोजन करते हैं? तब इनके सौभाग्य का भला कौन मुकाबला कर सकता है?

पूस की कँपकँपाती सर्दी और ये गर्म-गर्म चपातियाँ। ताजे व्यंजन की सौरभ। लापसी कहे मैं अधिक स्वादिष्ट। बादाम का हलुवा कहे मैं अधिक स्वादिष्ट। गूँगा गुड़ के स्वाद को न बता सके तो न सही। पर वे पारंगत वक्ता होते हुए भी इस भोजन का स्वाद किसी को समझा नहीं सकते। धर्म, आध्यात्म और अगोचर ब्रह्म की मीमांसा करते वे कभी अटके नहीं। लेकिन भोजन के उस आनन्द को व्यक्त करना उनके वश की बात नहीं थी। ऐसी वाणी तो उन्होंने कभी सीखी ही नहीं। फिर भी मन-ही-मन इतना महसूस तो अवश्य हुआ कि अथक साधना और अखण्ड भक्ति का फल समय आने पर पकने तो लगा।

अगले दिन खाने के बाद भी कुछ देर रुकने की प्रबल इच्छा हुई तो वे अविलम्ब वहाँ से रवाना हो गये, मानो किसी अजाने अपराध की ओर प्रवृत्त होने की आशंका हो! आसन पर आते ही वे आँखें मूँद कर ध्यान करने लगे। लेकिन बेचैनी तनिक भी दूर नहीं हुई। भोजन के अलावा उस नयी उद्‌भावना का स्वरूप धीरे-धीरे स्पष्ट होने लगा। सुन्दर औरतों की संगति का ऐसा आनन्द तो समाधि में भी नहीं आता। बार-बार आँखें खोलकर मूँदते। आँखें खोलें तो वही नजारा। आँखें मूँदें तो वही नजारा। रसोई बनाती बहुएँ। परोसगारी करती सेठानी। कैसा सुन्दर शृंगार! दमकते आभूषण। उम्र में बेशी होते हुए भी सेठानी बहुओं से कम आकर्षक नहीं थी। कैसी सुमधुर वाणी! नहीं, नहीं...। वे जोर से आँखें बन्द करके पुनः ध्यान में लिप्त हो गये। सम्भवतया विधात्री अपने अधिकांश समय का सदुपयोग औरतों के सृजन में ही करती होगी!

फिर तो उनका ज्यादातर समय उस हवेली में ही बीतने लगा। सेठानी काफी देर तक महात्मा की संगत करती। नसीहत की बातें सुनती तो लगता कि मन और वाणी में उनके तालमेल नहीं है। उसके अपने मन की भी वही रंगत थी। महात्मा के अदीठ होने पर वह अधिक असंयमित हो जाती। भक्तिभाव के बदले उसकी आँखों के सामने उनकी बलिष्ठ कदकाठी झब-झब चमकती रहती। साँचे में ढली

अछूती आकर्षक देह! उनके मुखमण्डल की आभा उसके अन्तस् में सुलग उठती। कितनी लम्बी भुजाएँ! दो-दो औरतों को एक साथ भुजपाश में बाँधें तब भी कुछ शेष रह जाएँ! गुलाल में घुटे हुए पतले अधर! उनकी तुलना में गृह-स्वामी का थुलथुल विवर्ण हुलिया!

अपने हाथों और अपने मन से वह नित्य नये पकवान बनाकर उन्हें खिलाती। कुछ ही दिनों में उनका कलेवर दमकने लगा।

पहले तो सेठानी के आग्रह करने पर सेठ महात्मा को आमन्त्रित करने जाता। पर कुछ दिन बाद ही उसका उछाह उस प्राकृतिक परिवेश से जुड़ने लगा। तत्पश्चात् सेठानी के मना करने पर भी वह अपनी उमंग में वहाँ जाने लगा। हाट और हवेली की बजाय उसे वहाँ ज्यादा शान्ति मिलती। न गृहस्थ का प्रपंच और न वैसी आपाधापी। कुदरत की छवि भी अमूल्य हीरे-मोतियों से कम लुभावनी नहीं होती। खनकते झरने। रंग-सुरंगी बेलें। कैसी तो मधुर टिवटिव और कैसी तो मीठी पिवपिव। आठों पहर सुनते ही रहो।

सेठ दोनों वक्त नदी में तैरने जाता। पहाड़ की तलहटी पर कण्ठहार की नाईं नदी कितनी खूबसूरत लग रही थी! यह महात्मा कितना भाग्यशाली है कि प्राकृतिक छटा से मनवांछित आनन्द उठाता है! हाट-बाजार का काम कितना गलीज! सच-झूठ का न तो कोई पार और न कोई अन्त। गुड़-खाँड पर जिस तरह मक्खियाँ भिनभिनाती हैं, उसी तरह मनुष्य घर-परिवार के इर्द-गिर्द मँडराता है। गृहस्थी के पालन-पोषण हेतु वह कितना छल-कपट करता है! इन महात्माओं के लिए न तो कमाई का प्रलोभन और न घाटे-नफे का झंझट। न हारी-बीमारी की चिन्ता। और न लड़कियों के पीले हाथ करने की अकुलाहट। न अकाल की घुटन और न पाले की जलन और न घातक हवाओं का प्रकोप। न झगड़े-फसाद का आतंक और न जात बिरादरी का भय। ये तो फकत अपने हाल में अलमस्त और अपनी नींद में मगन।

सेठ उमंगों की अदीठ डोर से बँधा हुआ, प्रतिदिन नियमित समय पर आश्रम में आता और महात्मा का उद्विग्न मन हवेली की खातिर छटपटाता। सेठानी को निहारे बिना उनकी बेचैनी मिटती नहीं थी।

आखिर एक दिन हिम्मत करके सेठानी ने मेड़ी का दरवाजा क्या बन्द किया मानो उनके लिए स्वर्ग के कपाट खुल गये हों। तपस्या का ऐसा पुण्य तो नहीं सोचा था! उनकी नसनस थिरक उठी और उनका रोमरोम पुलकित! सेठानी की बाँहों में तीन लोक का सुख और उन्माद समा गया। उसके अधरों के अमृतपान की ललक में हतभागे देवता भी तरसते होंगे।

ठीक उसी वेला सेठ झरने में चिकने कंकर उछालकर खुश हो रहा था। कंकर पड़ते ही पानी कैसा उछलता! फिर वह फिसलता-फिसलता पानी के साथ बहने लगता। मोती की नाईं चमकता!

सेठानी की प्रखर बुद्धि और बुलन्द हौसले से बात बिगड़ते-बिगड़ते सुधर गयी। उसने आहें भरते कहा, 'यों कब तक आँख-मिचौनी खेलते रहेंगे? सेठजी को पता चल गया तो हमारे मुँह पर कालिख पुत जाएगी। सर्वत्र बदनामी फ़ैल जाएगी। अब तक मेरी होशियारी की वजह से उन्हें सन्देह नहीं हुआ। दूसरा उपाय कीजिए। फिर आपकी तान्त्रिक विद्या किस दिन के लिए है?'

महात्मा तो जैसे इसी प्रस्ताव की प्रतीक्षा कर रहे हों। उन्होंने सविस्तार अपनी युक्ति बता दी। सुनते ही सेठानी के अन्तस् में दुबका माया-मृग हर्ष की छलाँगें भरने लगा। यह उपाय कारगर हो गया तो दोनों की मनचीती कामना पूर्ण होगी। जीवन सार्थक होगा।

दूसरे ही दिन सेठ नदी में किलोलें करता हुआ दूर-दूर तक निकल गया तो महात्मा ने चुपके से सारे वस्त्र चुरा लिए और अपना बाना वहाँ धर दिया। फिर हूबहू उसका रूप धर कर हवेली की ओर रवाना हुआ। जैसे बादलों के साथ हंस की पाँखों पर उड़ा जा रहा हो। दरवाजे के बीच खड़ी सेठानी पलक-पाँवड़े बिछाए खुशी में झूम-झूम रही थी। मुसकान के साथ मुसकान का आदान-प्रदान। दृष्टि के साथ दृष्टि का महा-मिलन। फिर कैसी आशंका? किस बात का डर। वे तो सूरज की किरणों का लिहाज रखे बिना ही खुली मेड़ी की सुहाग-शैया पर अनंग-समाधि में लीन हो गये।

भरी दुपहरिया सेठ ने हवेली का दरवाजा खटखटाया। काफी देर तक सुनवाई नहीं हुई तो उसने जोर-जोर से बेटों को हाँक लगाई। सारे घरवाले बड़बड़ाते नीचे आये और दरवाजा खोला। सबसे पहले सेठानी ने अनजान बनकर पूछा, 'तुम कौन हो? किस काम से आये? किसे पूछ रहे हो?'

अर्द्धांगिनी के मुँह से ये सवाल सुनते ही सेठ का तो जैसे लहू ही निचुड़ गया हो। नीम-पागल की नाईं उसके मुँह की ओर टुकुर-टुकुर देखने लगा। हूबहू उस जैसा ही बन्दा पत्नी के पास खड़ा था। न होठों पर कोई विस्मय था और न अजनबीपन। उसके सिर पर वही चिर-परिचित पगड़ी और वे ही कपड़े। सेठ शशोपंज में उलझ गया। फिर सेठानी की ओर देखकर धीमे से पूछा, 'इतने बरस साथ रहने पर भी तू मुझे पहचान नहीं सकी। मैं इस हवेली का मालिक हूँ। आज किसी से पूछ कर, मुझे भीतर आना पड़ेगा?'

तब उसके पास खड़े बन्दे ने कहा, 'इस हवेली का मालिक तो मैं हूँ। मुझसे पूछकर ही कोई अन्दर आ सकता है।'

असली सेठ ने घरवाली की बाँह पकड़कर हकलाते पूछा, 'साफ-साफ बता तुझे क्या कहना है?'

सेठानी ने झटककर बाँह छुड़ाई। दृढ़ स्वर में बोली, 'लुगाई की बात पति से अलग थोड़े ही होती है।'

'पर तेरा पति तो मैं हूँ।'

इस बार सेठानी तनिक आगे बढ़कर तैश में बोली, 'नागडसे! किसी सतवन्ती औरत का पति बनते हुए तुझे शर्म नहीं आती! चुपचाप खिसक जा, वरना बेभाव के जूते पड़ेंगे।'

बेटे और बहुएँ चकित और स्तब्ध। ऐसा तमाशा न तो पहले देखा और न सुना!

बाप ने विवश होकर बेटों के सामने भिखारी की नाईं पूछा, 'तुम्हीं बताओ हम दोनों में तुम्हारा बाप कौन है?'

बेटों ने हाथ झटकते कहा, 'माँ जिसे अपना पति माने, वही हमारा बाप है।'

तब उस अर्द्ध-विक्षिप्त सेठ ने बहुओं के पास जाकर दयनीय वाणी में पूछा, 'सच बताओ, तुम्हारा असली श्वसुर कौन है?'

उन्होंने निःशंक जवाब दिया, 'हमारे पति जिसे बाप मानें, वही हमारा ससुर है।'

उस पुख्ता समाधान के बाद सेठ फिर किससे और क्या सवाल पूछता? यह कैसी असंगत रामायण घटित हुई। जिसकी कभी किसी को भी भनक नहीं पड़ेगी। कोई नया वाल्मीकि अवतरित हो तो वह इस नयी रामायण को रचे। अब तो सर्वथा मौन रहने से ही मर्यादा बचेगी। महात्मा का बाना तो पहना हुआ ही था। पहाड़ की तलहटी के गाछ-बिरछ उसे पुकार रहे हैं। झरने की कल-कल ध्वनि उसका आह्वान कर रही है। सूने आश्रम को आबाद करने के लिए वहाँ जाना ही पड़ेगा। दूसरा कोई विकल्प नहीं है।

15 नवम्बर, 1997, शनिवार

## मोह-भंग

मनुष्य की आवश्यकताएँ पूरी होने पर जब से उसके पास पूँजी जुड़ने लगी, उसके बाद की बात है—बरसों-बरस पुरानी, फिर भी दूज के चाँद की तरह नयी। एक था बनिया। एक बार शारीरिक जरूरतों की मनवांछित तुष्टि के उपरान्त जब उसकी अण्टी में मामूली बचत हुई तो उसे सँभालते-सँभालते उसका मन डाँवाडोल होने लगा। जिसके परिणामस्वरूप काया की सुख-सुविधाएँ बिसराकर वह माया बढ़ाने की अमिट लालसा में लिप्त हो गया। स्पन्दित क्षण की आसन्न माँग को भूलकर वह भविष्य की चिन्ता में उलझ गया, सो दिन-ब-दिन उलझता ही गया। तत्पश्चात् क्षण दूनी और पल चौगुनी माया बढ़ाने की आकांक्षा ही उसका सम्पूर्ण सुख बन गयी। दैहिक जरूरतों की पूर्ति के लिए भी उसका जी संकुचित होने लगा। यह नश्वर काया कष्ट उठाने पर भी अन्ततः नष्ट होती है और मनचीता विलास करने पर भी क्षय होती है। तब माया बढ़ाने के अलावा मन और काया का दूसरा आदेश मानने में सार ही क्या है! केवल पूँजी और माया ही सुख-शान्ति का सर्वोच्च धाम। एक मात्र आश्रय। आगे अदृष्ट में कुछ भी कष्ट न हो, इसीलिए ही तरोताजा क्षण में कंजूसी का महातम है। फलस्वरूप कंजूसी के चमत्कार से उसकी पूँजी प्रतिदिन बढ़ती गयी। निन्नानवे, सौ। हजार। लाख। दस लाख। करोड़...!

जिस माया की गिनती हो, वह अन्ततः समाप्त होती है। एक पीढ़ी में समाप्त हो। दो पीढ़ी में या सात पीढ़ी में। इसलिए अखूट पूँजी की लालसा ही उसकी प्रवृत्ति बन गयी। जब बरसते-बरसते बादलों का पानी भी समाप्त हो जाता है, तब मनुष्य

के द्वारा अर्जित पूँजी की बिसात ही क्या! सूरज का अनन्त उजाला भी जब एक दिन में सिमट जाता है, तब माया को विनष्ट होने में क्या बरस लगेंगे? माया तो हवा और समन्दर की नाईं अखूट होनी चाहिए। गले की प्यास बुझाने के लिए एक लोटा, दो लोटे या तीन लोटे पानी ही पर्याप्त है, पर तृष्णा की प्यास बुझाने योग्य पानी तो बादलों में भी कहाँ है!

बेशुमार माया होते हुए भी वह सेठ पूरी रोटी भी नहीं खाता था। पहनते-पहनते बसन घिसकर स्वतः विलुप्त नहीं होते, तब तक उन्हें बदलता ही नहीं था। साफे के पैबन्द, कपड़ों के पैबन्द और जूतियों के पैबन्द। वश चलते ज्यादातर नंगे पाँव और नंगे बदन ही रहता। पूर्णतया निर्वस्त्र होने पर अलबत्ता थोड़ी-बहुत शर्म आती।

जाग्रत अवस्था में माया बढ़ाने की खातिर हर घड़ी व्यापार-ही-व्यापार और निद्रावस्था में हर घड़ी सपने-ही-सपने। आल-जंजाल ही आल-जंजाल! लक्ष्मी की मेहर और भाग्य प्रबल हो तब माया जुड़ने में क्या देर लगती है! सो देखते-देखते उसके पास माया के विपुल भण्डार भर गये।

वह असन्तुष्ट मायापति जब्बर विवेकी था। बिना खर्च किये ही जाने क्योंकर उसे यह इल्म हो गया कि धन जोड़ने की बजाय, खर्च करने में बहुत कम समय लगता है। जोड़ने का सम्पट न बने तो दौलत बढ़ाना किसी के वश की बात नहीं है। पर बरसों की अर्जित माया को एक घड़ी में उड़ाना चाहो तो कोई झंझट नहीं। हरदम माया की टेर और माया की माला! काया का क्या—है और है भी नहीं!

एक बार संयोग की बात ऐसी बनी कि उस गाँव में एक पहुँचे हुए महात्मा का पदार्पण हुआ। रियासत-रजवाड़ों के राजा-महाराजा, राव-उमराव सभी उसके चरणों में दण्डवत करते थे। उसके मुखारविन्द से जो भी वचन बरसे, वह फलीभूत। वह तो जैसे ईश्वर का ही अवतार हो। अन्धों को आँखें, बहरों को कान, अपाहिज को पाँव, बाँझ को आशा, निपूते को सन्तान और बदनसीब को भाग्य—इस कदर सौंपता जैसे सारे वरदान उसकी मुट्ठी में ही हों।

शुभागमन के पहले ही गाँव में उसके दर्शनों की खातिर मेला उमड़ पड़ा। कि अकस्मात् महात्मा इस तरह अचीते प्रकट हुए मानो आसमान से उतरे हों। हवा जिसका वाहन, सूरज जिसका सारथी। फिर क्या अधकोस, क्या हजार कोस! दृष्टि की गति के सामन हाजिर और दृष्टि की गति के समान ओझल। जय-जयकारों की गूँज से वायुमण्डल दरकने-सा लगा।

अब उस मायापति की मनोकामना पूरी होने में कैसी खामी! बरसों से किसी ऐसे ही सन्त की प्रतीक्षा थी। सबसे पहले उनके चरणों में धोक देकर बनिया हाथ जोड़े सम्मुख खड़ा हुआ तो उनके अधरों पर पवित्र मुसकान थिरक उठी। तत्पश्चात् आसीस देते हुए बोले, 'जा, तुझे सारी उम्र रोटी-कपड़ों की कमी नहीं रहेगी।'

बनिये ने विगलित स्वर में अरदास की, 'मुझे रोटी-कपड़ों की कोई चाहना नहीं है।'

मरियल बनिये का हुलिया और चिन्दी-चिन्दी कपड़ों का हवाला देखा तो महात्मा ने सहज भाव से कहा, 'फिर तू यहाँ किसलिए हाजिर हुआ है। माया तो तेरे पास बेशुमार पड़ी है!'

'बेशुमार? कहाँ बेशुमार? अभी तो बहुत कमी है।' उसने सविस्मय, याचक का अनुकरण करते कहा, 'आकाश के तारों की नाईं अखूट माया की खातिर हाजिर हुआ हूँ। जब से समझ आयी है, आपकी प्रतीक्षा में घुला जा रहा हूँ। अखूट माया के अभाव में मानव जीवन की सार्थकता ही क्या है?'

सूरज के उजाले में तनिक आभा घोलते हुए सन्त कहने लगे, 'मानव-जीवन की सार्थकता का मर्म बहुत झीना और अगाध है। आज लाख समझाने पर भी तू समझेगा नहीं, इसलिए समझाना बेकार है। बीज पत्थर में नहीं, धरती में उगता है। यदि तेरी यही हार्दिक कामना है तो तुझे अखूट माया का वरदान भी दूँगा। किसी की चाह अधूरी रखना मैं उचित नहीं समझता। पर इस वरदान से पहले तुझे एक छोटा-सा काम करना पड़ेगा।'

'फ़रमाइये!' बनिये ने अत्यधिक उतावली प्रकट करते कहा, 'इस वरदान की खातिर तो मैं मरने को तैयार हूँ।'

अपनी अमूर्त-मुसकान को समेटते हुए सन्त कहने लगे, 'मनुष्य का अहोभाग्य कि मरने के पश्चात् उसके मन में एक भी लालसा शेष नहीं रहती।'

'इसमें अहोभाग्य जैसी क्या बात?' बनिया प्रतिवाद करते बोला, 'लालसा-रहित मनुष्य तो जीते हुए भी मरे समान है। खैर, जाने दीजिए, गृहस्थ धर्म की ये गूढ़ बातें सन्त-साधुओं के लिए दुर्बोध हैं। बातचीत में समय बेकार नष्ट हो रहा है। आप मुझे क्या आदेश फरमा रहे थे? व्यापार में ढील-ढाल नहीं चलती। पल-पल का नफा-नुकसान है। मुझे इतनी फुरसत कहाँ?'

'किन्तु मौत को तो फुरसत ही फुरसत है।' महात्मा सुगम्भीर वाणी में कहने लगे, 'उससे पहले मेरे आदेश मुजब तू यह काम सलटा दे। पूर्व दिशा के फलसे पर दो विधवा, सास-बहू का घोंसला है। चौंक मत। मैंने कुछ सोच-विचार कर ही घर-गवाड़ी की ठौर घोंसला कहना ही संगत समझा। गाँव में केवल वे दोनों ही मेरे लिए उत्सुक नहीं हुईं। तुम्हारे बाद मैं स्वयं उनके दर्शन करने जाऊँगा। तू एक जून का भरपूर पेटिया उन्हें सौंप कर मेरे पास जल्दी लौट आ। तब निश्चित रूप से अखूट माया का वरदान हाथोंहाथ तुझे दूँगा।'

बनिये के अन्तस् में एक साथ हजार कमल खिल उठे। मुँह के आजू-बाजू मुसकान छिटकाते कहने लगा, 'इसी आशा के भरोसे मैंने इतने कष्ट सहे।'

'तेरे तमाम कष्टों का आज ही निवारण होगा।'

तब बनिया उतावली दरसाते बोला, 'तो अब मुझे तुरत-फुरत पेटिया बख्शाएँ। एक क्षण की देर भी मेरे लिए बरस से बड़ी है।'

'चिन्ता मत कर। अखूट माया का वरदान फलते ही एक बरस की अवधि पल से भी छोटी हो जाएगी।' फिर परिहास के भाव से तनिक मुसकराते कहा, 'यह पेटिया तो तुझे अपने घर से ही ले जाना पड़ेगा।'

यह आदेश सुनते ही बनिये का मुँह उतर गया। दुःख और अचरज के लहजे में पूछा, 'अपने घर से? यह तो शुरुआत में ही खर्च की बात हो गयी! खर्च करना मेरे लिए मौत से भी अधिक कष्टप्रद है।'

'अखूट माया की खातिर इतना कष्ट तो तुझे झेलना ही पड़ेगा। मुझसे मामूली बात की अपेक्षा करेगा तो घाटे में रहेगा। अब ज्यादा सोच-विचार मत कर। तेरा यह खर्च बेकार नहीं जाएगा। क्या तुझे मेरे वचनों पर विश्वास नहीं?'

'विश्वास तो है...लेकिन...।'

'लेकिन क्या? साफ-साफ क्यों नहीं कहता...?'

समय पर संकोच करना बनिये को नहीं पोसाता। इसी आशय से जस-तस कहने लगा, 'चार-पाँच मोतबरों की साख डलवाकर पहले लिखत करवा लें तो बाद में किसी तरह का कोई झमेला न हो।'

न चाहने पर भी सन्त के अधरों पर हँसी दीप्त हो उठी। फिर भी उसे आश्वस्त करने के शुभ आशय से कहा, 'बावरे, कैसी भोली बातें कर रहा है! मेरा मौन ही लिखत से बढ़कर है। मन में किसी तरह की आशंका मत ला। अखूट माया का वरदान फलने पर ही मैं आगे प्रस्थान करूँगा। सच मान, तेरी कामना पूरी करने के उद्देश्य से ही मैं यहाँ आया हूँ। तेरी नासमझी के कारण मुझे यह खुलासा करना पड़ा। तेरा कष्ट-निवारण करने पर ही मुझे शान्ति मिलेगी।'

फिर भी बनिया पूर्णतया आश्वस्त नहीं हुआ। पीढ़ियों के संस्कारित स्वभाव को बदलने में अपेक्षित आत्म-बोध ही कारगर साबित होता है। कोरे-मोरे उपदेशों या सिद्धान्तों से ठेठ गहराई तक असर नहीं होता। अखूट माया के वरदान की खातिर आगे विवाद न करके ऊपरी मन से ही सही, अपने घर की ओर रवाना हो गया।

घर में फकत बीस बरस की कुँआरी बहन थी। ब्याह के खर्च की खातिर आज-कल आज-कल करते बरस बीतते गये। वह मुँह से बोलकर क्या कहती! मन-ही-मन समझ गयी कि भैया के लिए धन ही सबसे बड़ा रिश्ता है। उससे कुछ भी उम्मीद रखना व्यर्थ है। पत्थर पिघल सकता है, पर उसका दिल नहीं पसीज सकता। शायद पूरे शरीर में दिल नाम की कोई बला है ही नहीं। आज उसे बेवक्त दरवाजे में घुसते देखा तो एकबारगी विश्वास नहीं हुआ। कहीं विभ्रम या सपना तो नहीं है? पेढ़ी पर जाने के बाद वह पहली बार सूरज के उजाले में घर आया। भाई उससे फकत तीन बरस ही बड़ा था। लेकिन देखने पर कुछ भी पता नहीं चलता

कि वह सोलह बरस का है या साठ कि सौ बरस का। उसका मरियल हुलिया ही कुछ ऐसा था कि उम्र का अनुमान लगा सकना मुश्किल था। टीले या टेकरी की उम्र का पता चले तो उसकी उम्र का पता चलता। कभी-कभार भ्रम होता कि उसका जन्म भी हुआ था कि नहीं। या बदरंग पीली घिसी-पिटी पगड़ी बाँधे ही वह चुपके से इसी रूप में अमावस्या की रात आँगन में टपक पड़ा या बबूल की नाईं जमीन से ही उगा हो। बहन की बात तो दरकिनार उसने अपने ब्याह की बात भी कभी नहीं सोची। ब्याह-सगाई में खर्च के कितने बहाने हैं। फिर ब्याह के बाद प्रसव का खर्च, सन्तान के पालन-पोषण का खर्च। बड़े होने पर उनके ब्याह का खर्च। यह सिलसिला कभी टूटता ही नहीं। क्या पता कोई कपूत कमाने की बजाय सारी पूँजी ही न उड़ा दे! दुनिया के सारे सुख-आनन्द माया की सुरक्षा में ही निहित हैं।

बहन के हाथ से आटा, दाल, घी और मसाले कहीं ज्यादा न पड़ जाएँ, इसलिए काँसी की थाली में काफी सोच-विचार कर उसने सामग्री रखी। मर्दों की निस्बत औरतों की खुराक यों भी कम होती है। फिर विधवा जीवन की चिन्ता के मारे भूख कुछ तो मरी होगी। माँ की कोख में ही भ्रूण के साथ स्वार्थ का रेशा घुला रहता है। कहीं महात्मा से शिकायत कर दी तो अखूट माया के वरदान में कोर-कसर न रह जाय। इस कारण एक जून के 'सीधे' में उसे तिगुना वक्त लगा।

ठोकर लगने या लड़खड़ाने से थाली उलट न जाय, इसलिए उसने दोनों हाथों से अच्छी तरह पकड़ रखी थी। बहन ने आश्चर्य से पूछा, 'घर का 'सीधा' तक बेचने की नौबत आ गयी क्या?'

भैया का माथा ठनका। झिड़कते बोला, 'किसी भी शुभ कार्य में टोके बिना शायद तुझे रोटी नहीं पचती। विधवा सास-बहू को एक जून का 'सीधा' देने पर जब अखूट माया का वरदान फलेगा, तब बिना बताये सब समझ जाएगी। ईश्वर के समान अवतारी सन्त के वचन कभी झूठे नहीं होते।'

बहन ने उलाहना देते कहा, 'मुझे भी साथ ले चलते तो उसमें बेशी खर्च तो नहीं होता।' पर भैया के पास उन व्यर्थ बातों का जवाब देने लायक न तो वैसी जबान थी और न इतनी वेला ही। 'सीधे' में नजर गड़ाए वह तो अपने अचूक लक्ष्य की ओर आगे बढ़ रहा था। राह में उसने तो किसी को नहीं देखा, पर उसे जिसने भी देखा, उसकी जीभ दाँतों तले दब गयी। कहीं उसके अनहोने कार्य की खुशी में सूरज पूरब की बजाय पश्चिम या उत्तर-दक्षिण में न उगने लग जाय!

विधवा सास-बहू में माँ-बेटी से बढ़कर ममता और श्रद्धा थी। सास चालीसवाँ बरस छूने जा रही थी और बहू बीसवें बरस की चढ़ाई पार करनेवाली थी। दुर्योग की कोप दृष्टि कि तीन महीने के अन्तराल से दोनों के पति दिवंगत हो गये। सास की कोख तो एक बार उघड़ी थी, मगर बहू की कोख उघड़ने से पहले ही पति कूच कर गया। भाग्य की बात! रोने से कोई वापस नहीं लौटता, पर वे कई दिनों तक आँसू बरसाती रहीं।

चार सघन नीमों के बीच दोनों की एक ही झोंपड़ी थी। लीपे हुए आँगन में सर्वत्र सुरंगे माँडने अंकित थे। बाजरी के नये 'खारिये' से छायी छान जैसे अभी मुँह से बोली, अभी मुँह से बोली। कहीं चाँद-सूरज की किरणों ने तो यह करिश्मा नहीं रचा? माया के नाम पर एक चरखा और एक गाय। सास चरखा घुमाये तब बहू गाय की बन्दगी में मशगूल रहती। और सास गाय की हाजरी बजाये तब बहू चरखा घुमाती। आलस्य और डाह का नाम भी नहीं जानती थीं।

हवा, धूप और बरखा-पानी तो ईश्वर या कुदरत की वसीयत, अन्यथा वे किसी घर से आग भी माँगने नहीं गयीं। अवसर मिलने पर हर किसी के लिए उद्यत रहतीं, पर अपने लिए किसी से भी पानी का लोटा तक भरने की खातिर नहीं कहा। न उन्हें राम से कोई शिकायत थी और न रहीम से कोई शिकवा! अपनी नींद सोतीं और अपनी नींद उठतीं। न जागते हुए लालसाओं का ताना-बाना और न सोते समय कामनाओं का आल-जंजाल! चरखे के साथ-साथ दिन घूमते रहते। धारोष्ण दूध की नाईं धवल दिन और गाय के घी की नाईं चाँदनी रातें। सन्तोष का सुख-वैभव उन्हें हरदम बयार करता रहता।

काँसी की थाली में एक जून का सीधा लेकर जब सेठ उनकी छान के पास पहुँचा तो 'पन्नी' का किवाड़ खुला हुआ। आवाज देने की भी जरूरत नहीं पड़ी। बनिया निःसंकोच गुमानी चाल से भीतर पहुँचा, तब सास दीवारों पर माँडने चित्रित कर रही थी और बहू चरखा दनदना रही थी। चरखे की लय के साथ-साथ 'वीरा' के गीत की कड़ियाँ गुनगुना रही थी।

सेठजी पर नजर पड़ते ही सास ने 'माँडने' का काम जहाँ था, वहीं बन्द कर दिया। शहद-घुली वाणी में बहू को आवाज दी, 'बिटिया, सेठजी पधारे हैं। बैठने के लिए नया आसन तो ला।'

सास के कहते ही बहू उठ गयी। सेठ मन-ही-मन सोचने लगा कि 'सीधे' का प्रलोभन ऐसा ही होता है! खाली हाथ आता तो सीधे मुँह बात नहीं करती। भला, स्वार्थ से कौन बचा है? चाहे सधवा हो, चाहे विधवा। पुजारी हो, चाहे कसाई। कोई लाखों साधुओं में इन महात्मा जैसा अपरिग्रही मुश्किल से एक मिलता है। विधवा सास-बहू को राजी रखने पर सन्त भी पूरे खुश होंगे। इसलिए चौकी पर थाली धर कर वह आसन पर बैठ गया। अब समय लगे तो लगे। अखूट माया का वरदान चुटकियों में तो मिलने से रहा! उतावली करने पर कोई अनिष्ट न हो जाय! आँखों के द्वारा भी जल्दबाजी प्रकट न हो, इसलिए उसने न सास की ओर देखा, न बहू की ओर। तब सास हाथ जोड़कर बोली, 'आज इधर रास्ता भूलने की वेला क्योंकर मिली? मुझसे कुछ काम हो तो निःशंक फरमाइये! इतना कष्ट करने की क्या जरूरत थी, किसी के भी साथ बुलावा भेज देते।'

गरज बिना कौन किसे हाथ जोड़ता है? पर कितनी ही खुशामद करो, एक

जून के 'सीधे' से बेशी चिमटी भर आटा भी उसके पास नहीं है। महात्माजी की हिदायत का मान रखने के लिए किसी का उपकार करने की पहल की है। मन में कुछ ऐसी ही बात सोचते हुए बनिया मुँह से आश्चर्य प्रकट करते बोला, 'भला, आपसे मुझे क्या काम हो सकता है? अपने घर से एक जून का 'सीधा' लाया हूँ, खुशी-खुशी कबूल करें।'

सास के स्वर में तनिक भी बड़प्पन या दिखावा नहीं था। विनम्रतापूर्वक बोली, 'लगता है, किसी दूसरे घर के भरोसे आप इधर पधार गये हैं। शाम को ब्यालू के निमित्त हमारे पास एक जून का भरपूर सामान है। फिर रात के काले परदों के पार किसने झाँक कर देखा? जिन्दा रहे तो सूरज भगवान असंख्य प्राणियों के साथ हमारी भी सुधि लेंगे।'

सास की बात सुनते ही बनिये की नस-नस में बिजली-सी दौड़ गयी। अन्तस् में यह कैसा बवण्डर मचा? भीतर के इस अन्धड़ की तुलना में बाहर की आँधी कुछ भी नहीं! 'सीधा' कबूल न करने पर अखूट माया का वरदान तो धरा ही रह जाएगा। जबरदस्ती हँसने की चेष्टा करते बोला, 'सूरज भगवान का क्या भरोसा कि आपकी सुधि ले, न ले। मैं अत्यधिक चाव से 'सीधा' लेकर आया हूँ। एक जून के साथ-साथ दो जून का जुगाड़ ही सही।'

इस बार सास का स्वर तनिक गम्भीर हो गया। सुदृढ़ स्वर में कहने लगी, 'एक चरखा, एक गाय और सूरज की किरणों के अलावा मैं किसी से कुछ भी आशा नहीं रखती। दो जून के सराजाम की चिन्ता करना, मेरे घोंसले में निषिद्ध है! और मनुष्य बेचारे के सहयोग से दिन तोड़ने की बजाय तो मरना बेहतर है।'

सास के वे बोल—हवा, धूप और नीम के पत्तों की मर्मर लय से भी प्रतिध्वनित होने लगे! सास की चुप्पी के बाद भी मानो उसकी वाणी समाप्त नहीं हुई। नीमों की हरियाली में दुबके पंछियों की टिवटिव में प्रकट हो रहे थे। वह चौकन्ना होकर इधर-उधर देखने लगा। आँखों की तासीर कुछ बदलती-सी महसूस हुई। धीरे-धीरे उसकी आँखों के सामने एक नया ही सत्य दमकने लगा। सूरज से भी अधिक प्रखर और तेजवान। अग्नि से भी अधिक उत्तप्त कि सन्तोष के बिना लालसा की कहीं कोई सीमा नहीं है। जरूरतों की पूर्ति के पश्चात् बची हुई माया के काठ-कबाड़ की अपेक्षा तो घूरे का कचरा अधिक उपयोगी है।

अखूट माया का वरदान तो सास-बहू के चरणों में बिछा हुआ है! इतने बरस अकारथ ही इस अंकिचन माया के पीछे भटकता रहा। अब गुजरे वक्त की सम्पूर्ति क्योंकर हो? सास-बहू की सुख-शान्ति के आगे बेचारी माया का थोथा गुमान हजार मर्त्तबा पानी भरता है। ठेठ पाँवों तक फिसला हुआ मायापति का मस्तक वापस ऊँचा-ही-ऊँचा चढ़ गया।

महात्मा का वरदान इस रूप में फलेगा, उसे लाख-लाख सपनों में भी ऐसी

आशा नहीं थी। पहलेवाले कारोबारी बनिये में और आत्मबोध के उदात्त साँचे में ढले इस अद्वैत तथागत में कुछ भी समानता नहीं थी। आमूल-चूल परिवर्तन! माँ की कोख से तो धड़कती लोथ का जन्म हुआ था। और आज सास-बहू की कोख से तेईस वर्ष के युवक का नया जन्म हुआ?। यही तो वास्तविक और सार्थक जन्म है!

आते समय तो बनिये को नीमों की सघन हरियाली और आँगन-दीवारों पर अंकित रंग-सुरंगी अल्पनाएँ नजर ही कहाँ आयी थीं। पर वापस लौटते हुए परिव्राजक की आँखों में नयी ज्योति के फलस्वरूप सारी रंगत ही बदल गयी। समूचे ब्रह्माण्ड में हरियाली-ही-हरियाली व्याप्त हो गयी। आँगन में चित्रित बहुरंगी अल्पनाएँ विस्तृत गगन में सर्वत्र झिलमिलाने लगीं। यदि अनगिनत भण्डारों में संचित माया के सौदे में एक नन्ही-सी कोंपल, मंजरी की एक पाँख और माँडनों की एक भी लकीर उसके हाथ लग जाती तो सड़ी-गली जिन्दगी में थोड़ी-बहुत सौरभ महक उठती?

13 नवम्बर, 1997, गुरुवार

# सिकन्दर और कौआ

सिकन्दर महान्! सिकन्दर महान् भी जब आम आदमी की तरह बुखार से उत्पीड़ित हो जाय, तब यह कैसी महानता है? उस फुफकारते प्रश्न पर आगे सोचने की हिम्मत नहीं हुई तो उसने लेटे-लेटे ही अष्ट-धातु का टकोरा बजाया। उसी क्षण एक यूनानी सैनिक हाजिर। कवच और शिरस्त्राण से लैस। दाहिने हाथ में दुधारी तलवार। बायें हाथ में लम्बा भाला। तीन बार कोरनिश करके आदेश की प्रतीक्षा में खड़ा हो गया। सिकन्दर ने आँखें तरेरकर कुछ कहना चाहा, मगर खाँसी के कारण व्यवधान उपस्थित हो गया। भरपूर कद-काठी का बलिष्ठ सैनिक कठपुतली की नाईं आगे बढ़ा। अदब के साथ झुककर चाँदी की पीकदानी उठाई और पलंग के पास खड़ा हो गया। तीन-चार बार खाँस कर सम्राट ने पीकदानी में बलगम थूका और अशक्त की भाँति वापस लेट गया। सिकन्दर के कण्ठ में भी आम सैनिक-सा चिपचिपा और गन्दा बलगम! सैनिक ने होठों पर चिपका बलगम पोंछा। चाँदी की झारी से कुल्ला कराया। छत की ओर शिथिल आँखों से देखते हुए सिकन्दर ने हुक्म सुनाया, 'आज तीन दिन हो गये, एक भी यूनानी दवा कारगर साबित नहीं हुई। हकीमों के सिर तो बाद में कलम किये जाएँगे, उसके पहले पंजाब का कोना-कोना छानकर किसी अनुभवी वैद्य को लाओ। बुखार घटना तो दूर, सरदर्द और बेचैनी ज्यादा बढ़ गयी। नींद भी पूरी नहीं आती। काढ़े से रही-सही भी कम हो गयी। फुर्ती करो। शाम के पहले वैद्य नहीं आया तो सबको कत्ल करवा दूँगा। मैं तो बुखार के मारे लेटा रहूँ और तुम सब स्वस्थ-दुरुस्त घूमते रहो। शर्म नहीं आती? तुम

सब-के-सब बेहया हो, बेहया! जब तक मेरा बुखार न उतरे, किसी भी सैनिक ने खाना खाया तो उसकी खैर नहीं है। जाओ! इस तरह खड़े-खड़े मेरा मुँह क्या ताक रहे हो?'

कोई आध घड़ी या पौन घड़ी के पश्चात् सैनिक वापस आया तो सिकन्दर ने पलकें उघाड़कर पूछा, 'कह दिया सबको?'

'जरूरत ही नहीं पड़ी, गरीबपरवर!' सैनिक ने आधा झुककर जबाव दिया, 'हिन्दुस्तान के बहुत बड़े वैद्य अपनी इच्छा से स्वयं ही चले आये।'

सिकन्दर ने मुसकराने की चेष्टा की, पर मुसकरा नहीं सका। विस्मय प्रकट करते कहा, 'बड़ा अजीब मुल्क है! कई देश जीते पर ऐसा मुल्क नहीं देखा!' अचानक बुखार का ध्यान आते ही पूछा, 'पर वे हैं कहाँ? साथ लेकर क्यों नहीं आये?',

'बाहर खड़े हैं, हुजूर! आपका आदेश हो तो अभी ले आता हूँ।'

'बकवास बन्द करो।' उसने गुस्से में कहा, 'इसमें भी आदेश की जरूरत है? वक्त पर काम लेने के लिए ही अक्ल की नियामत मिली है! समझे? जाओ जल्दी लेकर आओ।' वह इतने जोर से बोला कि बाहर खड़ा वैद्य बिन बुलाये ही भीतर चला आया। मुसकराते बोला, 'बुलाने की जरूरत नहीं। मैंने अक्ल से काम लिया और स्वयं चला आया।'

सिकन्दर ने चौंक कर देखा—साफ-शफ्फाफ सफेद दाढ़ी। सफेद ही जटा। प्रशस्त ललाट। चमकती हुई बत्तीसी। तीखी नासिका। स्नेह और माधुर्य से आप्लावित आँखें। जैसे कोई देवदूत प्रकट हुआ हो। क्षण भर के लिए सम्राट अपनी बीमारी भूल गया। कमरे में पर्याप्त रोशनी थी। उधर वैद्य भी बिस्तर पर लेटे बीमार की सूरत और आँखें ध्यानपूर्वक निहारता रहा—यूनानी देवता के उनमान प्रदीप्त चेहरा। आसन्न बीमारी से किंचित् क्लान्त! दर्प से उन्मत्त नयन। घनी-स्याह भौंहें। पतले और गुलाबी अधर। सशक्त लम्बी भुजाएँ। साँचे में ढली-सी कद्दावर देह।

सिकन्दर की आँखों में क्षण भर के लिए गुरुवर अरस्तु की स्नेह-सिक्त निगाहें कौंध गयीं। किन्तु अगले ही क्षण खाँसने की भनक कानों में चुभते ही उसने नब्ज दिखाने की खातिर हाथ आगे किया। बूढ़े वैद्य ने गरदन हिलाते कहा, 'ना, नब्ज की बजाय सूरत और आँखों से पहले ही निदान हो गया। मियादी बुखार है—अन्तर्ज्वर। सत्ताईस दिन से पहले नहीं उतरेगा।' फिर कुछ रुककर कहने लगा, 'अब तक जो खाया-पीया, उसकी चर्चा करने में कोई सार नहीं। पर आज से गरिष्ठ भोजन व माँस-मदिरा सब बन्द। बुखार उतरने के बाद भी पूरे एक पखवाड़े तक जैसा कहूँ, परहेज रखना पड़ेगा। वरना बीमारी उथल जाने का पूरा खतरा है।'

विश्व-विजेता भीतर-ही-भीतर काँप उठा। युद्ध में हजारों की नृशंस हत्या करने वाले को स्वयं अपनी मौत का बेहद डर लगा। तनिक हकलाते पूछा, 'खतरा? किस

बात का खतरा? मामूली बुखार से कैसा खतरा? तुम्हारा मतलब क्या है...? साफ-साफ बताओ।'

'यह बुखार मामूली नहीं है। तीन दिन जो बदपरहेजी की, उसका भी बुरा असर हुआ है। अब पूरी सावचेती बरतेंगे, तभी उपचार में हाथ डालूँगा, अन्यथा नहीं।'

वैद्य की यह बात दोनों को ही काफी नागवार महसूस हुई। सैनिक ने तलवार की मूठ कुछ कसकर पकड़ी। सिकन्दर तैश में आकर बोला, 'किसी भी सम्राट के आदेश की अवहेलना का मतलब जानते हो? फिर मैं तो सिकन्दर हूँ, सिकन्दर। मेरी शोहरत सुनी नहीं क्या?'

'खूब सुनी है। आँखों से भी देखी है।' वैद्य ने अकृत्रिम भाव से कहा, 'पंजाब का हिंसक संहार क्या भुलाया जा सकता है?'

सम्राट कुछ गहरे सोच-विचार में उलझा-सा प्रतीत हुआ। वैद्य की परिपक्व दृष्टि ने भी उसे लक्षित किया। वह आगे कुछ कहे, उसके पहले ही सिकन्दर एक उच्छ्वास भरकर बोला, 'फिर भी तुम मेरे इलाज की खातिर स्वयं चल कर आये, बात कुछ समझ में नहीं बैठी।'

वृद्ध के होठों पर एक मार्मिक मुसकान थिरक उठी। दो-एक कदम आगे बढ़कर उसकी आँखों में गहराई से झाँकते कहने लगा, 'इसमें समझने लायक कुछ भेद है ही नहीं। देश के प्रति मेरी निष्ठा और रोगी के प्रति मेरा कर्तव्य, ये दो अलग-अलग मसले हैं। दोनों को साथ मिलाकर देखने से ही झमेला होता है।'

'रोगी?' क्या कहा रोगी?' सिकन्दर के दिल पर एक असह्य चोट लगी। गर्वित स्वर में बोला, 'मैं सिकन्दर हूँ! सिकन्दर महान्! पहला विश्व-सम्राट! कुछ होश भी है तुम्हें?'

'पूरा होश है, तभी तो बिन बुलाये चला आया। कोई दूसरा होश मुझे रखना ही नहीं है। पर मेहरबानी करके अब दीगर चर्चा बन्द कीजिए। बाकी सब औषधियाँ तो लाया ही हूँ। एकाध जड़ी-बूटी के लिए मुझे अरण्य में जाना पड़ेगा।'

किसी की आज्ञा लिए बिना ही वह बाहर चल दिया। सिकन्दर ने अदेर हिदायत दी, 'सुनो, दो सैनिक हरदम इसके साथ रहने चाहिए।'

'जो हुक्म, जहाँपनाह!'

और जहाँपनाह ने स्वयं को ही सुनाते हुए धीमे से कहा, 'बड़े विचित्र लोग हैं! क्या बच्चे, क्या बूढ़े और क्या औरतें—सभी तो दार्शनिक हैं। कहाँ मेरे गुरु अरस्तु तो यूनानियों के अलावा सबको ही जन्मजात गुलाम समझते हैं, जिन्हें बोली लगा कर बेचना ही उचित है। हुँ, क्योंकर उचित है? पोरस से मुकम्मिल सन्धि करके, बस, यहीं बस जाने की इच्छा हो रही है।'

अपने हुनर में पूर्णतया पारंगत होने पर भी बुजुर्ग वैद्य राजनीति की पेचीदगियों

में अधिक समझता नहीं था, सो अरण्य से अपने-आप ही काढ़ा बनाकर लाया। सीपी भरकर सिकन्दर की मनुहार करते बोला, 'तीन-तीन घड़ी के बाद मैं खुद अपनी निगरानी में आपको यह आसव पिलाऊँगा।'

सम्राट मना करे उसके पहले ही सैनिक ने लपककर सीपी छीन ली। रुआब से बोला, 'पहली खुराक आपको पीनी पड़ेगी। यही शाही कायदा है।'

अपनी कमजोरी को छिपाने की मंशा से सिकन्दर तत्काल उठ बैठा। एक अबोध बच्चे की नाईं वृद्ध की दाढ़ी निहारते कहने लगा, 'कहीं इसमें प्राण घातक जहर मिला हुआ न हो।' और दूसरे ही क्षण उसके होठों पर एक अलौकिक मुसकान दीप्त हो उठी। 'मगर आपके हाथ से तो जहर भी पीने को तैयार हूँ। माँ ओलम्पियास ठेठ बचपन में इसी तरह दवा पिलाती थी। बिलकुल ऐसी ही सीपी में।' इतना कहकर उसने अदेर एक शिशु की नाईं अपना मुँह खोला और वृद्ध ने सीपी का आसव उसे पिला दिया। बेहद आश्चर्य कि युवा सम्राट एक ही जीवन में दुबारा वैसा ही शिशु बन गया। सहज हाव-भाव से सीपी झपटकर उसे चाटने लगा। फिर चंचल आँखें घुमाते हुए जूठी सीपी सैनिक के हाथ में थमा दी। बड़ी-से-बड़ी दिग्विजय के बर्बर परितोष की अपेक्षा एक सात्विक आनन्द की उदात्त अनुभूति से उसका अन्तस् छलछला उठा। लेटने की इच्छा होते हुए भी वह लेटा नहीं। कुछ देर तक बैठा रहा। फिर अपनी बाल्य जिज्ञासा प्रकट करते पूछा, 'आपको मेरी बीमारी का पता क्यों कर चला? न तो आपने किसी से पूछा और न किसी ने आपको कुछ बताया!'

'जिस तरह दूर-दराज के पक्षियों को पानी का पता चलता है। भँवरों को फूलों का और मधुमक्खियों को पराग का पता चलता है।' फिर बुजुर्ग वैद्य ने तनिक मुसकराते कहा, 'जिस तरह गिद्ध-कौवों को मरणासन्न पशुओं का पता चलता है!'

प्रतिवाद की कोई गुंजाइश नजर नहीं आयी तो वह वैद्य की दाढ़ी के रुपहले बाल टुकुर-टुकुर देखता रहा।

दूसरे दिन अल्ल-सवेरे वैद्य ने दवा पिलाते समय सिकन्दर को आगाह किया, 'करीब पचासी घड़ियों तक सीने में जलन, सारे शरीर में टूटन, सिर में दर्द, जी में घबराहट और बेचैनी रहेगी। किसी तरह की चिन्ता न करके, मामूली हिम्मत से काम लें। फिलहाल नदी के चमकते बालू-कणों का उबला पानी, अध-सिंकी जेठी बाजरी का दलिया व बकरी का दूध ही एकमात्र पथ्य है। तीन दिन बाद गाय के दूध में उबली हुई अंजीरों का सेवन मुफीद रहेगा। मुझे पूरी आशा है कि आप पहले से अधिक तन्दुरुस्त हो जाएँगे।'—

अनुभवी वैद्य ने जैसा कहा, वैसा ही हुआ। सम्राट की हालत धीरे-धीरे बिगड़ती गयी सो पचासी घड़ियों तक बिगड़ती ही रही। विश्व-विजेता का बुरा हाल! उसकी सेना में हजारों बहादुर सैनिक थे। पसीने की जगह खून बहानेवाले। पूरे वफादार। पर कोई भी उसकी बीमारी बाँट नहीं सका। उसे अकेले ही जस-तस

भोगनी पड़ी। सीने के भीतर मानो आँच सुलग रही हो। हथेलियों में जलन। पाँवों में जलन। ओझरी और अंतड़ियों में कुलबुलाहट। विश्व-सम्राट एक बच्चे की नाईं छटपटा रहा था। अर्द्ध-विमूर्छित अवस्था में नितान्त नयी-नयी अनुभूतियों से उसका साक्षात्कार हो रहा था। वाणी और शब्दों से सर्वथा परे। यूनान और मेसेडानिया की शान व प्रतिष्ठा को कुछ समय के लिए वह भूल चुका था। जिसकी विजय दुन्दुभि परसिया, मिस्र, सीरिया, अफ्रीका, मध्य-एशिया तक निर्बाध गूँजती रही, वह रोग-शैया पर अकेला लेटा है। खामोश। पत्नी रोकसाना भी साथ नहीं दे सकी। थेबिस के निवासियों ने जब उसकी दासता स्वीकार करने से मना कर दिया तो भयंकर भूचाल की नाईं उसने सारे शहर को ही नेस्तनाबूद कर दिया। छह हजार बाशिन्दे जो कुछ समय पहले जीवित थे, हँसते-मुसकराते थे, सपने देखते थे—उन्हें मौत के घाट उतार दिया। निःस्वप्न बना दिया। हजारों बच्चों एवं हजारों औरतों को गुलाम बना कर बेच डाला। आज वे सभी अपनी साँसों का लेखा-जोखा उससे माँग रहे हैं। सत्तर नये शहर बसानेवाला एक छोटे से कमरे में बेबस की नाईं पड़ा है। न हीरे-मोतियों से उसकी बीमारी कम हुई, न बेशुमार सोने-चाँदी से। रह-रहकर उसकी आँखों के सामने आलोक एवं अँधियारा बुझता और दमकता।

लेकिन पचासी घड़ियाँ गुजरते ही मानो किसी दुःस्वप्न का अभिशाप आँख खुलते ही मिट गया हो। सिकन्दर को पहली चेतना तो यह हुई कि वह मरते-मरते बच गया। यूनानी हकीमों के भरोसे तो कुछ उम्मीद रखना ही बेकार था। सम्राट ने वैद्य की ओर कृतज्ञता भरी आँखों से देखा और वैद्य ने वात्सल्य भाव से अपने रोगी को निहारा। मौन की वाणी क्षण भर में ही बहुत-कुछ व्यक्त कर जाती है जो थूक सनी जिह्वा से सम्भव नहीं।

बीमारी भुगतने पर ही अजेय सम्राट को स्वस्थ जीवन की अहमियत समझ में आयी जिस प्रकार सूरज दिन में एक बार ही उगता है, उसी प्रकार प्रत्येक मनुष्य को जीने के निमित्त फकत एक ही जिन्दगी मिलती है। कोई भी मनुष्य एक ही जीवन में दो बार नहीं जी सकता। मगर सिकन्दर ने कभी इस सच्चाई पर गौर नहीं किया। एक के बाद एक युद्ध की सफलताओं और नर-संहार के दौरान उसे यह सोचने का वक्त ही नहीं मिला कि वह स्वयं नश्वर है! उसके दिवंगत होने के बाद भी यह दुनिया इसी तरह मजे में आबाद रहेगी—क्षण भर के लिए भी उसे यह परम सत्य महसूस नहीं हुआ। बलवती महत्त्वाकांक्षाओं के प्रति ऐसा उदासीन तो वह कभी नहीं रहा! स्वयं किसी निश्चित निर्णय पर नहीं पहुँच सका तो उसने वयोवृद्ध वैद्य से पूछना ही उचित समझा। उस पर सम्राट का विश्वास कुछ बढ़ता जा रहा था। गरदन खुजलाते शंका प्रकट की, 'यदि संयोग से आप मेरा उपचार नहीं करते तो सच बताइये, क्या मैं मर जाता?'

वैद्य इसी अवसर की प्रतीक्षा में था। दृढ़ निश्चयात्मक स्वर में कहा, 'नहीं, अभी तुम्हारी उम्र शेष है।'

'कितनी? कितनी उम्र शेष है? बताइये कितनी?' सिकन्दर ने अत्यधिक व्यग्रता से पूछा।

'क्यों जानना चाहते हो? न जानना ही श्रेयस्कर है। राजा के लिए भी और रंक के लिए भी।'

'मेरे न रहने पर दुनिया के असंख्य बाशिन्दे जिन्दा रहें, मैं यह बर्दाश्त नहीं कर सकता। मेरे मौजूद न रहने पर भी सूरज-चाँद उगें, फूल खिलें, लोग सुहागरात मनाएँ, जच्चा के गीत गाएँ और बरसात में नहाएँ, मैं हरगिज, हरगिज नहीं चाहता। एक अदना आदमी जिन्दा रहे, हँसता-मुसकराता रहे और सिकन्दर कूच कर जाए, ऐसा नहीं हो सकता।'

'ऐसा ही होता है।' वैद्य ने धीमे पर दृढ़ स्वर में कहा, 'आपके पिताश्री प्रयाण कर गये और दुनिया जीवित है। ऐसा ही होता है, होता रहेगा!'

'नहीं, वे मरे नहीं, उनकी तो हत्या हुई थी।'

'मौत अपने जिम्मे कुछ नहीं लेती। उसे तो फकत बहाना भर चाहिए। समय पर जो भी बहाना मिल जाए, बस, इतना ही पर्याप्त है उसके लिए।'

'पर मेरे लिए एक भी बहाना उसे नहीं मिलेगा।'

'बहाने तो अपने-आप उद्घाटित होते रहते हैं, वह कहीं खोजने नहीं जाती।' फिर उसने तनिक गम्भीर स्वर में कहा, 'क्या तुम सचमुच अमर होना चाहते हो? मैं तो नहीं चाहता!'

सिकन्दर ने बेबाक उत्तर दिया, 'आप किस प्रलोभन की खातिर अमर होना चाहेंगे, भला? मेरे पास तो अनेक प्रलोभन हैं—कई विजित साम्राज्य, हजारों गुलाम, बेशुमार दौलत, अनगिनत हीरे-मोती और बेइन्तहा सोना-चाँदी। मुझसे पहले संसार में ऐसा कोई सम्राट नहीं हुआ, जिसके पास इतना बड़ा साम्राज्य और इतनी माया हो! क्या एक दिन अचीता मर जाने के लिए मैंने इतना खून बहाया?'

वैद्य ने कुछ सोच-विचार कर कहा, 'यदि तुम्हारी ऐसी ही प्रचण्ड कामना है तो तुम्हें अमर होने का उपाय भी बताऊँगा। मेरे सिवाय कोई नहीं जानता। वचन दो कि तुम किसी को भी नहीं बताओगे।'

सिकन्दर की खुशी का पार नहीं रहा, जैसे तारों भरा आकाश उसकी मुट्ठी में समा गया हो। उसके शरीर में और भी दस-बीस जिह्वाएँ होतीं तो सभी से एक साथ कहता, किन्तु विश्व-विजेता होने पर भी उसके मुँह में मात्र एक ही जीभ थी। बोला, 'नहीं, हरगिज नहीं बताऊँगा। रोकसाना को भी नहीं, जिसे मैं बहुत चाहता हूँ। औरतों को तो अमर होने की जरूरत ही नहीं है! उन्हें तो बीस बरस की उम्र में ही मर जाना चाहिए। बस, एक बात और कि मैं समय के साथ बूढ़ा भी नहीं होना चाहता, जैसा आज हूँ वैसा ही बना रहूँ।'

बूढ़ा वैद्य दार्शनिक मुद्रा में कुछ देर तक सोचता रहा। फिर अकस्मात् इस

तरह धीर-गम्भीर स्वर में कहने लगा, मानो सिकन्दर के कमरे की स्तब्ध हवा से वे बोल बरस रहे हों। 'कामना करता हूँ कि परमेश्वर तुम्हें सुमति प्रदान करे। क्या तुम्हें यह भी याद दिलाना पड़ेगा कि अपने जन्म की वेला तुम उतने ही असहाय, निरीह और अशक्त थे, जितने कि अन्य शिशु होते हैं। समय पाकर ही तुम धीरे-धीरे बड़े हुए हो। जवान हुए हो। समय के साथ ही नश्वर प्राणियों की नाईं तुम्हें भी बुढ़ापा निर्बल, निर्वीर्य और जर्जर कर देगा। अकाल मृत्यु की बात छोड़ भी दूँ, तब भी तुम्हें समझाना चाहूँगा कि मरण के चिरवरदान की वजह से ही जीवन की महिमा है। पर तुमने यमराज की जिम्मेवारी हाथ में लेकर हजारों निर्दोष व्यक्तियों का अकाल संहार किया है। फिर भी तुम अमर होना चाहते हो? बोलो क्यों? क्यों?'

जीवन में पहली बार सिकन्दर को अपनी इच्छा के विरुद्ध प्रतिवाद के कड़वे बोल सुनने पड़े, तब भी उसने आपा नहीं खोया। इसलिए कि वह अमर होना चाहता था और जिसका उपाय सिर्फ उस बूढ़े वैद्य के पास ही था। और उसी ने सिकन्दर को जीवनदान दिया था। अपनी सफाई के पहलू से आश्वस्त नहीं होते हुए उसने ऊपरी मन से कहा, 'इसलिए कि मुझसे पहले इतने बड़े साम्राज्य का सम्राट और इतनी दौलत का दावेदार समूचे विश्व में कोई नहीं हुआ। इस प्रलोभन को मैं जीत नहीं सकता। मुझे अमरत्व का वरदान चाहिए ही चाहिए।'

इस बार धवल बत्तीसी और होठों के साथ-साथ बूढ़े वैद्य की दाढ़ी का बाल-बाल एक अलौकिक मुसकान से दीप्त हो उठा। स्वीकृति के आशय से गरदन हिलाते कहने लगा, 'अब मुझे कुछ भी नहीं कहना है। जाने क्यों मुझे आशा थी कि अरस्तु जैसे महान् गुरु के शिष्य में कुछ तो वैसी समझ होगी। खैर, तुम्हारी यही अन्तिम इच्छा है तो उसे अधूरी नहीं रखना चाहूँगा। इस बार जुदा होने के पश्चात् तुमसे मेरी मुलाकात नहीं होगी। पर मेरी मंगल-कामना सदैव तुम्हारे साथ रहेगी। आश्रम में लौटते ही अपने शिष्यों को अन्तिम प्रवचन सुनाकर, अपनी स्वेच्छा से मृत्यु का वरण करूँगा।...तो अब ध्यानपूर्वक सुनो। सुमेरु पर्वत की पश्चिम दिशा में एक लम्बी गुफा है। जिसके मुँह पर एक प्रचण्ड शिला युगों से रखी हुई है। विश्वस्त सैनिकों से हटवाकर तुम अकेले ही उसके भीतर आगे बढ़ते रहना। निःशंक और निःशस्त्र। उस अछूती जमीन पर पहली बार तुम्हारे ही पदचिह्न अंकित होंगे।'

सिकन्दर की सुगठित देह के भीतर और बाहर आलोड़ित भावों को कुछ देर परिलक्षित करने के पश्चात् वैद्य आगे कहने लगा, 'काफी दूर चलने पर एक झरने का पानी एक तलैया में समाहित होते हुए तुम्हें साफ दिखलाई पड़ेगा। वह अद्भुत तलैया न कभी खाली होती है और न कभी पूरमपूर भरी होती है। वहीं पीपल के पेड़ पर एक कौआ हरदम चिल्लाता रहता है—क्राँव! क्राँव! क्राँव! इस सृष्टि में फकत वही अमर है, जो अपने अमरत्व की प्रतिक्षण उद्घोषणा करता रहता है। झरने के निःशेष होते प्रवाह से तुम सात अंजलि पानी पी लेना। फिर तुम्हारे शाश्वत जीवन

को चुनौती देनेवाला कोई नहीं है—न देवता, न असुर, न मनुष्य। केवल इक्कीस विश्वस्त सैनिकों को साथ ले जाओ। उन्हें गुफा से तीन हजार कदम दूर रखना। इसी शुक्ल पक्ष की नवमी को प्रस्थान करना। तुम्हारी मनोकामना पूर्ण होगी।'

तत्पश्चात् स्वस्थ-दुरुस्त सिकन्दर के लिए कैसी ढील। सुहाने सपने की नाईं वह इक्कीस सशस्त्र सैनिकों के साथ हवा से बातें करता हुआ सुमेरु पर्वत की उस निर्देशित गुफा के पास पहुँचा। बलिष्ठ सैनिकों की बेजोड़ ताकत के बावजूद वह भरकम शिला बड़ी मुश्किल से दूर खिसक पायी। गुफा के भीतर प्रवेश करते हुए सिकन्दर का माथा ठनका। भीतर छिपे हुए पौरस के सैनिकों ने हमला कर दिया तो वह अकेला निःशस्त्र हाथों से क्योंकर उनका सामना कर सकेगा? मौत के मर्मान्तक भय की उसे पहली बार दुर्दान्त अनुभूति हुई! कायर की भाँति वापस लौटने की प्रबल इच्छा के बावजूद उसने मौत के भय को तत्काल झटक दिया। नहीं नहीं, भारतवर्ष का वह निश्छल देवदूत अपने दुश्मन के साथ भी विश्वासघात नहीं कर सकता। बर्फ की नाईं दमकती उस धवल दाढ़ी का बाल-बाल उसे आश्वस्त करता रहा और वह बेधड़क आगें बढ़ता रहा।...सचमुच, गहर-घुमेर पीपल की डाल पर बैठा कौआ अपने अमरत्व की अविराम रट लगा रहा था—क्राँव! क्राँव! क्राँव! और पास ही कल-कल की सुमधुर ध्वनि झंकृत करता हुआ स्वच्छ झरना अविरल बह रहा था। सिकन्दर के आश्चर्य और आनन्द की सीमा नहीं रही कि इतनी दूर गुफा के भीतर यह मद्धिम-मद्धिम आलोक कहाँ से आ रहा है? उसने विस्फारित आँखों से एकटक देखा कि ठौर-ठौर बेशकीमती हीरे बिखरे पड़े हैं! जिनकी किरणों से जो अप्रतिम द्युति झिलमिला रही है, वह पूनम की चाँदनी और सूर्योदय के उजाले से सर्वथा भिन्न है! कौए के अलावा कहीं कोई प्राणी उसे नजर नहीं आया। तो क्या यह कौआ ही इस अकूत खजाने का मालिक है? क्या उसे एहसास भी है अपने इस अपरिमित वैभव का? झरने का पानी पीकर वह गुफा के तमाम नगीने हथियाने की तजबीज सोचेगा। सिकन्दर के लिए कुछ भी असम्भव नहीं!

हठात् कौए की अविराम क्राँव-क्राँव बन्द हो गयी। सिकन्दर ने चौंककर उधर देखा। पीपल की शाख पर बैठा कौआ पूर्ण सतर्क होकर उसे ही एकटक घूर रहा है! कहीं उसके प्रच्छन्न प्रलोभन का आभास तो नहीं हो गया उसे? सहसा झरने की अविरल पुकार भी शान्त हो गयी, जैसे किसी के अदीठ खूनी पंजों ने उसे दबोच लिया हो! उस असह्य शान्ति का नीरव कोलाहल उसके कानों को बेधने लगा। ...यदि यह आलोक भी इसी तरह अचानक बुझ गया तो वह न झरने के पास पहुँच सकेगा और न गुफा से बाहर निकल सकेगा। तब इस अनादि और अनन्त अन्धकार में एक ही ठौर खड़ा-खड़ा वह निश्चित रूप से सूख जाएगा। सिकन्दर की आँखों के सामने निर्धूम कोहरा-सा छाने लगा तो चेतना के परे ही उसके पाँव झरने की ओर स्वतः बढ़ चले, मानो मस्तिष्क की बजाय उसके पाँवों ने यह बात सोची हो।

अमर होने की लालसा के वशीभूत उसके हाथ पानी की ओर बढ़े ही थे कि कौए की ललकार सुनकर, वे जहाँ थे, वहीं रुक गये—जरा ठहरो सिकन्दर! मेरी स्वीकृति के बिना इस झरने की एक बूँद भी चख ली तो यहीं ढेर हो जाओगे। जिस भूल के कारण मैं हजारों-हजार बरस से अमरता का यह अभिशाप भोग रहा हूँ, तू सपने में भी यह गलती मत करना। मैं इस शाश्वत जिन्दगी से तंग आ गया हूँ। जाने कितनी शताब्दियों से मरना चाहता हूँ, लेकिन मर नहीं सकता। निरन्तर क्राँव-क्राँव के रुदन से मेरे कान सर्वथा संवेदन-शून्य हो चुके हैं। और जिस माया के प्रति तेरी चाह जागी, मैं ही उसका एकछत्र स्वामी हूँ। यदि तू मृत्यु के देवता यमराज के पास जाकर मेरे लिए मरने का नुस्खा ले आये तो यह समूची सम्पदा तेरे हवाले कर दूँगा। मुझे तो यह फूटी आँखों भी नहीं सुहाती। मेरी मृत्यु के बाद जितनी इच्छा हो, इस झरने का पानी पीते रहना। ना रे ना, जिस तलवार से तूने हजारों व्यक्तियों को मौत के घाट उतारा, मैं उससे मरनेवाला नहीं हूँ। न अग्नि में जलकर, न पानी में डूबकर और न कैसा भी हलाल विष खाकर मैं आत्महत्या कर सकता हूँ। भगवान भले ही मर जाय, मैं नहीं मर सकता। जीने का सुख और आनन्द तभी है, जब मरने का संयोग उसके साथ जुड़े। मृत्यु-विहीन अमरता से बड़ा अभिशाप और कुछ भी नहीं है! मेरा चिर-दुर्भाग्य कि मैं वही त्रासदी भुगत रहा हूँ। अरे! तू किस चिन्ता में डूब गया? तेरे हाथ से मरे हुए एक व्यक्ति या गुलाम के रूप में बेचे हुए एक बच्चे की जीवन्त साँसों की तुलना में इन अगणित हीरों का मूल्य एक कानी-कौड़ी भी नहीं है। कौए की योनि पाकर, जो बात मेरी समझ में आ गयी और एक मानुस होकर भी तेरी समझ में नहीं आयी? फिर बुद्धि का मायना क्या है? उसकी सार्थकता क्या है? क्राँव ! क्राँव! क्राँव!'

अपनी ख्याति के चढ़ते दौर में, विश्व-विजेता की सर्वोच्च प्रतिष्ठा के बावजूद सिकन्दर एक कौए से पराजित होकर उलटे पाँव वापस लौट पड़ा। तब उन दोनों में कौन महान है—सिकन्दर या कौआ? उस चिर-ज्वलन्त प्रश्न का उत्तर आज भी शेष है।

5 दिसम्बर, 1997, शुक्रवार

## अनोखी परीक्षा

एक था औघड़ महात्मा। मन-मौजी और नीम-पागल। इच्छा होती तो उगते सूरज के सामने आँखें मूँदकर सात बार जल चढ़ाता और कभी-कभार उसकी किरणों पर सात धोबे धूल उछाल देता। कभी माला जपने बैठता तो सात दिन और सात रातों तक उठता ही नहीं। और कभी माला के मनके तोड़कर घूरे के हवाले कर देता। कभी कहता कि मनुष्य-योनि के बावजूद वह गधे की जिन्दगी जी रहा है। और कभी डींग हाँकता कि उससे बड़ा सन्त न तो जन्मा है और न कोई जन्मेगा। कई बार मौन-व्रत धारण कर लेता तो होठ ही नहीं खोलता और कभी माँ-बहिन की भद्दी गालियाँ निकालता तो रुकने का नाम ही नहीं। फिर भी उसके प्रति भक्ति-भाव में कोई खामी नहीं पड़ी। चरणों में सिर नवाकर दण्डवत करने की परस्पर होड़-सी मच जाती। मन करता तो किसी को भी गले लगा लेता वरना मुँह थूक से भर देता। ठोकरें मार बैठता।

शिष्य बनने के निमित्त लोग-बाग उसकी खूब सेवा-बन्दगी करते, पाँव पकड़ते। किन्तु एक बार मना करने पर वह ठेठ तक अड़ा रहता। कभी किसी भाग्यशाली पर मेहर हो जाती तो उसे महीनों तक मार पिदाता। उसके वश चलते वह किसी को भी आसानी से चेला नहीं बनाना चाहता था। आँखें तरेरकर कहता, 'स्वयं भगवान भी शिष्य बनने की खातिर हाथ जोड़ें, तब भी नहीं मानूँ। गुरु बनना सरल है, पर शिष्य बनना बड़ी कठिन तपस्या है।' तो कभी-कभार उस बावरे सन्त के जँचने पर किसी भी अजाने राहगीर को हाथ का इशारा करके पास बुलाता और उसे जबरदस्ती शिष्य बना लेता।

एक बार एक छोटी-सी ढाणी के नवयुवक उसके पास आये। औघड़ महात्मा उन्हें दुत्कारते कहने लगा, 'किसी बड़े शहर से भी मैं एक साथ दो शिष्य नहीं बनाता, फिर एक फोड़े जितनी छोटी ढाणी से दो चेले क्योंकर बनाऊँ? कोई एक बन्दा अपनी मरजी से सब्र कर ले तो दूसरे को अभी इसी वक्त चेला बना लूँगा।' पर उस औंधी खोपड़ी के महात्मा ने जैसा कहा, वैसा किया नहीं। सब्र करनेवाले को अदेर चेला मूँड़ लिया और उत्सुक व्यक्ति को डपटकर खदेड़ दिया।

एक मर्तबा उससे भी कहीं बेशी पागल व्यक्ति ने चेला न बनने का दृढ़ संकल्प किया तो उसे अपना गुरु बना लिया। दो सगे भाइयों ने एक बार उस विचित्र सन्त के पाँव पकड़कर, जीवनपर्यन्त न छोड़ने की भीष्म प्रतिज्ञा की तो उसे झख मारकर झुकना पड़ा। शुरुआत में तो उसने हमेशावाली सूखी घुड़की से ही काम पटाना चाहा कि दो सगे भाइयों को एक साथ सपने में भी चेला नहीं बनाएगा। लेकिन वे चेले तो उससे भी अधिक हठी थे। कहा, 'अब तो शिष्य बने बिना सात जन्म तक पाँव नहीं छोड़ेंगे।'

गुरु के पास उस वक्त न तो पत्थर थे और न कोई बाँकी-टेढ़ी लकड़ी। सो मुक्कों से ही धमाधम पीटते-पीटते उसके ही हाथ दुःख चले पर भाइयों ने चूँ तक नहीं की। दोनों तरफ मामला पूरा खिंच गया। आखिर औघड़ सन्त को ही हार स्वीकार करनी पड़ी। मुसकराते हुए धीमे-से बोला, 'मुझे क्यों खामख्वाह परेशान कर रहे हो? अधिक शिष्य बनाने पर बड़े-से-बड़े पन्थ का भी पतन होने में देर नहीं लगती। यदि तुम ऐसी ही जिद पर अड़े हुए हो तो मैं पहले तुम्हारी परीक्षा लूँगा। जो भाई परीक्षा में सफल होगा, उसे ही चेला बनाऊँगा। मेरी छवि खण्डित होने की बजाय मैं मृत्यु का वरण करना बेहतर समझता हूँ।'

औघड़ महात्मा के श्रीमुख से पहली बार मुनासिब बात सुनते ही दोनों भाइयों ने तत्काल पाँव छोड़ दिये। हाथ जोड़कर अरदास की, 'आपकी जो भी आज्ञा होगी, उसकी अनुपालना में ही हमारे जीवन की सार्थकता है। शिष्य बनाने की चाह रखने वाले गुरुओं की छाया से भी हम दूर रहना चाहते हैं।'

तब महात्मा ने सहज भाव से आदेश किया कि 'वे अपने गाँव जाकर दो बड़े-बड़े बकरे लाएँ, साथ ही तीखी धारवाली दो तलवारें। ऐसी एकान्त गुप्त ठौर जाकर उनका सिर काटें कि न कोई देखनेवाला हो और न कोई सुननेवाला। यदि किसी को भी भनक पड़ गयी तो हरगिज शिष्य नहीं बनाएँगे, चाहे वह सिर पटक-पटककर अपने प्राण क्यों न दे दे!'

बस! यह काम तो एकदम आसान है। दोनों भाई पूर्णतया खुश व सन्तुष्ट होकर अपने गाँव गये। महात्मा के आदेश मुताबिक एक कसाई के पास दो जुड़वाँ बकरे मिल गये। सामान्य आदमी की कमर तक ऊँचे। सफेद-बुर्राक रंग। बाल एकदम नरम। बल खाते सींग। पुष्ट गरदन। पुरखों के हाथों वक्त-बेवक्त आजमाई तलवारें।

धारदार और चमचमाती। महात्मा के चरणों में धोक देने के लिए झुके तो वह बिफर गया। गुस्से में हकलाते कहने लगा, 'इस जघन्य अपराध की खातिर मेरी अनुमति चाहते हो? नहीं मिलेगी, सौ बार माथा रगड़ने पर भी नहीं मिलेगी। इनकी बलि चढ़ाओ, न चढ़ाओ तुम्हारी मरजी। शिष्य तुम्हें बनना है, मुझे नहीं। मैंने तो किसी को भी अपना गुरु नहीं बनाया! समूची कुदरत ही मेरी गुरु है! कोई ज्ञान ग्रहण करनेवाला चाहिए। भला कोई भी मनुष्य किसी मनुष्य का गुरु क्योंकर बन सकता है? खैर, छोड़ो इस झीने और दुशवार मर्म को। पर पुख्ता ध्यान रहे कि ज्ञात-अज्ञात रूप से भी किसी पंछी या चींटी तक को इस गुप्त बलि का आभास न हो। अब काला मुँह करो यहाँ से! यों टुकुर-टुकुर मेरा मुँह क्यों ताक रहे हो? शायद बकरों से पहले, मेरा सिर कलम करने की सोच रहे हो? कर डालो, मेरी मनाही नहीं है। गुरु बनने का झंझट तो मिटे। मेरे प्रति लोगों की गलतफहमी का निवारण तो हो।'

वह सहज मन की सहज वाणी थी!

तत्पश्चात् दोनों भाई अलग-अलग रवाना हुए। संयोग की मेहर-मया कि बड़े भाई का काम तो थोड़ी दूर जाने पर ही सलट गया। पहाड़ के पाँवों तले ही एक ऐसी एकान्त गुफा मिल गयी कि दूसरी बार वह खुद तलाश करना चाहे तो खोज नहीं सके। सतर्क होकर चारों तरफ देखा। आदमजाद की बात तो दरकिनार, दूर-दूर तक कोई पंछी या किसी जानवर के निशान तक नजर नहीं आये। गुरु के निर्देश मुजब ही ठौर मिल गयी, मानो इसी की खातिर उनका आशय हो। झटपट बकरे को अन्दर धकेलकर स्वयं भीतर घुस गया। लगता है कि महात्माजी की मंशा शायद उसे ही चेला बनाने की हो। तिस पर उसका अहोभाग्य कि बकरे का भोडक व रक्त-रंजित तलवार लिये जब वह महात्मा के आसन आया तो उस दौरान किसी से भी उसकी भेंट नहीं हुई। औघड़ महात्मा ने पीठ थपथपाकर उसे अपने पास बिठाया। बड़े भाई के दिल में चेला बनने की आकांक्षा फड़फड़ाने लगी।

किन्तु छोटा भाई तो निपट बौड़म ही निकला। जिस किसी निर्जन स्थान पर बकरे का मुण्ड काटने के लिए तैयार होता तो तलवारवाला हाथ काँपने लगता—अरे! यहाँ तो सूरज अपनी प्रखर किरणों से देख रहा है! भला उसकी किरणों से कौन-सी चीज अनदेखी रह सकती है? कभी उसे आशंका होती कि हवा आँखें फाड़-फाड़कर तलवार और बकरे को देख रही है! उसका श्वास और रक्त-प्रवाह तक सुन रही है! ये पेड़ देख-सुन रहे हैं। जिन पेड़ों की जड़ें धरती के सघन अँधियारे में अपने अदीठ प्राणों को अविलम्ब खोज लेती हैं, उनके अनगिनत पत्तों से भला क्या चीज छिपी रह सकती है? उड़ते पाखी पुख्तातौर पर उसी की टोह ले रहे हैं! कीट-मकोड़े देख रहे हैं, सुन रहे हैं! बालू रेत का चमकता कण-कण देख रहा है। स्वयं बकरा तो देख ही रहा है। तलवार देख रही है! और वह स्वयं भी तो अन्धा नहीं है। बकरे के सुकोमल बालों को देख रहा है। बकरे की ओझरी में दुबका अँधेरा उसे देख रहा है!

छोटा भाई तो अजीब ही ऊहापोह में फँस गया। चारों तरफ भटकता तीन दिन और तीन रात इधर-उधर चक्कर लगाता रहा। किन्तु उसे कहीं भी ऐसी गुप्त ठौर नहीं मिली, जहाँ न कोई देख रहा हो, और न कोई सुन रहा हो! रात का अँधियारा भी आँखें टमकारते देखे बिना नहीं रहता। तिस पर उसके दो ही नहीं, असंख्य आँखें हैं। चंचल जुगनू भी बगैर देखे नहीं मानते! ज्यों ही बकरे की मुण्डी काटने को उद्यत होता तो राम जाने पत्थरों पर भी आँखें उग आतीं! बकरे और तलवार को देखने के लिए दमकने लगतीं। और तो और तालाब के किनारे एक के बाद एक लहरें भी उस कृत्य को देखने-सुनने के लिए मचल उठतीं। महात्मा चेला न भी बनाये तो कोई बात नहीं। उससे यह काम सपने में भी नहीं हो सकता। सपने की आँखें तो पहाड़ और समुद्र के आर-पार तक देख लेती हैं। ब्रह्माण्ड के परे भी उनसे कुछ गोपनीय नहीं रहता। महात्मा इजाजत दें तो वह स्वयं मरने को तत्पर हो जाएगा, मगर किसी अन्य जीव को मार नहीं सकता। भले ही वह मौत का प्रतिरूप साँप या शेर ही क्यों न हो!

आखिर बुरी तरह परेशान व भीतर से क्षत-विक्षत होकर वह महात्मा के आसन पहुँचा। पूर्णतया श्लथ और विवर्ण। मानो महीनों की बीमारी या अनशन से उठा हो। तलवार और बकरा—दोनों की जिम्मेवारी से मुक्त होकर रिरियाते कहने लगा, 'माफ करिए, मुझे इस शर्त पर चेला बनने की कतई इच्छा नहीं है। इतनी बड़ी जीवन्त दुनिया में कोई भी ऐसी गुप्त ठौर नहीं है, जहाँ मुझे या तलवार को या बकरे को कोई-न-कोई न देखता हो और न सुनता हो। धरती से ऊपर वायुमण्डल में भी मुझे ऐसी जगह कहीं नजर नहीं आती जो मेरे कृत्य को न देखे और न सुने।'

महात्मा ने बार-बार पूछताछ की तब उसने अपने द्वन्द्व की पूरी कथा सुनाकर अन्त में कहा, 'मान लीजिए, दूसरा कोई भी मुझे न देख रहा हो, पर मैं स्वयं तो अपने-आपको और अपने मन को देख ही रहा था। यह बकरा भी तो क्षुब्ध आँखों से सब-कुछ देख रहा था। आप विश्वास करें, न करें उस दौरान इस तलवार की आँखें भी झपझपाने लगी थीं। यदि मुझे किसी का चेला बनना है तो अपनी शर्तों पर ही बनूँगा। किसी दूसरे की हिदायत से नहीं। और इस तरह चेला मूँड़नेवाले गुरु की भी क्या अहमियत है!'

तब उस औघड़ महात्मा ने छोटे भाई के चरण स्पर्श करते कहा, 'तुझे किसी का भी शिष्य बनने की जरूरत नहीं है। और आज मेरी अन्तिम साध भी पूरी हुई। जिस गुरु की तलाश थी, वह मुझे अजाने ही मिल गया। और उधर तेरे बड़े भाई के उनमान बकरे की मुण्डी काटनेवाले हजार चेले भी मिल जाएँ तो किस काम के! उलटे पन्थ और गुरु की गरिमा ही घटाएँगे।'

22 अक्तूबर 1997, दिन बुधवार

# परख

कई दिन तक मगजमारी करते-करते एक मन-लहरी राजा को हठात् एक गहरे मर्म की बात सूझी कि गुरु के बिना ज्ञान असम्भव है। बस, फिर क्या ढील! राजा पर न राम का वश चले न रहीम का। उसने अदेर दीवान को बुलवाया और दूर से ही उतावली प्रकट करते कहा, 'चलो, जल्दी चलो।'

दीवान ने झिझकते पूछा, 'कहाँ चलें हुजूर?'

'पहाड़ के किनारे!'

'पहाड़ के किनारे? अभी इस वक्त? क्यों अन्नदाता?' दीवान ने अचरज दरसाते जानना चाहा।

किसी भी दीवान को राजा के मन की बात जाननी ही चाहिए। संसार के सभी राजा-महाराजा ऐसी कई बातें मान कर ही चलते हैं। राजा ने सहज भाव से कहा, 'हाँ, इसी वक्त। गुरु बनाने के लिए।'

'गुरु?'

'हाँ, गुरु! गुरु के बिना ज्ञान कहाँ? सुना कि वहाँ एक अघोरी सन्त धूनी तप रहा है!'

'चर्चा तो मैंने भी बहुत सुन रखी है। बड़ा भारी नाम है! आप फरमाएँ तो पहले पता कर लूँ।'

राजा को इतना धैर्य कहाँ! गरदन हिलाते बोला, 'नहीं-नहीं, अब मैं एक पल भी नहीं रुक सकता। इतना भी नहीं जानते? चलो, हम दोनों अभी चलते हैं।'

दीवान ने विनम्रतापूर्वक अरदास की, 'तो फिर मैं घोड़ों की सजावट के लिए...।'

'अरे! नहीं नहीं,' राजा ने बीच में ही टोकते कहा, 'क्या पागलपन की बातें कर रहे हो? शिकार तो चढ़ना नहीं है। गुरु बनाने के लिए पैदल ही चलना चाहिए। शास्त्रों की यह मामूली बात भी नहीं समझते?'

दीवान आगे और क्या विवाद करता! जैसे खड़े थे, उसी तरह रंगमहल से रवाना हो गये। रतिश्रान्ता रानी टुकुर-टुकुर देखती रही और उसे कुछ भी कहे-सुने बगैर वे हाथ हिलाते हुए चल दिये।

राजा के मन में उछाह का पार नहीं था। अत्यधिक जोश में कहने लगा, 'पहले मैं अकेला ही गुरु बनाकर, परख करूँगा। फिर सभी दरबारियों को गुरु बनाने की इजाजत दूँगा।'

'जैसी आपकी इच्छा। आपके गुरु बनते ही, वे तो स्वतः सारे राज्य के गुरु बन जाएँगे।'

राजा उत्साह में आगे भी कुछ कहने जा रहा था कि सामने आते एक गन्दे गलीज मँगते पर उसकी नजर पड़ी। राजा ने दीवान की ओर देखते कहा, 'दीवान जी, शकुन तो बहुत बुरे हुए!' राजा के बुझे-बुझे स्वर में दुःख और पछतावे का सम्मिश्रित पुट था। गुरु बनाने का आधा उछाह कुम्हला गया।

'कैसे हुजूर?' दीवान ने आश्चर्य से पूछा।

'कसे क्या? तुम्हें कुछ दिखता भी है कि नहीं। सामने मँगता जो आ रहा है।' राजा ने काँपते हाथ से उस ओर इशारा किया।

'हाँ, अन्नदाता, मँगते के शकुन तो वाकई बहुत बुरे होते हैं।'

'चण्डाल कहीं का!' राजा ने झुँझलाते कहा, 'हरामजादे ने सारा मजा ही किरकिरा कर दिया।'

राजसी ठाठवाले दोनों श्रीमन्तों को किसी अचीती दुविधा में ताड़कर वह भिखमंगा मन-ही-मन हँसने लगा तो राजा आग-बबूला हो गया। दीवान को आदेश देने की भी सुध नहीं रही। पाँव से जूता निकालकर उसकी ओर लपका। मँगते की खुली जटा पर दनादन जूते मारने लगा।

बड़े अचरज की बात कि मँगते की दमकती हँसी में किसी तरह का व्यवधान नहीं पड़ा। वह तो उसी तरह निर्विकार भाव से मुसकराता रहा, मानो फूलों से उसकी अभ्यर्थना की जा रही हो! दोगले की ऐसी हिमाकत कि हुजूर के हाथों पिटने पर भी बेशर्म की नाईं हँस रहा है! अन्नदाता की खिल्ली उड़ा रहा है। तब दीवान भी अपना आपा बिसर गया। आव देखा न ताव, दाहिने पैर का मोटा जूता भिखारी के माथे पर फटकारने लगा।

मँगते ने सहज शान्त स्वर में पूछा, 'पता तो चले कि मुझे किस अपराध की सजा मिल रही है?'

पाँव की बजाय राजा के हाथ में जूती थी। नीचे पटककर बोला, 'बदतमीज, हमारे शकुन बिगाड़कर पूछताछ करने की गुस्ताखी कर रहा है!'

राजा की क्रुद्ध सूरत पर निगाह गड़ाकर वह भिखारी तो एकबारगी स्तब्ध रह गया। फिर उसी भाँति मुसकराते कहने लगा, 'शकुन तो आपकी बजाय मुझे कहीं ज्यादा बुरे हुए हैं। राजा कर्ण की वेला बेबात इतने जूतों की दक्षिणा मिली।'

इतना कहकर वह मुसकराता हुआ आगे बढ़ गया। दीवान ने घृणा से थूकते कहा, 'मँगता और पागल!'

राजा भी मन-ही-मन कुछ बड़बड़ाया। मँगते के बोल उसके हृदय पर शूल की तरह गड़े फिर भी लौटने की इच्छा नहीं हुई। जब मँगता मार खाकर भी नहीं लौटा तो वे क्यों लौटें? चुपचाप आगे बढ़ गये।

पूरे रास्ते शकुनों का पछतावा करते हुए आखिर भारी मन से अघोरी सन्त की धूनी पर पहुँचे। तीन दिगम्बर शिष्य धूनी के इर्द-गिर्द बैठे ताप रहे थे। राजा ने चौकस निगाह से चारों तरफ देखा। पर लपलपाती धूनी और तीन नंग-धड़ंग चेलों के अलावा, दूसरी कोई मन-वांछित आकांक्षा दृष्टिगोचर नहीं हुई तो राजा का बचा-खुचा धीरज भी खूट गया। आदेश के लहजे में पूछा, 'गुरुजी कहाँ हैं?'

एक प्रौढ़ शिष्य ने मुसकराते हुए उत्तर दिया, 'वे तो रमते-राम हैं। जहाँ इच्छा हुई चल पड़ते हैं। जब इच्छा होगी लौट आएँगे। थोड़ी देर आप भी धूनी तापिए।'

राजा को तो गुरु बनाने की उत्कट इच्छा थी। फिर भी मन मार कर रुकना पड़ा। खराब शकुनों का दुष्परिणाम तो भोगना ही पड़ेगा। हरामी के नाक-कान काट देते तो अच्छा रहता। मगर गुरु बनाने के मांगलिक कार्य की खातिर तलवार-कटार भी तो साथ नहीं लाये। दुबारा मिल गया तो अँधियारे तहखाने में डलवा देंगे। शकुन का लफड़ा तो आम प्रजा के लिए होता है। राजा तो इन सबसे परे होता है। ईश्वर और राजा के शकुन हमेशा शुभ ही रहते हैं।

कुछ ही देर बाद एक चेला खुशी का इजहार करते जोर से बोला, 'गुरुजी पधार गये!'

राजा के सोच में विघ्न पड़ गया। शिष्य ने जिधर हाथ का इशारा किया तो उन्होंने उधर उछाह से देखा। लेकिन गुरु पर नजर पड़ते ही उनका दिल बैठ गया। तर्राट-से मुँह उतर गया। उफ्फ! यह तो वही गलीज भिखारी। कैसी आफत हुई? काटो तो खून नहीं!

गुरु तत्काल उनके मन की बात समझ गया। उसी तरह मन्द-मन्द मुसकराते कहने लगा, 'इस तरह उदास क्यों हो गये? टके की नाकुछ हँडिया भी लोग-बाग

ठोंक बजाकर खरीदते हैं फिर तुम लोगों ने गुरु की ठोंक-बजाकर परख की तो इसमें बुरा क्या था! गुरु बनना कोई आसान काम नहीं है।'

यह कहकर वह जोर से खिलखिला उठा। आगे के सबद छलकती हँसी में घुलकर एकमेक हो गये। राजा और दीवान को भी इस बार जबरन मुसकराना पड़ा किन्तु वह मुसकराहट आँसुओं की अपेक्षा ज्यादा दयनीय थी। वास्तविक भिखारी भी उनकी निस्बत कहीं अधिक खुलकर मुसकराते हैं!

19 अक्तूबर, 1997, रविवार

# कह और मत-कह

एक राजा के दो रानियाँ थीं। राजा तो दिवंगत हो गया। पर रानियाँ अब भी जीवित हैं। एक का नाम—**कह** और दूसरी का—**मत-कह। कह** बादलों की मनुहार करे तब घटाएँ उमड़ती हैं। बिजलियाँ दमकती हैं। अमृत बरसता है। **मत-कह** के मना करने पर बादल बिखरते हैं। बिजलियाँ दुबकती हैं। अकाल पड़ता है। गायें छटपटाती हैं। **कह** वसन्त को आमन्त्रित करे तब हरियाली महकती है। नयी कोंपलें और नयी कलियाँ चटखती हैं। भँवरे गुनगुनाते हैं। रंग-बिरंगे फूल खिलते हैं। रसीले फल झूमते हैं। **मत-कह** के रूठने पर पाला पड़ता है। वनस्पति विनष्ट होती है। **कह** के नमन करने पर सूरज जगमगाता है। चाँदनी मुसकराती है। तारे झिलमिलाते हैं। नदियाँ उमगती हैं। झरने खिलखिलाते हैं। **मत-कह** के झल्लाने पर चाँद-सूरज में ग्रहण लगता है। अँधियारी रातें होती हैं। नक्षत्र टूटते हैं। भूकम्प मचलता है। ज्वालामुखी भभकता है। झरने पंगु हो जाते हैं।

**कह** के मुँह से फूल झरते हैं। मोती छिटकते हैं। **मत-कह** के मुँह से अंगारे टपकते हैं। पत्थर बरसते हैं। समस्त चराचर **कह** के शकुन मनाता है। उसकी माला जपता है। **मत-कह** के नाम से सारी दुनिया बिदकती है। उसका तिरस्कार करती है।

'कहो रे बच्चो, तुम्हें **कह** अच्छी लगती है या **मत-कह** ?'

'हमें **कह** अच्छी लगती है। बहुत अच्छी लगती है!'

18 जनवरी, 1998, रविवार

# परिशिष्ट

## सपने की राजकुँअरी

एक था राजा और एक थी रानी। एक ही था उनके इकलौता राजकुँअर। वह दस बरस का हुआ तब उसे एक सपना आया कि एक राजकुँअरी अपने बाग या महल में जहाँ-कहीं भी आये-जाये, कुंकुम के पदचिह्न अंकित हो जाते हैं। इतने खूबसूरत कि एक बार देखने पर वहाँ से नजर ही न हटे। आँखें कुंकुम में घुलमिल जाती थीं। उसे सात बार वही सपना आता रहा। राजकुँअरी और कुंकुम के पदचिह्न उसके मन पर उघड़ते रहे। जब भी उसकी इच्छा होती वह खुली आँखों से सपना देख लेता। सपने की राजकुँअरी और उसके पदचिह्न उसे सूरज की अपेक्षा कहीं ज्यादा सच महसूस होते।

उस सपने को देखते-देखते कुँअर सोलह बरस का हो गया। राजा-रानी दोनों को ही उसके ब्याह की चिन्ता होने लगी। उससे ब्याह का जिक्र किया। पहले तो उसने कुछ भी जवाब नहीं दिया। आखिर बार-बार के आग्रह से परेशान होकर उसे कहने के लिए मजबूर होना ही पड़ा कि सपने की राजकुँअरी के अलावा वह किसी से ब्याह नहीं करेगा। जिसके पदचिह्न कुंकुम की नाईं दमकते हैं, वह तो उसी का हाथ थामेगा। राजा-रानी और दीवान ने खूब ही समझाया, मगर उसने तो किसी की बात पर कुछ ध्यान ही नहीं दिया। इकलौते कुँअर के आगे राजा का वश नहीं चला तो उसने अनगिनत घुड़सवार उस राजकुँअरी की तलाश में भेजे, पर सब अकारथ। वैसी कन्या तो कहीं नहीं मिली। रानी ने फिर समझाया, 'मेरे लाड़ले कुँअर, तेरी आकांक्षा के अनुरूप वैसी राजकुँअरी का कहीं अता-पता नहीं लगा। मेरा कहा मान और ब्याह के लिए हामी भर दे।'

कुँअर ने हामी नहीं भरी सो नहीं भरी। सपने की राजकुँअरी से पीछा छुड़ाना आसान नहीं था। बुलन्द हौसले से कहा, 'एक बार मैं स्वयं ऐसी राजकुँअरी की खोज करना चाहता हूँ। सपने का पीछा छोड़ने पर जीने में सार ही क्या है! सूरज का उगना झूठ हो तो मेरा सपना झूठ हो। मेहरबानी करके मुझे मना न करें। ब्याह और राज्य, सपने की तुलना में काफी हेय और तुच्छ हैं।'

उसके बाद राजा व रानी और क्या समझाते! हार कर चुप हो गये। और उधर राजकुँअर तो उसी क्षण कुंकुम के पदचिह्नोंवाली राजकुँअरी की तलाश में खाली हाथ ही रवाना हो गया। धर मंजिल, और धर कूच चलता रहा। अविराम चलता ही रहा। अँधेरे से घिरे सपने के उजाले में चलता रहा।

सपनों की राह चलनेवाले के अन्तस् में बेइन्तहा दया-माया होती है। उसके हाथ से किसी का भी अकाज नहीं होता, भला ही होता है। पर अन्यायी को उसके हाथ से अवश्य दण्ड मिलता है।

एक दिन राजकुँअर किसी नदी के किनारे अंजलि-अंजलि पानी पी रहा था कि अकस्मात् लटपट-लटपट की भनक सुनकर उसने उधर देखा। बालू रेत पर एक बड़ी मछली छटपटा रही थी। ऊपर गिद्ध-कौवे मँडरा रहे थे। वह अदेर पानी पीना छोड़कर उधर लपका। मछली को अच्छी तरह पकड़कर उसे पानी में छोड़ दी। पानी का परस पाते ही मछली के प्राण किलोलें करने लगे। वह खुशी के मारे पूँछ के फटकारे देने लगी। कुँअर के आस-पास चक्कर काटने लगी। फिर मनुष्य की वाणी में बोली, 'कुँअर, मैं मछलियों की रानी हूँ। तूने मेरे प्राण बचाये। समय पर याद करना, तेरी मदद करूँगी।'

यह कहकर वह पानी में ओझल हो गयी। और कुँअर अपनी राह आगे बढ़ा। चलते-चलते एक चींटी-नगरे पर मँडराते कौवों पर उसकी निगाह अटकी। कौवों के सामने बेचारी चींटियों का क्या जोर! कुँअर वहीं ठहर गया। पूरा चौमासा बीतने तक उनकी रक्षा करता रहा। एक दिन चींटियों की रानी कहने लगी, 'कुँअर, मैं चींटियों की रानी हूँ। तूने गिद्ध-कौवों से हमारी रक्षा की। समय पर याद करना, तेरी मदद करेंगी।'

कुँअर ने मुसकराकर कहा, 'जरूर-जरूर याद करूँगा। जीव ही तो जीव के काम आते हैं।'

यह कहकर कुँअर आगे बढ़ा। चलते-चलते उसे एक जंगल में साँय-साँय की गूँज सुनाई पड़ी। उसने चौंककर उधर देखा। एक बाज सामने की एक झाड़ी पर तीर की तेजी से नीचे उतर रहा है। वह गोली की तीव्र गति से उधर दौड़ा। और घबराये हुए सुग्गे पर हुलस गया। बाज सीधा कुँअर की पीठ से टकराया। अच्छा-खासा मांस तोड़ लिया। पर उसने आह तक नहीं की। फिर उसने बेसुध सुग्गे को हाथ में लेकर सहलाया। पुचकारा। कुछ ही देर में सुग्गे का जी में जी आया।

तब वह मनुष्य की वाणी में बोला, 'कुँअर, मैं सूवटों का राजा हूँ। आज तूने मेरे प्राण बचाये। कभी आफत आये तो याद करना, तेरी मदद करूँगा।'

'जरूर-जरूर याद करूँगा। जीव ही जीव के काम आता है।'

इतना कहकर वह आगे रवाना हो गया। चलते-चलते उसे जंगल में एक ठौर आग सुलगती दिखलाई पड़ी। वह उस ओर दौड़ा। किसी सूनी गवाड़ी की पुरानी बाड़ धू-धू जल रही थी। बाड़ के बीच मधुमक्खियों का एक बड़ा-सा छत्ता नजर आया। उसने खतरा झेलकर आग बुझायी और जस-तस छत्ते को बचा लिया। तब एक मधुमक्खी ने गुंजार करते हुए कहा, 'कुँअर, मैं मधुमक्खियों की रानी हूँ। आज तूने आग से हमें बचाया, समय पर याद करना। तेरी सहायता करेंगी। नाकुछ समझकर भूलना नहीं।'

उसने जवाब दिया, 'यह कोई भूलने जैसी बात है? अपनी-अपनी जगह सभी जीव बड़े हैं। कोई छोटा-बड़ा नहीं। जरूर याद करूँगा।'

चलते-चलते तीन बरस बीत गये। तत्पश्चात् संयोग से अपने-आप ही कुंकुम के पदचिह्नों वाली [*बिजली गायब, मोमबत्ती के मद्धिम उजाले में लिखने लगा*] राजकुँअरी के सुरंगे बाग में उसने डेरा दिया। दीवान की बेटी राजकुँअरी की अन्तरंग सहेली थी। आठों पहर साथ रहती। खेलती और साथ ही सोती। शरीर और स्वभाव दोनों के ही अलग-अलग थे। पर दूसरे लोगों को ऊपर से एक ही दिखलाई देते थे। कुंकुम के पदचिह्नों वाली राजकुँअरी का मन भी सुकोमल और गुलाबी था। दीवान की बेटी के दिल पर कालिख पुती थी। राजकुँअरी बेहद भोली और सयानी थी। दीवान की बेटी शातिर और तर्राट।

सहेली को वस्त्र लाने का निर्देश देकर राजकुँअरी बाग के झरने पर नहाने चल दी। वस्त्र लेकर वापस लौट रही थी कि बाग में एक अपरिचित युवक उसे नजर आया। पहले तो वह तनिक चौंकी। सहमी। पर अगले ही क्षण युवक का छलकता रूप देखकर उसने धीरज रखा। युवक की सूरत से तो मानो सूरज का आलोक ही छलक पड़ रहा हो। [*विद्युत रानी की मेहर हो गयी*] पास आकर पूछताछ की तो उसके अचरज का पार नहीं रहा। कुंकुम के पदचिह्नोंवाली उस विलक्षण राजकुँअरी से ब्याह रचाने की आशा लेकर बड़े-बड़े राव-उमराव आये, पर ऐसा बावरा तो पहले कभी नहीं देखा। सबने हारकर अपने प्राण गँवाये। यह भी अपने प्राण गँवाएगा। पागलपन की क्या कोई सीमा ही नहीं होती? तीन साल से सपने के भरोसे कुंकुम के पदचिह्नों की तलाश में भटक रहा है। पहाड़, वन, हिंस्र बनैले जानवर और रात के विकट अँधियारे की परवाह किये बगैर सपने की राजकुँअरी का हाथ थामने की निरर्थक आस-आस में माँ-बाप छोड़े। राज्य का सुख छोड़ा। वैभव छोड़ा।

दीवान की बेटी का मन उसमें रच-बस गया। ऐसा अनिन्द्य सुन्दर पति मिल

जाए तो न धन चाहिए और न राज। पर यह पगला तो पिछले प्रत्याशियों की तरह कुंकुम के पदचिह्नों वाली राजकुँअरी के अलावा कोई दूसरी बात सुनना ही नहीं चाहता। उन सबकी मौत ही मरेगा।

दीवान की बेटी ने एक-एक करके चारों असम्भव शर्तों का हवाला देकर खूब ही समझाया पर वह तो टस से मस नहीं हुआ। तब वह राजकुँअरी को भरमाने की युक्ति सोचने लगी। राजकुँअरी बिदक जाए तो अपनी बात बिठा ले। राजकुँअरी की स्वीकृति मिलने पर शर्तें पूरी नहीं हुईं तो फिर प्राण बचाना वश की बात नहीं है। और शर्तें पूरी होने का तो कोई प्रश्न ही नहीं।

कुँअर ने बीच ही में उतावली प्रकट करते कहा, 'पर वो है कहाँ? मेरे सपनों की राजकुँअरी है कहाँ? मुझे अदेर वहाँ पहुँचा दो। मुँह माँगी मुराद पूरी करूँगा।'

उसके मुँह से बेचैनी की ऐसी बात सुनकर दीवान की बेटी के रूप और यौवन में जैसे आग-आग लग गयी हो। उसमें ऐसी क्या कमी है? कुंकुम के पदचिह्नों को चाटना तो नहीं है! हाथ न आनेवाली चीज के लिए लोग-बाग प्राण तक न्योछावर कर देते हैं। हाथ आनेवाली चीज की कोई परवाह तक नहीं करता। कुंकुम के पदचिह्नोंवाली बात बतानी ही नहीं चाहिए थी। मगर यह बात न बताने पर तो वह रुकता ही नहीं। कुँअर की ऐसी बेचैनी ताड़कर वह व्यंग्य से कहने लगी, 'इतनी उतावली मत करो। जीने से अघा गये हो तो बात अलग है। राजकुँअरी की शादी के बहाने कहीं आत्महत्या तो नहीं करना चाहते हो? अच्छी तरह सोच-विचार कर लो। सपनेवाली राजकुँअरी के तो फिर सपने भी नहीं आएँगे। सपने भी तो जिन्दा रहने पर आते हैं। मरने पर काया के साथ सपनों की राख हो जाती है।'

दीवान की बेटी बात करने में बड़ी होशियार थी। कुँअर को उसकी बातें अच्छी तो जरूर लगीं, पर गले नहीं उतरीं। कुंकुम के पदचिह्न देखने की उसे बेहद उत्कण्ठा थी। कहा, 'एक बार अपनी आँखों से देखकर जीवन की साध तो पूरी कर लूँ, फिर सोच-विचार भी कर लूँगा।'

चतुर व्यक्ति भोले आदमी की बात पर तुरन्त भरोसा कर लेते हैं। उसने मन-ही-मन सोचा—अधिक खींचने पर बात टूटती है। तनिक धीरज रखना बेहतर है। बोली, 'राजकुँअरी झरने पर नहा रही है। वहाँ जाना क्या उचित रहेगा? आप इस पीपल के पीछे छिप जाएँ। वह पास से गुजरेगी। पर इस बात का खयाल रखना कि कुंकुम के पदचिह्नों की बजाय मेरी कुंकुमवर्णी देह अधिक सुन्दर है।'

कुँअर ने उस बात का कुछ भी जवाब नहीं दिया। वह मन-ही-मन जाल बुनती हुई झरने की ओर धीरे-धीरे आगे बढ़ी। सहेली के सामने कुँअर की बेवकूफियों का मखौल उड़ाया। बार-बार उसे यह समझाने का प्रयास किया कि ऐसे पागल का क्या एतबार! फिर कोई दूसरा सपना आ गया तो उसका पीछा करने लगेगा। सिरफिरा मालूम होता है। शर्तें कबूल कर लीं तो उसकी मृत्यु निश्चित है। खामख्वाह एक

पागल की हत्या का पाप चढ़ेगा। शर्तें सुनने के पहले ही खिसक जाय तो अच्छा है। राजकुँअरी के योग्य कुछ तो वैसी औकात होनी चाहिए। यह तो निरा पागल है पागल। जड़भरत।

लेकिन राजकुँअरी भी तो वैसी ही बावरी थी। सपने की बात सुनकर और अधिक मोहित हो गयी। बड़े-बड़े राजा-महाराजा तो सच्चाई से भी मुँह मोड़ लेते हैं। और एक यह नादान है जो सपने को भी सच मान रहा है। मगर ये असम्भव शर्तें तो सपने में भी पूरी नहीं हो सकतीं। फिर मन की चंचलता से क्या बात बनेगी? राजकुँअरी ने मन पर नियंत्रण रखना उचित समझा।

दोनों सहेलियों को आते देखा तो कुँअर ने उनके पाँवों में नजर गड़ा दी। सचमुच राजकुँअरी के चलने पर कुंकुम के पदचिह्न अंकित होते थे। उसके मन में हजारों कमल एक साथ खिल उठे। सपने की राजकुँअरी प्रत्यक्ष रूबरू उसकी खुली आँखों के सामने चल रही है! कहीं यह भी तो सपना नहीं है?

राजकुँअरी से ब्याह करने की खातिर जो भी उम्मीदवार आता, वह पहले सात बार नगारे पर डंका बजाता। फिर दरबार में हाजिर होता। चारों शर्तें सुनाकर उसे मानने के लिए पूछा जाता। हामी भरने पर एक भी शर्त पूरी न हो तो माथा चाक करने का आदेश। सैकड़ों सिर धड़ से जुदा हो गये थे। कुँअर ने जाने क्या सोचकर सात की बजाय ग्यारह बार डंका बजाया। और सहज गति से दरबार में हाजिर हुआ। शर्तें कबूल कीं। तब राजा का इशारा पाकर दीवान ने पहली शर्त बतायी। नदी में सात टोकरी चिरमियाँ ठौर-ठौर गिराई जाएँगी। यदि तीन दिन में तमाम चिरमियाँ इकट्ठी करके वापस टोकरियाँ नहीं भरीं तो कुँअर को कोल्हू में पेरा जाएगा।

नदी पर मनुष्यों की बेशुमार भीड़ एकत्रित हो गयी। कुँअर को मछलियों की रानी के बोल याद आये। सच्चे मन से उसका सुमिरन किया और अगले ही क्षण मछलियों की रानी पानी के बाहर मुँह निकालकर बोली, 'कुँअर, मैं असंख्य मछलियाँ लेकर आ गयी हूँ। तू किसी बात की चिन्ता मत कर। सात टोकरियों की बजाय सात गाड़ियाँ भी होतीं तो भी एक चिरमी पीछे नहीं छूटती।"

सात सैनिक सात टोकरियाँ सिर पर उठाये खड़े थे। दीवान का आदेश मिलते ही उन्होंने सातों टोकरियाँ नदी के तेज बहाव में औंधी कर दीं। मछलियाँ तो इसी ताक में थीं। पानी में मार हलचल मच गयी। कुछ ही देर में सातों टोकरियाँ वापस भर गयीं। देखनेवालों के आश्चर्य का पारावार नहीं रहा। जैसे भीड़ का हर व्यक्ति एक ही सपना देख रहा हो।

दूसरी शर्त उससे भी मुश्किल थी। सरसों की सात बैलगाड़ियाँ सात कोस की दूरी तक बिखेरी जाएँगी। तीन दिन में सरसों का एक-एक दाना वापस एकत्रित न करे तो सूली पर चढ़ाने का आदेश। कुँअर ने अदेर सुग्गों के राजा को याद किया।

और वह याद करते ही हाजिर! बोला, 'कुँअर, तू किसी बात की चिन्ता मत कर। नौ लाख सूवटों की बिरादरी के साथ आया हूँ। सरसों का एक भी दाना पीछे नहीं छूटेगा।'

राजा के अमलों ने चारों दिशाओं में दाना-दाना बिखेर दिया। बिखेरने में देर जरूर लगी पर वापस शामिल करने में उससे आधी देर भी नहीं लगी। इतने तोते इकट्ठे हुए कि नील गगन के नीचे एक और हरा आकाश तन गया। ऐसा करिश्मा तो सपने में भी सम्भव नहीं।

अब तो चारों शर्तें पूरी होने में कोई सन्देह नहीं रहा। दीवान की बेटी के अलावा अन्य सभी के मन में आनन्द और उन्माद का पार नहीं था। मानो हर व्यक्ति के अवचेतन में दबी चाह पूरी हो रही हो!

दीवान ने भारी मन से तीसरी शर्त बतायी। सात कोस की दूरी में इक्कीस बोरी खाँड धूल के साथ मिलाई जाएगी। यदि तीन दिन में एक चिमटी खाँड भी पीछे बच गयी तो सूली की सजा।

कुँअर ने अविलम्ब चींटियों की रानी को याद किया। याद करते ही रानी हाजिर। कहने लगी, 'कुँअर, तू किसी बात की चिन्ता मत कर। दुनिया भर की चींटियाँ इकट्ठी करके लायी हूँ। इक्कीस बोरी की बजाय सौ बोरी हो तब भी परवाह नहीं करतीं।'

सात कोस के भूखण्ड पर चींटियों का जैसे काला गलीचा ही बिछ गया हो। खाँड मिलाने में देर हुई सो हुई पर वापस शामिल करने में उससे आधी देर भी नहीं लगी।

यह कुँअर तो जबरदस्त ही साबित हुआ। जैसे कोई मायावी जादू बता रहा हो। पर चौथी शर्त में कोई भी जादू चलने से रहा। मरना तो पक्का है ही। दीवान ने थूक निगलते हुए चौथी शर्त बतायी। यदि तीन दिन में फूलों का तीन मन शहद इकट्ठा नहीं किया तो कुँअर मरने के लिए तैयार हो जाए। न गिड़गिड़ाने से माफी मिलेगी और न रोने-रींकने से।

उसने मधुमक्खियों की रानी को याद किया और वह याद करते ही हाजिर। बोली, 'कुँअर, तू किसी बात की चिन्ता मत कर। तीन मन की बजाय तीस मन शहद इकट्ठा कर दें। हमारा तो काम ही यही है। तूने हमें जलती आग से बचाया, तब हम तेरा यह मामूली काम भी न करें तो हमारी गुनगुनाहट बेमानी है। नौ लाख छत्तों की फौज लेकर आयी हूँ। अब तो राजकुँअरी से तेरा ब्याह हुआ ही समझ।'

एक ही दिन में तीन मन शहद इकट्ठा हो गया। चारों शर्तें पूरी हुईं। राजकुँअरी मन में हजारों मन शहद घुल गया और दीवान की बेटी के अन्तस् में हजारों आकड़े का दूध। उसने राजकुँअरी को भरमाने की खूब कोशिश की पर नतीजा ढाक के तीन पात, मानो बहरी हो गयी हो। तब उसने दूसरा ही जाल गूँथा।

झार-झार आँसू बहाते कहने लगी, 'ढलती रात उसे बहुत ही बुरा सपना आया। इसलिए बताने में डर लग रहा था। अब सोचती हूँ कि बताना आवश्यक है। बेचारा राजकुँअर तो सदमे से ही मर जाएगा। कल रात सूर्योदय के पहले ही तुम मर जाओगी। मेरा सपना कभी झूठ नहीं होता। बावरे राजकुँअर की जिन्दगी बिगड़ी सो बिगड़ी, उसकी मृत्यु भी बिगड़ जाएगी।'

राजकुँअरी सुदृढ़ स्वर में कहने लगी, 'तेरे दूसरे सपनों का तो मुझे पता नहीं, पर तेरा यह सपना तो कभी पूरा नहीं होगा। मेरी मृत्यु तो यमराज के हाथ में भी नहीं है।' फिर उसने गहरे भेद की बात बतायी कि सात ताले जड़े तहखानों में एक-एक मजूस के भीतर कुल सात मजूस हैं। सबसे छोटी पेटी में एक नौलखा हार है। यदि कोई दासी अपने गले में वह हार पहने तो राजकुँअरी अगले ही क्षण मर जाएगी और हार उतारने पर वापस जीवित हो उठेगी।

दीवान की बेटी फिर भी आँसू बहाती नहीं रुकी। ब्याह के दूसरे कामों की उतावली दरसाकर वहाँ से रवाना हो गयी। जब स्वयं पिताजी के पास ही सारी चाबियाँ हैं तो डरने जैसी क्या बात! कैसी चिन्ता! यह ब्याह क्योंकर सम्पन्न होगा? मरनेवाले के पीछे कोई मरना नहीं चाहता।

राजकुँअरी से जुदा होकर वह तो सीधी अपने बाप के पास गयी। रोते-रोते सारी बात बतायी। समझायी। यदि बिटिया का भाग्य इस तरह उदय हो तो बाप को और क्या चाहिए! दीवान बहुत चतुर था। थोड़े में ही सब कुछ समझ गया। बस, घड़ी भर से पहले वह हार बिटिया के गले में होगा!

राजकुँअर के साथ ही साँझ के शुभ-मुहूर्त में कुंकुम के पदचिह्नोंवाली राजकुँअरी का पाणिग्रहण था। रानी खुद अपने हाथों लाड़ली बिटिया के बाल गूँथने बैठी। अमूल्य मोतियों से माँग भरने ही लगी कि हठात् बेटी का जी घुटने लगा। कलेजे में आशंका की फड़फड़ाहट मची। आँखों की पुतलियाँ पथराने लगीं। तत्काल समझ गयी कि उसके साथ विश्वासघात हुआ है। ज्यादा बात बताने का समय नहीं था। उसने मरते-मरते ही माँ को हिदायत दी कि उसे जलाये नहीं। बागवाले सतमंजिले महल में पलंग पर सुला दे।

इतना भी बड़ी मुश्किल से कह पायी और उसके प्राण-पखेरु उड़ गये। रानी की समझ में कुछ नहीं आया कि अकस्मात् यह क्या अनहोनी घटित हुई! रानी ने राजा को बिटिया की अन्तिम इच्छा बतायी। फिलहाल दीवान से सलाह-मशविरा किये बिना अन्य कोई चारा नहीं था। कुँअर को किस मुँह से यह हादसा बताएँ! स्वयं राजा ने आगे चलकर यह उपाय सुझाया तो दीवान राजकुँअर से अपनी बेटी ब्याहने के लिए तैयार हो गया। दोनों की सूरत काफी मिलती-जुलती थी। और कुँअर ने राजकुँअरी के पदचिह्नों को ही देखा था। उसकी सूरत निहारने की उसे सुधि ही कहाँ थी!

राजकुँअरी की बजाय उसकी अन्तरंग सहेली वेदी पर बैठी। वही नौलखा हार

उसके गले में दिप-दिप दमक रहा था। और उधर राजकुँअरी पलंग पर निर्जीव-सी पड़ी थी। धूमधाम से ब्याह सम्पन्न हुआ। हाथ में हाथ थमा। कुँअर के कानों में गुप्त मन्त्रणा की कुछ भी भनक नहीं पड़ी।

सुहागरात की अपूर्व वेला। पीलजोत के उजाले में कुँअर ने दुलहिन का चेहरा देखा तो उसे तनिक सन्देह हुआ। पर दीवान की बेटी ने उसी वक्त उसका वहम मिटा दिया कि उसने पदचिह्नों के अलावा उसकी सूरत देखी ही कहाँ थी? देख लेते तो वहम की चुभन नहीं होती। सहेली से उसकी शक्ल इतनी मिलती है कि आसानी से कोई सही पहचान नहीं कर सकता था। भोले कुँअर ने तुरन्त उसकी बात पर विश्वास कर लिया। मगर उसके चलने पर कुंकुम के पदचिह्न अंकित नहीं हुए तो उसका माथा ठनका। चतुर बाप की चतुर बेटी अदेर वहम का दंश समझ गयी। तत्काल युक्ति सोचकर कहा, 'पाणिग्रहण से पहले कुंकुम के पदचिह्न अंकित होने थे सो हो गये। अब पुरुष के पसीने का परस होते ही वह सत मिट गया। इसीलिए तो ऐसी असम्भव शर्तें रखीं कि मेरा ब्याह ही न हो। पर आपने तो मेरा संकल्प ही उलट-पुलट दिया। मेरे कुँआरेपन की वह निशानी थी।'

कुँअर ने उस बात पर अत्यधिक पछतावा किया। यदि पहले पता होता तो उसकी छाया का भी परस नहीं करता। उसे तो सपने की लालसा थी, कामक्रीड़ा की नहीं। पर अब पछताने से भी क्या हो! उसके अपने राज्य में कौन विश्वास करेगा कि उसने कुंकुम के पदचिह्नोंवाली राजकुँअरी के साथ ही ब्याह किया। हाँ, उसने तो निःसन्देह अपनी खुली आँखों से कुंकुम के पदचिह्न उघड़ते देखे हैं। कोई एक-दो नहीं, बहुतेरे। फिर भी कुँअर का मन आधा बुझ गया।

दीवान की बेटी ने अपनी कुंकुमवर्णी देह से कुँअर को काफी वश में कर लिया था। औरत की देह का चमत्कार ऐसा ही होता है कि स्वयं भगवान तक उसके सामने अवश हो जाते हैं।

यों रतिक्रीड़ा के अनहद आनन्द में काफी दिन ढल गये। कुँअर पूर्णतया उस कुंकुमवर्णी देह के वशीभूत हो गया। और उधर बागवाले सतमंजिले महल में कुंकुम के पदचिह्नोंवाली राजकुँअरी हर रोज एक बार मरती और पुनः जीवित हो उठती। दीवान की बेटी सोते समय नौलखा हार गले से निकालकर खूँटी में टाँगती, उस समय राजकुँअरी आलस मरोड़कर उठ जाती। सवेरे दीवान की बेटी के गले में वापस हार पहनते ही राजकुँअरी वापस ढेर हो जाती। यों प्रतिदिन उसका मरना-जीना होता हता।

एक बार कुँअर को वापस वही सपना आया। बाग के सतमंजिले महल में ँअरी के चलने पर कुंकुम के पदचिह्न उघड़ते हैं। वह चौंककर उठ बैठा। दीवान ी गहरी नींद में सो रही थी। कुँअर धीरे से नीचे उतरा। झाँककर देखा, सातवीं ें उजाला नजर आया। फिर कुँअर का मन उसके वश में नहीं रहा। वह

तो जैसे किसी अदीठ आकर्षण के वशीभूत सीढ़ियाँ चढ़ने लगा तो ऐसा महसूस हुआ कि वह सदेह स्वर्ग की ऊँचाइयाँ चढ़ रहा है।

राजकुँअरी पलंग के चारों ओर घूम रही थी, जैसे अपने इष्टदेव के वियोग में उसकी परिक्रमा दे रही हो। कुंकुम के पदचिह्न अंकित हो रहे थे। सपनेवाली राजकुँअरी तो यहाँ छटपटा रही है! उन्माद की अदीठ डोर से बँधा कुँअर भीतर आया। एक-एक पदचिह्न में आँखें गड़ाकर एकटक देखने लगा। ब्याह के बहाने उसके साथ यह कैसा छल हुआ?

राजकुँअरी की आँखें छलछला आयीं। रुँधे कण्ठ से उसने कुँअर को सारा भेद बताया। कुँअर उन्हीं पाँवों वापस अपने महल में लौटा। पलंग पर लेटी छलनामयी के कलेजे में कटार घोंपकर उसका काम तमाम किया। हार लेकर सतमंजिले महल में आया। अपने हाथ से राजकुँअरी के गले में हार पहनाया। उस रात दूध और अमृत का परस्पर मेल हुआ। वे तमाम रात जागते हुए प्रेम और सपने की बातें करते रहे। गगन के नौ लाख सितारों और जगमग चाँदनी ने उनकी बातें बड़े ध्यानपूर्वक सुनीं।

सवेरे सूरज ने दोनों के प्रेम का दिव्य आलोक सर्वत्र उजागर कर दिया। कपटी दीवान को काले वस्त्र पहनाकर आजीवन देश निकाले की सजा सुनाकर पैदल ही रवाना कर दिया। काले घोड़े की बजाय काले खड़ाऊँ! राजा-रानी बेहद खुश हुए। बेशुमार हीरे-मोती और सोने-चाँदी का दत्त-दहेज देकर बेटी को विदा किया।

राजकुँअर ने सपनेवाली राजकुँअरी को साथ लेकर अपने राज्य की ओर प्रस्थान किया। सूरज का प्रकाश, चन्द्रमा की चाँदनी और हिमालय झूठा हो सकता है, पर मनुष्य के सपने कभी झूठे नहीं हो सकते। सपनों को सच मानो तो सच और झूठ मानो तो झूठ।

19 जनवरी, 1998, शनिवार

❑❑❑